alias Grace

Margaret Atwood

alias Grace

Roman

Deutsch
von Brigitte Walitzek

Büchergilde Gutenberg

Lizenzausgabe für die Büchergilde Gutenberg
Frankfurt am Main und Wien
mit freundlicher Genehmigung des
Berlin Verlag, Berlin

Der Auszug auf S. 584 ist aus »The Poems of Our Climate«
von Wallace Stevens. In *The Collected Poems of Wallace Stevens*,
© 1942 by Wallace Stevens and renewed by Holly Stevens.
Mit freundlicher Genehmigung von Alfred A. Knopf Inc.

Die Originalausgabe erscheint 1996 unter dem Titel
alias Grace
bei McClelland & Stewart Inc., Toronto
© 1996 by O. W. Toad Ltd.
Für die deutsche Ausgabe
© 1996 Berlin Verlag
Verlagsbeteiligungsgesellschaft mbH & Co KG
Berlin
Alle Rechte vorbehalten
Umschlaggestaltung: Tiima Hurme, Hamburg
Gesetzt aus der Cochin durch
Fotosatz Reinhard Amann, Aichstetten
Druck & Bindung:
Franz Spiegel Buch GmbH, Ulm
Printed in Germany 1997
ISBN 3 7632 4635 5

Gedruckt auf chlor- und säurefreiem Papier

Für Graeme und Jess

Inhalt

I. Zackenkante   *11*

II. Steinige Straße   *19*

III. Bäumchen, Bäumchen, wechsle dich   *29*

IV. Jungmännertraum   *63*

V. Zerbrochenes Geschirr   *129*

VI. Geheimfach   *183*

VII. Jägerzaun   *245*

VIII. Fuchs und Gans   *315*

IX. Herzen und Mägen   *383*

X. Das Fräulein vom See   *439*

XI. Fallende Stämme   *465*

XII. Salomonstempel   *493*

XIII. Die Büchse der Pandora   *523*

XIV. Der Buchstabe X   *553*

XV. Paradiesbaum   *581*

Was immer in diesen Jahren geschehen sein mag, Gott weiß, ich spreche
die Wahrheit, wenn ich sage, daß ihr lügt.
William Morris, »Die Verteidigung Gueneveres«

Ich habe kein Tribunal.
Emily Dickinson, Briefe

Welchen Zweck hat das Licht? Was ist es überhaupt? Ich muß noch einmal
gestehen, ich weiß es nicht. Ich kann dir wohl sagen, was es nicht ist …
Eugène Marais, Die Seele der weißen Ameise

I.

Zackenkante

Zur Zeit meines Besuches gab es im Gefängnis nur vierzig Frauen, was sehr für die überlegene moralische Schulung des schwächeren Geschlechts spricht. Mein wichtigstes Anliegen beim Besuch ihrer Abteilung war es, mir die berühmte Mörderin Grace Marks anzusehen, von der ich viel gehört hatte, nicht nur aus den Zeitungen, sondern auch von dem Gentleman, der sie in ihrem Prozeß vertreten und dessen fähige Verteidigung sie vor dem Galgen gerettet hatte, an dem ihr unglücklicher Komplize seine schuldbeladene Laufbahn beendete.

Susanna Moodie, Life in the Clearings, 1853

Komm und sieh
die wahren Blumen
dieser schmerzerfüllten Welt.

Bashō

1.

Aus dem Kies wachsen Pfingstrosen. Sie zwängen sich durch die losen grauen Steine, ihre Knospen prüfen die Luft wie die Fühler von Schnecken, schwellen dann und öffnen sich, riesige, dunkelrote Blüten, schimmernd und glänzend wie Satin. Dann bersten sie und fallen zu Boden.

In dem einen kurzen Augenblick, bevor sie zerfallen, sind sie wie die Pfingstrosen vor dem Haus von Mr. Kinnear, an jenem ersten Tag, bloß daß diese weiß waren. Nancy schnitt gerade die letzten von ihnen. Sie trug ein helles Kleid mit rosa Rosenknospen und einem Rock mit einem dreifach gekräuselten Volant, und dazu einen Strohhut, der ihr Gesicht verdeckte. Sie hatte einen flachen Korb bei sich, um die Blumen hineinzutun, und beugte sich mit kerzengerader Taille aus der Hüfte vor, wie eine Lady. Als sie uns kommen hörte und sich zu uns umdrehte, hob sie wie im Schreck eine Hand an die Kehle.

Ich halte den Kopf gesenkt, während ich im Gleichschritt mit den anderen, die Augen niedergeschlagen, schweigend, immer zu zweit, um den Hof herumgehe, im Inneren des Vierecks, das von den hohen Steinmauern gebildet wird. Meine Hände sind vor mir gefaltet; sie sind rissig und aufgesprungen, die Knöchel rot. Ich kann mich an keine Zeit erinnern, in der sie nicht so ausgesehen hätten. Die Spitzen meiner Schuhe kommen unter dem Saum meines Rocks zum Vorschein und verschwinden wieder darunter, blau und weiß, blau und weiß, sie knirschen auf dem Pfad. Diese Schuhe passen mir besser als alle anderen, die ich je gehabt habe.

Wir haben das Jahr 1851. An meinem nächsten Geburtstag werde ich vierundzwanzig Jahre alt werden. Ich bin hier eingesperrt, seit ich sechzehn war. Ich bin eine vorbildliche Gefangene und mache keine Unannehmlichkeiten. Das jedenfalls sagt die Frau Direktor, ich habe es selbst gehört. Ich höre viele Dinge. Wenn ich gehorsam genug und still genug bin, lassen sie mich vielleicht irgendwann gehen; aber es ist nicht leicht, still und gehorsam zu sein, es ist, als hinge man am Rand einer Brücke, von der man heruntergefallen ist; man scheint sich nicht zu bewegen, man baumelt einfach nur da, und doch raubt es einem alle Kraft.

Ich beobachte die Pfingstrosen aus den Augenwinkeln. Ich weiß, daß sie nicht hier sein sollten: es ist April, und Pfingstrosen blühen nicht im April. Jetzt sind noch drei dazugekommen, genau vor mir, sie wachsen mitten auf dem Pfad. Verstohlen strecke ich die Hand aus, um eine davon zu berühren. Sie fühlt sich trocken an, und ich merke, daß sie aus Stoff ist.

Dann sehe ich Nancy ein Stück vor mir. Sie liegt auf den Knien, die Haare fallen ihr ins Gesicht, und das Blut läuft ihr in die Augen. Um den Hals hat sie ein weißes Baumwolltuch, das mit blauen Blumen bedruckt ist, Jungfer im Grünen, es gehört mir. Sie hebt den Kopf, sie streckt mir flehend die Hände entgegen; sie trägt die kleinen goldenen Ohrringe, um die ich sie früher beneidet habe, aber jetzt mißgönne ich sie ihr nicht mehr, Nancy kann sie behalten, weil dieses Mal alles anders sein wird, dieses Mal werde ich zu ihr laufen und ihr helfen, ich werde sie aufrichten und das Blut mit meinem Rock abtupfen, ich werde einen Streifen Stoff als Verband aus meinem Unterrock reißen, und nichts von allem wird geschehen sein. Mr. Kinnear wird am Nachmittag nach Hause kommen, er wird die Auffahrt heraufreiten, McDermott wird das Pferd nehmen, Mr. Kinnear wird in den Salon gehen, ich werde ihm Kaffee machen, Nancy wird ihn auf einem Tablett zu ihm hineintragen, wie sie es gerne tut, und er wird sagen: »Was für ein guter Kaffee.« Abends werden die Glühwürmchen im Obstgarten zum Vorschein kommen, und beim Schein der Lampe wird es Musik geben. Jamie Walsh. Der Junge mit der Flöte.

Ich bin fast an der Stelle angekommen, wo Nancy kniet. Aber ich falle nicht aus dem Schritt, ich laufe nicht zu ihr, ich gehe in meiner Zweierreihe weiter; und dann lächelt Nancy, nur mit dem Mund, ihre Augen sind hinter dem Blut und den Haaren nicht zu sehen, und dann zerplatzt sie zu farbigen Flecken, einem Wehen roter Stoffblüten über Steinen.

Ich lege die Hände über die Augen, weil es plötzlich dunkel ist, und ein Mann steht mit einer Kerze da, er versperrt die Treppe, die nach oben führt; und die Kellerwände sind überall um mich herum, und ich weiß, daß ich hier nie mehr herauskommen werde.

Das habe ich Dr. Jordan erzählt, als wir zu diesem Teil der Geschichte kamen.

II.

Steinige Straße

Grace Marks alias Mary Whitney   *James McDermott*
Wie sie vor Gericht auftraten.
Angeklagt des Mordes an Mr. Thos. Kinnear & Nancy Montgomery.

Am Dienstag, gegen 10 Minuten nach 12 Uhr, wurde vor dem neuen Gefängnis dieser Stadt die höchste Strafe des Gesetzes an James McDermot, dem Mörder von Mr. Kinnear, vollzogen. Eine gewaltige Menschenmenge, bestehend aus Männern, Frauen und Kindern, wartete gespannt darauf, Zeuge des letzten Kampfes eines sündigen Mitmenschen zu werden. Welcher Art die Gefühle dieser Frauen waren, die von fern und nah durch Schlamm und Regen herbeiströmten, um dem grausigen Schauspiel beizuwohnen, können wir nicht erahnen, wagen jedoch zu behaupten, daß sie nicht sehr *zartfühlend* oder *kultiviert* gewesen sein können. Der unglückliche Missetäter legte in jenem schrecklichen Augenblick dieselbe Kaltblütigkeit und Unerschrockenheit an den Tag, die sein Verhalten seit seiner Verhaftung gekennzeichnet haben.

Toronto Mirror, 23. November 1843

Strafbuch, Gefängnis Kingston, 1843

Vergehen	*Bestrafung*
Lachen und Reden	6 Hiebe; neunschwänzige Katze
Reden im Waschhaus	6 Hiebe; Peitsche
Anderen Insassen drohen, ihnen den Schädel einzuschlagen	24 Hiebe; neunschwänzige Katze
Mit den Wärtern über Dinge sprechen, die nichts mit der Arbeit zu tun haben	6 Hiebe; neunschwänzige Katze
Klagen über Rationen, wenn von Aufsehern aufgefordert, sich zu setzen	6 Hiebe; Peitsche, und Brot und Wasser
Beim Frühstück herumstarren und unaufmerksam sein	Brot und Wasser
Arbeit verlassen und Abort aufsuchen, wenn ein anderer Insasse dort ist	36 Stunden Dunkelzelle und Brot und Wasser

2.

DAS LIED VON DEN MORDEN AN THOMAS KINNEAR
UND SEINER HAUSHÄLTERIN NANCY MONTGOMERY
IN RICHMOND HILL UND DER PROZESS VON GRACE
MARKS UND JAMES MCDERMOTT UND DIE HINRICH-
TUNG VON JAMES MCDERMOTT IM NEUEN GEFÄNG-
NIS VON TORONTO AM 21. NOVEMBER 1843.

Grace Marks war in Stellung,
Wie sechzehn sah sie aus,
McDermott war der Pferdeknecht,
In Thomas Kinnears Haus.

Thomas Kinnear, der war ein Edelmann,
Not und Sorge kannte er nie,
Und er liebte seine Haushälterin,
Die hieß Nancy Montgomery.

Oh Nancy mein, verzweifle nicht,
Zur Stadt nun will ich ziehn,
Zu holen schönes Geld für dich
Zur Bank nach Toronto hin!

Oh Nancy, die ist keine Dame
Oh Nancy, die ist nicht von Stand
Und doch trägt sie Samt und Seide
Die schönsten Kleider im Land.

Oh Nancy, die ist keine Dame
Ich aber plag mich ab,
Sie treibt mich an tagaus, tagein,
Sie treibt mich noch ins Grab.

Und Grace, sie liebte Herrn Kinnear,
McDermott hat Grace so lieb,
Und ich schwör, daß es die Liebe war,
Die sie in die Sünde trieb.

Oh Grace, sei doch mein süßer Schatz,
Oh nein, das kann ich nie,
Es sei denn, du bringst um für mich
Nancy Montgomery.

Es war ein Schlag mit seiner Axt,
Den der schönen Nancy er gab,
Er schleppte sie zur Kellertür
Und warf die Treppe sie hinab.

Erbarmet euch, erbarmet euch,
McDermott, hab Mitleid mit mir,
Erbarme dich auch du, Grace Marks,
Drei Kleider geb ich dir.

Ich bitt euch nicht für mich allein,
Nicht für das Kind, das ich trag,
Es ist die Liebe zu Thomas Kinnear,
Weshalb ich nicht sterben mag.

McDermott packte sie beim Haar,
Die Gurgel zu drückt sie,
Und so erwürgt das böse Paar
Nancy Montgomery.

Was hab ich getan, meine Seele ist hin,
Und wie find ich wieder Ruh.
Um uns zu retten, morden wir nun
Thomas Kinnear dazu.

Oh nein, ich geb ihn nimmer verlorn,
Er darf nicht sterben, nein!
Sterben muß er, denn du hast geschworn,
Nun meine Liebste zu sein.

Als Thomas Kinnear nach Hause kam
Und als er seine Küche betrat,
Schoß James McDermott ihm ins Herz,
In seinem Blute er lag.

Ein fahrender Händler kam heran,
Hat Hemden und Kleider dabei,
Oh, geh fort, geh fort, du Handelsmann,
Kleider hab ich genug für drei.

Der Fleischer kam zum Hause dann,
Jede Woche kam er heraus;
Oh, fahrt nur weiter, guter Mann,
Fleisch ist genug im Haus.

Sie raubten Kinnear das Silber,
Sie raubten Kinnear das Geld,
Sie stahlen Pferd und Wagen
Und fuhren hinaus in die Welt.

Sie fuhren durch die finstere Nacht,
Nach Toronto wollten sie fliehn,
Und dann übern See nach Amerika,
Sich der Strafe zu entziehn.

Sie nahm McDermott bei der Hand,
So furchtlos und kühn war sie,
Und schrieb sich ein in Lewis' Hotel
Mit dem Namen Mary Whitney.

Indes die Leichen im Keller man fand,
Ganz schwarz war Nancys Gesicht,
Der Wäschezuber über ihr stand,
Thomas Kinnear, der rührte sich nicht.

Bailiff Kingsmill verfolgte sie zäh,
Das schnellste Boot nahm er
Und segelte über den Großen See
Nach Lewiston, hinterher.

Noch nicht sechs Stunden schliefen sie,
Mehr brauchte er nicht dafür,
Dann stand er drüben in Lewis' Hotel
Und pochte an ihre Tür.

Von drinnen rief Grace: Wer ist da?
Und warum klopft ihr so früh?
Oh, ihr habt gemordet Thomas Kinnear
Und Nancy Montgomery.

Nun kam Grace Marks vor ihr Gericht,
Und leugnete frech alles ab
Und sagte, ich sah sie erdrosselt nicht,
Und ihn nicht fallen hinab.

McDermott zwang mich mitzugehn,
Und drohte mir so schwer,
Wenn ich erzählte, was geschehn,
Mich zu töten mit dem Gewehr.

McDermott stand vor dem Gericht:
Nie hätt ich das getan,
Die schöne Grace hat mich verführt,
Sie trieb mich dazu an.

Und da trat Jamie Walsh nach vorn
Und schwor nach altem Brauch:
Grace hat ja Nancys Kleider an
Und Nancys Haube auch.

Sie hängten McDermott am Halse auf,
Bis er gestorben war.
Und Grace ward ins Gefängnis gesperrt,
Muß seufzen dort viele Jahr.

Zwei Stunden mußte er hängen am Strick,
Auf daß alles Leben entflieh,
Die Leiche schnitt man klitzeklein
In der Anatomie.

Auf Nancys Grab eine Rose wuchs
Und auf Thomas Kinnears Wein,
Sie wuchsen so hoch, sie umschlangen sich,
So sind die beiden vereint.

Ein langes Leben muß Grace Marks
Verbringen bei Wasser und Brot,
Und nie vergißt sie Thomas Kinnear
Und Nancy Montgomerys Tod.

Aber wenn Grace Marks dann einmal bereut,
Die Sünden und Sündenlohn,
Dann tritt sie, wenns ans Sterben geht,
Vor des Erlösers Thron.

Vor des Erlösers Thron sie wird stehn,
Geheilt wird all ihr Weh,
Gewaschen ihre blutige Hand,
Grace Marks wird weiß wie Schnee.

Und sie wird sein so weiß wie Schnee
Und gehn in den Himmel ein,
Und sie wird wohnen im Paradies
Und im Paradiese sein.

III.

Bäumchen, Bäumchen, wechsle dich

Sie ist eine Frau von mittlerer Größe und hat eine zierliche, anmutige Figur. Auf ihrem Gesicht liegt ein Ausdruck hoffnungsloser Melancholie, den zu betrachten schmerzlich ist. Ihr Teint ist hell und muß, bevor die Berührung des hoffnungslosen Kummers ihn fahl machte, strahlend gewesen sein. Ihre Augen sind von einem leuchtenden Blau, ihre Haare kastanienrot, und ihr Gesicht könnte recht attraktiv sein, wäre da nicht das lange Kinn, das ihm, wie bei den meisten Personen, die unter dieser Verunstaltung leiden, einen verschlagenen, grausamen Ausdruck verleiht.

Grace Marks betrachtet einen mit verstohlenen Seitenblicken; sie sieht einem nie in die Augen, und nach einer heimlichen Musterung senkt sie den Blick unweigerlich zu Boden. Sie sieht aus wie jemand über ihrem bescheidenen Stand ...

Susanna Moodie, Life in the Clearings, 1853

Die Gefangene hob das Gesicht, es war so sanft und lind
Wie ein marmorner Heil'ger oder ein
schlummerndes Kind;
Es war so sanft und lind, es war so lieblich und rein,
Keine Schmerzensfalte grub in dies Antlitz sich ein.

Die Gefangene seufzte und hob die Hände beide:
»Man quält mich«, sagte sie, »und ich leide;
Doch sie sind wenig wert, eure Riegel und Türen dicht;
Und wären sie aus Stahl, sie hielten mich nicht.«

Emily Brontë, »Die Gefangene«, 1845

3.

1859 Ich sitze auf dem dunkelroten Samtsofa im Salon des Herrn Direktor, oder vielmehr im Salon der Frau Direktor; es war immer der Salon der Frau Direktor, obwohl die Frau Direktor nicht immer dieselbe Frau ist, da die Direktoren oft an andere Orte versetzt werden. Meine Hände liegen so wie es sich gehört gefaltet in meinem Schoß, obwohl ich keine Handschuhe habe. Die Handschuhe, die ich gerne hätte, wären weich und weiß und würden passen, ohne auch nur eine Falte zu werfen.

Ich bin oft in diesem Salon, wenn ich das Teegeschirr abräume und die kleinen Tische und den hohen Spiegel abstaube, den mit dem Rahmen aus Weintrauben und Blättern, und das Pianoforte, und die hohe Uhr, die aus Europa stammt, mit der orange-goldenen Sonne und dem silbernen Mond, die herauskommen und wieder verschwinden, je nach Tageszeit und je nachdem, welche Woche im Monat wir haben. Die Uhr gefällt mir am besten von allen Sachen im Salon, obwohl sie die Zeit mißt, und Zeit habe ich sowieso schon zuviel.

Aber ich habe noch nie zuvor auf dem Sofa gesessen, da es nur für Besucher ist. Mrs. Alderman Parkinson sagte immer, eine Dame darf sich nie auf einen Stuhl setzen, von dem ein Herr gerade erst aufgestanden ist, wieso nicht, das wollte sie nicht sagen. Aber Mary Whitney hat gesagt: »Weil er noch warm ist von seinem Hintern, deshalb, du dumme Gans«; was keine sehr feine Bemerkung war. Und deshalb kann ich nicht hier sitzen, ohne an die damenhaften Hinterteile zu denken, die auf ebendiesem Sofa gesessen haben, ganz zart und weiß, wie wabbelige gekochte Eier.

Die Besucherinnen tragen Nachmittagskleider mit Knopfreihen vorne, und darunter steife Krinolinen aus Draht. Es ist ein Wunder, daß sie sich damit überhaupt hinsetzen können, und wenn sie gehen, berührt nichts ihre Beine unter den gebauschten Röcken, bis auf ihre Unterkleider und Strümpfe. Sie sind wie Schwäne, die auf unsichtbaren Füßen dahingleiten; oder wie die Quallen im Wasser des Felsenhafens in der Nähe von unserem Haus, als ich noch klein war, bevor ich die lange und traurige Reise über den Ozean antrat. Sie waren glockenförmig und gekräuselt, diese Quallen, und unter Wasser schwebten sie anmutig dahin und sahen sehr schön aus; aber wenn sie an den Strand gespült wurden und in der Sonne trockneten, blieb nichts von ihnen übrig. Und genauso ist es auch mit den Damen: sie bestehen größtenteils aus Wasser.

Als ich hierher gebracht wurde, gab es keine Krinolinen aus Draht. Sie waren damals aus Pferdehaar, da noch niemand an Draht gedacht hatte. Ich habe mir angesehen, wie sie in den Schränken hängen, wenn ich hineingehe, um aufzuräumen und das Nachtgeschirr auszuleeren. Sie sind wie Vogelkäfige; aber was wird in diesen Käfigen gehalten? Beine, die Beine von Damen; Beine, die eingesperrt werden, damit sie nicht herauskommen und sich an den Hosen der Herren reiben können. Die Frau Direktor sagt niemals Beine, aber die Zeitungen haben Beine gesagt, als sie über Nancy schrieben, deren tote Beine unter dem Waschzuber hervorsahen.

Es sind nicht nur die Quallendamen, die zu Besuch kommen. Dienstags haben wir die Frauenfrage und die Emanzipation von diesem oder jenem, mit reformgesinnten Personen beider Geschlechter; und donnerstags den Spiritisten-Kreis, zum Tee und zu Gesprächen mit den Toten, die ein Trost für die Frau Direktor sind, wegen ihrem dahingeschiedenen kleinen Sohn. Aber größtenteils sind es die Damen, die kommen. Sie sitzen da und nippen an den Tassen aus dünnem Porzellan, und die Frau Direktor läutet eine kleine Porzellanglocke. Sie ist nicht gern eine Frau Direktor, sie hätte es lieber, wenn der Herr Direktor der Direktor von etwas anderem als einem Gefängnis wäre.

Die Freunde des Herrn Direktor waren einflußreich genug, um ihn zum Direktor zu machen, aber nicht zu mehr.

Und so ist sie also hier und muß das Beste aus ihrer gesellschaftlichen Stellung und aus ihren Erfolgen machen, und obwohl ich etwas bin, wovor man Angst hat, ähnlich wie vor einer Spinne, und auch etwas, dem man Barmherzigkeit angedeihen läßt, bin ich auch einer der Erfolge. Ich betrete das Zimmer und knickse und bewege mich hierhin und dahin, mit geschlossenem Mund und gesenktem Kopf, und sammele die Tassen ein oder stelle sie hin, je nachdem; und sie starren mich so unauffällig sie können unter ihren Hauben hervor an.

Der Grund, weshalb sie mich sehen wollen, ist der, daß ich eine berühmte Mörderin bin. Jedenfalls stand das in den Zeitungen. Als ich es das erste Mal sah, war ich sehr überrascht, weil sie Berühmte Sängerin und Berühmte Dichterin und Berühmte Spiritistin und Berühmte Schauspielerin sagen, aber was gibt es an einem Mord schon zu rühmen? Trotzdem ist *Mörderin* ein mächtiges Wort, wenn es sich an einen selbst hängt. Es hat einen Geruch an sich, dieses Wort – schwer und schwül, wie welke Blumen in einer Vase. Manchmal flüstere ich es nachts vor mich hin: *Mörderin, Mörderin.* Es ist wie ein Dreiklang.

Mörder ist nur brutal. *Mörder* ist wie ein Hammer, oder wie ein Stück Metall. Ich bin lieber eine Mörderin als ein Mörder, wenn die beiden die einzige Wahl sind.

Manchmal, wenn ich den Spiegel mit den Weintrauben abstaube, sehe ich mich darin an, obwohl ich weiß, daß es Eitelkeit ist. Im Nachmittagslicht des Salons sieht meine Haut bläulich-violett aus, wie ein verblaßter blauer Fleck, und meine Zähne sind grünlich. Ich denke an all die Dinge, die über mich geschrieben wurden – daß ich ein unmenschlicher weiblicher Dämon bin, daß ich das unschuldige Opfer eines gemeinen Lumpen bin und gegen meinen Willen und unter Lebensgefahr gezwungen wurde, daß ich zu dumm und ahnungslos war, um zu wissen, was ich hätte tun sollen, daß es ein Justizmord wäre, mich zu hängen, daß ich Tiere liebe, daß ich sehr attraktiv bin und einen strahlenden Teint habe, daß ich blaue Augen habe, daß ich grüne Augen habe, daß ich kastanienrotes, aber auch braunes Haar habe, daß ich groß bin und daß ich eine durchschnittliche Größe nicht überschreite, daß ich gut und anständig angezogen bin, daß ich eine tote Frau beraubt habe, um mich besser zu kleiden, daß die Arbeit mir schnell und flink von der Hand geht, daß ich eine mürrische Veranlagung und ein streitsüchtiges Wesen habe, daß ich eher aussehe wie jemand über meinem bescheidenen Stand, daß ich ein gutes Mädchen, aber von leicht zu beeinflussender Natur bin und nichts Nachteiliges über mich bekannt ist, daß ich gerissen und hinterhältig bin, daß ich nicht ganz richtig im Kopf und kaum von einer Idiotin zu unterscheiden bin. Und ich frage mich, wie kann ich all diese verschiedenen Dinge auf einmal sein?

Es war mein eigener Anwalt, der hochwohlgeborene Mr. Kenneth MacKenzie, der ihnen sagte, ich würde mich kaum von einer Idiotin unterscheiden. Ich war deswegen erst böse auf ihn, aber er sagte, es sei bei weitem meine beste Chance, und ich solle mir nur nicht den Anschein geben, zu intelligent zu sein. Er sagte, er würde nach besten Kräften für mich plädieren, weil ich, wie immer die Wahrheit auch aussehen mochte, schließlich kaum mehr als ein Kind sei, und wahrscheinlich würde alles auf die Frage freien Willens hinauslaufen, ob die Geschworenen dieser Meinung seien oder nicht. Er war ein freundlicher Herr, obwohl ich einen großen Teil von dem, was er sagte, um mein Leben nicht verstehen konnte, aber er muß gut plädiert haben. Die Zeitungen schrieben, er habe einen heroischen Kampf gegen eine überwältigende Übermacht geführt. Obwohl ich nicht weiß, wieso man es plädieren nennt, weil er überhaupt nicht plädierte und bat und bettelte, sondern versuchte, die Zeugen als unmoralisch oder boshaft hinzustellen, oder aber als Menschen, die sich täuschten.

Ich frage mich, ob er mir auch nur ein Wort geglaubt hat.

Wenn ich mit dem Teetablett das Zimmer verlassen habe, sehen die Damen sich das Album der Frau Direktor an. »Oh je, mir ist ganz zittrig«, sagen sie, und:»Meine Liebe, wie können Sie diese Person nur frei in Ihrem Haus herumlaufen lassen, Sie müssen Nerven aus Stahl haben, meine eigenen könnten das nie aushalten.«

»Ach, wissen Sie, in unserer Lage muß man sich an diese Dinge gewöhnen, im Grunde genommen sind wir ja selbst Gefangene, und man muß Mitleid mit diesen armen unwissenden Kreaturen haben, und schließlich hat sie Dienstmädchen gelernt, und ohnedies ist es besser, wenn sie eine Beschäftigung haben, sie näht wundervoll, sehr geschickt und schnell, so gesehen ist sie wirklich eine große Hilfe, vor allem bei den Kleidern der Mädchen, sie hat einen Blick für Besätze, und unter glücklicheren Umständen hätte sie eine ausgezeichnete Hilfe für eine Putzmacherin abgegeben.

Aber natürlich darf sie nur tagsüber hier sein, nachts würde ich sie nicht im Haus haben wollen. Wissen Sie, sie war eine Zeitlang in der Irrenanstalt in Toronto, sieben oder acht Jahre ist das jetzt her, aber obwohl sie anscheinend völlig geheilt ist, weiß man bei diesen Leuten ja doch nie, wann es plötzlich wieder über sie kommt, manchmal spricht sie mit sich selbst und singt laut vor sich hin, auf eine höchst eigentümliche Weise. Man darf kein Risiko eingehen, die Wärter bringen sie abends wieder zurück und schließen sie ein, sonst könnte ich die ganze Nacht kein Auge zutun.«

»Oh, das kann ich Ihnen nicht verdenken, auch die christliche Nächstenliebe hat ihre Grenzen, und die Katze läßt das Mausen nicht, und niemand kann sagen, daß Sie Ihre Pflicht nicht erfüllt und kein gebührendes Mitgefühl an den Tag gelegt hätten.«

Das Album der Frau Direktor liegt auf dem runden Tisch mit dem seidenen Tuch, auf dem lauter ineinander verschlungene Ranken zu sehen sind, und Blüten und rote Früchte und blaue Vögel. Eigentlich ist es ein großer Baum, und wenn man lange genug hinsieht, fangen die Zweige an, sich zu bewegen, als gehe der Wind durch sie hindurch. Die älteste Tochter der Frau Direktor hat es aus Indien geschickt, sie ist mit einem Missionar verheiratet, was nichts ist, wonach mir selbst der Sinn stehen würde. Gewiß würde man früh sterben; wenn nicht von der Hand aufständischer Eingeborener, wie in Kanpur – wo schreckliche Greueltaten an den Personen respektabler Damen von Stand verübt wurden, und es war eine Gnade, daß alle abgeschlachtet und von ihrem Elend erlöst wurden, denn die Schande wäre schier unvorstellbar gewesen –, dann an der Malaria, die einen von oben bis unten gelb färbt, und man stirbt in Raserei; und ehe man wüßte, was einem geschieht, wäre man in einem fremden Landstrich unter einer Palme begraben. Ich habe in einem Buch mit fernöstlichen Stichen, das die Frau Direktor hervornimmt, wenn sie eine Träne vergießen will, Bilder davon gesehen.

Auf dem gleichen runden Tisch liegt der Stapel mit den *Godey's Ladies' Books* mit den neuesten Moden, die aus den Staaten zu uns kommen, und auch die Erinnerungsalben der beiden jüngeren Töchter. Miss Lydia sagt, daß ich eine romantische Gestalt bin; aber die beiden sind so jung, daß sie kaum wissen, was sie sagen. Manchmal quälen sie mich mit neugierigen Fragen und hänseln mich und sagen: »Grace, warum lächelst und lachst du eigentlich nie, wir sehen dich nie lächeln.« Und ich sage: »Wahrscheinlich habe ich es verlernt, Miss, mein Gesicht will sich einfach nicht mehr auf die Weise verziehen.« Aber wenn ich einmal anfangen würde zu lachen, könnte ich vielleicht nicht mehr aufhören; und außerdem würde es ihre romantische Vorstellung von mir verderben. Romantische Gestalten lachen nicht, soviel weiß ich von den Bildern, die ich gesehen habe.

Die Töchter kleben alle möglichen Sachen in ihre Alben, kleine Stückchen Stoff von ihren Kleidern, Reste von Bändern, Bilder, die sie aus Zeitschriften ausgeschnitten haben – die Ruinen des alten Rom, die malerischen Klöster der französischen Alpen, die London Bridge, die Niagarafälle im Sommer und im Winter, die ich gerne einmal sehen würde, da alle sagen, daß sie sehr beeindruckend sind, und Porträts von Lady Soundso und

Lord Soundso aus England. Und ihre Freundinnen schreiben in ihrer schön geschwungenen Handschrift Sachen hinein. *Für die Liebste Lydia von ihrer Ewigen Freundin Clara Richards. Für die Liebste Marianne zur Erinnerung an unser wundervolles Picknick an den Ufern des tiefblauen Ontariosees.* Und Gedichte:

Nicht wie Rosen, nicht wie Nelken,
Die heute blühen und morgen welken,
Sondern wie das Immergrün
Soll ewig unsre Freundschaft blühn. Deine Getreue Laura.

Oder aber:

Das festgeknüpfte Freundschaftsband,
Das sich um unsre Herzen wand,
Soll immer fest und immer schön
Bis in die Ewigkeit bestehn. Deine Lucy.

Diese junge Dame ertrank kurz darauf im See, als ihr Schiff in einem Sturm sank, und nichts wurde je von ihr gefunden, bis auf ihren festen Koffer mit den in Silber gehämmerten Initialen; er war noch verschlossen, der Koffer, und deshalb war, obwohl alles naß war, nichts herausgespült, und Miss Lydia bekam zur Erinnerung einen Schal daraus geschenkt.

Sitzt du einst an meinem Leichensteine
auf der Bank im Sonnenscheine,
und die Träne tropfet leise
auf mein sterbliches Gehäuse,
blutet in dem moos'gen Grunde
in mir eine alte Wunde:
meine Liebe lebet fort
auch an diesem stillen Ort.

Dieses Gedicht ist gezeichnet mit *Ich werde im Geiste immer bei Dir sein, Deine Dich liebende »Nancy«, Hannah Edmonds,* und ich muß sagen, daß es mir, als ich es das erste Mal sah, einen gehörigen Schrecken einjagte, obwohl es natürlich eine andere Nancy war. Trotzdem, *das sterbliche Gehäuse*. Denn inzwischen kann sie nur noch ein Gehäuse sein. Ihr Gesicht war schon ganz schwarz, als sie gefunden wurde, der Geruch muß schrecklich gewesen sein. Es war so heiß damals, es war Juli, trotzdem ist sie überraschend schnell schlecht geworden. Eigentlich hätte man meinen sollen, daß sie sich im Keller länger gehalten hätte, normalerweise war es immer kühl dort unten. Jedenfalls bin ich gewiß froh, daß ich nicht dabei war, als sie gefunden wurde, es wäre bestimmt sehr unerfreulich gewesen.

Ich weiß nicht, warum sie alle so erpicht darauf sind, in Erinnerung behalten zu werden. Was haben sie davon? Es gibt nun einmal Dinge, die von allen vergessen und nie wieder erwähnt werden sollten.

Das Album der Frau Direktor ist ganz anders. Natürlich ist sie eine erwachsene Frau und kein junges Mädchen mehr, und obwohl sie sich ganz genauso gern erinnert, ist das, woran sie sich erinnern will, etwas anderes als Veilchen oder ein Picknick. Kein Meine Liebste und Liebe und Schönheit, keine Ewigen Freundschaften, das alles ist nichts für sie; statt dessen enthält ihr Album alle berühmten Verbrecher – diejenigen, die gehängt oder aber hierhergebracht wurden, um zu bereuen, weil das hier ein Gefängnis ist und von einem erwartet wird, daß man bereut, während man hier ist, und es ist besser für einen, wenn man sagt, daß man es tut, egal ob man etwas zu bereuen hat oder nicht.

Die Frau Direktor schneidet diese Verbrechen aus den Zeitungen aus und klebt sie in ihr Album; sie schreibt sogar nach alten Zeitungen mit Verbrechen darin, die vor ihrer Zeit begangen wurden. Es ist ihre Sammlung, sie ist eine Lady, und alle Ladies sammeln dieser Tage irgendwelche Sachen, also muß auch sie etwas sammeln, und sie sammelt eben das, statt Farne auszureißen oder Blumen zu pressen, und außerdem macht es ihr Spaß, wenn ihren Bekannten ein bißchen gruselt.

Also habe ich gelesen, was sie über mich geschrieben haben. Sie hat mir das Album selbst gezeigt, wahrscheinlich wollte sie sehen, wie es auf mich wirkt; aber ich habe gelernt, ein unbewegtes Gesicht zu machen, ich habe meine Augen weit und ausdruckslos gemacht wie die von einer Eule im Fackellicht, und ich habe gesagt, ich hätte unter bitteren Tränen bereut und sei jetzt ein anderer Mensch, und möchte sie, daß ich das Teegeschirr abräume? Aber ich habe seitdem in das Album hineingeschaut, viele Male, wenn ich allein im Salon war.

Vieles davon ist gelogen. In den Zeitungen steht geschrieben, ich wäre des Lesens und Schreibens unkundig, dabei konnte ich schon damals ein bißchen lesen. Meine Mutter hatte es mir früh beigebracht, bevor sie zu müde dazu wurde, und ich habe wie alle anderen Kinder mein Stichtuch mit Garnresten bestickt, A für Apfel, B für Biene; und dann hat Mary Whitney oft mit mir gelesen, bei Mrs. Alderman Parkinson, wenn wir über der Flickarbeit saßen; und dann habe ich es noch besser gelernt, seit ich hier bin, da sie es einem mit Absicht beibringen. Sie tun es, damit man die Bibel lesen kann, und auch religiöse Traktate, weil Religion und Prügel die einzigen Mittel gegen eine verderbte Natur sind und man schließlich auch an unsere unsterblichen Seelen denken muß. Es ist schockierend, wie viele Verbrechen in der Bibel stehen. Die Frau Direktor sollte sie alle ausschneiden und in ihr Album kleben.

Sie haben aber auch ein paar wahre Sachen gesagt. Sie haben gesagt, ich hätte einen guten Charakter; das stimmt, und es liegt daran, daß niemand mich je ausgenutzt hat, obwohl manche es versucht haben. Aber sie haben auch gesagt, ich wär die Geliebte von James McDermott gewesen. Sie haben es wirklich und wahrhaftig hingeschrieben, in die Zeitung. Ich finde es ungehörig, solche Dinge zu schreiben.

Aber genau das ist es, was sie wirklich interessiert – die Herren wie auch die Damen. Es kümmert sie nicht wirklich, ob ich jemanden umgebracht habe, ich hätte Dutzende von Kehlen durchschneiden können, schließlich ist es nur das, was sie bei einem Soldaten bewundern, sie würden kaum mit der Wimper zucken. Nein: war ich wirklich seine Geliebte – darauf sind sie ganz begierig, und sie wissen nicht einmal selbst, ob sie wollen, daß die Antwort ja oder nein lautet.

Jetzt sehe ich mir das Album nicht an, weil sie jeden Augenblick hereinkommen können. Ich sitze da, die rissigen Hände gefaltet, den Blick gesenkt, und starre die Blumen auf dem türkischen Teppich an. Oder wenigstens sollen es Blumen sein. Die Blüten haben dieselbe Form wie die Karos auf Spielkarten; wie auf den Spielkarten, die bei Mr. Kinnear auf dem Tisch herumlagen, wenn die Herren am Abend vorher gespielt hatten. Hart und winklig. Aber rot, ein dunkles, dickes Rot. Dicke, erwürgte Zungen.

Heute werden nicht die Damen erwartet, sondern ein Doktor. Er schreibt ein Buch; die Frau Direktor kennt gern Leute, die Bücher schreiben, Bücher mit fortschrittlichen Ansichten, es zeigt, daß sie eine liberal gesinnte Person mit modernen Ansichten ist, und die Wissenschaft macht ja solche Fortschritte, und wer weiß, wo wir angesichts all der modernen Erfindungen und des Kristallpalasts und des ganzen angesammelten Wissens der Welt in hundert Jahren sein werden.

Ein Doktor ist immer ein schlechtes Zeichen. Auch wenn diese Ärzte das Töten nicht selbst besorgen, bedeutet ihre Anwesenheit, daß der Tod nahe ist, und so gesehen sind sie wie Raben oder Krähen. Aber dieser Doktor wird mir nicht wehtun, die Frau Direktor hat es versprochen. Er will nur meinen Kopf messen. Er mißt die Köpfe von allen Verbrechern im Gefängnis, um zu sehen, ob er an den Höckern auf ihren Schädeln erkennen kann, was für eine Sorte Verbrecher sie sind, ob sie Taschendiebe oder Schwindler oder Betrüger oder kriminelle Irre oder Mörder sind – sie hat nicht gesagt »So wie du, Grace«. Dann könnte man nämlich diese Leute einsperren, bevor sie Gelegenheit hätten, irgendwelche Verbrechen zu begehen, und man denke nur, wieviel besser es dann um die Welt bestellt wäre.

Nachdem sie James McDermott gehängt hatten, fertigten sie einen Gipsabdruck von seinem Kopf an. Auch das habe ich

· 42 ·

im Album gelesen. Wahrscheinlich wollten sie seinen Kopf dafür haben – um dafür zu sorgen, daß es um die Welt besser bestellt ist.

Außerdem wurde seine Leiche *seziert*. Als ich das Wort das erste Mal sah, wußte ich nicht, was es bedeutet, aber ich habe es sehr schnell herausgefunden. Die Ärzte haben es gemacht. Sie haben ihn in Stücke zerlegt wie ein Schwein, das eingepökelt werden soll, für sie hätte er genausogut eine Speckseite sein können. Sein Körper, den ich atmen hörte, dessen Herz ich schlagen hörte, zerschnitten von einem Messer – ich kann es nicht ertragen, auch nur daran zu denken.

Ich frage mich, was sie mit seinem Hemd gemacht haben. War es eins von den vieren, die Jeremiah der Hausierer ihm verkauft hat? Es hätten drei sein sollen, oder fünf, weil ungerade Zahlen mehr Glück bringen. Jeremiah hat mir immer Glück gewünscht, aber James McDermott hat er keins gewünscht.

Ich habe die Hinrichtung nicht gesehen. Sie haben ihn vor dem Gefängnis von Toronto aufgehängt, und »Du hättest dabei sein sollen, Grace«, sagen die Wärter, »es wäre eine Lehre für dich gewesen.« Ich habe mir viele Male vorgestellt, wie der arme James mit gefesselten Händen und nacktem Hals dasteht, während sie ihm die Kapuze über den Kopf stülpen wie einem Kätzchen, das ertränkt werden soll. Wenigstens hatte er einen Priester bei sich, er war nicht ganz allein. Wenn Grace Marks nicht gewesen wäre, hat er ihnen gesagt, wäre das alles nicht passiert.

Es regnete, und eine riesige Menschenmenge stand im Matsch herum, einige von ihnen waren viele Meilen weit angereist. Wenn mein eigenes Todesurteil nicht in letzter Minute umgewandelt worden wäre, hätten sie mit demselben gierigen Vergnügen zugesehen, wie ich gehängt worden wäre. Es waren viele Frauen und Damen da; alle wollten zusehen, sie wollten den Tod einatmen wie ein feines Parfüm, und als ich das las, dachte ich: Wenn das eine Lehre für mich sein soll, was soll ich daraus lernen?

Jetzt kann ich ihre Schritte hören, und ich stehe hastig auf und streiche meine Schürze glatt. Dann sagt die Stimme eines fremden Mannes: »Überaus freundlich von Ihnen, Ma'am«, und die Frau Direktor sagt: »Ich bin so froh, behilflich sein zu können«, und er sagt noch einmal: »Überaus freundlich.«

Dann kommt er durch die Tür, kräftiger Bauch, schwarzer Rock, enganliegende Weste, silberne Knöpfe, korrekt gebundenes Halstuch, mehr sehe ich nicht, weil ich den Blick nur bis zu seinem Kinn hebe, und er sagt: »Es wird nicht lange dauern, Ma'am, aber ich wüßte es sehr zu schätzen, wenn Sie im Zimmer bleiben könnten, man muß nicht nur tugendhaft sein, man muß auch tugendhaft scheinen.« Und er lacht, als wäre das ein Witz, aber ich kann seiner Stimme anhören, daß er Angst vor mir hat. Eine Frau wie ich ist immer eine Versuchung, wenn man es unbeobachtet machen kann. Denn was immer wir hinterher sagen, niemand würde es glauben.

Und dann sehe ich seine Hand, eine Hand wie ein Handschuh, ein Handschuh ausgestopft mit rohem Fleisch. Die Hand greift in den offenen Schlund seiner Ledertasche und kommt glitzernd wieder zum Vorschein, und ich weiß, daß ich so eine Hand schon einmal gesehen habe; und dann hebe ich den Kopf und sehe ihm in die Augen, und mein Herz krampft sich in mir zusammen und macht einen entsetzten Sprung, und dann fange ich an zu schreien.

Weil es derselbe Doktor ist, derselbe Doktor, genau derselbe Doktor mit seinem schwarzen Rock und seiner Tasche voller blitzender Messer.

4.

Ein Glas kaltes Wasser ins Gesicht brachte mich wieder zu mir, aber ich schrie immer weiter, obwohl der Doktor nicht mehr zu sehen war; ich mußte von zwei Küchenmädchen und dem Gärtnerjungen, der auf meinen Beinen saß, festgehalten werden. Die Frau Direktor hatte nach der Aufseherin aus dem Gefängnis geschickt, die mit zweien von den Wärtern kam und mir eine schallende Ohrfeige gab, worauf ich aufhörte. Überhaupt war es gar nicht derselbe Doktor gewesen, er hatte nur so ausgesehen. Derselbe kalte und gierige Blick, und der Haß.

»Es ist das einzige, was man tun kann, wenn sie hysterisch werden, Ma'am, das können Sie mir glauben«, sagte die Aufseherin. »Wir haben reichlich Erfahrung mit dieser Art von Anfällen, die hier hatte früher einen Hang dazu, aber wir haben ihr nie was durchgehen lassen und haben uns alle Mühe gegeben, es ihr auszutreiben, und haben eigentlich gedacht, sie hätte es sich abgewöhnt. Aber vielleicht kommen ihre alten Schwierigkeiten wieder durch, denn egal was die da oben in Toronto gesagt haben, sie *war* vor diesen sieben Jahren völlig übergeschnappt, und Sie können von Glück sagen, daß keine Scheren oder spitzen Gegenstände herumgelegen haben.«

Dann schleppten die Wärter mich ins Hauptgebäude des Gefängnisses zurück und sperrten mich in diesen Raum, bis ich wieder ich selbst sei, wie sie sagten, obwohl ich sagte, es gehe mir schon wieder viel besser, jetzt wo der Doktor mit seinen Messern nicht mehr da sei. Ich sagte, ich hätte einfach nur Angst vor Ärzten, und davor, daß sie mich aufschneiden könnten, so wie manche Angst vor Schlangen haben. Aber sie sagten: »Es reicht jetzt mit deinen Tricks, Grace, du wolltest dich nur

wichtig machen, der Doktor wollte dich überhaupt nicht aufschneiden, er hatte überhaupt kein Messer dabei, was du gesehen hast, war nur ein Greifzirkel, um Köpfe zu messen. Du hast
der Frau Direktor einen gehörigen Schrecken eingejagt, aber
geschieht ihr recht, sie hat dich mehr verwöhnt, als gut für dich
ist, und hat ein richtiges Hätschelkind aus dir gemacht, ist doch
wahr, und wir sind kaum noch gut genug für dich. Aber das
wird sich jetzt ändern, du wirst dich damit abfinden müssen,
weil du jetzt nämlich eine Zeitlang eine andere Art von Aufmerksamkeit zu spüren kriegen wirst. Bis entschieden ist, was
wir mit dir machen sollen.«

In diesem Raum gibt es nur ein kleines Fenster ganz hoch oben
in der Wand, mit Gittern an der Innenseite, und eine mit Stroh
ausgestopfte Matratze. Es gibt einen Blechteller mit einem
Kanten Brot darauf, und einen steinernen Krug mit Wasser,
und einen Holzeimer mit nichts drin, und der ist für die Not-
durft gedacht. Bevor sie mich in die Irrenanstalt steckten, war
ich auch in einem Raum wie diesem. Ich habe ihnen damals
gesagt, daß ich nicht verrückt bin, daß sie mich verwechseln,
aber sie haben nicht auf mich gehört.

Dabei hatten sie nicht die geringste Ahnung von Verrückten,
denn viele von den Frauen in der Anstalt waren nicht verrückter als die Königin von England. Viele waren ganz und gar
normal, wenn sie nüchtern waren, und ihre Verrücktheit kam
nur aus der Flasche, was eine Art von Verrücktheit ist, die ich
sehr gut kenne. Eine von ihnen war da, um nicht bei ihrem
Mann sein zu müssen, der sie immer grün und blau schlug, er
war derjenige, der verrückt war, aber ihn sperrte natürlich niemand ein; und eine andere sagte, sie würde immer im Herbst
verrückt, weil sie nämlich kein Haus hatte und es in der Anstalt
warm war, und wenn sie nicht so tun würde, als wäre sie verrückt, müßte sie draußen erfrieren; aber im Frühling wurde sie
dann wieder normal, weil das Wetter dann wieder schön war
und sie durch die Wälder ziehen und fischen konnte, und weil
sie zum Teil Indianerin war, war sie in diesen Dingen sehr ge-

· 46 ·

schickt. Ich selbst würde es gern genauso machen, wenn ich wüßte wie und keine Angst vor den Bären hätte.

Aber manche taten nicht nur so, als ob. Eine Frau aus Irland hatte ihre ganze Familie verloren, die Hälfte war in der großen Hungersnot verhungert, und der Rest war auf dem Schiff an der Cholera gestorben; und sie ging dauernd herum und rief ihre Namen. Ich war froh, daß ich schon vor dieser Zeit aus Irland weggekommen war, weil das Elend, von dem sie erzählte, grauenhaft gewesen sein muß, überall lagen Berge von Leichen herum, und niemand da, sie zu beerdigen. Eine andere Frau hatte ihr eigenes Kind umgebracht, und jetzt folgte es ihr überallhin und zupfte sie am Rock; und manchmal nahm sie es in die Arme und herzte und küßte es, und dann wieder kreischte sie und schlug mit den Händen danach. Vor der hatte ich Angst.

Eine andere war sehr religiös, sie betete und sang die ganze Zeit, und als sie erfuhr, was ich angeblich getan haben sollte, ließ sie mir keine Ruhe mehr. »Auf die Knie«, sagte sie. »Du sollst nicht töten, aber für jeden Sünder gibt es die Gnade Gottes, bereue, bereue, solange du kannst, sonst wartet die ewige Verdammnis auf dich.« Sie war genau wie ein Prediger in der Kirche, und einmal versuchte sie, mich mit Suppe zu taufen, sie war dünn, die Suppe, mit Kohl drin, und sie goß einen Löffel voll über meinen Kopf. Aber als ich mich darüber beschwerte, sah die Aufseherin mich nur streng an, die Lippen so fest und so gerade zusammengepreßt wie der Deckel von einer Kiste, und sagte: »Nun, Grace, vielleicht solltest du auf sie hören, ich jedenfalls habe noch nicht gesehen, daß du wirklich und ehrlich bereut hättest, so sehr dein hartes Herz es auch nötig hätte.« Und da wurde ich sehr zornig und schrie: »Ich hab doch nichts gemacht, ich hab doch nichts gemacht! Sie war es! Sie war schuld!«

»Wen meinst du, Grace?« sagte sie. »Beruhige dich, sonst kommst du in die kalte Badewanne und in die Zwangsjacke«, und sie sah die andere Aufseherin an, wie um zu sagen: Siehst du! Was hab ich gesagt? Völlig übergeschnappt!

Die Aufseherinnen in der Anstalt waren alle dick und stark,

mit riesigen, kräftigen Armen und einem Kinn, das ohne Übergang in ihren Hälsen und ihren adretten weißen Krägen verschwand, und ihre Haare waren oben auf dem Kopf zusammengedreht wie ein ausgeblichener Strick. Man muß kräftig sein, wenn man als Aufseherin in so einer Anstalt arbeiten will, falls eine von den Verrückten einen von hinten anspringt und einem die Haare ausreißt, aber das alles machte ihre Laune nicht besser. Manchmal reizten sie uns, vor allem kurz bevor die Besucher kommen sollten. Sie wollten damit zeigen, wie gefährlich wir waren, aber auch, wie gut sie uns unter Kontrolle hatten, weil sie dann wertvoller und tüchtiger erschienen.

Also sagte ich ihnen gar nichts mehr. Nicht Dr. Bannerling, der ins Zimmer kam, als ich im Dunkeln festgebunden war, mit dicken Handschuhen an den Händen. »Halt still, ich bin hier, um dich zu untersuchen, es hat keinen Zweck, mich anzulügen.« Und auch nicht den anderen Ärzten, die zu Besichtigungen kamen: »Oh, tatsächlich, was für ein interessanter Fall«, als wäre ich ein Kalb mit zwei Köpfen. Zum Schluß hörte ich ganz auf, etwas zu sagen, außer sehr höflich, wenn ich angesprochen wurde, Ja Ma'am, Nein Ma'am, Ja und Nein Sir zu antworten. Und dann wurde ich ins Gefängnis zurückgeschickt, nachdem sie sich alle in ihren schwarzen Röcken zusammengesetzt hatten. »Ähem, ähem, meiner Ansicht nach«, und »Werter Kollege, Sir, wenn ich Ihnen widersprechen dürfte«. Natürlich konnten sie keinen Augenblick lang zugeben, daß es ein Irrtum gewesen war, mich überhaupt in die Anstalt zu stecken.

Leute, die auf eine bestimmte Weise gekleidet sind, irren sich eben nie. Außerdem furzen sie auch nie. Mary Whitney sagte immer: »Wenn in einem Zimmer, in dem sie sich aufhalten, gefurzt wird, kannst du sicher sein, daß du es selber warst. Und auch wenn du es nicht warst, hältst du besser die Klappe, weil es sonst heißt: ›So eine Unverfrorenheit‹, und dann kriegst du einen Tritt in den Hintern und sitzt auf der Straße.«

Mary drückte sich oft so unfein und grob aus. Man hatte ihr nichts anderes beigebracht. Früher habe ich auch so geredet. Aber im Gefängnis habe ich bessere Manieren gelernt.

Ich setze mich auf die Strohmatratze. Sie gibt ein raschelndes Geräusch von sich. Wie Wasser am Ufer. Ich rutsche ein bißchen hin und her, um es noch einmal zu hören. Ich könnte die Augen zumachen und mir vorstellen, ich wäre am Meer, an einem trockenen Tag ohne viel Wind. Draußen, irgendwo weit weg, hackt jemand Holz, das Niedersausen der Axt, das unsichtbare Aufblitzen, und dann das dumpfe Geräusch, aber woher soll ich wissen, daß es Holz ist?

Es ist kalt in diesem Raum. Ich habe kein Tuch, ich schlinge die Arme um den Oberkörper, weil niemand sonst da ist, der es für mich tun würde. Als ich jünger war, dachte ich immer, wenn ich die Arme fest genug um mich legte, könnte ich mich kleiner machen, weil nie genug Platz für mich da war, nicht zu Hause oder sonst irgendwo, aber wenn ich kleiner wäre, dann würde ich überall hineinpassen.

Meine Haare sind unter meiner Haube hervorgerutscht. Die roten Haare eines Monstrums. Ein wildes Tier, haben die Zeitungen geschrieben. Ein Ungeheuer. Wenn sie das Abendessen bringen, werde ich mir den Unrateimer über den Kopf stülpen und mich hinter der Tür verstecken, und dann werden sie einen Schrecken bekommen. Wenn sie so unbedingt ein Monstrum haben wollen, sollen sie eins bekommen.

Aber natürlich mache ich das nicht wirklich. Ich denke nur daran. Wenn ich es machte, würden sie nur sagen, ich wäre wieder verrückt geworden.

Verrückt werden, sagen sie, so wie ein Stuhl verrückt wird, an eine andere Stelle, an einen anderen Ort. Aber wenn man verrückt wird, wechselt man nicht den Ort, man bleibt, wo man ist. Und jemand anderes kommt herein.

Ich will nicht allein in diesem Raum sein. Die Wände sind zu leer, es gibt keine Bilder an ihnen und keine Vorhänge an dem kleinen Fenster hoch oben, nichts, was man sich ansehen könnte, und deshalb sieht man die Wand an, und wenn man das eine Zeitlang gemacht hat, sind auf einmal doch Bilder darauf zu sehen, und rote Blumen wachsen daran.

Ich glaube, ich schlafe.

Es ist jetzt Morgen, aber welcher? Der zweite oder der dritte. Draußen vor dem Fenster ist neues Licht, das ist es, was mich geweckt hat. Ich setze mich auf, zwicke mich in die Wange, zwinkere mit den Augen und stehe steif von der raschelnden Matratze auf. Dann singe ich ein Lied, einfach nur um eine Stimme zu hören und mir selbst Gesellschaft zu leisten:

O Licht, geboren aus dem Lichte,
O Sonne der Gerechtigkeit:
du schickst uns wieder zu Gesichte
die angenehme Morgenzeit.

Sie können kaum was dagegen haben, wenn es ein Kirchenlied ist. Ein Lied an den Morgen. Ich habe den Sonnenaufgang immer geliebt.

Dann trinke ich den letzten Rest Wasser; dann gehe ich im Zimmer auf und ab; dann hebe ich meine Unterröcke und mache in den Eimer. In ein paar Stunden wird es hier drin stinken wie in einer Jauchegrube.

In den Kleidern schlafen macht müde. Die Kleider sind zerknittert, und der Körper darunter ist es auch. Ich fühle mich, als wäre ich zu einem Bündel zusammengeknüllt und in eine Ecke geworfen worden.

Ich wollte, ich hätte eine saubere Schürze.

Niemand kommt. Ich bin hier eingesperrt, um über meine Sünden und Missetaten nachzudenken, und das tut man am besten, wenn man allein ist, das jedenfalls ist unsere sachverständige und wohlüberlegte Meinung, Grace, nach langer Erfahrung in diesen Dingen. In einer Einzelzelle, und manchmal im Dunkeln. Es gibt Gefängnisse, wo sie einen jahrelang in so eine Zelle einsperren, ohne einen Blick auf einen Baum oder ein Pferd oder ein menschliches Gesicht. Manche sagen, es ist gut für den Teint.

Ich bin nicht zum ersten Mal allein eingesperrt. Unverbesserlich, sagte Dr. Bannerling, der ein gemeiner Heuchler war. »Halt still, ich bin hier, um die Struktur deines Gehirns zu untersuchen, und als erstes werde ich deinen Herzschlag und deine Atmung messen«, aber ich wußte, auf was er in Wirklichkeit aus war. »Nimm die Hände von meinen Titten, du Drecksack«, hätte Mary Whitney gesagt, aber ich konnte nur »Oh nein, oh nein« sagen, und ich konnte mich nicht drehen und wenden, so wie sie mich zusammengeschnürt und an den Stuhl gebunden hatten, mit vorne überkreuzten und hinten zusammengeknoteten Ärmeln; also blieb mir nichts anderes übrig, als meine Zähne in seine Finger zu schlagen, und dann kippten wir um, hinterrücks auf den Boden, jaulend wie zwei Katzen in einem Sack. Er schmeckte nach rohen Würstchen und klammer wollener Unterwäsche. Es hätte ihm gutgetan, wenn jemand ihn gründlich mit brühheißem Wasser abgeschrubbt und dann zum Bleichen in die Sonne gelegt hätte.

Kein Abendessen gestern oder vorgestern, nichts außer dem Kanten Brot, nicht einmal ein Löffel Kohl; aber das war nicht anders zu erwarten. Hunger beruhigt die Nerven. Heute wird es noch mal Brot und Wasser geben, weil Fleisch auf Verbrecher und Verrückte aufreizend wirkt, sie wittern es wie Wölfe, und dann ist man selbst schuld. Aber das Wasser von gestern ist alle, und ich bin sehr durstig, ich sterbe vor Durst, mein Mund fühlt sich ganz rauh an, meine Zunge wird immer dicker. Genau dasselbe passiert mit Schiffbrüchigen, ich habe in Prozeßberichten gelesen, daß sie auf dem Meer herumtreiben und ihr eigenes Blut trinken. Sie werfen das Los, wer von ihnen als nächster dran ist. Kannibalische Ungeheuerlichkeiten, eingeklebt ins Album. Ich bin sicher, ich würde so was nie tun können, egal wie hungrig ich wäre.

Haben sie vergessen, daß ich hier bin? Sie müssen mir mehr Essen bringen oder wenigstens mehr Wasser, sonst werde ich verhungern, ich werde schrumpfen, meine Haut wird austrocknen und ganz gelb werden wie ein altes Laken; ich werde mich in ein Skelett verwandeln, ich werde erst Monate, Jahre, Jahrhunderte später gefunden werden, und sie werden sagen: »Wer ist denn das, die müssen wir völlig vergessen haben, na, so was!

Aber gut, fegen wir die Knochen und den ganzen Rest in die Ecke, aber die Knöpfe behalten wir, Knöpfe kann man immer brauchen, und es ist nun mal nicht mehr zu ändern.«

Sobald man anfängt, sich selbst leid zu tun, haben sie einen da, wo sie einen haben wollen. Dann schicken sie nach dem Kaplan.

»Oh, komm in meine Arme, du arme, irrende Seele. Im Himmel herrscht mehr Freude über das eine verlorene Schaf. Erleichtere dein sorgenvolles Gemüt. Knie zu meinen Füßen nieder. Ring die Hände in Seelenqual. Beschreib, wie dein Gewissen dich Tag und Nacht quält und wie die Augen deiner Opfer dir überallhin folgen, brennend wie rotglühende Kohlen. Vergieß Tränen der Reue. Beichte, beichte. Laß mich dir verzeihen und Mitleid mit dir haben. Laß mich eine Petition für dich aufsetzen. Erzähl mir alles.

Und was hat er dann getan? Oh, wie schrecklich. Und dann?

Die linke oder die rechte Hand?

Wie hoch genau hat er sie geschoben?

Zeig es mir.«

Ich glaube, ich höre ein Flüstern. Jetzt ist da ein Auge, das mich durch den Schlitz in der Tür anstarrt. Ich kann es nicht sehen, aber ich weiß, daß es da ist. Dann klopft es.

Ich denke, wer könnte das sein? Die Aufseherin? Der Oberaufseher, um mich auszuschimpfen? Nein, von denen kann es keiner sein, weil niemand hier einem die Höflichkeit erweist zu klopfen, sie starren einen nur durch den kleinen Schlitz an und kommen dann einfach herein. »Du mußt immer erst anklopfen«, hat Mary Whitney gesagt. »Und dann wartest du, bis sie Herein sagen. Du kannst schließlich nie wissen, was sie grad treiben, und die Hälfte davon sind Sachen, von denen sie nicht wollen, daß du sie siehst, sie könnten schließlich den Finger in der Nase haben oder Gott weiß wo, weil selbst eine feine Dame das Bedürfnis verspürt, sich zu kratzen, wo es juckt, und falls du zwei Füße unter dem Bett rausgucken siehst, nimmst du am besten keine Notiz davon. Tagsüber mögen sie ja so tun, wie wenn sie was Bessres wären, aber nachts sind alle Katzen grau.«

Mary war eine Person mit demokratischen Ansichten.

Es klopft noch einmal. Als ob ich eine Wahl hätte.

Ich stopfe die Haare unter die Haube, stehe von der Strohmatratze auf und streiche mein Kleid und meine Schürze glatt; dann ziehe ich mich so weit es geht in eine Ecke zurück und sage mit fester Stimme, weil man, falls irgend möglich, immer versuchen sollte, Würde zu wahren:

»Bitte treten Sie ein.«

5.

Die Tür geht auf, und ein Mann kommt herein. Er ist jung, in meinem Alter oder etwas älter, was für einen Mann jung ist, nicht aber für eine Frau, weil eine Frau in meinem Alter eine alte Jungfer ist, aber ein Mann ist erst dann ein alter Hagestolz, wenn er fünfzig ist, und sogar dann gibt es noch Hoffnung für die Damen, wie Mary Whitney immer sagte. Er ist groß, mit langen Beinen und Armen, aber nicht das, was die beiden Töchter des Direktors als gutaussehend bezeichnen würden; sie halten es mehr mit den gelangweilt wirkenden Mannspersonen aus den Zeitschriften, sehr elegant und sehr von oben herab, mit schmalen Füßen in spitzen Stiefeln. Dieser Mann hier hat etwas Energisches an sich, das nicht der Mode entspricht, und außerdem ziemlich große Füße, obwohl er ein Gentleman ist, oder wenigstens so was ähnliches. Ich glaube, er ist kein Engländer, und deshalb ist es schwer zu sagen.

Seine Haare sind braun und von Natur aus gelockt – ungebärdig könnte man vielleicht sagen, so als wollte es ihm einfach nicht gelingen, sie mit der Bürste zu bändigen. Sein Mantel ist von guter Qualität, ein guter Schnitt; aber er ist nicht neu, an den Ellbogen glänzt er schon. Darunter trägt er eine Weste im Schottenmuster, Schottenmuster sind sehr beliebt, seit die Königin ihre Liebe zu Schottland entdeckt und sich dort ein Schloß gebaut hat, voller Hirschköpfe, wie es heißt; aber jetzt sehe ich, daß es kein richtiges Schottenmuster ist, sondern einfach nur kariert. Gelb und braun. Er hat eine goldene Uhrkette, und deshalb kann er, obwohl er zerknittert und etwas ungepflegt aussieht, nicht arm sein.

Er trägt keine Koteletten, wie alle es seit neuestem tun; ich persönlich habe nicht viel dafür übrig, ich würde jederzeit einen Schnurrbart oder einen richtigen Bart vorziehen, oder aber gar nichts. James McDermott und Mr. Kinnear waren beide glattrasiert, und Jamie Walsh auch, nicht daß der viel zu rasieren gehabt hätte. Mr. Kinnear trug nur einen kleinen Schnurrbart. Wenn ich morgens sein Rasierbecken ausleerte, nahm ich immer ein bißchen von der nassen Seife – er benutzte eine gute Seife, aus London – und rieb sie auf meine Haut, auf die Haut am Handgelenk, und dann hatte ich den ganzen Tag den Geruch an mir, oder wenigstens bis es Zeit war, die Böden zu schrubben.

Der junge Mann macht die Tür hinter sich zu. Er sperrt sie nicht ab, aber jemand anderes verriegelt sie von außen. Wir sind zusammen in diesem Raum eingeschlossen.

»Guten Morgen, Grace«, sagt er. »Wie ich höre, hast du Angst vor Ärzten, und deshalb muß ich dir gleich zu Anfang sagen, daß ich selbst einer bin. Mein Name ist Dr. Jordan, Dr. Simon Jordan.«

Ich werfe ihm einen schnellen Blick zu und sehe dann wieder auf den Boden. Ich sage: »Kommt der andere Doktor wieder?«

»Der, der dich so geängstigt hat?« sagt er. »Nein, der kommt nicht zurück.«

Ich sage: »Dann sind wahrscheinlich Sie hier, um meinen Kopf zu messen.«

»Ich würde nicht im Traum daran denken«, sagt er lächelnd, aber trotzdem betrachtet er meinen Kopf mit einem abschätzenden Blick. Aber ich habe meine Haube auf, deshalb kann er nicht viel sehen. Jetzt, wo er was gesagt hat, denke ich, daß er ein Amerikaner sein muß. Er hat weiße Zähne und kein einziger fehlt, wenigstens nicht vorn, und sein Gesicht ist lang und knochig. Sein Lächeln gefällt mir, obwohl es auf der einen Seite höher ist als auf der anderen, was ihn aussehen läßt, als würde er sich über alles lustig machen.

Ich sehe mir seine Hände an. Sie sind leer. Er hat überhaupt nichts in ihnen. Und keine Ringe an den Fingern. »Haben Sie eine Tasche mit Messern drin?« frage ich. »Eine Ledertasche?«

»Nein«, sagt er, »ich bin nicht die übliche Art von Arzt. Ich schneide niemanden auf. Hast du Angst vor mir, Grace?«

Noch wüßte ich nicht, daß ich Angst vor ihm hätte. Es ist noch zu früh, um das zu sagen; zu früh um zu sagen, was er will. Niemand kommt hierher, um mich zu sehen, ohne etwas zu wollen.

Ich wäre froh, er würde sagen, was für eine Art Arzt er ist, wenn er nicht die übliche Art ist, aber statt dessen sagt er: »Ich komme aus Massachusetts. Wenigstens wurde ich dort geboren. Seitdem bin ich viel gereist. Ich habe das Land umher durchzogen.« Und er sieht mich an, um zu sehen, ob ich verstanden habe.

Ich weiß, daß das, was er gesagt hat, aus dem Buch Hiob ist, bevor Hiob mit den bösen Schwären geschlagen wird, und dem Wind, der von der Wüste her kommt. Es sind die Worte, die Satan zu Gott sagt. Bestimmt will dieser Doktor damit sagen, daß er gekommen ist, um mich zu prüfen, aber dafür kommt er zu spät, weil Gott mich schon reichlich geprüft hat, und eigentlich sollte man meinen, daß er es allmählich leid wäre.

Aber das sage ich nicht, sondern sehe ihn nur mit einem dümmlichen Blick an. Ich beherrsche einen guten dümmlichen Blick, den ich geübt habe.

Ich sage: »Waren Sie auch in Frankreich, Sir? Dort kommen nämlich all die neuen Moden her.«

Ich sehe, daß ich ihn enttäuscht habe. »Ja«, sagt er. »Und in England, und in Italien, und auch in Deutschland und in der Schweiz.«

Es ist sehr seltsam, in einem verschlossenen Raum in einem Gefängnis zu stehen und mit einem fremden Mann über Frankreich und Italien und Deutschland zu sprechen. Mit einem weitgereisten Mann. Er muß eine Art Wanderer sein, wie Jeremiah der Hausierer. Aber Jeremiah reist umher, um sich sein Brot zu verdienen, während diese andere Sorte Mann auch so schon reich genug ist. Sie gehen auf Reisen, weil sie neugierig sind. Sie spazieren durch die Welt und sehen sich Sachen an, sie segeln über den Ozean, als wäre überhaupt nichts dabei, und wenn es ihnen an einem Ort schlecht ergeht, packen sie einfach ihre Sachen zusammen und ziehen zum nächsten.

Aber jetzt ist es an mir, etwas zu sagen. Ich sage: »Ich weiß wirklich nicht, wie Sie sich zurechtfinden, Sir, bei all diesen Fremden. Man weiß doch nie, was sie sagen. Wenn die armen Dinger hierherkommen, schnattern sie wie die Gänse, obwohl die Kinder schon recht bald ganz gut sprechen können.«

Das stimmt, da Kinder jedweder Art sehr schnell lernen.

Er lächelt, und dann tut er etwas Seltsames. Er steckt die linke Hand in die Tasche und zieht einen Apfel hervor. Und dann kommt er langsam auf mich zu, den Apfel vor sich haltend, so wie man einem gefährlichen Hund einen Knochen hinhält, um ihn für sich einzunehmen.

»Der ist für dich«, sagt er.

Ich bin so durstig, daß der Apfel mir vorkommt wie ein großer runder Tropfen Wasser, kühl und rot. Ich könnte ihn auf einen Zug heruntertrinken. Ich zögere; aber dann denke ich: Was ist schon dabei, es ist nur ein Apfel, und deshalb nehme ich ihn. Ich habe schon sehr lange keinen Apfel mehr für mich allein gehabt. Dieser Apfel hier muß vom letzten Herbst sein, aufbewahrt in einem Faß im Keller, aber er sieht noch ganz frisch aus.

»Ich bin kein Hund«, sage ich zu Dr. Jordan.

Die meisten Leute würden mich fragen, was ich damit meine, aber er lacht. Sein Lachen ist wie ein einziger Atemzug, Hah, als hätte er etwas gefunden, was er verloren hat; und er sagt: »Nein, Grace, ich kann sehen, daß du kein Hund bist.«

Was denkt er? Ich stehe da, den Apfel mit beiden Händen festhaltend. Er fühlt sich kostbar an, wie ein Schatz. Ich hebe ihn hoch und rieche daran. Er riecht so sehr nach Draußen, daß ich am liebsten weinen würde.

»Willst du ihn nicht essen?« fragt er.

»Nein, noch nicht«, sage ich.

»Warum nicht?« fragt er.

»Weil er dann weg ist«, sage ich.

Die Wahrheit ist, daß ich nicht will, daß er mir beim Essen

zusieht. Ich will nicht, daß er meinen Hunger sieht. Wenn man ein Bedürfnis hat und sie dahinterkommen, benutzen sie es gegen einen. Das Beste ist, man hört ganz auf, sich etwas zu wünschen.

Er stößt sein eines Lachen aus. »Kannst du mir sagen, was es ist?« fragt er.

Ich sehe ihn an und dann von ihm fort. »Ein Apfel«, sage ich.

Er muß denken, daß ich einfältig bin; oder es ist ein Trick; oder *er* ist verrückt, und deswegen haben sie die Tür abgesperrt – sie haben mich mit einem Verrückten in diesem Raum eingeschlossen! Aber Männer, die so gekleidet sind wie er, können nicht verrückt sein, vor allem wegen der goldenen Uhrkette – seine Verwandten oder aber seine Wärter hätten sie ihm sonst im Nu weggenommen.

Er lächelt sein schiefes Lächeln. »Woran mußt du denken, wenn du einen Apfel siehst?« fragt er.

»Wie bitte, Sir?« sage ich. »Ich verstehe Sie nicht.«

Es muß ein Rätsel sein. Ich denke an Mary Whitney und an die Apfelschalen, die wir an jenem Abend über unsere Schultern warfen, um zu sehen, wen wir heiraten würden. Aber das werde ich ihm nicht erzählen.

»Ich glaube, du verstehst mich ganz gut«, sagt er.

»Mein Stichtuch«, sage ich.

Jetzt ist es an ihm, nichts zu verstehen. »Dein was?« fragt er.

»Mein Stichtuch, das ich als Kind bestickt habe«, sage ich. »A für Apfel, B für Biene.«

»Ach so«, sagt er. »Und was noch?«

Ich sehe ihn mit meinem dümmlichen Blick an. »Apfelkuchen«, sage ich.

»Ah«, sagt er. »Etwas, was man essen kann.«

»Nun, das will ich doch hoffen, Sir«, sage ich. »Dafür ist ein Apfelkuchen schließlich da.«

»Und gibt es einen Apfel, den du nicht essen würdest?« fragt er.

»Einen faulen wahrscheinlich«, sage ich.

Er spielt ein Ratespiel, genau wie Dr. Bannerling in der Anstalt. Immer gibt es eine richtige Antwort, die deshalb richtig ist, weil es diejenige ist, die sie hören wollen, und man kann es ihren Gesichtern ansehen, ob man sie erraten hat; bloß daß bei Dr. Bannerling alle Antworten falsch waren. Oder vielleicht ist dieser hier ein Doktor der Theologie; die lieben es auch, einem solche Fragen zu stellen. Ich habe so viele von ihnen gesehen, daß ich für lange Zeit genug habe.

Den Apfel vom Baum der Erkenntnis, den meint er natürlich. Gut und Böse. Jedes Kind könnte das erraten. Aber ich werde ihm den Gefallen nicht tun.

Ich setze wieder mein dümmliches Gesicht auf. »Sind Sie ein Prediger?« frage ich.

»Nein«, sagt er, »ich bin kein Prediger. Ich bin ein Doktor, der nicht mit dem Körper, sondern mit dem Geist arbeitet. Mit den Krankheiten des Geistes und des Gemüts und der Nerven.«

Ich lege die Hände mit dem Apfel auf den Rücken. Ich traue diesem Doktor nicht. »Nein«, sage ich. »Ich gehe nicht dahin zurück. Nicht in die Irrenanstalt. Das halte ich nicht aus.«

»Du brauchst keine Angst zu haben«, sagt er. »Du bist doch nicht wirklich verrückt, nicht wahr, Grace?«

»Nein Sir, das bin ich nicht«, sage ich.

»Dann gibt es auch keinen vernünftigen Grund, weshalb du in die Anstalt zurückgeschickt werden solltest, oder?«

»Bloß hört man dort nicht auf die Vernunft, Sir«, sage ich.

»Nun, deswegen bin ich hier«, sagt er. »Ich bin hier, um auf die Vernunft zu hören. Aber wenn ich dir zuhören soll, wirst du mit mir reden müssen.«

Ich sehe, worauf er hinauswill. Er ist ein Sammler. Er denkt, er braucht mir nur einen Apfel zu geben, und schon kann er mich in die Tasche stecken. Vielleicht ist er von einer Zeitung. Oder er ist einer von diesen Reisenden, die sich überall umsehen. Sie kommen und starren einen an, und wenn sie einen ansehen, fühlt man sich so klein wie eine Ameise, und dann nehmen sie einen zwischen Daumen und Zeigefinger und drehen einen hin und her. Und dann setzen sie einen wieder ab und gehen weg.

»Sie würden mir sowieso nicht glauben, Sir«, sage ich. »Und außerdem ist alles längst entschieden, der Prozeß ist längst vorbei, und nichts, was ich sage, wird daran etwas ändern. Sie sollten die Anwälte und die Richter fragen, und die Zeitungsleute, die scheinen meine Geschichte besser zu kennen als ich selbst. Und außerdem kann ich mich nicht erinnern, ich kann mich an andere Dinge erinnern, aber diesen Teil von meinem Gedächtnis habe ich ganz und gar verloren. Das müssen die Ihnen doch gesagt haben, Sir.«

»Ich würde dir gerne helfen, Grace«, sagt er.

Auf diese Weise bekommen sie den Fuß in die Tür. Sie bieten einem ihre Hilfe an, aber in Wirklichkeit wollen sie Dankbarkeit, sie wälzen sich darin herum wie Katzen in Katzenminze. Er will nach Hause gehen und zu sich selbst sagen: Ich bin der Daumen, ich schüttle die Pflaumen, was bin ich doch für ein guter Junge. Aber ich werde niemandes Pflaume sein. Ich sage nichts.

»Wenn du versuchst, mit mir zu reden«, fährt er fort, »werde ich versuchen, dir zuzuhören. Mein Interesse ist rein wissenschaftlicher Natur. Und es sind nicht nur die Morde, die uns beschäftigen würden.« Er benutzt eine freundliche Stimme, freundlich an der Oberfläche, aber darunter verbergen sich andere Wünsche.

»Vielleicht würde ich Ihnen Lügen erzählen«, sage ich.

Er sagt nicht: »Grace, was für ein schlimmer Gedanke, du hast eine sündige Phantasie.« Er sagt: »Vielleicht würdest du das. Vielleicht würdest du Lügen erzählen, ohne es zu wollen, und vielleicht würdest du sie auch mit Absicht erzählen. Vielleicht bist du eine Lügnerin.«

Ich sehe ihn an. »Es gibt Menschen, die sagen, daß ich das bin«, sage ich.

»Wir werden das Risiko einfach eingehen müssen«, sagt er.

Ich sehe auf den Boden. »Werden sie mich in die Anstalt zurückschicken?« frage ich. »Oder werden sie mich in eine Einzelzelle stecken, mit nichts zu essen, außer einem Stück Brot?«

Er sagt: »Ich gebe dir mein Wort, daß sich, solange du mit

· 60 ·

mir sprichst und nicht die Beherrschung verlierst und gewalttätig wirst, nichts für dich ändern wird. Ich habe das Versprechen des Direktors.«

Ich sehe ihn an. Ich sehe von ihm weg. Ich sehe wieder zu
ihm hin. Ich umklammere den Apfel mit beiden Händen. Er
wartet.

Schließlich hebe ich den Apfel und drücke ihn an die Stirn.

IV.

Jungmännertraum

Unter diesen tobenden Irren erkannte ich das einzigartige Gesicht von Grace
Marks – nicht mehr traurig und verzweifelt, sondern von innen erhellt vom
Feuer des Wahnsinns, und leuchtend vor einer schaurigen, teuflischen Fröhlichkeit. Als sie merkte, daß sie von Fremden beobachtet wurde, floh sie kreischend
wie ein Gespenst in eines der Nebenzimmer. Anscheinend wird sie selbst in den
wildesten Ausbrüchen ihrer schrecklichen Krankheit ständig von der Erinnerung an die Vergangenheit verfolgt. Unglückliches Mädchen! Wann wird der
lange Schrecken ihrer Bestrafung und Reue vorüber sein? Wann wird sie zu
Füßen Jesu sitzen, bekleidet mit den unbefleckten Gewändern seiner Rechtschaffenheit, den Makel des Blutes von den Händen abgewaschen, ihre Seele
gerettet, begnadigt und wieder bei klarem Verstand? ...
Wollen wir hoffen, daß alle Schuld, die sie auf sich geladen hat, dem beginnen-
den Wirken dieser schrecklichen Krankheit zugeschrieben werden kann.

Susanna Moodie, Life in the Clearings, 1853

Es ist überaus bedauerlich, daß wir nicht über die Kenntnisse verfügen, diese
unglücklichen Kranken zu heilen. Ein Chirurg kann einen Leib aufschneiden
und die Milz freilegen. Muskeln können herausgelöst und den Studenten
gezeigt werden. Die menschliche Psyche jedoch kann nicht zergliedert und
das Funktionieren des Gehirns nicht zur Betrachtung auf einen Tisch gelegt
werden.
Als Kind habe ich oft Spiele gespielt, bei denen meine Augen verbunden waren,
so daß ich nicht mehr sehen konnte. Jetzt bin ich wieder wie dieses Kind. Mit
verbundenen Augen ertaste ich mir meinen Weg, nicht wissend, wohin ich gehe
oder ob ich auch nur die richtige Richtung eingeschlagen habe. Eines Tages
wird jemand diese Augenbinde abnehmen.

Dr. Joseph Workman, Medizinischer Leiter der Nervenheilanstalt der Provinz
Toronto; Brief an »Henry«, einen jungen und verstörten Fragesteller, 1866

Man muß kein Haus sein – heimgesucht zu werden –
Man muß kein Zimmer sein –
Im Hirn – die Korridore übertreffen
Den festen Bau –

...

Wir selbst – von unserm Selbst verdeckt –
Welch letzter Graus –
Der Mörder wär geringster Schreck –
In unserem Haus –
Emily Dickinson, ca. 1863

6.

Von Dr. Joseph Workman, Medizinischer Leiter der Nervenheil-
anstalt der Provinz Toronto, Toronto, Westkanada
An Dr. Simon Jordan, Laburnum House, Loomisville, Massachu-
setts, Vereinigte Staaten von Amerika.

15. April 1859

Sehr verehrter Herr Dr. Jordan!
Dankend bestätige ich den Erhalt Ihres Briefes vom Zweiten
des Monats und bedanke mich ebenfalls für das beigefügte
Empfehlungsschreiben meines geschätzten Schweizer Kollegen Dr. Binswanger, dessen Einrichtung einer neuen Klinik ich
mit großem Interesse verfolgt habe. Erlauben Sie mir zu sagen,
daß Sie als Bekannter von Dr. Binswanger jederzeit willkommen sind, die Institution, deren medizinischer Leiter ich bin,
zu besichtigen. Es wäre mir eine große Freude, Sie persönlich
durch die Gebäude führen und Ihnen unsere Methoden erläu-
tern zu können.
Da Sie sich mit der Absicht tragen, eine eigene Institution
dieser Art ins Leben zu rufen, möchte ich an dieser Stelle beto-
nen, daß Hygiene und eine gute Kanalisation für ein solches
Unterfangen von höchster Bedeutung sind, da es wenig Sinn
hat, sich um einen kranken Geist zu kümmern, solange der
Körper von Infektionen heimgesucht wird. Diese Seite der
Dinge wird leider nur allzuoft vernachlässigt. Zum Zeitpunkt
meiner Ankunft hier gab es in der Anstalt zahlreiche Fälle
von Cholera, sowie durchbrechende Dysenterien, hartnäckige
Durchfälle und die ganze tödliche Typhusfamilie. Im Verlauf
meiner Untersuchungen zur Aufdeckung der Ursachen stieß
ich auf eine große und überaus verderbliche Kloake unter dem

ganzen Keller, die an manchen Stellen die Konsistenz eines
starken Aufgusses aus schwarzem Tee hatte, an anderen die von
zähflüssiger weicher Seife, und die aufgrund dessen, daß die
Bauleute es verabsäumt hatten, die Rohre mit dem Abwasserkanal zu verbinden, nicht abfließen konnte. Zusätzlich wurden
sowohl das Trink- als auch das Waschwasser mittels einer Zulei-
tung aus dem See entnommen, und zwar in einer stehenden
Bucht ganz in der Nähe der Stelle, an der der Abwasserkanal
seinen fauligen Inhalt entleerte. Kein Wunder also, daß die
Insassen sich oft darüber beklagten, das Trinkwasser schmecke
nach einer Substanz, die nur wenige von ihnen zu kosten
wünschten!

Was die Geschlechtszugehörigkeit der Insassen angeht, so
sind beide zu etwa gleichen Teilen vertreten; bei den Sympto-
men hingegen ergibt sich eine große Vielfalt. Meiner Ansicht
nach ist religiöser Fanatismus ein ebenso verbreiteter Auslöser
von Wahnsinn wie die Trunksucht – ich neige jedoch zu der
Meinung, daß weder Religion noch Trunksucht in einem wahrhaft gesunden Geist Wahnsinn auslösen können –, womit ich
sagen will, daß es anscheinend immer eine Veranlagung gibt,
die das Individuum für die Krankheit anfällig macht, sobald es
Störungen geistiger oder körperlicher Art ausgesetzt ist.

Was nun die gewünschten Informationen über den eigentlichen Gegenstand Ihrer Nachfrage angeht, so bedaure ich sagen
zu müssen, daß Sie diese an anderer Stelle einholen müssen.
Die Strafgefangene Grace Marks, deren Verbrechen Mord war,
wurde im August des Jahres 1853 nach einem Aufenthalt von
fünfzehn Monaten in das Gefängnis von Kingston zurückver-
bracht. Da ich selbst erst drei Wochen vor dieser Verlegung zum
medizinischen Leiter der Anstalt bestellt worden war, hatte ich
wenig Gelegenheit, mich eingehend mit ihrem Fall zu befassen. Aus diesem Grunde habe ich Ihren Brief an Dr. Samuel
Bannerling weitergeleitet, der besagte Grace Marks unter meinem Vorgänger behandelt hat. Was den Grad des Wahnsinns
angeht, von dem sie ursprünglich befallen war, so kann ich dies-
bezüglich keine Aussage wagen. Mein Eindruck ging jedoch

· 68 ·

dahin, daß sie seit einem beträchtlichen Zeitraum geistig wieder so weit hergestellt war, daß eine Entlassung aus unserer Institution gerechtfertigt schien. Ich empfahl dringend, bei ihrer Disziplinierung keine Zwangsmaßnahmen anzuwenden; und soweit ich weiß, verbringt sie gegenwärtig einen beträchtlichen Teil jedes Tages als Bedienstete im Haus des Gefängnisdirektors und seiner Familie. Gegen Ende ihres Aufenthalts bei uns war ihr Verhalten über jeden Tadel erhaben, während sie sich gleichzeitig durch ihren Fleiß und ihre allgemeine Freundlichkeit den anderen Patienten gegenüber als hilfreiche und nützliche Insassin des Hauses erwies. Sie leidet gelegentlich unter nervösen Erregungszuständen und einer schmerzhaften Überaktivität des Herzens.

Eines der größten Probleme, mit denen sich der Leiter einer mit öffentlichen Mitteln geförderten Institution wie dieser konfrontiert sieht, ist die Neigung seitens der Gefängnisleitungen, uns zahlreiche problematische Kriminelle zuzuweisen, darunter Mörder, Einbrecher und Diebe, die nicht unter die unschuldigen und unverderbten Geisteskranken gehören – und dies einzig aus dem Grund, diese störenden Elemente aus dem Gefängnis zu entfernen. Natürlich kann ein Gebäude, das unter der angezeigten Rücksichtnahme auf die Bequemlichkeit und die Genesung geistig kranker Menschen erbaut wurde, keine Verwahranstalt für geistesgestörte Kriminelle sein; erst recht nicht für Kriminelle, die eine solche Erkrankung nur heucheln; und ich neige sehr zu der Vermutung, daß letztere zahlreicher sind, als gemeinhin angenommen wird. Abgesehen von den nachteiligen Auswirkungen auf die anderen Patienten, die sich unweigerlich aus der Vermischung unbescholtener und krimineller Geisteskranker ergeben, gibt es allen Grund, einen abträglichen Einfluß auf die Gewohnheiten des Pflegepersonals der Anstalt zu fürchten, der sie für die menschenwürdige und angemessene Behandlung der erstgenannten ungeeignet macht.

Da Sie jedoch die Absicht haben, eine private Institution ins Leben zu rufen, gehe ich davon aus, daß Sie weniger Schwie-

rigkeiten dieser Art antreffen und weniger unter der irritieren-
den politischen Einmischung leiden werden, die die Behebung
dieser Schwierigkeiten so oft verhindert; in dieser wie auch in
jeder anderen Hinsicht wünsche ich Ihnen in Ihren Bemühungen allen Erfolg. Unternehmungen wie das Ihre sind gegenwärtig leider sehr vonnöten, sowohl in unserem Land wie auch
in dem Ihren, da angesichts der größer werdenden Beanspru-
chungen des modernen Lebens und der sich daraus ergebenden
Belastung der Nerven die Bautätigkeit kaum mit der Zahl der
Bewerber Schritt halten kann; und ich würde mich freuen,
Ihnen jede kleine Hilfe anbieten zu dürfen, die zu leisten in
meiner Macht liegt.

Ihr sehr ergebener
Dr. Joseph Workman

Von Mrs. William P. Jordan, Laburnum House, Loomisville,
Massachusetts, Vereinigte Staaten von Amerika
An Dr. Simon Jordan, per Adresse Major C. D. Humphrey, Lower
Union Street, Kingston, Westkanada.

29. April 1859

Mein innig geliebter Sohn,
Dein lang ersehnter Brief mit Deiner derzeitigen Adresse und
den Anweisungen für die Rheumatismussalbe traf heute ein.
Es war eine Freude, Deine geliebte Handschrift wiederzusehen, wenn auch nur in Form so weniger Zeilen, und es ist sehr
freundlich von Dir, Interesse an der nachlassenden Gesundheit
Deiner armen Mutter zu bekunden.

Ich ergreife die Gelegenheit der Nachsendung des Briefes,
der am Tag nach Deiner Abreise für Dich eintraf, um Dir ein
paar Zeilen zukommen zu lassen. Dein jüngster Besuch bei uns
war leider nur allzu kurz – wann dürfen wir damit rechnen,
Dich wieder im Kreis Deiner Familie und Freunde zu sehen? So
viele Reisen können nicht bekömmlich sein, weder für Deinen
Seelenfrieden noch für Deine Gesundheit, und ich sehne den

Tag herbei, an dem Du beschließt, Dich bei uns niederzulassen und Dich beruflich auf eine Weise zu etablieren, die Dir zusagt. Ich konnte nicht umhin zu bemerken, daß der beigefügte Brief den Absender der Irrenanstalt von Toronto trägt. Ich nehme an, Du hast die Absicht, sie aufzusuchen, obwohl Du inzwischen doch gewiß jede derartige Institution auf der ganzen Welt gesehen haben mußt und nur schwerlich einen Nutzen aus dem Besuch einer weiteren ziehen kannst. Deine Beschreibung der Anstalten in Frankreich und England und auch der einen in der Schweiz, die um so vieles sauberer war, erfüllte mich mit Entsetzen. Wir müssen natürlich alle um den Erhalt unserer geistigen Gesundheit beten; dennoch mache ich mir ernsthafte Sorgen um Deine Zukunft, solltest Du den von Dir gewählten Kurs weiterhin verfolgen. Vergib mir, daß ich das sage, lieber Sohn, aber ich habe Dein Interesse an diesen Dingen nie verstehen können. Niemand in unserer Familie hat sich je zuvor mit Wahnsinnigen befaßt, obwohl Dein Großvater in der Gemeinde der Quäker ein Geistlicher war. Es ist natürlich löblich, menschliches Leiden lindern zu wollen, aber die Wahnsinnigen wie die Schwachköpfe und die Krüppel schulden ihren Zustand doch gewiß der Allmächtigen Vorsehung, und man sollte nicht versuchen, Entscheidungen zu revidieren, die sicherlich gerecht, wenn auch vielleicht für uns unerforschlich sind.

Zudem kann ich nicht glauben, daß eine private Anstalt dieser Art sich tatsächlich bezahlt machen würde, da die Angehörigen von Wahnsinnigen bekannterweise nachlässig sind, sobald die erkrankte Person weggeschafft wurde, und nichts mehr von ihr sehen oder hören wollen; und diese Nachlässigkeit erstreckt sich auch auf die Begleichung ihrer Rechnungen; und dann sind da die Ausgaben für Kost und Heizung und für die Personen, welche die Aufsicht über sie führen müssen. Es gibt so viele Dinge, die in Erwägung gezogen werden müssen, und gewiß wäre der tägliche Umgang mit den Wahnsinnigen alles andere als förderlich für ein geruhsames Leben. Schließlich mußt Du auch an Deine zukünftige Frau und Deine zukünftigen Kinder denken, die nicht einer derartigen Nähe zu einer gefährlichen Schar von Verrückten ausgesetzt werden sollten.

Ich weiß, daß es mir nicht zusteht, Deinen Lebensweg bestimmen zu wollen, aber ich lege Dir sehr ans Herz, daß eine Manufaktur bei weitem vorzuziehen wäre, und obwohl die Textilfabriken aufgrund der Mißwirtschaft der Politiker, die das Vertrauen der Öffentlichkeit gnadenlos mißbrauchen und mit jedem vergehenden Jahr schlimmer werden, nicht mehr das sind, was sie einmal waren, bieten sich zur Zeit dennoch viele andere Gelegenheiten, und es gibt Männer, die dort ihr Glück gefunden haben, hört man doch täglich von neuen Vermögen, die gemacht werden, und Du besitzt bestimmt ebensoviel Energie und Umsicht wie diese Männer. Man spricht derzeit von einer neuen Nähmaschine für den Hausgebrauch, die sicher ein großer Erfolg wäre, sofern sie billig produziert werden könnte; denn jede Frau würde sich wünschen, eine solche Maschine zu besitzen, welche ihr viele Stunden monotoner Arbeit und nicht enden wollender Plackerei ersparen könnte und gleichfalls eine große Hilfe für die armen Näherinnen wäre. Könntest Du die kleine Erbschaft, die Dir nach dem Verkauf des Geschäfts Deines armen Vaters verblieben ist, nicht in eine derart bewundernswerte und zugleich verläßliche Unternehmung investieren? Ich bin sicher, daß eine Nähmaschine ebensoviel menschliches Leiden lindern würde wie hundert Irrenanstalten, und vielleicht sogar noch mehr.

Natürlich warst Du schon immer ein Idealist, voller hochfliegender Träume; aber irgendwann muß man der Realität ins Gesicht sehen, und Du bist inzwischen dreißig Jahre alt.

Ich sage diese Dinge nicht aus dem Wunsch heraus, mich in Deine Angelegenheiten einzumischen, sondern aus der ängstlichen Sorge einer Mutter um die Zukunft ihres einzigen und geliebten Sohnes. Ich hoffe so sehr, Dich gut versorgt zu sehen, bevor ich sterbe – dies wäre auch der Wunsch Deines lieben Vaters gewesen. Du weißt, ich lebe nur für Dein Wohlergehen.

Meine Gesundheit hat nach Deiner Abreise eine Wendung

zum Schlimmeren genommen – Deine Anwesenheit hat immer eine günstige Wirkung auf mein Gemüt. Gestern hustete ich so sehr, daß meine getreue Maureen mich kaum die Treppe hinaufschaffen konnte – sie ist fast so alt und gebrechlich, wie ich es bin, und wir müssen ausgesehen haben wie zwei alte Hexen, die einen Hügel hinaufhumpeln. Trotz der Tinkturen, mit denen ich mehrere Male am Tag traktiert werde – zusammengebraut von meiner guten Samantha in der Küche und so übelschmeckend wie wohl alle Medikamente schmecken müssen und von denen sie schwört, daß sie ihre eigene Mutter kuriert haben –, will sich keine Besserung einstellen. Immerhin war ich heute wohlauf genug, wie üblich im Salon zu empfangen. Ich hatte mehrere Besucher, die von meiner Indisponiertheit gehört hatten, unter ihnen Mrs. Henry Cartwright, die ein gutes Herz, wenn auch nicht immer die besten Umgangsformen besitzt, wie es so oft bei jenen der Fall ist, deren Vermögen erst in jüngster Zeit zusammengetragen wurde; aber das wird sich mit der Zeit ändern. Sie wurde begleitet von ihrer Tochter Faith, an die Du Dich als ein ungelenkes Mädchen von dreizehn Jahren erinnern wirst, die aber inzwischen erwachsen und jüngst aus Boston zurückgekehrt ist, wo sie sich bei ihrer Tante aufhielt, um ihre Erziehung zu vervollständigen. Sie hat sich zu einer charmanten jungen Frau entwickelt, die alles ist, was man sich wünschen kann, und sie war von einer Höflichkeit und einer sanften Freundlichkeit, die viele bewundern würden und die so sehr viel mehr wert ist als blendendes Aussehen. Sie hatten einen Korb mit Leckereien mitgebracht – ich werde von der guten Mrs. Cartwright nach Strich und Faden verwöhnt –, für die ich mich herzlich bedankte, obwohl ich kaum etwas zu mir nehmen konnte, da ich gegenwärtig keinen rechten Appetit habe.

Es ist wirklich traurig, eine Invalide zu sein, und ich bete jeden Abend darum, daß Du von diesen Dingen verschont werden mögest und daß Du darauf achtest, Dich nicht mit zu vielen Studien und nervösen Belastungen zu übermüden und indem Du die ganze Nacht bei Lampenlicht aufbleibst und Dir die Augen verdirbst und Dir den Kopf zermarterst, und daß Du daran denkst, Wollsachen direkt auf der Haut zu tragen, solange das warme Wetter noch nicht endgültig bei uns Einkehr gehalten hat. Im Garten ist das erste Gemüse zum Vorschein gekommen, und der Apfelbaum trägt schon Knospen; ich nehme an, wo Du bist, ist alles noch von Schnee bedeckt. Ich denke nicht, daß Kingston, so weit nördlich und dazu noch am Ufer eines großen Sees gelegen, gut für die Lunge sein kann, da es sehr klamm und kalt sein muß. Sind Deine Zimmer gut beheizt? Ich hoffe, Du achtest auf eine kräftigende Ernährung und daß sie dort oben einen guten Fleischer haben.

Alles Liebe, lieber Sohn, und auch Maureen und Samantha lassen Dich herzlich grüßen; und wir alle erwarten ungeduldig die Nachricht – wir hoffen, daß sie bald eintreffen wird –, wann Du uns das nächste Mal besuchen wirst. Bis dahin verbleibe ich, wie immer,

Deine Dich sehr liebende
Mutter

Von Dr. Simon Jordan, per Adresse Major C.D. Humphrey, Lower Union Street, Kingston, Westkanada
An Dr. Edward Murchie, Dorchester, Massachusetts, Vereinigte Staaten von Amerika.

1. Mai 1859

Mein lieber Edward!

Ich habe es sehr bedauert, nicht in der Lage gewesen zu sein, Dorchester einen Besuch abzustatten, um zu sehen, wie es Dir ergangen ist, seit Du Dein Praxisschild aufgehängt hast und damit beschäftigt bist, den örtlichen Lahmen und Blinden beizustehen, während ich durch Europa zigeunerte und zu erforschen suchte, wie man Teufel austreibt; wobei ich, unter uns gesagt, noch nicht hinter das Geheimnis gekommen bin; aber wie Du Dir vielleicht denken kannst, war die Zeit zwischen meiner Ankunft in Loomisville und meiner erneuten Abreise zu großen Teilen mit Vorbereitungen ausgefüllt, und die Nachmittage waren notgedrungen meiner Mutter vorbehalten. Aber bei meiner Rückkehr müssen wir ein Treffen arrangieren und der alten Zeiten wegen das eine oder andere Glas miteinander trinken; und über vergangene Abenteuer und gegenwärtige Aussichten sprechen.

Nach einer erträglichen Überfahrt über den See bin ich wohlbehalten an meinem Ziel angekommen. Ich habe meinen Korrespondenten und jetzt auch Arbeitgeber, den Reverend Verringer, noch nicht getroffen, da er sich zu einem Besuch in Toronto aufhält, und dieses Vergnügen daher noch vor mir; obwohl besagter Herr, wenn ich nach seinen Briefen an mich urteilen darf, wie viele Geistliche unter einem sträflichen Mangel an Witz und dem Wunsch zu leiden scheint, uns alle wie verirrte Schäflein zu behandeln, deren Hirte er sein möchte. Aber ihm – und dem guten Dr. Binswanger, der mich als den dafür geeignetsten Mann diesseits des Atlantiks vorschlug – verdanke ich diese großartige Gelegenheit; eine Gelegenheit, von der ich hoffe, daß ich sie im Interesse der Weiterentwicklung unserer Erkenntnisse zu nutzen wissen werde, sind doch der Geist und seine Funktionsweisen immer noch, trotz beträchtlicher Fortschritte, *terra incognita*. Viel Geld bekomme ich nicht – die Methodisten sind bekanntermaßen geizig.

Nun zu meiner Situation – Kingston ist keine sehr einnehmende Stadt, da sie vor etwa zwei Jahrzehnten völlig abbrannte und mit einer jedes Charmes entbehrenden Hast wieder aufgebaut wurde. Die neuen Gebäude bestehen aus Stein oder Backstein, was sie, wie man hofft, weniger anfällig für Feuersbrünste machen wird. Das hiesige Gefängnis wurde im Stil eines griechischen Tempels errichtet, und alle hier sind sehr stolz darauf. Ich muß nur noch herausfinden, welcher heidnische Gott in seinem Inneren angebetet wird.

Ich habe Räume im Haus eines Major C. D. Humphrey gefunden, die, obwohl nicht luxuriös, geräumig genug für meine Zwecke sind, fürchte jedoch, daß mein Vermieter der Trunksucht verfallen ist. Zu beiden Gelegenheiten, bei denen ich ihm begegnete, hatte er Schwierigkeiten, seine Handschuhe anzuziehen oder aber abzulegen, er schien selbst nicht zu wissen, was von beidem; und er bedachte mich mit einem rotäugigen Blick, als wolle er wissen, was zum Teufel ich in seinem Haus zu suchen hätte. Ich sage jetzt schon voraus, daß er als Gast des privaten Instituts enden wird, das ich immer noch zu gründen hoffe, obwohl ich meine Neigung zügeln muß, jeden neuen Bekannten als zahlenden zukünftigen Insassen zu betrachten. Es ist bemerkenswert, wie häufig Männer des Militärs, sobald sie mit halbem Sold in den Ruhestand entlassen werden, eine Wendung zum Schlechten nehmen; es ist, als müßten sie, nachdem sie sich einmal an die Aufregungen und heftigen Emotionen des militärischen Lebens gewöhnt haben, diese im zivilen Leben nachvollziehen. Aber meine Arrangements wurden nicht mit dem Major getroffen – der sich zweifellos nicht hätte erinnern können, sie getroffen zu haben –, sondern mit seiner leidgeprüften Frau.

Ich nehme meine Mahlzeiten – mit Ausnahme des Frühstücks, das bis jetzt noch bedauerlicher war als das Frühstück, das wir als Medizinstudenten in London gemeinsam durchlitten haben – in einem schäbigen Wirtshaus ganz in der Nähe ein, wo jede Mahlzeit angebrannt serviert wird und niemand sich etwas dabei denkt, wenn ein bißchen Schmutz und Dreck und als würzende Zugabe auch ein paar Insekten das Essen bereichern. Daß ich trotz dieser Verhöhnung der kulinarischen Kunst hier bleibe, wirst Du, da bin ich sicher, als Maß meiner Hingabe an die Sache der Wissenschaft verstehen.

Was die Gesellschaft angeht, so muß ich berichten, daß es hier wie überall schöne Mädchen gibt, wenn auch gekleidet in die Pariser Moden von vor drei Jahren, was heißt, die New Yorker von vor zweien. Trotz der Reformtendenzen der gegenwärtigen Regierung des Landes wimmelt es in der Stadt von übellaunigen Tories und von kleinen provinziellen Snobismen; und ich ahne bereits, daß Dein tolpatschiger, nachlässig gekleideter und vor allem *demokratischer* Yankee-Freund von den parteigetreueren Einwohnern mit einigem Mißtrauen betrachtet werden wird.

Nichtsdestoweniger hat sich der Gefängnisdirektor – auf Drängen von Reverend Verringer, wie ich annehme – alle Mühe gegeben, sich entgegenkommend zu zeigen, und dafür gesorgt, daß Grace Marks mir jeden Nachmittag mehrere Stunden lang zur Verfügung steht. Sie scheint in seinem Haus als eine Art unbezahlte Dienstmagd zu fungieren, obwohl ich noch nicht in Erfahrung bringen konnte, ob diese Tätigkeit von ihr als Gunst oder als Strafe aufgefaßt wird. Das ganze Unterfangen wird wohl keine leichte Aufgabe sein, da die liebliche Grace, nachdem sie seit jetzt runden fünfzehn Jahren im Feuer gestählt wurde, eine sehr harte Nuß zu sein scheint. Untersuchungen wie die meine sind wenig effektiv, solange es einem nicht gelingt, das Vertrauen des Subjekts zu gewinnen; und nach meiner Kenntnis von Strafanstalten vermute ich, daß die gute Grace bislang nur wenig Grund hatte, irgend jemandem über einen längeren Zeitraum hinweg zu trauen.

Ich hatte bisher erst eine Gelegenheit, den Gegenstand meiner Untersuchung zu sehen, und von daher ist es zu früh, meine Eindrücke zu schildern. Laß mich nur sagen, daß ich hoffnungsvoll bin; und da Du so freundlich warst, den Wunsch zu äußern, Neues über meine Fortschritte zu erfahren, werde ich mir alle Mühe geben, Dich darüber informiert zu halten. Bis dahin verbleibe ich, mein lieber Edward,

Dein alter Freund und ehemaliger Gefährte

Simon

7.

Simon sitzt an seinem Schreibtisch, kaut auf seiner Feder herum und blickt durch das Fenster auf das graue, aufgewühlte Wasser des Ontariosees. Auf der anderen Seite der Bucht liegt Wolfe Island, wahrscheinlich benannt nach dem berühmten Dichter-General. Es ist eine Aussicht, die er nicht sonderlich bewundert – sie ist so unerbittlich horizontal –, aber manchmal kann visuelle Monotonie den Gedankengang fördern.

Böige Regenschauer prasseln gegen die Fensterscheibe; niedrige Wolkenfetzen huschen über den See. Der See selbst wogt und brandet. Wellen werden ans Ufer geworfen, ziehen sich zurück und schlagen aufs neue an Land. Die Weiden unter ihm schütteln sich wie Köpfe mit langen grünen Haaren, neigen sich, richten sich auf, peitschen hin und her. Etwas Helles wird vorbeigeweht: es sieht aus wie der weiße Schal oder Schleier einer Frau, aber dann sieht er, daß es nur eine Möwe ist, die gegen den Wind ankämpft. Der sinnlose Tumult der Natur, denkt er; Tennysons Zähne und Klauen.

Er empfindet nichts von der hoffnungsfrohen Unbekümmertheit, die er soeben zu Papier gebracht hat. Statt dessen ist ihm beklommen zumute und mehr als nur ein wenig mutlos. Der Grund für sein Hiersein kommt ihm bestenfalls unsicher vor; aber im Augenblick ist dieser Auftrag seine beste Chance. Als er mit seinem Medizinstudium anfing, geschah dies aus der Widersetzlichkeit eines jungen Mannes heraus. Sein Vater war damals ein wohlhabender Fabrikbesitzer, der von der festen Überzeugung ausging, daß Simon das Unternehmen früher oder später übernehmen würde, und Simon selbst war ebenfalls davon überzeugt. Aber erst würde er ein wenig rebellieren, sich aus dem Joch herausmogeln, reisen, studieren, sich in der Welt erproben, auch in der Welt der Wissenschaft und der Medizin, die ihn schon immer fasziniert hatte. Dann würde er mit einem Steckenpferd nach Hause zurückkehren – und mit der behaglichen Gewißheit, es nicht aus Geldgründen reiten zu müssen. Die meisten der besten Wissenschaftler verfügten, wie er wußte, über ein Privatvermögen, das ihnen die Möglichkeit objektiver Forschungsarbeit bot.

Womit er nicht gerechnet hatte, war der Zusammenbruch seines Vaters und der seiner Textilfabriken – was von beidem zuerst kam, konnte er nicht mit Sicherheit sagen. Statt vergnüglich einen geruhsamen Fluß hinunterzurudern, wurde er von einer Katastrophe auf hoher See ereilt und klammerte sich jetzt verzweifelt an eine gebrochene Rah. Anders ausgedrückt, er war auf seine eigenen Kräfte zurückgeworfen – was er in seinen jugendlichen Auseinandersetzungen mit seinem Vater als seinen sehnlichsten Wunsch bezeichnet hatte.

Die Fabriken wurden verkauft, wie auch das imposante Haus seiner Kindheit mit seiner großen Dienstbotenschar – den Zofen, den Küchenmädchen, den Zimmermädchen, jener ständig wechselnden Schar lächelnder Mädchen oder Frauen mit Namen wie Alice und Effie, die seine Kindheit und Jugend so angenehm gemacht, aber auch beherrscht hatten, und von denen er unwillkürlich denkt, daß sie zusammen mit dem Haus verkauft wurden. Sie rochen nach Erdbeeren und Salz; sie hatten lange Haare, die, wenn sie gelöst wurden, wellig herabhingen – jedenfalls eine von ihnen, vielleicht war es Effie. Was nun sein Erbe angeht, so ist es kleiner, als seine Mutter annimmt, und ein Großteil des Einkommens, das er daraus bezieht, geht an sie. Sie ist der Meinung, daß sie in eingeschränkten Verhältnissen lebt, was der Wahrheit entspricht, wenn man bedenkt, wie sie früher gelebt hat. Sie glaubt, daß sie für Simon Opfer bringt, und er will ihr diese Illusion nicht nehmen. Sein Vater war ein Mann, der alles selbst gemacht hatte, aber seine Mutter wurde von anderen gemacht, und solche Gebilde sind bekanntermaßen zerbrechlich.

Daher liegt die private Anstalt für Geisteskranke gegenwärtig weit außerhalb seiner Reichweite. Um das Geld dafür aufzubringen, müßte er etwas völlig Neues anbieten können, eine neue Entdeckung oder Heilmethode, auf einem Gebiet, das bereits überlaufen und zudem sehr umstritten ist. Wenn er sich einen Namen gemacht hat, könnte er vielleicht Anteile an der Anstalt verkaufen. Aber ohne die Kontrolle zu verlieren: er muß frei sein, absolut frei, nach seinen eigenen Methoden zu arbeiten, sobald er genau festgelegt hat, wie diese aussehen sollen. Er wird ein Exposé schreiben: große, freundliche Zimmer mit viel Licht und Luft, eine anständige Kanalisation und ein großes Grundstück, möglichst mit einem Bach, da das Plätschern von Wasser eine beruhigende Wirkung auf die Nerven hat. Bei Maschinen und sonstigem Firlefanz wird er die Grenze ziehen: keine elektrischen Geräte, nichts mit Magneten. Es stimmt zwar, daß die amerikanische Bevölkerung sich von solchen Dingen über Gebühr beeindrucken läßt − seine Landsleute lieben Heilungen, die sich herbeizaubern lassen, indem man einen Hebel betätigt oder auf einen Knopf drückt −, aber Simon glaubt nicht an ihre Wirksamkeit. Allen Versuchungen zum Trotz muß er sich weigern, seine Integrität zu kompromittieren.

Gegenwärtig ist das alles nur ein schöner Traum. Aber er braucht ein wie auch immer geartetes Projekt, das er seiner Mutter vorweisen kann. Sie muß glauben können, daß er auf ein Ziel hinarbeitet, wie immer dieses Ziel auch aussehen und wie sehr sie selbst es auch mißbilligen mag. Natürlich könnte er jederzeit in eine reiche Familie einheiraten, wie sie selbst es getan hat. Sie hat den guten Namen und die Beziehungen ihrer Familie gegen einen Berg neu gepreßter Münzen eingetauscht und ist mehr als bereit, für ihn etwas ähnliches zu arrangieren: der Kuhhandel, der zwischen verarmten europäischen Adligen und frischgebackenen amerikanischen Millionären immer üblicher wird, ist, wenn auch auf einer viel niedrigeren Skala, auch in Loomisville, Massachusetts, nicht unbekannt. Er denkt an die vorstehenden Zähne und den Entenhals von Miss Faith Cartwright und erschauert.

Er blickt auf die Uhr: sein Frühstück kommt schon wieder zu spät. Er nimmt es in seinen Zimmern ein, wohin es ihm jeden Morgen auf einem Holztablett gebracht wird, von Dora, dem Mädchen seiner Vermieterin. Dora knallt das Tablett scheppernd und klirrend auf den kleinen Tisch auf der anderen Seite seines Wohnzimmers, wo er, sobald sie wieder gegangen ist, Platz nimmt, um das Essen zu verzehren, oder doch zumindest die Teile, von denen er vermutet, daß sie genießbar sind. Er hat es sich angewöhnt, vor dem Frühstück an dem anderen und größeren Tisch zu schreiben, so daß er den Eindruck erwecken kann, in seine Arbeit vertieft zu sein, und nicht verpflichtet ist, Dora anzusehen.

Dora ist stämmig und hat ein Vollmondgesicht mit dem kleinen, mürrisch verzogenen Mund eines enttäuschten Babys. Ihre buschigen schwarzen Augenbrauen sind über der Nase zusammengewachsen und verleihen ihr einen ständig mißmutigen Ausdruck, der auf ein Gefühl mißbilligender Empörung schließen läßt. Es ist nicht zu übersehen, daß sie es haßt, als Mädchen für alles zu fungieren, und er fragt sich, ob es irgend etwas anderes gibt, was sie lieber tun würde. Er hat versucht, sie sich als Prostituierte vorzustellen – er spielt dieses Gedankenspiel oft mit den Frauen durch, die er kennenlernt –, kann sich aber keinen Mann vorstellen, der tatsächlich bereit wäre, Doras Dienste mit gutem Geld zu honorieren. Es wäre, als wollte man dafür bezahlen, von einem Fuhrwerk überrollt zu werden, und würde, genau wie dieses Erlebnis, ganz entschieden eine Bedrohung für Leib und Leben darstellen. Dora ist eine stramme Person, und ihre Schenkel – die Simon sich von gräulicher Farbe vorstellt, ähnlich wie gekochte Würstchen, und stoppelig wie ein abgesengter Truthahn, und riesig, jeder davon so groß wie ein Ferkel – wären sicher fähig, einem Mann das Rückgrat zu brechen.

Dora erwidert seinen Mangel an Wertschätzung. Sie scheint das Gefühl zu haben, daß er diese Zimmer nur aus dem einzigen Grund gemietet hat, ihr das Leben schwerzumachen. Sie frikassiert seine Taschentücher, stärkt seine Hemden bretthart und verliert sämtliche Knöpfe daran, die sie, davon ist Simon überzeugt, mit Absicht abreißt. Er verdächtigt sie sogar, seinen Toast absichtlich zu verbrennen und sein Ei mit Vorbedacht viel zu hart zu kochen. Sobald sie sein Tablett hingeknallt hat, bellt sie ein »Hier's das Essen«, so als riefe sie ein Schwein herbei; dann stampft sie aus dem Zimmer und zieht die Tür so heftig hinter sich zu, daß man nur um ein Haar nicht von Zuschlagen sprechen kann.

Simon ist von europäischen Dienstboten verwöhnt, die sich ihrer Stellung von Geburt an bewußt sind, und hat sich noch nicht wieder an die ressentimentgeladenen Demonstrationen der Gleichheit gewöhnt, die auf dieser Seite des Atlantiks so häufig praktiziert werden. Außer natürlich im Süden; aber dort reist er nicht hin.

In Kingston sind bessere Unterkünfte als diese hier zu haben, aber Simon ist nicht bereit, den Preis dafür zu zahlen. Diese hier ist angemessen für den kurzen Zeitraum, den er zu bleiben beabsichtigt. Zudem gibt es außer ihm keine anderen Mieter im Haus, und er legt Wert auf die Ungestörtheit und die Ruhe, die er zum Nachdenken braucht. Es ist ein Steinhaus und daher kalt und klamm; aber Simon – es muß der alte Neuengländer in ihm sein – empfindet eine gewisse Verachtung für äußerliche Bequemlichkeiten; und als Medizinstudent hat er sich an eine mönchische Kargheit gewöhnt, wie auch daran, selbst unter schwierigen Bedingungen ausdauernd zu arbeiten.

Er wendet sich wieder seinem Schreibtisch zu. *Liebste Mutter*, beginnt er. *Herzlichen Dank für Deinen langen und informativen Brief. Mir geht es sehr gut, und ich erziele beträchtliche Fortschritte in meiner Erforschung der nervösen und geistigen Erkrankungen unter den kriminellen Elementen, die, sofern der Schlüssel zu ihnen gefunden würde, viel dazu beitragen könnte, unserer Gesellschaft…*

Er kann nicht weiterschreiben; er kommt sich zu sehr wie ein Betrüger vor. Aber irgend etwas muß er schreiben, sonst denkt sie, daß er ertrunken ist oder plötzlich von der Schwindsucht dahingerafft oder von Räubern überfallen wurde. Das Wetter ist immer ein gutes Thema, aber mit nüchternem Magen kann er nicht über das Wetter schreiben.

Aus der Schublade seines Schreibtisches zieht er ein kleines Pamphlet, das Reverend Verringer ihm zugesandt hat. Es stammt aus der Zeit der Morde und enthält die Geständnisse von Grace Marks und James McDermott und eine kurze Zusammenfassung der Gerichtsverhandlung. Auf der Titelseite findet sich ein Kupferstichporträt von Grace, auf dem sie aussieht wie die Heldin eines Kitschromans. Sie war damals erst sechzehn Jahre alt, aber die abgebildete Frau wirkt gute fünf Jahre älter. Sie trägt ein Tuch um die Schultern, und der Rand einer Haube schmiegt sich wie eine dunkle Aureole um ihren Kopf. Ihre Nase ist gerade, der Mund fein geschnitten, der Gesichtsausdruck auf herkömmliche Weise seelenvoll − in den großen Augen, die ins Leere blicken, liegt die stumpfe Schwermut einer reuigen Büßerin.

Daneben findet sich ein entsprechendes Porträt James McDermotts im übergroßen Kragen der damaligen Zeit, die Haare auf eine Weise ins Gesicht gekämmt, die an Napoleon denken läßt und Ausdruck eines gewissen Draufgängertums sein soll. Sein Gesicht zeigt einen finsteren, brütenden, byronischen Ausdruck; der Künstler muß ihn bewundert haben.

Unter dem Doppelporträt steht in geschwungener Zierschrift: *Grace Marks alias Mary Whitney; James McDermott. Wie sie vor Gericht auftraten. Angeklagt des Mordes an Mr. Thos. Kinnear & Nancy Montgomery.* Das Ganze besitzt eine beunruhigende Ähnlichkeit mit einer Hochzeitseinladung; oder besäße sie, wenn die Bilder nicht wären.

Als Simon sich auf seine erste Unterredung mit Grace vorbereitete, hatte er diesem Porträt keinerlei Beachtung geschenkt. Sie muß inzwischen völlig anders aussehen, hatte er gedacht: ungepflegter; weniger verschlossen; unterwürfiger; möglicherweise verrückt. Er wurde von einem Wärter zu der Zelle geführt, in der sie vorübergehend untergebracht war, und dort mit ihr eingeschlossen, nachdem er zuvor gewarnt worden war, Grace sei kräftiger, als sie aussehe, und habe verteufelt scharfe Zähne, und er solle um Hilfe rufen, wenn sie gewalttätig würde.

Sobald er sie sah, wußte er, daß das nicht passieren würde. Das Morgenlicht fiel schräg durch das kleine Fenster, das hoch oben in die Wand eingelassen war und die Ecke erhellte, in der sie stand. Es war ein Bild, das in seinen schlichten Linien und seiner kantigen Klarheit fast mittelalterlich wirkte: eine Nonne in einem Kloster, eine schöne Maid in einem Turmverlies, darauf wartend, am nächsten Tag auf dem Scheiterhaufen verbrannt oder aber in letzter Minute von einem unerschrockenen Ritter gerettet zu werden. Die in die Ecke getriebene Frau. Das Sträflingsgewand, das gerade herabfiel und die Füße verbarg, die sicherlich nackt waren; die Strohmatratze auf dem Boden; die furchtsam zusammengezogenen Schultern; die Arme, die den schmalen Körper umschlangen; die langen Strähnen kastanienroten Haars, die sich unter etwas gelöst hatten, was auf den ersten Blick wie ein Kranz aus weißen Blüten aussah – und vor allem die Augen, riesig in dem blassen Gesicht und vor Angst geweitet, oder in einem stummen Flehen: alles war genau so, wie es sein sollte. Er hatte in der Salpêtrière in Paris Hysterikerinnen erlebt, die fast ganz genauso ausgesehen hatten.

Er war mit einem ruhigen Lächeln auf sie zugegangen, hatte ihr ein Bild des Wohlwollens präsentiert – ein der Wahrheit entsprechendes Bild, denn er empfand tatsächlich Wohlwollen. Es war wichtig, derartige Patienten davon zu überzeugen, daß man nicht glaubte, daß sie verrückt waren, da sie selbst es auch nie glaubten.

Aber dann trat Grace einen Schritt vor, aus dem Licht heraus, und die Frau, die er noch vor einem Augenblick gesehen hatte, war plötzlich verschwunden. Statt dessen hatte er eine andere Frau vor sich – höher aufgerichtet, größer, beherrschter, in der ganz normalen Gefängnistracht mit dem blau-weiß gestreiften Rock, unter dem zwei Füße zum Vorschein kamen, die keineswegs nackt waren, sondern in ganz gewöhnlichen Schuhen steckten. Es hatten sich sogar weniger Haare gelöst, als er zuerst gedacht hatte: die meisten waren unter einer weißen Haube versteckt.

Ihre Augen waren ungewöhnlich groß, das stimmte, aber sie wirkten alles andere als wahnsinnig. Statt dessen schätzten sie ihn unverhohlen ab. Es war, als sei sie diejenige, die den Gegenstand eines unerklärten Experiments musterte, und als sei er es, und nicht sie, der einer Prüfung unterzogen wurde.

Als Simon sich an diese Szene erinnert, zuckt er innerlich zusammen. Ich habe mich hinreißen lassen, denkt er. Phantasie und Vorstellung. Ich muß mich auf die reine Beobachtung beschränken. Ich muß vorsichtig vorgehen. Ein gültiges Experiment muß verifizierbare Ergebnisse haben. Ich muß mich vor Melodramen hüten, und vor einem überhitzten Hirn.

Vor seiner Tür ist erst ein Rascheln zu hören, dann ein Poltern. Bestimmt sein Frühstück. Er wendet der Tür den Rücken zu und spürt, daß sein Hals sich in seinen Kragen zurückzieht wie der einer Schildkröte in ihren Panzer. »Herein«, ruft er, und die Tür fliegt krachend auf.

»Hier's das Essen«, bellt Dora. Das Tablett knallt auf den Tisch. Dann marschiert sie wieder aus dem Zimmer, die Tür schlägt hinter ihr zu, und vor Simons innerem Auge blitzt ungewollt ein Bild auf, auf dem Dora, an den Knöcheln zusammengeschnürt, im Fenster eines Metzgers hängt, mit Nelken gespickt und von einer Kruste umhüllt wie ein glasierter Schinken. Bildliche Assoziationen sind wirklich etwas Bemerkenswertes, denkt er, sobald man beginnt, diesen Prozeß im eigenen Hirn zu beobachten. Dora – Schwein – Schinken, um nur ein Beispiel zu nennen. Um vom ersten zum dritten Begriff zu gelangen, ist der zweite Begriff wesentlich; obwohl der Sprung vom ersten zum zweiten und vom zweiten zum dritten nicht groß ist.

Er muß sich eine Notiz machen: *Mittlerer Begriff wesentlich.* Vielleicht ist ein Wahnsinniger einfach nur ein Mensch, für den diese assoziativen Spielereien des Geistes die Linie überschreiten, die das Reale vom Phantastischen trennt, wie es unter dem Einfluß von Fieber, von schlafwandlerischen Trancen und von gewissen Drogen geschehen kann. Aber wie sieht der dazugehörige Mechanismus aus? Denn es muß einen geben. Ist der Hinweis in den Nerven zu finden oder im Gehirn selbst? Um Wahnsinn auszulösen, was muß zuerst beschädigt sein, und auf welche Weise?

Sein Frühstück wird kalt, falls Dora es nicht absichtlich schon vorher hat kalt werden lassen. Er stemmt sich aus seinem Stuhl hoch, entwirrt seine langen Beine, streckt sich, gähnt und geht zum Tisch mit dem Tablett hinüber. Gestern war sein Ei hart wie Gummi; er hat sich bei seiner Vermieterin, der bleichen Mrs. Humphrey, darüber beschwert, und sie muß Dora deswegen gescholten haben, weil das Ei heute nur so kurz gekocht wurde, daß es fast noch flüssig ist. Es schimmert bläulich, wie ein Augapfel.

Der Teufel hole dieses Weib, denkt er. Mürrisch, viehisch, rachsüchtig; ein Hirn, das auf einer subrationalen Ebene existiert, gleichzeitig aber durchtrieben, aalglatt und unangreifbar ist. Es gibt keine Möglichkeit, Dora zu fassen. Sie ist ein geöltes Schwein.

Der Toast zerknackt zwischen seinen Zähnen wie ein Stück Schiefer. *Liebste Mutter*, formuliert er im Kopf. *Das Wetter hier ist sehr schön; der Schnee ist fast völlig geschmolzen, der Frühling liegt in der Luft, die Sonne erwärmt den See, und die kraftvollen grünen Spitzen von...*

Von was? Bei Blumen hat er sich noch nie ausgekannt.

8.

Ich sitze im Nähzimmer oben an der Treppe im Haus der Frau Direktor, auf meinem üblichen Stuhl am üblichen Tisch, die Nähsachen wie üblich im Korb neben mir, bis auf die Schere. Sie bestehen darauf, diese nicht in meine Reichweite kommen zu lassen, und wenn ich einen Faden durchschneiden oder einen Saum versäubern will, muß ich Dr. Jordan fragen, der sie aus seiner Westentasche zieht und wieder dorthin zurücksteckt, wenn ich fertig bin. Er sagt, er findet nicht, daß dieses Theater nötig ist, da er mich für völlig harmlos und Herrin meiner selbst hält. Er scheint ein vertrauensseliger Mann zu sein.

Aber manchmal beiße ich den Faden auch einfach durch.

Dr. Jordan hat ihnen gesagt, daß er eine Atmosphäre der Entspanntheit und der Ruhe wünscht, da dies für seine Zwecke förderlich ist, wie immer diese auch aussehen mögen. Deshalb hat er die Empfehlung ausgesprochen, daß meine übliche tägliche Routine so weit wie möglich beibehalten werden soll. Also schlafe ich wieder in meiner alten Zelle und trage dieselben Kleider wie immer und esse das gleiche Frühstück, bei dem völlige Stille herrscht – wenn man von Stille reden kann, wenn vierzig Frauen, die meisten von ihnen wegen nichts Schlimmerem hier als einem Diebstahl, dasitzen und mit offenem Mund ihr Brot kauen und ihren Tee schlürfen, um wenigstens eine Art von Geräusch von sich zu geben, wenn sie schon nicht sprechen dürfen, und dazu eine erbauliche Passage aus der Bibel laut vorgelesen wird.

Dabei kann man seinen eigenen Gedanken nachhängen, aber wenn man lacht, muß man so tun, als müßte man husten oder als hätte man sich verschluckt. Verschlucken ist besser.

Wenn man sich verschluckt, klopfen sie einem auf den Rücken, aber wenn man hustet, rufen sie den Doktor. Ein Kanten Brot, ein Becher mit wäßrigem Tee, Fleisch zum Abendessen, aber nicht viel, weil ein Übermaß an reichhaltiger Nahrung die kriminellen Organe des Gehirns stimuliert, wie die Doktoren sagen, und die Wärter und Aufseher erzählen es uns dann weiter. Aber wieso werden in diesem Fall ihre eigenen kriminellen Organe nicht stimuliert, da sie doch Fleisch und Hühner und Speck und Eier und Käse essen, und zwar soviel, wie sie kriegen können? Deshalb sind sie alle so fett. Und ich bin der festen Überzeugung, daß sie sich manchmal nehmen, was eigentlich für uns bestimmt ist, was mich nicht im geringsten überraschen würde, weil hier das Wort »Den Letzten beißen die Hunde« gilt, und die Letzten sind immer wir.

Nach dem Frühstück werde ich wie gewöhnlich zum Haus des Direktors gebracht, von zwei männlichen Wärtern, die es sich nicht verkneifen können, den einen oder anderen Witz zu machen, wenn sie außer Hörweite ihrer Vorgesetzten sind. »Na, Grace«, sagt der eine, »wie man hört, hast du einen neuen Schatz, und keinen geringeren als einen Doktor, alle Achtung! Hat er schon vor dir auf den Knien gelegen, oder hast du deinen Hintern schon für ihn hochgehalten? Er sollte besser aufpassen, sonst hast du ihn im Nu flachgelegt.« »Genau«, sagt der andere, »flach auf dem Rücken, in einem Keller, und ohne seine Stiefel an den Füßen und mit einer Kugel im Herzen.« Und dann lachen sie; sie halten das für sehr komisch.

Ich versuche, daran zu denken, was Mary Whitney sagen würde, und manchmal kann ich es sagen. »Wenn ihr das wirklich von mir denkt, solltet ihr vielleicht besser eure dreckigen Zungen hüten«, sage ich zu ihnen, »sonst reiß ich sie euch eines dunklen Abends noch aus, mit Stumpf und Stiel und allem, und ich werd nicht mal ein Messer dafür brauchen, ich pack sie einfach mit den Zähnen und ziehe, und außerdem wär ich euch dankbar, wenn ihr eure dreckigen Wärterpfoten bei euch behalten könntet.«

»Du verstehst aber auch wirklich keinen Spaß, du solltest

dich freuen«, sagt der eine. »Wir sind schließlich die einzigen Männer, die dich für den Rest deines Lebens anfassen werden, du bist eingesperrt wie eine Nonne, komm schon, gib doch zu, daß du dich gern ein bißchen im Heu wälzen würdest, bei diesem kümmerlichen kleinen James McDermott warst du doch auch ganz wild drauf, bevor sie ihm den Hals langgezogen haben, dem mörderischen Bastard.« Und »Stimmt genau, Grace«, sagt der andere, »ständig sitzt du auf deinem hohen Roß, genau wie wenn du die Unschuld vom Land wärst, und tust, als hättst du keine Beine am Leib und wärst so rein wie ein Engel und stellst dich an, als hättst du das Schlafzimmer von 'nem Mann noch nie von innen gesehen, auch nicht in dieser Kaschemme in Lewiston, ja, ja, wir wissen genau Bescheid, wie du grad dabei warst, dein Korsett und deine Strümpfe anzuziehen, wie sie dich verhaftet haben. Aber ich bin froh zu sehen, daß noch ein bißchen was vom alten Höllenfeuer in dir ist, sie haben's dir noch nicht ganz ausgetrieben.« »Ich hab's immer gern, wenn 'ne Frau ein bißchen Feuer in sich hat«, sagt der eine. »Oder 'ne Flasche Schnaps«, sagt der andere, »gibt nix Bessres wie 'n bißchen Fusel, um die Weiber anzuheizen.« »Je völler, je döller«, sagt der eine, »und stinkbesoffen ist am allerbesten, dann muß man ihnen wenigstens nicht zuhören, gibt nix Schlimmres wie 'ne zeternde Hure.« »Warst du eigentlich laut, Grace?« sagt der andere. »Hast du gequietscht und gestöhnt und unter dem dunkelhäutigen Mistkerl schön gestrampelt?« und sieht mich an, was ich darauf sagen werde. Manchmal sage ich, daß ich dieses Gerede nicht dulden werde, worüber sie sehr lachen müssen; aber in der Regel sage ich gar nichts.

Auf diese Weise vertreiben sie sich die Zeit, hinaus durch das Gefängnistor. »Wer da? Ach, ihr seid's nur. Tag, Grace, hast mal wieder deine beiden Kavaliere dabei, hängen dir ständig am Rockzipfel, was?«, und ein Nicken und ein Zwinkern, und dann die Straße entlang, und jeder von den beiden hält mich am Arm fest, sie müssen nicht, aber sie machen es gern, sie drängen sich immer dichter an mich, bis ich zwischen ihnen eingequetscht bin, durch den Matsch, über die Pfützen, um die Pferdeäpfel herum, vorbei an den Bäumen, die in den eingezäunten Vorgärten in Blüte stehen oder von denen die Kätzchen herunterhängen wie hellgelbe grüne Raupen, und die Hunde bellen und die Kutschen und die Fuhrwerke, die an uns vorbeikommen, spritzen durch die Pfützen auf der Straße, und die Leute starren uns an, weil nicht zu übersehen ist, wo wir herkommen, sie erkennen es an meinen Kleidern, bis wir die lange Auffahrt mit den Staudenrabatten langgehen und hintenrum zum Dienstboteneingang, und: »Hier ist sie, sicher und wohlbehalten, obwohl sie einen Fluchtversuch gemacht hat, was, Grace? Hat versucht, uns zu entwischen, ist nämlich ganz schön gerissen, unsre Grace, trotz ihrer großen blauen Augen, na, mehr Glück beim nächsten Mal, Mädchen, hättst eben deine Unterröcke ein Stückchen höher ziehen und uns ein bißchen Fuß und ein bißchen Knöchel zeigen sollen, wo du schon mal dabei warst«, sagt der eine. »Oh nein, noch höher«, sagt der andere, »hättst sie bis zum Hals hochkrempeln sollen, dann hättst du abschwirren können wie ein Schiff unter vollen Segeln, Arsch im Wind, so wären wir von deinen Reizen geblendet gewesen, vor den Kopf geschlagen wie ein Lamm auf der Schlachtbank, vom Blitz getroffen, und du wärst ungeschoren davongekommen.« Sie grinsen sich an und lachen, sie haben nur angegeben. Sie haben die ganze Zeit mit sich selbst geredet, nicht mit mir.

Sie sind eine sehr gewöhnliche Sorte Mensch.

Ich kann mich nicht mehr so frei wie früher im Haus bewegen. Die Frau Direktor hat immer noch Angst vor mir; sie hat Angst, ich könnte wieder einen Anfall bekommen, und sie will nicht, daß ihre besten Teetassen zu Bruch gehen; man könnte meinen, sie hätte noch nie im Leben jemand schreien gehört. Also staube ich nicht mehr ab oder trage das Teetablett herein oder leere das Nachtgeschirr aus oder mache die Betten. Statt dessen arbeite ich als Scheuermagd in der Küche und schrubbe die Töpfe und die Pfannen, oder ich helfe in der Waschküche, was mir nicht so viel ausmacht, weil ich schon immer gern die

Wäsche gemacht habe. Es ist zwar harte Arbeit und macht die Hände rauh, aber ich mag den sauberen Geruch hinterher.

Ich helfe der normalen Wäscherin, der alten Clarrie, die zum Teil farbig ist und früher Sklavin war, bevor sie die Sklaverei hier abgeschafft haben. Sie hat keine Angst vor mir, sie stört sich nicht an mir oder daran, was ich vielleicht getan habe, selbst wenn es ein Gentleman war, den ich umgebracht habe; sie nickt einfach nur, wie um zu sagen, einer weniger. Sie sagt, daß ich eine gute Arbeiterin bin und meinen Teil mache und sparsam mit der Seife umgehe und mich mit feinem Leinen auskenne und ein Händchen dafür habe, und daß ich weiß, wie man mit Flecken umgeht und sie sogar aus heller Spitze rausbekomme, was gar nicht so einfach ist; und stärken kann und beim Bügeln nicht alles versenge, und mehr braucht sie nicht zu wissen.

Mittags gehen wir in die Küche, und die Köchin gibt uns, was übrig ist, aus der Speisekammer; allerwenigstens Brot und Käse und Fleischbrühe, aber meistens mehr, weil Clarrie erstens ihr Liebling ist und zweitens sehr übellaunig werden kann, wenn man ihr in die Quere kommt. Und die Frau Direktor schwört auf sie, vor allem für die Spitzen und Rüschen, und sagt, daß sie ein Schatz ist und niemand ihr das Wasser reichen kann. Sie wäre sehr verärgert, wenn sie sie verlieren würde, und deshalb wird bei ihr nicht geknausert; und weil ich mit ihr zusammen bin, bei mir auch nicht.

Das Essen ist besser als alles, was ich hinter Gittern bekommen würde. Gestern bekamen wir das Gerippe von einem Hähnchen mit allem, was noch dran war. Und da saßen wir am Tisch wie zwei Füchse im Hühnerstall und nagten die Knochen ab. Oben machen sie so ein Getue wegen der Schere, aber die ganze Küche starrt vor Messern und Spießen wie ein Stachelschwein, ich könnte kinderleicht eins davon in meiner Schürzentasche verschwinden lassen, aber auf den Gedanken kommen sie natürlich nicht. Aus den Augen, aus dem Sinn, lautet ihr Motto, und alles, was sich unter der Treppe abspielt, wo die Dienstboten sind, ist für sie fast wie unter der Erde, und sie haben keine Ahnung, daß die Dienerschaft mit dem Löffel mehr durch die Hintertür wegträgt, als der Herr mit der Schaufel durch die Vordertür hereinbringen kann; man muß nur darauf achten, es nach und nach zu machen. Kein Mensch würde hier ein kleines Messer vermissen, und der beste Platz, es zu verstecken, wäre in meinen Haaren, unter meiner Haube, aber gut festgesteckt, weil es eine unangenehme Überraschung wäre, wenn es zur falschen Zeit herausfiele.

Wir schnitten das Hühnergeripp mit einem der Messer in der Mitte durch, und Clarrie aß die beiden kleinen Fleischstückchen innen am Seitenknochen, neben dem Magen, könnte man sagen, sie freut sich immer, wenn sie die bekommt, wenn sie übriggelassen wurden, und weil sie die ältere ist, hat sie natürlich den Vortritt. Wir haben nicht viel gesagt, sondern uns nur angegrinst, weil es so gut war, dieses Hühnchen zu essen. Ich aß das Fett vom Rücken und die Haut, und dann nagte ich die Rippen ab, und dann leckte ich mir die Finger wie eine Katze; und als wir fertig waren, rauchte Clarrie auf der Hintertreppe schnell noch eine Pfeife, und dann ging es wieder an die Arbeit. Miss Lydia und Miss Marianne machen eine Menge Wäsche schmutzig, obwohl das meiste davon kein bißchen das ist, was ich schmutzig nennen würde. Ich glaube, sie probieren morgens Sachen an und überlegen es sich dann anders und ziehen die Sachen wieder aus und lassen sie einfach auf den Boden fallen und treten darauf, und dann müssen sie natürlich in die Wäsche.

Wenn die Stunden vergangen sind und die Sonne auf der Uhr im oberen Stock ungefähr den halben Nachmittag erreicht hat, kommt Dr. Jordan an die Vordertür. Ich höre das Klopfen und das Klingeln und die Schritte des Mädchens, und dann werde ich über die Hintertreppe nach oben gebracht, und meine Hände sind von der Wäscheseife so sauber wie frischgefallener Schnee, und meine Finger vom heißen Wasser ganz runzlig, wie bei jemand, der gerade ertrunken ist, aber trotzdem rot und rauh, und dann ist es Zeit zum Nähen.

Dr. Jordan setzt sich auf den Stuhl mir gegenüber. Er hat ein

Notizbuch, das er auf den Tisch legt, und er bringt immer etwas mit. Am ersten Tag war es eine getrocknete Blume, eine blaue, am zweiten Tag war es eine Winterbirne, am dritten eine Zwiebel, man weiß nie, was er mitbringen wird, obwohl es meistens eine Frucht oder ein Gemüse ist; und zu Beginn jeder Unterredung fragt er mich, was ich über das denke, was er mitgebracht hat, und ich sage irgendwas, damit er zufrieden ist, und er schreibt es auf. Die Tür muß die ganze Zeit offenbleiben, weil nicht einmal der kleinste Verdacht entstehen darf, keine Unschicklichkeiten hinter verschlossenen Türen; wie komisch, wenn sie wüßten, was sich jeden Tag auf dem Weg hierher abspielt. Miss Lydia und Miss Marianne kommen auf der Treppe vorbei und werfen einen Blick herein, sie wollen sich den Doktor ansehen, sie sind so neugierig wie zwei Vögelchen. »Oh, ich glaube, ich habe meinen Fingerhut vergessen, guten Tag, Grace, ich hoffe, du bist wieder ganz auf der Höhe. Bitte entschuldigen Sie uns, Dr. Jordan, wir wollten Sie nicht stören.« Und sie lächeln ihn strahlend an, es hat sich herumgesprochen, daß er unverheiratet ist und über ein eigenes Vermögen verfügt, obwohl ich nicht glaube, daß die beiden sich mit einem Yankee-Doktor zufriedengeben würden, wenn sie was Besseres finden können; aber es macht ihnen Spaß, ihren Charme und ihre Reize an ihm auszuprobieren. Aber sobald er mit seinem schiefen Lächeln zurückgelächelt hat, runzelt er die Stirn. Er beachtet sie nicht sonderlich, sie sind nur alberne junge Mädchen und nicht der Grund, weshalb er hier ist.

Ich bin der Grund. Und deshalb will er nicht, daß unsere Gespräche gestört werden.

An den ersten beiden Tagen gab es nicht viel, was sie hätten stören können. Ich hielt die ganze Zeit den Kopf gesenkt und sah ihn nicht an und arbeitete an meinen Quiltblöcken, für den Quilt, den ich für die Frau Direktor mache, es sind nur noch fünf Blöcke übrig, die ich fertigmachen muß. Ich beobachtete, wie meine Nadel hin- und herfuhr, obwohl ich glaube, daß ich sogar im Schlaf nähen könnte, ich habe es schon mit vier Jahren gelernt, kleine Stiche, wie von Mäusen gemacht. Man muß sehr früh anfangen, um das zu können, später lernt man es nie mehr. Die Grundfarben sind ein heller und ein dunkelrosa Stoff, mit einem Zweig und einer Blume im helleren Rosa, und dann noch ein Indigo mit weißen Tauben und Weintrauben.

Oder ich sah über Dr. Jordans Kopf hinweg auf die Wand hinter ihm. An dieser Wand hängt ein gerahmtes Bild, Blumen in einer Vase, Früchte in einer Schale, eine Kreuzstichstickerei, gemacht von der Frau Direktor, und zwar nicht sehr gut, weil die Äpfel und die Pfirsiche eckig und kantig aussehen, wie aus Holz geschnitzt. Keine ihrer besseren Arbeiten, was der Grund dafür sein muß, daß sie das Bild hier aufgehängt hat und nicht in einem der Gästeschlafzimmer. Ich könnte es mit geschlossenen Augen besser machen.

Es war schwierig, mit dem Reden anzufangen. Ich hatte in den letzten fünfzehn Jahren nicht viel geredet, nicht wirklich, nicht so, wie ich früher mit Mary Whitney geredet hatte, und mit Jeremiah dem Hausierer, und auch mit Jamie Walsh, bevor er sich mir gegenüber so verräterisch verhielt; und irgendwie hatte ich vergessen, wie es geht. Ich sagte zu Dr. Jordan, ich wüßte nicht, was ich sagen sollte. Er sagte, es gehe nicht darum, was ich sagen sollte, sondern darum, was ich gerne sagen möchte, das sei für ihn von Interesse. Ich sagte, ich hätte keine Wünsche dieser Art, da es mir nicht anstehe, etwas sagen zu wollen.

»Also wirklich Grace«, sagte er, »du mußt dir schon ein bißchen mehr Mühe geben. Immerhin haben wir eine Abmachung.«

»Ja, Sir«, sagte ich. »Aber mir fällt nichts ein.«

»Dann laß uns über das Wetter reden«, sagte er. »Darüber hast du sicher ein paar Bemerkungen zu machen, da es das Thema ist, mit dem alle immer anfangen.«

Darüber mußte ich lächeln, aber ich war immer noch genauso schüchtern wie vorher. Ich war nicht daran gewöhnt, nach meiner Meinung gefragt zu werden, nicht einmal über das Wetter, und schon gar nicht von einem Mann mit einem Notizbuch. Die einzigen Männer von dieser Sorte, die mir je begegnet sind, waren Mr. Kenneth MacKenzie, der Anwalt, und vor dem hatte ich Angst; und dann die, die während der Verhandlung im Gerichtssaal saßen oder ins Gefängnis kamen; und die waren von den Zeitungen und schrieben Lügen über mich.

Weil ich am Anfang nicht reden konnte, redete Dr. Jordan selbst. Er erzählte mir, daß sie jetzt überall Eisenbahnen bauen, und wie sie die Geleise verlegen, und wie die Lokomotiven funktionieren, mit ihren Heizkesseln und ihrem Dampf. Und dann war ich nicht mehr ganz so befangen und sagte, ich würde gerne einmal in so einem Eisenbahnzug fahren; und er sagte, vielleicht würde ich das eines Tages. Ich sagte, das könne ich nicht glauben, weil ich doch dazu verurteilt sei, lebenslänglich hierzubleiben, aber schließlich kann man nie wissen, was die Zeit noch alles für einen bereithält.

Dann erzählte er mir von der Stadt, in der er lebt und die sich Loomisville nennt und in den Vereinigten Staaten von Amerika liegt, und er sagte, es sei eine Stadt mit vielen Textilfabriken, aber nicht mehr so wohlhabend wie in der Zeit, bevor die billigeren Stoffe aus Indien ins Land kamen. Er sagte, sein Vater sei früher der Besitzer solch einer Fabrik gewesen, und die Mädchen, die dort gearbeitet hätten, seien alle vom Land gekommen. Sie wurden sehr ordentlich gehalten und wohnten in Unterkünften, die für sie bereitgestellt wurden, mit ehrbaren und anständigen Vermieterinnen, keine alkoholischen Getränke waren erlaubt, und manchmal ein Piano im Wohnzimmer, und nur zwölf Stunden Arbeit am Tag und der Sonntagmorgen frei, um in die Kirche zu gehen; und nach dem feuchten und sehnsüchtigen Blick in seinen Augen zu urteilen, würde es mich nicht wundern, wenn er einmal einen Schatz unter ihnen gehabt hätte.

Dann sagte er, man hätte diesen Mädchen das Lesen beigebracht und sie hätten ihre eigene Zeitschrift gehabt, die sie selbst gestalten konnten, mit literarischen Beiträgen. Und ich fragte, was er mit literarischen Beiträgen meine, und er sagte, sie hätten Geschichten und Gedichte geschrieben, die dann in der Zeitschrift abgedruckt wurden, und ich fragte: »Unter ihrem eigenen Namen?« Und er sagte ja, und ich sagte, das sei aber dreist von ihnen gewesen, und hätte es denn nicht all die jungen Männer verscheucht, denn wer würde schon eine Frau haben wollen, die Sachen in eine Zeitung schrieb, wo jeder sie lesen konnte, und dazu noch erfundene Sachen, und ich selbst könnte nie so schamlos sein. Und er lächelte und sagte, es habe die jungen Männer anscheinend nicht weiter gestört, da die Mädchen ihren ganzen Lohn für ihre Aussteuer gespart hätten, und eine Aussteuer sei immer gern gesehen. Und ich sagte, wenigstens hätten sie, wenn sie erst verheiratet waren, zuviel zu tun, um sich noch mehr Geschichten auszudenken, wegen der Kinder.

Und dann wurde ich auf einmal traurig, weil ich daran denken mußte, daß ich selbst nie verheiratet sein und Kinder haben würde; obwohl es natürlich auch des Guten zuviel sein kann, und ich würde nicht gern neun oder zehn haben wollen und dann daran sterben, wie es vielen geht. Aber trotzdem ist es ein Kummer.

Wenn man traurig wird, ist es am besten, das Thema zu wechseln. Ich fragte ihn, ob seine Mutter noch lebte, und er sagte ja, bloß sei es um ihre Gesundheit nicht zum Besten bestellt; und ich sagte, er könne von Glück sagen, daß sie wenigstens noch am Leben sei, denn meine sei es nicht. Und dann wechselte ich das Thema noch einmal und sagte, ich hätte Pferde sehr gern, und er erzählte mir von seinem Pferd Bess, das er als Junge gehabt hatte. Und nach einer Weile, ich weiß nicht genau, wie es kam, aber nach und nach merkte ich, daß ich leichter mit ihm sprechen konnte, und daß mir auch Sachen einfielen, die ich sagen konnte.

Und so geht es nun weiter. Er fragt mich etwas, und ich sage eine Antwort, und er schreibt sie auf. Im Gerichtssaal war jedes Wort, das aus meinem Mund kam, wie in das Papier eingebrannt, auf dem sie es aufschrieben, und wenn ich einmal was gesagt hatte, konnte ich die Worte nie wieder zurücknehmen; bloß waren es meistens die falschen Worte, weil sie alles verdrehten, was ich sagte, auch wenn es am Anfang die reine Wahrheit gewesen war. Und bei Dr. Bannerling in der Anstalt war es genau dasselbe. Aber jetzt habe ich das Gefühl, daß alles, was ich sage, richtig ist. Solange ich nur irgendwas sage, egal was, lächelt Dr. Jordan und schreibt es auf und sagt, daß ich meine Sache sehr gut mache.

Während er schreibt, habe ich oft das Gefühl, er würde mich malen; oder vielleicht nicht *mich* malen, sondern *auf mir* – auf meiner Haut –, nicht mit dem Bleistift, den er benutzt, sondern mit einer altmodischen Gänsefeder, und nicht mit dem Kiel, sondern mit dem fedrigen Ende. Als hätten sich hundert Schmetterlinge auf mein Gesicht gesetzt und würden jetzt ganz sanft ihre Flügel auf- und zuklappen.

Aber darunter liegt noch ein anderes Gefühl, ein Gefühl, hellwach und wachsam zu sein. Es ist, wie wenn man plötzlich mitten in der Nacht von einer Hand auf dem Gesicht geweckt wird, und man fährt mit klopfendem Herzen hoch, und niemand ist da. Und darunter ist noch ein anderes Gefühl, ein Gefühl, als würde man aufgerissen; nicht wie ein Körper aus Fleisch und Blut, es ist an sich nicht schmerzhaft, sondern wie ein Pfirsich; und auch nicht aufgerissen, sondern überreif, so daß er von selbst aufplatzt.

Und im Inneren des Pfirsichs ist ein Stein.

9.

Von Dr. Samuel Bannerling, The Maples, Front Street, Toronto, Westkanada
An Dr. Simon Jordan, per Adresse Mrs. William P. Jordan, Laburnum House, Loomisville, Massachusetts, Vereinigte Staaten von Amerika
Nachgeschickt an: per Adresse Major C. D. Humphrey, Lower Union Street, Kingston, Westkanada.

20. April 1859

Sehr geehrter Herr Dr. Jordan!

Soeben erhielt ich Ihr vom 2. April datiertes und an Dr. Workman gerichtetes Ersuchen betreffs der Zuchthäuslerin Grace Marks, begleitet von einem Anschreiben seinerseits, in dem er mich bittet, Ihnen alle weiteren Informationen in meiner Kenntnis zukommen zu lassen.

Gleich zu Anfang muß ich Ihnen mitteilen, daß Dr. Workman und ich nicht immer einer Meinung waren. Meiner Einschätzung nach – und ich war mehr Jahre in der Anstalt beschäftigt, als er es bislang ist – hat seine nachsichtige Politik ihn dazu verleitet, einen völlig falschen Kurs einzuschlagen, namentlich zu versuchen, aus Kieselsteinen Diamanten zu machen. Die meisten derjenigen, die unter den ernsthafteren nervlichen und geistigen Störungen leiden, können nicht geheilt, sondern höchstens unter Kontrolle gehalten werden; zu welchem Zweck sich Einschränkungen der Bewegungsfreiheit, Züchtigungen, eine karge Ernährung sowie Schröpfen und Aderlässe zur Reduzierung der überschüssigen animalischen Kräfte in der Vergangenheit als recht wirkungsvoll erwiesen haben. Obwohl Dr. Workman angibt, in mehreren Fällen, die ehedem als hoffnungslos galten, positive Resultate erzielt zu haben, wird sich zweifellos mit der Zeit herausstellen, daß diese angeblichen Heilungen oberflächlicher und vorübergehender Natur sind. Der Makel des Irrsinns liegt im Blut und kann nicht mit ein bißchen Seife und einem Waschlappen abgewaschen werden.

Dr. Workman hatte nur Gelegenheit, Grace Marks einige wenige Wochen zu beobachten, wohingegen ich sie über ein Jahr lang unter meiner Obhut hatte; daher kann seine Einschätzung ihres Charakters keinen sonderlich großen Wert haben. Er war jedoch scharfsinnig genug, eine relevante Tatsache zu bemerken − nämlich daß Grace Marks ihre geistige Störung nur vorspiegelte −, ein Urteil, zu dem ich selbst ebenfalls gelangt war, auch wenn die damaligen Behörden sich weigerten, entsprechende Schritte einzuleiten. Kontinuierliche Beobachtung ihrer Possen führte mich zu der Schlußfolgerung, daß sie keineswegs wahnsinnig war, wie sie es zu sein vorgab, sondern nur versuchte, mir auf berechnende und ungenierte Weise Sand in die Augen zu streuen. Klar und deutlich ausgedrückt, war ihr Wahnsinn ein Betrug und ein Schwindel, den sie sich ausgedacht hatte, um in den Genuß besserer Lebensumstände zu kommen, da ihr die strenge Zucht des Gefängnisses, in das sie als gerechte Strafe für ihre abscheulichen Verbrechen eingewiesen worden war, nicht gefiel.

Sie ist eine vollendete Schauspielerin und eine überaus geübte Lügnerin. Während ihres Aufenthalts in der Anstalt vergnügte sie sich mit einer Reihe angeblicher Anfälle, Halluzinationen, Kapriolen, Geträller und dergleichen, wobei es ihrer Darstellung nur an den in die Haare geflochtenen weißen Blüten Ophelias mangelte. Aber auch ohne diese machte sie ihre Sache recht gut, da es ihr gelang, nicht nur die ehrenwerte Mrs. Moodie zu täuschen, die wie viele hochgesinnte Frauenzimmer ihrer Art dazu neigt, jeden theatralischen Humbug zu glauben, der ihr aufgetischt wird, vorausgesetzt, er ist pathetisch genug, und deren unzutreffende und hysterische Schilderung der ganzen traurigen Angelegenheit Sie sicherlich gelesen haben, sondern auch mehrere meiner Kollegen, wobei letzteres ein herausragender Beweis für die alte Binsenweisheit ist, daß Besonnenheit und Vernunft durchs Fenster entfliehen, sobald eine gutaussehende Frau zur Tür hereinkommt.

Sollten Sie dennoch bei Ihrem Entschluß bleiben, Grace Marks an ihrem derzeitigen Aufenthaltsort untersuchen zu wollen, betrachten Sie sich bitte als gebührend gewarnt. Viele ältere und weisere Köpfe haben sich bereits in ihren Schlingen verfangen, und Sie täten gut daran, ihre Ohren mit Wachs zu versiegeln, wie Odysseus es seinen Gefährten befahl, um den Sirenen zu entgehen. Grace Marks ist ebenso bar jeder Moral, wie sie bar aller Skrupel ist, und sie wird jedes ahnungslose Werkzeug benutzen, das ihr in die Hände gerät.

Ich sollte Sie auch auf die Gefahr hinweisen, daß Sie, sobald Sie sich mit dem Fall Grace Marks befassen, von einer Schar wohlmeinender, aber schwachsinniger Personen beider Geschlechter, unter ihnen auch Geistliche, belagert werden könnten, die sich im Interesse von Grace Marks wichtig machen. Sie belästigen die Regierung mit Petitionen, in denen um ihre Entlassung ersucht wird, und werden im Namen der Barmherzigkeit versuchen, auch Ihnen aufzulauern und Sie für ihr Anliegen zu gewinnen. Ich mußte sie wiederholt von meiner Tür weisen, während ich gleichzeitig versuchte, sie zu der Einsicht zu bringen, daß Grace Marks aus einem sehr guten Grund eingekerkert wurde, nämlich als Strafe für ihre Schandtaten, die ihr durch ihren verderbten Charakter und ihre morbide Phantasie eingegeben wurden. Sie auf eine ahnungslose Öffentlichkeit loszulassen wäre im höchsten Maße unverantwortlich, da es ihr nur erneut die Gelegenheit bieten würde, ihre Blutgier zu befriedigen.

Ich vertraue darauf, daß Sie, sollten Sie beschließen, die Angelegenheit weiter zu verfolgen, zu denselben Schlußfolgerungen gelangen werden, die bereits erlangt wurden von

Ihrem ergebenen Diener
Dr. Samuel Bannerling

10.

*H*eute morgen soll Simon sich mit Reverend Verringer treffen. Er freut sich nicht auf die Begegnung: der Mann hat in England studiert und wird unweigerlich Allüren an den Tag legen. Es gibt keinen schlimmeren Narren als einen gebildeten Narren, und Simon wird seine eigenen europäischen Referenzen hervorkramen und mit seiner eigenen Gelehrsamkeit prahlen und sich rechtfertigen müssen. Es wird eine anstrengende Unterredung werden, und er wird sehr versucht sein, seine Aussprache schleppend und sehr amerikanisch zu machen und in jeder Hinsicht dem britisch-kolonialen Vorurteil vom ungehobelten, hinterwäldlerischen Yankee zu entsprechen, um den Reverend zu verärgern. Aber er wird sich zügeln müssen. Zuviel hängt von seinem Wohlverhalten ab. Er vergißt immer wieder, daß er nicht mehr reich und daher nicht mehr ganz sein eigener Herr ist.

Er steht vor dem Spiegel und versucht, sein Halstuch zu binden. Er haßt Halstücher und Halsbinden und wünscht sie allesamt zum Teufel; er haßt auch seine Hose und alle steifen und korrekten Kleidungsstücke im allgemeinen. Wieso hält der zivilisierte Mensch es für angebracht, seinen Körper zu quälen, indem er ihn in die Zwangsjacke eleganter Kleidung steckt? Vielleicht eine Kasteiung des Fleisches, ähnlich wie ein härenes Hemd? Der Mensch sollte in kleinen wollenen Anzügen geboren werden, die im Lauf der Jahre mit ihm wachsen, wodurch sich das ganze Schneidergewerbe mitsamt dem dazugehörigen snobistischen Getue erübrigen würde.

Wenigstens ist er keine Frau und folglich nicht gezwungen, Korsetts zu tragen und sich durch ständiges zu festes Schnüren zu deformieren. Für die weitverbreitete Meinung, daß Frauen von Natur aus ein schwaches Rückgrat und eine geleeartige Konsistenz haben und auf dem Boden zerfließen würden wie geschmolzener Käse, sofern sie nicht eingeschnürt würden, empfindet er nichts als Verachtung. Als Medizinstudent hat er eine nicht unbeträchtliche Zahl von Frauen seziert – selbstverständlich aus den unteren Klassen –, und ihr Rückgrat und ihre Muskulatur waren im Durchschnitt nicht schwächer ausgebildet als die eines Mannes, obwohl viele von ihnen unter Rachitis litten.

Er hat seinem Halstuch eine gewisse Ähnlichkeit mit einer Schleife abgetrotzt. Sie sitzt zwar schief, ist aber das Beste, was er zuwege bringt; er kann sich eben keinen Kammerdiener mehr leisten. Er versucht, seine widerspenstigen Haare glattzubürsten, die sich jedoch unverzüglich wieder aufrichten. Dann nimmt er seinen Überzieher und nach kurzem Nachdenken auch den Schirm. Zwar fällt schwaches Sonnenlicht durch die Fenster, aber es wäre vermessen zu hoffen, daß es nicht regnen wird. Kingston im Frühling ist ein wäßriger Ort.

Er schleicht sich verstohlen die Vordertreppe hinunter. Nicht verstohlen genug, wie sich zeigt: Seine Vermieterin hat seit neuestem die Angewohnheit angenommen, ihm unter dem einen oder anderen trivialen Vorwand aufzulauern, und auch jetzt gleitet sie in ihrem ausgeblichenen schwarzen Seidenkleid mit dem weißen Spitzenkragen aus dem Salon, wie üblich ein Taschentuch in einer schmalen Hand zerknüllend, als sei sie ständig den Tränen nahe. Sie war unverkennbar vor noch nicht allzulanger Zeit eine Schönheit und könnte immer noch eine sein, wenn sie sich nur ein wenig Mühe gäbe und der Mittelscheitel in ihren blonden Haaren nicht gar so streng gezogen wäre. Ihr Gesicht ist herzförmig, ihre Haut weiß wie Milch, und ihren großen Augen kann man sich nur schwer entziehen; aber obwohl ihre Taille schmal ist, hat sie auch etwas Metallisches an sich, so als benutze sie ein kurzes Stück Ofenrohr anstelle eines Korsetts. Auch heute zeigt ihr Gesicht den für sie typischen Ausdruck angespannter Nervosität; sie riecht nach Veilchen und Kampfer – zweifellos neigt sie zu Kopfschmerzen – und nach noch etwas, das Simon nicht richtig einordnen kann.

Es ist ein heißer, trockener Geruch. Wie nach einem gebügelten weißen Laken?

In der Regel geht Simon diesem Typ von blutarmem, still verzweifeltem weiblichen Wesen aus dem Weg, obwohl Ärzte derartige Frauen magnetisch anzuziehen scheinen. Aber Mrs. Humphrey besitzt auch eine strenge, schmucklose Eleganz – wie das Versammlungshaus einer Quäkergemeinde –, die ihren Reiz hat. Einen Reiz, der sich für ihn auf das rein Ästhetische beschränkt. Man verliebt sich nicht in ein religiöses Gebäude.

»Dr. Jordan«, sagt sie. »Ich wollte Sie fragen...« Sie zögert. Simon lächelt ermutigend. »Ihr Ei von heute morgen – war es zufriedenstellend? Ich habe es nämlich selbst gekocht.«

Simon lügt. Es nicht zu tun, wäre unverzeihlich unhöflich. »Köstlich, vielen Dank«, sagt er. In Wirklichkeit hatte das Ei die Konsistenz des herausgeschnittenen Tumors, den ein Kommilitone ihm einmal aus Jux in die Manteltasche gesteckt hat – gleichzeitig fest und schwammig. Man muß schon ganz perverse Talente besitzen, um ein Ei derart zu malträtieren.

»Das freut mich«, sagt sie. »Es ist so schwer, gute Haushaltshilfen zu bekommen. Gehen Sie aus?«

Die Tatsache ist so offensichtlich, daß Simon nur nickt.

»Es ist noch ein Brief für Sie gekommen«, sagt sie. »Das Mädchen hatte ihn verlegt, aber ich habe ihn wiedergefunden. Er liegt auf dem Tisch in der Halle.« Sie sagt dies mit bebender Stimme, als müsse jeder Brief, den Simon erhält, tragischen Inhalts sein. Ihre Lippen sind voll, aber kraftlos, wie eine Rose kurz vor dem Verblühen.

Simon bedankt sich, verabschiedet sich, nimmt seinen Brief – er ist von seiner Mutter – und verläßt das Haus. Er hat nicht den Wunsch, Mrs. Humphrey zu langen Unterhaltungen zu ermutigen. Sie ist einsam – kein Wunder bei dem trunksüchtigen und herumstreunenden Major, der ihr Ehemann ist –, und eine einsame Frau ist wie ein hungriger Hund. Simon hat nicht den geringsten Wunsch, hinter den zugezogenen Vorhängen des Salons zum Adressaten schwermütiger nachmittäglicher Vertraulichkeiten zu werden.

· 103 ·

Nichtsdestoweniger ist Mrs. Humphrey ein interessantes Studienobjekt. Zum Beispiel gibt sie sich vornehmer, als ihre derzeitigen Umstände rechtfertigen. Gewiß gab es in ihrer Kindheit eine Gouvernante: die Haltung ihrer Schultern verrät dies. Und als sie die Arrangements wegen der Zimmer traf, gab sie sich so überkorrekt und streng, daß es Simon peinlich gewesen war zu fragen, ob die Wäsche im Preis inbegriffen sei. Ihr Verhalten hatte unmißverständlich ausgedrückt, daß sie es nicht gewöhnt war, mit Männern über den Zustand ihrer persönlichsten Dinge zu sprechen, und derart peinliche Angelegenheiten am besten den Dienstboten überlassen blieben.

Dazu hatte sie ihm, wenn auch indirekt, zu verstehen gegeben, daß es ihr sehr gegen den Strich gehe, dazu gezwungen zu sein, Zimmer zu vermieten. Es sei das erste Mal, daß sie dies tue; Schuld daran sei eine mißliche Lage, die sich sicherlich als vorübergehend erweisen werde. Darüber hinaus war sie sehr wählerisch gewesen – *Ruhiger Herr, sofern bereit, die Mahlzeiten außer Haus einzunehmen*, hatte ihr Inserat gelautet. Als Simon nach der Besichtigung der Zimmer gesagt hatte, er nehme sie, hatte sie zunächst gezögert und dann zwei Monatsmieten im voraus verlangt.

Simon hatte die anderen Unterkünfte gesehen, die angeboten wurden und entweder teurer oder aber sehr viel schmutziger waren, und hatte eingewilligt. Er hatte den Betrag in bar bei sich gehabt und mit Interesse die Mischung aus Zögern und Eifer vermerkt, die Mrs. Humphrey an den Tag legte, wie auch die nervöse Röte, die dieser Konflikt ihr in die Wangen trieb. Die ganze Angelegenheit war ihr sichtlich zuwider, fast als handele es sich um etwas Unanständiges. Sie wollte sein Geld nicht in diesem nackten Zustand berühren und hätte es vorgezogen, wenn es ihr in einem Umschlag überreicht worden wäre; und doch mußte sie sich beherrschen, es ihm nicht aus der Hand zu reißen.

Eine ganz ähnliche Haltung – die kokette Verschämtheit bei der finanziellen Transaktion, die Vorspiegelung, sie hätte gar nicht wirklich stattgefunden, die unterschwellige Gier – kennzeichnete auch die bessere Klasse der französischen Huren, bloß daß diese Huren weit weniger linkisch waren. Simon hält sich nicht für einen Experten auf diesem Gebiet, aber er hätte seine Pflicht seinem Beruf gegenüber nicht erfüllt, hätte er sich geweigert, von den Gelegenheiten zu profitieren, die Europa ihm bot – Gelegenheiten, die in New England keineswegs so leicht und so vielfältig verfügbar waren. Wenn man die Menschheit heilen wollte, mußte man sie kennen, und man konnte sie nicht aus der Ferne kennenlernen; man mußte sich sozusagen mitten in sie hineinstürzen. Simon hält es für die Pflicht aller, die seinem Berufsstand angehören, auch die tiefsten Tiefen des Lebens auszuloten, und obwohl er noch nicht sehr viele davon ausgelotet hat, hat er zumindest einen Anfang gemacht. Natürlich hat er alle erforderlichen Vorkehrungen gegen die Gefahr einer Ansteckung getroffen.

Vor dem Haus begegnet er dem Major, der ihn wie durch einen Nebel hindurch anstarrt. Seine Augen sind blutunterlaufen, seine Halsbinde sitzt schief, einer seiner Handschuhe ist ihm irgendwo abhanden gekommen. Simon versucht sich vorzustellen, an was für einer Ausschweifung der Major wohl teilgenommen und wie lange sie gedauert hat. Es muß eine gewisse Freiheit darin liegen, keinen guten Ruf zu verlieren zu haben. Er nickt und lüftet seinen Hut. Der Major sieht beleidigt aus.

Simon macht sich zu Fuß auf den Weg zu Reverend Verringers Haus, das in der Sydenham Street liegt. Er hat sich weder eine Kutsche noch ein Pferd genommen. Die Kosten wären nicht gerechtfertigt, da Kingston kein großer Ort ist. Die Straßen sind schlammig und voller Pferdemist, aber er hat gute Stiefel.

Die Tür von Reverend Verringers eindrucksvollem Pfarrhaus wird von einer älteren Frau geöffnet, die ein Gesicht wie ein Brett hat; der Reverend ist unverheiratet und braucht eine Haushälterin, die über jeden Verdacht erhaben ist. Simon wird in eine Bibliothek geführt, die so aufdringlich selbstbewußt die

· *105* ·

genau richtige Art von Bibliothek ist, daß er das Bedürfnis verspürt, sie in Brand zu stecken.

Reverend Verringer erhebt sich aus einem ledernen Ohrensessel und bietet Simon die Hand. Obwohl seine Haare und seine Haut gleichermaßen dünn und farblos sind, ist sein Händedruck überraschend fest; und trotz seines bedauerlich kleinen Schmollmündchens – das Simon an eine Kaulquappe erinnert – läßt seine römische Nase auf einen starken Charakter und seine hohe, gewölbte Stirn auf einen gut entwickelten Intellekt schließen, und seine leicht vorstehenden Augen wirken klar und interessiert. Er kann nicht älter als fünfunddreißig sein. Er muß gute Beziehungen haben, denkt Simon, wenn er in der methodistischen Kirche so schnell aufsteigen und sich eine so wohlhabende Gemeinde sichern konnte. In Anbetracht der Bücher muß er über ein eigenes Vermögen verfügen. Simons Vater hatte eine ganz ähnliche Bibliothek besessen.

»Ich freue mich, daß Sie kommen konnten, Dr. Jordan«, sagt er. Seine Stimme klingt weniger affektiert, als Simon befürchtet hatte. »Es ist sehr freundlich von Ihnen, uns gefällig zu sein. Ihre Zeit ist sicherlich kostbar.« Sie setzen sich, und die flachgesichtige Haushälterin serviert ihnen den Kaffee auf einem Tablett, das schlicht, aber aus Silber ist. Es ist ein wahrhaft methodistisches Tablett: unauffällig, sich seines eigenen Wertes aber durchaus bewußt.

»Der Fall ist für mich von großem beruflichen Interesse«, sagt Simon. »Es kommt nicht allzuoft vor, daß sich einem ein Gegenstand mit so vielen faszinierenden Elementen bietet.« Er klingt, als hätte er persönlich bereits Hunderte solcher Fälle behandelt. Der Trick besteht darin, interessiert zu wirken, aber nicht übereifrig, so als sei das Ganze tatsächlich eine Gefälligkeit seinerseits. Er hofft, daß er nicht rot wird.

»Ein Gutachten von Ihnen wäre eine beträchtliche Hilfe für unser Komitee«, sagt Reverend Verringer, »sollte dieses Gutachten die Auffassung stützen, daß sie unschuldig ist. Wir würden es unserer Petition beifügen, denn heutzutage sind Regierungsstellen eher als früher geneigt, die Meinung von Ex-

· 106 ·

perten zu berücksichtigen. Selbstverständlich«, fügt er mit einem schnellen Blick hinzu, »werden Sie die vereinbarte Summe völlig unabhängig von Ihren Schlußfolgerungen ausgezahlt bekommen.«

»Ich verstehe«, sagt Simon mit einem, wie er hofft, verbindlichen Lächeln. »Sie haben in England studiert?«

»Zu Anfang folgte ich meiner Berufung als Mitglied der anglikanischen Hochkirche«, sagt Reverend Verringer, »geriet dann jedoch in einen Gewissenskonflikt. Denn gewiß ist das Licht der Worte und der Gnade Gottes auch für jene außerhalb der Kirche von England da, und durch direktere Mittel als die Liturgie.«

»Das möchte ich doch hoffen«, sagt Simon höflich.

»Der verehrte Reverend Egerton Ryerson aus Toronto hat einen ganz ähnlichen Weg eingeschlagen. Er ist eine führende Persönlichkeit im Kreuzzug für kostenlose Schulen und für die Abschaffung alkoholischer Getränke. Sie haben natürlich von ihm gehört.«

Das hat Simon nicht. Er gibt ein vieldeutiges »Hm« von sich, von dem er hofft, daß es als Zustimmung durchgeht.

»Sie selbst sind ...«

Simon weicht aus. »Väterlicherseits gehört meine Familie den Quäkern an«, sagt er. »Seit vielen Jahren. Meine Mutter ist Unitarierin.«

»Ah ja«, sagt Reverend Verringer. »Natürlich ist in den Vereinigten Staaten alles ganz anders.« Es tritt eine Pause ein, in der beide über diese Bemerkung nachdenken. »Aber Sie glauben doch an die Unsterblichkeit der Seele?«

Das ist die Fangfrage, die Falle, die all seine Chancen zunichte machen könnte. »Oh ja, natürlich«, sagt Simon. »Daran kann es keinen Zweifel geben.«

Verringer wirkt erleichtert. »So viele Wissenschaftler bezweifeln dies heutzutage. Überlaßt den Körper den Ärzten, sage ich immer, und die Seele Gott. Gebt dem Kaiser, was des Kaisers ist, könnte man vielleicht sagen.«

»Natürlich, natürlich.«

· 107 ·

»Dr. Binswanger hat in den höchsten Tönen von Ihnen gesprochen. Ich hatte das Vergnügen, ihn kennenzulernen, als ich den Kontinent bereiste – die Schweiz ist aus historischen Gründen für mich von großem Interesse. Ich habe mit ihm über seine Arbeit gesprochen. Daher schien es mir ganz natürlich, ihn zu konsultieren, als ich eine Autorität auf dieser Seite des Atlantiks suchte. Eine Autorität« – er zögert –, »die im Rahmen unserer Mittel liegt. Er sagte, Sie seien sehr bewandert auf dem Gebiet der geistigen Erkrankungen und der nervösen Störungen und auf dem besten Weg, auf dem Feld der Amnesie zu einem der führenden Experten zu werden. Er nannte Sie einen unserer kommenden Männer.«

»Überaus freundlich von ihm«, murmelt Simon. »Es ist ein schwieriges Gebiet. Aber ich habe zwei oder drei kleinere Artikel veröffentlicht.«

»Wollen wir hoffen, daß Sie nach Abschluß Ihrer hiesigen Untersuchung in der Lage sein werden, diese Zahl zu vergrößern und Licht in dieses Dunkel zu bringen. Unsere Gesellschaft würde Ihnen gewiß die gebührende Anerkennung zollen. Vor allem, da es sich um einen so berühmten Fall handelt.«

Simon hält für sich fest, daß Reverend Verringer trotz seines Kaulquappenmündchens keineswegs ein Narr ist. Jedenfalls hat er einen scharfen Blick für die Ambitionen anderer Männer. Könnte es sein, daß sein Wechsel von der Hochkirche zu den Methodisten mit dem sinkenden politischen Stern der einen und dem aufsteigenden der anderen in diesem Land zu tun hatte?

»Sie haben die Berichte gelesen, die ich Ihnen geschickt habe?«

Simon nickt. »Und ich verstehe Ihr Dilemma«, sagt er. »Es ist nicht einfach, zu einem Schluß zu kommen. Grace scheint bei der gerichtlichen Untersuchung der Todesursache eine Geschichte erzählt zu haben, eine andere bei der Gerichtsverhandlung selbst, und eine dritte, nachdem ihr Todesurteil umgewandelt worden war. In allen drei Aussagen leugnete sie, Hand an Nancy Montgomery gelegt zu haben. Doch dann ha-

· 108 ·

ben wir ein paar Jahre später Mrs. Moodies Bericht, der einem Geständnis von Grace gleichkommt, die Tat tatsächlich begangen zu haben, und diese Version stimmt mit den letzten Worten James McDermotts kurz vor seiner Hinrichtung überein. Seit Graces Rückkehr aus der Nervenheilanstalt stellt sie diese Version der Geschichte jedoch wieder in Abrede, wie Sie sagen.«

Reverend Verringer nippt an seinem Kaffee. »Sie stellt die *Erinnerung* daran in Abrede«, sagt er.

»Ah ja, die Erinnerung daran«, sagt Simon. »Eine wichtige Unterscheidung.«

»Es wäre sehr gut möglich, daß andere ihr eingeredet haben, daß sie etwas getan hat, woran sie in Wirklichkeit unschuldig ist«, sagt Reverend Verringer. »Es wäre nicht das erste Mal, daß so etwas vorkommt. Das sogenannte Geständnis im Gefängnis, das Mrs. Moodie in so leuchtenden Farben schilderte, wurde mehrere Jahre nach Graces Inhaftierung abgelegt, und zwar während des langen Regimes von Oberaufseher Smith. Der Mann war bekanntermaßen völlig korrupt und höchst ungeeignet für seine Position. Man warf ihm Verhalten der schockierendsten und brutalsten Art vor; zum Beispiel durfte sein Sohn die Insassen als Zielscheibe für seine Schießübungen benutzen und schoß einem von ihnen tatsächlich ein Auge aus. Es wurde auch vom Mißbrauch weiblicher Gefangener gesprochen, in einer Weise, die Sie sich sicher vorstellen können, und ich fürchte, daß es daran tatsächlich keinen Zweifel geben kann; es fand eine offizielle Untersuchung statt. Ich jedenfalls bin der Meinung, daß Graces Phase des Wahnsinns auf die Mißhandlungen zurückzuführen ist, die sie durch ihn erlitt.«

»Es gibt auch Stimmen, die abstreiten, daß sie tatsächlich wahnsinnig war«, sagt Simon.

Reverend Verringer lächelt. »Sie haben also von Dr. Bannerling gehört. Er war von Anfang an gegen Grace eingestellt. Unser Komitee hat mehrmals an ihn appelliert – ein günstiger Bericht von ihm wäre für unsere Sache von unermeßlichem Wert gewesen –, aber er blieb unerbittlich. Natürlich ist er ein in der Wolle gefärbter Tory. Wenn es nach ihm ginge, würde er

die armen Geistesgestörten in Ketten legen und jeden auf-
knüpfen lassen, der auch nur einmal einen schiefen Blick ris-
kiert. Es tut mir leid, sagen zu müssen, daß ich ihn für einen
Teil desselben korrupten Systems halte, das für die Ernennung
eines so gewöhnlichen und lästerlichen Mannes wie Oberaufseher Smith verantwortlich war. Soweit ich weiß, gab es auch
in der Anstalt Unregelmäßigkeiten – und zwar derart, daß
nach Grace Marks' Rückkehr ins Gefängnis der Verdacht entstand, sie befinde sich in einem delikaten Zustand. Zum Glück
erwies sich dieser Verdacht als unbegründet; aber wie niedrig
– wie gefühllos! –, jene auszunutzen, die sich nicht wehren
können! Ich habe oft mit Grace gebetet und versucht, die
Wunden zu heilen, die ihr von diesen pflichtvergessenen Männern zugefügt worden sind, die das Vertrauen der Öffentlichkeit so mißbraucht haben.«

»Sehr bedauerlich«, sagt Simon. Es könnte ihm als Lüsternheit ausgelegt werden, wenn er nach weiteren Details fragte.

Plötzlich kommt ihm ein aufschlußreicher Gedanke – Reverend Verringer ist in Grace Marks verliebt! Daher seine
Entrüstung, seine Inbrunst, seine aufwendigen Petitionen und
Komitees und vor allem sein Wunsch, sie für unschuldig zu halten. Möchte er sie aus dem Gefängnis herausholen, über jeden
Zweifel als unschuldig rehabilitiert, um sie dann heiraten zu
können? Sie ist immer noch eine gutaussehende Frau und wäre
ihrem Retter zweifellos rührend dankbar. Unterwürfig dankbar. Und die unterwürfige Dankbarkeit einer Frau ist zweifellos
eine gefragte Ware an Verringers geistiger Börse.

»Zum Glück hatten wir in der Zwischenzeit einen Regie-
rungswechsel«, sagt Reverend Verringer. »Trotzdem wollen
wir unsere derzeitige Petition erst dann vorlegen, wenn wir
sicher sein können, absolut festen Boden unter den Füßen zu
haben; was der Grund dafür ist, daß wir Sie hinzugezogen haben. Ich muß Ihnen offen gestehen, daß nicht alle Mitglieder
unseres Komitees diesen Schritt billigten, es ist mir jedoch gelungen, sie von der Notwendigkeit eines sachkundigen und ob-
jektiven Gutachtens zu überzeugen. Einer Diagnose, in der

Grace meinetwegen latenter Wahnsinn zur Zeit der Morde attestiert wird. Trotzdem müssen wir mit äußerster Vorsicht und Korrektheit vorgehen. Es gibt immer noch weitverbreitete Vorbehalte gegen Grace Marks, und dieses Land ist nun einmal sehr von Parteiungen geprägt. Die Tories scheinen Grace mit der irischen Frage gleichgesetzt zu haben, obwohl sie protestantisch ist, und den Mord an einem einzelnen Tory – wie ehrenwert der Herr auch gewesen sein mag und wie bedauerlich natürlich der Mord – für dasselbe zu halten wie den Aufstand eines ganzen Volkes.«

»Jedes Land hat mit Parteienhader zu kämpfen«, sagt Simon taktvoll.

»Aber auch abgesehen davon«, fährt Reverend Verringer fort, »sitzen wir in der Zwickmühle zwischen einer möglicherweise unschuldigen Frau, die viele für schuldig halten, und einer möglicherweise schuldigen Frau, die einige für unschuldig halten. Wir würden den Reformgegnern nicht gern die Gelegenheit in die Hand spielen, sich über uns lustig zu machen. Aber wie schon unser Herr sagte: Die Wahrheit wird euch frei machen.«

»Die Wahrheit könnte sich aber auch sehr gut als seltsamer herausstellen, als wir denken«, sagt Simon. »Es wäre möglich, daß ein Großteil dessen, was wir üblicherweise als das Böse bezeichnen, und zwar als das Böse, das aus freien Stücken begangen wird, statt dessen etwas ist, was auf eine krankhafte Veränderung des Nervensystems zurückgeht, und daß der Teufel selbst nichts weiter ist als eine Mißbildung des Großhirns.«

Reverend Verringer lächelt. »Oh, ich glaube kaum, daß man so weit gehen muß«, sagt er. »Ungeachtet dessen, was die Wissenschaft in Zukunft vielleicht leisten mag, der Teufel wird sein Unwesen weiterhin treiben. Ich glaube, Sie sind am Sonntagnachmittag ins Haus des Direktors eingeladen?«

»Man hat mir diese Ehre erwiesen«, sagt Simon höflich. Er hatte eigentlich vorgehabt, sich unter einem Vorwand zu entschuldigen.

· *111* ·

»Dann freue ich mich darauf, Sie dort zu sehen«, sagt Reverend Verringer. »Ich habe die Einladung selbst für Sie arrangiert. Die großartige Frau des Direktors ist ein unschätzbares Mitglied unseres Komitees.«

11.

*I*m Haus des Direktors wird Simon in den Salon geführt, der fast groß genug ist, um als Saal bezeichnet zu werden. Alle denkbaren Flächen sind gepolstert, und zwar in den Farben des Körperinneren − dem Kastanienbraun von Nieren, dem rötlichen Violett von Herzen, dem trüben Blau von Adern, dem Elfenbein von Zähnen und Knochen. Er stellt sich vor, was für einen Eklat er hervorrufen würde, sollte er dieses Aperçu laut von sich geben.

Er wird von der Frau des Direktors begrüßt. Sie ist eine gutaussehende Frau von etwa fünfundvierzig Jahren und von unverkennbarer Ehrbarkeit, aber gekleidet in der hektischen Manier der Provinzen, derzufolge die Damen das Gefühl zu haben scheinen, wenn eine Reihe von Spitzen und Rüschen gut ist, müßten drei besser sein. Sie hat den alarmierten, leicht glubschäugigen Blick, der entweder auf eine übernervöse Veranlagung oder aber auf eine Erkrankung der Schilddrüse hinweist.

»Ich bin so froh, daß Sie uns die Ehre geben konnten«, sagt sie und teilt ihm mit, daß der Direktor bedauerlicherweise beruflich unterwegs sei, sie selbst jedoch größtes Interesse an Simons Arbeit habe. Sie empfinde eine solche Hochachtung vor der modernen Wissenschaft und insbesondere der modernen Medizin. Was für Fortschritte nicht schon erzielt seien − vor allem der Äther, der so viel Leid erspare. Sie bedenkt ihn mit einem intensiven, bedeutungsvollen Blick, und Simon seufzt innerlich. Er kennt diesen Ausdruck: jeden Augenblick wird sie ihm das unerwünschte Geschenk ihrer Symptome machen.

Als er seinen medizinischen Grad gerade erst erworben hatte, war er völlig unvorbereitet gewesen auf die Wirkung, die dies auf Frauen ausübte; Frauen der besseren Klassen, insbesondere verheiratete Frauen von tadellosem Ruf. Sie schienen sich zu ihm hingezogen zu fühlen, als wäre er im Besitz eines kostbaren, aber teuflischen Schatzes. Ihr Interesse war ganz unschuldig – sie hatten nicht die Absicht, ihm ihre Tugend zu opfern –, und doch sehnten sie sich danach, ihn in dunkle Ecken zu locken, leise mit ihm zu sprechen, sich ihm anzuvertrauen – scheu und mit bebender Stimme, weil er ihnen gleichzeitig auch angst machte. Was war das Geheimnis dieser Anziehung? Das Gesicht, das er im Spiegel sah und das weder häßlich noch schön war, konnte kaum der Grund sein.

Nach einer Weile kam er dahinter. Sie verzehrten sich nach Wissen, konnten jedoch nicht zugeben, daß sie sich danach verzehrten, weil es verbotenes Wissen war – Wissen, das mit einem grausigen Hauch behaftet war, Wissen, das durch den Abstieg in die Hölle erworben worden war. Er war gewesen, wo sie nie hingelangen konnten, hatte gesehen, was sie nie sehen durften. Er hatte Frauenkörper aufgeschnitten und in sie hineingeblickt. In seiner Hand, die eben noch ihre eigene Hand an seine Lippen führte, hatte er vielleicht ein noch schlagendes weibliches Herz gehalten.

Und so gehört er mit zu jenem dunklen Trio – dem Arzt, dem Richter und dem Henker – und teilt mit ihnen die Macht über Leben und Tod. Des Bewußtseins beraubt zu werden, entblößt dazuliegen, ohne Scham, der Gnade anderer ausgeliefert, berührt, aufgeschnitten, ausgeplündert und wieder zusammengestückelt zu werden – das ist es, woran sie denken, wenn sie ihn mit geweiteten Augen und halbgeöffneten Lippen ansehen.

»Wissen Sie, ich leide so schrecklich«, sagt die Stimme der Frau Direktor. Verschämt, als entblöße sie einen Fußknöchel, berichtet sie von einem Symptom – fliegender Atem, ein Druck um das Herz herum –, und deutet an, daß weitere und üppigere Symptome folgen könnten. Sie hat Schmerzen – nun, sie möchte nicht so direkt sagen, wo. Was könnte nur der Grund dafür sein?

Simon lächelt und sagt, daß er keine Allgemeinmedizin mehr praktiziere.

Nach einem kurzen pikierten Stirnrunzeln lächelt auch die Frau Direktor und sagt, daß sie ihn gerne Mrs. Quennell vorstellen würde, der gefeierten Spiritistin und Vorkämpferin für eine Erweiterung der gesellschaftlichen Sphäre der Frauen, und dazu die Seele unseres dienstäglichen Diskussionskreises wie auch der spirituellen Donnerstage; eine so vielseitige Person, und so weitgereist, sie war schon in Boston und anderswo! Mrs. Quennell in ihrem riesigen, krinolinengestützten Rock ähnelt einer lavendelfarbenen Bayrischen Creme. Ihr Kopf scheint von einem kleinen grauen Pudel gekrönt zu sein. Sie stellt Simon einem Dr. Jerome DuPont aus New York vor, der zur Zeit zu Besuch weilt und versprochen hat, eine Demonstration seiner bemerkenswerten Kräfte zu liefern. Er ist ein sehr bekannter Mann, sagt Mrs. Quennell, und hat sich in England in königlichen Kreisen bewegt. Das heißt, nicht direkt königlich, aber immerhin aristokratisch.

»Bemerkenswerte Kräfte?« sagt Simon höflich. Er wüßte gern, was das für Kräfte sein sollen. Wahrscheinlich behauptet der Bursche, schweben zu können oder einen toten Indianer zu verkörpern oder Klopfgeister herbeirufen zu können wie die berühmten Fox-Schwestern. Der Spiritismus ist in der Mittelschicht und vor allem unter den Frauen der allerletzte Schrei. Sie versammeln sich in verdunkelten Zimmern und spielen Tischrücken, so wie ihre Großmütter Whist spielten. Oder sie bringen umfangreiche Schriftstücke hervor, die ihnen von Mozart oder Shakespeare diktiert wurden, in welchem Fall der Tod einen bemerkenswert abträglichen Einfluß auf den Prosastil haben muß. Wenn diese Leute nicht so wohlhabend wären, würde ihr Verhalten ihnen im Nu die Einweisung in eine Anstalt eintragen. Schlimmer noch ist, daß sie ihre Wohnzimmer mit Fakiren und Scharlatanen bevölkern, die samt und sonders in die schmuddeligen Gewänder einer selbstproklamierten Quasi-Heiligkeit gekleidet sind, und die gesellschaftlichen Regeln schreiben einem natürlich vor, höflich zu ihnen zu sein.

Dr. Jerome DuPont hat tiefliegende, feuchtglänzende Augen und den intensiven Blick des professionellen Scharlatans, aber er lächelt entschuldigend und zuckt wegwerfend mit den Schultern. »Nicht sehr bemerkenswert, fürchte ich«, sagt er mit der Spur eines ausländischen Akzents. »Derartige Dinge sind lediglich eine andere Sprache. Wenn man sie beherrscht, sieht man sie als selbstverständlich an. Es sind nur die anderen, die dies für bemerkenswert halten.«

»Sie sprechen mit den Toten?« fragt Simon mit einem Zucken um den Mund.

Dr. DuPont lächelt. »Nicht ich«, sagt er. »Ich bin nur das, was man vielleicht als medizinischen Praktiker bezeichnen könnte. Oder als Forscher auf dem Gebiet der Wissenschaft, wie Sie selbst einer sind. Ich bin ausgebildeter Hypnotiseur, nach der Schule James Braids.«

»Ich habe von ihm gehört«, sagt Simon. »Ein Schotte, nicht wahr? Eine große Autorität bei Klumpfüßen und Schielen, wie ich höre. Aber die wissenschaftliche Medizin erkennt seine sonstigen Behauptungen nicht an. Ist sein sogenannter Hypnotismus nicht einfach nur der wiederbelebte Leichnam von Mesmers diskreditiertem tierischen Magnetismus?«

»Mesmer postulierte eine magnetische Flüssigkeit, die den Körper umgibt, was sicherlich falsch war«, sagt Dr. DuPont. »Braids Methoden befassen sich dagegen einzig und allein mit dem Nervensystem. Ich könnte hinzufügen, daß jene, die seine Methoden anfechten, sie nie erprobt haben. In Frankreich, wo die Ärzteschaft sich weniger ängstlich an orthodoxe Konventionen klammert, sind sie weit anerkannter. Natürlich sind sie in Fällen von Hysterie nützlicher als in anderen; bei einem gebrochenen Bein können sie nicht viel bewirken. Aber in Fällen von Amnesie« – dies mit einem leisen Lächeln – »haben sie häufig erstaunliche und, das darf ich sagen, sehr schnelle Ergebnisse erbracht.«

Simon fühlt sich im Nachteil und wechselt das Thema. »Du-Pont – ist das ein französischer Name?«

»Meine Vorfahren waren französische Protestanten«, sagt

DuPont. »Aber nur auf der väterlichen Seite. Mein Vater war Amateur-Chemiker. Ich selbst bin Amerikaner. Aber natürlich habe ich Frankreich aus beruflichen Gründen besucht.«

»Vielleicht würde Dr. Jordan gern einmal an einer unserer Sitzungen teilnehmen«, mischt Mrs. Quennell sich ein. »An unseren spiritistischen Donnerstagen. Es ist für unsere liebe Frau Direktor so ein Trost zu wissen, daß ihr kleiner Junge, der jetzt auf der anderen Seite weilt, so wohlauf und glücklich ist. Ich bin sicher, daß Dr. Jordan ein Skeptiker ist – aber Skeptiker sind uns immer willkommen!« Die winzigen Augen unter der Pudelfrisur funkeln ihn schelmisch an.

»Kein Skeptiker«, sagt Simon. »Nur Arzt.« Er hat nicht die geringste Absicht, sich in einen kompromittierenden und finsteren Humbug verwickeln zu lassen. Er fragt sich, was Verringer sich dabei denkt, eine solche Frau in sein Komitee aufzunehmen. Aber anscheinend ist sie wohlhabend.

»Arzt, heil dich selbst«, sagt Dr. DuPont. Es scheint ein Scherz zu sein.

»Wie stehen Sie zur Frage der Abschaffung der Sklaverei, Dr. Jordan?« fragt Mrs. Quennell. Sie gibt sich plötzlich intellektuell, wird darauf bestehen, eine hitzige Diskussion über Politik zu führen und ihm zweifellos befehlen, die Sklaverei im Süden auf der Stelle abzuschaffen. Simon findet es lästig, ständig persönlich für alle Sünden seines Landes verantwortlich gemacht zu werden, vor allem von diesen Briten, die anscheinend denken, daß ein jüngst entdecktes Gewissen sie davon reinwäscht, zu einem früheren Zeitpunkt keinerlei Gewissen gehabt zu haben. Worauf beruht denn ihr gegenwärtiger Wohlstand, wenn nicht auf dem Sklavenhandel? Und wo wären ihre großen Textilindustriestädte, wenn die Baumwolle des Südens nicht wäre?

»Mein Großvater war Quäker«, sagt er. »Als ich noch ein Junge war, hat er mir eingeschärft, niemals eine Schranktür zu öffnen, weil sich ja ein armer Flüchtling dahinter verstecken könnte. Er war immer der Meinung, seine eigene Sicherheit aufs Spiel zu setzen, sei bedeutend mehr wert, als im Schutz eines Zauns andere anzubellen.«

»Steinmauern können keine Seele halten«, zitiert Mrs. Quennell heiter.

»Aber alle Wissenschaftler sollten neuen Dingen aufgeschlossen gegenüberstehen«, sagt Dr. DuPont, der wieder bei ihrem vorherigen Thema angelangt zu sein scheint.

»Ich bin sicher, Dr. Jordan ist allen Dingen gegenüber sehr aufgeschlossen«, sagt Mrs. Quennell. »Wie wir hören, wollen Sie sich mit unserer Grace befassen. Aus geistiger Sicht!«

Simon weiß, daß er sich hoffnungslos verhaspeln würde, wollte er versuchen, ihr den Unterschied zwischen dem Geist in ihrem Sinn und dem Unbewußten in seinem Sinn zu erklären. Also lächelt und nickt er nur.

»Welche Methode wenden Sie an?« fragt Jerome DuPont. »Um Graces Erinnerungsvermögen wiederherzustellen.«

»Ich habe mit einer Methode angefangen«, sagt Simon, »die auf Suggestion beruht und auf der Assoziation von Ideen. Ich versuche, vorsichtig und mit kleinen Schritten die Gedankenkette wiederherzustellen, die vielleicht durch den Schock der gewaltsamen Ereignisse zerrissen wurde.«

»Ah«, sagt Dr. DuPont mit einem überlegenen Lächeln. »Steter Tropfen höhlt den Stein!« Simon würde ihm gerne einen Tritt versetzen.

»Wir sind sicher, daß sie unschuldig ist«, sagt Mrs. Quennell. »Wir alle im Komitee! Wir sind fest davon überzeugt! Reverend Verringer setzt gerade eine Petition auf. Es ist nicht die erste, aber wir hoffen, daß wir dieses Mal Erfolg haben werden. Immer wieder in dieselbe Bresche, lautet unsere Devise.« Sie kichert mädchenhaft. »Sagen Sie doch bitte, daß Sie auf unserer Seite stehen!«

»Falls Sie am Anfang keinen Erfolg haben«, sagt Dr. DuPont feierlich.

»Ich habe noch keine Schlüsse gezogen«, sagt Simon. »Und überhaupt bin ich nicht so sehr an ihrer Schuld oder Unschuld interessiert, als vielmehr an . . .«

»Den Mechanismen, die da am Werk sind«, sagt Dr. DuPont.

»So hätte ich es nicht unbedingt ausgedrückt«, sagt Simon.

· 118 ·

»Es ist nicht die Musik der Spieluhr, die Sie interessiert, sondern die kleinen Rädchen im Inneren.«

»Und was ist mit Ihnen?« fragt Simon, der Dr. DuPont nun schon interessanter findet.

»Ah«, sagt DuPont. »Mich interessiert nicht einmal das Uhrengehäuse mit seinen hübschen Bildern und Figürchen. Für mich zählt nur die Musik. Die Musik wird von einem leblosen Gegenstand gemacht, und doch ist dieser Gegenstand nicht die Musik. Wie es in der Schrift heißt: ›Der Wind weht, wo er will.‹«

»Johannes«, sagt Mrs. Quennell. »Was vom Geist geboren wird, das ist Geist.«

»Und was vom Fleisch geboren wird, das ist Fleisch«, sagt Dr. DuPont. Die beiden sehen Simon mit einem Ausdruck sanften Triumphs an, auf den es keine Antwort gibt, und er hat das Gefühl, von einer weichen Matratze erstickt zu werden.

»Dr. Jordan«, sagt in diesem Augenblick eine leise Stimme neben ihm. Sie gehört Miss Lydia, einer der beiden Töchter des Direktors. »Mama läßt fragen, ob Sie ihr Album schon gesehen haben?«

Innerlich segnet Simon seine Gastgeberin und sagt, daß er das Vergnügen noch nicht hatte. Für gewöhnlich ist die Aussicht auf unscharfe Kupferstiche, die, umrahmt von papierenen Farnwedeln, die Sehenswürdigkeiten Europas zeigen, keine Verlockung für ihn, aber im Augenblick kommt sie ihm vor wie die Rettung. Er lächelt und nickt und wird davongeführt.

Miss Lydia plaziert ihn auf ein zungenfarbenes Sofa, holt ein dickes Buch von einem nahestehenden Tisch und setzt sich neben ihn. »Sie dachte, es würde Sie vielleicht interessieren, weil Sie ja mit Grace irgend etwas vorhaben.«

»Ach ja?« sagt Simon.

»Es sind alle berühmten Morde darin«, erklärt Miss Lydia. »Mutter schneidet sie aus und klebt sie ein, und die Hinrichtungen auch.«

»Tatsächlich?« sagt Simon. Die Frau scheint nicht nur hypochondrisch, sondern auch morbid veranlagt zu sein.

· *119* ·

»Sie kann sich dann besser entscheiden, welche von den Gefangenen ihrer Nächstenliebe würdig sind«, sagt Miss Lydia. »Hier ist Grace.« Sie schlägt das Buch auf ihren und Simons Knien auf und beugt sich, ernsthaft belehrend, näher zu ihm herüber. »Ich interessiere mich sehr für sie. Sie hat bemerkenswerte Fähigkeiten.«

»Wie Dr. DuPont?« sagt Simon.

Miss Lydia starrt ihn an. »Oh nein. Für diese Dinge habe ich überhaupt nichts übrig. Ich würde mich nie hypnotisieren lassen, es ist so unschicklich! Ich meine, daß Grace bemerkenswerte Fähigkeiten als Näherin hat.«

Diese Miss Lydia hat etwas unterschwellig Leichtfertiges an sich, denkt Simon; wenn sie lächelt, sind sowohl ihre oberen als auch ihre unteren Zähne zu sehen. Aber wenigstens besitzt sie, anders als ihre Mutter, ein gesundes Gemüt. Sie ist ein gesundes junges Tier. Simon registriert ihren weißen Hals, den nur ein bescheidenes Band mit einer Rosenknospe ziert, wie es sich für ein unverheiratetes Mädchen ziemt. Durch Schichten von zartem Stoff drückt ihr Arm sich an seinen. Simon ist kein fühlloser Klotz, und obwohl Miss Lydias Charakter wie der aller Mädchen ihrer Art ungeformt und kindisch sein muß, hat sie eine sehr schmale Taille. Eine Duftwolke steigt von ihr auf, Maiglöckchen, und umhüllt ihn wie ein olfaktorischer Schleier.

Miss Lydia kann sich der Wirkung, die sie in ihm hervorruft, nicht bewußt sein, da sie notwendigerweise in völliger Ahnungslosigkeit derartiger Wirkungen lebt. Simon schlägt die Beine übereinander.

»Hier ist die Hinrichtung«, sagt Miss Lydia. »Von James McDermott. Sie war in mehreren Zeitungen. Das hier ist aus dem *Examiner*.«

Simon liest:

»Was für eine morbide Gier nach derartigen Anblicken muß in unserer Gesellschaft existieren, wenn sich beim derzeitigen Zustand unserer Straßen eine so große Menschenmenge versammeln konnte, um Zeuge des Todeskampfes eines bedauernswerten, wenn auch kriminellen Mitmenschen zu sein! Kann man wirklich annehmen, daß die öffentliche Moral durch Spektakel wie dieses gebessert oder der Hang zur Verübung ruchloser Verbrechen dadurch unterdrückt wird?«

»Ich neige dazu, dem zuzustimmen«, sagt Simon.

»Ich wäre hingegangen, wenn ich dagewesen wäre«, sagt Miss Lydia. »Sie nicht?«

Simon ist erstaunt über diese Direktheit. Er mißbilligt öffentliche Hinrichtungen, die ungesund erregend sind und in den charakterlich nicht so gefestigten Teilen der Bevölkerung blutrünstige Phantasien auslösen können. Aber er kennt sich selbst, und hätte er die Gelegenheit gehabt, hätte seine Neugier seine Skrupel sicherlich besiegt. »In meiner Eigenschaft als Arzt vielleicht«, sagt er vorsichtig. »Aber ich hätte es meiner Schwester nie erlaubt, daran teilzunehmen, wenn ich eine hätte.«

Miss Lydia macht große Augen. »Aber warum denn nicht?« sagt sie.

»Weil Frauen bei derartig grausigen Spektakeln nicht zugegen sein sollten«, sagt er. »Sie sind eine Gefahr für ihre verfeinerte Wesensart.« Er weiß, daß er pompös klingt.

Im Lauf seiner Reisen ist er vielen Frauen begegnet, denen man kaum den Vorwurf machen konnte, eine verfeinerte Wesensart zu besitzen. Er hat Wahnsinnige gesehen, die sich die Kleider vom Leib rissen und ihre nackten Körper zur Schau stellten; er hat Prostituierte der niedrigsten Sorte dasselbe tun sehen. Er hat betrunkene und fluchende Frauen gesehen, die miteinander rangen und sich gegenseitig die Haare ausrissen. Die Straßen von Paris und London sind voll von ihnen. Er weiß, daß sie ihre Säuglinge umbringen und ihre blutjungen Töchter an reiche Männer verschachern, die hoffen, sich durch die Vergewaltigung von Kindern vor Krankheiten schützen zu können. Er gibt sich also keinen Illusionen über die angeborene Verfeinerung von Frauen hin. Aber das ist nur um so mehr

Grund, die Reinheit derer zu schützen, die noch rein sind. In einem solchen Fall ist Heuchelei sicherlich gerechtfertigt: man muß das, was wahr sein sollte, so darstellen, als wäre es wirklich wahr.

»Glauben Sie, daß ich eine verfeinerte Wesensart habe?« sagt Miss Lydia.

»Da bin ich ganz sicher«, sagt Simon und fragt sich, ob es ihr Oberschenkel ist, den er an seinem spürt, oder nur ein Teil ihres Kleides.

»Ich bin mir manchmal nicht so sicher«, sagt Miss Lydia. »Es gibt Leute, die sagen, daß Miss Florence Nightingale keine verfeinerte Wesensart hat, sonst hätte sie all diese erniedrigenden Dinge nicht mitansehen können, ohne Schaden an ihrer Gesundheit zu nehmen. Aber sie ist eine Heldin.«

»Daran besteht kein Zweifel«, sagt Simon.

Er hat den Verdacht, daß sie mit ihm flirtet. Es ist alles andere als unangenehm, aber verrückterweise erinnert es ihn an seine Mutter. Wie viele passende junge Mädchen hat sie ihm diskret unter die Nase gehalten wie gefiederte Angelköder? Sie achtet immer darauf, daß die jungen Damen neben einer Vase mit weißen Blumen stehen. Ihre Moral war immer über jeden Tadel erhaben, ihre Umgangsformen so klar wie Quellwasser, ihr Geist wurde ihm als ungebackene Teigmasse dargestellt, die zu formen und zu kneten sein Privileg sein würde. In dem Maße, in dem die Jungmädchenernte einer Saison sich anderweitig verlobte und dann heiratete, kamen immer jüngere hervorgesprossen wie Tulpen im Mai. Inzwischen sind sie im Vergleich zu Simon so jung, daß er Schwierigkeiten hat, sich mit ihnen zu unterhalten. Es ist, als wolle man mit einem Korb kleiner Kätzchen sprechen.

Aber seine Mutter hat Jugend schon immer mit Formbarkeit verwechselt, und in Wirklichkeit wünscht sie sich eine Schwiegertochter, die nicht von Simon, sondern von ihr selbst geformt werden kann. Und so werden die Mädchen auch weiterhin an ihm vorbeigeführt, und er wendet sich auch weiterhin gleichgültig ab und läßt sich von seiner Mutter den sanften Vorwurf machen, faul und undankbar zu sein. Er macht sich selbst denselben Vorwurf – er ist schon eine traurige Gestalt, kalt wie ein Fisch –, dankt seiner Mutter für ihre Mühen und versichert ihr: eines Tages wird er heiraten, aber noch ist er nicht soweit. Erst muß er seinen Forschungen nachgehen; er muß etwas leisten, was von bleibendem Wert ist, etwas entdecken, was Aufsehen erregt; er muß sich einen Namen machen.

Er hat bereits einen Namen, seufzt sie vorwurfsvoll. Und zwar einen durch und durch guten, den er anscheinend unbedingt ausrotten will, indem er sich weigert, ihn weiterzugeben. An diesem Punkt angelangt, hüstelt sie immer leise, um ihn daran zu erinnern, daß seine Geburt schwierig war und sie fast umgebracht hätte und ihre Lungen unheilbar schwächte – eine vom medizinischen Standpunkt nicht haltbare Behauptung, die ihn jedoch, als er noch klein war, jedes Mal in ein von Schuldgefühlen geschütteltes Häufchen Elend verwandelte. Wenn er nur einen Sohn in die Welt setzte, fährt sie fort – natürlich erst, nachdem er verheiratet ist –, könnte sie glücklich sterben. Er neckt sie, indem er sagt, daß eine Heirat in diesem Fall ein Verbrechen wäre, da sie einem Muttermord gleichkäme. Und er fügt hinzu – um die Schärfe zu mildern –, daß er viel besser ohne eine Frau als ohne eine Mutter auskommen könne, vor allem eine so wundervolle Mutter, wie sie es ist. Worauf sie ihm einen scharfen Blick zuwirft, der besagt, daß er ja nicht glauben soll, daß sie auf einen so billigen Trick hereinfällt und daß sie ihn durchschaut hat. Er hält sich für schlauer, als er ist, sagt sie, und er soll ja nicht denken, daß er sie mit Schmeicheleien herumbekommen kann. Aber sie ist trotzdem besänftigt.

Manchmal ist er versucht, ihr zu Willen zu sein. Er könnte sich für eine der angebotenen jungen Damen entscheiden, für die reichste. Sein tägliches Leben wäre geordnet, sein Frühstück genießbar, seine Kinder respektvoll. Der Akt der Fortpflanzung würde ungesehen vollzogen werden, schamhaft in weiße Baumwolle gehüllt – sie pflichtschuldig bereit, aber gebührend abgestoßen, er voll und ganz im Rahmen seiner

Rechte –, und brauchte nie erwähnt zu werden. Sein Heim wäre mit allen modernen Annehmlichkeiten ausgestattet und er selbst in Samt gehüllt. Es gibt schlimmere Schicksale.

»Glauben Sie, daß Grace eine hat?« sagt Miss Lydia. »Eine verfeinerte Wesensart? Ich bin sicher, daß sie die Morde nicht begangen hat, obwohl es ihr leid tut, daß sie niemandem etwas davon gesagt hat, hinterher, meine ich. James McDermott muß gelogen haben, als er all diese Dinge über sie sagte. Es heißt, daß sie seine Geliebte war. Stimmt das?«

Simon merkt, daß er rot wird. Falls sie flirtet, ist sie sich dessen nicht bewußt. Sie ist zu unschuldig, um ihren Mangel an Unschuld zu verstehen. »Das kann ich wirklich nicht sagen«, murmelt er.

»Vielleicht wurde sie entführt«, sagt Miss Lydia verträumt. »In den Büchern werden die Frauen ständig entführt. Aber ich persönlich kenne keine, die schon einmal entführt worden ist. Sie?«

Simon sagt, daß er noch keine derartige Erfahrung gemacht hat.

»Sie haben ihm den Kopf abgeschnitten«, sagt Miss Lydia mit ehrfürchtig gedämpfter Stimme. »McDermott, meine ich. Sie bewahren ihn in einem Glasgefäß auf, in der Universität von Toronto.«

»Ganz bestimmt nicht«, sagt Simon, aufs neue aus der Fassung gebracht. »Vielleicht haben sie den Schädel konserviert, aber sicher nicht den ganzen Kopf.«

»Wie eine große Gewürzgurke«, sagt Miss Lydia zufrieden. »Oh, sehen Sie, Mama möchte, daß ich komme und mit Reverend Verringer spreche. Dabei würde ich lieber mit Ihnen sprechen – er ist so schrecklich pädagogisch. Aber Mama findet, er ist gut für meine Moral.«

Reverend Verringer ist tatsächlich gerade ins Zimmer gekommen und lächelt Simon aufreizend wohlwollend an, so als sei Simon sein Protegé. Aber vielleicht gilt sein Lächeln auch Lydia.

Simon sieht Lydia nach, die durch das Zimmer gleitet. Sie hat jenen wie geölt wirkenden Gang, den alle dieser Tage kultivieren. Allein auf dem Sofa zurückgelassen, ertappt er sich dabei, daß er an Grace denkt, so wie er sie jeden Tag sieht, auf dem Stuhl ihm gegenüber im Nähzimmer. Auf ihrem Porträt sieht sie älter aus, als sie damals war, aber jetzt wirkt sie jünger, als sie ist. Ihr Teint ist blaß, ihre Haut glatt und faltenlos und bemerkenswert zart. Vielleicht weil sie nie ins Freie kommt, es kann aber auch an der kargen Gefängniskost liegen. Sie ist jetzt auch schmaler, weniger voll im Gesicht, und während ihr Porträt eine hübsche junge Frau zeigt, ist sie jetzt mehr als hübsch. Oder etwas anderes als hübsch. Die Linie ihrer Wangen besitzt eine marmorne, klassische Einfachheit. Wenn man sie sieht, muß man tatsächlich glauben, daß Leiden läutert.

Aber in der Enge des Nähzimmers kann Simon sie nicht nur sehen, sondern auch riechen. Er versucht, nicht darauf zu achten, aber ihr Geruch hat eine beunruhigende, ablenkende Wirkung auf ihn. Sie riecht nach Rauch; nach Rauch und Wäscheseife und dem Salz ihrer Haut; und sie riecht nach der Haut selbst, mit ihrem Unterton von Feuchtigkeit, Fülle, Reife – von was? Farne und Pilze, zerquetschte und gärende Früchte. Er fragt sich, wie oft die weiblichen Gefangenen baden dürfen. Obwohl Graces Haare geflochten und unter ihrer Haube zusammengesteckt sind, strömen auch sie einen Geruch aus, einen intensiven, moschusartigen Geruch nach Kopfhaut. Er befindet sich in der Gegenwart eines weiblichen Tiers, eines fuchsartigen, wachsamen Wesens. Er spürt eine darauf antwortende Wachsamkeit auf seiner eigenen Haut, so als würden sich Borsten aufrichten. Manchmal hat er das Gefühl, über Treibsand zu gehen.

Jeden Tag hat er irgendeine Kleinigkeit vor sie auf den Tisch gelegt und sie gebeten, ihm zu sagen, an was sie dabei denkt. Diese Woche hat er es mit verschiedenen Wurzelgemüsen versucht, in der Hoffnung auf eine Verbindung, die nach unten führt: Rote Bete – Beet – Leiche, zum Beispiel; oder Runkelrübe – Untergrund – Grab. Nach seiner Theorie müßte der richtige Gegenstand eine Kette beunruhigender Assoziationen in ihr auslösen, aber bisher hat sie seine Gaben einfach als das genommen, was sie sind, und alles, was er ihr entlocken konnte, war eine Reihe von Rezepten.

Am Freitag versuchte er es direkter. »Du kannst völlig offen zu mir sein«, sagte er. »Du brauchst nichts zurückzuhalten.«

»Ich habe keinen Grund, nicht offen zu Ihnen zu sein, Sir«, sagte sie. »Eine Dame mag vielleicht Dinge verheimlichen wollen, da sie ihren guten Ruf zu verlieren hat, aber für mich gilt das nicht.«

»Was meinst du damit, Grace?« sagte er.

»Nur, daß ich nie eine Dame war, Sir, und daß ich bereits jeden guten Ruf verloren habe, den ich vielleicht einmal hatte. Ich kann alles sagen, was ich will, und wenn ich nicht will, brauche ich überhaupt nichts zu sagen.«

»Meine gute Meinung interessiert dich nicht, Grace?«

Sie warf ihm einen schnellen, durchdringenden Blick zu und beugte sich dann wieder über ihre Näharbeit. »Ich wurde bereits verurteilt, Sir. Was immer Sie von mir denken mögen, wird nichts daran ändern.«

»Zu Recht verurteilt, Grace?« Er konnte der Frage einfach nicht widerstehen.

»Ob zu Recht oder zu Unrecht, spielt keine Rolle«, sagte sie. »Die Leute wollen, daß jemand schuldig ist. Wenn ein Verbrechen begangen wurde, wollen sie wissen, wer es begangen hat. Sie haben es nicht gern, wenn sie etwas nicht wissen.«

»Dann hast du die Hoffnung aufgegeben?«

»Hoffnung worauf, Sir?« fragte sie sanft.

Simon kam sich töricht vor, als hätte er einen Fauxpas begangen. »Nun – die Hoffnung, freigelassen zu werden.«

»Warum um alles in der Welt sollten sie mich freilassen, Sir?« sagte sie. »Eine Mörderin ist schließlich nichts Alltägliches. Und was meine Hoffnungen angeht, so hebe ich mir die für kleinere Dinge auf. Ich lebe in der Hoffnung, morgen ein besseres Frühstück zu bekommen als heute.« Sie lächelte ein bißchen. »Damals haben sie gesagt, daß sie an mir ein Exempel statuieren wollen und daß ich für alle ein warnendes Beispiel sein soll. Deshalb haben sie mich zum Tod verurteilt, und dann zu lebenslänglich.«

Aber was machte so ein Exempel hinterher, dachte Simon. Ihre Geschichte ist vorbei. Die Hauptgeschichte, heißt das. Die Geschichte, die sie definiert hat. Womit soll sie den Rest ihrer Zeit ausfüllen? »Hast du nicht das Gefühl, ungerecht behandelt worden zu sein?« sagte er.

»Ich weiß nicht, was Sie meinen, Sir.« Sie war dabei, einen Faden einzufädeln, leckte ihn an, um ihn einfacher durch das Nadelöhr zu bekommen, und die Geste wirkte auf ihn gleichzeitig ganz natürlich und unerträglich intim. Er hatte das Gefühl, ihr durch eine Ritze in der Wand beim Ausziehen zuzusehen; es kam ihm vor, als wasche sie sich mit der Zunge, wie eine Katze.

V.

Zerbrochenes Geschirr

Mein Name ist Grace Marks. Ich bin eine Tochter von John Marks, der im Bezirk Toronto lebt und von Beruf Steinmetz ist; wir kamen vor rund drei Jahren aus dem Norden Irlands in dieses Land; ich habe vier Schwestern und vier Brüder, eine Schwester und ein Bruder sind älter als ich; im letzten Juli bin ich sechzehn Jahre alt geworden. In den drei Jahren, die ich in Kanada bin, war ich als Dienstmädchen in verschiedenen Häusern in Stellung ...

Freiwilliges Geständnis von Grace Marks, abgelegt vor Mr. George Walton, im Gefängnis, am 17. November 1843
Star and Transcript, Toronto.

... Siebzehn Jahre lang
Dachte ich nie daran,
Welch seltsames Los das meine war,
Anders als das jeder anderen Frau.
Der Grund war, daß es Schritt um Schritt geschah,
Daß Schrecken und Freude so langsam wuchsen:
Diese seltsamen Schmerzen kamen leise
In mein Leben, wie auf Zehenspitzen,
Setzten sich, wo ich saß, legten sich nieder,
Wo ich lag; bis mir die Furcht vertraut war.
Bis Fremde kamen, die Fackel in der Hand, und riefen:
»Warum, Pompilia, liegst du in dieser Höhle,
Warum umschlingen deine Arme einen Wolf?
Und die weiche Länge, die sich um deine Füße
Und deine Knie ringelt – ist eine Schlange!«

Robert Browning
Der Ring und das Buch, 1869

12.

Heute ist der neunte Tag, an dem ich mit Dr. Jordan in diesem Zimmer sitze. Die Tage folgten nicht alle aufeinander, weil es ja auch die Sonntage gibt, und an manchen anderen Tagen ist er ebenfalls nicht gekommen. Früher habe ich immer von meinem Geburtstag an gezählt, und dann von meinem ersten Tag in diesem Land, und dann von Mary Whitneys letztem Tag auf dieser Erde, und danach von dem Tag im Juli, an dem das Schreckliche geschah, und danach von meinem ersten Tag im Gefängnis. Aber jetzt zähle ich vom ersten Tag an, den ich mit Dr. Jordan im Nähzimmer verbracht habe, weil man nicht immer von derselben Sache an zählen kann. Es wird zu mühsam, und die Zeit zieht sich immer länger und länger hin, bis man es kaum noch aushalten kann.

Dr. Jordan sitzt mir gegenüber. Er riecht nach Rasierseife, nach der englischen Sorte, und nach Ohren, und nach dem Leder seiner Stiefel. Es ist ein beruhigender Geruch, und ich freue mich immer darauf, und in dieser Hinsicht sind Männer, die sich waschen, denen vorzuziehen, die es nicht tun. Heute hat er eine Kartoffel auf den Tisch gelegt, aber er hat mich noch nicht danach gefragt, und deshalb liegt sie einfach nur zwischen uns. Ich weiß nicht, was ich dazu sagen soll, außer daß ich im Lauf der Jahre eine Menge davon geschält habe, und natürlich auch gegessen, und daß eine frische neue Kartoffel mit ein bißchen Butter und Salz ein Genuß ist, und mit Petersilie, falls vorhanden, und sogar die großen alten lassen sich manchmal sehr schön aufbacken; aber sie sind beileibe nichts, worüber man lange Gespräche führen könnte. Manche Kartoffeln sehen aus wie die Gesichter von Babys oder wie Tiere, und einmal habe ich eine gesehen, die wie eine Katze aussah. Aber diese hier sieht einfach nur wie eine Kartoffel aus, nicht mehr und nicht weniger. Manchmal denke ich, daß Dr. Jordan vielleicht nicht ganz richtig im Kopf ist. Aber ich würde lieber mit ihm über Kartoffeln reden, wenn es das ist, wonach ihm der Sinn steht, als überhaupt nicht mit ihm reden.

Heute hat er ein anderes Halstuch an, rot mit blauen Tupfen oder blau mit roten Tupfen, ein bißchen bunt für meinen Geschmack, aber ich kann ihn nicht lange genug ansehen, um es genau sagen zu können. Ich brauche die Schere und bitte ihn darum, und dann will er, daß ich anfange zu reden, also sage ich: »Heute werde ich den letzten Block für diesen Quilt fertigbekommen, und danach werden die Blöcke alle zusammengenäht, und dann wird er wattiert. Er ist für eine von den jungen Damen, und er nennt sich Blockhütte.«

Ein Blockhüttenquilt ist etwas, was jede junge Frau vor ihrer Heirat haben sollte, da er für das Heim steht; er hat immer ein rotes Viereck in der Mitte, für das Herdfeuer. Das weiß ich von Mary Whitney. Aber ich sage es nicht, weil ich nicht glaube, daß es ihn interessiert, weil es zu gewöhnlich ist. Aber auch nicht gewöhnlicher als eine Kartoffel.

Und er sagt: »Und was wirst du danach nähen?« Und ich sage: »Ich weiß es nicht, sie werden es mir schon noch sagen. Für das Wattieren brauchen sie mich nicht, nur für die Blöcke, weil es eine so feine Arbeit ist, und die Frau Direktor sagt, ich bin an die normalen Näharbeiten verschwendet, die im Gefängnis gemacht werden, Postsäcke und Uniformen und so weiter. Aber jedenfalls findet das Wattieren abends statt, und es ist eine Party, und ich werde nicht zu Parties eingeladen.«

Und er sagt: »Wenn du einen Quilt ganz für dich allein machen könntest, welches Muster würdest du dann nehmen?«

Daran kann es keinen Zweifel geben, ich weiß die Antwort ganz genau. Ich würde einen Paradiesbaum machen, wie den in der Quilttruhe von Mrs. Parkinson, den ich immer unter dem Vorwand hervorholte, nachsehen zu müssen, ob er geflickt werden mußte, aber eigentlich um ihn zu bewundern, er war wunderschön, aus lauter Dreiecken gemacht, dunkel für die Blätter und hell für die Äpfel, und sehr fein gearbeitet, die Stiche fast so klein wie die, die ich mache, bloß würde ich eine andere Einfassung nehmen. Ihre Einfassung waren die Fliegenden Gänse, aber ich würde eine geflochtene nehmen, abwechselnd eine helle und eine dunkle Farbe, Weinreben sagen sie dazu, ineinander verschlungene Ranken wie auf dem Spiegel im Salon. Es wäre eine Menge Arbeit und würde viel Zeit kosten, aber wenn der Quilt für mich und nur für mich allein wäre, würde ich es machen.

Aber zu ihm sage ich etwas anderes. Ich sage: »Ich weiß es nicht, Sir. Vielleicht eine Hiobsträne, oder einen Paradiesbaum, oder einen Jägerzaun. Oder ein Altjungfernrätsel, weil ich doch inzwischen eine alte Jungfer bin, Sir, und es vieles gibt, was mir rätselhaft ist.« Das letzte sagte ich aus Übermut. Und ich habe ihm deshalb nicht die richtige Antwort genannt, weil es Unglück bringt, laut zu sagen, was man sich wirklich wünscht, und dann wird es nie wahr. Vielleicht würde es sowieso nie wahr werden, aber nur um sicherzugehen, sollte man vorsichtig sein, ehe man sagt, was man sich wünscht, oder es sich überhaupt wünscht, weil man vielleicht dafür bestraft wird. Das jedenfalls ist Mary Whitney passiert.

Er schreibt sich die Namen der Quilts auf und sagt: »Heißt es Paradiesbäume, oder nur Baum?«

»Nur Baum, Sir«, sage ich. »Man kann zwar einen Quilt mit mehr als einem Baum machen, ich habe mal vier gesehen, mit den Spitzen nach innen, aber es heißt trotzdem nur Baum.«

»Warum wohl, Grace, was meinst du?« sagt er. Manchmal ist er wie ein Kind. Immer fragt er warum.

»Weil das der Name des Musters ist, Sir«, sage ich. »Es gibt auch den Lebensbaum, aber das ist ein anderes Muster. Oder man kann den Baum der Versuchung nehmen, und dann gibt es noch die Kiefer, und die ist auch sehr hübsch.«

Er schreibt alles auf. Dann nimmt er die Kartoffel in die Hand und sieht sie an und sagt: »Ist es nicht wundervoll, daß diese Dinge unter der Erde wachsen? Man könnte fast sagen, sie wachsen im Schlaf, unsichtbar in der Dunkelheit, allen Blicken verborgen.«

Nun, ich weiß nicht, wo eine Kartoffel sonst wachsen sollte, ich habe noch nie eine an einem Strauch baumeln sehen. Ich schweige, und er sagt: »Was ist sonst noch unter der Erde, Grace?«

»Da wären zum Beispiel die roten Beten«, sage ich. »Und auch die Möhren wachsen so, Sir«, sage ich. »Es ist ihre Natur.«

Er scheint von dieser Antwort enttäuscht zu sein und schreibt sie nicht auf, sondern sieht mich an und denkt nach. Dann sagt er: »Hast du Träume, Grace?«

Und ich sage: »Wie meinen Sie das, Sir?«

Ich glaube, er meint, ob ich von der Zukunft träume, ob ich Pläne habe, was ich mit meinem Leben alles anfangen könnte, und ich finde, es ist eine grausame Frage, wo ich doch hier eingesperrt bin, bis ich sterbe, ich habe nicht viele Aussichten, auf die ich mich freuen könnte. Oder vielleicht meint er, ob ich Tagträume habe, von einem jungen Mann vielleicht, wie ein junges Mädchen, und das ist genauso grausam, wenn nicht sogar noch mehr. Und deshalb sage ich ein bißchen ärgerlich und vorwurfsvoll: »Was sollte ich denn mit Träumen anfangen, Sir? Es ist nicht sehr nett von Ihnen, so etwas zu fragen.«

Und er sagt: »Nein, du hast mich mißverstanden. Ich wollte wissen, ob du Träume hast, wenn du nachts schläfst?«

Ich sage ein bißchen spitz, weil das wieder nur so ein Humbug für feine Herren ist und ich immer noch ärgerlich bin: »Jeder hat Träume, Sir, glaube ich wenigstens.«

»Ja, Grace, aber hast du welche?« fragt er. Er hat meinen Ton nicht bemerkt, oder er tut so, als hätte er ihn nicht bemerkt. Ich könnte alles zu ihm sagen, und er wäre nicht ungehalten oder schockiert oder auch nur sehr überrascht, er würde es nur aufschreiben. Wahrscheinlich interessiert er sich für meine Träume, weil ein Traum eine Bedeutung haben kann, so steht es jedenfalls in der Bibel, wie beim Pharao und den fetten Kühen und den mageren Kühen, und wie bei Jakob und den Engeln,

· 136 ·

die an der Leiter auf- und niedersteigen. Es gibt einen Quilt, der danach benannt ist, er heißt Jakobsleiter.

»Ja, Sir«, sage ich.

»Und was hast du letzte Nacht geträumt?« fragt er.

Ich habe geträumt, daß ich im Haus von Mr. Kinnear in der Küchentür stehe, in der Tür der Sommerküche. Ich hatte gerade den Boden geschrubbt, das weiß ich, weil meine Röcke noch hochgesteckt waren und meine Füße nackt und naß, und ich hatte meine Holzschuhe noch nicht wieder angezogen. Und da war ein Mann, auf der Stufe vor der Tür, er war eine Art Händler, wie Jeremiah der Hausierer, von dem ich die Knöpfe für mein neues Kleid gekauft hatte, und McDermott die vier Hemden.

Aber dies war nicht Jeremiah, es war ein anderer Mann. Er hatte seinen Packen aufgeschlagen und seine Sachen auf dem Boden ausgebreitet, die Bänder und die Knöpfe und die Kämme und die Stoffe, sehr bunt waren sie in meinem Traum, Seidenstoffe und Kaschmirtücher und Baumwolldrucke, und sie leuchteten in der Sonne, weil es heller Tag und Hochsommer war.

Ich hatte das Gefühl, der Mann müsse jemand sein, den ich von früher kannte, aber er hielt das Gesicht halb abgewandt, und deshalb konnte ich nicht sehen, wer er war. Aber ich konnte spüren, daß er nach unten sah, auf meine nackten Beine, nackt von den Knien abwärts und nicht so sonderlich sauber, weil ich doch den Fußboden geschrubbt hatte, aber ein Bein ist ein Bein, ob sauber oder schmutzig, und ich hatte meine Röcke noch nicht wieder heruntergelassen. Ich dachte, soll er ruhig gucken, der arme Mann, da, wo er herkommt, gibt es so was nicht. Er muß eine Art Fremder gewesen sein, er war weit gewandert, und er sah irgendwie dunkel und ausgehungert aus, jedenfalls dachte ich das in meinem Traum.

Aber dann guckte er nicht mehr, sondern versuchte mir etwas zu verkaufen. Er hatte etwas, was mir gehörte und was ich unbedingt zurückhaben mußte, aber ich hatte kein Geld und konnte es ihm deshalb nicht abkaufen. »Dann tauschen wir eben«, sagte er. »Wir machen einen Handel. Komm, was willst du mir geben?« sagte er halb im Scherz.

Das, was er hatte, war eine von meinen Händen. Jetzt konnte ich sie sehen, sie war weiß und verschrumpelt, und er ließ sie am Handgelenk nach unten baumeln, so wie man einen Handschuh hält. Aber dann guckte ich auf meine eigenen Hände hinunter und sah, daß alle beide noch da waren, wo sie hingehörten, an ihren Handgelenken, wo sie wie immer aus den Ärmeln ragten, und ich wußte, daß diese dritte Hand einer anderen Frau gehören mußte. Bestimmt würde sie kommen und danach suchen, und wenn ich sie dann in meinem Besitz hatte, würde sie sagen, ich hätte sie gestohlen, und überhaupt wollte ich sie jetzt nicht mehr haben, weil sie bestimmt abgeschnitten worden war. Und tatsächlich war jetzt auch das Blut zu sehen, es tropfte dick wie Sirup, aber ich war überhaupt nicht entsetzt, wie ich es wach bei richtigem Blut gewesen wäre. Statt dessen machte ich mir Sorgen über etwas anderes. Hinter mir konnte ich jemanden auf der Flöte spielen hören, und das machte mich sehr nervös.

»Geh weg«, sagte ich zu dem Hausierer. »Du mußt jetzt sofort gehen.« Aber er hatte den Kopf immer noch zur Seite gedreht und bewegte sich nicht, und ich dachte, er lache über mich.

Und außerdem dachte ich: Es wird auf den sauberen Boden tropfen.

»Ich kann mich nicht erinnern, Sir«, sage ich. »Ich kann mich nicht erinnern, was ich letzte Nacht geträumt habe. Es war so durcheinander.« Und er schreibt es auf.

Ich habe wenig genug, was mir gehört, keine persönliche Habe, keine Besitztümer, nichts, wo ich ungestört sein kann, und ich muß irgendwas ganz für mich allein behalten. Und außerdem, was für einen Nutzen hätte er schon von meinen Träumen?

Dann sagt er: »Nun, es gibt mehr als nur eine Art, eine Katze zu häuten.«

Ich finde das eine seltsame Ausdrucksweise und sage: »Ich bin keine Katze, Sir.«

Und er sagt: »Ja, ich weiß, und ein Hund bist du auch nicht.«

Und dann lächelt er und sagt: »Die Frage ist, Grace, was bist du? Fisch oder Fleisch oder keins von beiden?«

Und ich sage: »Wie bitte, Sir?«

Ich nehme es ziemlich übel, als Fisch bezeichnet zu werden, und würde das Zimmer verlassen, nur traue ich mich nicht.

Und er sagt: »Laß uns am Anfang anfangen.«

Und ich sage: »Am Anfang von was, Sir?«

Und er sagt: »Am Anfang deines Lebens.«

»Ich wurde geboren, Sir, so wie alle anderen auch«, sage ich, immer noch gekränkt.

»Ich habe dein Geständnis hier bei mir«, sagt er. »Laß mich dir vorlesen, was du gesagt hast.«

»Das ist nicht wirklich mein Geständnis«, sage ich. »Es war nur, was der Anwalt gesagt hat, was ich sagen soll, und dann noch Sachen, die die Männer von den Zeitungen sich ausgedacht haben. Genausogut könnten Sie der elenden Flugschrift mit dem Lied glauben, die damals überall verhökert wurde. Als ich einen von den Zeitungsleuten zum ersten Mal sah, dachte ich: Weiß deine Mutter, daß du dich hier herumtreibst, Jungchen? Er war fast so jung wie ich damals, was hatte er für die Zeitungen zu schreiben, wo er kaum alt genug war, um sich zu rasieren? Und sie waren alle so, noch nicht trocken hinter den Ohren, und hätten die Wahrheit nicht mal dann erkannt, wenn sie drüber gestolpert wären. Sie sagten, ich wäre achtzehn oder neunzehn oder nicht älter als zwanzig, wo ich grade erst sechzehn geworden war, und nicht mal die Namen konnten sie richtig schreiben, den von Jamie Walsh haben sie auf drei verschiedene Arten geschrieben, Walsh, Welch und Walch, und den von McDermott auch, mit Mc und Mac, und mit einem und mit zwei t, und Nancy haben sie sogar Ann genannt, dabei war sie nie so gerufen worden, wie konnte man da von ihnen erwarten, daß sie sonst etwas richtig mitbekamen? Diese Zeitungsleute denken sich einfach Sachen aus, grade wie es ihnen in den Kram paßt.«

»Grace«, sagt er dann, »wer ist Mary Whitney?«

Ich werfe ihm einen schnellen Blick zu. »Mary Whitney, Sir? Wo haben Sie denn den Namen her?« sage ich.

»Er steht unter deinem Porträt«, sagt er. »Vorne auf deinem Geständnis. *Grace Marks alias Mary Whitney*.«

»Ach ja«, sage ich. »Es hat keine große Ähnlichkeit mit mir.«

»Und Mary Whitney?« sagt er.

»Ach, das war der Name, den ich angegeben habe, Sir, in diesem Gasthaus in Lewiston, als James McDermott mit mir weglief. Er sagte, ich solle nicht meinen eigenen Namen angeben, falls sie nach uns suchen würden. Ich weiß noch, daß er mich sehr fest am Arm gepackt hielt. Damit ich auch tat, was er gesagt hatte.«

»Und hast du einfach irgendeinen Namen angegeben, der dir in den Sinn kam?« sagt er.

»Oh nein, Sir«, sage ich. »Mary Whitney war eine ganz besondere Freundin von mir. Sie war damals schon tot, Sir, und deshalb dachte ich, daß es ihr bestimmt nichts ausmacht, wenn ich ihren Namen benutze. Sie hat mir manchmal auch ihre Kleider geliehen.«

Ich schweige eine Minute, um darüber nachzudenken, wie ich es am besten ausdrücken soll.

»Sie war immer gut zu mir«, sage ich. »Und ohne sie wäre alles ganz anders gekommen.«

13.

Es gibt ein kleines Gedicht, an das ich mich aus meiner Kindheit erinnere:

Geht zum Altar erst der Mann,
fangen seine Sorgen an.

Es sagt nicht, wann die Sorgen einer Frau anfangen. Vielleicht fingen meine an, als ich geboren wurde, denn wie es so schön heißt, Sir, kann man sich seine Eltern nicht aussuchen, und aus freien Stücken hätte ich mir die, die Gott mir gab, bestimmt nicht ausgesucht.

Was am Anfang von meinem Geständnis steht, ist aber wahr. Ich komme wirklich aus dem Norden Irlands, obwohl ich es sehr ungerecht fand, daß die Zeitungen schrieben, *beide Angeklagte sind ihrem eigenen Eingeständnis zufolge irischer Abstammung.* Das klingt ja wie ein Verbrechen, und ich wüßte nicht, daß es ein Verbrechen ist, aus Irland zu kommen, obwohl ich oft genug gesehen habe, daß man so behandelt wurde. Aber natürlich war unsere Familie protestantisch, und das ist etwas anderes.

Ich erinnere mich an einen kleinen felsigen Hafen am Meer, das Land grau und grün und ohne viele Bäume; und deshalb war es mir ziemlich unheimlich zumute, als ich zum ersten Mal so große Bäume sah, wie es sie hier gibt, weil ich nicht verstehen konnte, wie ein Baum so groß sein konnte. Ich erinnere mich nicht sehr gut an den Ort, weil ich noch ein Kind war, als wir weggingen; bloß in Bruchstücken, wie bei einem zerbrochenen Teller. Da gibt es auch immer ein paar Scherben, die zu einem völlig anderen Teller zu gehören scheinen; und immer gibt es Lücken, für die man einfach kein passendes Stück finden kann.

Wir lebten in einer Kate mit einem undichten Dach und zwei kleinen Zimmern am Rand eines Dorfes in der Nähe einer Stadt, deren Namen ich den Zeitungen nicht genannt habe, weil meine Tante Pauline vielleicht noch lebt und ich keine Schande über sie bringen wollte. Sie hielt immer viel von mir, obwohl ich auch hörte, wie sie zu meiner Mutter sagte, was man schon von mir erwarten könne, ohne alle Aussichten und mit so einem Vater. Sie fand, daß meine Mutter unter ihrem Stand geheiratet hatte. Sie sagte, es liegt in der Familie, und wahrscheinlich würde es mir genauso gehen; aber zu mir sagte sie, daß ich dagegen ankämpfen und mich so teuer wie möglich verkaufen und mich nicht mit dem erstbesten Luftikus einlassen soll, der mir über den Weg läuft, wie meine Mutter es getan hatte, ohne sich zu erkundigen, aus was für einer Familie er stammte und wo er herkam, und daß ich mich überhaupt vor Fremden hüten soll. Mit acht Jahren wußte ich nicht so recht, was sie damit meinte, aber es war trotzdem ein guter Rat. Und meine Mutter sagte, Tante Pauline meint es gut, aber sie hat Ansprüche, was ja alles schön und gut ist, wenn man sie sich leisten kann.

Tante Pauline und ihr Mann, mein Onkel Roy, der hängende Schultern hatte und seine Meinung immer frei und offen sagte, hatten einen Gemischtwarenladen in der Stadt, in dem sie auch Kleiderstoffe und Spitzenborten verkauften und Leinen aus Belfast, und sie standen sich recht gut. Meine Mutter war die jüngere Schwester von Tante Pauline und hübscher als Tante Pauline, die eine Haut wie Sandpapier hatte und nichts als Haut und Knochen war, mit Fingerknöcheln so dick wie ein Hühnerknie; aber meine Mutter hatte lange, rotbraune Haare, die ich von ihr geerbt habe, und runde blaue Augen wie eine Puppe, und bevor sie heiratete, hatte sie bei Tante Pauline und Onkel Roy gelebt und ihnen im Laden geholfen.

Meine Mutter und Tante Pauline waren die Töchter von einem Pfarrer, der früh gestorben war, ein Methodist, das war er gewesen, und es hieß, er hätte etwas Unerwartetes mit dem Kirchengeld angestellt, und danach konnte er keine Stellung mehr finden; und als er starb, hatten sie keinen Penny und mußten für sich selbst sorgen. Aber beide hatten eine gute Erziehung genossen und konnten sticken und Klavier spielen, so daß Tante Pauline das Gefühl hatte, auch sie hätte unter ihrem Stand geheiratet, weil einen Kaufladen führen nicht das war, was eine Lady tun sollte. Aber Onkel Roy war ein wohlmeinender Mann, wenn auch ungeschliffen, und er respektierte sie, und das war immerhin etwas, und jedes Mal, wenn sie in ihren Wäscheschrank sah oder erst das eine und dann das andere Service durchzählte, eins für täglich und eins aus richtigem Porzellan für Feiertage, dankte sie ihrem Glücksstern, weil eine Frau schlechter hätte heiraten können; und damit meinte sie, daß meine Mutter es getan hatte.

Ich glaube nicht, daß sie diese Dinge sagte, um meine Mutter zu kränken, obwohl es das tat und sie hinterher immer weinte. Sie hatte ihr Leben unter Tante Paulines Fuchtel angefangen, und so blieb es die ganze Zeit, bloß daß dann auch noch die Fuchtel meines Vaters dazukam. Tante Pauline sagte immer zu ihr, sie solle sich gegen meinen Vater behaupten, und mein Vater sagte, sie solle sich gegen Tante Pauline behaupten, und auf diese Weise wurde sie zwischen den beiden plattgedrückt. Sie war von Natur aus eine ängstliche Person, unentschlossen und schwach und zart, was mich zornig machte. Ich wollte, daß sie stärker war, damit ich selbst nicht so stark zu sein brauchte.

Was nun meinen Vater anging, so war er nicht einmal ein Ire. Er war Engländer, aus dem nördlichen Teil des Landes, und warum er nach Irland gekommen war, wußte niemand so recht, da die meisten, denen der Sinn nach Reisen stand, die andere Richtung einschlugen. Tante Pauline sagte, bestimmt sei er in England in irgendwelchen Schwierigkeiten gewesen und hierher gekommen, um ihnen schleunigst aus dem Weg zu gehen, und vielleicht sei Marks gar nicht sein richtiger Name, und überhaupt hätte er etwas Zwielichtiges an sich. Aber das sagte sie erst später, als alles so schiefgegangen war.

Zuerst, sagte meine Mutter, schien er ein netter junger Mann zu sein, und zuverlässig, und sogar Tante Pauline mußte zugeben, daß er gut aussah, so groß und blond, und die meisten seiner Zähne hatte er auch noch; und als sie heirateten, hatte er noch Geld und dazu recht gute Aussichten, weil er tatsächlich Steinmetz war, wie es in den Zeitungen stand. Trotzdem, sagte Tante Pauline, hätte meine Mutter ihn nicht geheiratet, wenn sie nicht gemußt hätte, und alles wurde vertuscht, obwohl darüber geredet wurde, daß meine älteste Schwester Martha für ein Siebenmonatskind sehr groß und kräftig war; und das kam daher, daß meine Mutter zu gefällig gewesen war, und das ginge viel zu vielen jungen Frauen so, und sie erzähle mir das alles nur, damit ich nicht denselben Fehler machte. Sie sagte, meine Mutter hätte noch von Glück sagen können, daß mein Vater sie überhaupt geheiratet hatte, das mußte man ihm immerhin lassen, da die meisten Männer das nächste Schiff genommen hätten, das aus Belfast auslief, und sie einfach sitzengelassen hätten, und was hätte Tante Pauline dann für sie tun können, wo sie schließlich auch an ihren eigenen Ruf und ihren Laden denken mußte.

Und so hatten meine Mutter und mein Vater beide das Gefühl, in eine Falle getappt zu sein.

Ich glaube nicht, daß mein Vater von Anfang an ein schlechter Mensch war, aber er ließ sich leicht auf Abwege locken, und dann waren auch die Umstände gegen ihn. Als Engländer war er nicht allzu gern gesehen, nicht einmal unter den Protestanten, da sie nicht viel für Fremde übrig hatten. Außerdem behauptete er, mein Onkel hätte gesagt, er hätte meine Mutter verführt, damit er sich ein bequemes Leben machen konnte mit ihrem Geld von dem Laden; was zum Teil stimmte, weil sie es ihm wegen meiner Mutter und den Kindern nicht verwehren konnten.

Das alles erfuhr ich, als ich noch sehr klein war. Die Wände in unserem Haus waren dünn, und ich hatte große Ohren, und die Stimme meines Vaters war laut, wenn er betrunken war; und wenn er erst einmal angefangen hatte, achtete er nicht mehr darauf, wer vielleicht gleich um die Ecke stand, oder draußen vor dem Fenster, still wie ein Mäuschen.

Er sagte oft, wir seien zu viele Kinder und wären es auch für einen reicheren Mann. Wie in den Zeitungen geschrieben stand, waren wir zu neunt, das heißt neun, die noch am Leben waren. Die toten Kinder haben sie nicht gezählt, und das waren drei, und auch nicht das Baby, das verlorenging, bevor es geboren wurde und nie einen Namen hatte. Meine Mutter und Tante Pauline nannten es immer das verlorene Baby, und als ich klein war, fragte ich mich, wo es wohl verlorengegangen war, weil ich dachte, es wäre so verlorengegangen, wie man einen Penny verliert; und wenn es verlorengegangen war, würden wir es eines Tages vielleicht wiederfinden.

Die drei anderen toten Kinder lagen auf dem Friedhof. Obwohl meine Mutter immer öfter betete, gingen wir immer seltener in die Kirche, weil sie sagte, sie könnte ihre armen zerlumpten Kinder nicht aller Welt vorführen wie Vogelscheuchen, ohne Schuhe an den Füßen. Es war nur eine kleine Gemeindekirche, aber obwohl unsere Mutter so schwach und ängstlich war, hatte sie doch ihren Stolz, und als Pfarrerstochter wußte sie, was sich in der Kirche gehörte. Sie wünschte sich so sehr, daß alles anständig war und daß wir Kinder auch anständig waren. Aber es ist sehr schwer, anständig zu sein, Sir, wenn man keine richtigen Kleider hat.

Ich ging aber oft auf den Friedhof. Die Kirche war nur so groß wie ein Kuhstall, und der Friedhof größtenteils zugewachsen. Unser Dorf war früher größer gewesen, aber viele waren weggezogen, nach Belfast in die Fabriken, oder über das Meer, und oft war niemand mehr aus einer Familie übrig, um sich um die Gräber zu kümmern. Der Friedhof war einer von den Orten, wohin ich mit den kleineren Kindern ging, wenn meine Mutter sie aus den Füßen haben wollte; und dann sahen wir uns unsere drei toten Geschwister an, und auch die anderen Gräber. Manche waren sehr alt und hatten Grabsteine mit Engelsköpfen drauf, obwohl sie mehr aussahen wie Pfannkuchen mit zwei starrenden Augen und Flügeln, die an den Seiten daraus hervorwuchsen, da wo die Ohren hätten sein sollen. Ich konnte nicht verstehen, wie es möglich sein sollte, daß ein Kopf ohne einen Körper dran herumfliegen konnte; und außerdem konnte ich nicht verstehen, wie jemand im Himmel und gleichzeitig auf dem Friedhof sein konnte; aber alle sagten, daß es so wäre.

Unsere drei toten Kinder hatten keine Steine, sondern nur Holzkreuze. Sie müssen inzwischen ganz zugewachsen sein.

Als ich neun Jahre alt war, ging meine Schwester Martha fort, um eine Stellung anzunehmen, und so blieb die ganze Arbeit, die Martha gemacht hatte, jetzt an mir hängen; und dann ging mein Bruder Robert zwei Jahre später zur See, auf einem Handelsschiff, und wir haben nie wieder was von ihm gehört; aber da wir selbst wenig später fortgingen, hätte seine Nachricht uns auch nicht mehr erreichen können.

Von da an waren noch die fünf Kleinen und ich im Haus, und ein weiteres war unterwegs. Ich kann mich nicht erinnern, daß meine Mutter einmal nicht gesegneten Leibes gewesen wäre, wie alle dazu sagten, obwohl ich nicht wüßte, was der Segen daran sein soll. Sie sagen auch andere Umstände dazu, und das kommt der Wahrheit schon näher – ein anderer Umstand gefolgt von immer demselben Ereignis.

Inzwischen hatte unser Vater genug von uns allen und sagte: »Was mußt du unbedingt noch ein Gör in die Welt setzen, hast du immer noch nicht genug? Aber nein, du kannst einfach nicht aufhören, und ich muß noch ein Maul mehr stopfen«, als hätte er selbst überhaupt nichts damit zu tun. Als ich noch klein war, vielleicht sechs oder sieben, legte ich einmal die Hand auf den Bauch meiner Mutter, der ganz rund und straff war, und sagte: »Was ist da drin, noch ein Maul mehr zu stopfen?« Und meine Mutter lächelte traurig und sagte: »Ja, ich fürchte schon«, und ich hatte die Vorstellung von einem riesigen Mund, in einem Kopf wie den fliegenden Engelsköpfen auf dem Friedhof, aber mit Zähnen drin und allem, und er fraß meine Mutter von innen auf, und ich fing an zu weinen, weil ich dachte, es würde sie umbringen.

Unser Vater fuhr oft weg, sogar bis nach Belfast, um für Leute zu arbeiten, die ihn angestellt hatten; und wenn die Arbeit dann fertig war, kam er für ein paar Tage nach Hause und suchte sich dann eine neue Arbeit. Wenn er zu Hause war, ging er oft ins Wirtshaus, um seine Ruhe zu haben. Er sagte, bei dem Krach, den wir alle machten, könne man sich selbst nicht denken hören, und er müsse sich schließlich umsehen, bei so einer großen Familie, und wie er uns alle ernähren solle, gehe über seine Begriffe. Aber meistens sah er sich nur auf dem Grund von seinem Glas um, und immer gab es welche, die gern bereit waren, ihm beim Umsehen zu helfen; aber wenn er dann betrunken war, wurde er oft wütend und fluchte auf die Iren und beschimpfte sie als nichtsnutziges, diebisches Gesindel, und dann gab es eine Schlägerei. Aber er hatte starke Arme und bald nicht mehr viele Freunde übrig, denn obwohl sie nichts dagegen hatten, mit ihm zu trinken, standen sie nicht gern am falschen Ende seiner Faust, wenn die Zeit dafür gekommen war. Und so trank er immer öfter für sich allein, und immer mehr, und je stärker die Getränke wurden, desto länger die Nächte, und er fing an, bei Tag seine Arbeit zu versäumen.

Und so geriet er in den Ruf, nicht zuverlässig zu sein, und er bekam immer weniger Aufträge, und die Pausen zwischen ihnen wurden länger. Für uns war es schlimmer, wenn er zu Hause war, weil seine Wutanfälle sich jetzt nicht mehr nur auf das Wirtshaus beschränkten. Er sagte, er wisse nicht, wieso Gott ihn mit so einer Brut gestraft hätte, die Welt brauche nicht noch mehr von unserer Sorte, und man hätte uns alle wie Kätzchen in einem Sack ertränken sollen, und dann bekamen die Kleinen Angst. Also nahm ich die vier, die schon groß genug waren, um so weit gehen zu können, und wir faßten uns alle an den Händen und gingen auf den Friedhof, um Gräser zu pflücken, oder hinunter zum Hafen und kletterten auf den Felsen am Strand herum und stocherten mit Stöcken nach den Quallen, die an Land gespült worden waren, oder suchten in den Gezeitenpfützen nach allem, was wir finden konnten.

Oder wir gingen auf den kleinen Pier, wo die Fischerboote festmachten. Unsere Mutter hatte uns verboten, dort hinzugehen, weil sie Angst hatte, wir könnten herunterfallen und ertrinken, aber ich ging trotzdem mit den Kindern hin, weil die

Fischer uns manchmal einen Fisch schenkten, einen schönen Hering oder eine Makrele, und jede Art Essen war daheim sehr vonnöten; manchmal wußten wir von einem Tag auf den anderen nicht, was wir essen sollten. Unsere Mutter hatte uns verboten zu betteln, und das taten wir auch nicht, jedenfalls nicht mit Worten; aber fünf zerlumpte kleine Kinder mit hungrigen Augen sind ein Anblick, dem man nur schwer widerstehen kann, jedenfalls war das damals in unserem Dorf so. Und so bekamen wir meistens unseren Fisch und gingen so stolz damit nach Hause, als hätten wir ihn selbst gefangen.

Ich will gestehen, daß ich manchmal einen schlimmen Gedanken hatte, wenn ich die Kleinen nebeneinander auf dem Pier aufgereiht hatte und ihre kleinen nackten Beine herunterbaumelten. Ich dachte dann, vielleicht sollte ich einfach eins oder zwei herunterschubsen, und dann wären nicht mehr so viele da, die gefüttert werden müßten, und auch nicht so viele Kleider zu waschen. Denn inzwischen war ich diejenige, die den größten Teil der Wäsche machen mußte. Aber es war nur ein Gedanke, der mir zweifellos vom Teufel eingegeben worden war. Oder wahrscheinlicher von meinem Vater, denn damals versuchte ich immer noch, ihm alles recht zu machen.

Nach einer Weile geriet er in zweifelhafte Gesellschaft und wurde mit einigen Oraniern gesehen, die in schlechtem Ruf standen, und dann brannte zwanzig Meilen weiter ein Haus nieder, das einem protestantischen Gentleman gehörte, der Partei für die Katholiken ergriffen hatte, und ein anderer wurde mit eingeschlagenem Schädel gefunden. Es gab deswegen einen Streit zwischen meiner Mutter und meinem Vater, und er sagte, wie zum Teufel erwartete sie denn, daß er zu Geld kam, und das wenigste, was sie tun könne, sei, den Mund zu halten und das Geheimnis zu wahren, nicht daß man einer Frau je weiter trauen dürfe, als man sie werfen könne, da die Weiber einen Mann schneller verraten, als man gucken kann, und die Hölle sei noch zu gut für die ganze Bande. Und als ich meine Mutter fragte, was für ein Geheimnis, holte sie die Bibel hervor und ließ mich schwören, daß auch ich das Geheimnis wahren würde, und Gott würde mich strafen, wenn ich ein so heiliges Versprechen brechen würde; was mich schrecklich ängstigte, weil ich fürchtete, ich könnte es, ohne es zu wollen, ausplaudern, weil ich doch überhaupt keine Ahnung hatte, was es war. Und von Gott bestraft zu werden, mußte schrecklich sein, weil er so viel größer war als mein Vater; und von da an war ich immer schrecklich vorsichtig mit den Geheimnissen von anderen Leuten, egal was es auch sein mochte.

Eine Zeitlang hatten wir etwas Geld, aber es wurde trotzdem nicht besser, und aus Worten wurden Schläge, obwohl meine arme Mutter wenig genug tat, ihn zu reizen; und als meine Tante Pauline zu Besuch kam, flüsterte meine Mutter mit ihr und zeigte ihr die blauen Flecke an ihren Armen und weinte und sagte, er sei nicht immer so gewesen; und Tante Pauline sagte: »Aber sieh ihn dir jetzt an, er ist wie ein Faß ohne Boden, je mehr man oben reinkippt, desto mehr kommt unten rausgelaufen, es ist ein Unglück und eine Schande.« Mein Onkel Roy war in der einspännigen Kutsche mit ihr gekommen, und sie hatten Eier von ihren eigenen Hühnern und einen Kanten Speck mitgebracht, denn unsere Hühner und das Schwein waren längst nicht mehr da; und sie saßen im vorderen Zimmer, in dem überall Wäsche zum Trocknen hing, denn kaum hatte man in diesem Klima die Wäsche an einem sonnigen Tag gewaschen und zum Trocknen ausgebreitet, kamen auch schon Wolken herbei, und es fing an zu nieseln; und Onkel Roy, der sehr gerade heraus war, sagte, er wüßte keinen Mann, der gutes Geld schneller in Pferdepisse verwandeln könne als mein Vater. Und Tante Pauline zwang ihn, sich auf der Stelle zu entschuldigen, wegen der Ausdrucksweise, obwohl meine Mutter Schlimmeres gewöhnt war, denn wenn unser Vater getrunken hatte, hatte er immer eine sehr unflätige Art an sich.

Inzwischen war es nicht mehr das bißchen Geld, das unser Vater ins Haus brachte, was uns am Leben hielt, sondern meine Mutter und ihr Hemdennähen, bei dem ich ihr half, und auch meine jüngere Schwester Katey; und es war Tante Pauline, die ihr die Arbeit besorgte und sie brachte und wieder abholte, was für sie ein teurer Umstand gewesen sein muß, wegen dem Pferd und der Zeit und der Mühe. Und sie brachte uns außerdem immer was zu essen mit, denn obwohl wir unseren kleinen Kartoffelacker und unseren eigenen Kohl hatten, war das bei weitem nicht genug; und sie brachte uns auch Stoffreste aus dem Laden, aus denen die wenigen Kleider gemacht wurden, die wir hatten.

Unser Vater fragte schon lange nicht mehr, wo all diese Dinge herkamen. Zu jener Zeit, Sir, war es eine Frage der Ehre für einen Mann, seine Familie zu ernähren, was immer er ansonsten von dieser Familie halten mochte; aber meine Mutter, so schwach sie auch war, war zu klug, etwas davon zu sagen. Und die zweite Person, die nicht alles wußte, was es zu wissen gab, war Onkel Roy, obwohl er etwas geahnt und außerdem gesehen haben muß, daß gewisse Dinge aus seinem Haus verschwanden, um in unserem wieder aufzutauchen. Aber meine Tante Pauline war eine willensstarke Person.

Das neue Baby kam, und für mich gab es noch mehr zu waschen, wie immer, wenn ein Baby da ist, und unsere Mutter war länger krank als sonst; und ich mußte nicht nur das Frühstück machen, das ich sowieso schon gemacht hatte, sondern auch das Abendessen; und unser Vater sagte, am besten sollten wir dem neuen Baby einen Knüppel über den Schädel ziehen und es zwischen den Kohlköpfen vergraben, weil es unter der Erde glücklicher wäre als drüber. Und dann sagte er, er bekäme Hunger, wenn er es nur ansähe, und würde es sich nicht nett machen, auf einem Teller, mit Röstkartoffeln drumherum und einem Apfel im Mund. Und dann sagte er: »Was starrt ihr mich denn so an?«

Und dann passierte etwas Überraschendes. Tante Pauline hatte längst die Hoffnung aufgegeben, je eigene Kinder zu haben, und hatte deshalb uns als ihre Kinder betrachtet; aber jetzt deutete alles darauf hin, daß sie in anderen Umständen war. Und sie war sehr glücklich darüber, und meine Mutter freute sich für sie. Aber Onkel Roy sagte zu Tante Pauline, es müsse nun alles anders werden, er könne unsere Familie nicht mehr unterstützen, weil er jetzt an seine eigene denken müsse. Sie müßten sich etwas einfallen lassen. Tante Pauline sagte, sie könnten uns nicht einfach verhungern lassen, ganz gleich wie schlimm mein Vater auch sein mochte, und ihre Schwester sei ihr eigen Fleisch und Blut, und die Kinder könnten schließlich nichts dafür; und Onkel Roy sagte, wer hätte denn was von Verhungern gesagt, er habe ans Auswandern gedacht. Viele täten das, und in den Kanadas sei freies Land zu haben, und was mein Vater brauche, sei, reinen Tisch zu machen. Steinmetze seien da drüben sehr gefragt, wegen all der neuen Häuser und was sonst alles gebaut wurde, und er hätte aus zuverlässiger Quelle gehört, daß bald viele Eisenbahnstationen gebaut werden sollten; und ein fleißiger Mann könne es dort schnell zu etwas bringen.

Tante Pauline sagte, das sei ja alles schön und gut, aber wer sollte die Überfahrt bezahlen? Und Onkel Roy sagte, er hätte etwas Geld beiseite gelegt und sei bereit, sehr tief in die Tasche zu greifen, und es würde nicht nur reichen, um unsere Überfahrt zu bezahlen, sondern auch das Essen, das wir unterwegs brauchen würden; und er hätte einen Mann im Auge, der gegen eine Gebühr alles arrangieren würde. Er hatte das schon längst geplant, bevor er darüber sprach, denn mein Onkel Roy war ein Mann, der das Fell des Bären nicht gern verteilte, bevor er ihn erlegt hatte.

Und so wurde alles beschlossen, und meine Tante Pauline kam trotz ihres Zustands extra in ihrer Kutsche, um es meiner Mutter zu erzählen, und meine Mutter sagte, sie müsse mit meinem Vater sprechen und seine Zustimmung einholen, aber das war nur der Ordnung halber. Bettler können nicht wählerisch sein, und eine andere Möglichkeit gab es nicht; und außerdem waren im Dorf fremde Männer gesehen worden, die über das Haus geredet hatten, das in Brand gesteckt worden war, und über den erschlagenen Mann, und sie hatten Fragen gestellt, und danach hatte mein Vater es eilig, dort wegzukommen.

Also machte er gute Miene und sagte, es sei ein neuer Anfang und großzügig von meinem Onkel Roy, und er würde das Geld für die Überfahrt als geborgt ansehen und es zurückzahlen, sobald er es zu was gebracht hätte; und Onkel Roy tat so, als glaube er ihm. Er wollte meinen Vater nicht demütigen, sondern ihn nur aus den Augen haben. Und was seine Großzügigkeit anging, so denke ich, daß er es für das beste hielt, den Stier bei den Hörnern zu packen und lieber einmal eine große Summe auf den Tisch zu legen, statt über die Jahre Penny um Penny auszubluten; und an seiner Stelle hätte ich es genauso gemacht.

Und so wurde alles in die Wege geleitet. Es wurde beschlossen, daß wir Ende April segeln sollten, weil wir dann zu Beginn des Sommers in den Kanadas eintreffen und es wenigstens warm haben würden, bis wir uns eingewöhnt hatten. Tante Pauline und meine Mutter planten und überlegten und sortierten und packten; und beide versuchten, fröhlich zu sein, sie waren aber beide niedergeschlagen. Schließlich waren sie Schwestern und waren zusammen durch dick und dünn gegangen, und sie wußten, wenn das Schiff erst einmal abgelegt hatte, würden sie sich wahrscheinlich in diesem Leben nie mehr wiedersehen.

Meine Tante Pauline brachte uns ein gutes Leinentuch mit nur einem kleinen Fehler aus dem Laden; und ein dickes warmes Schultertuch für meine Mutter, weil sie gehört hatte, auf der anderen Seite des Ozeans sei es kalt; und einen kleinen Weidenkorb, und darin lagen, in Stroh eingepackt, eine Teekanne aus Porzellan und zwei Tassen mit Untertassen, mit Rosen darauf. Und meine Mutter dankte ihr sehr herzlich und sagte, sie sei immer gut zu ihr gewesen, und sie würde die Teekanne immer in Ehren halten, zur Erinnerung an sie.

Und es wurden viele stille Tränen vergossen.

14.

*E*in Pferdefuhrwerk, das mein Onkel gemietet hatte, brachte uns nach Belfast, und es war eine lange Fahrt und sehr holperig, aber wenigstens regnete es nicht viel. Belfast war eine große und steinerne Stadt, die größte, die ich je gesehen hatte, und überall ratterten und rumpelten Kutschen und Fuhrwerke. Es gab ein paar sehr prachtvolle Gebäude, aber auch viele arme Leute, die Tag und Nacht in den Tuchfabriken arbeiteten. Die Gaslampen brannten, als wir am Abend ankamen, und es waren die ersten, die ich je gesehen hatte; und sie waren genau wie das Mondlicht, nur grüner in der Farbe.

Wir schliefen in einem Gasthaus, in dem es so vor Flöhen wimmelte, daß man hätte meinen können, man wäre in einem Hundezwinger; und wir nahmen all unsere Kisten mit ins Zimmer, um nicht unserer irdischen Habe beraubt zu werden. Ich hatte keine Gelegenheit, viel von der Stadt zu sehen, weil wir am nächsten Morgen gleich an Bord des Schiffes gehen mußten, und ich mußte aufpassen, daß die Kinder nicht verlorengingen. Sie verstanden nicht, wo wir hinfuhren, und um die Wahrheit zu sagen, Sir, glaube ich, daß nicht einer von uns es richtig verstand.

Das Schiff lag an einem Pier und war sehr groß und ragte hoch über uns auf und war schon von Liverpool herübergekommen, und später hörte ich, daß es Baumstämme aus den Kanadas nach Osten brachte und Emigranten in die andere Richtung nach Westen, und beide wurden ziemlich im selben Licht gesehen, als eine Fracht, die hin- und hergeschafft werden mußte. Die Leute gingen schon mit all ihren Kisten und Bündeln an Bord, und einige der Frauen jammerten und weinten laut; aber ich weinte nicht, weil ich nicht wußte, was für einen

Sinn das gehabt hätte, und unser Vater sah finster aus und wollte seine Ruhe haben und war nicht in der Stimmung, den Rücken seiner Hand zu schonen.

Das Schiff hob und senkte sich auf der Dünung, und ich traute ihm überhaupt nicht. Die kleineren Kinder waren sehr aufgeregt, vor allem die Jungen, aber mir wurde schwer ums Herz, weil ich noch nie auf einem Schiff gewesen war, nicht einmal auf den kleinen Fischerbooten in unserem Hafen, und ich wußte, daß wir über den Ozean segeln würden, wo wir das Land nicht mehr sehen konnten, und wenn das Schiff untergehen oder wir über Bord fallen sollten, konnte keiner von uns schwimmen.

Dann sah ich drei Krähen nebeneinander auf dem Querbalken des Masts sitzen, und meine Mutter sah sie auch und sagte, das sei ein schlechtes Zeichen, weil drei Krähen in einer Reihe den Tod bedeuteten. Ich war überrascht, sie so etwas sagen zu hören, weil sie sonst keine abergläubische Frau war, aber wahrscheinlich war sie in einer melancholischen Stimmung, und mir ist aufgefallen, Sir, daß jene, deren Gemüt bedrückt ist, eher dazu neigen, auf schlechte Omen zu achten. Jedenfalls bekam ich schreckliche Angst, obwohl ich es mir wegen der kleineren Kinder nicht anmerken ließ, denn wenn sie sahen, daß ich mich aufregte, würden sie es auch tun, und es herrschte so schon genug Krach und Tumult.

Unser Vater machte ein entschlossenes Gesicht und ging vor uns die Laufplanke hinauf und trug das schwerste Bündel mit Kleidern und Bettzeug und sah sich um, als kenne er sich genau aus und hätte überhaupt keine Angst; aber unsere Mutter folgte ihm sehr traurig, das Tuch von Tante Pauline fest um die Schultern gezogen, und vergoß heimliche Tränen und rang die Hände und sagte zu mir: »Oh, was hat uns bloß dazu getrieben, das zu tun?« Und als wir das Schiff betraten, sagte sie: »Mein Fuß wird nie wieder Land berühren.« Und ich sagte: »Mutter, warum sagst du das?« Und sie sagte: »Ich spüre es in den Knochen.«

Und genauso kam es auch.

Unser Vater hatte dafür bezahlt, daß unsere größeren Kisten an Bord getragen und verstaut wurden; es war eine Schande, gutes Geld dafür zu verschwenden, aber es blieb ihm nichts anderes übrig, weil er die Sachen nicht alle selbst tragen konnte, denn die Träger im Hafen waren grob und aufdringlich und hätten ihn daran gehindert. An Deck war es sehr voll, und viele Leute liefen hin und her, und Männer schrien uns an, ihnen aus den Füßen zu gehen. Die Kisten, die wir an Bord nicht brauchen würden, wurden in einen gesonderten Raum gebracht, der dann verschlossen wurde, um Diebstähle zu verhindern, und auch die Essensvorräte, die wir für die Reise mitgebracht hatten, wurden verstaut; aber die Decken und Laken kamen nach unten auf unsere Betten. Unsere Mutter bestand darauf, Tante Paulines Teekanne bei sich zu behalten, weil sie sie nicht aus den Augen lassen wollte; sie band den Weidenkorb mit einem Stück Schnur am Bettpfosten fest.

Wir sollten unter Deck schlafen, und dahin kam man über eine schmierige Stiege, die in etwas hinunterführte, was sie den Laderaum nannten, und dieser Laderaum war voller Betten. Es waren harte, rohe Holzpritschen, sehr notdürftig zusammengenagelt und sechs Fuß lang und sechs Fuß breit, und auf jeder von diesen Pritschen schliefen zwei Personen, und drei oder vier, wenn es Kinder waren; und in zwei Schichten übereinander, mit kaum genug Platz, um sich dazwischenzuquetschen. Wenn man das untere Bett hatte, war kein Platz, sich aufzusetzen, weil man, wenn man es versuchte, mit dem Kopf an das obere Bett stieß; und wenn man das obere hatte, war die Gefahr größer, daß man herausfiel, und der Fall tiefer, wenn man es tat. Alle schliefen kreuz und quer durcheinander, zusammengedrängt wie Sardinen in einer Kiste, und keine Fenster oder sonst eine Möglichkeit, Luft hereinzulassen, außer die Luken, die nach unten führten. Schon jetzt war die Luft zum Schneiden, aber nichts im Vergleich dazu, wie sie später werden sollte. Wir mußten sofort zu unseren Betten laufen und unsere Sachen drauflegen, weil ein schreckliches Geschiebe

· 155 ·

und Gedränge herrschte und ich nicht wollte, daß wir getrennt würden und die Kinder an diesem fremden Ort im Dunkeln allein wären und Angst hätten.

Um die Mittagszeit, als alles an Bord verstaut war, setzten wir Segel. Kaum daß die Laufplanke hochgezogen war und es keinen Weg zurück an Land gab, wurden wir von einer Glocke zu einer Ansprache des Kapitäns zusammengerufen, der eine sehr ledrige Haut hatte und ein Schotte aus dem Süden war. Er sagte, wir müßten den Gesetzen des Schiffs gehorchen, und es dürften keine Kochfeuer angezündet werden, weil unser Essen vom Schiffskoch gekocht werden würde, wenn wir dafür sorgten, daß es pünktlich zum Glockenschlag bei ihm war; und kein Pfeiferauchen, vor allem nicht unter Deck, weil das zu Feuern führte, und jene, die nicht ohne Tabak auskommen konnten, könnten seinetwegen kauen und spucken. Und es durfte keine Wäsche gewaschen werden, außer an Tagen, an denen das Wetter dafür geeignet war, und er würde derjenige sein, der das bestimmte; denn wenn es zu windig war, würden unsere Besitztümer über Bord geweht werden, und wenn es regnete, wäre der Laderaum nachts voller nasser, dampfender Sachen, und er gab uns sein Wort darauf, daß wir daran keine Freude haben würden.

Außerdem durfte ohne Erlaubnis kein Bettzeug zum Lüften nach oben gebracht werden, und wir alle hatten die Befehle zu befolgen, die er selbst und der Erste Steuermann und alle anderen Offiziere uns gaben, weil die Sicherheit des Schiffs davon abhing; und wenn wir uns nicht daran hielten, würden wir in ein Kabuff eingesperrt werden, und deshalb hoffte er, daß niemand versucht sein würde, seine Geduld auf die Probe zu stellen. Des weiteren, sagte er, würde Trunkenheit nicht toleriert werden, da sie nur dazu führte, daß Leute über Bord gingen, und wir konnten uns so viel betrinken, wie wir wollten, sobald wir wieder an Land waren, aber nicht auf seinem Schiff; und zu unserer eigenen Sicherheit war es uns nachts nicht erlaubt, an Deck zu sein, da wir dann auch nur über Bord gehen würden.

Seine Matrosen durften bei ihrer Arbeit nicht gestört und auch nicht bestochen werden, um Gefälligkeiten zu ergattern; und er hätte Augen im Hinterkopf und würde jeden Versuch sofort bemerken. Wie seine Männer uns bestätigen könnten, führe er ein strenges Regiment, und auf dem offenen Meer sei das Wort des Kapitäns Gesetz.

Für den Fall von Krankheiten sei ein Doktor an Bord, aber die meisten von uns müßten damit rechnen, sich etwas unwohl zu fühlen, bis wir seefest seien, und der Doktor dürfe nicht mit Lappalien wie ein bißchen Seekrankheit belästigt werden; und wenn alles gutging, würden wir in sechs oder acht Wochen wieder an Land sein. Zum Schluß wolle er noch sagen, daß jedes Schiff ein oder zwei Ratten an Bord habe, weil dies ein gutes Omen sei, weil die Ratten immer die ersten seien, die wußten, ob es einem Schiff bestimmt war zu sinken, deshalb wolle er nicht belästigt werden, sollte eine Lady eins dieser Tiere erblicken. Er nahm an, daß keiner von uns je zuvor eine Ratte gesehen hatte – darüber wurde gelacht –, deshalb hatte er, falls wir neugierig waren, extra eine töten lassen, und sie sähe sehr appetitlich aus, sollten wir hungrig sein. Darüber wurde noch mehr gelacht, weil es ein Witz war und er ihn erzählte, damit uns wohler zumute war.

Als das Lachen aufgehört hatte, sagte er, um es zusammenzufassen, sein Schiff sei nicht der Buckingham Palace und wir nicht die Königin von Frankreich, und wie immer im Leben bekomme man das, wofür man bezahlt habe. Dann wünschte er uns eine angenehme Reise und zog sich in seine Kabine zurück und überließ es uns, uns so gut es ging zurechtzufinden. In seinem Herzen wünschte er uns wahrscheinlich alle auf den Grund des Meeres, solange er das Geld für unseren Transport behalten konnte, aber wenigstens schien er zu wissen, wovon er redete, und das gab mir ein zuversichtlicheres Gefühl. Ich brauche wohl nicht zu sagen, daß viele seiner Instruktionen nicht befolgt wurden, vor allem was das Rauchen und das Trinken anging; aber jene, die diesen Dingen frönten, mußten es heimlich tun.

Zuerst war es gar nicht so schlimm. Die Wolken wurden dünner, und die Sonne kam hin und wieder zum Vorschein, und ich stand an Deck und sah zu, wie das Schiff aus dem Hafen manövriert wurde, und solange wir im Schutz des Landes waren, machte die Bewegung mir nicht so viel aus. Aber kaum daß wir auf der Irischen See waren und mehr Segel gesetzt wurden, fing ich an, mich sehr eigenartig und elend zu fühlen, und schon bald übergab ich mein Frühstück dem Speigatt, an jeder Hand eins von den kleineren Kindern, die genau dasselbe taten. Und wir waren keineswegs die einzigen, da viele andere neben uns aufgereiht standen wie Schweine am Trog. Unsere Mutter mußte sich hinlegen, und auch unser Vater war kränker als ich, und so war keiner von den beiden bei den Kleinen zu gebrauchen. Es war ein Glück, daß wir kein Mittagessen bekommen hatten, sonst hätte es noch schlechter um uns gestanden. Die Matrosen waren auf das alles vorbereitet, weil es nicht das erste Mal war, daß sie so etwas erlebten, und sie hievten viele Eimer mit Salzwasser hoch, um alles wegzuspülen.

Nach einer Weile ging es mir etwas besser; vielleicht war es die frische Seeluft, oder vielleicht gewöhnte ich mich allmählich an das Schlingern und Rollen, und außerdem, Sir, wenn Sie entschuldigen wollen, daß ich es so ausdrücke, war einfach nichts mehr da, womit es einem hätte schlecht sein können; und solange ich oben an Deck war, fühlte ich mich gar nicht so sehr krank. Es war jedoch keine Rede von Abendessen, da wir alle zu indisponiert waren; aber ein Matrose sagte mir, wenn wir ein bißchen Wasser trinken und einen Zwieback knabbern könnten, sei das besser für uns; und da wir auf den Rat meines Onkels reichlich Zwieback mitgenommen hatten, taten wir dies, so gut wir konnten.

Auf diese Weise ging es ganz gut, bis es Abend wurde und wir nach unten gehen mußten, wo alles viel schlimmer wurde. Wie schon gesagt, waren alle Passagiere dort unten zusammengepfercht, ohne Wände dazwischen, und den meisten von ihnen war hundeelend zumute; und so hörte man nicht nur das Würgen und Stöhnen der Nachbarn um einen herum, wovon es einem allein schlecht werden konnte, sondern es kam auch kaum frische Luft herein, und so wurde die Luft immer schlimmer und schlimmer, und der Gestank war derart, daß es einem den Magen umdrehte.

Außerdem, wenn Sie entschuldigen wollen, daß ich das so sage, Sir, gab es auch keine schickliche Möglichkeit, sich zu erleichtern. Es standen zwar Eimer zur Verfügung, aber allen Blicken ausgesetzt, das heißt, sie wären allen Blicken ausgesetzt gewesen, wenn es Licht gegeben hätte. So jedoch wurde viel im Dunkeln herumgetastet und geflucht und Eimer aus Versehen umgestoßen, und auch wenn der Eimer stehenblieb, ging das, was nicht hineinging, daneben auf den Boden. Zum Glück war dieser Boden nicht allzu solide, und so lief wenigstens einiges hinunter in die Bilge. Jedenfalls kam mir der Gedanke, Sir, daß es Zeiten gibt, wo wir Frauen mit unseren Röcken besser dran sind als die Männer mit ihren Hosen, weil wir wenigstens eine Art natürliches Zelt mit uns herumtragen, während die armen Männer mit heruntergelassenen Hosen herumstolpern mußten. Aber wie gesagt, es gab ohnehin nicht viel Licht.

Jedenfalls konnte man bei all dem Stampfen und Schlingern und dem ständigen Knarren, das das Schiff von sich gab, und dem Klatschen der Wellen und dem Gestöhne und dem Gestank und den Ratten, die dreist und völlig ungestört überall herumliefen, das Gefühl haben, man wäre eine arme gequälte Seele in der Hölle. Ich dachte an Jona im Bauch des Walfischs, aber wenigstens mußte er nur drei Tage dort bleiben, und wir hatten acht Wochen vor uns; und er war ganz allein in diesem Bauch und mußte nicht ständig hören, wie andere stöhnten und sich übergaben.

Nach mehreren Tagen wurde es etwas besser, da die Seekrankheit bei vielen nachließ; aber nachts war die Luft immer schlecht, und immer gab es irgendwelche Geräusche. Es wurde zwar weniger gewürgt, das schon, aber dafür mehr gehustet und geschnarcht; und auch viel geweint und gebetet, was unter den Umständen verständlich war.

Aber ich wollte Ihr Feingefühl nicht verletzen, Sir. Schließ-

·159·

lich war das Schiff nur eine Art schwimmendes Elendsviertel, wenn auch ohne die Schnapsläden; und wie ich höre, gibt es heutzutage bessere Schiffe.

Vielleicht würden Sie gerne ein Fenster öffnen?

Das ganze Elend hatte aber auch sein Gutes. Die Passagiere waren Katholiken und Protestanten, und dazu ein paar Engländer und Schotten, die schon aus Liverpool gekommen waren; und wenn sie gesund gewesen wären, hätten sie sich gewiß gezankt und gestritten, da nicht viel Liebe zwischen ihnen herrscht. Aber es gibt nichts Besseres als einen tüchtigen Anfall von Seekrankheit, um jeden Wunsch nach einer Balgerei im Keim zu ersticken; und jene, die einander an Land mit Freuden die Kehle durchgeschnitten hätten, sah man jetzt dabei, wie sie sich gegenseitig den Kopf hielten wie die zärtlichsten Mütter; und im Gefängnis habe ich manchmal ganz ähnliches bemerkt, denn die Not schmiedet seltsame Bündnisse. Eine Seereise und ein Gefängnis sind vielleicht Gottes Art, uns daran zu erinnern, daß wir alle Fleisch sind, und alles Fleisch ist wie Gras, und alles Fleisch ist schwach. Zu dieser Überzeugung gelangte ich jedenfalls.

Nach mehreren Tagen war ich seefest geworden und konnte die Stiege hinauf- und hinunterlaufen und Sachen hin- und herschleppen und mich um die Mahlzeiten kümmern. Jede Familie sorgte für ihr eigenes Essen, das man dem Schiffskoch brachte, der es in ein Netz tat und in einen Kessel mit kochendem Wasser hängte und zusammen mit den Mahlzeiten der anderen kochte; und so bekam man nicht nur sein eigenes Mittagessen, sondern auch einen Geschmack davon, was die anderen aßen. Wir hatten gepökeltes Schweinefleisch und auch gepökeltes Rindfleisch dabei; und ein paar Zwiebeln und Kartoffeln, wenn auch nicht viele davon, wegen dem Gewicht; und getrocknete Erbsen und einen Kohlkopf, der aber bald alle war, weil ich dachte, wir sollten ihn lieber essen, bevor er welk wurde. Das Hafermehl, das wir dabeihatten, konnte nicht im großen Kessel gekocht werden, sondern wurde mit heißem

Wasser gemischt und eine Weile ziehengelassen, und der Tee genauso. Und außerdem hatten wir Zwieback dabei, wie ich, glaube ich, schon erwähnt habe.

Meine Tante Pauline hatte meiner Mutter auch drei Zitronen mitgegeben, die ihr Gewicht in Gold wert waren, weil sie, wie sie sagte, gut gegen den Skorbut waren; und die bewahrte ich sorgfältig für den Notfall auf. Alles in allem hatten wir genug, um bei Kräften zu bleiben, und das war mehr, als manch andere von sich sagen konnten, die ihr meistes Geld für die Überfahrt ausgegeben hatten; und ich fand, daß wir sogar ein bißchen was erübrigen konnten, weil unsere Eltern in keiner Verfassung waren, ihren Teil der Mahlzeiten zu sich zu nehmen. Und so verschenkte ich ein paar Stücke von unserem Zwieback an unsere Nachbarin, eine ältere Frau mit Namen Mrs. Phelan, und sie bedankte sich sehr und sagte, Gott segne dich.

Sie war katholisch und reiste mit den zwei Kindern ihrer Tochter, die zurückgeblieben waren, als der Rest der Familie auswanderte; und jetzt brachte sie die beiden nach Montreal, da ihr Schwiegersohn für ihre Passage bezahlt hatte; und ich half ihr ein bißchen mit den Kindern, und später war ich froh, daß ich es getan hatte. Wer sein Brot über das Wasser fahren läßt, findet es wieder nach langer Zeit, wie Sie sicher schon oft gehört haben, Sir.

Als man uns sagte, wir könnten jetzt waschen, weil das Wetter schön war und ein guter Wind zum Trocknen ging – und eine Wäsche war inzwischen sehr nötig, wegen all der Übelkeit –, wusch ich zusammen mit unseren Sachen auch eine von Mrs. Phelans Decken, obwohl Wäsche eigentlich zuviel gesagt war, weil wir nur die Eimer mit Meerwasser benutzen konnten, die man uns gab, aber wenigstens ging der gröbste Schmutz ab, obwohl die Sachen hinterher alle nach Salz rochen.

Anderthalb Wochen später gerieten wir in einen fürchterlichen Sturm, und das Schiff wurde hin und her geworfen wie ein Korken in einer Wanne, und das Beten und Schreien war entsetzlich. Es war unmöglich, irgend etwas zu kochen, und nachts war an Schlaf nicht zu denken, weil man aus dem Bett rollte, wenn man sich nicht gut festhielt, und der Kapitän schickte den Ersten Steuermann, um uns zu sagen, wir sollten ganz ruhig bleiben, es sei nur ein ganz gewöhnlicher Sturm und nichts, worüber man sich aufregen müßte, und außerdem würde er uns in die Richtung blasen, in die wir sowieso fahren wollten. Aber ständig schwappte Wasser durch die Luken, und deshalb wurden sie zugemacht; und wir waren alle in pechschwarzer Finsternis eingeschlossen, mit noch weniger Luft als zuvor, und ich dachte, wir würden alle ersticken. Aber der Kapitän muß das gewußt haben, weil die Luken von Zeit zu Zeit geöffnet wurden. Jene, die in ihrer Nähe lagen, wurden dabei sehr naß; und jetzt war es an ihnen, für das Mehr an frischer Luft zu bezahlen, dessen sie sich bis dahin erfreut hatten.

Nach zwei Tagen legte der Sturm sich wieder, und für die Protestanten wurde ein allgemeiner Dankgottesdienst abgehalten, und es gab auch einen Priester an Bord, der eine Messe für die Katholiken las; und in gewisser Weise war es unmöglich, nicht an beiden teilzunehmen, wegen der beengten Verhältnisse; aber niemand störte sich daran, weil die zwei verschiedenen Gruppen, wie ich schon gesagt habe, auf dem Schiff besser miteinander auskamen als an Land. Ich selbst hatte mich sehr mit der alten Mrs. Phelan angefreundet, die inzwischen flinker auf den Beinen war als meine Mutter, die immer noch sehr schwach war.

Nach dem Sturm wurde es kälter. Wir gerieten in Nebel und stießen dann auf Eisberge. Die Seeleute sagten, sie seien zahlreicher für die Jahreszeit als üblich; und wir segelten langsamer, um nicht mit ihnen zusammenzustoßen; denn die Matrosen sagten, der größte Teil von ihnen sei unter Wasser und unsichtbar, und es sei ein Glück, daß wir keinen starken Wind hätten, sonst würden wir vielleicht in einen hineingetrieben und das Schiff zerschmettert; aber ich wurde es nie müde, sie mir anzusehen. Es waren gewaltige Berge aus Eis, mit Spitzen und Türmen, weiß und glitzernd, wenn die Sonne darauf schien, und mit blauen Lichtern in ihrem Inneren; und ich dachte, daraus müßten die Wände des Himmels gemacht sein, bloß nicht so kalt.

Aber während wir zwischen den Eisbergen hindurchfuhren, wurde meine Mutter noch kränker. Wegen der Seekrankheit hatte sie die meiste Zeit im Bett verbracht und kaum etwas gegessen, bis auf etwas Zwieback und Wasser und ein bißchen Haferbrei aus unserem Hafermehl. Unserem Vater war es nicht viel besser ergangen, und wenn man seinem Stöhnen glauben wollte, war es sogar schlechter um ihn bestellt; und überhaupt war alles in einem trostlosen Zustand, weil es uns während des Sturms nicht möglich gewesen war, zu waschen oder wenigstens das Bettzeug zu lüften. Deshalb merkte ich zuerst nicht, wieviel schlechter es meiner Mutter ging. Aber dann sagte sie, sie hätte so schlimme Kopfschmerzen, daß sie kaum noch aus den Augen gucken könne, und ich brachte ihr feuchte Tücher und legte sie ihr auf die Stirn und merkte, daß sie Fieber hatte. Und dann fing sie an zu klagen, der Bauch tue ihr weh, und ich befühlte ihn, und tatsächlich war er ganz hart und geschwollen, und ich dachte, es sei schon wieder ein kleines Mäulchen zu füttern, obwohl ich nicht wußte, wie das so schnell hatte gehen können.

Also redete ich mit der alten Mrs. Phelan, die sagte, sie hätte sechzehn Babys entbunden, darunter neun eigene; und sie kam sofort und befühlte die Schwellung und drückte und tastete, und meine Mutter schrie, und Mrs. Phelan sagte, ich solle den Schiffsarzt holen. Ich wollte nicht so recht, weil der Kapitän doch gesagt hatte, er dürfe nicht mit Kleinigkeiten belästigt werden; aber Mrs. Phelan sagte, das hier sei keine Kleinigkeit und auch kein Baby.

Ich fragte unseren Vater, aber er sagte, ich solle verdammt noch mal machen, was ich wolle, er sei zu krank, um sich darüber Gedanken zu machen; und so schickte ich schließlich nach dem Doktor. Aber der Doktor kam nicht, und meiner armen Mutter ging es von Stunde zu Stunde schlechter. Inzwischen konnte sie kaum noch sprechen, und was sie sagte, ergab überhaupt keinen Sinn.

Mrs. Phelan sagte, es sei eine Schande, man würde eine Kuh besser behandeln, und sie sagte auch, die beste Möglichkeit, den Doktor herzubekommen, sei zu sagen, es könnte vielleicht Typhus sein oder Cholera, weil es auf der Welt nichts gab, wovor sie an Bord eines Schiffs mehr Angst hatten. Also ließ ich das ausrichten, und der Doktor kam tatsächlich auf der Stelle.

Aber er war genausowenig von Nutzen wie – wenn Sie meine Ausdrucksweise entschuldigen wollen, Sir – Titten an einem Hahn, wie Mary Whitney gerne sagte, denn nachdem er meiner Mutter den Puls gemessen und ihre Stirn gefühlt und ein paar Fragen gestellt hatte, auf die es keine Antwort gab, konnte er uns nur sagen, daß sie nicht die Cholera hatte, was ich auch so schon wußte, weil wir es uns schließlich nur ausgedacht hatten. Aber was es war, das konnte er nicht sagen, vielleicht ein Tumor, oder eine Zyste, oder ein geplatzter Blinddarm; und er würde ihr ein Mittel gegen die Schmerzen geben. Das tat er auch; ich glaube, es war Laudanum, und eine starke Dosis, weil meine Mutter bald still wurde, was ohne Zweifel sein Ziel war. Er sagte, wir müßten hoffen, daß sie die Krise überstehen würde; aber es gäbe keine Möglichkeit zu sagen, was sie hatte, ohne sie aufzuschneiden, und das würde sie mit Sicherheit umbringen.

Ich fragte, ob wir sie an Deck tragen könnten, wegen der frischen Luft, aber er sagte, es wäre ein Fehler, sie zu bewegen. Und dann machte er sich so schnell er konnte davon, während er zu niemand im besonderen sagte, die Luft hier unten sei so schlecht, daß man schier ersticken müßte. Und das war noch etwas, was ich schon wußte.

Meine Mutter starb in der Nacht. Ich wäre froh, wenn ich sagen könnte, daß sie zum Schluß Visionen von Engeln hatte und uns auf dem Totenbett eine schöne Ansprache hielt, wie in den Büchern; aber falls sie irgendwelche Visionen hatte, behielt sie sie für sich, weil sie kein Wort mehr sagte, weder darüber noch über sonst etwas. Ich schlief ein, obwohl ich vorgehabt hatte, wachzubleiben und aufzupassen, und als ich am nächsten Morgen aufwachte, war sie mausetot und lag mit weit offenen und starren Augen da. Mrs. Phelan legte den Arm um mich und zog mich in ihren Schal und gab mir einen Schluck aus einer kleinen Flasche mit Schnaps zu trinken, den sie als Medizin bei sich hatte, und sie sagte, ich solle ruhig weinen, es würde mir guttun, und unsere arme Mutter sei endlich von ihren Leiden erlöst und im Himmel bei den Heiligen, obwohl sie protestantisch sei.

Mrs. Phelan sagte auch, wir hätten kein Fenster geöffnet, um die Seele hinauszulassen, wie es Brauch sei; aber vielleicht würde es nicht gegen meine arme Mutter gewendet werden, weil es im Laderaum des Schiffs kein Fenster gab und deshalb keins geöffnet werden konnte. Und ich hatte noch nie von so einem Brauch gehört.

Ich weinte nicht. Ich hatte das Gefühl, als wäre ich es, und nicht meine Mutter, die gestorben war, und saß wie gelähmt da und wußte nicht, was ich als nächstes tun sollte. Aber Mrs. Phelan sagte, wir könnten sie nicht einfach liegenlassen, und ob ich ein weißes Laken hätte, um sie darin zu beerdigen. Da fing ich an, mir darüber schreckliche Sorgen zu machen, weil wir alles in allem nur drei Laken hatten. Zwei alte, die schon einmal in der Mitte durchgeschnitten und umgedreht worden waren, und dann noch das neue, das Tante Pauline uns geschenkt hatte; und ich wußte nicht, welches davon ich nehmen sollte. Es kam mir respektlos vor, eins von den alten zu nehmen, aber wenn ich das neue nahm, wäre es für die Lebenden verschwendet; und so konzentrierte sich mein ganzer Kummer auf die Frage des Lakens. Und schließlich fragte ich mich, was meine Mutter getan hätte, und weil sie zu Lebzeiten immer hinter uns zurückgetreten war, entschied ich mich für eins von den alten Laken; wenigstens war es einigermaßen sauber.

Nachdem der Kapitän benachrichtigt worden war, kamen zwei Matrosen, um meine Mutter an Deck zu tragen; und Mrs. Phelan ging mit mir nach oben, und wir machten sie zurecht und drückten ihr die Augen zu und lösten ihre schönen Haare, weil Mrs. Phelan sagte, man dürfe nicht mit zusammengesteckten Haaren begraben werden. Ich ließ ihr die Sachen, die sie anhatte, bis auf die Schuhe. Die Schuhe behielt ich zurück, und auch das Schultertuch, das sie nicht mehr brauchen würde. Sie sah sehr blaß und zart aus, wie eine Frühlingsblume, und die Kinder standen weinend um sie herum; und ich sagte, sie sollten sie der Reihe nach auf die Stirn küssen, was ich nicht getan hätte, wenn ich gedacht hätte, sie sei an etwas Ansteckendem gestorben. Und dann stopfte einer der Matrosen, der sich in diesen Dingen auskannte, das Laken sehr ordentlich um sie fest und nähte es zu wie eine Wurstpelle und band meiner Mutter ein Stück Eisenkette um die Füße, damit sie unterging. Ich hatte vergessen, zur Erinnerung eine Locke von ihren Haaren abzuschneiden, wie ich es hätte tun sollen; aber ich war zu durcheinander gewesen, um daran zu denken.

Sobald das Laken ihr Gesicht bedeckte, hatte ich das Gefühl, es wäre gar nicht wirklich meine Mutter, die darunter lag, sondern eine andere Frau; oder als hätte meine Mutter sich verändert, und wenn ich das Laken jetzt fortzöge, wäre sie jemand ganz anderes. Es muß der Schock gewesen sein, der mir diesen Gedanken eingab.

Zum Glück war ein Pfarrer an Bord, der die Überfahrt in einer der Kabinen machte, derselbe, der nach dem Sturm den Dankgottesdienst abgehalten hatte; und er verlas ein kurzes Gebet, und mein Vater schaffte es, die Leiter aus dem Laderaum hochzuwanken, und stand mit gesenktem Kopf da. Er sah zerknittert und unrasiert aus, aber wenigstens war er da. Und dann wurde meine arme Mutter, während rund um uns herum die Eisberge trieben und der Nebel immer dichter wurde, einfach ins Meer gekippt. Bis zu diesem Augenblick hatte ich nicht darüber nachgedacht, was mit ihr geschehen würde, und es war schrecklich, mir vorzustellen, wie sie in ihrem weißen Laken zwischen all den starrenden Fischen immer tiefer sank. Es war schlimmer, als in die Erde gelegt zu werden, denn wenn ein Mensch in der Erde liegt, weiß man wenigstens, wo er ist.

Und dann war alles so schnell vorbei; und der nächste Tag kam wie alle anderen, bloß ohne meine Mutter.

An diesem Abend nahm ich eine von den Zitronen und schnitt sie auf und gab jedem von den Kindern ein Stück davon zu essen und aß selbst auch eins. Die Zitrone war so sauer, daß man gleich wußte, daß sie einem guttun würde. Es war das einzige, was mir einfiel, was ich tun konnte.

Jetzt habe ich nur noch eins über diese Reise zu sagen. Als wir noch in der Flaute lagen und im dicksten Nebel, fiel der Weidenkorb mit Tante Paulines Teekanne auf den Boden, und die Teekanne zerbrach. Dieser Korb war während des ganzen Sturms an seinem Platz geblieben, trotz all dem Schlingern und Stampfen und Rollen; und er war an den Bettpfosten gebunden gewesen.

Mrs. Phelan sagte, sicher habe jemand das Band aufgeknüpft, um die Kanne zu stehlen, und sein Vorhaben aufgegeben, als Gefahr bestand, gesehen zu werden, und es wäre nicht das erste Mal, daß etwas auf diese Weise die Hände wechselte. Aber ich dachte etwas anderes. Ich dachte, es sei der Geist meiner Mutter gewesen, gefangen in der Tiefe des Schiffs, weil wir kein Fenster öffnen konnten, und zornig auf mich wegen dem zweitbesten Laken. Und jetzt wäre sie für immer und immer hier unten im Laderaum des Schiffs gefangen wie ein Falter in einer Flasche und würde immer über den grauenhaften schwarzen Ozean hin und her segeln müssen, mit den Auswanderern in die eine und mit den Holzstämmen in die andere Richtung. Und das machte mich sehr unglücklich.

Sie sehen, auf was für seltsame Gedanken ein Mensch kommen kann, Sir. Aber ich war damals nur ein junges Mädchen, und sehr unwissend.

15.

*E*s war ein Glück, daß die Flaute bald darauf aufhörte, sonst wäre uns noch das Essen und das Wasser ausgegangen; aber Wind kam auf, und der Nebel lichtete sich, und dann hieß es, wir hätten Neufundland sicher passiert, obwohl ich es nicht gesehen hatte und nicht wußte, ob es eine Stadt oder ein Land war; und bald darauf waren wir im Sankt-Lorenz-Strom, obwohl es noch eine ganze Weile dauerte, bis wir endlich Land sahen. Und als wir es sahen, nördlich von uns, bestand es nur aus Felsen und Bäumen und sah dunkel und abweisend aus und überhaupt nicht für menschliche Behausungen geeignet; und Wolken von Vögeln schrien wie verlorene Seelen, und ich hoffte, daß wir nicht gezwungen sein würden, an so einem Ort zu leben.

Aber nach einer Weile tauchten am Ufer Farmen und Häuser auf, und das Land machte einen ruhigeren Eindruck, oder einen zahmeren, wie man vielleicht sagen könnte. Wir mußten an einer Insel festmachen und uns auf Cholera untersuchen lassen, weil schon viele sie von den Schiffen ins Land gebracht hatten; aber da die Toten auf unserem Schiff alle an anderen Dingen gestorben waren – außer meiner Mutter waren es noch vier gewesen, zwei an der Schwindsucht, einer am Schlagfluß, und einer war über Bord gesprungen –, durften wir weiterfahren. Ich hatte jedoch Gelegenheit, die Kinder im Flußwasser abzuschrubben, obwohl es sehr kalt war – wenigstens ihre Gesichter und Arme, die es sehr nötig hatten.

Am nächsten Tag sahen wir die Stadt Quebec auf einer hohen Felswand über dem Fluß. Die Häuser waren aus Stein, und im Hafen gab es viele Händler und Hausierer, die ihre Waren feilboten, und ich konnte einer Frau ein paar frische Zwiebeln ab-

· 168 ·

kaufen, obwohl sie nichts als Französisch sprach; aber wir wurden uns mit Hilfe unserer Hände einig; und ich glaube, sie machte mir wegen der Kinder mit ihren schmalen Gesichtern einen besseren Preis. Wir waren so begierig auf diese Zwiebeln, daß wir sie roh aßen, wie Äpfel, wovon wir hinterher Blähungen bekamen, aber ich habe noch nie eine Zwiebel gegessen, die so gut schmeckte.

Einige von den Passagieren gingen in Quebec an Land, um dort ihr Glück zu versuchen, aber wir fuhren weiter.

Ich wüßte nicht, was ich über den Rest der Reise erzählen sollte. Wir fuhren immer weiter, und das meiste davon war beschwerlich, manchmal mußten wir über Land wandern, um Stromschnellen zu umgehen, und dann ging es auf einem anderen Schiff über den Ontariosee, der eher ein Meer als ein See war. Es gab dort Schwärme von kleinen Stechfliegen, und Moskitos so groß wie Mäuse, und die Kinder hätten sich fast zu Tode gekratzt. Unser Vater war in einer finsteren und melancholischen Stimmung und sagte oft, er wisse nicht, wie er zurechtkommen solle, nun da unsere Mutter tot sei, und zu diesen Zeiten war es immer am besten, nichts zu sagen.

Endlich kamen wir nach Toronto, wo angeblich noch freies Land zu bekommen war. Die Stadt war nicht sehr günstig gelegen, weil sie flach und feucht war, und es regnete an jenem Tag, und viele Fuhrwerke und Menschen hasteten hin und her, und überall war Matsch, nur nicht auf den Hauptstraßen, die gepflastert waren. Der Regen war weich und warm, und die Luft fühlte sich dick und klebrig an wie Öl, das sich auf die Haut legt, was, wie ich später erfuhr, für die Jahreszeit üblich war und viele Fieber und Sommerkrankheiten hervorrief. Es gab auch eine Gasbeleuchtung, aber sie war nicht so großartig wie in Belfast.

Die Leute schienen sehr gemischt zu sein, mit vielen Schotten und ein paar Iren, und natürlich waren da die Engländer, und viele Amerikaner, und ein paar Franzosen; und auch Indianer, obwohl sie keine Federn trugen; und ein paar Deutsche; und es gab Hautfarben in allen Schattierungen, was für mich sehr neu war, und man konnte nie sagen, was für eine Sprache man als nächstes hören würde. Es gab viele Schenken und um den Hafen herum viele Betrunkene wegen der Matrosen, und alles in allem war es genau wie der Turm zu Babel.

Aber an diesem ersten Tag sahen wir nicht viel von der Stadt, weil wir als erstes ein Dach über dem Kopf brauchten, und zwar zu möglichst geringen Kosten. Unser Vater hatte sich auf dem Schiff mit einem Mann angefreundet, der uns Informationen geben konnte, und so ließ er uns mit einer Kanne Apfelwein allein zurück, mit all unseren Kisten in ein kleines Zimmer in einem Gasthaus gezwängt, das schmutziger war als ein Schweinekoben, und ging los, um weitere Erkundigungen einzuholen.

Am nächsten Morgen kam er zurück und sagte, er hätte eine Unterkunft für uns gefunden, und wir gingen alle dahin. Sie lag östlich des Hafens in der Nähe der Lot Street, im hinteren Teil eines Hauses, das einmal bessere Tage gesehen hatte. Die Vermieterin hieß Mrs. Burt und war die ehrbare Witwe eines Seemannes, wie sie uns erzählte, und von behäbiger Gestalt und rot im Gesicht und roch wie ein geräucherter Aal und war ein paar Jahre älter als mein Vater. Sie lebte im vorderen Teil des Hauses, das dringend einen neuen Anstrich gebraucht hätte, und wir in den zwei Zimmern im hinteren Teil, der mehr wie ein angebauter Schuppen war. Es gab keinen Keller darunter, und ich war froh, daß es nicht Winter war, weil der Wind überall hindurchgeblasen hätte. Der Boden war aus breiten Brettern gemacht, die zu dicht über der Erde verlegt waren, und Käfer und andere kleine Tiere kamen durch die Ritzen gekrabbelt, am schlimmsten, wenn es geregnet hatte, und an einem Morgen fand ich sogar einen lebendigen Wurm.

Die Zimmer waren nicht möbliert, aber Mrs. Burt lieh uns zwei Bettstellen mit Maishülsenmatratzen, bis mein Vater, wie sie sagte, nach dem traurigen Schicksalsschlag, der ihn getroffen habe, wieder auf die Füße gekommen sei. Für Wasser hatten wir eine Pumpe draußen auf dem Hof; und zum Kochen konnten wir einen eisernen Ofen benutzen, der im Gang zwischen den beiden Teilen des Hauses stand. Er war nicht eigentlich zum Kochen gedacht, sondern zum Heizen, aber ich gab mir alle Mühe mit ihm, und nach einigen Kämpfen lernte ich, damit umzugehen, und konnte ihn dazu zwingen, einen Kessel zum Kochen zu bringen. Es war der erste Eisenofen, mit dem ich je zu tun gehabt hatte, und so können Sie sich vorstellen, Sir, daß es ein paar bange Augenblicke gab, um vom Rauch gar nicht erst zu reden. Aber es gab reichlich Heizmaterial dafür, weil das ganze Land voller Bäume war und die Leute ihr Bestes taten, sie zu fällen und wegzuschaffen. Außerdem waren immer Bretterreste von den vielen Bauarbeiten übrig, die überall im Gange waren, und man konnte diese Reste für ein Lächeln und die Mühe, sie wegzutragen, von den Arbeitern bekommen.

Aber um die Wahrheit zu sagen, Sir, gab es nicht viel, was wir hätten kochen können, weil unser Vater sagte, er müsse das bißchen Geld, das wir noch hatten, sparen, um sich später, wenn er die Chance gehabt hatte, sich umzusehen, eine Existenz aufzubauen; und so lebten wir am Anfang hauptsächlich von Haferbrei. Aber Mrs. Burt hielt in einem Schuppen hinten im Hof eine Ziege und gab uns frische Milch, und weil es Ende Juni war, auch Zwiebeln aus ihrem Küchengarten, wenn wir dafür das Unkraut jäteten, wovon es eine Menge gab; und wenn sie Brot buk, machte sie auch einen Laib für uns.

Sie sagte, wir täten ihr leid, weil unsere Mutter tot sei. Sie hatte keine eigenen Kinder, ihr einziges war zur selben Zeit wie ihr geliebter Mann an der Cholera gestorben, und sie vermißte das Trappeln kleiner Füße, sagte sie jedenfalls zu unserem Vater. Und sie sah uns wehmütig an und nannte uns arme mutterlose Lämmer oder kleine Engel, obwohl wir so zerlumpt und auch nicht allzu sauber waren. Ich glaube, sie hatte die Idee, sich mit unserem Vater zusammenzutun; er legte ihr gegenüber seine besten Qualitäten an den Tag und achtete sehr auf seine äußere Erscheinung; und ein solcher Mann, seit so kurzem erst verwitwet und mit so vielen Kindern, muß Mrs. Burt vorgekommen sein wie eine Frucht, die jeden Augenblick vom Baum fallen konnte.

Sie lud ihn oft in den vorderen Teil des Hauses ein, um ihn zu trösten, und sagte, niemand wisse besser als eine Witwe wie sie selbst, wie es sei, den Ehegefährten zu verlieren. Es zog einem den Boden unter den Füßen weg, und dann brauchte man einen wahren und verständnisvollen Freund, mit dem man seinen Kummer teilen konnte; und sie gab ihm zu verstehen, daß sie selbst dafür genau die richtige Person sei; und vielleicht hatte sie sogar recht, weil es schließlich keine anderen Bewerber gab.

Unser Vater verstand den Wink und spielte das Spiel mit und ging umher wie ein Mann, der vor Kummer wie betäubt ist, immer ein Taschentuch parat; und er sagte, das Herz sei ihm bei lebendigem Leib aus der Brust gerissen worden, und was um alles in der Welt solle er nur tun, ohne seine geliebte Gefährtin an seiner Seite, die jetzt im Himmel weilte, weil sie für diese Welt zu gut gewesen war, und wo er all diese unschuldigen kleinen Münder zu füttern hatte. Ich lauschte immer, wenn er bei Mrs. Burt im Wohnzimmer war und ihr sein Leid klagte, denn die Wand zwischen den beiden Teilen des Hauses war nicht sehr dick, und wenn man ein Glas an die Wand preßt und das Ohr an die andere Seite hält, kann man sogar noch besser hören. Wir hatten drei Gläser, die Mrs. Burt uns geliehen hatte, und ich probierte sie alle nacheinander aus und fand bald heraus, welches für meinen Zweck am besten geeignet war.

Es war für mich schwer genug gewesen, als unsere Mutter starb, aber ich hatte versucht, tapfer zu sein und nicht zu klagen und meinen Teil der Arbeit zu machen; und als ich meinen Vater auf diese Weise greinen hörte, drehte sich mir fast der Magen um. Ich glaube, in diesem Augenblick fing ich an, ihn wirklich zu hassen, vor allem wenn ich daran dachte, wie er meine Mutter zu ihren Lebzeiten behandelt hatte, nicht besser als einen alten Lappen, an dem man sich die Stiefel abtritt. Und ich wußte, was Mrs. Burt nicht wußte: daß alles nur aufgesetzt war, und daß er ihre Gefühle ausnutzte, weil er mit der Miete im Verzug war, hatte er das Geld dafür doch in die nächste Schenke getragen; und dann hatte er die Porzellantassen mit den Rosen verkauft, die meiner Mutter gehört hatten, und obwohl ich um die zerbrochene Teekanne gebettelt hatte, hatte er auch die verkauft, weil es, wie er sagte, ein sauberer Bruch war und geklebt werden konnte. Die Schuhe unserer Mutter verschwanden auf demselben Weg; und unser bestes Laken auch; und ich hätte es genausogut nehmen können, um unsere Mutter darin zu beerdigen, wie es recht gewesen wäre.

Er ging immer stolz wie ein Gockel aus dem Haus und gab vor, nach Arbeit zu suchen, aber ich wußte sehr gut, wo er in Wahrheit hinging, ich erkannte es an seinem Geruch, wenn er zurückkam. Ich beobachtete, wie er die Gasse entlanggeschwankt kam und sein Taschentuch in die Tasche zurückstopfte; und bald gab Mrs. Burt ihr Vorhaben auf, ihn zu trösten, und die Einladungen zum Tee blieben aus; und sie gab uns auch keine Milch und kein Brot mehr und verlangte ihre Gläser zurück, und auch die ausstehende Miete, sonst, sagte sie, würde sie uns mit Sack und Pack auf die Straße setzen.

Da fing mein Vater an, davon zu reden, daß ich jetzt fast eine erwachsene Frau sei, und es sei an der Zeit, daß ich in die Welt hinausging, um mir mein Brot selbst zu verdienen, wie meine Schwester es vor mir getan hatte, obwohl sie nie genug von ihrem Lohn zurückgeschickt habe, die undankbare Schlampe. Und als ich fragte, wer sich denn dann um die Kleinen kümmern sollte, sagte er, meine nächste Schwester Katey würde es tun. Sie war erst neun Jahre alt, wenn auch fast schon zehn. Und ich sah ein, daß es keinen anderen Weg gab.

Ich wußte nicht, was ich tun mußte, um eine Stellung zu finden, deshalb fragte ich Mrs. Burt, weil sie der einzige Mensch in der Stadt war, den ich kannte. Sie wäre uns jetzt gern wieder losgewesen, und wer hätte es ihr verdenken können; aber sie sah in mir eine Hoffnung, ihr Geld doch noch zu bekommen. Sie hatte eine Freundin, die mit der Haushälterin der Frau eines Alderman Parkinson bekannt war, und hatte gehört, daß dort noch eine Hilfe im Haus gebraucht wurde. Also sagte sie, ich solle mich ein bißchen zurechtmachen, und lieh mir sogar eine von ihren eigenen Hauben und brachte mich selbst hin und stellte mich der Haushälterin vor. Sie sagte, ich sei sehr willig und arbeitsam und hätte einen guten Charakter, sie könne sich persönlich dafür verbürgen. Und dann erzählte sie, daß meine Mutter auf dem Schiff gestorben und auf See bestattet worden war, und die Haushälterin sagte, wie traurig, und sah mich genauer an. Mir ist aufgefallen, daß es nichts Besseres gibt als einen Tod, um einen Fuß in die Tür zu bekommen.

Die Haushälterin hieß Mrs. Honey, obwohl sie nur dem Namen nach süß und ansonsten eine vertrocknete Frau mit einer spitzigen Nase wie ein Kerzenlöscher war. Sie sah aus, als ernähre sie sich nur von alten Brotkrusten und Käserinden, was sie wahrscheinlich auch schon getan hatte, war sie doch eine in Not geratene englische Dame von Stand, die nur durch den Tod ihres Mannes und weil sie in diesem Land gestrandet war und kein eigenes Vermögen hatte, gezwungen gewesen war, sich als Haushälterin zu verdingen. Mrs. Burt sagte, ich sei dreizehn Jahre alt, und ich widersprach ihr nicht – sie hatte mich schon vorher gewarnt, daß es am besten sei, das zu sagen, weil ich dann eine bessere Chance hätte, genommen zu werden; und es war auch nicht ganz eine Lüge, weil ich tatsächlich in weniger als einem Monat dreizehn werden würde.

Mrs. Honey sah mich mit zusammengekniffenen Lippen an und sagte, ich sei schrecklich mager, und sie könne nur hoffen, daß ich keine Krankheiten hätte, und woran meine Mutter denn gestorben wäre; und Mrs. Burt sagte, an nichts Ansteckendem, und ich sei nur ein bißchen klein für mein Alter und hätte meine volle Größe noch nicht erreicht, sei aber sehr zäh, und sie selbst hätte mich Holzstapel schleppen sehen wie ein Mann.

Mrs. Honey nahm diese Bemerkung für das, was sie wert war, und schniefte und fragte, ob ich übellaunig sei, wie rothaarige Leute oft; und Mrs. Burt sagte, ich sei so sanftmütig wie ein Lamm und hätte all meinen Kummer mit christlicher Ergebenheit getragen wie eine kleine Heilige. Dies erinnerte Mrs. Honey daran, mich zu fragen, ob ich katholisch sei, wie jene aus

Irland es in der Regel seien; und falls ja, wolle sie nichts mit mir zu tun haben, da die Katholiken abergläubische und rebellische Papisten seien und das Land in den Ruin treiben wollten; und sie war erleichtert, als ich sagte, wir seien protestantisch. Dann fragte sie, ob ich nähen könne, und Mrs. Burt sagte, wie der Wind, und Mrs. Honey fragte mich direkt, ob das wahr sei; und so antwortete ich selbst, wenn auch sehr nervös, und sagte, ich hätte meiner Mutter von klein auf geholfen, Hemden zu nähen, und könne sehr schöne Knopflöcher machen und auch Strümpfe stopfen, und ich dachte sogar daran, Ma'am zu sagen.

Dann zögerte Mrs. Honey, wie wenn sie im Kopf Zahlen zusammenrechnete; und dann wollte sie, daß ich ihr meine Hände zeige. Vielleicht wollte sie sehen, ob es die Hände einer Person waren, die an harte Arbeit gewöhnt ist; aber sie hätte sich keine Sorgen zu machen brauchen, weil meine Hände so rot und rauh waren, wie man es sich nur wünschen konnte, und sie schien es zufrieden. Man hätte meinen können, sie wolle ein Pferd kaufen, und ich war überrascht, daß sie nicht auch meine Zähne sehen wollte, aber wenn man einen Lohn bezahlt, will man wahrscheinlich sicher sein, daß man eine gute Gegenleistung dafür bekommt.

Zum Schluß beriet Mrs. Honey sich mit Mrs. Parkinson und schickte am nächsten Tag Bescheid, daß ich kommen könne. Mein Lohn sollte Kost und Logis und ein Dollar im Monat sein, was das Niedrigste war, was sie schicklicherweise zahlen konnte; aber Mrs. Burt sagte, ich könne mehr verlangen, wenn ich mehr gelernt hätte und älter wäre. Und mit einem Dollar konnte man damals mehr kaufen als heute, und überhaupt war ich sehr froh, mein eigenes Geld zu verdienen, und dachte, es wäre ein Vermögen.

Mein Vater hatte die Vorstellung, daß ich zwischen den beiden Häusern hin- und hergehen und zu Hause schlafen würde, denn so bezeichnete er die zwei schäbigen Zimmer, die wir hatten, und wie bisher jeden Morgen als erste aufstehen und das Biest von einem Ofen anmachen und den Kessel aufsetzen würde, und dann am Ende des Tages aufräumen und dazu noch die Wäsche machen würde, oder was wir so als Wäsche bezeichneten, wo wir keinerlei Kessel hatten und es sinnlos war, meinen Vater zu bitten, Geld selbst für die billigste Sorte Seife auszugeben. Aber bei Mrs. Parkinson wollten sie, daß ich im Haus wohnte; und ich sollte Anfang der Woche kommen.

Und obwohl es mir leid tat, mich von meinen Brüdern und Schwestern zu trennen, war ich auch dankbar, daß ich fortgehen mußte, denn sonst hätte es zwischen meinem Vater und mir bald gebrochene Knochen gegeben. Je älter ich wurde, desto weniger konnte ich es ihm recht machen, und ich selbst hatte jedes natürliche Vertrauen verloren, das ein Kind zu seinen Eltern haben soll, weil er seinen eigenen Kindern das Brot wegtrank, und bald würde er uns zwingen, betteln oder stehlen zu gehen oder noch Schlimmeres. Außerdem waren seine Wutanfälle zurückgekehrt, und zwar heftiger als vor dem Tod meiner Mutter. Meine Arme waren schon ganz grün und blau, und eines Abends hatte er mich gegen die Wand gestoßen, wie er es manchmal mit meiner Mutter getan hatte, und hatte geschrien, ich sei eine Schlampe und eine Hure, und ich hatte die Besinnung verloren; und seitdem hatte ich Angst, daß er mir eines Tages das Rückgrat brechen und mich zum Krüppel machen könnte. Nach diesen Wutanfällen wachte er morgens auf und sagte, er könne sich an nichts erinnern und er sei nicht er selbst gewesen und wisse nicht, was in ihn gefahren sei.

Obwohl ich am Ende eines jeden Tages hundemüde war, lag ich nachts oft wach und dachte über alles nach. Das Schlimmste war, nicht zu wissen, wann er wieder einen Wutanfall bekommen und anfangen würde, herumzutoben und zu drohen, diese oder jene Person umzubringen, darunter seine eigenen Kinder, aus keinem Grund, den irgend jemand sehen konnte, abgesehen vom Trinken. Ich hatte angefangen, an den eisernen Kochtopf zu denken, und wie schwer er war; und wenn er zufällig auf den Kopf meines Vaters fallen sollte, während er schlief, könnte er ihm den Schädel zertrümmern und ihn umbringen, und ich würde sagen, es wäre ein Unfall gewesen; aber ich wollte nicht auf diese Weise in einem sündigen Grab enden, obwohl ich Angst hatte, daß der rotglühende Zorn, der in meinem Herzen gegen ihn schwelte, mich doch noch dazu treiben würde.

Und als ich mich fertigmachte, um zu Mrs. Parkinson zu gehen, dankte ich Gott dafür, daß er mich vom Pfad der Versuchung weggeführt hatte, und betete, daß er mich auch in künftigen Zeiten vor Versuchungen bewahren würde.

Mrs. Burt küßte mich zum Abschied und wünschte mir alles Gute, und obwohl sie ein dickes, fleckiges Gesicht hatte und nach geräuchertem Fisch roch, war ich froh über die Umarmung, weil man in dieser Welt jedes Stückchen Freundlichkeit da nehmen muß, wo man es findet, weil Freundlichkeit nämlich nicht an den Bäumen wächst. Die Kleinen weinten, als ich mit meinem kleinen Bündel wegging, das ich aus dem Tuch meiner Mutter geschnürt hatte, und ich sagte, ich würde zurückkommen und sie besuchen; und damals wollte ich das auch wirklich.

Mein Vater war nicht zu Hause, als ich ging, und das war auch gut so, weil es, so leid es mir tut, das sagen zu müssen, wahrscheinlich auf beiden Seiten nur Flüche gegeben hätte, wenn auch stumme auf meiner Seite. Es ist immer ein Fehler, offen zurückzufluchen, wenn die andere Person stärker ist als man selbst, es sei denn, es ist ein Zaun dazwischen.

16.

Von Dr. Simon Jordan, per Adresse Major C.D. Humphrey, Lower Union Street, Kingston, Westkanada
An Dr. Edward Murchie, Dorchester, Massachusetts, Vereinigte Staaten von Amerika.

15. Mai 1859

Mein lieber Edward!

Ich schreibe dies im Licht des Mitternachtöls, das wir so oft gemeinsam verbrannt haben, und zwar in diesem vermaledeit eisigen Haus, das in dieser Hinsicht in nichts hinter unserer Londoner Unterkunft zurücksteht. Bald jedoch wird es viel zu heiß werden, die feuchtheißen Miasmen und Sommerkrankheiten werden uns heimsuchen, und natürlich werde ich mich dann darüber beklagen.

Ich bedanke mich für Deinen Brief und die erfreulichen Neuigkeiten, die er enthält. Du hast Dich also tatsächlich der lieblichen Cornelia erklärt und wurdest erhört! Du wirst es Deinem alten Freund verzeihen, wenn er keine sonderliche Überraschung heuchelt, da die Angelegenheit groß und deutlich genug zwischen den Zeilen Deiner Briefe geschrieben stand und leicht erraten werden konnte, ohne daß es dazu großen Scharfsinns seitens des Lesers bedurft hätte. Bitte nimm meine ernstgemeinten Glückwünsche an. Nach allem, was ich über Miss Rutherford weiß, kannst Du Dich glücklich schätzen. In Augenblicken wie diesem beneide ich all jene, die einen sicheren Hafen gefunden haben, dem sie ihr Herz anvertrauen können; oder vielleicht beneide ich sie auch darum, daß sie überhaupt ein Herz zum Anvertrauen besitzen. Ich habe oft das Gefühl, selbst ohne ein solches zu sein und statt dessen nur einen herzförmigen Stein zu besitzen und von daher dazu verdammt zu sein, »einsam zu wandern wie eine Wolke«, wie Wordsworth es ausgedrückt hat.

Die Nachricht von Deiner Verlobung wird Wasser auf die Mühlen meiner lieben Mutter sein und sie zu noch größeren ehestifterischen Bemühungen anspornen. Ich habe keinerlei Zweifel daran, daß Du gegen mich verwendet werden wirst, als ein Vorbild an Rechtschaffenheit und als ein Knüppel, mit dem man bei jeder sich bietenden Gelegenheit auf mich einprügeln kann. Nun, zweifellos hat sie recht. Früher oder später werde ich meine Skrupel ablegen und dem biblischen Befehl »Seid fruchtbar und mehret euch« Folge leisten müssen. Ich werde mein steinernes Herz der Obhut einer gütigen Demoiselle anvertrauen müssen, die sich nicht allzusehr daran stört, daß es kein wirkliches Herz aus Fleisch und Blut ist, und die zudem über die finanziellen Mittel verfügt, gut für es zu sorgen; denn Herzen aus Stein sind bekanntermaßen anspruchsvoller als alle anderen.

Trotz dieses seelischen Defekts setzt meine liebe Mutter ihre ehestifterischen Intrigen fort. Zur Zeit singt sie das Lob von Miss Faith Cartwright, die Du, wie Du Dich vielleicht erinnerst, vor mehreren Jahren bei einem Deiner Besuche kennengelernt hast. Angeblich soll sie eine beträchtliche Veränderung zum Besseren erfahren haben, und zwar durch einen Aufenthalt in Boston, das meines sicheren Wissens – und auch Deines Wissens, mein lieber Edward, denn Du warst mit mir als Student in Harvard – noch nie irgend jemanden zum Besseren verändert hat. Aber der Art und Weise nach zu urteilen, wie meine Mutter Loblieder auf die *moralischen* Tugenden der jungen Dame singt, fürchte ich, daß eine Korrektur ihrer äußeren Reize nicht zu den besagten Verbesserungen zählt. Jedoch besäße nur ein weibliches Wesen, das sich vom Typ her sehr von dem der löblichen und untadeligen Faith unterscheidet, die Macht, Deinen zynischen alten Freund in etwas zu verwandeln, was wenigstens entfernte Ähnlichkeit mit einem Liebenden aufweist.

Aber genug dieses Genörgels und Gejammers meinerseits. Ich freue mich von Herzen für Dich, lieber Freund, und werde mit der größten Bereitwilligkeit der Welt auf Deiner Hochzeit tanzen, sollte ich in der Nähe sein, wenn die Vermählungsfeier stattfindet.

Du warst – inmitten Deiner Verzückungen – freundlich genug, Dich nach meinen Fortschritten bei Grace Marks zu erkundigen. Bislang gibt es da wenig zu berichten, aber da die Methoden, die ich anwende, behutsam und in ihrer Wirkung kumulativ sind, habe ich auch keine schnellen Ergebnisse erwartet. Mein Ziel ist es, den schlummernden Teil ihres Geistes zu wecken – das heißt, unter die Schwelle ihres Bewußtseins vorzudringen und die Erinnerungen aufzudecken, die notgedrungen dort begraben liegen müssen. Ich nähere mich ihrem Geist wie einer verschlossenen Kiste, zu der ich den richtigen Schlüssel finden muß; bis jetzt aber bin ich, wie ich gestehen muß, noch nicht sehr weit gekommen.

Es wäre hilfreich für mich, wenn sie tatsächlich verrückt wäre, oder wenigstens ein wenig verrückter, als sie es zu sein scheint; aber bislang legt sie eine derart unerschütterliche Haltung an den Tag, daß eine Herzogin sie darum beneiden könnte. Noch nie habe ich eine Frau erlebt, die so durch und durch selbstgenügsam und verschlossen ist. Abgesehen von einem Zwischenfall etwa zur Zeit meiner Ankunft – den ich jedoch leider nicht miterlebte –, gab es keine Ausbrüche. Ihre Stimme ist leise und melodiös und kultivierter, als es für eine Bedienstete üblich ist – etwas, was sie zweifellos während ihrer langen Beschäftigung in den Häusern gesellschaftlich höherstehender Personen gelernt hat; und sie hat kaum eine Spur des nordirischen Akzents zurückbehalten, mit dem sie hier angekommen sein muß, obwohl das wiederum nicht so bemerkenswert ist, da sie damals noch ein Kind war und inzwischen mehr als die Hälfte ihres Lebens auf diesem Kontinent verbracht hat.

Sie »sitzt auf einem Kissen und nähet gar fein«, völlig ungerührt, die Lippen züchtig geschürzt wie eine Gouvernante, und ich sitze ihr gegenüber, stütze die Ellbogen auf den Tisch, zermartere mir den Kopf und versuche vergeblich, sie zu öffnen wie eine Auster. Obwohl sie auf eine Weise mit mir spricht, die offen wirkt, bringt sie es zuwege, mir so wenig wie möglich zu erzählen, oder doch so wenig wie möglich von dem, was ich gerne erfahren möchte; obwohl es mir gelungen ist, einiges über ihre Kindheit in Erfahrung zu bringen, und über die Schiffsreise über den Atlantik; aber nichts davon geht sehr weit über das Übliche hinaus – eben die übliche Armut und die üblichen Härten des Daseins. Jene, die an die Vererbbarkeit des Wahnsinns glauben, könnten vielleicht einen gewissen Trost aus der Tatsache schöpfen, daß ihr Vater ein Trunkenbold und möglicherweise auch ein Brandstifter war; aber trotz diverser Theorien, die genau das postulieren, bin ich alles andere als überzeugt davon, daß solche Neigungen erblich sind.

Was nun mich selbst angeht, so würde ich, wäre da nicht die Faszination, die Graces Fall auf mich ausübt, wahrscheinlich selbst aus schierer Langeweile verrückt werden. Es gibt nicht viel Gesellschaft hier und erst recht niemanden, der meine Empfindungen und Interessen teilt, mit der möglichen Ausnahme eines Dr. DuPont, der wie ich selbst nur zu Besuch hier weilt; aber er ist ein Anhänger des schottischen Spinners Braid und selbst ein komischer Kauz. Was Zerstreuungen angeht, so ist hier kaum etwas zu finden, und ich habe beschlossen, meine Vermieterin zu fragen, ob ich den Garten hinter dem Haus – der sich in einem Zustand trauriger Verwahrlosung befindet – umgraben und ein wenig Kohl und so weiter setzen darf, um wenigstens etwas Ablenkung und körperliche Betätigung zu haben. Du siehst, wozu ich, der ich in meinem Leben kaum je eine Schaufel in der Hand hatte, getrieben werde!

Aber es ist jetzt nach Mitternacht, und ich muß diesen Brief an Dich beenden und mich in mein kaltes und einsames Bett begeben. Ich schicke Dir meine besten Gedanken und Wünsche und vertraue darauf, daß Dein Leben erfolgreicher und weniger verwirrend verläuft als das

Deines alten Freundes

Simon

VI.

Geheimfach

Hysterien – Die Anfälle sind fast ausschließlich jungen, nervösen unverheirateten Frauen zu eigen … Junge Frauen, die diesen Anfällen unterworfen sind, mögen meinen, sie litten an »allen Übeln, die des Fleisches Erbteil sind«, und die falschen Symptome, die bei ihnen auftreten, sind wahren so ähnlich, daß es oft außerordentlich schwer ist, den Unterschied festzustellen. Den Anfällen geht meist eine große Niedergeschlagenheit voraus, Tränen, Übelkeit, Herzklopfen etc. … Dann verliert die Patientin im allgemeinen das Bewußtsein, sie wirft sich hin und her, Schaum steht vor dem Mund, sie redet Unzusammenhängendes, lacht, weint oder schreit. Wenn der Anfall nachläßt, weint die Patientin meist bitterlich, weiß manchmal genau, manchmal auch gar nicht, was geschehen ist …

Isabella Beeton, Beetons Lehrbuch der Haushaltsführung, 1859 – 61

Mein Herz würd sie hören und leben,

Wär es auch Erde im irdenen Bett,

Mein Staub würd sie hören und leben,

Wär ich auch hundert Jahre tot,

Würd erwachen und unter ihren Füßen erbeben,

Und blühen in Purpur und Rot.

Alfred Lord Tennyson, Maud, 1855

17.

Simon träumt von einem Korridor. Es ist der Korridor im Dachgeschoß seines Elternhauses, ihres alten Hauses, des Hauses seiner Kindheit, des großen Hauses, in dem sie vor dem Scheitern und dem Tod seines Vaters wohnten. Die Dienstmädchen schliefen hier oben. Es war eine geheime Welt, die er als Junge eigentlich nicht betreten durfte, aber er tat es, schlich auf leisen Sohlen wie ein Spion dort oben herum. Horchte an halboffenen Türen. Worüber redeten sie, wenn sie glaubten, niemand könne sie hören?

Wenn er sich sehr mutig fühlte, wagte er sich sogar in ihre Zimmer hinein, in dem sicheren Wissen, daß sie unten waren. Zitternd vor Aufregung durchsuchte er ihre Sachen, ihre ihm verbotenen Sachen; er zog Schubfächer auf, berührte den hölzernen Kamm mit den zwei abgebrochenen Zähnen, das sorgfältig zusammengerollte Band; er stöberte in Ecken herum, hinter der Tür. Ein zerknitterter Unterrock, ein Baumwollstrumpf, nur einer. Er berührte ihn; er fühlte sich warm an.

In seinem Traum ist der Korridor derselbe, nur größer. Die Wände sind höher, und gelber: sie schimmern, als scheine die Sonne durch sie hindurch. Aber die Türen sind geschlossen, und dazu abgesperrt. Er probiert eine nach der anderen, hebt den Riegel an, drückt dagegen, nichts rührt sich. Und doch sind Menschen da drin, er kann sie spüren. Frauen, die Dienstmädchen. Sie sitzen auf den Kanten ihrer schmalen Betten, in ihren weißen baumwollenen Unterkleidern, die Haare gelöst, so daß sie wellig über ihre Schultern fallen, die Lippen leicht geöffnet, die Augen glänzend. Sie warten auf ihn.

Die Tür am Ende des Korridors läßt sich öffnen. Dahinter liegt das Meer. Er ist schon drin, er kann nicht mehr zurück, das

Wasser schlägt über seinem Kopf zusammen, ein Strom silberner Bläschen steigt von ihm auf. In seinen Ohren hört er ein Klingeln, ein leises, bebendes Lachen; dann wird er von vielen Händen gestreichelt. Es sind die Mädchen; sie können schwimmen. Aber jetzt schwimmen sie von ihm fort, lassen ihn allein zurück. Er ruft ihnen nach, *Helft mir*, aber sie sind fort.

Er klammert sich an etwas fest: es ist ein zerbrochener Stuhl. Die Wogen heben und senken sich. Aber es geht kein Wind, und die Luft ist schneidend klar. Gegenstände treiben an ihm vorbei, gerade außerhalb seiner Reichweite: ein silbernes Tablett; zwei Kerzenständer; ein Spiegel; eine ziselierte Schnupftabaksdose; eine goldene Uhr, die ein zirpendes Geräusch von sich gibt wie eine Grille. Dinge, die einst seinem Vater gehörten, aber nach seinem Tod verkauft wurden. Sie steigen aus der Tiefe empor wie Luftblasen, immer mehr und mehr. Als sie die Oberfläche erreichen, drehen sie sich langsam um, wie aufgeblähte tote Fische. Sie sind nicht hart wie Metall, sondern weich, und von einer schuppigen Haut überzogen, wie Aale. Er beobachtet sie voller Entsetzen, denn jetzt sammeln sie sich, verbinden sich, formieren sich. Tentakel wachsen aus ihnen hervor. Eine tote Hand. Sein Vater, der auf diesem gewundenen Weg ins Leben zurückkommt. Simon hat das überwältigende Gefühl, eine Grenze überschritten zu haben.

Er wacht auf, sein Herz hämmert; die Laken und das Deckbett sind zerwühlt, seine Kissen liegen auf dem Boden. Er ist schweißgebadet. Nachdem er eine Weile ruhig dagelegen und nachgedacht hat, glaubt er, die Kette der Assoziationen zu verstehen, die zu diesem Traum geführt haben muß. Es war Graces Geschichte mit der Atlantiküberquerung, der Seebestattung, den Haushaltsgegenständen, die sie mitführten; und natürlich der tyrannische Vater. Ein Vater führt zum nächsten.

Er blickt auf die Taschenuhr, die auf dem kleinen Nachttisch liegt: zum ersten Mal hat er verschlafen. Zum Glück scheint sein Frühstück sich auch zu verspäten, aber die mürrische Dora müßte jetzt jeden Augenblick kommen, und er will nicht von ihr im Nachthemd überrascht und als Faulpelz ertappt werden. Er wirft sich seinen Morgenmantel über und setzt sich hastig an den Schreibtisch, den Rücken der Tür zugewandt.

Er wird den Traum in dem Tagebuch festhalten, das er zu diesem Zweck führt. Eine Schule französischer Nervenärzte empfiehlt das Aufzeichnen von Träumen als diagnostisches Hilfsmittel; und zwar sowohl der eigenen als auch der der Patienten, um sie vergleichen zu können. Sie halten Träume wie auch das Schlafwandeln für einen Ausdruck des animalischen Lebens, das sich unterhalb der Ebene des Bewußtseins fortsetzt, den Blicken verborgen, dem Willen unerreichbar. Vielleicht sind die Haken – oder die Scharniere – der Erinnerungskette dort zu finden?

Er muß noch einmal Thomas Browns Buch über Assoziation und Suggestion lesen, und Herbarts Theorie über die Bewußtseinsschwelle – jene Linie, welche die Gedanken, die im Licht des Tages wahrgenommen werden, von jenen anderen trennt, die vergessen in den Schatten darunter lauern. Moreau de Tours hält den Traum für den Schlüssel zum Verständnis der Geisteskrankheiten, und Maine de Biran vertrat die Ansicht, das bewußte Leben sei nur eine Art Insel, die auf einem viel größeren Unterbewußten treibt, aus dem es Gedanken herauszieht wie Fische. Was als Wissen gilt, mag nur ein kleiner Teil dessen sein, was in diesen dunklen Tiefen lagert. Verlorene Erinnerungen könnten dort unten liegen wie versunkene Schätze, die nur Stück für Stück, falls überhaupt, geborgen werden können; und der Gedächtnisverlust könnte eine Art umgekehrtes Träumen sein; ein Ertrinken der Erinnerung, ein Versinken ...

Hinter seinem Rücken geht die Tür auf: sein Frühstück hält Einzug. Geflissentlich taucht er die Feder ein. Er wartet auf das Poltern des Tabletts, das Klirren von Geschirr auf Holz, aber es kommt nicht.

»Stell es einfach auf den Tisch, ja?« sagt er, ohne sich umzudrehen.

Ein Geräusch wie von Luft, die aus einem kleinen Blasebalg entweicht, gefolgt von einem ohrenbetäubenden Krachen. Simons erster Gedanke ist, daß Dora das Tablett nach ihm geworfen hat – sie hat ihm immer das Gefühl einer kaum unterdrückten und potentiell kriminellen Gewalttätigkeit vermittelt. Er stößt einen unwillkürlichen Schrei aus, springt auf und wirbelt herum. Aber wer da der Länge nach auf dem Fußboden liegt, ist seine Vermieterin, Mrs. Humphrey, in einem wirren Durcheinander aus zerbrochenem Porzellan und verstreuten Lebensmitteln.

Er eilt zu ihr, kniet sich neben sie und fühlt ihren Puls. Wenigstens lebt sie noch. Er zieht eines ihrer Augenlider hoch, begutachtet das trübe Weiß darunter. Schnell löst er die nicht allzu saubere Latzschürze, die sie anhat und die er als die erkennt, die normalerweise von der schlampigen Dora getragen wird; dann knöpft er ihr das Kleid auf, wobei ihm auffällt, daß einer der Knöpfe fehlt, der Faden jedoch noch an Ort und Stelle hängt. Er tastet in den Schichten aus Stoff herum und schafft es schließlich, die Schnüre ihres Korsetts mit seinem Taschenmesser aufzuschneiden, worauf ihm ein Geruch nach Veilchenwasser, Herbstlaub und feuchtem Fleisch entgegenweht. Es ist mehr an ihr, als er angenommen hätte, obwohl sie alles andere als mollig ist.

Er trägt sie in sein Schlafzimmer – das Sofa in seinem Wohnzimmer ist zu klein –, legt sie auf das Bett und stopft ihr ein Kissen unter die Füße, damit das Blut besser in den Kopf zurückfließen kann. Er überlegt, ob er ihr die Schuhe ausziehen soll – die heute noch nicht geputzt wurden –, entscheidet dann jedoch, daß dies eine ungerechtfertigte Vertraulichkeit wäre.

Mrs. Humphrey hat schmale Fesseln, von denen er die Augen abwendet; ihre Frisur ist durch den Sturz in Unordnung geraten. So wie sie daliegt, ist sie jünger, als er gedacht hat und, da die Bewußtlosigkeit den Ausdruck verkniffener Nervosität weggewischt hat, viel attraktiver. Er drückt ein Ohr an ihre Brust und lauscht: das Herz schlägt regelmäßig. Eine einfache Ohnmacht also. Er benetzt ein Handtuch mit Wasser aus dem

Krug und fährt ihr damit über Gesicht und Hals. Ihre Lider flattern.

Simon gießt ein halbes Glas Wasser aus der Karaffe auf seinem Nachttisch ein, fügt zwanzig Tropfen Riechsalz hinzu – ein Mittel, das er bei seinen Nachmittagsbesuchen immer für den Fall bei sich hat, daß Grace Marks, von der es heißt, sie neige zu Ohnmachten, einen ähnlichen Schwächeanfall erleiden sollte –, hebt Mrs. Humphreys Kopf mit einem Arm an und hält ihr das Glas an die Lippen.

»Trinken Sie das.«

Sie schluckt ungeschickt und hebt dann die Hand an die Stirn. Auf der einen Wange hat sie, wie Simon erst jetzt bemerkt, eine rot verfärbte Stelle. Vielleicht ist dieser Schurke von einem Mann, mit dem sie verheiratet ist, nicht nur ein Trunkenbold, sondern auch brutal. Aber die Verfärbung sieht mehr nach einer Ohrfeige aus, und ein Mann wie der Major würde sicherlich die geballte Faust benutzen. Plötzlich empfindet Simon eine Welle beschützerischen Mitgefühls für sie, das er sich nicht wirklich leisten kann. Die Frau ist nur seine Vermieterin; abgesehen davon ist sie ihm völlig fremd. Er hat nicht den Wunsch, an dieser Situation etwas zu ändern, trotz der Vorstellung, die sich plötzlich ungebeten in seinem Kopf breitmacht – zweifellos ausgelöst durch den Anblick der hilflosen Frau, die auf seinem zerwühlten Bett liegt. Das Phantasiebild zeigt eine Mrs. Humphrey, die nur halb bei Bewußtsein ist, die Hände hilflos in der Luft herumflatternd, ohne Korsett, das Mieder halb aufgerissen, die Füße – seltsamerweise noch in den Stiefeln – krampfhaft strampelnd. Sie gibt leise, klagende Laute von sich, während eine grobschlächtige Gestalt, die keinerlei Ähnlichkeit mit Simon besitzt, über sie herfällt; obwohl der Morgenmantel – von oben und von hinten betrachtet, was Simons Blick auf diese unerquickliche Szene ist – seinem Morgenmantel genau zu entsprechen scheint.

Diese Phantasiebilder, die er an sich selbst beobachten kann, haben ihn schon immer fasziniert. Wo kommen sie her? Wenn er sie hat, muß die Mehrheit der anderen Männer sie auch haben. Er ist geistig gesund und völlig normal und hat die rationalen Fähigkeiten seines Gehirns in hohem Maße entwickelt; und doch kann er derlei Bilder nicht immer kontrollieren. Der Unterschied zwischen einem zivilisierten Mann und einem barbarischen Teufel – einem Irrsinnigen zum Beispiel – liegt vielleicht nur in der dünnen Patina einer vom Willen diktierten Selbstbeherrschung.

»Sie sind in Sicherheit«, sagt er mit sanfter Stimme. »Sie sind gestürzt und müssen jetzt ganz ruhig liegenbleiben, bis Sie sich besser fühlen.«

»Aber – ich liege auf einem Bett.« Sie blickt sich um.

»Es ist mein Bett, Mrs. Humphrey. Ich war gezwungen, Sie hierherzutragen, weil es keine andere Möglichkeit gab.«

Ihr Gesicht ist jetzt gerötet. Sie hat seinen Morgenmantel bemerkt. »Ich muß sofort gehen.«

»Ich bitte Sie, daran zu denken, daß ich Arzt bin, und im Augenblick sind Sie meine Patientin. Wenn Sie versuchen sollten, jetzt schon aufzustehen, könnten Sie einen Rückfall erleiden.«

»Rückfall?«

»Sie sind zusammengebrochen, als Sie« – es kommt ihm taktlos vor, es zu erwähnen – »mein Frühstückstablett hereinbrachten. Darf ich Sie fragen – was ist aus Dora geworden?«

Zu seiner Bestürzung, nicht aber zu seiner Überraschung, fängt sie an zu weinen. »Ich konnte sie nicht mehr bezahlen. Ich war ihr drei Monatslöhne schuldig; es war mir gelungen, ein paar – ein paar persönliche Dinge zu verkaufen, aber mein Mann hat mir das Geld vor zwei Tagen abgenommen und ist seitdem nicht wiedergekommen. Ich weiß nicht, wo er ist.« Sie versucht sichtlich, ihre Tränen zu unterdrücken.

»Und heute morgen?«

»Wir hatten – einen Wortwechsel. Sie bestand darauf, bezahlt zu werden. Ich sagte, ich könne sie nicht bezahlen, es sei einfach nicht möglich. Da sagte sie, in diesem Fall werde sie sich eben selbst bezahlen. Sie fing an, die Schubfächer meines Schreibtischs zu durchwühlen, vermutlich auf der Suche nach

Schmuck. Und als sie keinen fand, verlangte sie meinen Ehering. Er ist aus Gold, aber sehr schlicht. Ich versuchte, ihn gegen sie zu verteidigen. Sie sagte, ich wolle sie betrügen. Sie... hat mich geschlagen. Und dann nahm sie ihn mir weg und sagte, sie würde nicht länger als unbezahlte Sklavin für mich arbeiten, und verließ das Haus. Danach habe ich Ihr Frühstück selbst gemacht und heraufgebracht. Was hätte ich sonst tun sollen?«

Es war also nicht der Ehemann, denkt Simon. Es war diese Wildsau von Dora. Mrs. Humphrey beginnt zu weinen, leise, mühelos, als wäre das Schluchzen eine Art Vogelgesang.

»Sicher haben Sie eine gute Freundin, zu der Sie gehen können. Oder die zu Ihnen kommen könnte.« Simon ist sehr darauf bedacht, Mrs. Humphrey loszuwerden und bei jemand anderem abzuladen. Frauen helfen einander, die Sorge um die vom Schicksal Getroffenen ist ihre Sphäre. Sie kochen Fleischbrühe und Puddings. Sie stricken warme Schals. Sie tätscheln und trösten.

»Ich habe hier keine Freundinnen. Wir sind erst vor kurzem in diese Stadt gekommen, nachdem wir – nachdem wir an unserem vorherigen Wohnort in finanzielle Schwierigkeiten geraten waren. Mein Mann mag keine Besucher und wollte auch nicht, daß ich ausgehe.«

Simon kommt ein nützlicher Gedanke. »Sie müssen etwas essen. Dann werden Sie sich besser fühlen.«

Sie lächelt ihn matt an. »Es ist nichts zu essen im Haus, Dr. Jordan. Ihr Frühstück war das letzte. Ich habe seit zwei Tagen, seit mein Mann fort ist, keinen Bissen mehr zu mir genommen. Die wenigen Vorräte, die noch da waren, hat Dora alle allein aufgegessen. Ich habe nur etwas Wasser getrunken.«

Und so findet Simon sich plötzlich auf dem Markt wieder, wo er Einkäufe für das leibliche Wohl seiner Vermieterin tätigt, und zwar mit seinem eigenen Geld. Er hat Mrs. Humphrey die Treppe hinunter und in ihren Teil des Hauses geholfen; sie hat darauf bestanden, sie hat gesagt, sie könne es sich nicht leisten, im Fall der Rückkehr ihres Mannes im Schlafzimmer ihres Mieters angetroffen zu werden. Er war nicht überrascht zu sehen, daß die unteren Zimmer im wesentlichen unmöbliert sind: ein Tisch und zwei Stühle sind alles, was im Salon noch übriggeblieben ist. Aber im hinteren Schlafzimmer gab es noch ein Bett, und auf dieses hatte er Mrs. Humphrey gelegt, die sich in einem Zustand nervöser Erschöpfung befand. Und in einem Zustand der Unterernährung: kein Wunder, daß sie so knochig war. Er zwang seine Gedanken, sich von diesem Bett zu lösen, und von den Szenen ehelichen Jammers, die sich gewiß darauf abgespielt hatten.

Dann ging er wieder hinauf in seine eigenen Räume, in der Hand einen Kehrrichteimer, den er aufgestöbert hatte. Die Küche war ein heilloses Chaos. Er hatte seinen Fußboden von dem verschütteten Frühstück und dem zerbrochenen Geschirr gesäubert und dabei festgestellt, daß das nun ruinierte Ei dieses eine Mal perfekt gewesen wäre.

Wahrscheinlich wird ihm nichts anderes übrigbleiben, als Mrs. Humphrey zu kündigen und sich eine neue Unterkunft zu suchen, was eine beträchtliche Unannehmlichkeit wäre, aber immer noch besser als die Störung seines Lebens und seiner Arbeit, die sich zweifellos ergeben würde, bliebe er hier: Unordnung, Chaos, Gerichtsvollzieher, die auch die Möbel aus seinen Räumen holen würden. Aber was soll aus der armen Frau werden, wenn er geht? Er will sie nicht auf dem Gewissen haben, aber genau das hätte er, sollte sie an einer Straßenecke verhungern.

Am Stand einer alten Farmersfrau kauft er Eier, Speck, Käse und etwas schmutzig aussehende Butter; und in einem Geschäft etwas Tee, der in ein Stück Papier eingedreht wird. Er braucht auch Brot, sieht aber nirgends welches. Im Grunde genommen hat er nicht die geringste Ahnung, wie diese Dinge gemacht werden. Er ist natürlich schon auf dem Markt gewesen, aber nur flüchtig, um das Gemüse zu erstehen, mit dem er hofft, Graces Gedächtnis auf die Sprünge zu helfen. Jetzt sieht das alles völlig anders aus. Wo gibt es Milch? Wieso sind keine

Äpfel zu haben? Der Markt ist ein Universum, das er nie zuvor erforscht hat, da es ihn nie interessierte, wo sein Essen herkam, solange es nur kam. Die anderen Käufer auf dem Markt sind alle Dienstmädchen, den Korb ihrer Herrin am Arm, oder aber Frauen aus den ärmeren Klassen mit schlaffen, ungestärkten Hauben und zerlumpten Umhängetüchern. Er hat das Gefühl, daß sie hinter seinem Rücken über ihn lachen.

Als er zurückkommt, ist Mrs. Humphrey aufgestanden. Sie hat sich eine Decke umgehängt und die Frisur geordnet, sitzt neben dem Herd, in dem zum Glück ein Feuer brennt – er selbst wüßte nicht, wie man ein Feuer anmacht –, und reibt sich zitternd die Hände. Er schafft es, Tee zu machen, ein paar Eier und Speck zu braten und die alte Semmel zu toasten, die er schließlich doch noch auf dem Markt gefunden hat. Sie essen gemeinsam an dem einzigen noch verbliebenen Tisch. Er wünschte, es wäre noch etwas Orangenmarmelade da.

»Das alles ist so freundlich von Ihnen, Dr. Jordan.«

»Ganz und gar nicht. Ich kann Sie doch nicht verhungern lassen.« Seine Stimme klingt herzlicher, als er es beabsichtigt hat, es ist die Stimme des jovialen, heuchlerischen Onkels, der es kaum erwarten kann, der liebedienerischen Nichte aus dem verarmten Zweig der Familie den erwarteten Vierteldollar in die Hand zu drücken, ihr in die Wange zu zwicken und sich dann in die Oper zu flüchten. Simon fragt sich, was der schlimme Major Humphrey im Augenblick tut, verflucht ihn im stillen und beneidet ihn gleichzeitig. Was immer es ist, es ist gewiß erfreulicher als das hier.

Mrs. Humphrey seufzt. »Ich fürchte, dazu wird es noch kommen. Ich weiß einfach keinen Ausweg mehr.« Sie ist jetzt ganz ruhig, betrachtet ihre Situation objektiv. »Die Miete für das Haus ist fällig, und es ist kein Geld da. Bald werden sie kommen wie die Geier, um sich über die Reste herzumachen und mich vor die Tür zu setzen. Vielleicht wird man mich sogar als Schuldnerin verhaften. Lieber würde ich sterben.«

»Aber es muß doch etwas geben, was Sie tun können«, sagt Simon, »um sich Ihren Lebensunterhalt zu verdienen.« Sie ta-

· *195* ·

stet verzweifelt nach einem Rest Selbstachtung, und er bewundert sie darum.

Sie sieht ihn an. In diesem Licht haben ihre Augen einen seltsamen Ton von Meergrün. »Was schlagen Sie vor, Dr. Jordan? Soll ich Spitzen nähen? Frauen wie ich besitzen nur wenige Fähigkeiten, die sie verkaufen könnten.« In ihrer Stimme liegt ein boshaft ironischer Unterton. Weiß sie, woran er dachte, als sie bewußtlos auf seinem ungemachten Bett lag?

»Ich werde Ihnen zwei weitere Monatsmieten im voraus zahlen«, hört er sich selbst sagen. Er ist ein Narr, ein weichherziger Idiot; wenn er auch nur einen Funken Verstand hätte, würde er hier verschwinden, als wäre der Teufel persönlich hinter ihm her. »Das müßte reichen, um die Wölfe in Schach zu halten, wenigstens bis Sie Zeit haben, sich über Ihre Zukunftsaussichten klarzuwerden.«

Ihre Augen füllen sich mit Tränen. Ohne ein Wort hebt sie seine Hand und drückt sie sanft an ihre Lippen. Die Wirkung wird nur kaum merklich beeinträchtigt durch die Spur Butter, die noch an ihren Lippen haftet.

18.

*H*eute sieht Dr. Jordan ungepflegter aus als sonst, und so, als gehe ihm etwas im Kopf herum; er scheint nicht so recht zu wissen, wo er anfangen soll. Also nähe ich still vor mich hin, bis er Zeit gehabt hat, sich zu sammeln. Dann sagt er: »Ist das ein neuer Quilt, an dem du da arbeitest, Grace?«

Und ich sage: »Ja, Sir, es ist eine Büchse der Pandora, für Miss Lydia.«

Das versetzt ihn in eine schulmeisterliche Stimmung, und ich kann sehen, daß er mir etwas beibringen will, was Gentlemen immer gern tun. Mr. Kinnear war auch so. Und er sagt: »Weißt du denn auch, wer Pandora war, Grace?«

Ich sage: »Ja, Sir. Sie war eine griechische Frau aus alter Zeit, und sie sah in eine Büchse hinein, obwohl man ihr gesagt hatte, daß sie das nicht sollte, und eine Menge Krankheiten kamen heraus und Kriege und andere Übel der Menschheit.« Denn das hatte ich schon vor langer Zeit gelernt, bei Mrs. Alderman Parkinson. Mary Whitney hielt nicht viel von der Geschichte und sagte, was ließen sie eine solche Büchse auch in der Gegend herumliegen, wenn sie nicht wollten, daß sie geöffnet wurde?

Dr. Jordan ist überrascht, daß ich das alles weiß und sagt: »Aber weißt du auch, was sich auf dem Boden der Büchse befand?«

»Ja, Sir«, sage ich. »Es war die Hoffnung. Und man könnte einen Witz daraus machen und sagen, daß die Hoffnung das ist, was man bekommt, wenn man das Faß bis auf den Boden leergekratzt hat, wie manche sagen, die zu guter Letzt aus schierer Verzweiflung einfach irgendwen heiraten. Aber es ist trotzdem nur eine Fabel, wenn auch ein hübsches Quiltmuster.«

»Nun, wahrscheinlich brauchen wir alle hin und wieder ein wenig Hoffnung«, sagt er.

Es liegt mir auf der Zunge zu sagen, daß ich schon seit langer Zeit ohne Hoffnung zurechtkomme, ich verkneife es mir aber und sage statt dessen: »Sir, Sie scheinen heute gar nicht Sie selbst zu sein. Ich hoffe, Sie sind nicht krank?«

Er lächelt sein einseitiges Lächeln und sagt, daß er nicht krank ist, sondern nur in Gedanken mit etwas anderem beschäftigt; aber wenn ich mit meiner Geschichte fortfahren könnte, wäre das eine Hilfe für ihn, da es ihn von seinen Sorgen ablenken würde. Aber er sagt nicht, was es für Sorgen sind.

Also erzähle ich weiter.

Nun, Sir, sage ich, komme ich an einen glücklicheren Teil meiner Geschichte, und in diesem Teil werde ich Ihnen von Mary Whitney erzählen, und dann werden Sie verstehen, wieso es ihr Name war, den ich mir ausborgte, als ich ihn brauchte, denn sie hätte einer Freundin in Not nie etwas verwehrt, und ich hoffe, daß auch ich ihr zur Seite stand, als die Zeit dafür kam.

Das Haus meiner neuen Herrschaft war sehr vornehm und als eins der besten Häuser in Toronto bekannt. Es lag in der Front Street, von wo man den See sehen konnte und wo es viele andere große Häuser gab, und es hatte eine geschwungene Veranda mit Pfeilern vorne. Das Speisezimmer war oval, wie auch das Wohnzimmer, und wundervoll anzusehen, wenn auch zugig. Dann gab es eine Bibliothek so groß wie ein Ballsaal, mit Regalen bis hoch an die Decke, und vollgestopft mit Büchern in ledernen Einbänden, mit mehr Worten darin, als man je in seinem ganzen Leben würde lesen wollen. Und die Schlafzimmer hatten hohe Himmelbetten mit Behängen drumherum, und dazu Netze, um im Sommer die Fliegen fernzuhalten, und Frisierkommoden mit Spiegeln, und Mahagonischränke, und Kommoden und alles. Sie waren natürlich Anglikaner, wie alle besseren Leute es damals waren, und auch alle, die zu den besseren Leuten gehören wollten, weil es eben die Hochkirche war.

Die Familie bestand zuallererst aus Alderman Parkinson, der nur selten zu sehen war, weil er sehr mit seinen Geschäften und mit der Politik beschäftigt war. Er sah aus wie ein Apfel, in den man zwei Stöcke als Beine hineingesteckt hatte, und hatte so viele goldene Uhrketten und goldene Nadeln und goldene Schnupftabaksdosen und andere Sachen, daß man fünf Halsketten aus ihm hätte machen können, wenn man ihn eingeschmolzen hätte, und dazu noch die passenden Ohrringe. Dann war da Mrs. Parkinson, und Mary Whitney sagte, eigentlich müßte sie der Alderman sein, weil sie mehr Manns sei als er. Sie war eine imposante Person, und von ganz anderer Gestalt, wenn sie kein Korsett trug, als wenn sie drinsteckte; wenn sie ordentlich eingeschnürt war, ragte ihr Busen nach vorne wie ein Regal, und sie hätte ein ganzes Teetablett darauf herumtragen können, ohne auch nur einen Tropfen zu verschütten. Sie stammte aus den Vereinigten Staaten von Amerika und war eine wohlhabende Witwe gewesen, bevor Alderman Parkinson sie, wie sie es ausdrückte, im Sturm eroberte, was ein wundervoller Anblick gewesen sein muß; und Mary Whitney sagte, es sei ein Wunder, daß Alderman Parkinson dabei mit dem Leben davongekommen sei.

Sie hatte zwei erwachsene Söhne, die in den Staaten aufs College gingen; und dazu einen Spaniel namens Bevelina, den ich als Familienmitglied mitzähle, weil er als solches behandelt wurde. In der Regel habe ich Tiere gern, aber dieses hier machte es einem wirklich nicht leicht.

Dann waren da die Dienstboten, die zahlreich waren; und einige gingen und andere kamen, während ich da war, deshalb werde ich sie nicht alle erwähnen. Da war Mrs. Parkinsons Zofe, die behauptete, Französin zu sein, obwohl wir unsere Zweifel hatten, und immer für sich blieb; und Mrs. Honey, die Haushälterin, die ein recht großes Zimmer im hinteren Teil vom Erdgeschoß hatte, genau wie der Butler; und die Köchin und die Waschfrau wohnten neben der Küche. Der Gärtner und die Stallburschen und die zwei Küchenmädchen hatten Räume in den Nebengebäuden, in der Nähe der Ställe mit den Pferden und den drei Kühen, wo ich manchmal hinging, um beim Melken zu helfen.

Ich kam ins Dachgeschoß, ganz oben am Ende der Treppe, und teilte ein Bett mit Mary Whitney, die in der Waschküche half. Unser Zimmer war nicht groß, und heiß im Sommer und kalt im Winter, weil es gleich unter dem Dach lag und keinen Kamin und keinen Ofen hatte; und darin gab es eine Bettstatt mit einer Strohmatratze, und eine kleine Kommode, und einen einfachen Waschständer mit einer angeschlagenen Schüssel und einen Nachttopf; und auch einen Stuhl mit gerader Lehne, der hellgrün gestrichen war und auf den wir abends unsere Kleider legten.

Ein Stück den Gang hinunter wohnten Agnes und Effie, die Zimmermädchen. Agnes hielt viel auf Religion, war aber gutherzig und hilfsbereit. In ihrer Jugend hatte sie ein Mittel ausprobiert, das das Gelbe von den Zähnen entfernen sollte, aber es hatte auch das Weiße entfernt, was vielleicht der Grund war, weshalb sie so selten lächelte und dann darauf achtete, es mit geschlossenen Lippen zu tun. Mary Whitney sagte, sie bete so viel, weil sie hoffe, Gott werde ihr die weißen Zähne wiedergeben, aber bis jetzt ohne Erfolg. Und Effie war sehr melancholisch geworden, als ihr junger Mann vor drei Jahren nach Australien deportiert worden war, weil er an der Rebellion teilgenommen hatte; und als sie einen Brief bekam, in dem stand, er sei dort gestorben, versuchte sie, sich an ihren Schürzenbändern aufzuhängen; aber sie hielten nicht, und sie wurde halberstickt und nicht mehr bei Sinnen auf dem Boden gefunden und mußte weggebracht werden.

Ich wußte nichts über diese Rebellion, weil ich zu der Zeit noch nicht im Land gewesen war, also erzählte Mary Whitney mir alles darüber. Sie richtete sich gegen die besseren Klassen, die alles in der Hand hatten und alles Geld und alles Land für sich behielten; und sie wurde angeführt von einem Mr. William Lyon Mackenzie, der ein Radikaler war, und nachdem die Rebellion gescheitert war, floh er in Frauenkleidern durch Eis und Schnee und über den See in die Vereinigten Staaten, und er hätte viele Male verraten werden können, aber das geschah nicht, weil er ein guter Mann war, der sich immer für die einfachen Farmer eingesetzt hatte. Aber viele von den anderen Radikalen waren gefangen und deportiert oder aber aufgehängt worden und hatten ihren ganzen Besitz verloren. Oder sie waren in den Süden geflohen; und die meisten von denen, die jetzt im Land das Sagen hatten, waren Tories oder behaupteten, sie wären es, und deshalb war es am besten, nicht über Politik zu reden, außer unter Freunden.

Ich sagte, ich wüßte nichts von Politik und würde daher ohnehin nicht daran denken, darüber zu reden; und dann fragte ich Mary, ob sie auch eine von den Radikalen sei. Und sie sagte, ich dürfe keinen Ton davon zu den Parkinsons sagen, die eine andere Geschichte zu hören bekommen hätten, aber ihr eigener Vater hätte auf diese Weise seine Farm verloren, die er selbst unter vielen Mühen gerodet hatte; und die Soldaten hatten das Blockhaus niedergebrannt, das er mit eigenen Händen erbaut hatte, während er sich gegen Bären und andere wilde Tiere zur Wehr setzen mußte; und dann hatte er auch noch sein Leben verloren, durch Krankheiten, die er sich zugezogen hatte, weil er sich im Winter in den Wäldern verstecken mußte; und ihre Mutter war vor Kummer darüber gestorben. Aber ihre Zeit würde kommen, sagte Mary, sie würden gerächt werden. Und sie sah sehr grimmig aus, als sie das sagte.

Ich war sehr froh, mit Mary Whitney zusammenzusein, weil ich sie sofort gut leiden konnte. Nach mir war sie mit ihren sechzehn Jahren die Jüngste im Haus, und sie war ein hübsches und fröhliches Mädchen mit einer guten Figur und dunklen Haaren und funkelnden schwarzen Augen und rosigen Wangen mit Grübchen drin; und sie roch nach Muskatnüssen oder Nelken. Sie wollte alles über mich wissen, und ich erzählte ihr von der Schiffsreise, und wie meine Mutter gestorben und zwischen den Eisbergen im Meer versenkt worden war. Und Mary sagte, das sei sehr traurig. Und dann erzählte ich ihr von meinem Vater, obwohl ich die schlimmsten Sachen für mich behielt, weil es nicht recht ist, schlecht über seine Eltern zu sprechen; und daß ich Angst hatte, er würde meinen ganzen Lohn haben wollen; und sie sagte, ich solle ihm mein Geld bloß nicht geben, weil er schließlich nicht dafür gearbeitet hätte, und es würde meinen Schwestern und Brüdern sowieso nicht zugute kommen, weil er es nur für sich selbst und den Whisky ausgeben würde. Ich sagte, ich hätte Angst vor ihm, und sie sagte, hier könne er mir nichts tun, und wenn er es versuchte, würde sie mit Jim aus dem Stall reden, der ein kräftiger Mann war und Freunde hatte. Und da wurde mir allmählich wohler zumute.

Mary sagte, ich sei ja vielleicht noch sehr jung und so unwissend wie ein frischgelegtes Ei, aber hell im Dachstübchen, und der Unterschied zwischen dumm und unwissend sei, daß unwissend lernen könne. Und sie sagte, ich sähe aus wie eine gute Arbeiterin, die sich nicht drücken würde, und bestimmt würden wir gut miteinander auskommen; und sie hätte vorher schon zwei andere Stellungen gehabt, und wenn man schon in Stellung gehen müßte, dann lieber bei den Parkinsons als anderswo, weil sie bei den Mahlzeiten nicht knauserten. Und das stimmte, und bald fing ich an, ein bißchen voller zu werden und zu wachsen. In den Kanadas waren Nahrungsmittel viel leichter zu haben als auf der anderen Seite des Ozeans, und es gab eine größere Vielfalt; und sogar die Dienstboten aßen jeden Tag Fleisch, wenn auch nur Pökelfleisch oder Speck; und es gab gutes Brot, aus Weizen oder aus Mais; und das Haus hatte seine eigenen drei Kühe und einen Küchengarten und Obstbäume und Erdbeeren und Johannisbeeren und Trauben; und auch Blumenbeete.

Mary Whitney war immer für einen Spaß zu haben und frech und sehr kühn in dem, was sie sagte, wenn wir allein waren. Aber denen gegenüber, die ihr vorgesetzt waren, war ihr Verhalten respektvoll und bescheiden, und deswegen und weil die Arbeit ihr so schnell von der Hand ging, war sie allgemein beliebt. Aber hinter dem Rücken der Herrschaft machte sie Witze über sie und äffte ihren Gesichtsausdruck und ihren Gang und ihre Art nach. Ich war oft erstaunt über die Worte, die aus ihrem Mund kamen, weil viele davon sehr unfein waren. Nicht etwa, daß ich solche Ausdrücke noch nie gehört hätte, da daheim genügend davon im Umlauf waren, wenn mein Vater getrunken hatte, und auch auf dem Schiff, und unten am Hafen bei den Tavernen und Schenken; aber ich war überrascht, sie von einem Mädchen zu hören, und dazu noch von einem, das so jung und hübsch war, und so nett und sauber angezogen. Aber ich gewöhnte mich bald daran und dachte, es läge daran, daß sie in Kanada geboren war und keinen großen Respekt vor Rang und Stand hatte. Und manchmal, wenn ich über sie schockiert war, sagte sie, wenn ich so weitermachte, würde ich bald Trauerhymnen singen wie Agnes und mit heruntergezogenen Mundwinkeln herumlaufen, so faltig und schlaff wie das Hinterteil einer alten Jungfer; dann widersprach ich, und es endete damit, daß wir beide lachten.

Aber es machte sie wütend, daß manche Leute so viel und andere nur so wenig hatten, da sie darin keinen göttlichen Plan erkennen konnte. Sie sagte, ihre Großmutter sei Indianerin gewesen, deswegen seien ihre Haare so schwarz, und wenn sie auch nur die geringste Gelegenheit hätte, würde sie davonlaufen und mit Pfeil und Bogen durch die Wälder ziehen und sich die Haare nie hochstecken und auch kein Korsett tragen; und wenn ich wollte, könne ich mit ihr kommen. Und dann fingen wir an zu planen, wie wir uns im Wald verstecken und Reisende überfallen und skalpieren würden, wovon sie in Büchern gelesen hatte; und sie sagte, am liebsten würde sie Mrs. Parkinson skalpieren, bloß wäre es die Mühe nicht wert, weil ihre Haare nicht ihre eigenen wären, in ihrem Ankleidezimmer gäbe es ganze Stränge und Büschel davon; und einmal hätte sie gesehen, wie die französische Zofe einen ganzen Berg davon auskämmte, und da habe sie gedacht, es wäre der Spaniel. Aber das war nur unsere Art, uns zu unterhalten, und nicht böse gemeint.

Mary nahm mich von Anfang an unter ihre Fittiche. Sie hatte bald heraus, daß ich nicht so alt war, wie ich gesagt hatte, und schwor, es nicht zu verraten; und dann sah sie meine Kleider durch und sagte, die meisten seien mir zu klein und nur noch für den Lumpensammler gut, und daß ich den Winter nur mit dem Schultertuch meiner Mutter nie überstehen würde, weil der Wind durch es hindurchpfeifen würde wie durch ein Sieb; und sie würde mir helfen, die Kleider zu besorgen, die ich brauchte, da Mrs. Honey gesagt hatte, ich sähe aus wie eine Vogelscheuche und müsse erst einmal präsentabel gemacht werden, schließlich müsse Mrs. Parkinson auf ihren guten Ruf achten. Aber als erstes müsse ich geschrubbt werden wie eine Kartoffel, weil ich so schmutzig sei.

Sie sagte, sie würde sich Mrs. Honeys Sitzbad ausborgen; und ich hatte ein bißchen Angst, weil ich noch nie in einem Bad egal welcher Art gesessen hatte, und außerdem fürchtete ich mich vor Mrs. Honey; aber Mary sagte, Hunde, die bellen, beißen nicht, und außerdem könne man sie immer kommen hören, weil sie vor lauter Schlüsseln rasselte wie der Wagen eines Kesselflickers; und wenn sie uns das Bad nicht geben wolle, würde sie drohen, mich draußen zu baden, splitterfasernackt, unter der Pumpe im Hof hinter dem Haus. Darüber war ich sehr schockiert und sagte, das würde ich nicht zulassen; und Mary sagte, natürlich würde sie es nicht wirklich tun, aber wenn sie es sagte, würde Mrs. Honey uns das Bad auf jeden Fall geben.

Und wirklich kam sie sehr schnell wieder zurück und sagte, wir könnten das Sitzbad haben, wenn wir versprachen, es hinterher ordentlich zu schrubben; und wir schleppten es in die Waschküche und pumpten Wasser und setzten es auf den Herd, bis es warm war, und kippten es hinein. Mary mußte sich an die Tür stellen, damit niemand hereinkam, aber mit dem Rücken zu mir, weil ich noch nie zuvor all meine Kleider auf einmal ausgezogen hatte, aber mein Unterkleid behielt ich aus Schamhaftigkeit trotzdem an. Das Wasser war nicht sehr warm, und als ich fertig war, zitterte ich am ganzen Leib, und es war ein Glück, daß Sommer war, sonst hätte ich mir den Tod geholt. Mary sagte, ich müsse mir auch die Haare waschen; es stimme zwar, daß zu häufiges Haarewaschen den Körper schwäche, und sie hätte einmal ein Mädchen gekannt, das vom zu vielen Haarewaschen immer weniger geworden und schließlich gestorben war, aber trotzdem müsse es alle drei oder vier Monate gemacht werden; und sie sah sich meinen Kopf an und sagte, wenigstens hätte ich keine Läuse, aber wenn ich welche bekäme, müßten wir den Kopf mit Schwefel und Terpentin einreiben, und sie selbst habe das einmal tun müssen und hinterher noch tagelang gestunken wie ein faules Ei.

Mary borgte mir eins von ihren Nachthemden, bis meins trocken war, weil sie all meine Kleider gewaschen hatte; und sie wickelte mich in ein Laken, so daß ich aus der Waschküche und die Hintertreppe hinaufgehen konnte; und sie sagte, ich sähe sehr komisch aus, genau wie jemand, der den Verstand verloren hat und in einer Irrenanstalt ist.

Mary bat Mrs. Honey, mir einen Vorschuß auf meinen Lohn zu geben, damit ich mir ein anständiges Kleid kaufen konnte, und wir bekamen die Erlaubnis, gleich am nächsten Tag in die Stadt zu gehen. Mrs. Honey hielt uns eine Predigt, bevor sie uns gehenließ und sagte, wir sollten uns anständig benehmen und auf dem schnellsten Weg wieder zurückkommen und nicht mit Fremden reden, schon gar nicht mit Männern; und wir versprachen zu tun, was sie gesagt hatte.

Ich fürchte jedoch, daß wir trotzdem den längeren Weg nahmen und uns die Blumen in den eingezäunten Gärten von den Häusern ansahen, und die Geschäfte, die nicht annähernd so zahlreich oder so prachtvoll waren wie in Belfast, nach dem, was ich dort kurz gesehen hatte. Dann fragte Mary, ob ich die Straße sehen wollte, wo die Huren lebten; und ich hatte Angst, aber sie sagte, es bestünde überhaupt keine Gefahr. Und ich war in der Tat neugierig, die Frauen zu sehen, die ihren Lebensunterhalt damit verdienten, daß sie ihre Körper verkauften, denn ich dachte, wenn es zum Schlimmsten käme und ich am Verhungern wäre, hätte ich immer noch was zum Verkaufen; und ich wollte gucken, wie sie aussahen. Also gingen wir in die Lombard Street, aber weil Vormittag war, gab es nicht viel zu sehen. Mary sagte, es gebe mehrere Bordelle, die man von außen nicht erkennen könne; aber innen seien sie sehr fein, mit türkischen Teppichen und kristallenen Lüstern und samtenen Vorhängen, und die Huren, die dort lebten, hätten ihre eigenen Schlafzimmer und ihre eigenen Mädchen, die das Frühstück brachten und den Boden wischten und die Betten machten und das Nachtgeschirr ausleerten, und sie selbst müßten nichts anderes tun als ihre Kleider anziehen und wieder ausziehen und die ganze Zeit auf dem Rücken liegen, und es sei eine einfachere Arbeit als in einem Bergwerk oder in der Fabrik.

Die Frauen, die in solchen Häusern lebten, waren eine bessere Sorte von Hure, und auch teurer, und die Männer, die zu ihnen kamen, waren feine Gentlemen, oder wenigstens gute zahlende Kunden. Aber die billigere Sorte mußte draußen auf der Straße herumstehen und Zimmer benutzen, die stundenweise gemietet wurden; und viele von ihnen bekamen Krankheiten und sahen alt aus, bevor sie zwanzig waren, und sie mußten ihre Gesichter mit Farbe bemalen, um die armen betrunkenen Seeleute zu täuschen. Und obwohl sie aus der Ferne mit ihren Federn und ihren Satinkleidern recht elegant aussehen mochten, konnte man aus der Nähe erkennen, daß die Kleider schmutzig waren und ihnen nicht richtig paßten, weil jeder Faden, den sie am Leib hatten, nur für den Tag gemietet war, und sie verdienten kaum genug für ihr täglich Brot, und es war ein elendes Leben, und sie frage sich, warum sie nicht ins Wasser gingen, was manche von ihnen auch taten, und dann wurden sie oft gefunden, wie sie im Hafen trieben.

Ich fragte Mary, woher sie soviel darüber wüßte, und sie lachte und sagte, ich würde auch eine Menge hören, wenn ich die Ohren offenhielte, vor allem in der Küche; und außerdem habe sie früher, noch auf dem Land, ein Mädchen gekannt, das auf Abwege geraten war, und sie habe sie öfter auf der Straße getroffen; aber was seitdem aus ihr geworden sei, könne sie nicht sagen, und sie fürchtete, es sei nichts Gutes.

Danach gingen wir in die King Street, in einen Tuchladen, wo Endstücke von Stoffballen billig verkauft wurden; und es gab Seiden und Baumwollstoffe und feine Wollstoffe und Flanell und Satin und Tartans und alles, was man sich nur wünschen mochte; aber wir mußten den Preis bedenken, und den Zweck, den der Stoff erfüllen sollte. Zum Schluß kauften wir einen strapazierfähigen blau-weißen Gingham, und Mary sagte, sie würde mir beim Nähen helfen; aber als es dann soweit war, war sie überrascht, wie gut ich nähen konnte und mit was für winzigen Stichen, und sie sagte, ich sei als Dienstmädchen verschwendet und sollte lieber Näherin werden.

Das Garn für das Kleid und auch die Knöpfe kauften wir bei einem Hausierer, der am nächsten Tag an die Tür klopfte und allen wohlbekannt war. Vor allem die Köchin konnte ihn gut leiden und machte ihm eine Tasse Tee und schnitt ihm ein Stück Kuchen ab, während er seinen Packen öffnete und seine Waren ausbreitete. Sein Name war Jeremiah, und als er über die Auffahrt an die Hintertür kam, folgte ihm eine Bande von fünf oder sechs zerlumpten Gassenkindern, genau wie bei einem Umzug, und eins von den Kindern schlug mit einem Löffel auf einen Topfdeckel, und alle sangen:

Jeremiah, der hat Sachen,
die sind wunderschön,
Stoffe, Garne, Knöpfe, Kleider,
kommt, das müßt ihr sehn!

Der Lärm lockte alle ans Fenster, und als der Hausierer die Hintertür erreicht hatte, gab er den Kindern einen Penny, und sie rannten davon; und als die Köchin ihn fragte, was das alles zu bedeuten habe, sagte er, es sei ihm lieber, die Kinder liefen ihm unter seinem eigenen Kommando hinterher, als daß sie ihn mit Lehm und Pferdeäpfeln bewarfen, was bei Hausierern so ihre Art war, da diese ihnen nicht nachlaufen konnten, ohne ihre Packen zurückzulassen; und wenn sie das taten, wurden sie von den kleinen Schurken in Windeseile ausgeräubert; und deshalb hatte er den klügeren Weg eingeschlagen und sie angeheuert und ihnen das Lied selbst beigebracht.

Dieser Jeremiah war ein gewiefter und gewandter Mann mit einer langen Nase und langen Beinen und einer Haut, die von der Sonne gebräunt war, und einem lockigen schwarzen Bart, und Mary sagte, obwohl er wie ein Jude oder ein Zigeuner aussehe, was viele Hausierer seien, sei er ein Yankee mit einem italienischen Vater, der nach Amerika gekommen war, um in Massachusetts in den Fabriken zu arbeiten; und sein Nachname sei Pontelli, aber er sei überall sehr beliebt. Er sprach gutes Englisch, wenn auch mit etwas Fremdem in der Stimme, und er hatte durchdringende schwarze Augen und ein breites und schönes Lächeln, und er schmeichelte den Frauen schamlos.

Er hatte viele, viele Dinge dabei, die ich gern gekauft hätte, die ich mir aber nicht leisten konnte, obwohl er sagte, er würde die Hälfte des Geldes jetzt nehmen und mir den Rest erlassen, bis er das nächste Mal vorbeikomme; aber ich habe nicht gerne Schulden bei anderen Leuten. Er hatte Bänder und Spitzen und Garne und Knöpfe, die aus Metall oder Perlmutt oder Holz oder Horn waren, und ich entschied mich für die aus Horn; und weiße Baumwollstrümpfe und Kragen und Manschetten und Halsbinden und Taschentücher und mehrere Unterröcke und zwei Korsetts, die gebraucht, aber sauber gewaschen und so gut wie neu waren, und Sommerhandschuhe in hellen Farben und sehr schön gemacht. Und Ohrringe, silbern und golden, aber Mary sagte, die Farbe würde abgehen, und eine Schnupftabaksdose aus echtem Silber, und Flaschen mit Duftwasser, das nach Rosen roch, sehr stark. Die Köchin kaufte etwas davon, und Jeremiah sagte, sie hätte es kaum nötig, weil sie so schon wie eine Prinzessin riechen würde; und sie wurde rot und kicherte, obwohl sie schon auf die fünfzig zuging und keine anmutige Figur hatte, und sagte, wahrscheinlich eher wie Zwiebeln; und er sagte, sie rieche so gut, daß er sie am liebsten aufessen würde, und der Weg zum Herzen eines Mannes führe nun mal durch den Magen, und dann lächelte er mit seinen großen weißen Zähnen, die durch den dunklen Bart nur noch größer und weißer aussahen, und warf der Köchin einen hungrigen Blick zu und leckte sich die Lippen, als wäre sie ein köstlicher Kuchen, den er liebend gern verschlingen würde, worauf sie noch röter wurde.

Dann fragte er uns, ob wir etwas zu verkaufen hätten, denn wir wüßten ja, daß er gute Preise zahle; und Agnes verkaufte ihm ihre Korallenohrringe, die sie von einer Tante geerbt hatte, weil sie, wie sie sagte, nur zur Eitelkeit verleiteten, aber wir wußten, daß sie das Geld für ihre Schwester brauchte, die in Schwierigkeiten war; und Jim aus dem Stall kam herein und sagte, er würde ein Hemd und dazu ein großes buntes Taschentuch gegen ein anderes und feineres Hemd tauschen, das ihm besser gefiel, und als er noch ein Taschenmesser mit hölzernem Griff dazulegte, war der Handel gemacht.

Solange Jeremiah in der Küche war, war es wie ein Fest, und Mrs. Honey kam, um nachzusehen, was der ganze Lärm zu bedeuten hatte. Und sie sagte: »Nun, Jeremiah, wie ich sehe, treibst du wieder deine alten Spielchen und nutzt die armen Frauen schamlos aus.« Aber sie lächelte, als sie es sagte, was ein seltener Anblick war. Und er sagte ja, genau das tue er, und es gebe so viele hübsche, daß er einfach nicht widerstehen könne, aber keine so hübsch wie sie; und sie kaufte ihm zwei Batisttaschentücher ab, obwohl sie auch sagte, er solle sich beeilen und nicht den ganzen Tag herumtrödeln, weil die Mädchen ihre Arbeit zu tun hätten. Und dann rasselte sie wieder aus der Küche.

Manche wollten, daß Jeremiah ihnen die Zukunft voraussagte, indem er ihnen aus der Hand las; aber Agnes sagte, das sei Teufelswerk, und Mrs. Parkinson wolle sicher nicht, daß in der Nachbarschaft herumerzählt wurde, daß in ihrer Küche Zigeunerkünste getrieben wurden. Also tat er es nicht. Aber nach viel Gebettel gab er eine Imitation von einem Gentleman zum besten, mit der Stimme und dem Gebaren und allem, worüber wir begeistert in die Hände klatschten, so lebensecht war es; und er zog der Köchin eine silberne Münze aus dem Ohr und zeigte uns, wie er eine Gabel verschlucken konnte, oder zumindest so tun. Er sagte, das alles seien Zaubertricks, die er in den lasterhaften Tagen seiner Jugend gelernt habe, als er ein ungebärdiger Bursche gewesen sei und auf den Jahrmärkten gear-

beitet habe, bevor er dann ein ehrlicher Handelsmann wurde
und sich fünfzigmal und öfter von hübschen Mädchen, wie wir
es waren, die Taschen leeren und das Herz brechen ließ; und
alle, die da waren, lachten.

Aber als er alles wieder in seinem Packen verstaut und seinen Tee getrunken und sein Stück Kuchen gegessen und gesagt hatte, niemand könne einen so guten Kuchen backen wie
unsere Köchin, und wieder gehen wollte, winkte er mich zu
sich und schenkte mir einen extra Hornknopf passend zu den
vieren, die ich gekauft hatte. Er drückte ihn mir in die Hand
und schloß meine Finger darüber, und seine eigenen Finger
waren hart und trocken wie Sand. Aber erst sah er schnell in
meine Hand hinein und sagte: »Fünf bringen Glück«, denn
Leute von seinem Schlag halten die vier für eine Unglücks-
zahl, und ungerade Zahlen für glückbringender als die geraden. Und dann sah er mich aus seinen glänzenden schwarzen
Augen mit einem schnellen und klugen Blick an und sagte
leise, so daß die anderen es nicht hören konnten: »Vor dir liegen gefährliche Riffe.« Was wahrscheinlich immer so ist, Sir,
und hinter mir hatte es wahrlich genug solcher Riffe gegeben,
und ich hatte sie alle überlebt, und deshalb dachte ich mir
nicht allzuviel dabei.

Aber dann sagte er das Allermerkwürdigste. Er sagte zu mir:
»Du bist eine von uns.«

Und dann schulterte er seinen Packen und nahm seinen Stab
in die Hand und ging davon, und ich blieb zurück und fragte
mich, was er gemeint haben könnte. Aber nachdem ich eine
Weile darüber nachgedacht hatte, sagte ich mir, daß er nur gemeint haben konnte, daß auch ich heimatlos war und auf Wan-
derschaft, genau wie die Hausierer und jene, die auf den Jahrmärkten arbeiten; denn ich konnte mir nicht vorstellen, was er
sonst im Sinn gehabt haben könnte.

Als er weg war, fühlten wir uns alle ein wenig schal und niedergeschlagen, denn es kam nicht oft vor, daß uns, die wir in
den Hinterzimmern und in den Küchen arbeiteten, ein solches
Vergnügen zuteil wurde, und der Anblick von so hübschen Din-

gen und die Gelegenheit, mitten am Tag zu lachen und ein bißchen Spaß zu haben.

Das Kleid wurde sehr schön, und weil ich fünf Knöpfe hatte und nicht nur vier, nahmen wir drei für den Hals und je einen für die Manschetten; und sogar Mrs. Honey sagte, was für einen Unterschied es machte, und wie adrett und respektierlich ich jetzt aussähe, wo ich anständig angezogen sei.

19.

Am Ende des ersten Monats kam mein Vater vorbei und wollte meinen ganzen Lohn haben; aber ich konnte ihm nur einen Vierteldollar geben, weil ich den Rest ausgegeben hatte. Da fing er an zu fluchen und zu schimpfen und packte mich am Arm, aber Mary hetzte ihm die Stallburschen auf den Hals. Am Ende des zweiten Monats kam er wieder, und ich gab ihm wieder einen Vierteldollar, und Mary sagte ihm, er solle nicht noch einmal kommen. Und er beschimpfte sie wüst, und sie sagte noch schlimmere Sachen zurück und pfiff nach den Männern, und er wurde davongejagt. Ich war deswegen ganz durcheinander, weil es mir für die Kleinen leid tat; und hinterher versuchte ich, ihnen durch Mrs. Burt ein bißchen Geld zu schicken; aber ich glaube nicht, daß sie es bekommen haben.

Zuerst wurde ich als Küchenmagd eingeteilt und mußte die Töpfe und Pfannen schrubben, aber es stellte sich schnell heraus, daß die eisernen Kessel zu schwer für mich waren; und dann ging unsere Waschfrau weg und nahm eine neue Stellung an, und eine andere kam, die aber nicht so flink war, und Mrs. Honey sagte, ich solle Mary beim Auswaschen und Wringen helfen, und beim Aufhängen und Zusammenlegen und Mangeln und Flicken, und darüber waren wir beide sehr froh. Mary sagte, sie würde mir alles beibringen, was ich wissen müsse, und da ich kein Dummkopf sei, würde ich es schnell lernen.

Wenn ich einen Fehler machte und deswegen ängstlich war, tröstete Mary mich und sagte, ich solle nicht alles so ernst nehmen, und wenn man nie einen Fehler mache, könne man auch nichts lernen; und wenn Mrs. Honey mich ausschimpfte und ich den Tränen nahe war, sagte Mary, ich solle mir nichts daraus machen, das sei nun einmal ihre Art, es liege daran, daß sie eine Flasche Essig getrunken habe, und jetzt komme der Essig über ihre Zunge wieder heraus. Und außerdem solle ich daran denken, daß wir keine Sklaven seien und nicht als Dienstmädchen geboren, und auch nicht gezwungen, immer und ewig Dienstmädchen zu bleiben, es sei einfach nur eine Arbeit. Sie sagte, in diesem Land sei es üblich, daß junge Mädchen in Stellung gingen, um sich das Geld für ihre Aussteuer zu verdienen; und dann heirateten sie, und wenn ihre Ehemänner es dann zu etwas brachten, hatten sie schon bald ihre eigenen Bediensteten, wenigstens ein Mädchen für alles; und eines Tages wäre ich die Herrin auf einer hübschen kleinen Farm und unabhängig, und würde auf meine Kümmernisse und Sorgen wegen Mrs. Honey zurückblicken und darüber lachen. Und ein Mensch sei so gut wie der andere, und auf dieser Seite des Ozeans könne man es durch harte Arbeit zu was bringen, und nicht dadurch, was für einen Großvater man gehabt habe, und genauso sollte es auch sein.

Sie sagte, Dienstmädchen zu sein, sei genau wie alles andere auch, es gebe einen Trick dabei, den manche nie lernten, und es komme nur darauf an, wie man die Sache betrachtete. Zum Beispiel hätten wir gesagt bekommen, wir müßten immer die Hintertreppe benutzen, um der Familie nicht in die Quere zu kommen, aber in Wirklichkeit sei es genau andersherum, und die Vordertreppe sei dafür da, daß die Herrschaften *uns* nicht dauernd vor den Füßen herumliefen. Auf diese Weise konnten sie in ihren feinen Kleidern und ihrem Schmuck die Vordertreppe hinauf- und hinuntertrippeln soviel sie wollten, während die eigentliche Arbeit hinter ihrem Rücken getan wurde, ohne daß sie alles durcheinanderbrachten und einem dazwischenredeten und allen lästig fielen. Sie seien nun mal schwache und unwissende Kreaturen, wenn auch reich, und die meisten von ihnen könnten nicht einmal dann ein Feuer anmachen, wenn ihnen die Zehen abfrieren würden, weil sie nicht wüßten, wie, und es sei ein Wunder, daß sie sich immerhin selbst die Nase putzen und den Hintern abwischen könnten, wo sie von Natur aus so überflüssig und nutzlos seien wie ein Pimmel an einem

·213·

Priester – entschuldigen Sie, Sir, aber so hat sie es nun mal gesagt –, und wenn sie morgen ihr ganzes Geld verlieren und auf
die Straße gesetzt würden, wüßten sie nicht mal, wie sie durch
ehrliche Hurerei ihr Leben fristen könnten, weil sie keine Ahnung hätten, welcher Teil wohin gehört und es zu guter Letzt
damit enden würde, daß sie ins Ohr ge ... – ich will das Wort
nicht sagen, Sir – würden, und die meisten von ihnen könnten
ihren eigenen Hintern nicht von einem Loch im Boden unterscheiden. Und sie sagte noch etwas über die Frauen, was so grob
war, daß ich es nicht wiederholen werde, Sir, aber wir mußten
sehr darüber lachen.

Sie sagte, der Trick sei, die Arbeit zu tun, ohne je dabei gesehen zu werden; und falls einer von ihnen zufällig ins Zimmer
kommen sollte, wenn man gerade dabei war, etwas zu tun, entfernte man sich am besten auf der Stelle. Und wenn man es
richtig betrachtete, sagte sie, waren eigentlich wir in der besseren Lage, weil wir ihre dreckige Wäsche wuschen und deshalb
eine Menge über sie wußten; aber sie wuschen unsere nicht
und wußten deshalb überhaupt nichts über uns. Es gab nur wenige Dinge, die die Herrschaft vor den Dienstboten geheimhalten konnte, und wenn ich je Zimmermädchen werden
sollte, würde ich lernen müssen, einen Eimer voll Unrat so zu
tragen, als wäre er eine Vase voller Rosen, denn wenn diese
Leute etwas haßten, dann, daran erinnert zu werden, daß auch
sie einen Körper hatten und ihr Kot genauso stank wie der von
allen anderen, wenn nicht schlimmer. Und dann sagte sie immer ein Gedicht auf: »Als Adam grub und Eva spann, wer war
da der Edelmann?«

Wie schon gesagt, Sir, Mary war sehr offen und frei heraus
und nahm kein Blatt vor den Mund, und sie hatte sehr demo-
kratische Ansichten, an die ich mich erst gewöhnen mußte.

Ganz oben im Haus gab es einen großen Dachboden, der unter-
teilt war, und wenn man die Treppe hinaufging und dann an der
Kammer vorbei, in der wir schliefen, und dann ein paar Stufen
hinunter, war man auf dem Trockenboden. Dort waren überall

·214·

Leinen gespannt, und es gab mehrere kleine Fenster, die auf das Dach hinausgingen. Der Küchenkamin lief durch diesen Raum, der dazu benutzt wurde, im Winter, oder wenn es draußen regnete, die Wäsche aufzuhängen.

Für gewöhnlich wuschen wir nicht, wenn das Wetter umzuschlagen drohte, aber vor allem im Sommer konnte ein Tag schön anfangen und sich dann plötzlich doch beziehen, und dann fing es auf einmal an zu donnern und zu regnen; und die Gewitter waren oft sehr heftig, mit so lauten Donnerschlägen und so grellen Blitzen, daß man meinen konnte, der Weltuntergang sei gekommen. Beim ersten Mal war ich so außer mir vor Angst, daß ich unter einen Tisch kroch und zu weinen anfing, und Mary sagte, es sei nichts, nur ein Gewitter; aber dann erzählte sie mir Geschichten von Männern, die draußen auf den Feldern gewesen waren oder sogar drinnen in ihren Scheunen, und vom Blitz getroffen wurden und tot waren, und auch eine Kuh, die unter einem Baum stand.

Wenn wir Wäsche hängen hatten und die ersten Tropfen fielen, liefen wir mit unseren Körben hinaus und nahmen alles so schnell wie möglich ab und trugen es die Treppe hinauf und hängten es auf dem Trockenboden noch einmal auf, weil die Sachen nicht zu lange in den Körben liegenbleiben durften, weil sie sonst anfingen zu schimmeln. Ich liebte den Geruch von Wäsche, die draußen getrocknet war, es war ein guter, frischer Geruch; und wenn die Hemden und Nachthemden an einem sonnigen Tag im Wind flatterten, waren sie wie große weiße Vögel oder wie frohlockende Engel, wenn auch ohne Köpfe.

Aber wenn wir dieselben Sachen drinnen aufhängten, im grauen Licht des Trockenbodens, sahen sie ganz anders aus, wie blasse, geisterhafte Wesen, die im Halbdunkel lauerten; und ihr Anblick, so still und körperlos, machte mir angst. Mary, die solche Sachen immer sehr schnell merkte, fand das bald heraus und versteckte sich hinter den Laken und drückte ihr Gesicht dagegen, so daß es sich durch den Stoff abzeichnete, und gab stöhnende Geräusche von sich, oder sie stellte sich hinter die

Nachthemden und bewegte deren Arme. Sie wollte mich damit erschrecken, und das gelang ihr auch, und ich schrie jedesmal entsetzt auf; und dann jagten wir uns gegenseitig zwischen den Reihen mit der Wäsche hin und her und lachten und kreischten und versuchten, nicht zu laut zu lachen und zu kreischen, und wenn ich sie dann eingefangen hatte, kitzelte ich sie, weil sie nämlich sehr kitzlig war; und manchmal probierten wir die Korsetts von Mrs. Parkinson an und zogen sie über unsere Kleider und stolzierten dann mit vorgewölbter Brust herum und setzten ein hochmütiges Gesicht auf; und darüber mußten wir so lachen, daß wir hinterrücks in die Wäschekörbe fielen und dort japsend liegenblieben wie Fische auf dem Trockenen, bis wir wieder ein normales Gesicht machen konnten.

Aber das war nur unser kindischer Übermut, der nicht immer eine sehr würdevolle Form annimmt, wie Sie sicherlich wissen, Sir.

Mrs. Parkinson hatte mehr Quilts, als ich je im Leben gesehen hatte, da sie auf der anderen Seite des Ozeans nicht so sehr in Mode waren und bedruckte Baumwollstoffe nicht so billig und reichlich zu haben. Mary sagte, hier hielte ein Mädchen sich erst dann für heiratsfähig, wenn es mindestens drei solche mit eigener Hand genähte Quilts hatte. Die aufwendigsten waren die Hochzeitsquilts, wie zum Beispiel der Paradiesbaum und der Blumenkorb. Andere, meinetwegen die Fliegenden Gänse oder die Büchse der Pandora, bestanden auch aus einer recht großen Zahl von Blöcken und verlangten Geschick; und wieder andere, wie die Blockhütte oder der Neunerblock, waren für jeden Tag gedacht und viel schneller zu fertigen. Mary hatte noch nicht mit ihrem Hochzeitsquilt angefangen, weil sie als Dienstmädchen nicht die Zeit dafür hatte; aber einen Neunerblock hatte sie schon.

An einem schönen Tag im September sagte Mrs. Honey, es sei an der Zeit, die Winterquilts und Decken hervorzuholen und sie als Vorbereitung auf die kalte Jahreszeit zu lüften und die Löcher und Risse zu flicken, und sie übertrug Mary und mir diese Aufgabe. Die Quilts wurden auf dem Dachboden aufbewahrt, aber nicht auf dem Trockenboden, damit sie nicht feucht wurden, und zwar in einer Zedernholztruhe, mit einem Musselintuch zwischen den einzelnen Lagen und genug Kampfer, um eine Katze umzubringen, und der Geruch stieg mir in den Kopf und machte mich ganz schwindlig. Wir sollten die Quilts nach unten tragen und auf die Leine hängen und ausbürsten und nachsehen, ob die Motten darin gewesen waren; denn manchmal machen die Motten sich trotz Zedernholztruhen und Kampfer über die Sachen her, und die Winterquilts waren mit Wollwatte und nicht mit Baumwollwatte gefüllt wie die Sommerquilts.

Die Winterquilts waren in dunkleren Farben gehalten als die Sommerquilts, mit viel Rot und Orange und Blau und Purpur; und manche enthielten auch Stücke aus Seide und Samt und Brokat. In den Jahren im Gefängnis, wenn ich allein war, was ich einen großen Teil der Zeit bin, habe ich oft die Augen zugemacht und das Gesicht der Sonne zugewandt und dann ein Rot und ein Orange gesehen, die genau wie die leuchtenden Farben jener Quilts waren; und als wir ein halbes Dutzend von ihnen nebeneinander auf die Leine gehängt hatten, fand ich, daß sie wie Fahnen aussahen, die von einer Armee getragen werden, die in den Krieg ziehen will.

Und seit damals habe ich mich oft gefragt, wie die Frauen auf die Idee gekommen sind, solche Fahnen zu nähen und sie dann auf die Betten zu legen? Denn sie machen das Bett zum auffälligsten Gegenstand im Zimmer. Und ich denke, es sollte eine Warnung sein. Denn vielleicht, Sir, meinen Sie, daß ein Bett ein friedlicher Ort ist, und für Sie mag es Ruhe und Behaglichkeit und guten Schlaf bedeuten. Aber nicht für alle; und es gibt viele gefährliche Dinge, die in einem Bett geschehen können. In einem Bett werden wir geboren, und das ist die erste Gefahr in unserem Leben; und in einem Bett bringen Frauen Kinder zur Welt, und das ist oft das letzte, was sie tun. Und ein Bett ist auch der Ort, wo der Akt zwischen Männern und Frauen stattfindet, den ich lieber nicht erwähnen möchte, Sir, aber ich nehme an, Sie wissen, was ich meine; und manche nennen es Liebe, und andere Verzweiflung oder aber eine Würdelosigkeit, die sie über sich ergehen lassen müssen. Und schließlich sind Betten auch das, worin wir schlafen und wo wir träumen, und oft auch, wo wir sterben.

Aber diese Gedanken über die Quilts hatte ich erst, als ich schon im Gefängnis war. Ein Gefängnis ist ein Ort, an dem man viel Zeit zum Nachdenken hat, und niemand ist da, dem man diese Gedanken erzählen kann; also erzählt man sie sich selbst.

Hier bittet mich Dr. Jordan, eine kleine Pause zu machen, damit er mit dem Schreiben nachkommt, denn er sagt, er ist sehr an dem interessiert, was ich berichtet habe. Darüber bin ich sehr froh, da es mir Freude macht, von diesen Tagen zu erzählen, und wenn es nach mir ginge, würde ich so lange bei ihnen verweilen, wie ich kann. Also warte ich und beobachte, wie seine Hand über das Papier fliegt, und denke, daß es schön sein muß, die Kunstfertigkeit zu besitzen, so schnell schreiben zu können, was nur durch Übung erreicht werden kann, genau wie das Klavierspielen. Und ich frage mich, ob er eine schöne Singstimme hat und an den Abenden, wenn ich allein in meiner Zelle eingeschlossen bin, mit jungen Damen Duette singt. Es ist wahrscheinlich, daß er das tut, da er ein recht ansehnlicher Mann ist und freundlich und unverheiratet.

»Du hältst das Bett also für einen gefährlichen Ort, Grace«, sagt er und hebt den Kopf.

Seine Stimme ist plötzlich verändert. Vielleicht lacht er insgeheim über mich. Ich sollte nicht so offen mit ihm sprechen und beschließe, es nicht mehr zu tun, wenn er dann in diesem Ton mit mir spricht.

»Natürlich nicht jedes Mal, wenn man sich hineinlegt, Sir«, sage ich, »sondern nur bei den Gelegenheiten, die ich erwähnt habe.« Dann schweige ich und nähe weiter.

»Habe ich dich irgendwie gekränkt, Grace?« sagt er. »Das war nicht meine Absicht.«

Ich nähe ein paar Augenblicke schweigend weiter. Dann sage

ich: »Ich will Ihnen glauben, Sir, und Sie beim Wort nehmen, und ich hoffe, daß Sie es in Zukunft genauso halten werden.«

»Natürlich, natürlich«, sagt er mit warmer Stimme. »Bitte, fahr mit deiner Geschichte fort. Ich hätte dich nicht unterbrechen sollen.«

»Aber Sie wollen doch sicher nichts von so gewöhnlichen Dingen hören, und vom alltäglichen Leben«, sage ich.

»Ich will alles hören, was du mir erzählen magst, Grace«, sagt er. »Denn die kleinen Details des Lebens bergen oft große Bedeutung.«

Ich bin mir nicht sicher, was er damit meint, aber ich fahre fort.

Endlich hatten wir alle Quilts nach unten getragen und in die Sonne gehängt und ausgebürstet. Dann brachten wir zwei davon wieder ins Haus, um sie zu flicken. Wir gingen dazu in die Waschküche, wo gerade nicht gewaschen wurde, und deshalb war es dort kühler als auf dem Dachboden, und außerdem gab es einen großen Tisch, auf dem wir die Quilts ausbreiten konnten.

Einer von ihnen sah sehr eigenartig aus. Er bestand aus vier grauen Urnen, aus denen vier grüne Weidenbäume wuchsen, und in jeder Ecke war eine weiße Taube zu sehen, oder wenigstens glaube ich, daß es Tauben sein sollten, obwohl sie mehr wie Hühner aussahen; und in der Mitte war in Schwarz der Name einer Frau eingestickt: Flora. Und Mary sagte, es sei ein Erinnerungsquilt, den Mrs. Parkinson zum Gedenken an eine liebe verstorbene Freundin gemacht hatte, wie es damals Mode wurde.

Der andere Quilt nannte sich Dachritzen. Er bestand aus sehr vielen einzelnen Flicken, und wenn man ihn auf die eine Weise ansah, waren es geschlossene Kisten, und wenn man ihn andersherum ansah, waren die Kisten offen, und ich nehme an, die geschlossenen Kisten waren das Dach, und die offenen waren die Ritzen; und so ist es bei allen Quilts, man kann sie auf zwei verschiedene Weisen betrachten, indem man entweder die dunklen Teile ansieht, oder aber die hellen. Aber als Mary den

Namen sagte, verstand ich sie nicht richtig und dachte, sie hätte Dachwitwen gesagt, und ich sagte: »Dachwitwen ist aber ein seltsamer Name für einen Quilt.« Da sagte Mary mir den richtigen Namen, und wir mußten sehr lachen, weil wir uns einen Dachboden voller Witwen vorstellten, mit schwarzen Witwenkleidern und Witwenhauben und Witwenschleiern vor dem Gesicht, und alle machten bekümmerte Gesichter und rangen die Hände und schrieben Briefe auf schwarzgerändertem Papier und betupften sich mit schwarzgeränderten Taschentüchern die Augen. Und Mary sagte: »Und die Kisten und Truhen auf dem Dachboden sind vollgestopft mit den abgeschnittenen Haarlocken der lieben dahingeschiedenen Ehemänner.« Und ich sagte: »Und vielleicht liegen die lieben dahingeschiedenen Ehemänner auch in den Truhen.«

Darüber mußten wir noch mehr lachen und konnten nicht mehr aufhören, nicht einmal, als wir hörten, wie Mrs. Honey mit ihren Schlüsseln durch den Flur gerasselt kam. Wir vergruben unsere Gesichter in den Quilts, und als Mrs. Honey die Tür öffnete, hatte Mary sich wieder gefangen, aber ich drückte das Gesicht immer noch in den Quilt, und meine Schultern zuckten immer noch, und Mrs. Honey sagte: »Was ist hier los, Mädchen?« Und Mary stand auf und sagte: »Bitte, Mrs. Honey, es ist nur, daß Grace über ihre tote Mutter weinen muß.« Und Mrs. Honey sagte: »Hm, also gut, dann darfst du sie meinetwegen in die Küche bringen und ihr eine Tasse Tee geben, aber haltet euch nicht zu lange auf.« Und dann sagte sie noch, junge Mädchen hätten oft dicht am Wasser gebaut, und Mary dürfe mir nicht alles durchgehen lassen, nicht daß so etwas überhandnahm. Und als sie weg war, klammerten wir uns aneinander fest und lachten so sehr, daß ich dachte, wir müßten sterben.

Nun denken Sie vielleicht, Sir, daß es gefühllos von uns war, uns über Witwen lustig zu machen, und daß ich bei den Todesfällen in meiner eigenen Familie hätte wissen müssen, daß man über solche Dinge keine Witze macht. Und wenn eine Witwe in der Nähe gewesen wäre, hätten wir es auch nicht getan, da es unrecht ist, über das Leid anderer zu lachen. Aber es waren keine Witwen da, die uns hätten hören können, und ich kann nur sagen, Sir, daß wir junge Mädchen waren, und junge Mädchen sind nun einmal oft albern; und es ist besser, zu lachen als zu platzen.

Dann dachte ich über die Witwen nach – über Witwenbuckel und Witwentrachten und das Witwenscherflein aus der Bibel, das wir Dienstboten immer aus unserem Lohn an die Armen geben sollten; und ich dachte daran, wie die Männer zwinkerten und vielsagend nickten, wenn von einer jungen reichen Witwe die Rede war, und daß es anscheinend ehrbar war, eine Witwe zu sein, wenn man alt und arm war, aber sonst nicht; was, wenn man es recht bedenkt, sehr seltsam ist.

Im September war das Wetter herrlich, mit Tagen genau wie im Sommer, und dann färbten sich die Bäume im Oktober rot und gelb und orange, als stünden sie in Flammen, und ich konnte mich an ihnen nicht sattsehen. Und dann war ich eines späten Nachmittags mit Mary draußen im Garten und nahm die Wäsche ab, und wir hörten ein Geräusch wie von vielen rauhen, rufenden Stimmen, und Mary sagte: »Sieh nur, es sind die Wildgänse, die für den Winter nach Süden fliegen.« Der Himmel über uns war schwarz von ihnen, und Mary sagte, am nächsten Morgen würden alle Jäger unterwegs sein, und ich fand es traurig, daß diese schönen wilden Kreaturen erschossen werden sollten.

An einem Abend im Oktober geschah dann etwas Schreckliches mit mir. Ich würde Ihnen diese Geschichte nicht erzählen, Sir, aber Sie sind Arzt, und Ärzte wissen ohnehin über diese Dinge Bescheid, also werden Sie nicht schockiert sein. Ich hatte gerade den Nachttopf benutzt, weil ich schon im Nachthemd war und ins Bett gehen und im Dunkeln nicht mehr zum Häuschen laufen wollte; und als ich zufällig nach unten sah, war da lauter Blut, und auch welches auf meinem Nachthemd. Ich blutete zwischen den Beinen, und ich dachte, ich müßte sterben, und brach in Tränen aus.

Als Mary ins Zimmer kam, fand sie mich in diesem Zustand

und fragte, was denn passiert sei. Und ich sagte, ich hätte eine schreckliche Krankheit und würde sicher sterben. Außerdem hatte ich Schmerzen im Bauch, um die ich mich vorher nicht gekümmert hatte, weil ich gedacht hatte, sie kämen daher, daß ich zuviel frisches Brot gegessen hatte, da doch Backtag war. Aber jetzt erinnerte ich mich an meine Mutter, und wie ihr Tod auch mit Schmerzen im Bauch angefangen hatte, und weinte noch mehr.

Mary sah sich die Geschichte an, und zu ihrer Ehre muß ich sagen, daß sie mich nicht auslachte, sondern mir alles erklärte. Sie werden sich vielleicht wundern, Sir, daß ich nichts darüber wußte, bei all den Kindern, die meine Mutter zur Welt gebracht hatte; aber es war nun einmal so, daß ich zwar über die Babys Bescheid wußte und wie sie herauskamen, und sogar, wie sie hineinkamen, weil ich die Hunde auf der Straße gesehen hatte, aber hiervon wußte ich nichts. Ich hatte eben keine Freundinnen in meinem Alter, sonst hätte ich es wahrscheinlich gewußt.

Mary sagte: »Du bist jetzt eine Frau«, worauf ich wieder weinen mußte, und da legte sie die Arme um mich und tröstete mich, besser als meine eigene Mutter es gekonnt hätte, weil sie immer zu beschäftigt oder müde oder krank gewesen war. Und dann borgte sie mir ihren roten Flanellunterrock, bis ich mir einen eigenen besorgen konnte, und zeigte mir, wie man die Tücher falten und feststecken mußte, und sagte, manche Leute würden diese Sache den Fluch Evas nennen, aber sie fände das dumm, und der wahre Fluch Evas sei, daß sie sich mit dem ganzen Unsinn Adams herumplagen müsse, der, kaum daß es auch nur das kleinste bißchen Ärger gab, alle Schuld auf sie abwälzte. Und dann sagte sie, wenn die Schmerzen schlimmer würden, wolle sie mir etwas Weidenrinde besorgen, die ich kauen könnte, das würde helfen; und sie würde mir einen Backstein auf dem Küchenherd anwärmen und in ein Handtuch einschlagen, auch gegen die Schmerzen. Und ich war ihr sehr dankbar, denn sie war mir wirklich eine gute und liebevolle Freundin.

Und dann mußte ich mich hinsetzen, und sie kämmte mir die Haare aus, was tröstlich und beruhigend war, und sagte: »Grace, aus dir wird noch mal eine richtige Schönheit, bald wirst du allen Männern den Kopf verdrehen. Die schlimmsten sind die Gentlemen, die denken, daß sie auf alles ein Anrecht haben, wonach ihnen der Sinn steht; und wenn du nachts zum Häuschen gehst, sind sie betrunken und lauern schon auf dich und packen dich und wollen keine Vernunft annehmen, und wenn es gar nicht anders geht, mußt du ihnen einen Tritt zwischen die Beine geben, wo sie es am meisten spüren, und es ist immer besser, die Tür abzuschließen und den Nachttopf zu benutzen. Aber auch die anderen Männer werden dasselbe versuchen und dir alles mögliche versprechen und sagen, daß sie alles tun, was du willst, aber du mußt dir gut überlegen, was du von ihnen verlangst, und du darfst nie etwas für sie tun, bevor sie nicht getan haben, was sie versprochen haben; und wenn sie dir mit einem Ring kommen, muß auch ein Pfarrer dabeisein.«

Ich fragte sie ganz unschuldig, warum das so war, und sie sagte, weil alle Männer von Natur aus Lügner sind und alles sagen würden, nur um zu bekommen, was sie von einem wollen, und dann überlegen sie es sich anders und verschwinden mit dem nächsten Schiff. Und da merkte ich, daß es genau dieselbe Geschichte war wie die, die Tante Pauline über meine Mutter erzählt hatte, und ich nickte bedeutsam mit dem Kopf und sagte, sie habe recht, obwohl ich immer noch nicht genau wußte, was sie meinte. Und sie umarmte mich und sagte, ich sei ein braves Mädchen.

Am Abend des 31. Oktober, der, wie Sie wissen, der Vorabend von Allerheiligen ist und an dem, wie es heißt, die Geister der Toten aus dem Grab zurückkehren, obwohl das nur ein Aberglaube ist – an diesem Abend kam Mary in unsere Kammer und hatte etwas unter ihrer Schürze versteckt und sagte: »Sieh mal, ich hab vier Äpfel für uns, ich hab sie der Köchin abgebettelt.« Äpfel waren um diese Jahreszeit reichlich zu haben, und im Keller waren schon Fässer eingelagert. »Oh«, sagte ich,

»können wir sie essen?« Und sie sagte: »Später. Aber heute ist der Abend, an dem du herausfinden kannst, wen du mal heiraten wirst.« Sie sagte, sie habe vier Äpfel mitgebracht, damit jede von uns zwei Versuche machen könne.

Sie zog ein kleines Messer hervor, das sie auch von der Köchin bekommen hatte, wenigstens sagte sie das. Aber die Wahrheit ist, daß sie manchmal einfach Dinge nahm, ohne vorher zu fragen, was mich immer ganz nervös machte, obwohl sie sagte, es sei nicht gestohlen, solange man die Sachen hinterher wieder zurücklegte. Aber manchmal tat sie auch das nicht. Zum Beispiel hatte sie sich einfach ein Exemplar von *Das Fräulein vom See* von Sir Walter Scott aus der Bibliothek genommen, wo es fünf davon gab, und las mir laut daraus vor; und sie hatte einen ganzen Vorrat an Kerzenstummeln, die sie einzeln aus dem Eßzimmer genommen hatte, und sie hielt sie unter einem losen Brett im Fußboden versteckt; wenn sie die Erlaubnis gehabt hätte, wären sie nicht versteckt gewesen. Wir durften natürlich unsere eigene Kerze haben, um uns abends bei Licht auszuziehen, aber Mrs. Honey sagte, das hieße nicht, daß wir verschwenderisch damit umgehen dürften, und jede Kerze müsse eine Woche reichen, und das war weniger Licht, als Mary gerne haben wollte. Sie hatte auch ein paar Luzifer-Zündhölzer, die sie genauso versteckt hielt, so daß sie, wenn unsere Kerze ausgeblasen war, wann immer sie wollte, eine andere anzünden konnte; und jetzt zündete sie zwei von ihren Kerzenstummeln an.

»Hier ist das Messer und der Apfel«, sagte sie. »Du mußt versuchen, ihn in einem einzigen langen Stück zu schälen, und dann mußt du die Schale ohne hinzusehen über die linke Schulter werfen. Und sie wird den Anfangsbuchstaben des Mannes bilden, den du heiraten wirst, und heute nacht wirst du von ihm träumen.«

Ich war noch zu jung, um schon an Ehemänner zu denken, aber Mary sprach oft darüber. Wenn sie genug von ihrem Lohn gespart hatte, wollte sie einen netten jungen Farmer heiraten, dessen Land schon gerodet war und der schon ein gutes Haus fertig gebaut hatte; und wenn sie so einen nicht kriegen konnte, würde sie auch einen mit nur einem Blockhaus nehmen, und sie würden sich später ein besseres Haus bauen. Sie wußte sogar, was für Hühner und was für eine Kuh sie haben würden – sie wollte weiße und rote Leghorns und eine Jersey-Kuh, wegen der Sahne und dem Käse, die das Beste waren, was es gab.

Also nahm ich den Apfel und schälte ihn und bekam die Schale tatsächlich in einem Stück herunter. Und dann warf ich sie hinter mich und wir sahen nach, wie sie gefallen war. Es war nicht zu sagen, was oben oder unten sein sollte, aber zum Schluß entschieden wir, daß es ein J war. Und Mary fing an, mich zu necken und die Namen der Männer herunterzusagen, die sie kannte und die mit einem J anfingen. Sie sagte, ich würde Jim aus dem Stall heiraten, der schielte und fürchterlich stank, oder aber Jeremiah den Hausierer, der viel ansehnlicher war, bloß würde ich dann immer durch das ganze Land ziehen müssen und hätte kein Haus außer dem Packen, den ich auf dem Rücken trug, genau wie eine Schnecke. Und sie sagte, ich würde dreimal über Wasser fahren, bevor es soweit sei, und ich sagte, das habe sie sich nur ausgedacht; und sie lächelte, weil ich erraten hatte, daß sie mich nur auf den Arm nehmen wollte.

Dann war sie an der Reihe und fing mit dem Schälen an. Aber die Schale des ersten Apfels riß ab, und auch die des zweiten, und ich gab ihr meinen übriggebliebenen Apfel, aber inzwischen war sie so nervös, daß sie ihn gleich zu Anfang fast in zwei Hälften zerschnitt. Und sie lachte und sagte, es sei sowieso nur eine dumme Altweibergeschichte, und aß den dritten Apfel und legte die beiden anderen auf die Fensterbank, um sie für den nächsten Morgen aufzuheben, und ich aß meinen Apfel, und wir fingen an, uns über die Korsetts von Mrs. Parkinson lustig zu machen; aber unter dem Lachen war sie doch ziemlich aus der Fassung.

Und als wir im Bett lagen, wußte ich, daß sie nicht schlief, sondern wach auf dem Rücken lag und an die Decke starrte;

und als ich selbst einschlief, träumte ich überhaupt nicht von Ehemännern. Statt dessen träumte ich von meiner Mutter in ihrem Leichentuch, und wie sie durch das kalte Wasser, das eine blaugrüne Farbe hatte, immer tiefer nach unten sank; und das Laken fing an, sich oben zu lösen und wehte wie im Wind, und ihre Haare kamen hervor und waberten wie Seetang; aber sie verdeckten auch ihr Gesicht, so daß ich es nicht genau sehen konnte, und sie waren dunkler, als die von meiner Mutter es gewesen waren; und da wußte ich, daß es gar nicht meine Mutter war, sondern eine andere Frau, und sie war im Inneren ihres Lakens überhaupt nicht tot, sondern noch lebendig.

Und ich hatte schreckliche Angst und wachte mit klopfendem Herzen und in kaltem Schweiß auf. Aber Mary schlief jetzt und atmete ganz ruhig, und das graue und rosa Licht der Dämmerung war schon zu sehen, und draußen fingen die Hähne an zu krähen, und alles war wie immer. Und da fühlte ich mich besser.

20.

Und so ging es weiter bis in den November, in dem die Blätter von den Bäumen fielen und es schon früh dunkel wurde, und das Wetter war trüb und grau und der Regen peitschte. Und dann wurde es Dezember, und der Boden war so hartgefroren wie Stein, und ab und zu schneite es ein wenig. In unserer Dachkammer war es jetzt sehr kalt, vor allem am Morgen, wenn wir im Dunkeln aufstehen und unsere nackten Füße auf den eisigen Boden stellen mußten; und Mary sagte, wenn sie ihr eigenes Haus hätte, würde sie neben jedem Bett einen geflochtenen Läufer liegen haben, und sie selbst hätte ein Paar warme Filzpantoffeln. Wir holten unsere Kleider zu uns ins Bett, um sie zu wärmen, bevor wir sie anzogen, und zogen uns unter der Bettdecke an; und abends wärmten wir Backsteine auf dem Herd und wickelten sie in Flanell und legten sie ins Bett, damit sich unsere Zehen nicht in Eiszapfen verwandelten. Und das Wasser in unserer Schüssel war so kalt, daß der Schmerz mir durch den ganzen Arm schoß, wenn ich mir die Hände wusch; und ich war froh, daß wir zu zweit in einem Bett schliefen.

Mary sagte, das alles sei noch gar nichts, der richtige Winter habe noch nicht einmal angefangen, und es würde noch viel kälter werden. Und das einzig Gute daran sei, daß sie die Feuer im Haus höher aufschichten und länger brennen lassen müßten. Und es sei besser, zu den Dienstboten zu gehören, wenigstens tagsüber, weil wir uns zwischendurch immer in der Küche aufwärmen könnten, wohingegen das Wohnzimmer so zugig sei wie eine Scheune und der Kamin einen überhaupt nicht wärmte, außer man stand direkt davor, und wenn Mrs. Parkinson allein im Zimmer sei, würde sie immer die Röcke anheben, um sich den Hintern zu wärmen, und letzten Winter hatte ihr Unterrock Feuer gefangen, und Agnes, das Zimmermädchen, hörte das Geschrei und rannte hinein und wurde auf der Stelle hysterisch, und Jim, der Stallbursche, warf Mrs. Parkinson eine Decke über und rollte sie auf dem Boden herum wie ein Faß, und zum Glück war sie nicht schlimm verbrannt, sondern nur ein bißchen angesengt.

Mitte Dezember schickte mein Vater meine arme Schwester Katey, um meinen Lohn von mir zu erbetteln; er selbst traute sich nicht zu kommen. Ich hatte Mitleid mit Katey, weil die Bürde, die einst auf mir gelastet hatte, jetzt auf ihr lag, und brachte sie in die Küche und wärmte sie am Herd auf und erbat ein Stück Brot von der Köchin, die sagte, es sei nicht ihre Aufgabe, alle hungrigen Waisenkinder der Stadt zu füttern, ihr aber trotzdem etwas gab; und Katey weinte und sagte, sie wollte, ich wär wieder zu Hause. Ich gab ihr einen Vierteldollar und sagte, sie solle unserem Vater sagen, mehr hätte ich nicht, was, wie ich gestehen muß, eine Lüge war, aber inzwischen dachte ich, daß die Wahrheit etwas war, was ich ihm nicht schuldete. Und ich gab ihr zehn Cent für sich selbst und sagte, sie solle sie gut aufbewahren für den Notfall, obwohl ihre Not jetzt schon groß genug war. Und außerdem gab ich ihr einen Unterrock von mir, der mir zu klein geworden war.

Sie sagte, unser Vater habe keine feste Arbeit gefunden, sondern nur Gelegenheitsarbeiten, wolle aber diesen Winter in den Norden gehen, um Bäume zu fällen; und er habe von freiem Land weiter im Westen gehört und wolle dorthin gehen, sobald es Frühling war. Was er auch tat, und zwar sehr überraschend, denn Mrs. Burt kam und sagte, mein Vater sei verschwunden, ohne auch nur annähernd alles zu zahlen, was er ihr schuldete. Erst wollte sie, daß ich dafür aufkam, aber Mary sagte, sie könne ein Mädchen von dreizehn Jahren nicht zwingen, Schulden zu begleichen, die ein erwachsener Mann angehäuft hatte; und im Grunde ihres Herzens war Mrs. Burt keine schlechte Frau, und zum Schluß sagte sie, es sei nicht meine Schuld.

Ich weiß nicht, was aus meinem Vater und den Kindern geworden ist. Ich habe nie einen Brief bekommen und auch zur Zeit des Prozesses nichts von ihnen gehört.

Als Weihnachten heranrückte, wurde die Stimmung im Haus immer fröhlicher. Die Feuer brannten höher, und ganze Körbe voller Sachen wurden vom Lebensmittelhändler geliefert, und der Fleischer brachte große Rinderbraten und ein ganzes Schwein, das am Stück geröstet werden sollte, und in der Küche wurden geschäftige Vorbereitungen getroffen. Mary und ich wurden aus der Waschküche gerufen, um dabei zu helfen, und wir rührten und mischten für die Köchin und schälten und schnitten die Äpfel und sortierten die Rosinen und die Korinthen und mahlten die Muskatnüsse und schlugen die Eier, je nachdem, was verlangt wurde, und die Arbeit machte uns viel Spaß, weil es immer eine Gelegenheit gab, hier ein bißchen zu probieren und da ein bißchen zu naschen, und wann immer wir konnten, stibitzten wir ein bißchen Zucker für uns selbst, und die Köchin merkte nichts oder sagte nichts, weil sie so viele andere Sachen um die Ohren hatte.

Mary und ich durften die Böden für alle Hackfleischpasteten machen, aber die Abdeckung machte die Köchin selbst, weil das, wie sie sagte, eine Kunst war, für die wir noch zu jung waren, und sie schnitt Sterne dafür aus und andere kunstvolle Muster. Und sie ließ uns die schweren Früchtekuchen aus den Musselintüchern wickeln, in die sie gehüllt waren, und den Brandy und den Whisky darübergießen und sie dann wieder einschlagen; und der Duft gehört zu den besten Dingen, an die ich mich erinnern kann.

Es wurden viele Pasteten und Kuchen benötigt, da es die Zeit der Besuche und der Dinners und der Feste und Bälle war. Die beiden Söhne des Hauses kamen von ihrer Universität nach Hause, sie waren in Harvard in Boston, und sie hießen Mr. George und Mr. Richard und schienen beide sehr nett zu sein, und dazu recht groß. Ich achtete nicht weiter auf sie, da sie in meinen Augen nur mehr Wäsche bedeuteten, und viele zusätzliche Hemden, die gestärkt und gebügelt werden mußten; aber Mary guckte immer aus dem oberen Fenster auf den Hof, um einen Blick auf sie zu erhaschen, wie sie auf ihren Pferden davonritten, oder sie lauschte im Flur, wenn sie mit den geladenen Damen Duette sangen; und am liebsten hörte sie die *Rose von Tralee*, weil ihr Name darin vorkam – da wo es heißt: *Da liebte ich Mary, die Rose von Tralee.* Sie hatte selbst eine schöne Stimme und kannte viele von den Liedern auswendig; und manchmal kamen die beiden jungen Herren in die Küche und neckten und baten sie so lange, bis sie ihnen etwas vorsang. Und sie nannte sie junge Dachse, obwohl beide ein paar Jahre älter waren als sie selbst.

Am Weihnachtstag schenkte Mary mir ein Paar warme Handschuhe, die sie selbst gestrickt hatte. Ich hatte sie dabei gesehen, aber sie war sehr schlau gewesen und hatte gesagt, sie seien für eine kleine Freundin von ihr, und ich hätte nie gedacht, daß die kleine Freundin, die sie meinte, ich selbst war. Sie waren von einer wunderschönen dunkelblauen Farbe, mit aufgestickten roten Blumen. Und ich schenkte ihr ein Nadelmäppchen, das ich aus fünf roten Flanellvierecken gemacht hatte, die oben zusammengenäht waren; und es wurde mit zwei Stückchen Samtband geschlossen. Und Mary dankte mir und umarmte und küßte mich und sagte, es sei das schönste Nadelmäppchen auf der ganzen Welt, und man könne so etwas in keinem Geschäft kaufen, und sie hätte so etwas Schönes noch nie gesehen, und sie würde es immer in Ehren halten.

Am Tag vorher hatte es viel geschneit, und die Leute fuhren in Schlitten umher, mit Glöckchen an den Pferden, was sich sehr hübsch anhörte. Und nachdem die Familie ihr Weihnachtsmahl gegessen hatte, aßen die Dienstboten ihres, und wir hatten unseren eigenen Truthahn und unsere eigenen Pasteten und sangen Weihnachtslieder und waren froh und zufrieden.

Es war das glücklichste Weihnachten, das ich je erlebt habe, davor und danach.

Nach den Ferien fuhr Mr. Richard zurück an seine Universität, aber Mr. George blieb zu Hause. Er hatte sich eine Erkältung zugezogen, die ihm auf die Lunge geschlagen war und hustete viel, und Mr. und Mrs. Parkinson gingen mit langen Gesichtern umher, und ein Arzt wurde gerufen, was mich sehr beunruhigte. Aber dann hieß es, es sei keine Schwindsucht, sondern nur eine fiebrige Erkältung und dazu ein Hexenschuß, und er müsse viel ruhen und viele heiße Getränke zu sich nehmen, und diese bekam er in reichlichen Mengen, da er bei den Dienstboten sehr beliebt war. Und Mary machte auf dem Herd einen eisernen Knopf heiß, was, wie sie sagte, das beste Mittel gegen Hexenschuß war, wenn man ihn genau auf die Stelle legte, und brachte ihn zu ihm hinauf.

Als es ihm wieder besserging, war es Mitte Februar, und er hatte so viel von seinem Collegesemester versäumt, daß er sagte, er würde bis zum nächsten wegbleiben; und Mrs. Parkinson stimmte ihm zu und sagte, er müsse erst wieder richtig zu Kräften kommen. Und da war er also und wurde von allen nach Strich und Faden verwöhnt und hatte eine Menge Zeit und zu wenig zu tun, was für einen lebhaften jungen Mann kein guter Zustand ist. Und es gab eine Menge Parties, zu denen er gehen konnte, und Mädchen, mit denen er tanzen konnte, und eine Menge Mütter, die ihn gern als Schwiegersohn gesehen hätten. Ich fürchte, er wurde wirklich sehr verwöhnt, nicht zuletzt von sich selbst. Denn wenn die Welt einen gut behandelt, Sir, beginnt man irgendwann zu glauben, daß man es verdient hat.

Mary hatte die Wahrheit über den Winter gesagt. Der Schnee zu Weihnachten war zwar hoch gewesen, aber wie eine Decke aus Federn, und die Luft fühlte sich wärmer an, nachdem er gefallen war, und die Stallburschen machten Unsinn und warfen mit Schneebällen; aber sie waren ganz weich und fielen auseinander, wenn sie einen trafen.

Aber dann fing der richtige Winter an, und der Schnee fiel jetzt im Ernst vom Himmel und war nicht mehr weich, sondern hart, wie winzige, stechende Kügelchen aus Eis. Er wurde von einem bitterkalten Wind dahergetrieben und häufte sich zu hohen Schneewehen auf, und ich fürchtete, wir würden alle bei lebendigem Leib begraben werden. Am Dach wuchsen Eiszapfen, und man mußte sehr vorsichtig sein, wenn man unter ihnen hindurchging, weil sie herunterfallen konnten und scharf und spitz waren; und Mary hatte von einer Frau gehört, die von einem getötet worden war, der sie von oben bis unten durchbohrt hatte wie ein Spieß. An einem Tag fiel Eisregen, der alle Bäume mit einem Mantel aus Eis überzog, und am nächsten Tag blitzten sie in der Sonne wie tausend Diamanten; aber die Bäume wurden davon niedergedrückt, und viele Äste brachen ab. Und die ganze Welt war hart und weiß, und wenn die Sonne schien, war alles so grell, daß man die Hand über die Augen legen mußte und nicht zu lange hinsehen durfte.

Wir blieben so viel es ging im Haus, weil man sich draußen leicht Erfrierungen holen konnte, vor allem an den Fingern und den Zehen; und die Männer banden sich Tücher über die Ohren und die Nasen, und ihr Atem kam in dicken Wolken. Die Familie hatte Pelzdecken für den Schlitten und warme Umhänge und Mäntel, und fuhr trotz der Kälte zu Besuchen aus; aber wir hatten keine so warmen Kleidungsstücke. Nachts legten Mary und ich unsere Tücher über die Bettdecken und behielten unsere Strümpfe und einen extra Unterrock an; und trotzdem wurden wir nicht richtig warm. Gegen Morgen waren die Feuer heruntergebrannt, und unsere heißen Backsteine waren kalt geworden, und wir zitterten wie die Kaninchen.

Am letzten Tag im Februar wurde das Wetter etwas besser; und wir wagten uns aus dem Haus, um Besorgungen zu machen, nachdem wir unsere Füße in den Stiefeln, die wir uns von den Stallburschen geborgt hatten, mit Flanelltüchern umwickelt hatten; und wir hüllten uns in so viele Schals, wie wir finden oder borgen konnten und gingen bis zum Hafen hinunter. Er war fest zugefroren, und große Eisschollen und Eisblöcke hatten sich am Ufer übereinandergeschoben; und es gab eine Stelle, wo der Schnee weggefegt worden war und die Damen und Herren Schlittschuh liefen. Es war eine anmutige

Bewegung, als glitten die Damen unter ihren Kleidern auf Rädern dahin, und ich sagte zu Mary, es müsse einfach herrlich sein, das zu können. Mr. George war auch da und schwebte Hand in Hand mit einer jungen Dame in einem Pelzumhang über das Eis, und er sah uns und winkte uns fröhlich zu. Ich fragte Mary, ob sie schon einmal Schlittschuh gelaufen sei, und sie sagte nein.

Ungefähr um diese Zeit herum bemerkte ich an Mary eine Veränderung. Sie kam oft erst spät ins Bett, und wenn sie dann kam, wollte sie sich nicht mehr unterhalten. Sie hörte nicht zu, wenn ich etwas zu ihr sagte, sondern schien auf etwas ganz anderes zu lauschen; und ständig guckte sie durch Türen oder Fenster oder über meine Schulter. Eines Abends, als sie dachte, ich sei schon eingeschlafen, sah ich, wie sie etwas, das in ein Taschentuch gewickelt war, unter dem losen Brett im Fußboden versteckte, wo sie ihre Kerzenstummel und Zündhölzer aufbewahrte, und als ich am nächsten Tag, als sie nicht im Zimmer war, nachsah, war es ein goldener Ring. Mein erster Gedanke war, daß sie ihn gestohlen hatte, was mehr gewesen wäre, als sie je zuvor gestohlen hatte, und sehr schlimm für sie, wenn sie ertappt würde, aber niemand im Haus sagte etwas von einem fehlenden Ring.

Mary lachte und scherzte nicht mehr so wie früher, und sie machte auch ihre Arbeit nicht mehr so flink, und ich begann mir Sorgen zu machen. Doch als ich sie fragte, ob sie Kummer habe, lachte sie und sagte, sie wüßte nicht, wie ich auf eine solche Idee käme. Aber ihr Geruch hatte sich verändert, von Muskatnuß zu gesalzenem Fisch.

Der Schnee und das Eis fingen an zu schmelzen, und die ersten Vögel kamen zurück und begannen zu singen und zu rufen, und da wußte ich, daß bald Frühling sein würde. Und an einem Tag gegen Ende März, als wir die saubere Wäsche in Körben über die Hintertreppe nach oben trugen, um sie auf dem Trockenboden aufzuhängen, sagte Mary, ihr sei schlecht, und sie rannte hinunter auf den Hof, hinter die Nebengebäude.

Ich stellte meinen Korb ab und folgte ihr, so wie ich war, ohne mein Tuch und ohne alles, und fand sie auf den Knien im nassen Schnee neben dem Häuschen, wohin sie es nicht mehr geschafft hatte, da sie von einer heftigen Übelkeit überwältigt worden war.

Ich half ihr auf die Beine, und ihre Stirn fühlte sich klamm und feucht an, und ich sagte, sie gehöre ins Bett. Darüber wurde sie sehr zornig und sagte, sie hätte nur etwas Verkehrtes gegessen, wahrscheinlich sei es der Hammeleintopf von gestern gewesen, und jetzt sei sie ihn los. Aber ich hatte denselben Eintopf gegessen und spürte überhaupt nichts. Sie nahm mir das Versprechen ab, nicht darüber zu reden, und ich gab es. Aber als ein paar Tage später genau dasselbe passierte, und dann noch einmal am nächsten Morgen, war ich sehr besorgt, denn ich hatte meine Mutter sehr oft im selben Zustand gesehen und kannte den milchigen Geruch und wußte sehr wohl, was mit Mary los war.

Ich dachte immer wieder darüber nach, und gegen Ende April stellte ich sie zur Rede und schwor feierlich, daß ich sie nicht verraten würde, wenn sie sich mir nur anvertraute, denn ich glaubte, daß sie es bitter nötig hatte, sich jemandem anzuvertrauen, da sie nachts keine Ruhe fand und dunkle Ringe unter den Augen hatte und niedergedrückt wurde vom Gewicht ihres Geheimnisses. Und sie fing an zu weinen und sagte, ich hätte nur allzu recht; und der Mann habe versprochen, sie zu heiraten, und ihr einen Ring geschenkt, und sie habe ihm geglaubt, weil sie gedacht habe, er sei nicht wie andere Männer; aber jetzt habe er sein Versprechen zurückgenommen und wolle nichts mehr von ihr wissen und nicht mehr mit ihr reden, und sie sei ganz verzweifelt und wisse nicht, was sie tun solle.

Ich fragte sie, wer der Mann sei, aber sie wollte es mir nicht verraten. Und sie sagte, sobald bekannt würde, in welchem Zustand sie sei, würde man sie aus dem Haus jagen, da Mrs. Parkinson sehr strenge Ansichten habe; und was solle dann aus ihr werden? Manche Mädchen in ihrer Lage könnten zu ihren Familien zurückgehen, aber sie hatte ja keine Familie mehr; und jetzt würde kein anständiger Mann sie jemals heiraten, und sie würde auf die Straße gehen und eine Matrosenhure werden müssen, da sie keine andere Möglichkeit habe, sich und das Baby zu ernähren. Und ein solches Leben würde sicher ihr baldiges Ende bedeuten.

Ich war ihretwegen tief bekümmert, aber auch meinetwegen, denn sie war die treueste und in der Tat die einzige Freundin, die ich auf der ganzen Welt hatte. Und ich tröstete sie so gut ich konnte, wußte aber auch nicht, was ich sagen sollte.

Den ganzen Mai hindurch sprachen Mary und ich oft darüber, was sie tun könnte. Ich sagte, es müsse doch sicher ein Arbeitshaus oder etwas ähnliches geben, das sie aufnehmen würde, und sie sagte, sie wisse von keinem, aber selbst wenn es eins gäbe, würden die jungen Mädchen, die dorthin gingen, immer sterben, weil sie, kaum daß sie entbunden hätten, Fieber bekämen; und sie glaube, daß die Babys in solchen Häusern heimlich erstickt würden, damit sie der Allgemeinheit nicht zur Last fielen; und lieber würde sie das Risiko eingehen, anderswo zu sterben. Wir sprachen darüber, ob wir das Baby vielleicht selbst heimlich entbinden und dann als Waisenkind weggeben könnten, aber Mary sagte, ihr Zustand sei bald nicht mehr zu übersehen; und Mrs. Honey habe sehr scharfe Augen und schon gesagt, daß Mary fülliger geworden sei, und sie könne nicht hoffen, noch lange unentdeckt zu bleiben.

Ich sagte, sie solle noch ein letztes Mal versuchen, dem Mann ins Gewissen zu reden. Und das tat sie auch; aber als sie von der Unterredung zurückkam – die ganz in der Nähe stattgefunden haben mußte, weil sie nicht lange fortblieb –, war sie aufgebrachter, als sie es je zuvor gewesen war. Sie sagte, er habe ihr fünf Dollar gegeben, und sie habe gesagt, ob das alles sei, was sein eigenes Kind ihm wert sei? Darauf habe er gesagt, auf diese Art würde sie ihn nicht einfangen, und er wisse ja nicht einmal, ob es tatsächlich sein Kind sei, schließlich habe sie sich ihm gegenüber so entgegenkommend gezeigt, daß er sich frage, ob sie es bei anderen nicht auch so gemacht habe; und wenn sie ihm mit einem Skandal drohen wolle oder zu seiner Familie ginge, würde er alles abstreiten und jedes letzte bißchen guten Ruf ruinieren, das sie hatte, und wenn sie wolle, daß ihre Sorgen ein schnelles Ende hätten, könne sie ja ins Wasser gehen.

Sie sagte, sie habe ihn wirklich geliebt, aber jetzt liebe sie ihn nicht mehr; und sie warf die fünf Dollar auf den Boden und weinte eine Stunde lang bitterlich; aber ich sah, daß sie das Geld hinterher sorgfältig unter dem losen Brett im Fußboden verwahrte.

Am nächsten Sonntag sagte sie, sie gehe nicht mit in die Kirche, sondern wolle allein einen Spaziergang machen; und als sie zurückkam, sagte sie, sie sei unten am Hafen gewesen, um ins Wasser zu gehen und ihrem Leben ein Ende zu bereiten. Und ich flehte sie unter Tränen an, etwas so Sündhaftes nicht zu tun.

Zwei Tage später sagte sie, sie sei in der Lombard Street gewesen und habe dort von einem Doktor gehört, der ihr helfen könne; er sei der Doktor, zu dem die Huren gingen, wenn es nötig sei. Ich fragte sie, auf welche Weise dieser Doktor ihr helfen würde, und sie sagte, ich solle nicht fragen; und ich wußte nicht, was sie meinte, denn ich hatte noch nie von so einem Doktor gehört. Und sie fragte, ob ich ihr meine Ersparnisse leihen würde, die sich zu dieser Zeit auf drei Dollar beliefen und mit denen ich ein neues Sommerkleid kaufen wollte. Und ich sagte, sie könne das Geld herzlich gern haben.

Dann zog sie ein Stück Schreibpapier hervor, das sie unten aus der Bibliothek entwendet hatte, und eine Feder und Tinte, und schrieb: *Wenn ich sterbe, soll Grace Marks meine Sachen haben.* Und sie unterschrieb mit ihrem Namen. Und dann sagte sie: »Vielleicht bin ich bald schon tot. Aber du wirst noch am Leben sein.« Und sie sah mich ganz kalt und voller Abneigung an, so wie sie andere hinter ihrem Rücken angesehen hatte, mich aber noch nie.

Darüber war ich sehr erschrocken und nahm ihre Hand und

flehte sie an, nicht zu diesem Doktor zu gehen, wer immer er auch sein mochte. Aber sie sagte, sie habe keine andere Wahl, und ich solle mich nicht so anstellen, sondern die Feder und die Tinte heimlich auf den Schreibtisch in der Bibliothek zurückschaffen und mich wieder an meine Arbeit machen; und morgen würde sie sich nach dem Mittagessen davonschleichen, und wenn ich gefragt würde, solle ich sagen, sie sei nur kurz zum Häuschen gegangen oder oben auf dem Trockenboden, oder was immer mir sonst einfiel; und dann solle auch ich mich aus dem Haus schleichen und sie dort treffen, weil sie vielleicht Schwierigkeiten haben würde, allein nach Hause zu kommen.

In dieser Nacht schlief keine von uns sehr gut; und am nächsten Tag tat sie, was sie gesagt hatte, und schlich sich, ohne entdeckt zu werden, aus dem Haus, das Geld in ihr Taschentuch geknotet, und ich folgte ihr wenig später und begleitete sie. Der Doktor wohnte in einem recht großen Haus in einer guten Gegend. Wir gingen zum Dienstboteneingang, und er ließ uns selbst ein. Als erstes zählte er das Geld. Er war groß und trug einen schwarzen Rock und sah uns sehr streng an; und zu mir sagte er, ich solle in der Spülküche warten, und dann sagte er noch, wenn ich je etwas über diese Sache sagte, würde er leugnen, mich je gesehen zu haben. Dann zog er seinen Gehrock aus und hängte ihn an einen Haken und krempelte die Ärmel hoch wie vor einer Schlägerei.

Er sah dem Doktor sehr ähnlich, der meinen Kopf messen wollte und mich so ängstigte, Sir, kurz bevor Sie selbst hierherkamen.

Mary ging mit ihm aus dem Zimmer, und ihr Gesicht war so weiß wie eine Wand, und dann hörte ich Schreie und Weinen, und nach einer Weile schubste der Doktor sie durch die Tür. Ihr Kleid war ganz feucht und klebte an ihr wie ein nasser Lappen, und sie konnte kaum noch gehen. Und ich legte den Arm um sie und stützte sie, so gut ich konnte.

Als wir endlich zu Hause angekommen waren, krümmte sie sich vor Schmerzen und hielt sich den Bauch und bat mich, ihr die Treppe hinaufzuhelfen, und das tat ich auch, denn sie war wirklich sehr schwach. Ich half ihr in ihr Nachthemd und ins Bett, und sie behielt ihren Unterrock an, zwischen den Beinen zusammengeknüllt. Ich fragte sie, was passiert sei, und sie sagte, der Doktor habe ein Messer genommen und innen etwas zerschnitten, und er habe gesagt, sie würde Schmerzen haben und bluten, aber nach ein paar Stunden würde es aufhören, und danach wäre alles wieder in Ordnung. Und sie habe einen falschen Namen angegeben.

Da wußte ich plötzlich, daß der Doktor das Baby aus ihr herausgeschnitten haben mußte, was in meinen Augen sehr schlimm war. Aber ich dachte auch, entweder gibt es auf diese Weise eine Leiche, oder anders zwei, weil Mary sich sonst ganz gewiß ertränkt hätte; und deshalb brachte ich es in meinem Herzen nicht über mich, ihr einen Vorwurf zu machen.

Sie hatte große Schmerzen, und am Abend machte ich einen Backstein für sie heiß und brachte ihn zu ihr nach oben, aber sie erlaubte mir nicht, jemand anderen zu rufen. Ich sagte, ich würde auf dem Fußboden schlafen, weil sie es dann bequemer hätte; und sie sagte, ich sei die beste Freundin, die sie je gehabt habe, und was immer geschehen mochte, sie würde mich nie vergessen. Ich wickelte mich in mein Tuch und faltete meine Schürze als Kopfkissen zusammen und legte mich auf den Fußboden, der sehr hart war; und deswegen und weil Mary so stöhnte, konnte ich zuerst nicht einschlafen. Aber nach einer Weile wurde sie ruhiger, und ich schlief doch ein und wurde erst bei Tagesanbruch wieder wach. Und da lag Mary mit weit offenen, starrenden Augen tot im Bett.

Ich berührte sie, aber sie war ganz kalt. Zuerst stand ich einfach nur da, stocksteif vor Angst; aber dann riß ich mich zusammen und ging durch den Flur und weckte Agnes, das Zimmermädchen, und fiel ihr weinend in die Arme, und sie fragte: »Was ist denn nur?« Ich konnte nicht sprechen, sondern nahm sie bei der Hand und führte sie in unser Zimmer, wo Mary lag. Agnes packte sie an den Schultern und schüttelte sie und sagte dann: »Gott im Himmel, sie ist tot!«

Und ich sagte: »Oh Agnes, was soll ich nur tun? Ich hab doch nicht gewußt, daß sie sterben würde, und jetzt werden alle sagen, daß ich schuld bin, weil ich nicht früher gesagt habe, daß sie krank ist. Aber ich mußte ihr doch versprechen, es nicht zu tun.« Und ich schluchzte und rang die Hände.

Agnes hob die Bettdecke und sah darunter. Marys Nachthemd und Unterrock waren blutgetränkt, und auch das Laken war ganz rot vor lauter Blut, und braun, wo es schon getrocknet war. Sie sagte: »Das ist eine sehr schlimme Geschichte«, und befahl mir, zu bleiben, wo ich war, und ging und holte Mrs. Honey. Ich hörte ihre Schritte, als sie fortging, und es kam mir so vor, als bliebe sie sehr lange fort.

Ich setzte mich auf den Stuhl in unserem Zimmer und sah Mary ins Gesicht; ihre Augen waren offen, und ich spürte, daß sie mich aus den Augenwinkeln heraus ansah. Und dann dachte ich plötzlich, sie hätte sich bewegt, und ich sagte: »Mary, tust du nur so, als ob du tot wärst?« Denn das hatte sie manchmal getan, hinter den Laken auf dem Trockenboden, um mich zu ängstigen. Aber dieses Mal tat sie nicht nur so.

Dann hörte ich zwei verschiedene Arten von Schritten durch den Gang herbeieilen und bekam große Angst. Aber ich stand auf, und Mrs. Honey kam ins Zimmer. Sie sah nicht traurig aus, sondern böse und auch angewidert, als könne sie einen unangenehmen Geruch riechen. Und tatsächlich lag ein Geruch im Zimmer; es war der Geruch von nassem Stroh, von der Matratze, und auch der salzige Geruch von Blut. In einem Metzgerladen riecht es so.

Mrs. Honey sagte: »Es ist empörend und eine Schande, das muß ich Mrs. Parkinson sagen.« Und wir warteten, und dann kam Mrs. Parkinson und sagte: »Unter meinem Dach! So ein verlogenes Mädchen.« Und sie sah dabei mich an, obwohl sie von Mary sprach. Und dann sagte sie: »Warum hast du uns nichts gesagt, Grace?« Und ich sagte: »Bitte, Ma'am, Mary hat gesagt, ich soll nicht. Sie hat gesagt, am Morgen würde es ihr wieder besser gehen.« Und ich fing an zu weinen und sagte, ich hätte doch nicht gewußt, daß sie sterben würde!

Agnes, die sehr fromm war, wie ich schon gesagt habe, erklärte: »Der Lohn der Sünde ist der Tod.«

Mrs. Parkinson sagte: »Das war böse von dir, Grace«, und Agnes sagte: »Sie ist doch nur ein Kind und sehr gehorsam. Sie hat nur getan, was ihr gesagt wurde.«

Ich dachte, Mrs. Parkinson würde sie ausschelten, weil sie sich eingemischt hatte, aber das tat sie nicht, sie nahm meinen Arm, ganz sanft, und sah mir in die Augen und sagte: »Wer war der Mann? Der Schuft muß bloßgestellt und für sein Verbrechen bestraft werden. Sicher war es ein Matrose aus dem Hafen. Diese Burschen haben nicht mehr Gewissen als ein Tier. Weißt du, wer es war, Grace?«

Ich sagte, Mary habe keine Matrosen gekannt, sondern habe sich mit einem Gentleman getroffen, und sie seien verlobt gewesen. Bloß habe er dann sein Versprechen gebrochen und sie nicht mehr heiraten wollen.

Und Mrs. Parkinson sagte scharf: »Was für ein Gentleman?«

Ich sagte: »Bitte, Ma'am, ich weiß es nicht. Mary hat nur gesagt, daß es Ihnen gar nicht recht wäre, wenn Sie herausfinden würden, wer es war.«

Das hatte Mary zwar nicht gesagt, aber ich hatte so meinen Verdacht.

Daraufhin machte Mrs. Parkinson ein nachdenkliches Gesicht und ging im Zimmer auf und ab und sagte dann: »Agnes und Grace, wir werden nicht weiter über diese Sache sprechen, da das nur zu noch mehr Unglück und Kummer führt. Was geschehen ist, ist geschehen, und aus Respekt vor der Toten werden wir nicht sagen, woran Mary gestorben ist. Wir werden sagen, daß es ein Fieber war. Das wird für alle das Beste sein.«

Und sie sah uns beide streng an, und wir knicksten. Und die ganze Zeit lag Mary auf dem Bett und hörte uns zu und hörte unsere Pläne, diese Lügen über sie zu erzählen, und ich dachte, sie wird nicht in Frieden ruhen.

Ich sagte nichts über den Doktor, und niemand fragte mich danach. Vielleicht hielten sie so etwas nicht einmal für möglich und dachten, es sei nur ein verlorenes Baby gewesen, wie es bei Frauen öfter vorkommt, und daß Mary daran gestorben war, wie Frauen es öfter taten. Sie sind der erste Mensch, dem ich von diesem Doktor erzählt habe, Sir; und es ist meine ehrliche Überzeugung, daß er es war, der Mary mit seinem Messer umgebracht hat; er und der Gentleman zusammen. Denn nicht immer ist nur derjenige, der zuschlägt, der eigentliche Mörder, und Mary wurde von diesem unbekannten Gentleman so sicher zu Tode gebracht, wie wenn er das Messer selbst in die Hand genommen und es ihr in den Leib gestoßen hätte.

Mrs. Parkinson verließ das Zimmer, und nach einer Weile kam Mrs. Honey zurück und sagte, wir sollten das Laken und Marys Nachthemd und ihren Unterrock nehmen und das Blut herauswaschen; und auch Mary selbst waschen, und die Matratze zum Verbrennen hinausbringen und uns selbst darum kümmern. Und da, wo die Quilts aufbewahrt würden, sei noch ein Matratzenbezug, den könnten wir mit Stroh ausstopfen, und dann sollten wir ein neues Laken holen. Sie fragte, ob Mary ein zweites Nachthemd habe, das wir ihr anziehen könnten, und ich sagte ja, weil sie zwei hatte, aber das andere war in der Wäsche. Und ich sagte, ich würde ihr eins von meinen geben. Sie sagte, wir sollten niemand etwas von Marys Tod sagen, bis wir sie hergerichtet und die Decke über sie gezogen und ihr die Augen zugedrückt und ihr die Haare gekämmt hätten. Dann ging sie hinaus, und Agnes und ich taten, was sie uns aufgetragen hatte. Und es war leicht, Mary aus dem Bett zu heben, aber schwer, sie zurechtzumachen.

Agnes sagte: »Hinter dieser Geschichte steckt mehr, als man auf den ersten Blick sieht, und ich wüßte gern, wer der Mann ist«, und dabei sah sie mich fragend an. Und ich sagte: »Wer immer er ist, er ist gesund und munter und lebendig und genießt wahrscheinlich in ebendiesem Augenblick sein Frühstück und denkt genausowenig an die arme Mary, wie wenn sie eine Schweinehälfte wäre, die im Metzgerladen hängt.«

Agnes sagte: »Es ist der Fluch Evas, den wir alle tragen müssen«, und ich wußte, daß Mary darüber gelacht hätte. Und dann hörte ich auf einmal ihre Stimme, ganz klar und deutlich, in meinem Ohr, und sie sagte: *Laß mich rein.* Ich war sehr erschrocken und sah Mary an, die auf dem Boden lag, weil wir dabei waren, das Bett zurechtzumachen. Aber sie gab mir kein Zeichen, daß sie etwas gesagt hatte, und ihre Augen waren immer noch offen und starrten an die Decke.

Und da dachte ich mit einer plötzlichen Angst: Ich habe das Fenster nicht aufgemacht! Und ich lief zum Fenster und öffnete es, weil ich dachte, ich hätte sie falsch verstanden und sie hätte gesagt: *Laß mich raus.* Agnes sagte: »Was machst du denn da, es ist eisig kalt draußen«, und ich sagte: »Mir ist ganz übel von dem Geruch«, und sie gab mir recht, daß das Zimmer gelüftet werden mußte. Ich hoffte, daß Marys Seele jetzt aus dem Fenster fliegen und nicht im Zimmer bleiben und mir Sachen ins Ohr flüstern würde. Und ich hoffte, daß es nicht schon zu spät war.

Schließlich hatten wir alles erledigt, und ich knüllte das Laken und das Nachthemd zusammen und ging hinunter in die Waschküche und pumpte einen Zuber mit kaltem Wasser voll, denn um Blutflecke herauszubekommen, braucht man kaltes Wasser. Wenn man warmes Wasser nimmt, setzen sie sich erst recht fest. Zum Glück war die Waschfrau nicht in der Waschküche, sondern in der richtigen Küche, wo sie die Eisen zum Bügeln heißmachte und mit der Köchin einen Schwatz hielt. Und ich schrubbte und schrubbte, und das meiste Blut ging heraus und färbte das Wasser ganz rot; und ich kippte es in den Ausguß und pumpte noch einen Zuber und ließ die Sachen darin weichen und gab etwas Essig dazu, gegen den Geruch. Und ich weiß nicht, ob es von der Kälte oder vom Schrecken kam, aber plötzlich fingen meine Zähne an zu klappern, und als ich die Treppe hinauflief, war mir ganz schwindlig zumute.

Agnes war bei Mary im Zimmer geblieben, die jetzt sehr hübsch aufgebahrt lag, die Augen geschlossen, als schliefe sie, die Hände auf der Brust gefaltet. Ich sagte Agnes, was ich getan hatte, und sie schickte mich zu Mrs. Parkinson, um ihr zu sagen, alles sei bereit. Das tat ich, und ging dann wieder nach oben, und kurz darauf kamen die Dienstboten herein, um Mary zu sehen, und einige weinten, und alle machten traurige Gesichter, wie es sich gehörte. Aber wenn jemand tot ist, liegt immer auch eine seltsame Erregung in der Luft, und ich konnte sehen, daß das Blut kräftiger durch ihre Adern floß als an normalen Tagen.

Agnes übernahm das Reden und sagte, es sei ein plötzliches Fieber gewesen, und für eine so fromme Person, wie sie es war, log sie sehr gut; und ich stand zu Marys Füßen und sagte gar nichts. Und eine sagte: »Arme Grace, morgens aufzuwachen und sie kalt und steif im Bett neben sich zu haben, ohne Vorwarnung.« Und eine andere sagte: »Man bekommt eine Gänsehaut, wenn man nur daran denkt, ich könnte das nicht aushalten.«

Und da war es auf einmal so, als wäre alles wirklich so gewesen, wie wir gesagt hatten, und ich sah vor mir, wie ich neben Mary aufwachte und sie anfaßte und merkte, daß sie nicht mit mir sprechen wollte, und ich konnte mir das Entsetzen und die Angst vorstellen, die ich dabei empfinden würde, und in diesem Augenblick sank ich ohnmächtig zu Boden.

Später sagten sie mir, ich hätte zehn Stunden so gelegen, und niemand habe mich wecken können, obwohl sie es mit Zwicken und Ohrfeigen und kaltem Wasser und dem Verbrennen von Federn direkt unter meiner Nase versuchten. Und als ich dann wach wurde, hätte ich nicht gewußt, wo ich war oder was passiert war, sondern immer wieder gefragt, wo Grace hin sei. Und als sie mir sagten, ich selbst sei Grace, hätte ich ihnen nicht geglaubt, sondern geweint und versucht, aus dem Haus zu laufen, und gesagt, Grace sei verloren und in den See gegangen, und ich müsse sie suchen. Sie sagten, sie hätten um meinen Verstand gefürchtet, der durch den Schock anscheinend aus dem Gleichgewicht geraten war; und alles in allem wäre das auch kein Wunder gewesen.

Dann fiel ich wieder in einen tiefen Schlaf, und als ich daraus erwachte, war es einen Tag später, und ich wußte wieder, daß ich Grace und daß Mary tot war. Und ich erinnerte mich an den Abend, an dem wir die Apfelschalen über die Schulter geworfen hatten und wie die von Mary dreimal gerissen waren, und alles war tatsächlich so gekommen, weil sie niemanden geheiratet hatte und es jetzt auch nie mehr tun würde.

Aber ich hatte keine Erinnerung an das, was ich in der Zeit, als ich zwischendurch wach gewesen war, gesagt oder getan hatte, und das beunruhigte mich.

Und so war die glücklichste Zeit meines Lebens aus und vorbei.

VII.

Jägerzaun

McDermott ... war ein verdrießlicher und ungehobelter Patron, an dessen Charakter es nur wenig Bewundernswertes gab ... [Er] war ein gewitzter junger Bursche und so behende, daß er auf einem Jägerzaun laufen konnte wie ein Eichhörnchen, oder ein Weidengatter lieber übersprang, als es zu öffnen oder zu überklettern ... Grace hatte ein lebhaftes Wesen und angenehme Umgangsformen und könnte für Nancy sehr wohl ein Gegenstand der Eifersucht gewesen sein ... Es ist reichlich Raum gegeben für die Mutmaßung, daß sie, statt die Anstifterin und Verursacherin der schrecklichen Taten zu sein, die dort begangen wurden, in dieser ganzen grauenvollen Angelegenheit nur das unglückliche Opfer war. In der Persönlichkeit des jungen Mädchens schien jedenfalls nichts zu liegen, was darauf hindeutete, daß sie sich leicht in die Verkörperung jener personifizierten Verderbtheit verwandeln könnte, als die McDermott sie darzustellen versuchte, falls er tatsächlich auch nur die Hälfte der Äußerungen von sich gab, die ihm in seinem Geständnis zugeschrieben wurden. Sein Hang zur Lüge war allseits bekannt ...

William Harrison, »Erinnerungen an die Kinnear-Tragödie«, geschrieben für den Newmarket Era, 1908

Doch wenn du mein vergäßest kurze Weil
Und wieder mein gedächtest, gräm dich nicht!
Ist im Verwesungsdunkel mir noch licht
Der Wege alten Denkens nur ein Teil:
Weit besser, daß du lächelnd mich vergißt,
Als daß du meiner denkend traurig bist.

Christina Rossetti, »Gedenk«, 1849

21.

Simon nimmt Hut und Stock vom Dienstmädchen der Frau Direktor entgegen und tritt taumelnd ins Sonnenlicht hinaus. Es ist ihm zu hell, zu grell, so als wäre er lange Zeit in einem dunklen Zimmer eingeschlossen gewesen, obwohl das Nähzimmer alles andere als dunkel ist. Es ist Graces Geschichte, die dunkel ist; er hat das Gefühl, aus einem Schlachthaus zu kommen. Wieso hat diese Schilderung eines Todes ihn so sehr mitgenommen? Natürlich hat er gewußt, daß derartige Dinge passieren; derartige Ärzte existieren, und es ist schließlich nicht so, als hätte er noch nie eine tote Frau gesehen. Er hat sogar viele gesehen; aber sie waren alle so gründlich tot, waren nichts als Studienobjekte. Er hat sie nicht beim eigentlichen Akt des Sterbens erlebt. Diese Mary Whitney jedoch, noch keine – was? Siebzehn? Ein junges Mädchen. Höchst bedauerlich! Er würde sich gern die Hände waschen.

Kein Zweifel, er ist von der Wendung der Ereignisse überrumpelt worden. Er war Graces Geschichte mit einem, wie er zugeben muß, gewissen persönlichen Vergnügen gefolgt – auch er hat glücklichere Tage erlebt und liebt seine Erinnerungen an sie, und auch sie enthalten Bilder von sauberen Laken und frohen Festtagen und fröhlichen jungen Dienstmädchen –, und dann, im Zentrum des Ganzen, diese böse Überraschung. Dazu kommt, daß Grace das Gedächtnis verloren hatte, wenn auch nur für wenige Stunden und im Verlaufe eines angesichts der Umstände durchaus normalen hysterischen Anfalls – trotzdem könnte sich diese Tatsache als bedeutsam erweisen. Es ist anscheinend die einzige Erinnerung, die sie bisher vergessen hat, ansonsten scheint sie über jeden Knopf und jeden Kerzenstummel Rechenschaft ablegen zu können. Aber genaugenommen kann er sich dessen nicht sicher sein, und er hat das unbehagliche Gefühl, daß gerade die Fülle ihrer Erinnerungen eine Art Ablenkung sein könnte, ein Versuch, den Verstand von einer verborgenen, aber wesentlichen Tatsache abzulenken, ähnlich den hübschen Blumen, die auf Gräber gepflanzt werden! Dazu kommt, ruft er sich in Erinnerung, daß die einzige Zeugin, die Graces Angaben bestätigen könnte – falls es sich hier um eine Aussage vor Gericht handelte –, Mary Whitney selbst wäre, und die steht nicht zur Verfügung.

Ein Stück links die Auffahrt hinunter kommt jetzt Grace selbst in Sicht. Sie geht mit gesenktem Kopf, flankiert von zwei sehr unappetitlich aussehenden Figuren, von denen Simon annimmt, daß sie Wärter sind. Sie gehen sehr dicht neben ihr, so als wäre sie keine Mörderin, sondern ein kostbarer Schatz, den sie hüten müssen. Die Art, wie sie sich an sie drängen, gefällt ihm nicht, aber natürlich würde das Leben der beiden eine sehr unerfreuliche Wendung nehmen, sollte es Grace gelingen, ihnen zu entkommen. Obwohl Simon die ganze Zeit gewußt hat, daß sie jeden Abend ins Gefängnis zurückgebracht und in eine enge Zelle gesperrt wird, kommt ihm das heute völlig unpassend vor. Sie haben den ganzen Nachmittag beisammen gesessen und sich unterhalten wie in einem Salon; und jetzt ist er frei wie ein Vogel und kann tun und lassen, was er will, während sie hinter Schloß und Riegel gesteckt wird. Eingesperrt in ein finsteres Loch. Bewußt finster, denn wenn ein Gefängnis nicht finster wäre, wo wäre dann die Strafe?

Sogar das Wort *Strafe* stört ihn heute. Mary Whitney will ihm einfach nicht aus dem Kopf gehen. Gehüllt in ihr blutiges Leichentuch.

Er hat sich heute nachmittag länger aufgehalten als üblich. In einer halben Stunde soll er schon bei Reverend Verringer sein, zu einem frühen Abendessen, dabei ist er überhaupt nicht hungrig. Er beschließt, am Ufer des Sees entlangzugehen. Die Luft wird ihm guttun und vielleicht seinen Appetit anregen.

Ein Glück, denkt er, daß er nicht bei der Chirurgie geblieben ist. Der ehrfurchtgebietendste seiner Lehrer am Guy's Hospital in London, der berühmte Dr. Bransby Cooper, pflegte zu sagen, ein guter Chirurg müsse genau wie ein guter Bildhauer vor allem die Fähigkeit besitzen, sich völlig von der vor ihm liegenden Aufgabe zu lösen. Der Bildhauer durfte sich unter keinen Umständen von den vergänglichen Reizen seines Modells ablenken lassen, sondern mußte dieses objektiv betrachten, als eine Art Rohmaterial oder Ton, aus dem sein Kunstwerk entstehen würde. Auf ganz ähnliche Weise war der Chirurg ein Bildhauer des Fleisches; er mußte in der Lage sein, Einschnitte in den menschlichen Körper so bedächtig und behutsam vorzunehmen, als schneide er eine Kamee. Dafür war eine kaltblütige Hand und ein ruhiges Auge erforderlich. Jene, die zu sehr mit dem Leid des Patienten empfanden, waren auch diejenigen, in deren Fingern das Messer ausglitt. Die Leidenden brauchten nicht dein Mitgefühl, sondern dein Können.

Alles schön und gut, denkt Simon. Aber Männer und Frauen sind keine Statuen, sind nicht leblos wie Marmor, obwohl sie es in der klinischen Chirurgie oft werden – nach einer geräuschvollen und blutigen Zeit der Qual. Im Guy's Hospital hatte er sehr schnell gemerkt, daß er nicht viel für Blut übrig hatte.

Aber er hat dort auch ein paar wertvolle Lektionen gelernt. Zum einen, wie leicht Menschen sterben; zum anderen, wie oft. Und wie kunstvoll Geist und Körper miteinander verwoben sind. Ein Abgleiten des Messers, und schon hatte man einen Idioten geschaffen. Aber wenn das möglich war, wieso dann nicht auch das Umgekehrte? Konnte man durch Nähen und Zusammenschnippeln nicht vielleicht doch ein Genie basteln? Welche Geheimnisse waren noch im Nervensystem zu ergründen, jenem Gewebe aus sowohl materiellen wie auch ätherischen Strukturen, jenem Netz aus Fasern, das den ganzen Körper durchzog, zusammengesetzt aus tausend Ariadnefäden, die alle ins Gehirn führten, jene dunkle, zentrale Höhle, wo ringsum verstreute Knochen liegen und Ungeheuer lauern …

Und die Engel auch, erinnert er sich selbst. Auch die Engel.

In der Ferne sieht er eine Frau. Sie ist ganz in Schwarz gekleidet, ihr Rock ist eine weiche, sich kräuselnde Glocke, ihr
Schleier weht hinter ihr her wie dunkler Rauch. Sie dreht sich
um, sieht kurz zurück: Es ist Mrs. Humphrey, seine trübsinnige
Vermieterin. Zum Glück entfernt sie sich von ihm, oder vielleicht geht sie ihm auch mit Absicht aus dem Weg. Um so besser, da er nicht in der Stimmung für Unterhaltungen ist, und
erst recht nicht für Dankbarkeit. Er fragt sich, warum sie sich
so sehr wie eine Witwe kleidet. Wunschdenken vielleicht. Bislang keine Neuigkeiten vom Major. Simon geht am Ufer entlang und stellt sich vor, was er wohl treibt – Rennbahn, Bordell,
Schenke; eins von den dreien.

Plötzlich hat er große Lust, die Schuhe auszuziehen und in
den See zu waten. Er erinnert sich daran, wie er als kleiner
Junge in Begleitung seiner Kinderfrau – einer jungen Fabrik-
arbeiterin, die ins Haus geholt worden war, wie übrigens die
meisten ihrer Dienstmädchen damals – im Bach herum-
planschte, der am hinteren Rand des Gartens vorbeifloß, und
sich schmutzig machte und von seiner Mutter ausgeschimpft
wurde. Die Kinderfrau auch, weil sie es erlaubt hatte.

Wie hatte sie geheißen? Alice? Oder war Alice erst später
gekommen, als er schon in der Schule war und lange Hosen
trug und einen seiner heimlichen Ausflüge zu den Mansarden
gemacht hatte und von ihr in ihrem Zimmer ertappt worden
war? Auf frischer Tat, dabei, eins ihrer Unterkleider zu streicheln. Sie war empört gewesen, konnte ihrer Empörung aber
natürlich nicht Luft machen, aus Angst, ihre Stellung zu verlieren. Und so hatte sie getan, was Frauen in solchen Situationen
tun, und war in Tränen ausgebrochen. Er hatte die Arme um
sie gelegt, um sie zu trösten, und das Ende der Geschichte war,
daß sie sich küßten. Ihre Haube fiel herab, ihre Haare lösten
sich, lange, dunkelblonde, üppige Haare, nicht sehr sauber, sie
rochen nach saurer Milch. Ihre Hände waren rot, da sie gerade
Erdbeeren geputzt hatte, und ihr Mund hatte nach den Früchten geschmeckt.

Hinterher war sein Hemd vorne voller roter Flecken gewesen, da, wo sie angefangen hatte, seine Knöpfe zu öffnen. Aber es war das erste Mal gewesen, daß er eine Frau geküßt hatte, und er war erst verlegen und dann erschrocken gewesen und hatte nicht gewußt, was er als nächstes tun sollte. Wahrscheinlich hatte sie über ihn gelacht.

Was für ein unerfahrener Junge er gewesen war; was für ein Einfaltspinsel. Er lächelt über die Erinnerung. Es ist ein Bild aus unschuldigeren Tagen, und als die halbe Stunde vorbei ist, fühlt er sich viel besser.

Reverend Verringers Haushälterin begrüßt ihn mit einem mißbilligenden Nicken. Wenn sie lächelte, würde ihr Gesicht wahrscheinlich zerspringen wie eine Eierschale. Es muß eine Schule der Häßlichkeit geben, denkt Simon, in denen solche Frauen ausgebildet werden. Sie führt ihn in die Bibliothek, in der ein Feuer im Kamin brennt und zwei Gläser eines undefinierbaren Erfrischungsgetränks bereitstehen. Er sehnt sich nach einem anständigen Whisky, aber darauf besteht bei den enthaltsamen Methodisten keinerlei Hoffnung.

Reverend Verringer hat vor seinen Lederbänden gestanden und kommt jetzt herbei, um Simon zu begrüßen. Sie setzen sich und trinken; das Gebräu im Glas schmeckt nach Entengrütze, mit einem Beigeschmack von Himbeerkäfern. »Es wirkt blutreinigend. Meine Haushälterin macht es selbst, nach einem alten Rezept«, sagt Reverend Verringer. Sehr alt, geht es Simon, der an Hexen denken muß, durch den Kopf.

»Gibt es Fortschritte bei – unserem gemeinsamen Projekt?« erkundigt sich Verringer.

Simon hat gewußt, daß diese Frage kommen würde, dennoch stolpert er ein wenig über die Antwort. »Ich bin mit äußerster Behutsamkeit vorgegangen«, sagt er. »Gewiß gibt es mehrere Stränge, die es wert sind, weiter verfolgt zu werden. Zunächst mußte ich eine Vertrauensbasis schaffen, was mir, wie ich glaube, gelungen ist. Danach habe ich versucht, mehr über Graces familiären Hintergrund in Erfahrung zu bringen. Sie scheint sich an die Zeit, bevor sie zu Mr. Kinnear kam, mit einer

Lebhaftigkeit und Detailgenauigkeit zu erinnern, die darauf schließen lassen, daß das Problem nicht im Gedächtnis im allgemeinen liegt. Ich habe viel über die Überfahrt von Irland hierher erfahren und auch über ihr erstes Jahr als Dienstmädchen. In dieser Zeit gab es keine unglücklichen Episoden, mit einer Ausnahme.«

»Und die wäre?« fragt Reverend Verringer und zieht die spärlichen Augenbrauen hoch.

»Kennen Sie eine Familie namens Parkinson in Toronto?«

»Ich glaube mich an sie zu erinnern«, sagt Verringer, »aus meiner Jugendzeit. Er war, meine ich, Alderman. Aber er ist vor mehreren Jahren gestorben, und die Witwe ist, wie ich hörte, in ihr Heimatland zurückgekehrt. Sie stammte aus den Vereinigten Staaten, wie Sie selbst. Anscheinend waren unsere Winter ihr zu kalt.«

»Sehr bedauerlich«, sagt Simon. »Ich hatte gehofft, mit ihnen sprechen zu können, um mir ein paar noch unklare Punkte bestätigen zu lassen. Graces erste Stellung war bei dieser Familie. Sie hatte dort eine Freundin – ebenfalls eine Bedienstete – namens Mary Whitney, was, wie Sie sich vielleicht erinnern, der Name war, den sie angab, als sie mit ihrem – als sie mit James McDermott in die Vereinigten Staaten flüchtete, sofern es tatsächlich eine Flucht und keine Verschleppung durch McDermott war. Jedenfalls starb diese junge Frau unter, sagen wir, sehr abrupten Umständen, und während unsere Grace bei der Leiche im Zimmer saß, glaubte sie, ihre tote Freundin sprechen zu hören. Natürlich eine akustische Halluzination.«

»Nicht so ganz ungewöhnlich«, sagt Verringer. »Ich selbst habe an vielen Totenlagern gesessen, und vor allem unter den Sentimentalen und Abergläubischen gilt es fast als eine Schande, die Verstorbenen *nicht* sprechen zu hören. Falls dazu noch ein Engelschor zu hören ist, um so besser.« Sein Tonfall ist trocken, wenn nicht gar ironisch.

Simon ist ein wenig überrascht. Normalerweise ist es doch die Pflicht der Geistlichkeit, derlei fromme Augenwischereien zu fördern. »Auf diesen Zwischenfall«, fährt er fort, »folgte eine Phase der Bewußtlosigkeit und dann eine der Hysterie, anscheinend gemischt mit einer Art Somnambulismus, worauf ein tiefer, langer Schlaf eintrat, und an diesen anschließend das Fehlen jeglicher Erinnerung an das zwischenzeitlich Vorgefallene.«

»Ah«, sagt Verringer und beugt sich vor. »Sie hatte also auch früher schon solche Ausfälle!«

»Wir dürfen keine voreiligen Schlüsse ziehen«, sagt Simon gewissenhaft. »Schließlich ist sie selbst zur Zeit meine einzige Informationsquelle.« Er hält inne; er möchte nicht taktlos erscheinen. »Es wäre für mich und für eine Meinungsbildung im professionellen Sinne sehr hilfreich, wenn ich mit den Personen sprechen könnte, die Grace zur Zeit der − der fraglichen Ereignisse kannten und später Zeuge ihres Verhaltens und ihres Benehmens während der ersten Jahre ihrer Haft und dann auch in der Anstalt waren.«

»Ich selbst war damals noch nicht hier«, sagt Reverend Verringer.

»Ich habe natürlich Mrs. Moodies Schilderung gelesen«, sagt Simon. »Sie enthält vieles, was mich interessiert. Ihr zufolge besuchte der Anwalt, Kenneth MacKenzie, Grace etwa sechs oder sieben Jahre nach Antritt ihrer Haftstrafe im Gefängnis, wo sie ihm anscheinend anvertraute, Nancy Montgomery lasse ihr keine Ruhe und sie werde von zwei blutunterlaufenen, funkelnden Augen verfolgt, die beispielsweise in ihrem Schoß auftauchten, oder in ihrem Suppenteller. Mrs. Moodie selbst hat Grace in der Anstalt gesehen − in der Abteilung für gewalttätige Patienten, wie ich mich zu erinnern glaube − und schildert eine unzusammenhängendes Zeug stammelnde Irre, die wild herumkreischte und wie angestochen hin und her rannte. Ihr Bericht entstand natürlich zu einer Zeit, als sie noch nicht wissen konnte, daß Grace in weniger als einem Jahr aus der Anstalt entlassen werden würde, wenn nicht als völlig geheilt, so doch geistig immerhin gesund genug, um ins Gefängnis zurückgeschickt zu werden.«

»Dafür braucht man geistig nicht völlig gesund zu sein«, sagt Verringer mit einem kurzen Lachen, das wie eine quietschende Türangel klingt.

»Ich habe daran gedacht, Mrs. Moodie einen Besuch abzustatten«, sagt Simon, »möchte aber vorher Ihren Rat einholen. Ich bin mir nicht sicher, wie ich meine Fragen formulieren soll, ohne den Eindruck zu erwecken, daß ich den Wahrheitsgehalt dessen, was sie geschrieben hat, anzweifle.«

»Wahrheitsgehalt?« sagt Verringer ausdruckslos. Er klingt nicht überrascht.

»Es gibt Diskrepanzen, über die man einfach nicht hinwegsehen kann«, sagt Simon. »Zum Beispiel scheint sich Mrs. Moodie über die Lage von Richmond Hill nicht klar zu sein, sie ist ungenau, was Namen und Daten angeht, sie bezeichnet diverse Mitwirkende dieser Tragödie mit Namen, die nicht ihre eigenen sind, und sie hat Mr. Kinnear einen militärischen Rang verliehen, der ihm anscheinend nicht zustand.«

»Vielleicht ein *post mortem* verliehener Orden?« murmelt Verringer.

Simon lächelt. »Außerdem schreibt sie, daß die beiden Schuldigen Nancy Montgomerys Leiche zerstückelten, bevor sie sie unter dem Waschzuber versteckten, was gewiß nicht der Fall war. Die Zeitungen hätten es sich niemals nehmen lassen, ein so sensationelles Detail zu erwähnen. Ich fürchte, die gute Frau wußte einfach nicht, wie schwierig es ist, einen Menschen zu zerstückeln, da sie dies offensichtlich noch nie versucht hatte. Kurz gesagt, läßt das alles einen auch an anderen Dingen zweifeln. Am Motiv für die Morde zum Beispiel. Mrs. Moodie nennt einerseits die wilde Eifersucht Graces, die Nancy um den Besitz von Mr. Kinnear beneidete, und andererseits die Lüsternheit McDermotts, der in Form von Graces Gunst ein Quidproquo für seine Dienste als Mörder angeboten bekam.«

»Das war die damals gängige Meinung.«

»Zweifellos«, sagt Simon. »Die Öffentlichkeit ist für ein saftiges Melodrama immer mehr zu begeistern als für die Schilderung eines simplen Diebstahls. Aber Sie verstehen sicher, daß man angesichts all dessen auch Zweifel an den blutunterlaufenen Augen bekommen kann.«

»Mrs. Moodie«, sagt Reverend Verringer, »hat öffentlich geäußert, daß sie Charles Dickens liebt, und ganz besonders *Oliver Twist*. Ich meine mich an ein ähnliches Augenpaar in diesem Buch zu erinnern, das ebenfalls einer toten Person namens Nancy gehört. Mrs. Moodie ist – wie soll ich es ausdrücken? – anfällig für gewisse Einflüsse. Vielleicht sollten Sie einmal ihr Gedicht ›Die Wahnsinnige‹ lesen, falls sie ein *afiçionado* von Walter Scott sind. Dieses Gedicht enthält alle Erfordernisse – eine hohe Felswand, einen Mond, eine stürmische See, eine betrogene Maid, die ein wildes Lied singt und in ungesund nassen Sachen herumläuft –, wobei, wenn ich mich recht erinnere, ihre offenen Haare mit verschiedenen Blumensorten geschmückt sind. Ich glaube, es endet damit, daß die junge Dame sich von den malerischen Klippen stürzt, die so fürsorglich für sie bereitgestellt wurden. Lassen Sie mich sehen – « Er schließt die Augen, schlägt mit der rechten Hand den Takt und rezitiert:

»Sie stand auf den Klippen, wo die Winde wüten,
In den Haaren funkelten Tropfen zwischen weißen Blüten;
Ihr Busen war entblößt vor dem Mitternachtssturm so kalt,
Der ohn Erbarmen einschlug auf die schmale Gestalt;
Ihr Auge blitzte im bleichen Wahn des Gesichts,
Sie sah mich an, als wär ich ein Bote des Jüngsten Gerichts,
Zum Schlag der Wogen sang sie eine wilde Melodie,
Die unendliche Klage dieser Stimme, ich vergesse sie nie.

Und er, der sie in Elend, Wahn und Schande stieß,
Der ihr Ruf und Ehre raubte und sie schamlos verließ –
Denkt er in dieser Stunde an das Herz, das er brach,
Die Schwüre, die er verraten, die Qual und die Schmach?
Und wo war das Kind, dessen Geburt die Mutter zerstörte,
Wo war es, dessen Stimme sie im Sturm weinen hörte?«

Er öffnet die Augen wieder. »In der Tat, wo?« sagt er.

»Sie erstaunen mich«, sagt Simon. »Sie müssen ein außergewöhnlich gutes Gedächtnis besitzen.«

»Für Verse einer gewissen Art, unglücklicherweise ja; es kommt von all den Kirchenliedern«, sagt Reverend Verringer. »Schließlich hat es Gott selbst gefallen, einen beträchtlichen Teil der Bibel in Versen zu schreiben, was auf seine Billigung dieser Kunstform schließen läßt, ganz gleich, wie schwach sie auch praktiziert werden mag. Nichtsdestoweniger gibt es an Mrs. Moodies Moral nichts zu deuteln. Ich bin sicher, Sie verstehen mich richtig. Mrs. Moodie ist eine literarische Dame und neigt, wie alle Menschen dieser Art, und wie überhaupt ihr ganzes Geschlecht zu – «

»Ausschmückungen«, sagt Simon.

»Richtig«, sagt Verringer. »Alles, was ich hier sage, muß natürlich unter uns bleiben. Obwohl die Moodies zur Zeit der Rebellion Tories waren, haben sie seitdem ihren Irrtum eingesehen und sind jetzt gestandene Reformer, was ihnen von gewissen boshaften Personen, die in der Lage sind, sie mit Prozessen und ähnlichem zu quälen, sehr angekreidet wurde. Ich würde nie auch nur ein Wort gegen die Dame sagen. Aber ich würde auch von einem Besuch bei ihr abraten. Übrigens ist sie, soviel ich weiß, den Spiritisten in die Hände gefallen.«

»Tatsächlich?« sagt Simon.

»Jedenfalls habe ich das gehört. Sie war lange Zeit eine Skeptikerin, und es war wohl ihr Mann, der sich als erster bekehren ließ. Zweifellos war sie es dann irgendwann leid, ihre Abende allein zu verbringen, während er Gespenstertrompeten lauschte und mit den Geistern von Goethe und Shakespeare Zwisprache hielt.«

»Verstehe ich Sie recht, daß Sie diese Dinge mißbilligen?«

»Geistliche meiner Konfession sind schon aus der Kirche ausgeschlossen worden, weil sie sich mit diesen meiner Meinung nach unheiligen Machenschaften befaßten«, sagt Reverend Verringer. »Es stimmt, daß einige Mitglieder unseres Komitees an derartigen Dingen beteiligt oder sogar überzeugte Anhänger sind; ich muß mich damit abfinden, bis dieser Wahnsinn sich erschöpft hat und sie wieder zur Vernunft kommen. Wie Nathaniel Hawthorne gesagt hat, ist das Ganze ein Humbug, und wenn nicht, um so schlimmer für uns; denn die Geister, die sich beim Tischrücken und ähnlichem bemerkbar machen, müssen jene sein, denen es nicht gelungen ist, in die Ewigkeit einzutreten, und die sich deshalb immer noch in unserer Welt herumtreiben wie eine Art spiritueller Staub. Es ist unwahrscheinlich, daß sie uns wohlgesonnen sind, und je weniger wir mit ihnen zu tun haben, desto besser.«

»Hawthorne?« sagt Simon. Er ist überrascht, daß ein Geistlicher Hawthorne liest. Der Mann wurde schließlich einer zu sinnlichen Literatur und − insbesondere nach *Der scharlachrote Buchstabe* − auch lockerer Sitten bezichtigt.

»Man muß mit seiner Herde Schritt halten. Aber was Grace Marks und ihr früheres Verhalten angeht, sollten Sie vielleicht Mr. Kenneth MacKenzie konsultieren, der im Prozeß ihr Verteidiger war und, wie ich höre, ein vernünftiger Kopf ist. Er ist Partner in einer Torontoer Anwaltskanzlei, ein schneller beruflicher Aufstieg. Ich werde Ihnen ein Empfehlungsschreiben mitgeben und bin sicher, daß er Ihnen zu Diensten sein wird.«

»Vielen Dank«, sagt Simon.

»Ich bin froh, die Gelegenheit gehabt zu haben, unter vier Augen mit Ihnen zu sprechen − vor der Ankunft der Damen. Aber wie ich höre, kommen sie soeben.«

»Die Damen?«

»Die Frau des Direktors und ihre Töchter geben uns heute abend die Ehre«, sagt Verringer. »Der Direktor selbst ist leider in Geschäften unterwegs. Hatte ich Ihnen das nicht gesagt?« Zwei rote Flecken sind auf seine blassen Wangen getreten. »Wollen wir gehen und sie begrüßen?«

Nur eine der beiden Töchter ist gekommen. Marianne, so sagt die Mutter, muß leider mit einer Erkältung das Bett hüten. Simons Wachsamkeit ist auf der Stelle geweckt. Er ist vertraut mit derartigen Tricks, er kennt die Kabalen von Müttern. Die

Frau Direktor hat beschlossen, Lydia die Möglichkeit zu geben, sich ohne die Ablenkung Mariannes an ihn heranzumachen. Vielleicht sollte er unverzüglich darlegen, wie gering sein Einkommen ist, um jeden Versuch der Annäherung im Keim zu ersticken. Aber Lydia ist ein bezauberndes Wesen, und er möchte sich dieses ästhetischen Vergnügens nicht allzuschnell berauben. Solange keine Erklärungen abgegeben werden, kommt schließlich niemand zu Schaden, und er genießt es, von so strahlenden Augen wie den ihren betrachtet zu werden.

Die Jahreszeit hat jetzt offiziell gewechselt: Lydia steht in voller Frühlingsblüte. Schichten aus hellen, geblümten Rüschen sprießen überall aus ihr hervor und wehen von ihren Schultern wie durchscheinende Flügel. Simon ißt seinen Fisch – der völlig verkocht ist, aber auf diesem Kontinent versteht es keiner, einen Fisch richtig zu dünsten – und bewundert die glatten, weißen Konturen ihres Halses und das, was er von ihrem Busen sehen kann. Es ist, als sei sie aus geschlagener Sahne geformt. Sie sollte anstelle des Fischs auf seinem Teller liegen. Er hat Geschichten über eine berühmte Pariser Kurtisane gehört, die sich bei einem Bankett auf diese Weise präsentierte; nackt natürlich. Er beschäftigt sich damit, Lydia erst zu entkleiden und dann zu garnieren: sie sollte von Blumengirlanden umgeben sein – elfenbeinfarben, muschelrosa – und vielleicht von einem Rand aus Treibhaustrauben und Pfirsichen.

Ihre glupschäugige Mutter zeigt dieselbe Feinnervigkeit wie immer; sie befingert die Jettperlen an ihrem Hals und stürzt sich unvermittelt auf das wichtigere Geschäft des Abends. Der Dienstagskreis hegt den sehnsüchtigen Wunsch, einen Vortrag Dr. Jordans zu hören. Nicht zu formell, nur eine ernsthafte Diskussion unter Freunden – die auch seine Freunde sind, wie sie hofft –, die sich für dieselben Anliegen interessieren. Vielleicht könnte er ein paar Worte über die Frage der Abschaffung der Sklaverei sagen? Das Thema ist für sie alle von großer Bedeutung.

Simon sagt, daß er auf dem Gebiet kein Experte ist – in der Tat ist er nicht einmal sonderlich gut informiert, da er die letzten Jahre größtenteils in Europa verbracht hat. In diesem Fall, schlägt Reverend Verringer vor, wäre Dr. Jordan vielleicht so freundlich, sie über die neuesten Theorien auf dem Gebiet der Nerven- und Geisteskrankheiten zu informieren? Auch das wäre höchst begrüßenswert, da eins der langfristigen Projekte der Gruppe die Reform der staatlichen Irrenanstalten ist.

»Dr. DuPont sagt, er sei ganz besonders an einem Vortrag von Ihnen interessiert«, sagt die Frau des Direktors. »Dr. Jerome DuPont, dessen Bekanntschaft Sie bereits gemacht haben. Er verfügt über eine solche Breite, er verfügt über ein solches Spektrum ... von Dingen, die ihn interessieren.«

»Oh, das fände ich faszinierend«, sagt Lydia und sieht Simon durch lange, dunkle Wimpern an. »Bitte, sagen Sie ja!« Sie hat den ganzen Abend nicht viel gesagt, hatte aber auch kaum eine Gelegenheit dazu, außer um weiteren Fisch abzulehnen, den Reverend Verringer ihr aufdrängen wollte. »Ich habe mich schon immer gefragt, wie es wäre, verrückt zu sein. Grace will es mir einfach nicht sagen.«

Vor seinem inneren Auge sieht Simon sich mit Lydia in einer dunklen Ecke stehen. Hinter einem Vorhang, einem schweren, malvenfarbenen Brokat. Wenn er den Arm um ihre Taille legte − sanft, um sie nicht zu erschrecken −, würde sie seufzen? Würde sie nachgeben, oder würde sie ihn wegstoßen? Oder beides?

In seine Zimmer zurückgekehrt, gießt er sich ein großes Glas Sherry aus der Flasche ein, die er in seinem Schrank verwahrt. Er hat den ganzen Abend nichts getrunken − bis auf das Wasser, das zum Essen gereicht wurde −, aber sein Kopf ist so benebelt, als hätte er. Wieso hat er sich bereit erklärt, vor dem verteufelten Dienstagskreis zu sprechen? Was bedeuten ihm diese Leute, oder er ihnen? Was kann er ihnen sagen, was für sie angesichts ihres Mangels an Erfahrung in diesen Dingen auch nur den geringsten Sinn ergeben würde? Es war Lydia, ihre Bewunderung, ihre Bitte. Er hat das Gefühl, von einem blühenden Busch in einen Hinterhalt gelockt worden zu sein.

Er ist zu erschöpft, um aufzubleiben und zu lesen und zu arbeiten wie sonst. Er geht ins Bett und schläft sofort ein. Dann träumt er. Es ist ein beunruhigender Traum. Er steht in einem eingezäunten Hof, in dem Wäsche an der Leine flattert. Außer ihm ist niemand da, was ihm das Gefühl eines heimlichen Vergnügens bereitet. Die Laken und sonstigen Wäschestücke bewegen sich im Wind, als schmiegten sie sich an unsichtbare, schwingende Hüften, als lebten sie. Während er sie beobachtet – er muß ein Junge sein, er ist klein genug, um zu ihnen aufblicken zu müssen –, reißt sich ein Schal oder Schleier aus weißem Musselin von der Leine los und weht anmutig durch die Luft wie ein sich entrollender Verband, oder wie Farbe in Wasser. Er läuft hinterher, um ihn einzufangen, aus dem Hof, den Weg hinunter – er ist also auf dem Land – und auf eine Wiese. In einen Obstgarten. Das Tuch hat sich in den Zweigen eines niedrigen Baums verfangen, an dem grüne Äpfel hängen. Er zieht daran, und es fällt über sein Gesicht. In diesem Augenblick merkt er, daß es gar kein Tuch ist. Es sind Haare, die langen, duftenden Haare einer unsichtbaren Frau, die sich jetzt um seinen Hals schlingen. Er kämpft dagegen an; er wird immer enger umfangen; er kann kaum noch atmen. Das Gefühl ist schmerzhaft und fast unerträglich erotisch; und er wacht mit einem Ruck auf.

22.

*H*eute bin ich schon vor Dr. Jordan im Nähzimmer. Es hat keinen Zweck, mich zu fragen, was ihn wohl aufhält, da Gentlemen kommen und gehen, wann sie wollen. Also nähe ich, während ich leise vor mich hinsinge.

Wer mißt dem Winde seinen Lauf?
Wer heißt die Himmel regnen?
Wer schließt den Schoß der Erde auf,
mit Vorrat uns zu segnen?
O Gott der Macht und Herrlichkeit,
Gott, deine Güte reicht so weit,
so weit die Wolken reichen.

Ich habe dieses Lied gern, weil es mich an den Wind und die Wolken und den freien Himmel denken läßt, und an Wasser und an die Meeresküste, alles Dinge, die draußen sind, und an etwas zu denken ist fast so gut, wie dort zu sein.

»Ich wußte gar nicht, daß du so gut singen kannst, Grace«, sagt Dr. Jordan, als er ins Zimmer tritt. »Du hast eine schöne Stimme.« Er hat dunkle Ringe unter den Augen und sieht aus, als hätte er keine Minute geschlafen.

»Vielen Dank, Sir«, sage ich. »Früher hatte ich mehr Gelegenheit, sie zu benutzen, als jetzt.«

Er setzt sich und holt sein Notizbuch und seinen Bleistift hervor, und dazu eine Pastinake, die er auf den Tisch legt. Ich persönlich hätte mir diese Pastinake nicht ausgesucht, da sie schon einen rötlichen Schimmer hat, was bedeutet, daß sie alt ist.

»Oh, eine Pastinake«, sage ich.

»Fällt dir dazu etwas ein?« fragt er.

»Nur daß sie schwer zu schälen sind.«

»Man bewahrt sie, glaube ich, im Keller auf?« sagt er.

»Oh nein, Sir«, antworte ich. »Draußen, in einer Grube in der Erde, mit Stroh darüber, weil sie viel besser schmecken, wenn sie Frost bekommen haben.«

Er sieht mich müde an, und ich frage mich, was seine Schlaflosigkeit verursacht hat. Vielleicht eine junge Dame, die ihm nicht aus dem Kopf geht und seine Zuneigung nicht erwidert; oder aber er ißt nicht regelmäßig.

»Sollen wir mit deiner Geschichte da fortfahren, wo wir stehengeblieben waren?« sagt er.

»Ich habe vergessen, wo genau das war, Sir«, sage ich, was nicht ganz stimmt, aber ich möchte sehen, ob er mir wirklich zuhört, oder ob er nur so tut.

»Bei Marys Tod«, sagt er. »Beim Tod deiner armen Freundin Mary Whitney.«

»Ach ja«, sage ich. »Bei Mary.«

Nun, Sir, die Art, wie Mary gestorben war, wurde so gut es ging vertuscht. Ob sie tatsächlich an einem Fieber gestorben war, mochte man glauben oder nicht, aber niemand sagte laut etwas dagegen. Noch stritt jemand ab, daß sie ihre Sachen mir hinterlassen hatte, da sie es schließlich aufgeschrieben hatte; obwohl manch einer die Augenbrauen hochzog, weil sie das getan hatte, als hätte sie schon vorher gewußt, daß sie sterben würde. Aber ich sagte, reiche Leute machen ihr Testament doch auch im voraus, warum also nicht Mary? Und da sagten sie nichts mehr. Noch wurde etwas über das Schreibpapier gesagt, und woher sie es hatte.

Ich verkaufte ihre Truhe, die von guter Qualität war, und auch ihr bestes Kleid, und zwar an Jeremiah den Hausierer, der kurz nach ihrem Tod noch einmal vorbeikam; und ich verkaufte ihm auch den goldenen Ring, den sie unter dem losen Brett im Boden versteckt hatte. Ich sagte ihm, daß ich das Geld für ein anständiges Begräbnis für Mary brauchte, und er machte mir einen guten Preis und mehr. Er sagte, er habe den

Tod in Marys Gesicht gesehen, aber hinterher ist es immer leicht, alles schon vorher gewußt zu haben. Er sagte auch, ihr Tod tue ihm sehr leid, und er würde ein Gebet für sie sprechen. Was für eine Art von Gebet das sein mochte, konnte ich mir nicht vorstellen, weil er eine heidnische Art von Mann war, mit all seinen Zaubertricks und Weissagungen, aber die Form eines Gebets wird wohl nicht so wichtig sein, denke ich, und der einzige Unterschied, den Gott macht, ist der zwischen gutem Willen und bösem. Jedenfalls ist das inzwischen meine Meinung.

Es war Agnes, die mir bei der Beerdigung half. Wir legten Blumen aus Mrs. Parkinsons Garten in den Sarg, wofür wir die Erlaubnis bekommen hatten, und da es Juni war, gab es langstielige Rosen und Pfingstrosen, und wir nahmen nur die weißen. Ich streute Blütenblätter über Mary und legte auch das Nadelmäppchen, das ich für sie gemacht hatte, zu ihr in den Sarg, aber so, daß man es nicht sehen konnte, weil es sonst vielleicht einen falschen Eindruck gemacht hätte, da es doch rot war. Und ich schnitt ihr am Hinterkopf eine Haarsträhne ab, zur Erinnerung, und band sie mit einem Faden zusammen.

Sie wurde in ihrem besten Nachthemd beerdigt und wirkte überhaupt nicht tot, sondern nur schlafend und sehr blaß; und wie sie so ganz weiß angezogen dalag, sah sie aus wie eine Braut.

Der Sarg war nur aus Kiefernholz und sehr schlicht, weil ich für mein Geld auch einen Grabstein haben wollte, aber es reichte trotzdem nur, um ihren Namen einmeißeln zu lassen, obwohl ich gerne auch ein Gedicht gehabt hätte, vielleicht: *Du fliehst das dunkle Erdensein. Wenn im Himmel, gedenke mein.* Aber das hätte meine Mittel bei weitem überstiegen. Sie wurde auf dem Methodistenfriedhof in der Adelaide Street begraben, in einer Ecke gleich neben den Armengräbern, aber noch auf dem eigentlichen Friedhof, und deshalb hatte ich das Gefühl, daß ich für sie alles getan hatte, was ich konnte. Agnes und zwei andere Dienstboten waren die einzigen, die anwesend waren, da anscheinend das Gerücht umging, Mary sei unter zweifelhaften Umständen gestorben; und als der junge Pfarrer die Erde auf den Sarg schaufelte und »Staub zu Staub« sagte, weinte ich, als müßte mir das Herz brechen. Ich dachte dabei auch an meine arme Mutter, die kein anständiges Begräbnis bekommen hatte, in geweihter Erde, so wie es sich gehört, sondern einfach ins Meer gekippt worden war.

Es war sehr schwer für mich zu glauben, daß Mary wirklich und wahrhaftig tot war. Jeden Augenblick rechnete ich damit, daß sie gleich ins Zimmer kommen würde, und wenn ich abends im Bett lag, dachte ich manchmal, ich könnte sie atmen oder draußen vor der Tür lachen hören. Jeden Sonntag legte ich Blumen auf ihr Grab, nicht aus dem Garten von Mrs. Parkinson, denn die hatten wir nur für die eine besondere Gelegenheit nehmen dürfen, sondern wilde Blumen, die ich auf brachliegenden Grundstücken pflückte oder am Seeufer oder wo immer ich welche finden konnte.

Nicht lange nach Marys Tod verließ ich das Haus von Mrs. Parkinson. Ich wollte nicht mehr bleiben, weil Mrs. Parkinson und Mrs. Honey seit Marys Tod nicht mehr freundlich zu mir waren. Sie müssen wohl gedacht haben, ich hätte Mary bei ihrer Beziehung zu dem Gentleman geholfen, und anscheinend dachten sie auch, ich würde seinen Namen doch kennen, und obwohl das nicht stimmte, ist es schwer, einem Verdacht ein Ende zu setzen, wenn er erst einmal in der Welt ist. Als ich sagte, daß ich meine Stellung aufgeben wolle, widersprach Mrs. Parkinson nicht, sondern nahm mich mit in die Bibliothek und fragte mich noch einmal sehr ernst, ob ich den Mann nicht doch kenne; und als ich sagte, nein, ich kenne ihn nicht, ließ sie mich auf die Bibel schwören, daß ich den Namen, auch wenn ich ihn wüßte, nie preisgeben würde, und sie würde mir dafür auch ein gutes Zeugnis schreiben. Ich fand es nicht richtig, daß sie mir auf diese Weise mißtraute, aber ich tat, was sie von mir verlangte, und dann schrieb Mrs. Alderman Parkinson das Zeugnis und sagte darin, daß sie an meiner Arbeit nie etwas auszusetzen gehabt hatte, und gab mir zum Abschied zwei

Dollar, was großzügig von ihr war, und fand sogar eine neue Stellung für mich, und zwar bei einem Mr. Dixon, der auch ein Alderman war.

Bei den Dixons bekam ich mehr Lohn, weil ich jetzt ja angelernt war und ein Zeugnis hatte. Verläßliche Dienstboten waren rar, da viele nach der Rebellion in die Staaten gegangen waren, und obwohl ständig neue Einwanderer ankamen, war die Lücke noch nicht wieder gefüllt, und gute Hilfen waren sehr gesucht; und deshalb wußte ich, daß ich nirgends bleiben mußte, wenn es mir dort nicht gefiel.

Tatsächlich gefiel es mir bei Mr. Dixon nicht besonders, weil ich das Gefühl hatte, sie wüßten dort zuviel über meine Geschichte und behandelten mich irgendwie merkwürdig. Also kündigte ich nach einem halben Jahr und ging zu Mr. McManus; aber auch dort war ich nicht gut untergebracht, weil es außer mir nur noch einen Bediensteten gab, und das war ein Tagelöhner, der immer nur vom Weltuntergang redete und vom Heulen und Zähneklappern, und bei den Mahlzeiten keine angenehme Gesellschaft war. Ich blieb nur drei Monate und ging dann zu Mr. Coates und blieb dort bis ein paar Monate nach meinem fünfzehnten Geburtstag, aber es gab dort ein anderes Mädchen, das neidisch auf mich war, weil ich meine Arbeit sorgfältiger machte als sie; und als sich die Gelegenheit bot, wechselte ich zu Mr. Haraghy, zum selben Lohn wie bei den Coates.

Eine Zeitlang ging alles gut, aber dann fing ich an, mich unbehaglich zu fühlen, weil Mr. Haraghy begann, sich im hinteren Flur Freiheiten herauszunehmen, wenn ich das Geschirr aus dem Eßzimmer abtrug. Und obwohl ich mich an Marys Rat mit dem Tritt zwischen die Beine erinnerte, kam es mir nicht recht vor, meinen Dienstherrn zu treten, und es hätte außerdem zu einer Entlassung ohne Zeugnis führen können. Aber dann hörte ich ihn eines Nachts vor der Tür meiner Dachkammer; ich erkannte sein keuchendes Husten, als er sich am Riegel der Tür zu schaffen machte. Ich schloß mich abends immer ein, aber ich wußte, daß er, Riegel hin, Riegel her, früher oder später eine Möglichkeit finden würde hereinzukommen, notfalls mit einer Leiter, und ich konnte nicht mehr ruhig schlafen, weil ich immer daran denken mußte, und ich brauchte meinen Schlaf, weil ich von der Tagesarbeit müde war, und wenn man mit einem Mann im Zimmer ertappt wird, ist es immer man selbst, die alle Schuld in die Schuhe geschoben bekommt, egal wie er hereingekommen ist. Wie Mary sagte, gibt es Dienstherren, die denken, daß man ihnen vierundzwanzig Stunden am Tag zu Diensten sein muß und die Hauptarbeit flach auf dem Rücken erledigen sollte.

Ich glaube, Mrs. Haraghy hatte so ihre Vermutungen. Sie stammte aus einer guten Familie, mit der es im Leben bergab gegangen war, und hatte an Ehemann nehmen müssen, was sich eben bot; und Mr. Haraghy hatte sein Vermögen mit dem Schlachten von Schweinen gemacht. Ich glaube, daß dies nicht das erste Mal war, daß Mr. Haraghy sich auf diese Weise verhielt, denn als ich kündigte, fragte Mrs. Haraghy mich nicht einmal nach dem Grund, sondern seufzte nur und sagte, ich sei ein gutes Mädchen, und schrieb mir auf der Stelle ein Zeugnis auf ihrem besten Briefpapier.

Anschließend kam ich zu einem Mr. Watson. Ich hätte vielleicht etwas Besseres finden können, wenn ich Zeit gehabt hätte, mich umzuhören, aber ich hatte das Gefühl, daß Eile geboten war, weil Mr. Haraghy fiepsend und ächzend in die Spülküche gekommen war, als ich gerade die Töpfe schrubbte und meine Hände ganz fettig und schmierig waren, und versucht hatte, mich trotzdem zu packen, und das ist ein Zeichen für einen verzweifelten Mann. Mr. Watson war Schuhmacher und dringend auf Hilfe angewiesen, weil er eine Frau und drei Kinder hatte und ein viertes unterwegs war, und er hatte nur eine einzige Bedienstete, die mit der vielen Wäsche nicht nachkam, obwohl sie eine gute Köchin für einfache Hausmannskost war; und deshalb war er bereit, mir zwei Dollar und fünfzig Cent im Monat zu zahlen, und dazu noch ein Paar Schuhe. Ich brauchte dringend neue Schuhe, da die, die ich von Mary hatte, mir nicht richtig paßten und meine eigenen fast durchgelaufen waren, und neue Schuhe waren teuer.

Ich war noch nicht lange bei Mr. Watson, als ich die Bekanntschaft von Nancy Montgomery machte, die auf einen Besuch
vorbeikam, da sie zusammen mit Mrs. Watsons Köchin Sally
auf dem Land aufgewachsen war. Nancy war nach Toronto gekommen, um bei einer Versteigerung von Kurzwaren bei
Clarksons einzukaufen; sie zeigte uns eine sehr hübsche rote
Seide, die sie sich für ein Winterkleid gekauft hatte, und ich
fragte mich, was eine Haushälterin mit so einem Kleid wollen
konnte, und ein Paar feine Handschuhe, und ein Tischtuch aus
irischem Leinen für ihren Dienstherrn. Sie sagte, es sei immer
besser, bei einer Versteigerung statt in einem Geschäft zu kaufen, weil die Preise günstiger waren und ihr Herr gern auf die
Pennies achtete. Sie war nicht mit der Postkutsche in die Stadt
gekommen, sondern von ihrem Herrn gefahren worden, was,
wie sie sagte, sehr viel angenehmer war, weil man dann nicht
Schulter an Schulter mit fremden Leuten saß.

Nancy Montgomery war sehr hübsch, sie hatte dunkle Haare
und war ungefähr vierundzwanzig Jahre alt; sie hatte schöne
braune Augen und lachte und scherzte, so wie Mary Whitney es
getan hatte, und sie schien sehr gutmütig zu sein. Sie und Sally
saßen in der Küche und tranken Tee und erzählten von alten
Zeiten. Sie waren im Norden der Stadt zusammen zur Schule
gegangen, und es war die erste Schule im ganzen Bezirk gewesen, und sie wurde sonntags morgens, wenn die Kinder bei der
Arbeit entbehrt werden konnten, vom örtlichen Pfarrer abgehalten. Sie fand in einem Blockhaus statt, mehr einem Stall,
sagte Nancy; und sie mußten durch den Wald gehen, um sie zu
erreichen, und hatten immer Angst vor Bären, die damals noch
zahlreicher waren; und eines Tages sahen sie tatsächlich einen,
und Nancy rannte schreiend davon und kletterte auf einen
Baum. Sally sagte, der Bär hätte mehr Angst gehabt als Nancy,
und Nancy sagte, wahrscheinlich sei es ein Bärenmann gewesen, und er sei vor etwas Gefährlichem davongelaufen, was er
noch nie im Leben gesehen, worauf er aber vielleicht einen
Blick erhascht hatte, als sie auf den Baum kletterte; und die
beiden lachten sehr darüber. Sie erzählten auch, daß die Jungen

in ihrer Schule das kleine Klohäuschen umgekippt hatten, als eins von den Mädchen drin war, und sie hatten das Mädchen nicht gewarnt, sondern genau wie alle anderen nur zugeguckt, und hatten sich hinterher deswegen sehr geschämt. Sally sagte, immer seien es die Schüchternen, auf denen alle herumhackten, und Nancy sagte, das sei zwar wahr, aber man müsse nun einmal lernen, im Leben auf sich selbst aufzupassen; und ich fand, daß sie damit recht hatte.

Während Nancy ihr Tuch und ihre anderen Sachen zusammensuchte – sie hatte einen wunderschönen Sonnenschirm, rosa in der Farbe, obwohl er eine Reinigung nötig gehabt hätte –, sagte sie zu mir, sie sei die Haushälterin von Mr. Thomas Kinnear, der in Richmond Hill lebte, die Yonge Street hinunter und an Gallow's Hill und Hogg's Hollow vorbei. Sie sagte, sie brauche unbedingt eine zusätzliche Hilfe, da das Haus groß und das andere Mädchen, das sie vorher gehabt hatte, weggegangen sei, um zu heiraten. Mr. Kinnear sei ein Gentleman aus einer guten schottischen Familie und nicht sehr anspruchsvoll in seinen Gewohnheiten, und nicht verheiratet; und deshalb gebe es nicht soviel Arbeit und keine Herrin, die immer nur nörgelte und kritisierte, und wäre ich vielleicht an so einer Stellung interessiert?

Sie behauptete, sie habe Sehnsucht nach weiblicher Gesellschaft, da Mr. Kinnears Farm ein Stück außerhalb der Stadt lag; und außerdem sei sie nicht gern allein mit dem Herrn im Haus, weil die Leute nur reden würden; und ich fand, daß das die richtige Einstellung war. Sie sagte, Mr. Kinnear sei ein großzügiger Dienstherr, der auch einmal ein Lob über die Lippen brachte, wenn er mit etwas zufrieden war; und wenn ich die Stellung annähme, würde ich mich verbessern können und in der Welt einen Schritt vorankommen. Dann fragte sie mich, wie hoch mein Lohn im Augenblick sei, und sagte, sie würde mir drei Dollar im Monat zahlen; und das schien mir mehr als angemessen zu sein.

Nancy sagte, sie habe in einer Woche wieder in der Stadt zu tun und könne bis dahin auf meine Antwort warten. Und ich verbrachte die Woche damit, mir alles durch den Kopf gehen zu lassen. Ich machte mir Gedanken darüber, auf dem Land und nicht in der Stadt zu leben, weil ich mich inzwischen an das Leben in Toronto gewöhnt hatte – immer gab es etwas zu sehen, wenn man Besorgungen zu machen hatte, und manchmal gab es Ausstellungen und Jahrmärkte, obwohl man sich da immer vor Dieben vorsehen mußte; und Prediger unter freiem Himmel und immer einen Jungen oder eine Frau, die um ein paar Pennies auf der Straße sangen. Ich hatte einen Mann gesehen, der Feuer schluckte und einen Bauchredner und ein Schwein, das zählen konnte, und einen Tanzbären mit einem Maulkorb um, bloß daß er mehr taumelte als tanzte, und die Straßenjungen pieksten ihn mit Stöcken. Außerdem wäre es auf dem Land schlammiger, ohne die schönen erhöhten Gehsteige, und nachts gäbe es keine Gasbeleuchtung und keine prächtigen Geschäfte und nicht so viele Kirchtürme und elegante Kutschen und neue Bankgebäude aus Backstein, mit Säulen davor. Aber ich dachte auch, wenn es mir auf dem Land nicht gefiel, konnte ich ja jederzeit zurückkommen.

Als ich Sally nach ihrer Meinung fragte, sagte sie, sie wisse nicht, ob es wirklich eine angemessene Stellung für ein junges Mädchen wie mich sei; und als ich sie fragte, warum nicht, sagte sie, Nancy sei immer gut zu ihr gewesen, und deshalb möchte sie lieber nichts sagen, und jede müsse selbst wissen, was sie tue, und je weniger gesagt, desto besser. Und da sie nichts mit Sicherheit wisse, sei es nicht recht von ihr, mehr zu sagen, sie habe aber das Gefühl, mir gegenüber ihre Pflicht zu tun, indem sie immerhin sage, was sie gesagt habe, weil ich ja keine Mutter mehr hatte, die mir raten konnte. Und ich hatte nicht die geringste Ahnung, wovon sie redete.

Ich fragte sie, ob sie etwas Schlechtes über Mr. Kinnear gehört habe, und sie sagte: »Nichts, was die Welt da draußen als schlecht bezeichnen würde.«

Es war wie ein Rätsel, das ich nicht lösen konnte; und es wäre für alle besser gewesen, wenn sie sich deutlicher ausgedrückt hätte. Aber der Lohn war höher als alles, was ich bisher bekommen hatte, und das fiel für mich ins Gewicht; und was noch schwerer ins Gewicht fiel, war Nancy Montgomery selbst. Sie ähnelte Mary Whitney, dachte ich damals zumindest, und ich war seit Marys Tod sehr niedergeschlagen gewesen. Und deshalb beschloß ich zuzusagen.

23.

Nancy hatte mir das Reisegeld gegeben, und so nahm ich am vereinbarten Tag die frühe Kutsche. Es war eine lange Fahrt, da Richmond Hill sechzehn Meilen weit die Yonge Street hinauf lag. Direkt nördlich der Stadt war die Straße nicht allzu schlecht, obwohl es mehr als einen steilen Hügel gab, an dem wir aussteigen und zu Fuß gehen mußten, weil die Pferde uns nicht hätten hochziehen können. Am Straßenrand wuchsen viele Blumen, Gänseblümchen und ähnliche, und Schmetterlinge flatterten um sie herum, und dieser Teil der Straße war sehr hübsch. Ich überlegte, ob ich einen Strauß pflücken sollte, aber er wäre unterwegs ja doch nur verwelkt.

Nach einer Weile wurde die Straße schlechter, mit tiefen Furchen und vielen Steinen, und das Rucken und Holpern war so schlimm, daß man jeden Knochen einzeln spürte, und oben auf den Hügeln staubte es so, daß man fast erstickt wäre, und an den tieferen Stellen war es schlammig, und Baumstämme waren quer über den Morast gelegt. Wenn es regnete, war die Straße angeblich nicht besser als ein Sumpf, und im März, wenn das Schmelzwasser ablief, konnte man praktisch überhaupt nicht reisen. Die beste Zeit war noch der Winter, wenn alles hartgefroren war und ein Schlitten gut vorankam; aber dann bestand die Gefahr von Schneestürmen und daß man erfror, wenn der Schlitten umkippte, und manchmal waren die Schneewehen so hoch wie ein Haus, und die einzige Chance, die man dann hatte, war ein kleines Gebet und eine große Menge Whisky. Das alles und noch mehr erfuhr ich von dem Mann, der dicht neben mir saß. Er sagte, er handele mit Farmgerätschaften und Saatgut, und er behauptete, die Straße gut zu kennen.

Einige der Häuser, an denen wir vorbeikamen, waren groß und elegant, aber andere waren nur Blockhütten, niedrig und ärmlich. Die Einzäunungen um die Felder herum waren von der unterschiedlichsten Art, Jägerzäune aus gespaltenen dünnen Pfählen, Bretterzäune, aber auch andere, die einfach aus Baumwurzeln bestanden, die man aus der Erde gezogen hatte, und die sahen aus wie riesige Schöpfe aus hölzernen Haaren. Hin und wieder kamen wir an eine Straßenkreuzung, an der sich ein paar Häuser drängten, und dazu ein Gasthaus, wo man die Pferde rasten lassen oder wechseln und ein Glas Whisky zu sich nehmen konnte. Einige der Männer, die dort herumlungerten, hatten weit mehr als das eine Glas zu sich genommen und waren schäbig gekleidet und unverschämt und kamen an die Kutsche, in der ich saß, und versuchten, unter den Rand meiner Haube zu gucken. Als wir zu Mittag rasteten, fragte der Händler, ob ich nicht Lust hätte, mit ihm hineinzugehen und ein Glas zu trinken und eine Erfrischung zu mir zu nehmen, aber ich sagte nein, weil eine ehrbare Frau nicht mit einem Fremden in so ein Haus gehen sollte. Ich hatte Brot und etwas Käse bei mir und konnte mir einen Schluck Wasser aus dem Brunnen im Hof holen, und das war mir genug.

Für die Reise hatte ich meine guten Sommersachen angezogen. Ich trug einen Strohhut mit einem blauen Band aus Marys Truhe, und darunter meine Haube, und ein getüpfeltes Baumwollkleid mit den tief angesetzten Puffärmeln, die gerade aus der Mode kamen, aber ich hatte noch keine Zeit gehabt, es zu ändern. Ursprünglich waren die Tupfen rot gewesen, aber jetzt waren sie zu rosa verwaschen, ich hatte das Kleid als Teil meines Lohns von den Coates bekommen. Zwei Unterröcke, einer mit einem Riß, aber säuberlich geflickt, der andere zu kurz geworden, aber das merkte ja keiner. Ein Unterkleid aus Baumwolle und ein Korsett, gebraucht, von Jeremiah dem Hausierer, und weiße Baumwollstrümpfe, gestopft, aber noch für eine ganze Weile gut. Dazu die Schuhe von Mr. Watson, dem Schuhmacher, die nicht von bester Qualität waren – da die besten

Schuhe aus England kamen – und mir nicht richtig paßten. Ein Umhängetuch aus grünem Musselin, und ein Halstuch, das Mary mir hinterlassen hatte und das vorher ihrer Mutter gehört hatte – weißer Untergrund bedruckt mit kleinen blauen Blumen, Jungfer im Grünen, zu einem Dreieck gefaltet und um den Hals getragen, um die Sonne abzuhalten und Sommersprossen zu vermeiden. Es war tröstlich, diese Erinnerung an sie zu haben. Handschuhe hatte ich keine. Niemand hatte mir je welche geschenkt, und sie waren zu teuer, als daß ich mir selbst welche hätte kaufen können.

Meine Wintersachen, also mein roter Flanellunterrock und mein warmes Kleid, meine Wollstrümpfe, mein Nachthemd aus Flanell, und auch die zwei baumwollenen für den Sommer, mein Arbeitskleid für den Sommer, meine Holzschuhe, zwei Hauben, eine Schürze und mein anderes Unterkleid waren mit dem Tuch meiner Mutter zu einem Bündel zusammengebunden und oben auf der Kutsche verstaut. Es war gut festgezurrt, aber trotzdem war ich die ganze Reise besorgt, ob es auch wirklich nicht herunterfallen und auf der Straße verlorengehen würde, und deshalb sah ich mich immer wieder um.

»Man sollte nie zurückblicken«, sagte der Händler. »Warum nicht?« fragte ich. Ich wußte, daß es sich nicht gehörte, mit fremden Männern zu reden, aber es war schwer, es nicht zu tun, wo wir so eng zusammengepfercht waren. »Weil vorbei eben vorbei ist«, sagte er, »und Bedauern vergeblich und man die Vergangenheit ruhen lassen soll. Sie wissen doch, was aus Lots Frau wurde, Miss«, fuhr er fort. »Sie wurde in eine Salzsäule verwandelt, was für eine Verschwendung für eine gute Frau, nicht daß eine Prise Salz ihnen nicht guttun würde.« Und dabei lachte er. Ich war mir nicht sicher, was er damit meinte, vermutete aber, daß es nichts Gutes sein konnte, und nahm mir vor, nicht mehr mit ihm zu sprechen.

Die Moskitos waren sehr schlimm, vor allem an den morastigen Stellen und am Waldesrand, denn obwohl ein Teil des Landes neben der Straße gerodet war, gab es immer noch lange Strecken, wo die Bäume dicht an die Straße heranrückten, sie waren groß und sehr dunkel. Die Luft im Wald hatte einen ganz anderen Geruch; sie war kühl und feucht und roch nach Moos und Erde und alten Blättern. Ich traute diesem Wald nicht, da er voller wilder Tiere war, Bären zum Beispiel und Wölfen; und ich erinnerte mich an Nancys Geschichte mit dem Bären.

Der Händler sagte: »Hätten Sie Angst, in den Wald zu gehen, Miss?« Und ich sagte nein, das hätte ich nicht, würde es aber nicht tun, wenn ich nicht unbedingt müßte. Und er sagte, das sei auch besser so, junge Frauen sollten lieber nicht allein in den Wald gehen, weil man nie wissen könne, was dann aus ihnen werde. Erst kürzlich sei eine gefunden worden, mit zerrissenen Kleidern, und der Kopf ein ganzes Stück vom Körper entfernt, und ich sagte: »Oh, waren es die Bären?« Und er sagte: »Die Bären oder die Indianer, diese Wälder sind voll von ihnen, sie könnten jeden Augenblick angestürmt kommen und Ihnen erst die Haube abreißen und Sie dann skalpieren. Am liebsten schneiden sie nämlich Frauen die Haare ab, weil sie in den Staaten einen guten Preis dafür bekommen.«

Und dann sagte er: »Sie haben sicher viele hübsche Haare unter Ihrer Haube, Miss«, und die ganze Zeit drückte er sich auf eine Weise an mich, die ich immer ungehöriger fand. Ich wußte, daß er log, wenn nicht über die Bären, dann gewiß über die Indianer, und daß er nur versuchte, mir angst zu machen. Also sagte ich schnippisch: »Ich würde meinen Kopf lieber den Indianern als Ihnen anvertrauen«, und er lachte, aber ich meinte es ernst.

Ich hatte Indianer in Toronto gesehen, da sie manchmal dort hinkamen, um ihr Geld aus den Verträgen mit der Regierung abzuholen; und andere kamen manchmal bei Mrs. Parkinson an die Hintertür und verkauften Körbe oder Fisch. Sie hatten unbewegliche Gesichter, und man konnte nicht sagen, was sie dachten, aber wenn man ihnen sagte, sie sollten weggehen, taten sie es. Trotzdem wäre ich froh gewesen, den Wald hinter uns zu haben und wieder Zäune und Häuser und Wäsche an der Leine zu sehen und den Rauch der Herdfeuer und der Bäume zu riechen, die der Asche wegen verbrannt wurden.

Nach einer Weile kamen wir an den Resten eines Gebäudes vorbei, von dem nur noch die Fundamente übrig waren, ganz schwarz und verkohlt, und der Händler machte mich darauf aufmerksam und sagte, es sei die berühmte Montgomery's Tavern, wo Mackenzie und seine Bande von Tagedieben ihre aufrührerischen Versammlungen abgehalten hatten und von wo sie während der Rebellion aufgebrochen waren, um die Yonge Street hinunterzumarschieren. Ein Mann sei genau vor dem Haus erschossen worden, weil er die Regierungstruppen warnen wollte, und später sei das Haus niedergebrannt worden. Ein paar von den Verrätern seien zwar aufgehängt worden, aber nicht annähernd genug, sagte der Händler, und man sollte diesen feigen Schurken Mackenzie aus den Staaten zurückschleifen, wohin er sich geflüchtet habe, während seine Freunde hier baumeln mußten. Der Händler hatte eine Taschenflasche bei sich, und er hatte sich inzwischen den Mut angetrunken, der aus solchen Flaschen kommt, wie ich am Geruch seines Atems erkennen konnte, und wenn Männer in so einem Zustand sind, ist es besser, sie nicht zu provozieren, und deshalb sagte ich nichts.

Am späten Nachmittag erreichten wir Richmond Hill. Es sah nach nichts Besonderem aus und war eher ein Dorf als eine Stadt, mit Häusern, die alle nebeneinander an der Yonge Street standen. Ich stieg an der Kutschstation aus, wie ich es mit Nancy verabredet hatte, und der Kutscher hob mein Bündel für mich herunter. Der Händler stieg auch aus und fragte, wo ich hinwollte, und ich sagte: »Was einer nicht weiß, macht ihn auch nicht heiß.« Darauf packte er meinen Arm und sagte, ich müsse mit ihm in die Schenke kommen und der alten Zeiten wegen das ein oder andere Glas Whisky mit ihm trinken, da wir in der Kutsche so gut miteinander bekannt geworden seien. Ich versuchte, meinen Arm loszumachen, aber er wollte nicht loslassen und wurde vertraulich und versuchte, mir den Arm um die Taille zu legen, und ein paar Herumlungerer feuerten ihn auch noch an. Ich sah mich nach Nancy um, aber sie war nirgends zu sehen. Was für einen schlechten Eindruck das machen würde, dachte ich, wenn jemand sah, wie ich mich vor einer Schenke mit einem betrunkenen Mann balgte.

Die Tür der Schenke stand offen, und in diesem Augenblick kam Jeremiah der Hausierer daraus hervor, seinen Packen auf dem Rücken und seinen langen Wanderstock in der Hand. Ich war sehr froh, ihn zu sehen, und rief seinen Namen, und er blickte verwundert herüber und kam dann herbeigeeilt.

»Wenn das nicht Grace Marks ist«, sagte er. »Ich hatte nicht erwartet, dich hier zu sehen.«

»Ich dich auch nicht«, sagte ich und lächelte, war aber aufgeregt, weil der Händler noch immer meinen Arm gepackt hielt.

»Ist dieser Mann ein Freund von dir?« fragte Jeremiah.

»Nein, das ist er nicht«, sagte ich.

»Die Dame wünscht Ihre Gesellschaft nicht, mein Herr«, sagte Jeremiah mit seiner nachgemachten Gentleman-Stimme, und der Händler sagte, ich sei keine Dame, und fügte noch ein paar Dinge hinzu, die keine Komplimente waren, und dazu ein paar schlimme Worte über Jeremiahs Mutter.

Da packte Jeremiah seinen Stock und ließ ihn auf den Arm des Mannes niedersausen, und er ließ mich los, und Jeremiah gab ihm einen Stoß, und er stolperte rücklings gegen die Wand der Schenke und setzte sich dann in einen Placken Pferdeäpfel; worauf die anderen Männer nun über ihn spotteten, weil diese Sorte immer über den spottet, der den kürzeren zieht.

»Hast du eine Stellung hier in der Gegend?« fragte Jeremiah, als ich mich bei ihm bedankt hatte. Ich sagte, das hätte ich, und er sagte, dann würde er gelegentlich vorbeikommen und sehen, was er mir verkaufen könne; und genau in dem Augenblick kam ein dritter Mann herbei. »Habe ich vielleicht Grace Marks vor mir?« sagte er, oder etwas in dieser Art; an seine genauen Worte kann ich mich nicht erinnern. Ich sagte, das habe er, und er sagte, er sei Mr. Thomas Kinnear, mein neuer Dienstherr, und er sei gekommen, um mich abzuholen. Er hatte einen leichten Wagen mit einem Pferd, das Charley hieß, wie ich später erfuhr; und Charley war ein rötlichbrauner

Wallach und sehr schön, mit einer herrlichen Mähne und einem herrlichen Schwanz und großen braunen Augen, und ich liebte ihn auf den ersten Blick.

Mr. Kinnear wies den Stallknecht an, mein Bündel hinten auf den Wagen zu legen, wo schon mehrere andere Packen lagen, und sagte: »Da bist du noch keine fünf Minuten in der Stadt und hast es bereits geschafft, zwei feine Herren und Bewunderer zu finden.« Und ich sagte, das seien sie nicht, und er sagte: »Keine feine Herren oder keine Bewunderer?« Und ich war verwirrt und wußte nicht, was ich sagen sollte.

Dann sagte er: »Dann mal rauf mit dir, Grace«, und ich sagte: »Oh, Sir, soll das heißen, daß ich vorne sitzen soll?« Und er sagte: »Wir können dich schließlich nicht nach hinten verfrachten wie ein Gepäckstück«, und er half mir auf den Sitz hinauf. Ich war schrecklich verlegen, weil ich es nicht gewohnt war, neben einem Gentleman wie ihm zu sitzen, und erst recht nicht neben einem, der mein Dienstherr war, aber er schien sich gar nichts dabei zu denken und stieg auf der anderen Seite auf und schnalzte dem Pferd, und dann fuhren wir die Yonge Street entlang, genauso, als wäre ich eine feine Dame, und ich dachte, daß alle, die jetzt aus dem Fenster guckten, hinterher etwas zu tratschen hätten. Aber wie ich später merkte, war Mr. Kinnear kein Mann, der etwas auf Tratsch gab, da er sich keinen Pfifferling darum scherte, was andere Leute über ihn sagten. Er hatte ein eigenes Einkommen und kandidierte nicht für ein öffentliches Amt und konnte es sich also leisten, diese Dinge auf die leichte Schulter zu nehmen.

»Wie sah Mr. Kinnear aus?« fragt Dr. Jordan.

»Er hatte das Gebaren eines Gentleman, Sir«, sage ich, »und einen Schnurrbart.«

»Ist das alles?« sagt Dr. Jordan. »Du scheinst ihn dir nicht sehr genau angesehen zu haben!«

»Ich konnte ihn schließlich nicht gut anstarren, Sir«, sage ich. »Und als ich auf dem Wagen saß, habe ich ihn natürlich überhaupt nicht angesehen. Ich hätte dafür den ganzen Kopf

drehen müssen, wegen meiner Haube. Ich nehme an, Sie selbst
haben noch nie eine Haube getragen, Sir?«

»Nein, das habe ich nicht«, sagt Dr. Jordan und lächelt sein
schiefes Lächeln. »Wahrscheinlich ist so eine Haube gelegentlich recht hinderlich«, sagt er.

»Oh ja, Sir«, sage ich. »Das ist sie. Aber ich habe seine Handschuhe gesehen, weil er ja die Zügel hielt. Hellgelb waren sie,
aus weichem Leder und so schön gemacht, daß sie sich fast ohne
eine Falte anschmiegten. Man hätte meinen können, sie wären
seine Haut. Um so mehr bedauerte ich, daß ich selbst keine
Handschuhe hatte, und ich versteckte die Hände in den Falten
meines Tuchs.«

»Du mußt sehr müde sein, Grace«, sagte er, und ich sagte: »Ja,
Sir.« Und er sagte: »Das Wetter ist sehr warm geworden«, und
ich sagte: »Ja, Sir.« Und so fuhren wir dahin, und um die Wahrheit zu sagen, war es schwerer, als in der holpernden Kutsche
neben dem Händler in Farmgerätschaften zu sitzen, ich kann
nicht sagen, wieso, da Mr. Kinnear viel freundlicher war. Aber
Richmond Hill war kein sehr großer Ort, und bald hatten wir es
hinter uns gelassen. Mr. Kinnear lebte außerhalb des Dorfes,
mehr als eine Meile nördlich davon.

Endlich fuhren wir an seinem Obstgarten vorbei und seine
Auffahrt hinauf, die geschwungen und vielleicht hundert
Schritte lang war und zwischen zwei Reihen von Ahornbäumen von mittlerer Größe verlief. Am Ende der Auffahrt stand
das Haus, mit einer Veranda davor und weißen Säulen, und es
war ein großes Haus, aber nicht so groß wie das von Mrs. und
Mr. Parkinson.

Hinter dem Haus konnte man jemand Holz hacken hören,
und auf dem Zaun saß ein Junge – er war vielleicht vierzehn
Jahre alt –, und als wir vorfuhren, sprang er herunter und kam
herbei, um das Pferd zu halten. Er hatte rote Haare, die sehr
schlecht geschnitten waren, und dazu passend viele Sommersprossen. Mr. Kinnear sagte zu ihm: »Hallo Jamie, das hier ist
Grace Marks, die den weiten Weg von Toronto gekommen ist,

ich habe sie vor der Schenke aufgelesen.« Und der Junge sah zu mir hoch und grinste, als sei irgend etwas an mir komisch; aber er war nur schüchtern und unbeholfen.

Vor der Veranda wuchsen Blumen, weiße Pfingstrosen und rosa Rosen, und eine anmutig gekleidete Dame in einem Kleid mit einem dreifachen Volant schnitt gerade welche. Sie hatte einen flachen Korb am Arm, um sie hineinzutun. Als sie die Wagenräder und die Pferdehufe auf dem Kies hörte, richtete sie sich auf und legte die Hand über die Augen, und ich sah, daß sie Handschuhe trug. Und dann merkte ich, daß diese Frau Nancy Montgomery war. Sie trug einen Hut von derselben hellen Farbe wie ihr Kleid, und es war, als hätte sie ihre besten Sachen angezogen, um vors Haus zu gehen und Blumen zu schneiden. Sie winkte mir zierlich zu, machte aber keine Anstalten, zu mir herüberzukommen, und irgend etwas in meinem Herzen krampfte sich zusammen.

Auf den Wagen aufzusteigen war eine Sache gewesen, aber wieder herunterzukommen war eine andere, weil Mr. Kinnear mir nicht herunterhalf. Er sprang auf seiner Seite herunter und eilte über den Pfad zum Haus und neigte den Kopf dicht vor Nancys Hut, und ich konnte entweder auf dem Wagen sitzenbleiben wie ein Sack Kartoffeln oder allein herunterklettern, was ich tat. Ein Mann war hinter dem Haus hervorgekommen; er hatte eine Axt in der Hand, also mußte er es gewesen sein, der Holz gehackt hatte. Über der einen Schulter trug er eine grob gewebte Jacke, und seine Hemdsärmel waren hochgekrempelt und das Hemd am Kragen offen, und er hatte sich ein rotes Tuch um den Hals geschlungen und die Beine seiner weiten Hose in die Stiefel gestopft. Er war dunkelhaarig und schlank und nicht sehr groß, und er schien mir nicht älter als einundzwanzig zu sein. Er sagte nichts, sondern starrte mich nur an, mißtrauisch und mit gerunzelter Stirn, fast so, als wäre ich sein Feind, aber irgendwie schien er gleichzeitig gar nicht mich anzusehen, sondern jemand anderen genau hinter mir.

Der Junge, Jamie, sagte zu ihm: »Das hier ist Grace Marks«, aber er sagte immer noch nichts; und dann rief Nancy herüber:

»McDermott, kümmer dich um das Pferd, und die Sachen von Grace bringst du in ihr Zimmer, du kannst ihr zeigen, wo es ist.« Bei diesen Worten wurde er ganz rot, wie im Zorn, und nickte mir kurz mit dem Kopf zu, ihm zu folgen.

Ich blieb noch einen Augenblick stehen, die späte Sonne in den Augen, und sah zu Nancy und Mr. Kinnear hinüber, die neben den Pfingstrosen standen. Sie waren von einem goldenen Dunst umgeben, so als wäre Goldstaub aus dem Himmel über sie gefallen, und ich hörte sie lachen. Ich war erhitzt und hungrig und müde und völlig verstaubt von der Straße, und Nancy hatte mich mit keinem Wort begrüßt.

Dann folgte ich dem Pferd und dem Wagen um das Haus herum nach hinten. Der Junge, Jamie, ging neben mir und sagte schüchtern: »Ist Toronto sehr groß, ist es schön, ich bin noch nie dagewesen.« Aber ich sagte nur: »Ja, ganz schön.« Ich konnte mich in diesem Augenblick einfach nicht dazu überwinden, ihm etwas von Toronto zu erzählen, weil es mir bitter leid tat, es je verlassen zu haben.

Wenn ich die Augen zumache, sehe ich jede Einzelheit dieses Hauses vor mir, so klar wie auf einem Bild – die Veranda mit den Blumen, die Fenster und die weißen Säulen im hellen Sonnenlicht –, und ich könnte blind durch jedes Zimmer gehen, obwohl ich in jenem Augenblick gar keine Vorahnung hatte und nur einen Schluck Wasser wollte. Es ist seltsam, wenn man bedenkt, daß von allen Leuten in dem Haus nur ich selbst sechs Monate später noch am Leben sein würde.

Außer Jamie Walsh natürlich; aber der wohnte nicht im Haus.

24.

McDermott zeigte mir das Zimmer, in dem ich schlafen sollte. Es ging von der Winterküche ab. Er war dabei nicht sonderlich zuvorkommend und sagte nur: »Hier schläfst du.« Als ich dabei war, mein Bündel aufzuschnüren, kam Nancy herein, und jetzt auf einmal war sie die Freundlichkeit in Person. Sie sagte: »Ich bin sehr froh, dich zu sehen, Grace, ich bin froh, daß du gekommen bist.« Dann setzte sie mich an den Tisch in der Winterküche, in der es kühler war als in der Sommerküche, da der Herd nicht an war, und zeigte mir, wo ich mir am Spülstein das Gesicht und die Hände waschen konnte, und dann gab sie mir ein Glas Dünnbier und etwas kalten Rinderbraten aus der Vorratskammer und sagte: »Du mußt von der Reise müde sein, sie ist sehr anstrengend«, und blieb bei mir sitzen, während ich aß, und war so liebenswürdig, wie man es sich nur wünschen konnte.

Sie trug ein sehr hübsches Paar Ohrringe, denen ich ansah, daß sie aus echtem Gold waren, und ich fragte mich, wie sie sich so etwas vom Lohn einer Haushälterin leisten konnte.

Nachdem ich mich erfrischt hatte, zeigte sie mir das Haus und die Nebengebäude. Die Sommerküche war ganz vom eigentlichen Haus getrennt, um es nicht noch heißer zu machen, was eine vernünftige Lösung ist, die von allen übernommen werden sollte. Jede der Küchen hatte einen Fliesenboden und einen großen Eisenherd mit einer Abdeckplatte, damit die Hitze im Inneren blieb und man Sachen besser warmhalten konnte, was damals das Allerneueste war; und sie hatten auch einen eigenen Spülstein mit einem Abflußrohr, das nach draußen in die Sickergrube führte, und eine extra Spülküche und Speisekammer. Die Wasserpumpe war im Hof zwischen den beiden Küchen, und ich war froh, daß es kein offener Brunnen war, da solche Brunnen gefährlicher sind, weil Sachen hineinfallen können, und außerdem hausen oft Ratten darin.

Hinter der Sommerküche lag der Stall, und gleich daran anschließend die Remise, in der der Wagen stand. In der Remise war genug Platz für zwei Kutschen, aber Mr. Kinnear hatte nur den einen leichten Wagen, wahrscheinlich wäre eine richtige Kutsche auf diesen Straßen nicht zu gebrauchen gewesen. Im Stall gab es vier Boxen, aber Mr. Kinnear hielt nur eine Kuh und zwei Pferde, nämlich Charley und ein Fohlen, aus dem einmal ein Reitpferd werden sollte, wenn es ausgewachsen war. Die Sattelkammer ging von der Winterküche ab, was ungewöhnlich und auch unpraktisch war.

Über dem Stall gab es eine Bodenkammer, und dort schlief McDermott. Nancy sagte mir, er sei erst seit einer Woche oder so da, und obwohl er sich immer zügig an die Arbeit mache, wenn Mr. Kinnear die Anweisung gab, scheine er einen Groll gegen sie zu hegen und sei ihr gegenüber impertinent; und ich sagte, sein Groll sei wahrscheinlich gegen die ganze Welt gerichtet, weil er auch zu mir sehr kurz angebunden gewesen sei. Nancy sagte, er habe die Wahl, sich entweder zu ändern oder aber zu verschwinden, denn da, wo er herkomme, gebe es noch mehr von seiner Sorte, und Soldaten ohne Arbeit seien zu haben wie Sand am Meer.

Ich habe den Geruch von Ställen immer gern gehabt. Ich tätschelte dem Fohlen die Nase und sagte Charley guten Tag und begrüßte auch die Kuh, weil es meine Aufgabe sein würde, sie zu melken, und ich hoffte, daß wir gut miteinander auskommen würden. McDermott warf den Tieren gerade frisches Stroh unter. Er sprach nicht mit uns, sondern grunzte nur und warf Nancy einen mißmutigen Blick zu, und ich konnte sehen, daß die beiden nicht viel füreinander übrig hatten. Und als wir den Stall verließen, sagte Nancy: »Er wird von Tag zu Tag grantiger. Ganz wie er will. Aber entweder ringt er sich ein Lächeln ab, oder er sitzt wieder auf der Straße oder wahrscheinlicher noch im Straßengraben.« Und dann lachte sie, und ich hoffte, daß er sie nicht hatte hören können.

Danach sahen wir uns den Hühnerstall und den Hühnerhof an, der von einem geflochtenen Weidenzaun umgeben war, der zwar dafür sorgte, daß die Hühner drinnen blieben, aber nicht sehr geeignet war, die Füchse und die Wiesel draußenzuhalten, oder auch die Waschbären, die als große Eierdiebe bekannt sind; und den Küchengarten, der gut bepflanzt war, aber gejätet werden mußte; und ganz hinten einen Pfad entlang stand das Häuschen.

Mr. Kinnear besaß eine Menge Land − eine Weide für die Kuh und die Pferde, und den Obstgarten an der Yonge Street, und mehrere andere Felder, die entweder schon kultiviert waren oder noch gerodet wurden. Es war Jamie Walshs Vater, der sich darum kümmerte, sagte Nancy; die Walshs wohnten in einer Kate etwa eine Viertelmeile vom Haus entfernt, aber noch auf Mr. Kinnears Grund und Boden. Von dort, wo wir standen, konnten wir gerade noch den Dachfirst und den Kamin hinter den Bäumen hervorlugen sehen. Jamie war ein aufgeweckter und vielversprechender Junge und erledigte Botengänge für Mr. Kinnear, und er konnte die Flöte spielen, das heißt, er nannte es Flöte, aber eigentlich war es mehr eine Pfeife. Nancy sagte, er würde sicher bald mal einen Abend vorbeikommen und für uns spielen, was er gerne tat, und sie selbst möge Musik sehr und sei gerade dabei, Klavierspielen zu lernen. Das überraschte mich, da es nicht das Übliche für eine Haushälterin war, aber ich sagte nichts.

Im Hof zwischen den beiden Küchen waren drei Wäscheleinen gespannt. Es gab keine extra Waschküche, und die Waschsachen, also die Kupferkessel und der Waschzuber und das Waschbrett, standen gegenwärtig in der Sommerküche neben dem Herd. Sie waren alle von guter Qualität, und ich war erfreut zu sehen, daß sie die Seife nicht selbst machten, sondern gekaufte benutzten, die viel angenehmer für die Hände ist.

Ein Schwein gab es nicht, und das war mir nur recht, weil Schweine für meinen Geschmack viel zu gerissen sind und gern aus ihrem Koben ausbrechen und außerdem einen Geruch an sich haben, der nicht sehr angenehm ist. Sie hatten zwei Katzen, die im Stall lebten und dafür sorgten, daß die Mäuse und die Ratten nicht überhandnahmen, aber keinen Hund, da Mr. Kinnears alter Hund, Fancy, gestorben war. Nancy sagte, mit einem Hund im Haus, der Fremde anbellte, würde sie sich wohler fühlen, und Mr. Kinnear sehe sich schon nach einem guten Hund um, mit dem er auf die Jagd gehen könne; er sei zwar kein großer Jäger, würde aber im Herbst ganz gern die eine oder andere Ente schießen, oder auch einmal eine Wildgans, die sehr zahlreich waren, aber zu zäh für ihren Geschmack.

Dann gingen wir in die Winterküche zurück und einen Flur entlang, der in die Eingangshalle führte, die groß war und einen Kamin mit einem Hirschgeweih darüber hatte und eine schöne grüne Tapete und einen guten türkischen Teppich. Die Falltür für den Keller befand sich in dieser Halle, und man mußte ein Stück des Teppichs umschlagen, um sie öffnen zu können. Ich fand, daß es ein seltsamer Ort für die Kellertreppe war, da die Küche viel praktischer gewesen wäre; aber die Küche war nicht unterkellert. Die Kellertreppe war zu steil, als daß man sie bequem hätte hinauf- und hinuntergehen können, und der Keller darunter war durch eine halbhohe Mauer in zwei Räume geteilt. Auf der einen Seite war die Milchkammer, wo die Butter und der Käse aufbewahrt wurden, und auf der anderen lagerten der Wein und das Bier in Fässern, und im Winter die Äpfel und die Möhren und der Kohl und die Roten Beten und die Kartoffeln in Sandkisten, und auch die leeren Weinfässer wurden hier aufbewahrt. Es gab ein Fenster, aber Nancy sagte, ich solle immer eine Kerze oder eine Laterne mitnehmen, da es unten recht dunkel sei und man stolpern und die Treppe hinunterfallen und sich den Hals brechen konnte.

Wir gingen an diesem Abend nicht in den Keller hinunter.

Von der Halle ging der vordere Salon ab, der einen eigenen Ofen und zwei Bilder hatte, eins eine Familiengruppe, wahrscheinlich Vorfahren, weil ihre Gesichter steif und ihre Kleider altmodisch waren, und das andere ein großer fetter Bulle mit kurzen Beinen. Außerdem gab es das Klavier, das kein Flügel war, sondern nur ein ganz normales Klavier mit geradem Rücken, und eine Kugellampe, die den besten Waltran verbrannte, er wurde aus den Staaten herbeigeschafft; es gab damals noch kein Petroleum für Lampen. Dahinter lag das Eßzimmer, auch mit einem Kamin, mit silbernen Kerzenhaltern, und das gute Porzellan und das Tafelsilber wurden in einem verschlossenen Schrank verwahrt, und über dem Kaminsims hing ein Bild mit toten Fasanen, was beim Essen nicht sehr angenehm sein konnte. Dieses Zimmer war mit dem Salon durch eine Doppeltür verbunden, konnte aber auch durch eine einfache Tür vom Flur betreten werden, um das Essen von der Küche hereinzutragen. Auf der anderen Seite des Flurs lag Mr. Kinnears Bibliothek, in die wir aber nicht hineingingen, weil er gerade darin las, und dahinter befand sich ein kleines Arbeitszimmer oder Büro mit einem Schreibtisch, an dem er seine Briefe schrieb und seine Geschäfte tätigte.

Aus der vorderen Halle führte eine schöne Treppe mit poliertem Geländer nach oben. Wir gingen hinauf, und oben war Mr. Kinnears Schlafzimmer mit einem großen Bett, und daran angrenzend sein Ankleidezimmer mit einem Frisiertisch mit ovalem Spiegel und einem geschnitzten Schrank, und im Schlafzimmer hing ein Bild von einer Frau, die keine Kleider anhatte und auf einem Sofa lag. Sie war von hinten zu sehen und hatte eine Art Turban auf dem Kopf und einen Fächer aus Pfauenfedern in der Hand und sah über ihre Schulter zurück. Pfauenfedern im Haus bringen Unglück, wie jeder weiß. Diese hier waren zwar nur auf einem Bild, aber wenn es mein Haus gewesen wäre, hätte ich sie trotzdem nie geduldet. Und dann war da noch ein Bild, auch von einer nackten Frau, die ein Bad nahm, aber ich hatte keine Gelegenheit, es mir näher anzusehen. Ich war ein bißchen bestürzt, daß Mr. Kinnear zwei nackte Frauen in seinem Schlafzimmer hatte, weil es bei Mrs. Parkinson meistens nur Landschaften oder Blumen gegeben hatte.

Den Flur entlang und nach hinten hinaus war Nancys Schlafzimmer, das nicht so groß war; und in jedem der Zimmer lag ein Teppich. Von Rechts wegen hätten diese Teppiche geklopft und gereinigt und den Sommer über verstaut gehört, aber Nancy war noch nicht dazu gekommen, weil sie keine Hilfe gehabt hatte. Es wunderte mich, daß ihr Zimmer im selben Stockwerk lag wie das von Mr. Kinnear, aber es gab kein drittes Stockwerk im Haus, und auch keinen Dachboden, anders als im Haus von Mrs. Parkinson, das viel größer gewesen war. Dann gab es noch ein Zimmer für Gäste, falls welche kamen, und am Ende des Flurs einen Wandschrank für die Wintersachen und einen gut bestückten Wäscheschrank mit recht vielen Borden; und neben Nancys Schlafzimmer war noch ein winziges Zimmer, das sie ihre Nähkammer nannte, und darin standen ein Tisch und ein Stuhl.

Nachdem wir den oberen Teil des Hauses gesehen hatten, gingen wir wieder nach unten und besprachen meine Pflichten, und ich dachte für mich, was für ein Glück, daß es Sommer ist, sonst müßte ich auch noch alle Feuer aufschichten und anmachen und die Roste und Bleche saubermachen und polieren. Nancy sagte, natürlich müsse ich nicht gleich heute mit der Arbeit anfangen, sondern erst morgen, und sicher würde ich mich gern früh zurückziehen wollen, da ich gewiß müde sei. Da dies tatsächlich der Fall war und die Sonne unterging, tat ich es auch.

»Und dann ging alles zwei Wochen lang ganz gut«, sagt Dr. Jordan. Er liest laut aus meinem Geständnis vor.

»Ja, Sir, das tat es«, sage ich. »Mehr oder weniger gut.«

»Was heißt *alles*? Und wie ging es?«

»Wie bitte, Sir?«

»Was hast du jeden Tag gemacht?«

»Das Übliche, Sir«, sage ich. »Ich habe gemacht, was meine Pflichten waren.«

»Du wirst mir verzeihen«, sagt Dr. Jordan. »Aber woraus bestanden diese Pflichten?«

Ich sehe ihn an. Er trägt eine gelbe Halsbinde mit kleinen

· *288* ·

weißen Vierecken. Er macht keinen Scherz. Er weiß es wirklich nicht. Männer wie er müssen den Dreck, den sie machen, nicht selbst wegräumen. Wir jedoch müssen unseren eigenen Dreck wegräumen und ihren noch dazu. So gesehen sind sie wie Kinder, sie müssen nicht im voraus denken oder sich über die Folgen dessen, was sie tun, Gedanken machen. Aber es ist nicht ihre Schuld, es liegt nur daran, wie sie erzogen worden sind.

25.

*A*m nächsten Morgen wurde ich bei Tagesanbruch wach. In meinem kleinen Schlafzimmer war es heiß und stickig, da die Sommerhitze angebrochen war. Es war auch dunkel, weil die Läden zum Schutz vor Eindringlingen über Nacht geschlossen gehalten wurden. Auch die Fenster selbst waren geschlossen, wegen der Moskitos und der Fliegen; und ich dachte, ich muß mir unbedingt ein Stück Musselin besorgen, um es vor das Fenster oder über mein Bett zu hängen, ich muß mit Nancy darüber reden. Ich hatte nur im Unterkleid geschlafen, wegen der Hitze.

Ich stieg aus dem Bett und öffnete das Fenster und die Läden, um etwas Licht hereinzulassen, und ich schlug das Bettzeug zurück, um es zu lüften, und dann zog ich mein Arbeitskleid und meine Schürze an und steckte die Haare hoch und setzte die Haube auf. Ich hatte vor, die Haare später, wenn ich den Spiegel über dem Spülstein in der Küche benutzen konnte, ordentlicher zu richten, weil es in meinem Zimmer keinen Spiegel gab. Ich krempelte die Ärmel hoch, schlüpfte in meine Holzschuhe und entriegelte die Schlafzimmertür. Ich hielt sie immer verschlossen, denn wenn jemand ins Haus einbrechen sollte, wäre mein Schlafzimmer das erste, das er erreichen würde.

Ich war gerne als erste auf; auf diese Weise konnte ich eine Weile so tun, als wäre das Haus mein eigenes. Als erstes leerte ich meinen Nachttopf in den Unrateimer, dann ging ich mit dem Eimer durch die Tür der Winterküche hinaus ins Freie und hielt im Kopf fest, daß der Küchenboden dringend geschrubbt werden mußte, da Nancy mit vielen Dingen ins Hintertreffen geraten war, und eine beträchtliche Menge Matsch

·290·

war hereingetragen und nicht aufgewischt worden. Die Luft draußen auf dem Hof war frisch. Im Osten war ein rosa Glühen zu sehen, und ein perlig grauer Nebel stieg von den Wiesen auf. Irgendwo in der Nähe sang ein Vogel – ein Zaunkönig vielleicht –, und weiter weg riefen Krähen. In der frühen Dämmerung ist es immer so, als würde alles neu anfangen.

Die Pferde schienen gehört zu haben, daß die Küchentür aufging, denn sie wieherten, aber es war nicht meine Aufgabe, sie zu füttern oder auf die Weide zu lassen, obwohl ich das gerne getan hätte. Auch die Kuh muhte, da ihr Euter zweifellos voll war, aber sie würde warten müssen, weil ich nicht alles auf einmal erledigen konnte.

Ich ging den Pfad entlang, vorbei am Hühnerstall und am Küchengarten und weiter durch die taunassen Gräser und wischte dabei die feinen Spinnweben beiseite, die in der Nacht gewebt worden waren. Ich würde nie eine Spinne töten. Mary Whitney sagte, es bringe Unglück, und sie war nicht die einzige, die das sagte. Wenn ich eine im Haus fand, hob ich sie immer mit dem Ende des Besens auf und schüttelte sie draußen aus, aber ich muß wohl aus Versehen doch ein paar getötet haben, weil mich das Unglück trotzdem getroffen hat.

Ich ging zum Klohäuschen und leerte den Eimer aus und so weiter.

»Und so weiter, Grace?« fragt Dr. Jordan.

Ich sehe ihn an. Also wirklich! Wenn er nicht weiß, was man in einem Häuschen macht, gibt es wirklich keinerlei Hoffnung für ihn.

Ich hob natürlich den Rock und hockte mich über die summenden Fliegen, auf denselben Sitz, auf den jeder im Haus sich setzte, die Lady genausogut wie ihre Zofe, beide müssen pissen, und es riecht genauso, und zwar nicht nach Veilchen, wie Mary Whitney immer sagte. Zum Abwischen gab es ein altes Godey's Ladies' Book. Ich sah mir die Bilder immer an, bevor ich sie benutzte. Die meisten zeigten die neueste Mode, aber einige auch Herzoginnen aus England und Damen aus der höheren Gesellschaft in New York und dergleichen. Man sollte sein Bild nie in eine Zeitung oder Zeitschrift kommen lassen, wenn man es verhindern kann, weil man nie weiß, zu was andere Leute es benutzen, sobald man nicht mehr darüber bestimmen kann.

Aber natürlich sage ich nichts davon zu Dr. Jordan. »Und so weiter«, sage ich mit fester Stimme, weil *Und so weiter* alles ist, worauf er ein Recht hat. Bloß weil er mich drängt, ihm alles zu erzählen, ist das für mich noch lange kein Grund, es auch zu tun.

Dann trug ich den Unrateimer zur Pumpe im Hof und schüttete Wasser aus einem anderen Eimer hinein, der extra für diesen Zweck dort stand, weil man bei einer Pumpe immer erst etwas hineinschütten muß, bevor man etwas herausholen kann, und Mary Whitney sagte immer, genauso betrachten die Männer die Komplimente, die sie einer Frau machen, wenn sie nichts Gutes im Schilde führen. Als ich die Pumpe in Gang gebracht hatte, schwenkte ich den Unrateimer aus und wusch mir das Gesicht und trank dann Wasser aus den Händen. Das Wasser aus Mr. Kinnears Brunnen war gut, ohne Beigeschmack nach Eisen oder Schwefel. Inzwischen war die Sonne herausgekommen und löste den Nebel auf, und ich konnte sehen, daß es ein schöner Morgen werden würde.

Als nächstes ging ich in die Sommerküche und kümmerte mich um das Herdfeuer. Ich scharrte die Asche vom Vortag heraus und tat sie zur Seite, um sie entweder zum Streuen ins Häuschen zu bringen oder um sie im Küchengarten zu verteilen, wo sie hilft, die Schnecken fernzuhalten. Der Herd war neu, hatte aber seinen eigenen Kopf, und als ich ihn anzündete, spuckte er mir schwarzen Rauch entgegen wie eine Hexe in Flammen. Ich mußte ihm gut zureden und fütterte ihn mit Fetzen von alten Zeitungen – Mr. Kinnear las gern die Zeitung und bekam gleich mehrere – und auch mit dünnen Splittern Kleinholz; und er hustete, und ich blies durch den Rost hinein, und endlich nahm er das Feuer an und fing an zu brennen. Das Feuerholz war in Scheite gehackt, die viel zu groß waren, und ich mußte sie mit dem Stocheisen hineinzwängen. Ich würde später mit Nancy darüber sprechen müssen, und sie würde dann mit McDermott reden, der dafür verantwortlich war.

Dann ging ich auf den Hof und pumpte einen Eimer Wasser und schleppte ihn zurück in die Küche und füllte einen Kessel mit der Schöpfkelle und stellte ihn auf den Herd, um das Wasser zum Kochen zu bringen.

Dann holte ich zwei Möhren aus dem Eimer in der Sattelkammer neben der Winterküche, es waren alte Möhren, und steckte sie in die Tasche und ging mit dem Melkeimer zur Scheune. Die Möhren waren für die Pferde, und ich steckte sie ihnen heimlich zu; es waren zwar nur alte Möhren und für die Pferde bestimmt, aber ich hatte nicht um Erlaubnis gefragt. Ich hielt die Ohren offen, ob McDermott sich auf dem Boden über mir regte, aber es war nicht einmal ein Rascheln zu hören, er war für die Welt tot oder tat zumindest so.

Dann molk ich die Kuh. Sie war eine gute Kuh und konnte mich sofort gut leiden. Es gibt sehr übellaunige Kühe, die einen mit dem Horn erwischen oder treten wollen, aber diese hier gehörte nicht zu der Sorte, und als ich die Stirn an ihre Flanke gelegt hatte, hielt sie brav still. Die Scheunenkatzen kamen und miauten nach Milch, und ich gab ihnen etwas. Dann verabschiedete ich mich von den Pferden, und Charley stieß den Kopf an meine Schürzentasche. Er wußte ganz genau, wo die Möhren herkamen.

Als ich die Scheune gerade verlassen wollte, hörte ich von oben ein seltsames Geräusch. Es war, als würde jemand wild mit zwei Hämmern hämmern oder auf eine hölzerne Trommel schlagen. Zuerst wußte ich nicht, was ich davon halten sollte, aber als ich länger zuhörte, ging mir auf, daß es McDermott sein mußte, der auf den nackten Brettern des Bodens einen Steptanz tanzte. Er hörte sich recht geschickt an, aber warum tanzte er da oben ganz für sich allein, und dazu noch so früh am Morgen? Aus reiner Lebensfreude? Irgendwie konnte ich das nicht glauben.

Ich trug die Milch in die Sommerküche und schöpfte etwas davon für den Tee ab; dann deckte ich den Eimer wegen der Fliegen mit einem Tuch zu und ließ ihn stehen, damit der Rahm sich absetzen konnte. Später wollte ich Butter daraus machen, aber nur, wenn kein Gewitter kam, weil die Butter nichts wird, wenn es donnert. Dann nahm ich mir einen Augenblick Zeit, mein eigenes Zimmer aufzuräumen.

Es war kein schönes Zimmer, es hatte keine Tapete und keine Bilder an den Wänden und nicht einmal Vorhänge. Ich fegte einmal schnell mit dem Besen durch und schwenkte den Nachttopf aus und stellte ihn unter das Bett. Darunter lagen viele dicke Staubflocken, genug für ein ganzes Schaf, und man konnte sehen, daß schon lange nicht mehr saubergemacht worden war. Ich schüttelte die Matratze auf und zog die Laken glatt und klopfte das Kissen zurecht und zog die Decke darüber. Es war ein alter, fadenscheiniger Quilt, obwohl er sehr schön gewesen sein mußte, als er gemacht wurde. Es waren Fliegende Gänse, und ich dachte an die Quilts, die ich für mich machen würde, wenn ich genug Geld gespart hatte und verheiratet war und ein eigenes Haus hatte.

Es war ein gutes Gefühl, ein aufgeräumtes Zimmer zu haben. Wenn ich später, am Abend, hereinkam, würde es hübsch und ordentlich sein, so als hätte ein Dienstmädchen es für mich zurechtgemacht.

Dann nahm ich den Eierkorb und einen halben Eimer Wasser und ging zum Hühnerstall. James McDermott stand im Hof und hielt den dunklen Kopf unter die Pumpe, aber er muß mich hinter sich gehört haben, und als er das Gesicht aus dem Wasser hob, hatte er einen Augenblick lang einen ganz verlorenen Ausdruck, wild und panisch, wie ein halbertrunkenes Kind, und ich fragte mich, ob er glaubte, daß ihn jemand verfolgte. Aber dann sah er, daß nur ich es war, und winkte mir zu, was wenigstens ein freundliches Zeichen war, und das erste, das er mir gegeben hatte. Ich hatte beide Hände voll, deshalb nickte ich nur.

Ich schüttete den Hühnern Wasser in den Trog und ließ sie

aus dem Hühnerstall, und während sie tranken und sich darüber stritten, wer zuerst an der Reihe war, ging ich hinein und sammelte die Eier ein – sie waren schön groß, weil es die richtige Jahreszeit war. Dann streute ich ihnen die Körner und die Küchenabfälle vom Vortag hin. Ich kann Hühner nicht besonders gut leiden und würde ein Tier mit einem Fell immer einer Meute zerzauster, gackernder Vögel vorziehen, die im Dreck herumscharren; aber wenn man ihre Eier haben will, muß man sich nun einmal mit ihrer ungebärdigen Art abfinden.

Der Hahn hackte mit seinen Sporen nach meinen Knöcheln, um mich von seinen Frauen zu verjagen, aber ich gab ihm einen Tritt und verlor dabei fast den Holzschuh von meinem Fuß. Ein Hahn in der Schar macht die Hühner glücklich, heißt es immer, aber wenn man mich gefragt hätte, war einer schon zuviel. »Paß bloß auf und benimm dich, sonst dreh ich dir den Hals um«, sagte ich zu ihm, obwohl ich es in Wahrheit nie über mich gebracht hätte, so etwas zu tun.

Inzwischen stand McDermott am Zaun und sah mir mit einem breiten Grinsen auf dem Gesicht zu. Wenn er lächelte, sah er besser aus, das mußte ich ihm lassen, obwohl er so dunkel war und einen schiefen Zug um den Mund hatte. Aber vielleicht, Sir, bilde ich mir das auch nur ein, wegen dem, was später kam.

»Hast du damit vielleicht mich gemeint?« sagte er.

»Nein, hab ich nicht«, sagte ich kühl, als ich an ihm vorbeiging. Ich glaubte zu wissen, was er im Sinn hatte, und es war nicht sehr originell. Ich wollte in dieser Hinsicht keinen Ärger, und eine freundliche Distanz zu wahren, war wahrscheinlich das Beste.

Endlich kochte der Kessel. Ich stellte den Topf mit dem Haferbrei, der schon darin weichte, auf den Herd; dann machte ich den Tee und ließ ihn ziehen, während ich auf den Hof ging und noch einen Eimer Wasser pumpte und zurücktrug und dann den großen Kupferkessel auf den hinteren Teil des Herds hob und ihn füllte, da ich viel heißes Wasser für das schmutzige Geschirr und dergleichen brauchen würde.

Ungefähr da kam Nancy herein. Sie trug ein kleinkariertes Baumwollkleid und eine Schürze, kein so feines Kleid wie das, welches sie gestern nachmittag angehabt hatte. Sie sagte guten Morgen, und ich erwiderte ihren Gruß. »Ist der Tee schon fertig?« fragte sie dann, und ich sagte, das sei er. »Oh, ich bin morgens kaum am Leben, solange ich meinen Tee nicht getrunken habe«, sagte sie, und deshalb schenkte ich ihr eine Tasse ein.

»Mr. Kinnear nimmt seinen Tee immer oben«, sagte sie, aber das wußte ich schon, weil sie am Abend vorher ein kleines Teetablett gedeckt hatte, mit einer kleinen Teekanne und einer Tasse und einer Untertasse. Nicht das silberne Tablett mit dem Familienwappen, sondern eins aus bemaltem Holz. »Und«, fügte sie hinzu, »er will eine zweite Tasse Tee, wenn er herunterkommt, noch vor dem Frühstück, das ist seine Gewohnheit.«

Ich tat frische Milch in eine kleine Kanne und stellte den Zucker dazu und nahm dann das Tablett auf. »Nein, ich trag es hoch«, sagte Nancy. Darüber war ich sehr erstaunt und sagte, bei Mrs. Parkinson hätte die Haushälterin nie im Leben daran gedacht, ein Teetablett die Treppe hinaufzutragen, da es unter ihrer Würde und eine Arbeit für die Mädchen sei. Nancy starrte mich einen Augenblick lang an und war nicht sehr erfreut; aber dann sagte sie, natürlich trage sie das Tablett nur dann nach oben, wenn sie keine Hilfe habe und niemand sonst da sei, es zu tun, und in letzter Zeit hätte sie es sich so angewöhnt. Und so trug ich das Tablett schließlich doch nach oben.

Die Tür zu Mr. Kinnears Schlafzimmer befand sich am oberen Absatz der Treppe. In der Nähe war nichts, wo ich das Tablett hätte abstellen können, also balancierte ich es auf einem Arm, während ich klopfte. »Ihr Tee, Sir«, sagte ich. Von innen war ein Murmeln zu hören, und ich ging hinein. Es war dunkel im Zimmer, also stellte ich das Tablett auf den niedrigen runden Tisch neben dem Bett und ging zum Fenster und zog die Vorhänge ein wenig auf. Diese Vorhänge waren aus einem dunkelbraunen Brokat und hatten einen seidigen Glanz und Fransen unten und fühlten sich ganz weich an; aber meiner Meinung nach ist es im Sommer besser, einen weißen Vorhang zu

· 296 ·

haben, aus Baumwolle oder Musselin, weil Weiß die Hitze nicht so anzieht und ins Haus bringt, und außerdem sieht es viel kühler aus.

Ich konnte Mr. Kinnear nicht sehen, da er in der dunkelsten Ecke des Zimmers lag, mit dem Gesicht im Schatten. Sein Bett hatte keinen Quilt, sondern eine dunkelbraune Decke, passend zu den Vorhängen. Sie war zurückgeschlagen, und er hatte nur das Laken über sich. Seine Stimme kam sozusagen darunter hervor, als er sagte: »Vielen Dank, Grace.« Er sagte immer bitte und danke. Ich muß sagen, daß er sich auszudrücken wußte.

»Gern geschehen, Sir«, sagte ich, und es war wirklich von Herzen gern geschehen. Es machte mir nie etwas aus, Dinge für ihn zu tun, und obwohl er mich dafür bezahlte, war es, als würde ich sie aus freien Stücken tun. »Die Eier sind heute morgen sehr schön, Sir«, sagte ich. »Hätten Sie vielleicht gern eins zum Frühstück?«

»Ja«, sagte er ein wenig zögernd. »Vielen Dank, Grace. Es wird mir sicher guttun.«

Die Art, wie er das sagte, gefiel mir nicht, weil es sich anhörte, als sei er krank. Aber Nancy hatte nichts davon erwähnt.

Als ich wieder unten war, sagte ich Nancy, Mr. Kinnear wolle zum Frühstück ein Ei, und sie sagte, dann würde sie auch eins nehmen, und fügte hinzu: »Mr. Kinnear nimmt sein Ei gebraten, mit Speck, aber ich kann kein gebratenes Ei essen, meins muß gekocht sein. Wir werden zusammen im Speisezimmer frühstücken, weil er möchte, daß ich ihm Gesellschaft leiste. Er ißt nicht gerne allein.«

Ich fand das ein wenig merkwürdig, obwohl es auf der anderen Seite nichts war, wovon man nicht schon gehört hätte. Dann sagte ich: »Ist Mr. Kinnear vielleicht krank?«

Nancy lachte ein bißchen und sagte: »Manchmal bildet er es sich ein. Aber das meiste ist nur in seinem Kopf. Er will einfach nur, daß man Theater um ihn macht.«

»Ich frage mich, warum er nicht geheiratet hat«, sagte ich, »so ein ansehnlicher Mann wie er.« Ich holte gerade die Pfanne für die Eier hervor, und es war nur eine beiläufige Frage, ohne daß

·297·

ich mir etwas Besonderes dabei gedacht hätte, aber sie antwortete mit einer ärgerlichen Stimme, oder wenigstens kam sie mir ärgerlich vor: »Manche Gentlemen haben eben keinen Hang zur Ehe. Sie fühlen sich sehr wohl so, wie sie sind, und denken, daß sie auch ohne Ehefrau gut zurechtkommen können.«

»Und wahrscheinlich können sie das auch«, sagte ich.

»Natürlich können sie es, wenn sie reich genug sind«, sagte sie. »Wenn sie etwas wollen, brauchen sie nur dafür zu bezahlen. Ihnen ist das doch gleich.«

Jetzt kommt der erste Streit, den ich mit Nancy hatte. Es passierte, als ich Mr. Kinnears Zimmer machte, gleich am ersten Tag. Ich hatte meine Bettschürze an, um den Schmutz und den Ruß vom Herd von den weißen Laken fernzuhalten. Nancy stand neben mir und erklärte mir, wo die Sachen hingeräumt werden mußten und wie ich die Laken feststopfen mußte und wie ich Mr. Kinnears Nachthemd lüften sollte und wie seine Bürsten und Toiletteartikel auf den Frisiertisch gelegt werden mußten und wie oft die silbernen Rücken poliert werden mußten und auf welchem der Borde er seine gefalteten Hemden und seine Unterwäsche zu finden wünschte, so daß er nur noch hineinzuschlüpfen brauchte; und sie tat so, als hätte ich so etwas noch nie im Leben gemacht.

Und da dachte ich für mich, wie ich es seitdem oft getan habe, daß es schwerer ist, für eine Frau zu arbeiten, die früher selbst einmal Dienstmädchen gewesen ist, als für eine, die es nicht gewesen ist. Weil jene, die selbst Dienstmädchen waren, ihre eigene Art haben, die Dinge zu tun, und dazu noch alle kleinen Tricks kennen, wie zum Beispiel, daß man gelegentlich ein paar tote Fliegen hinter das Bett fallen läßt, oder ein bißchen Staub oder Sand unter den Teppich kehrt, was nie auffällt, es sei denn, genau diese Stellen werden kontrolliert. Und sie haben schärfere Augen und ertappen einen eher bei diesen Dingen. Es war bestimmt nicht so, daß ich in der Regel schludrig gewesen wäre, aber wir alle haben nun einmal Tage, an denen wir es eilig haben.

Und als ich bei irgend etwas sagte, daß wir das bei Mrs. Parkinson anders gemacht hatten, antwortete Nancy spitz, das sei ihr ganz egal, und ich wäre nicht mehr bei Mrs. Parkinson. Sie wollte nicht daran erinnert werden, daß ich einmal in einem so vornehmen Haus gearbeitet und Umgang mit Leuten gehabt hatte, die feiner waren als sie. Aber seitdem habe ich oft gedacht, daß sie sich nur deshalb so anstellte, weil sie mich nicht allein in Mr. Kinnears Zimmer lassen wollte, für den Fall, daß er hereinkommen sollte.

Um sie von ihrer Zappeligkeit abzulenken, fragte ich sie nach dem Bild an der Wand; nicht dem mit dem Fächer aus Pfauenfedern, sondern dem anderen, auf dem eine junge Dame im Garten ein Bad nimmt, was ein seltsamer Ort für ein Bad ist. Sie hatte die Haare hochgesteckt, und ein Mädchen hielt ein Handtuch für sie bereit, und mehrere alte Männer waren hinter Büschen versteckt und spähten zu ihr herüber. An ihren Kleidern konnte ich erkennen, daß es ein Bild aus alter Zeit war. Nancy sagte, es sei ein Stich, und er sei von Hand koloriert und eine Kopie des berühmten Gemäldes von Susanna im Bade, was ein biblisches Thema sei. Und sie war sehr stolz darauf, das alles zu wissen.

Aber ich war ärgerlich, weil sie so an mir herumgenörgelt und auf mir herumgehackt hatte, und sagte, ich würde meine Bibel vorwärts und rückwärts kennen – was nicht weit von der Wahrheit entfernt war –, und es gebe keine solche Geschichte in der Bibel, und deshalb könne es auch kein biblisches Thema sein.

Und sie sagte doch, und ich sagte nein, und ich war bereit, es nachzuschlagen, und sie sagte, ich sei nicht hier, um über Bilder zu streiten, sondern um das Bett zu machen. In diesem Augenblick kam Mr. Kinnear ins Zimmer. Er mußte im Flur gelauscht haben, weil er amüsiert aussah. »Was?« sagte er. »Ihr diskutiert über Theologie, und dazu noch so früh am Morgen?« Und er wollte wissen, worum es bei unserem Streit ging.

Nancy sagte, er solle sich nicht um uns kümmern, aber er

wollte es trotzdem wissen und sagte: »Nun, Grace, wie ich sehe, will Nancy es vor mir geheimhalten, also mußt du es mir erzählen.« Und ich war sehr verlegen, aber zum Schluß fragte ich ihn, ob das Bild tatsächlich ein biblisches Thema habe, wie Nancy gesagt hatte. Und er lachte und sagte, genaugenommen habe es das nicht, weil es eine Geschichte aus den Apokryphen sei. Und ich war überrascht und fragte ihn, was denn das sei; und ich merkte, daß auch Nancy das Wort noch nie gehört hatte. Aber sie war beleidigt, weil sie sich geirrt hatte, und runzelte gekränkt die Stirn.

Mr. Kinnear sagte, ich sei sehr wißbegierig für eine so junge Person, und wenn es so weiterginge, hätte er bald die gelehrteste Dienstmagd in ganz Richmond Hill und würde mich ausstellen und Geld verlangen, so wie es in Toronto mit dem mathematischen Schwein gemacht wurde. Und dann sagte er, die Apokryphen seien ein Buch, in das alle Geschichten aus biblischer Zeit hineingeschrieben worden seien, von denen man nicht wollte, daß sie in der Bibel selbst standen. Ich war höchst erstaunt, das zu hören und fragte, wer das denn entschieden habe, und ich hätte immer gedacht, die Bibel sei von Gott geschrieben worden, da sie doch das Wort Gottes hieß und alle sie so nannten.

Und er lächelte und sagte, Gott habe sie vielleicht geschrieben, aber es seien Menschen gewesen, die sie niedergeschrieben hätten, was ein kleiner Unterschied sei. Aber diese Menschen seien angeblich inspiriert gewesen, was bedeutete, daß Gott zu ihnen gesprochen und ihnen gesagt hatte, was sie tun sollten.

Also fragte ich, ob sie Stimmen gehört hätten, und er sagte, ja, das hätten sie wohl. Und ich war froh, daß es auch andere gab, die Stimmen hörten, sagte aber nichts darüber, und außerdem war die Stimme, die ich gehört hatte, die von Mary Whitney und nicht die von Gott gewesen.

Er fragte, ob ich die Geschichte von Susanna kennen würde, und ich sagte nein, und er sagte, sie sei eine junge Dame gewesen, die von ein paar alten Männern fälschlich bezichtigt worden sei, mit einem jungen Mann gesündigt zu haben, weil sie sich geweigert hatte, ebendiese Sünde mit ihnen zu begehen; und eigentlich hätte sie dafür zu Tode gesteinigt werden müssen; aber zum Glück habe sie einen klugen Anwalt gehabt, der beweisen konnte, daß die alten Männer gelogen hatten, indem er sie dazu brachte, sich gegenseitig zu widersprechen. Und dann fragte er, was meiner Meinung nach die Moral von der Geschichte sei? Und ich sagte, die Moral sei, daß man draußen im Garten kein Bad nehmen solle, und er lachte und sagte, seiner Meinung nach sei die Moral, daß man einen guten Anwalt brauche. Und zu Nancy sagte er: »Dieses Mädchen ist ja gar nicht einfältig.« Woraus ich schließen konnte, daß sie ihm gesagt hatte, ich sei es. Und Nancy sah mich mit Augen an, die wie Dolche waren.

Dann sagte Mr. Kinnear, eins seiner Hemden sei zwar gebügelt, aber mit einem fehlenden Knopf in den Schrank gelegt worden; und es sei sehr ärgerlich, ein sauberes Hemd anzuziehen, nur um festzustellen, daß man es aus Mangel an Knöpfen nicht schließen könne; und würden wir bitte dafür sorgen, daß so etwas nicht noch einmal vorkam. Und er nahm seine goldene Schnupftabaksdose, derentwegen er gekommen war, und ging wieder hinaus.

Aber jetzt war Nancy zweimal ins Unrecht gesetzt worden, denn dieses Hemd konnte nur von ihr gewaschen und gebügelt worden sein, als ich noch nicht einmal im Haus war; und sie gab mir eine Liste von Aufgaben so lang wie mein Arm und rauschte aus dem Zimmer und die Treppe hinunter und hinaus in den Hof und fing an, an McDermott herumzunörgeln, weil er ihre Schuhe an diesem Morgen nicht ordentlich geputzt hatte.

Und ich sagte zu mir selbst, daß es sicherlich Ärger geben würde und ich meine Zunge besser hüten sollte, weil Nancy es nicht vertragen konnte, wenn nicht alles nach ihrem Kopf ging, und am wenigsten konnte sie es ertragen, wenn sie von Mr. Kinnear ins Unrecht gesetzt wurde.

Als sie mich von den Watsons weggeholt hatte, war ich der

Meinung gewesen, wir würden wie Schwestern sein oder wenigstens wie gute Freundinnen und Seite an Seite arbeiten, wie
ich es mit Mary Whitney getan hatte. Jetzt wußte ich, daß es
nicht so sein würde.

26.

*I*ch hatte jetzt drei Jahre als Dienstmädchen gearbeitet und beherrschte meine Rolle inzwischen recht gut. Aber Nancy war sehr launisch, wetterwendisch, wie man vielleicht sagen könnte, und es war nicht leicht, jeweils zu wissen, was sie von einem wollte. In der einen Minute gab sie sich sehr von oben herab und kommandierte mich herum und fand an allem etwas auszusetzen, und in der nächsten war sie meine beste Freundin, oder tat wenigstens so, und hängte sich bei mir ein und sagte, ich sähe müde aus und solle mich zu ihr setzen und eine Tasse Tee mit ihr trinken. Es ist viel schwerer, für so eine Person zu arbeiten, denn gerade wenn man vor ihnen knickst und sie Ma'am nennt, überlegen sie es sich plötzlich anders und tadeln einen dafür, daß man so steif und förmlich ist und wollen sich einem anvertrauen und erwarten umgekehrt genau dasselbe. Man kann es ihnen nie recht machen.

Der nächste Tag war schön und klar mit einer leichten Brise, also machte ich die Wäsche, und es war allerhöchste Zeit, da die sauberen Sachen allmählich knapp wurden. Es war eine anstrengende und heiße Arbeit, weil ich das Feuer in der Küche lange in Gang halten mußte, und ich hatte am Abend vorher keine Gelegenheit gehabt, die Sachen auszusortieren und einzuweichen, aber ich konnte auch nicht warten, da das Wetter zu dieser Jahreszeit schnell umschlagen konnte. Also schrubbte und rubbelte ich und hatte schließlich alles schön ordentlich aufgehängt und die Servietten und die weißen Taschentücher ordentlich zum Bleichen auf dem Gras ausgebreitet. Es waren Tabakflecken drin gewesen und Tintenflecken, und auf einem von Nancys Unterröcken waren Grasflecken – ich fragte mich, wie sie das angestellt hatte, aber wahrscheinlich war sie ausgerutscht und hingefallen –, dazu mehrere Schimmelflecken auf Sachen, die feucht ganz unten im Stapel gelegen hatten, und von einer Abendeinladung Weinflecke auf dem Tischtuch, die nicht sofort mit Salz bestreut worden waren, wie man es eigentlich hätte machen müssen; aber mit Hilfe einer guten Bleichflüssigkeit aus Lauge und Chlorkalk – ich hatte das von der Waschfrau bei Mrs. Parkinson gelernt – bekam ich sie zum größten Teil heraus und vertraute darauf, daß die Sonne den Rest erledigen würde.

Ich blieb einen Augenblick lang stehen und bewunderte meine Arbeit, denn saubere Wäsche, die im Wind flattert wie die Fahnen bei einem Pferderennen oder die Segel auf einem Schiff, ist immer eine Freude. Und das Geräusch ist wie die Hände der Himmlischen Heerscharen, die Beifall klatschen, wenn auch aus weiter Ferne. Wie es heißt, kommt die Reinlichkeit gleich nach der Gottesfurcht, und wenn ich manchmal sah, wie die hellen weißen Wolken sich nach einem Regen am Himmel bauschten, dachte ich, es müßten die Engel selbst sein, die ihre Wäsche aufhängten; denn irgend jemand, so dachte ich, mußte das schließlich tun, weil im Himmel doch alles sehr sauber und frisch sein muß. Aber das waren kindliche Vorstellungen, und Kinder denken sich nun einmal gern Geschichten über Dinge aus, die unsichtbar sind; und ich war damals kaum mehr als ein Kind, obwohl ich mich für eine erwachsene Frau hielt, weil ich doch eigenes Geld hatte, das ich mir selbst verdient hatte.

Während ich so dastand, kam Jamie Walsh um die Ecke des Hauses und fragte, ob es irgendwelche Botengänge zu erledigen gebe; und er fügte schüchtern hinzu, wenn er von Nancy oder Mr. Kinnear ins Dorf geschickt würde und ich irgendeine Kleinigkeit für mich selbst brauchte, würde er sie gerne für mich besorgen und mir mitbringen, wenn ich ihm das Geld dafür gab. Obwohl er ein unbeholfener Junge war, drückte er das alles sehr höflich aus und zog sogar den Hut. Es war ein alter Strohhut, der wahrscheinlich seinem Vater gehört hatte, denn für ihn war er zu groß. Ich sagte, das sei sehr nett von ihm, aber im Augenblick gebe es nichts, was ich brauchte. Aber dann fiel mir ein, daß keine Ochsengalle im Haus war, um die Farben in der Wäsche zu fixieren, und ich würde welche brauchen, um die dunklen Sachen zu machen; denn die Sachen, die ich am Morgen gewaschen hatte, waren alle weiß gewesen. Ich ging mit ihm zu Nancy, und sie hatte mehrere andere Dinge, die er besorgen sollte, und Mr. Kinnear hatte eine Nachricht, die einem seiner Freunde überbracht werden mußte, und dann machte er sich auf den Weg.

Nancy sagte, er solle am Nachmittag zurückkommen und seine Flöte mitbringen; und als er weg war, sagte sie, er spiele so schön, daß es eine Freude sei, ihm zuzuhören. Sie war inzwischen wieder guter Stimmung und half mir, das Essen zu richten, das nur ein kaltes Essen war, aus Schinken und eingelegtem Gemüse und einem Salat aus dem Küchengarten; denn es gab reichlich Kopfsalat und Schnittlauch. Aber sie aß wie immer zusammen mit Mr. Kinnear im Speisezimmer, und ich mußte mich mit der Gesellschaft von McDermott begnügen.

Es ist unangenehm, anderen Personen beim Essen zuzusehen und auch zuzuhören, vor allem, wenn sie die Angewohnheit haben zu schmatzen; und McDermott schien keine Lust zu haben, sich zu unterhalten und war wieder in mürrischer Stimmung. Also fragte ich ihn, ob er gern tanzte.

»Wieso fragst du?« sagte er mißtrauisch; und weil ich mir nicht anmerken lassen wollte, daß ich ihn beim Üben gehört hatte, sagte ich, es sei allgemein bekannt, daß er ein guter Tänzer sei.

Er sagte, vielleicht ja, vielleicht nein, schien aber erfreut zu sein; und dann machte ich mich daran, ihn zum Reden zu bringen und befragte ihn nach seinem Leben und was er gemacht habe, bevor er in Mr. Kinnears Dienste trat. Und er sagte: »Wer will das denn schon hören?« Und ich sagte, ich würde es gern hören, da solche Geschichten mich interessierten, und bald fing er tatsächlich an zu erzählen.

Er sagte, seine Familie sei recht achtbar gewesen, aus Waterford im Süden Irlands, und sein Vater habe als Verwalter gearbeitet. Aber er selbst sei immer ein Tunichtgut gewesen, und keiner, der den Reichen die Stiefel leckte, und immer sei er in irgendwelche Unannehmlichkeiten geraten, worauf er aber eher stolz zu sein schien. Ich fragte ihn, ob seine Mutter noch am Leben sei, und er sagte, er habe keine Ahnung und es sei ihm auch völlig egal, da sie immer eine schlechte Meinung von ihm gehabt und gesagt habe, er würde geradewegs in die Hölle fahren, und seinetwegen könne sie ruhig tot sein. Aber seine Stimme klang nicht so verstockt wie seine Worte.

Er war schon in jungen Jahren von zu Hause weggelaufen und in England zur Armee gegangen und hatte behauptet, mehrere Jahre älter zu sein, als er in Wirklichkeit war. Aber das Leben in der Armee war für seinen Geschmack zu hart gewesen, zuviel Disziplin und rauhe Behandlung, und deshalb war er desertiert und als blinder Passagier auf ein Schiff gegangen, das nach Amerika fuhr. Und als er entdeckt wurde, hatte er für den Rest seiner Passage gearbeitet, war aber in Ostkanada gelandet und nicht in den Vereinigten Staaten. Dann hatte er Arbeit auf einem Schiff gefunden, das den Sankt-Lorenz-Strom befuhr, und dann auf den Schiffen auf dem See, die froh waren, ihn zu haben, weil er sehr kräftig und ausdauernd war und ohne Pause arbeiten konnte, genau wie eine Dampfmaschine; und eine Weile ging alles gut. Aber dann wurde es ihm zu langweilig, und weil er die Abwechslung liebte, hatte er sich wieder als Soldat gemeldet, und zwar bei der Glengarry Light Infantry, die unter den Farmern einen sehr schlechten Ruf hatte, wie ich von Mary Whitney wußte, weil sie während der Rebellion eine Menge Farmen in Schutt und Asche gelegt und Frauen und Kinder in den Schnee hinausgejagt und ihnen außerdem noch Schlimmeres angetan hatte, was nie in den Zeitungen gedruckt wurde. Sie waren ein ungebärdiger Haufen Männer und der Ausschweifung ergeben und dem Spiel und der Trunksucht und ähnlichem; das alles rechnete er zu den männlichen Tugenden.

Aber die Rebellion war dann bald vorbei, und es gab für Soldaten nicht viel zu tun, und McDermott war kein regulärer Soldat, sondern der persönliche Bursche eines Captain Alexander MacDonald. Es war ein angenehmes Leben und die Bezahlung anständig, und deshalb tat es ihm sehr leid, als das Regiment aufgelöst wurde und er wieder auf sich selbst gestellt war. Er ging nach Toronto und führte von dem Geld, das er gespart hatte, ein müßiges Leben; aber dann ging ihm dieses Geld allmählich aus, und er wußte, daß er sich nach etwas anderem umsehen mußte. Und auf der Suche nach einer neuen Stellung war er die Yonge Street in nördlicher Richtung entlanggegangen und bis nach Richmond Hill gekommen und hatte in einer der Schenken gehört, daß Mr. Kinnear einen Knecht suchte, und er war hingegangen und hatte sich vorgestellt, und Nancy hatte ihn genommen. Aber er hatte gedacht, daß er für den Gentleman selbst arbeiten und sein persönlicher Diener sein würde, wie bei Captain MacDonald, und es ärgerte ihn, als er merkte, daß statt dessen eine Frau über ihn gestellt war, und dazu noch eine, deren Zunge ihm keinen Augenblick Ruhe gönnte und die ständig etwas auszusetzen fand.

Ich glaubte ihm alles, was er sagte; aber hinterher, als ich die Zeiten in meinem Kopf zusammenrechnete, dachte ich, daß er mehrere Jahre älter sein müßte als die einundzwanzig, die er mir genannt hatte; oder aber er hatte gelogen. Und als ich später von anderen in der Nachbarschaft, darunter Jamie Walsh, hörte, daß McDermott als Lügner und Aufschneider bekannt war, überraschte mich das nicht.

Dann dachte ich, daß es vielleicht ein Fehler von mir gewesen war, mich so für seine Geschichte zu interessieren, weil er dies als Interesse an seiner Person mißverstanden hatte. Nach mehreren Gläsern Bier fing er jetzt an, mich mit schmachtenden Schafsaugen anzusehen, und fragte mich, ob ich einen Schatz hätte, wie es bei einem hübschen Mädchen wie mir nicht anders zu erwarten sei. Ich hätte antworten sollen, mein Schatz sei sehr groß und ein ausgezeichneter Boxer, aber ich war zu jung, es besser zu wissen, und so sagte ich statt dessen die Wahrheit. Ich sagte, ich hätte keinen Schatz und außerdem auch keine Absicht, mir einen zuzulegen.

Er sagte, das sei schade, aber es gebe für alles ein erstes Mal, und ich müsse nur eingeritten werden wie ein Fohlen, dann wäre ich so gut wie der ganze Rest, und er selbst sei genau der Richtige für diese Aufgabe. Darüber war ich sehr verärgert und stand sofort auf und fing an, mit viel Geschepper den Tisch abzuräumen, und sagte, ich wäre ihm dankbar, wenn er derart kränkende Äußerungen für sich behalten würde, und ich sei keine Stute. Da sagte er, er habe es nicht so gemeint, es sei nur Spaß gewesen, und er habe nur sehen wollen, was für eine Art Mädchen ich sei. Ich sagte, was für eine Art Mädchen ich sei, gehe ihn überhaupt nichts an, worauf er wieder mürrisch wurde, so als hätte ich ihn beleidigt und nicht umgekehrt, und er ging auf den Hof hinaus und fing an, das Feuerholz zu hacken.

Nachdem ich das Geschirr abgewaschen hatte, was mit Sorgfalt geschehen mußte wegen der Fliegen, die sofort über das saubere Geschirr spazierten, wenn es nicht schnell mit einem Tuch abgedeckt wurde, und überall ihren Dreck hinterließen; und nachdem ich draußen gewesen war, um nachzusehen, wie meine Wäsche sich machte, und die Taschentücher und die Servietten mit Wasser besprengt hatte, damit sie noch besser bleichten, war es Zeit, den Rahm von der Milch zu schöpfen und Butter zu machen.

Ich tat dies draußen im Schatten, den das Haus warf, um es kühler zu haben; und da das Butterfaß eins von der Sorte war, die mit einem Fußpedal betätigt werden, konnte ich dabei auf einem Stuhl sitzen und gleichzeitig ein paar Flickarbeiten erledigen. Manche Leute haben Butterfässer, die von einem Hund betrieben werden, der in einem Käfig eingesperrt ist und gezwungen wird, auf einer Tretmühle im Kreis zu laufen, mit einer glühenden Kohle unter dem Schwanz; aber ich halte das für grausam. Und während ich so dasaß und darauf wartete, daß die Butter kam, und einen Knopf an eins von Mr. Kinnears Hemden nähte, kam Mr. Kinnear selbst auf dem Weg zum Stall an mir vorbei. Ich machte Anstalten aufzustehen, aber er sagte, ich solle ruhig sitzenbleiben, weil ihm an guter Butter mehr gelegen sei als an einem Knicks.

»Immer beschäftigt, wie ich sehe«, sagte er. »Ja, Sir«, sagte
ich. »Der Teufel findet Arbeit für müßige Hände.« Darauf
lachte er und sagte: »Ich hoffe, das ist nicht auf mich gemünzt,
da meine Hände müßig genug sind, aber nicht annähernd teuf-
lisch genug für meinen Geschmack.« Und ich war verwirrt und
sagte: »Oh nein, Sir, natürlich habe ich nicht Sie gemeint.«
Und er lächelte und sagte, es stehe einer jungen Frau gut, zu
erröten.

Darauf gab es keine Antwort, also sagte ich nichts; und er
ging weiter und kam wenig später auf Charley vorbei und ritt
die Auffahrt hinunter. Nancy war herausgekommen, um zu sehen, wie ich mit der Butter vorankam, und ich fragte sie, wo
Mr. Kinnear hinwolle. »Nach Toronto«, sagte sie. »Er reitet jeden Donnerstag hin und bleibt über Nacht, um Geschäfte auf
der Bank zu erledigen und auch andere Dinge; aber heute besucht er erst noch Colonel Bridgeford, dessen Frau nicht zu
Hause ist, und die beiden Töchter auch nicht, und so kann er
sich dort blicken lassen, aber wenn die Dame des Hauses da ist,
wird er nicht empfangen.«

Ich war darüber sehr überrascht und fragte, warum nicht,
und Nancy sagte, Mrs. Bridgeford, die sich für die Königin von
Frankreich halte und der Meinung sei, daß niemand gut genug
sei, ihr die Stiefel zu lecken, halte Mr. Kinnear für einen
schlechten Einfluß; und sie lachte dabei. Aber es klang nicht
sehr vergnügt.

»Aber warum, was hat er denn getan?« fragte ich. Aber da
spürte ich, daß die Butter kam – es hat ein dickes Gefühl an
sich –, und deshalb fragte ich nicht weiter.

Nancy half mir mit der Butter, und wir salzten den größten Teil
davon ein und deckten sie zum Einlagern mit kaltem Wasser ab
und preßten einen Teil frisch in die Formen. Zwei hatten ein
Distelmuster und die dritte das Wappen der Kinnears mit dem
Motto *Ich lebe für die Hoffnung.* Nancy sagte, wenn Mr. Kinnears älterer Bruder, der eigentlich nur ein Halbbruder sei, in
Schottland stürbe, würde Mr. Kinnear dort ein großes Haus und

Ländereien erben. Er rechne jedoch nicht damit und behaupte, auch so glücklich und zufrieden zu sein, das sage er zumindest, wenn er sich bei guter Gesundheit fühle. Jedenfalls hatten er und der Halbbruder nicht viel füreinander übrig, was in solchen Fällen nicht ungewöhnlich ist, und ich vermutete, daß Mr. Kinnear in die Kolonien geschickt worden war, um ihn aus dem Weg zu schaffen.

Als die Butter fertig war, trugen wir sie die Kellertreppe hinunter in die Milchkammer, ließen aber etwas von der Buttermilch oben, um später Kekse zu backen. Nancy sagte, sie könne den Keller nicht leiden, weil es dort immer nach Erde rieche und nach Mäusen und altem Gemüse, und ich sagte, vielleicht könnten wir ihn eines Tages gründlich lüften, wenn wir das Fenster aufbekämen. Dann gingen wir wieder hinauf, und nachdem ich die Wäsche hereingeholt hatte, setzten wir uns auf die Veranda und nähten zusammen wie die besten Freundinnen der Welt. Später ging mir auf, daß Nancy immer dann die Liebenswürdigkeit in Person war, wenn Mr. Kinnear nicht im Haus war, aber so nervös wie eine Katze, wenn er da war, vor allem, wenn ich mit ihm im selben Zimmer war. Aber damals war mir das noch nicht klar.

Als wir so dasaßen, kam McDermott oben über den Jägerzaun gelaufen, so behende und sicher wie ein Eichhörnchen. Ich war sehr verblüfft und sagte: »Was um alles in der Welt macht er da?« Und Nancy sagte: »Oh, das macht er oft. Er sagt, es ist zur Übung, aber in Wahrheit will er nur bewundert werden. Am besten, du beachtest ihn gar nicht.« Also tat ich so, als würde ich nicht hinsehen, beobachtete ihn heimlich aber doch, weil er wirklich sehr geschickt war. Nachdem er eine Weile hin- und hergelaufen war, sprang er erst vom Zaun herunter und dann quer darüber, wobei er sich nur mit einer Hand abstützte.

Und da saß ich also und tat so, als würde ich nicht hinsehen, und da war er und tat so, als würde er nicht beobachtet, und Sie können genau dasselbe bei jeder Zusammenkunft von Damen und Herren der besten Gesellschaft beobachten, Sir. Es gibt vieles, was aus den Augenwinkeln heraus beobachtet werden kann, vor allem von den Damen, die nicht beim Starren ertappt werden möchten. Sie können auch durch Schleier sehen, und durch Fenstervorhänge, und über den Rand von Fächern hinweg; und es ist ein Glück, daß sie das können, weil sie sonst nämlich überhaupt nichts zu sehen bekommen würden. Aber jene von uns, die sich nicht mit all den Schleiern und Fächern belasten müssen, sehen noch viel mehr.

Nach einer Weile tauchte Jamie Walsh auf. Er war über die Felder gekommen und hatte tatsächlich seine Flöte mitgebracht. Nancy begrüßte ihn freundlich und bedankte sich, daß er gekommen war und schickte mich, ihm einen Krug Bier zu holen, und als ich das Bier zapfte, kam McDermott herein und sagte, er würde auch ein Glas trinken. Da konnte ich nicht widerstehen und sagte: »Ich wußte gar nicht, daß du Affenblut in den Adern hast, du bist wie einer herumgehüpft.« Und er wußte nicht, ob er sich freuen sollte, weil ich ihn gesehen hatte, oder sich ärgern, weil ich ihn einen Affen genannt hatte.

Er sagte, wenn die Katze aus dem Haus sei, tanzten die Mäuse auf dem Tisch, und wenn Kinnear in der Stadt sei, hätte Nancy immer gern ihre kleine Party, und wahrscheinlich würde der Walsh-Junge jetzt auf seiner Blechpfeife herumquietschen; und ich sagte, das sei richtig, und ich würde mir das Vergnügen gönnen, ihm dabei zuzuhören; und er sagte, er finde nicht, daß es ein Vergnügen sei; und ich sagte, das könne er halten, wie er wolle. Da packte er mich am Arm und sah mich sehr ernst an und sagte, er hätte mich vorhin nicht kränken wollen, aber nachdem er so lange unter rauhen Männern gelebt habe, deren Benehmen nicht immer das feinste gewesen sei, vergesse er sich manchmal und wisse sich nicht richtig auszudrücken, und er hoffe, ich würde ihm vergeben, damit wir gut Freund sein könnten. Ich sagte, ich sei immer bereit, gut Freund mit allen zu sein, die es ernst meinten; und was das Vergeben anginge, so würde es uns schließlich in der Bibel befohlen, oder? Und ich hoffte doch sehr, daß ich dazu fähig sei, weil auch ich nur hoffen könne, später Vergebung zu finden. Und das alles sagte ich sehr ruhig.

Danach brachte ich das Bier auf die Veranda und etwas Brot und Käse für unser Abendessen und saß mit Nancy und Jamie Walsh zusammen, bis die Sonne unterging und es zum Nähen zu dunkel wurde. Es war ein schöner, windstiller Abend, und die Vögel zwitscherten, und die Bäume im Obstgarten an der Straße sahen im späten Sonnenlicht ganz golden aus, und der purpurne Seidelbast, der neben der Auffahrt wuchs, roch sehr süß, und auch die letzten Pfingstrosen neben der Veranda und die Kletterrosen; und die Kühle senkte sich aus der Luft herab, während Jamie auf seiner Flöte spielte, so klagend, daß es einem im Herzen guttat. Nach einer Weile kam McDermott um die Ecke geschlichen wie ein gezähmter Wolf und lehnte sich an die Mauer und hörte auch zu. Und da saßen wir also alle beisammen, in einer Art Harmonie, und der Abend war so schön, daß es mir einen Stich ins Herz gab, wie wenn man nicht sagen kann, ob man glücklich oder traurig ist; und ich dachte, wenn ich einen Wunsch frei hätte, würde ich mir wünschen, daß es nie anders werden sollte und wir für immer so bleiben könnten.

Aber die Sonne kann man in ihrem Lauf nicht aufhalten, nur Gott kann das, und er hat es erst einmal getan und wird es nicht wieder tun, erst am Ende der Welt; und an diesem Abend ging sie wie gewöhnlich unter und hinterließ einen dunkelroten Sonnenuntergang, und ein paar Minuten lang war die ganze Vorderseite des Hauses in ein rosa Licht getaucht. Und dann kamen in der Dämmerung die Glühwürmchen zum Vorschein, denn es war ihre Jahreszeit, und sie blinkten in den niedrigen Sträuchern und Gräsern, an und aus, wie Sterne, die man durch Wolken erblickt. Jamie Walsh fing eins in einem Glas und hielt die Hand darüber, damit ich es mir aus der Nähe ansehen konnte, und es blinkte ganz langsam, mit einem kühlen, grünlichen Feuer, und ich dachte, wenn ich zwei davon in den Ohren haben könnte, als Ohrringe, würde ich Nancys goldene nicht haben wollen.

Dann wurde die Dunkelheit tiefer und kam hinter den Bäumen und Sträuchern hervorgekrochen und auch über die Felder, und die Schatten wurden länger und vereinten sich miteinander; und für mich sahen sie aus wie Wasser, das aus der Erde hervorsickerte und langsam immer höher stieg wie das Meer; und ich verfiel in Träumereien und dachte zurück an die Zeit, als ich den großen Ozean überquert hatte, und wie um diese Tageszeit das Meer und der Himmel dasselbe dunkle Blau annahmen, so daß man nicht sagen konnte, wo das eine anfing und das andere aufhörte. Und in mein Gedächtnis trieb ein Eisberg, so weiß wie Weiß nur sein kann; und trotz der Wärme des Abends war mir plötzlich kalt.

Dann sagte Jamie Walsh, er müsse jetzt nach Hause gehen, weil sein Vater ihn sonst suchen würde; und mir fiel ein, daß ich die Kuh noch nicht gemolken und die Hühner noch nicht für die Nacht eingesperrt hatte, und ich beeilte mich, beides im letzten Licht zu tun. Als ich in die Küche zurückkam, war Nancy noch da und hatte eine Kerze angezündet. Ich fragte sie, warum sie noch nicht zu Bett gegangen sei, und sie sagte, sie habe Angst, allein zu schlafen, wenn Mr. Kinnear nicht da sei, und würde ich vielleicht oben bei ihr schlafen?

Ich sagte ja, gern, fragte aber, wovor sie denn Angst hätte. Vor Räubern? Oder vielleicht vor James McDermott? Aber das war als Scherz gemeint.

Sie sagte sehr von oben herab, nach dem, was sie in seinen Augen sehen könne, hätte ich mehr Grund als sie, Angst vor ihm zu haben, es sei denn, ich sei auf der Suche nach einem neuen Beau. Und ich sagte, ich hätte mehr Angst vor dem alten Hahn im Hühnerhof als vor ihm; und was einen Beau anginge, so hätte ich daran soviel Bedarf wie an dem Mann im Mond.

Da lachte sie, und wir gingen in sehr freundlicher Stimmung nach oben und ins Bett; aber vorher sah ich noch nach, ob auch alles gut abgeschlossen war.

VIII.

Fuchs und Gans

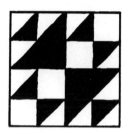

Zwei Wochen lang ging alles ganz gut, nur daß McDermott mehrere Male von der Haushälterin ausgeschimpft wurde, weil er seine Arbeit nicht ordentlich gemacht hatte, und sie kündigte ihm auf zwei Wochen ... Von da an sagte er oft zu mir, ihm sei es nur recht, da er keine Lust mehr habe, mit so einer H--e in einem Haus zu leben, er würde sich aber vorher Genugtuung verschaffen. Er sagte auch, er wisse mit Sicherheit, daß Kinnear und die Haushälterin, Nancy, miteinander schliefen; ich war entschlossen, dies herauszufinden, und war hinterher überzeugt, daß sie es tatsächlich taten, denn ihr Bett war immer unberührt, außer wenn Mr. Kinnear abwesend war, und dann schlief ich bei ihr.

Geständnis von Grace Marks, Star and Transcript, Toronto, November 1843

»Grace Marks war ... ein hübsches Mädchen, und die Arbeit ging ihr schnell von der Hand, aber sie hatte auch ein stilles und mürrisches Wesen. Man konnte nie wissen, wann sie mit etwas zufrieden war... Wenn die Tagesarbeit getan war, waren sie und ich meistens allein in der Küche, weil [die Haushälterin] ganz mit ihrem Herrn beschäftigt war. Grace war sehr neidisch auf den Unterschied, der zwischen ihr und der Haushälterin gemacht wurde, die sie haßte und zu der sie oft unverschämt und frech war... ›Ist sie vielleicht was Besseres als wir?‹ fragte sie zum Beispiel, ›daß sie wie eine Lady behandelt wird und nur vom Besten ißt und trinkt? Sie ist weder von besserer Geburt als wir, noch gebildeter...‹ Grace sah gut aus, und das war der Grund, warum ich mich für sie interessierte; und obwohl das Mädchen auch etwas hatte, was mir nicht so recht gefallen wollte, war ich doch ein sehr gesetzloser und liederlicher Bursche gewesen, und wenn eine Frau jung und hübsch war, scherte ich mich nur wenig um ihren Charakter. Grace war mürrisch und stolz und nicht leicht zu gewinnen; aber um bei ihr womöglich Gefallen zu finden, hörte ich ihren Klagen und Nörgeleien willig zu.«

James McDermott gegenüber Kenneth MacKenzie, wiedergegeben von
Susanna Moodie in Life in the Clearings, 1853

Doch halb schien ich zu verstehn,

Welch Unglück mir, bei Gott, geschehn,

Wie in einem bösen Traum, so endet dies,

Und genau in jenem Augenblick,

Da ich aufgeben wollt, kam ein Klick,

Als schlöß sich eine Falle – und du bist im Verlies!

Robert Browning, »Childe Roland«, 1855

27.

Als ich heute morgen wach wurde, gab es einen wunderschönen rosa Sonnenaufgang, und der Nebel lag über den Feldern wie eine weiche, weiße Wolke aus Musselin, und die Sonne, die durch die verschiedenen Schichten hindurchschien, war ganz verschwommen und rosig wie ein sanft glühender Pfirsich.

In Wahrheit weiß ich gar nicht, wie der Sonnenaufgang war. In einem Gefängnis sind die Fenster immer ganz hoch oben, damit man nicht hinausklettern kann, nehme ich an, aber auch, damit man nicht hinaussehen kann, wenigstens nicht auf die Außenwelt. Sie wollen nicht, daß man hinaussieht, sie wollen nicht, daß man das Wort *draußen* auch nur denkt, sie wollen nicht, daß man den Horizont betrachtet und denkt, daß man eines Tages vielleicht dahinter verschwinden könnte wie das Segel eines auslaufenden Schiffs oder wie ein Reiter, der auf seinem Pferd einen fernen Hügel hinuntertrabt. Und deshalb habe ich heute morgen nur das übliche Licht gesehen, ein formloses Licht, das durch das hoch oben eingelassene, schmutziggraue Fenster fiel, wie wenn es von keiner Sonne und keinem Mond und keiner Lampe oder Kerze geworfen würde. Nur ein Schwaden Tageslicht, durch und durch gleich und einförmig, wie Rindertalg.

Ich zog mein Gefängnisnachthemd aus, das grob gewebt und von gelblicher Farbe war. Das heißt, eigentlich sollte ich nicht sagen, daß es meins ist, weil uns hier drinnen nichts gehört und wir alles miteinander teilen, so wie die frühen Christen, und das Nachthemd, das man in der einen Woche direkt auf der Haut trägt, während man schläft, wurde zwei Wochen vorher vielleicht von der schlimmsten Feindin, die man hat, am Herzen getragen und von anderen, die einem ebenfalls nicht wohlgesonnen sind, gewaschen und geflickt.

Während ich mich anzog und mir die Haare richtete, ging mir eine Melodie durch den Kopf, ein kleines Lied, das Jamie Walsh manchmal auf seiner Flöte gespielt hatte:

Tom, Tom, der Spielmannssohn,
stahl ein Schwein und lief davon.
Pfiff ein Liedchen vor sich hin
und ward nimmermehr gesehn.

Ich wußte, daß das nicht die richtigen Worte waren, und im richtigen Lied wurde das Schwein aufgegessen, und Tom wurde verhauen und rannte heulend die Straße entlang. Aber warum sollte ich das Ende nicht schöner machen? Solange ich keinem erzählte, was in meinem Kopf vor sich ging, konnte auch keiner mich zur Rechenschaft ziehen oder mich verbessern, genau wie niemand sagen konnte, daß der richtige Sonnenaufgang nicht so war wie der, den ich mir ausgedacht hatte, sondern nur eine schmutzige gelbweiße Farbe hatte wie ein toter Fisch, der im Hafenwasser treibt.

In der Irrenanstalt konnte man wenigstens besser nach draußen sehen. Wenn man nicht gerade zusammengeschnürt in einer Dunkelzelle lag.

Vor dem Frühstück fand draußen auf dem Hof eine Auspeitschung statt. Sie finden immer vor dem Frühstück statt, denn wenn diejenigen, die ausgepeitscht werden sollen, vorher gegessen haben, kann es vorkommen, daß sie ihr Essen wieder ausspucken, und dann hat man die Schweinerei, und außerdem ist es eine Verschwendung von guter Nahrung; und die Wärter und Aufseher sagen, daß sie die Peitsche am liebsten um diese Uhrzeit schwingen, weil die körperliche Betätigung den Appetit anregt. Es war nur eine gewöhnliche Auspeitschung, und deshalb mußten wir uns nicht versammeln, um dabei zuzusehen. Es waren nur zwei oder drei, alles Männer; Frauen werden nicht so oft ausgepeitscht. Der erste war jung, nach dem Klang seiner Schreie zu urteilen; ich erkenne diese Dinge, weil ich sie schon so oft miterlebt habe. Ich versuchte, nicht hinzuhören, und dachte statt dessen an das Schwein, das von Tom dem Dieb gestohlen wurde, und wie es dann aufgegessen wurde; aber das Lied sagt nicht, von wem es aufgegessen wurde, ob von Tom selbst oder von denen, die ihn fingen. Man braucht einen Dieb, um einen Dieb zu fangen, wie Mary Whitney immer sagte. Ob das Schwein von Anfang an tot gewesen war? Wahrscheinlich nicht. Wahrscheinlich hatte es ein Seil um den Hals oder einen Ring durch die Nase und wurde gezwungen, mit Tom wegzulaufen. Das würde den meisten Sinn ergeben, da man es dann nicht tragen müßte. Im ganzen Lied war das arme Schwein das einzige, das überhaupt nichts Unrechtes tat, und doch mußte es als einziges sterben. Mir ist aufgefallen, daß viele Lieder in dieser Hinsicht ungerecht sind.

Beim Frühstück war alles still, bis auf das Kauen von Brot und das Schlürfen von Tee und das Scharren von Füßen und das Hochziehen von Nasen und das Vorlesen der Bibel. Heute ging es um Jakob und Esau und das Linsengericht und die Lügen und den Segen und das Geburtsrecht, das verkauft wurde, und die Täuschungen und Verkleidungen, die Jakob verübte, was Gott nicht weiter störte, im Gegenteil. Gerade als der alte Isaak seinen behaarten Sohn befühlte, der aber gar nicht sein Sohn war, sondern das Fell von einem Ziegenbock, zwickte Annie Little mich unter dem Tisch, wo niemand es sehen konnte, fest ins Bein. Ich wußte, was sie damit erreichen wollte. Sie wollte, daß ich aufschrie, damit ich entweder bestraft wurde oder alle dachten, ich hätte wieder einen Anfall von Raserei, aber ich war darauf vorbereitet, weil ich so was schon von ihr erwartet hatte.

Als wir gestern im Waschhaus am Becken standen, beugte sie sich zu mir herüber und flüsterte: »Doktorsliebchen, verwöhnte Hure«, weil es sich herumgesprochen hat und alle über die Besuche von Dr. Jordan Bescheid wissen, und manche denken, daß ich zuviel beachtet werde und mir etwas darauf einbilde. Und wenn sie das hier von einem denken, geben sie einem schnell einen Dämpfer, und es wäre nicht das erste Mal, weil sie mir auch den Dienst im Haus des Direktors mißgönnen. Aber sie haben Angst, zu offen gegen mich vorzugehen, weil sie denken, ich könnte bei jemand, der Einfluß hat, ein offenes Ohr finden. Wenn es um kleine Eifersüchteleien geht, gibt es nichts, was sich mit einem Gefängnis vergleichen läßt, und ich habe selbst gesehen, wie manche sich prügelten oder sogar fast umbrachten – wegen nicht mehr als einem Stückchen Käse.

Ich war nicht so dumm, mich bei den Aufseherinnen zu beschweren. Erstens betrachten sie derartige Zuträgerinnen mit Abscheu, weil sie es vorziehen, ihre Ruhe zu haben, und zweitens würden sie mir wohl sowieso nicht glauben oder zumindest sagen, daß sie es nicht tun, weil der Oberaufseher der Meinung ist, daß das Wort eines Häftlings kein ausreichender Beweis ist. Und drittens würde Annie Little sich dann auf andere Weise an mir rächen. Am besten trägt man alles mit Geduld, als Teil der Zucht, die uns auferlegt ist; es sei denn, es läßt sich ein Weg finden, die Feinde zu Fall zu bringen, ohne dabei entdeckt zu werden. An den Haaren ziehen ist nicht ratsam, weil das Geschrei die Wärter herbeiruft, und dann werden beide Seiten bestraft, weil sie Unruhe gestiftet haben. Mit Hilfe eines Ärmels Schmutz ins Essen fallen lassen, wie bei einem Zaubertrick, läßt sich dagegen ohne viel Aufhebens bewerkstelligen und bringt auch eine gewisse Befriedigung. Aber Annie Little, die wegen Totschlags hier ist – sie hat einen Stalljungen mit einem Holzscheit geschlagen und getötet –, war mit mir in der Irrenanstalt, angeblich weil sie unter nervöser Erregung litt, und sie wurde gleichzeitig mit mir hierher zurückgeschickt; das hätten sie nicht tun sollen, da ich nicht glaube, daß sie ganz richtig im Kopf ist. Und deshalb beschloß ich, ihr dieses Mal zu verzeihen, es sei denn, sie machte etwas noch Schlimmeres. Und das Zwicken schien sie erleichtert zu haben.

Dann war es Zeit für die Wärter und unseren Gang durch das Tor. »Ah, Grace, auf zum Spaziergang mit deinen beiden Verehrern, du Glückliche.« »Oh nein, wir sind die Glücklichen, wir haben das Glück auf unserer Seite, bei so einem appetitlichen Happen am Arm«, sagt der eine. »Was meinst du, Grace«, sagt der andere. »Wollen wir nicht schnell mal in einer Seitenstraße verschwinden, in einem Stall, im Heu? Es wird nicht lang dauern, wenn du still liegst, und noch schneller gehen, wenn du ein bißchen zappelst.« »Warum überhaupt hinlegen«, sagt der andere. »An die Wand gedrückt und hochgestemmt und die Unterröcke hochgekrempelt, im Stehen geht's immer schnell, solang einem die Knie nicht nachgeben. Komm schon, Grace, du brauchst nur ein Wort zu sagen, und wir stehn dir zu Diensten, der eine so gut wie der andere, und warum sich mit einem zufriedengeben, wenn zwei bereitstehen? Und wie sie bereitstehen, gib mal deine Hand her, dann kannst du dich selbst überzeugen, ob wir die Wahrheit sagen.« »Und wir werden dir keinen Penny dafür berechnen«, sagt der andere. »Unter guten Freunden tut man sich doch gern einen kleinen Gefallen.«

»Ihr seid nicht meine Freunde«, sage ich. »Ihr und euer schmutziges Gerede. Ihr seid in der Gosse geboren, und genau da werdet ihr auch sterben.« »Oho«, sagt der eine, »genau das gefällt mir an 'ner Frau. Ein bißchen Elan, ein bißchen Feuer, es heißt, es kommt von den roten Haaren.« »Aber sind sie auch da rot, wo es am meisten zählt?« sagt der andere. »Ein Feuer im Baumwipfel nutzt einem gar nichts, es muß schon im Herd lodern, damit es einen warmhält, in einem kleinen Ofen. Weißt du, warum Gott den Frauen Röcke gegeben hat? Damit man sie ihnen über den Kopf ziehen und oben zubinden kann, auf die Art machen sie nicht soviel Lärm, ich hasse kreischende Schlampen, Frauen sollten ohne Mund auf die Welt kommen, das einzige, was an ihnen zu gebrauchen ist, ist unter der Gürtellinie.«

»Ihr solltet euch was schämen«, sage ich, als wir um eine Pfütze herum und über die Straße gehen. »So zu reden! Eure Mütter waren schließlich auch Frauen, sollte man wenigstens meinen.« »Die Pest soll sie holen, die alte Hure«, sagt der eine. »Das einzige, was sie je an mir sehen wollte, waren die Striemen auf meinem nackten Hintern. Sie schmort jetzt in der

Hölle, und es tut mir bloß leid, daß nicht ich es war, der sie dahin verfrachtet hat, sondern ein besoffener Matrose, den sie beklauen wollte und der ihr eine Flasche über den Schädel zog.« »Hm«, sagt der andere, »meine Mutter war ein Engel, das ist sicher, eine Heilige auf Erden, jedenfalls war sie selbst davon überzeugt, und hat es mich keinen Augenblick vergessen lassen, und ich weiß nicht, was schlimmer ist.«

»Ich bin Philosoph«, sagt der eine. »Ich bin für Mäßigung in allen Dingen, nicht zu dünn und nicht zu fett, und man soll Gottes Geschenke nicht verkommen lassen, wobei mir einfällt, Grace, du bist reif genug, um gepflückt zu werden, warum willst du ungeschmeckt am Baum hängen bleiben, du wirst nur runterfallen und unten verfaulen.« »Das stimmt«, sagt der andere. »Warum die Milch im Krug sauer werden lassen? Eine süße Nuß sollte geknackt werden, solang sie noch gut ist, gibt nichts Schlimmeres wie 'ne schimmlige alte Nuß. Komm schon, Grace, das Wasser läuft mir ja schon im Mund zusammen, du schaffst es, einen ehrlichen Mann in einen Kannibalen zu verwandeln. Ich würd gern die Zähne in dich schlagen, nur ein bißchen an dir rumknabbern, oder vielleicht ein kleines Stück aus dem Schinken rausbeißen, du würdst es nicht vermissen, du hast doch reichlich davon.« »Recht hast du«, sagt der eine. »Sie hat zwar 'ne Taille wie 'ne Gerte, aber ein bißchen tiefer setzt sie Fett an, das kommt davon, daß sie im Gefängnis so gut kochen. All die Sahne, das ist es. Fühl mal, ist das nicht ein Lendenstück, das gut genug für den Tisch des Papstes wär?« Und er fing an, zu kneten und zu tasten, mit der Hand, die von den Falten meines Kleids verdeckt wurde.

»Ich wär sehr dankbar, wenn ihr euch keine Freiheiten rausnehmen würdet«, sage ich und mache mich los. »Oh, ich bin sehr für Freiheiten«, sagt der eine, »bin ich doch im Herzen ein Republikaner und hab keine Verwendung für die Königin von England, außer für das, was die Natur will. Und obwohl sie 'nen ganz netten Vorbau hat und ich ihr jederzeit das Kompliment erweisen würde, ihn ein bißchen zu kneten, hat sie genausowenig Kinn wie 'ne Ente. Und überhaupt ist kein Mann besser wie

· 324 ·

der andere, und alles sollte gleich und gleich geteilt werden, ohne einen vorzuziehen; und wenn du es mit einem von uns gemacht hast, müssen die anderen auch alle an die Reihe kommen wie wahre Demokraten, und warum sollte die kleine Ratte McDermott sich an was erfreuen dürfen, was besseren Männern verwehrt wird?«

»Ja«, sagt der andere, »dem hast du reichlich Freiheiten erlaubt, und sicher hast du deinen Spaß dabei gehabt, wie er die ganze Nacht auf dir geschwitzt hat, in der Kaschemme in Lewiston, und kaum eine Pause dazwischen, um wieder zu Kräften zu kommen, denn wie es heißt, war er ein großer Sportsmann und auch geschickt mit der Axt und konnte wie ein Affe an jedem Seil hochklettern.« »Recht hast du«, sagt der andere. »Und zum Schluß hat der gerissene Hund versucht, bis in den Himmel zu klettern und ist dabei so hoch in die Luft gesprungen, daß er zwei ganze Stunden lang oben geblieben ist und niemand ihn dazu bringen konnte, wieder runterzukommen, egal wieviel sie gerufen haben. Nein, er mußte runtergeholt werden. Und er tanzte, wie er da oben war, eine flinke Polka mit Seilmachers Tochter, so lustig wie ein Hahn, dem man grad eben den Hals umgedreht hat, daß es einem im Herzen guttat zuzusehen.«

»Und hinterher war er steif wie ein Brett, hab ich mir sagen lassen«, sagte der eine. »Aber genau das gefällt den Damen am meisten.« Und hier lachten sie sehr laut und dachten, sie hätten den besten Witz der Welt gemacht; aber es war gemein von ihnen, über einen Mann zu lachen, nur weil er tot war; und außerdem brachte es Unglück, weil die Toten es gar nicht gern haben, wenn man über sie lacht; und ich sagte mir selbst, daß die Toten ihre eigene Art hatten, sich gegen Beleidigungen zu schützen, und daß sie sich zu gebührender Zeit um die Wärter kümmern würden, entweder über der Erde oder darunter.

Ich verbrachte den Vormittag damit, eine helle Seidenspitze auszubessern, die Miss Lydia sich auf einem Fest eingerissen hatte. Sie neigt dazu, sehr achtlos mit ihren Kleidern umzugehen und müßte mal gesagt bekommen, daß schöne Kleider, wie sie sie hat, nicht auf den Bäumen wachsen. Es war eine feine und schwierige Arbeit und anstrengend für die Augen, aber endlich war ich doch damit fertig.

Dr. Jordan kam wie üblich am Nachmittag und wirkte müde und auch besorgt. Er hatte kein Gemüse mitgebracht, bei dem er fragen konnte, was ich davon hielt; und ich war ein wenig erstaunt darüber, weil ich mich an diesen Teil des Nachmittags gewöhnt und mir vorher gern überlegt hatte, was er wohl als nächstes mitbringen würde und was ich ihm dazu erzählen sollte.

Also sagte ich: »Sir, Sie haben heute ja gar nichts mitgebracht.«

»Was meinst du, Grace?« sagte er.

»Eine Kartoffel oder Möhre«, sagte ich. »Oder eine Zwiebel, oder Rote Bete«, fügte ich hinzu.

Und er sagte: »Ja, Grace, ich habe mich entschlossen, anders vorzugehen.«

»Und wie, Sir?« sagte ich.

»Ich habe beschlossen, dich zu fragen, was du selbst gerne mitgebracht haben möchtest.«

»Nun, Sir«, sagte ich. »Das ist tatsächlich etwas anderes. Ich werde darüber nachdenken müssen.«

Und er sagte, das solle ich nur tun; und hatte ich irgendwelche Träume gehabt? Und da er so verloren und irgendwie durcheinander aussah und ich vermutete, daß nicht alles zum besten bei ihm stand, sagte ich nicht, ich könne mich nicht erinnern. Statt dessen sagte ich, ich hätte tatsächlich einen Traum gehabt. »Und wovon hast du geträumt?« wollte er wissen und sah beträchtlich munterer aus und zückte seinen Bleistift. Ich sagte, ich hätte von Blumen geträumt; und er schrieb es eifrig auf und fragte, von was für Blumen. Und ich sagte, sie seien rot gewesen und ziemlich groß, mit glänzenden Blättern, wie Pfingstrosen. Aber ich sagte nicht, daß sie aus Stoff gemacht waren, und ich sagte auch nicht, wann ich sie zuletzt gesehen hatte, und auch nicht, daß sie gar kein Traum gewesen waren.

· 326 ·

»Und wo wuchsen sie?« sagte er.

»Hier«, sagte ich.

»Hier in diesem Zimmer?« sagte er und sah auf einmal sehr aufmerksam aus.

»Nein«, sagte ich, »draußen auf dem Hof, wo wir unsere Rundgänge machen.« Und er schrieb auch das auf.

Wenigstens glaube ich, daß er es aufschrieb. Ich kann es nicht mit Sicherheit sagen, weil ich das, was er aufschreibt, nie zu sehen bekomme, und manchmal stelle ich mir vor, daß das, was er aufschreibt, unmöglich etwas sein kann, was aus meinem Mund gekommen ist; weil er nicht viel von dem versteht, was ich sage, obwohl ich versuche, die Dinge so klar auszudrücken, wie ich kann. Es ist, als wäre er taub und hätte noch nicht gelernt, die Worte von den Lippen abzulesen. Aber bei anderen Gelegenheiten scheint er recht gut zu verstehen, obwohl er wie die meisten Gentlemen oft will, daß eine Sache mehr bedeutet, als sie es in Wirklichkeit tut.

Als er mit dem Schreiben fertig war, sagte ich: »Ich habe mir überlegt, was Sie mir als nächstes mitbringen könnten, Sir.«

»Und das wäre, Grace?« sagte er.

»Einen Rettich«, sagte ich.

»Einen Rettich?« wiederholte er. »Wieso ausgerechnet einen Rettich?« Und er runzelte die Stirn, als sei dies eine Sache, über die er angestrengt nachdenken müsse.

»Nun, Sir«, sagte ich. »Die anderen Sachen, die Sie bis jetzt mitgebracht haben, waren alle nicht zum Essen, so schien es mir wenigstens, weil die meisten davon zuerst gekocht werden müßten. Und außerdem haben Sie alle wieder mitgenommen, bis auf den Apfel, den Sie am ersten Tag dabei hatten und der wirklich sehr gut geschmeckt hat. Aber wenn Sie einen Rettich mitbringen würden, könnte man ihn ohne große Vorbereitung essen, und außerdem ist jetzt die richtige Jahreszeit dafür, und im Gefängnis bekommen wir nur sehr selten etwas Frisches, und auch wenn ich hier in der Küche esse, bekomme ich kein frisches Gemüse aus dem Garten, weil es für die Familie reserviert ist. Deshalb wäre es für mich eine seltene Leckerei; und ich wäre Ihnen noch dankbarer, wenn Sie auch ein wenig Salz mitbringen könnten.«

Er stieß eine Art Seufzer aus und sagte dann: »Gab es bei Mr. Kinnear auch Rettiche?«

»Oh ja, Sir«, sagte ich. »Die gab es; aber als ich ins Haus kam, war die beste Zeit dafür schon vorbei, weil Rettich im Frühsommer am besten ist, denn wenn das heiße Wetter kommt, werden sie weich und madig und welk.«

Das schrieb er nicht auf.

Als er sich zum Gehen anschickte, sagte er: »Danke, daß du mir von deinem Traum erzählt hast, Grace. Vielleicht wirst du mir bald noch einen erzählen.« Und ich sagte: »Vielleicht werde ich das, Sir.« Und dann fügte ich hinzu: »Ich werde mich bemühen, mich an Sie zu erinnern, wenn es Ihnen bei Ihren Sorgen hilft, Sir.« Denn er tat mir irgendwie leid, weil er so unwohl aussah. Und er sagte: »Wie kommst du darauf, daß ich Sorgen habe, Grace?« Und ich sagte: »Wer selbst Sorgen hat, hat ein Auge für die Sorgen anderer, Sir.«

Er sagte, es sei sehr freundlich von mir, auf diese Weise an ihn zu denken. Dann zögerte er einen Augenblick, als ob er noch etwas sagen wolle, überlegte es sich dann aber anders und nickte mir nur ein Auf Wiedersehen zu. Er nickt immer auf die gleiche, kurze Weise, wenn er aus dem Zimmer geht.

Ich hatte meinen Quiltblock für diesen Tag noch nicht fertig, da er nicht so lange wie sonst bei mir im Zimmer gewesen war, deshalb blieb ich sitzen und nähte weiter. Nach einer Weile kam Miss Lydia herein.

»Ist Dr. Jordan schon gegangen?« sagte sie, und ich sagte, das sei er. Sie trug ein neues Kleid, bei dem ich geholfen hatte, ein violetter Untergrund mit einem weißen Muster aus kleinen Vögeln und Blumen. Es stand ihr sehr gut. Der Rock war wie ein halber Kürbis; und ich dachte, bestimmt hat sie gehofft, mehr Publikum dafür zu haben als nur mich.

Sie setzte sich auf den Stuhl mir gegenüber, auf dem Dr. Jordan gesessen hatte, und fing an, im Nähkorb herumzukramen. »Ich kann meinen Fingerhut nicht finden, ich glaube, ich habe

· *328* ·

ihn hier reingetan«, sagte sie. Und dann: »Oh, er hat die Schere vergessen. Ich dachte, er soll sie nicht in deiner Reichweite liegenlassen?«

»Wir machen da nicht viel Aufhebens«, sagte ich. »Er weiß, daß ich ihm nichts tun würde.«

Sie blieb eine Weile mit dem Nähkorb auf dem Schoß sitzen. »Wußtest du, daß du einen Bewunderer hast, Grace?« sagte sie dann.

»Oh, und wer sollte das sein?« sagte ich und dachte, vielleicht ein Knecht oder sonst ein junger Bursche, der von meiner Geschichte gehört hatte und sie romantisch fand.

»Dr. Jerome DuPont«, sagte sie. »Er wohnt zur Zeit bei Mrs. Quennell. Er sagt, daß du ein bemerkenswertes Leben geführt hast und daß er dich überaus interessant findet.«

»Ich kenne keinen solchen Gentleman. Wahrscheinlich hat er die Zeitungen gelesen und ist auf einer Rundreise und hält mich für eine Sehenswürdigkeit, die man gesehen haben muß«, sagte ich ein wenig scharf, denn ich glaubte, sie wolle sich über mich lustig machen. Sie macht sich gerne lustig und geht dabei manchmal ein wenig zu weit.

»Er ist ein Mann mit ernsthaften Neigungen«, sagte sie. »Er hat den Hypnotismus studiert.«

»Und was soll das sein?« sagte ich.

»Oh, es ist so was wie der Mesmerismus, bloß viel wissenschaftlicher«, sagte sie. »Es hat etwas mit den Nerven zu tun. Aber er muß dich kennen oder dich wenigstens gesehen haben, denn er sagt, daß du immer noch eine sehr gutaussehende Person bist. Vielleicht ist er dir auf der Straße begegnet, auf deinem Weg hierher.«

»Vielleicht«, sagte ich und dachte, was für einen Anblick ich da wohl geboten hatte, einen feixenden Rohling an jeder Seite.

»Er hat so dunkle Augen«, sagte sie. »Sie durchbohren einen richtig, es ist, als könne er mitten in einen hineinsehen. Aber ich bin mir nicht sicher, ob er mir gefällt. Natürlich ist er alt. Er ist wie Mama und die anderen, und ich nehme an, daß er zu ihren Tischrückereien und Séancen geht. Ich selbst glaub ja nicht an diese Dinge, und Dr. Jordan tut es auch nicht.«

»Hat er das gesagt?« sagte ich. »Dann ist er ein sehr vernünftiger Mann, denn mit solchen Dingen sollte man nicht spaßen.«

»Vernünftiger Mann, das klingt so kalt«, sagte sie und seufzte. »Vernünftiger Mann klingt wie ein Bankier.« Dann sagte sie: »Grace, er redet mit dir mehr als mit uns allen zusammengenommen. Was für eine Art Mann ist er?«

»Ein Gentleman«, sagte ich.

»Das weiß ich selbst«, sagte sie schnippisch. »Aber wie ist er wirklich?«

»Ein Amerikaner«, sagte ich, was sie auch schon wußte. Aber dann hatte ich doch Mitleid mit ihr und sagte: »Er scheint ein achtbarer junger Mann zu sein.«

»Oh, ich will gar nicht, daß er so achtbar ist«, sagte sie. »Reverend Verringer ist zu achtbar.«

Insgeheim gab ich ihr recht, aber da Reverend Verringer versucht, eine Begnadigung für mich zu erreichen, sagte ich: »Reverend Verringer ist ein Mann des Glaubens, und von denen wird verlangt, daß sie sehr achtbar sind.«

»Ich glaube, daß Dr. Jordan sehr sarkastisch ist«, sagte Miss Lydia. »Ist er auch dir gegenüber sehr sarkastisch, Grace?«

»Ich glaube nicht, daß ich das merken würde, Miss«, sagte ich.

Sie seufzte noch einmal und sagte: »Er wird einen Vortrag vor Mamas Dienstagskreis halten. Normalerweise gehe ich eigentlich nicht hin, weil es so langweilig ist, obwohl Mama sagt, ich soll mich mehr für ernsthafte Angelegenheiten wie das Wohl der Gesellschaft interessieren, und Reverend Verringer sagt das auch. Aber dieses Mal werde ich gehen, weil es sicher aufregend sein wird, Dr. Jordan über Irrenanstalten reden zu hören. Obwohl es mir lieber wäre, er würde mich zum Tee in seine Wohnung einladen. In Begleitung von Mama und Marianne natürlich, weil ich ja eine Anstandsdame dabeihaben muß.«

»Das ist immer ratsam für ein junges Mädchen«, sagte ich.

»Grace, manchmal bist du wirklich ein alter Stockfisch«, sagte sie. »Und ich bin kein junges Mädchen mehr, ich bin neunzehn! Wahrscheinlich hat das alles für dich überhaupt keine Bedeutung, wo du schon alle möglichen Sachen erlebt hast, aber ich war noch nie zum Tee in die Wohnung eines Mannes eingeladen.«

»Nur weil man etwas noch nie getan hat, ist das noch lange kein Grund, es zu tun, Miss«, sagte ich. »Aber wenn Ihre Mutter dabei wäre, wäre es sicher nicht unschicklich.«

Sie stand auf und ließ die Hand über den Nähtisch gleiten. »Ja«, sagte sie. »Es wäre nicht unschicklich.« Der Gedanke schien sie zu deprimieren. Dann sagte sie: »Wirst du mir bei meinem neuen Kleid helfen? Für den Dienstagskreis? Ich würde gerne Eindruck damit machen.«

Ich sagte, ich würde ihr sehr gern dabei helfen, und sie sagte, ich sei ein Schatz, und sie hoffe, daß sie mich nie aus dem Gefängnis herauslassen würden, weil sie wolle, daß ich immer hierblieb, damit ich ihr bei ihren Kleidern helfen könne. Was wahrscheinlich eine Art Kompliment war.

Aber der abwesende Blick in ihren Augen gefiel mir gar nicht, und auch nicht der mutlose Ton ihrer Stimme; und ich dachte, das wird Ärger geben, wie immer, wenn das eine liebt und das andere nicht.

28.

Am nächsten Tag bringt Dr. Jordan mir den versprochenen Rettich. Er ist gewaschen, und die Blätter sind schon abgeschnitten, und er ist noch frisch und knackig und nicht so zäh, wie sie es gerne werden, wenn man sie zu lange herumliegen läßt. Er hat das Salz vergessen, was ich jedoch nicht erwähne, da es nicht recht ist, einem geschenkten Gaul ins Maul zu schauen. Ich esse den Rettich sehr schnell – im Gefängnis habe ich gelernt, mein Essen herunterzuschlingen, da man es verzehren muß, bevor es einem wieder fortgerissen wird –, und ich genieße seine Schärfe, die wie der würzige Geruch von Kapuzinerkresse ist. Ich frage ihn, wo er den Rettich herhat, und er sagt, vom Markt, und daß er daran denkt, hinter dem Haus, in dem er wohnt, einen kleinen Küchengarten für sich selbst anzulegen, da genug Platz da ist, und daß er schon mit dem Umgraben angefangen hat. Und das ist etwas, worum ich ihn sehr beneide.

Dann sage ich: »Ich danke Ihnen von Herzen, Sir, dieser Rettich war wie der Nektar der Götter.« Er sieht überrascht aus, mich so einen Ausdruck verwenden zu hören, aber das liegt nur daran, daß er sich nicht daran erinnert, daß ich die Gedichte von Sir Walter Scott gelesen habe.

Weil er so aufmerksam war, mir den Rettich zu bringen, mache ich mich bereitwillig daran, ihm meine Geschichte zu erzählen und sie so interessant und reich an Einzelheiten zu machen, wie ich kann, als eine Art Gegengeschenk an ihn, denn ich war immer der Meinung, daß man Gleiches mit Gleichem vergelten sollte.

Wir waren, glaube ich, da stehengeblieben, Sir, wo Mr. Kinnear nach Toronto geritten war. Und dann kam Jamie Walsh vorbei und spielte auf seiner Flöte, und der Sonnenuntergang war wunderschön, und dann ging ich zusammen mit Nancy ins Bett, weil sie Angst vor Räubern hatte, wo doch kein Mann im Haus war. McDermott zählte sie nicht, weil er nicht im eigentlichen Haus schlief; oder vielleicht zählte sie ihn nicht als Mann; oder vielleicht dachte sie, er würde sich eher auf die Seite der Räuber schlagen, als sich gegen sie stellen. Ich weiß es nicht.

Da waren wir also und stiegen mit unseren Kerzen die Treppe hinauf. Nancys Schlafzimmer ging, wie ich bereits gesagt habe, nach hinten hinaus und war viel größer und schöner als meins, obwohl sie kein separates Ankleidezimmer hatte wie Mr. Kinnear. Aber sie hatte eine geräumige Bettstatt mit einem schönen Quilt darauf, einem Sommerquilt in hellen Rosa- und Blautönen auf weißem Untergrund; es war eine Zerbrochene Treppe. Sie hatte einen Schrank für ihre Kleider, und ich fragte mich, wie sie genug Geld gespart haben konnte, um sich so viele zu kaufen; aber sie sagte, Mr. Kinnear könne sehr großzügig sein, wenn ihm der Sinn danach stand. Außerdem hatte sie einen Frisiertisch mit einem gestickten Deckchen darauf, Rosen und Lilien mitsamt den Knospen, und ein Sandelholzkästchen mit ihren Ohrringen und einer Brosche, und auch ihre Töpfe mit Cremes und Tinkturen standen dort. Bevor sie zu Bett ging, schmierte sie ihr Gesicht damit ein wie einen Stiefel. Sie hatte auch eine Flasche mit Rosenwasser und ließ mich ein wenig davon probieren, und es roch wirklich wundervoll; denn an diesem Abend war sie die Freundlichkeit in Person. Sie hatte einen Tiegel mit Haarpomade, von der sie ein wenig in ihre Haare rieb, weil sie davon, wie sie sagte, so sehr schön glänzten; und sie bat mich, ihr die Haare zu bürsten, als wäre ich ihre Zofe, was ich mit Freude tat. Sie hatte sehr schöne lange Haare in einem dunklen Braun und wellig. »Oh Grace«, sagte sie, »das fühlt sich wundervoll an, du hast gute Hände«, und ich war sehr geschmeichelt. Aber ich dachte auch an Mary Whitney und wie sie mir die Haare gebürstet hatte, denn ich konnte sie nie für lange Zeit vergessen.

»Da wären wir also, so kuschelig wie zwei Erbsen in ihrer Schote«, sagte sie sehr freundlich, als wir schließlich im Bett lagen. Aber als sie die Kerze ausblies, seufzte sie, und es war nicht das Seufzen einer glücklichen Frau, sondern das von einer, die versucht, das Beste aus einer Sache zu machen.

Mr. Kinnear kam am Morgen des Samstags zurück. Er hatte schon am Freitag zurückkommen wollen, war aber von Geschäften in Toronto aufgehalten worden, sagte er wenigstens, und hatte unterwegs in einer Schenke übernachtet, die nicht sehr weit nördlich des ersten Zolltores lag, und Nancy war nicht sehr erfreut, das zu hören, da das Haus einen schlechten Ruf hatte und angeblich zuchtlose Frauen beherbergte, wenigstens sagte sie das in der Küche zu mir.

Um sie zu beruhigen, sagte ich, daß ein Gentleman sich durchaus an solchen Orten aufhalten könne, ohne seinen Ruf zu gefährden. Sie war sehr erregt, weil Mr. Kinnear auf dem Heimweg zwei von seinen Bekannten getroffen hatte, einen Colonel Bridgeford und einen Captain Boyd, und sie zum Abendessen eingeladen hatte; und es war der Tag, an dem Jefferson der Fleischer kommen sollte, aber er war noch nicht dagewesen, und deshalb war kein frisches Fleisch im Haus.

»Oh Grace«, sagte Nancy, »es wird uns nichts anderes übrigbleiben, als ein Hühnchen zu schlachten, geh und sag McDermott, daß er es tun soll.« Ich sagte, wir würden doch sicher zwei brauchen, wenn mit den Damen sechs Personen zum Essen dasein würden; und sie wurde ärgerlich und sagte, es würden keine Damen kommen, da die Frauen dieser Gentlemen sich nie dazu herablassen würden, die Schwelle dieses Hauses zu verdunkeln, und sie selbst würde auch nicht mit den Herren essen, da sie nur trinken und rauchen und Geschichten darüber erzählen würden, was für Wundertaten sie während der Rebellion verrichtet hätten, und sie würden zu lange bleiben und nach dem Essen Karten spielen, was schlecht für Mr.

· 334 ·

Kinnears Gesundheit sei, und er würde sich nur einen Husten holen, wie immer, wenn diese Männer zu Besuch kamen. Wenn es ihr paßte, schrieb sie ihm eine schwächliche Konstitution zu.

Als ich hinausging, um McDermott zu suchen, war er nirgends zu finden. Ich rief nach ihm und stieg sogar die Leiter hinauf, die auf den Dachboden über dem Stall führte, wo er schlief. Er war nicht da; aber er war auch nicht weggelaufen, da die paar Sachen, die er hatte, noch alle da waren, und ich glaubte nicht, daß er ohne die Bezahlung weggehen würde, die ihm noch zustand. Als ich die Leiter wieder herunterkam, stand Jamie Walsh da und sah mich komisch an, wahrscheinlich weil er dachte, ich hätte McDermott besucht; aber als ich ihn fragte, wo McDermott hingegangen sein könne, da er gebraucht würde, lächelte Jamie Walsh wieder und war freundlich und sagte, er wisse es nicht, vielleicht sei er zu Harvey gegangen, der ein ungehobelter Bursche war und in einem Blockhaus oder eigentlich mehr einer Hütte lebte, und zwar mit einer Frau, die nicht seine Ehefrau war – ich kannte sie vom Sehen, und sie hieß Hannah Upton, und sie hatte etwas Grobes an sich und wurde von allen gemieden. Aber Harvey war ein Bekannter von McDermott – ich will nicht Freund sagen –, und die beiden hatten die Gewohnheit, miteinander zu trinken; und dann fragte Jamie, ob es irgendwelche Besorgungen zu erledigen gebe.

Ich ging in die Küche zurück und sagte, McDermott sei nirgends zu finden, und Nancy sagte, sie habe jetzt genug von seiner Faulenzerei, immer sei er verschwunden, wenn er am dringendsten gebraucht würde, und lasse sie in der Patsche sitzen, und dann würde eben ich das Hühnchen schlachten müssen. Ich sagte, oh nein, das könne ich nicht, ich hätte so etwas noch nie gemacht und wisse nicht, wie es geht. Ich hatte eine Abneigung dagegen, das Blut von irgendwelchen Lebewesen zu vergießen, obwohl es mir nichts ausmachte, einen Vogel zu rupfen, wenn er erst einmal tot war. Sie sagte, ich solle mich nicht so anstellen, es sei ganz einfach, ich müsse nur die Axt nehmen und ihm damit eins überziehen und ihm dann mit einem Schlag den Hals durchhacken.

Aber ich konnte den Gedanken daran nicht ertragen und fing an zu weinen. Und es tut mir leid, das sagen zu müssen – denn es ist nicht recht, schlecht über die Toten zu reden –, aber sie schüttelte mich und gab mir eine Ohrfeige und stieß mich durch die Küchentür auf den Hof und sagte, ich solle ja nicht ohne den toten Vogel zurückkommen, und zwar schnell, weil nicht viel Zeit für die Vorbereitungen bleibe und Mr. Kinnear seine Mahlzeiten gern pünktlich auf dem Tisch habe.

Also ging ich in den Hühnerstall und fing ein fettes junges Hühnchen ein, ein weißes, und klemmte es mir weinend unter den Arm und ging zum Holzstapel, wo der Hackklotz stand und wischte mir die Tränen mit der Schürze ab und wußte einfach nicht, wie ich mich dazu überwinden sollte, etwas so Schreckliches zu tun. Aber Jamie Walsh war mir gefolgt und fragte mich sehr freundlich, was denn mit mir sei, und ich sagte, ob er bitte das Hühnchen für mich umbringen könne, und er sagte, nichts einfacher als das, er würde es gern für mich tun, wenn ich so empfindlich und weichherzig sei. Und er nahm mir das Hühnchen ab und hackte ihm säuberlich den Kopf ab, und es lief einen Augenblick lang ohne Kopf herum und kippte dann um und strampelte mit den Beinen, was ich sehr traurig fand. Und dann rupften wir es gemeinsam, wir saßen nebeneinander auf dem Zaun und ließen die Federn fliegen; und ich dankte Jamie ehrlich für seine Hilfe und sagte, leider hätte ich nichts, was ich ihm dafür geben könne, aber ich würde mich in Zukunft daran erinnern. Und er grinste unbeholfen und sagte, er sei mir gern jederzeit behilflich, wenn ich es brauchte.

Nancy war bei seinen letzten Worten aus dem Haus gekommen und stand in der Küchentür, die Hand über die Augen gelegt, um besser sehen zu können, und wartete ungeduldig darauf, daß der Vogel fertig würde, damit sie mit der Zubereitung anfangen konnte. Und so nahm ich ihn so schnell aus, wie es ging, wobei ich wegen dem Geruch die ganze Zeit die Luft anhielt. Die Innereien bewahrte ich auf, falls Nancy sie für die

Soße brauchte, und wusch den Vogel unter der Pumpe aus und brachte ihn in die Küche, und als wir ihn füllten, sagte sie: »Wie ich sehe, hast du eine Eroberung gemacht.« Ich fragte, was sie damit meine, und sie sagte: »Jamie Walsh. Er schwärmt für dich wie ein kleines Hündchen, es steht auf seinem ganzen Gesicht geschrieben. Früher war er mein Bewunderer, aber jetzt ist er deiner, wie ich sehe.« Und ich merkte, daß sie wieder meine Freundin sein wollte, nachdem sie vorhin die Beherrschung verloren hatte, und deshalb lachte ich und sagte, er sei kein großer Fang für mich, da er doch nur ein Junge sei, und dazu noch so sommersprossig wie ein Ei, wenn auch groß für sein Alter. Und sie sagte: »Früh krümmt sich, was ein Häkchen werden will«, was mir sehr rätselhaft vorkam; aber ich fragte sie nicht, was sie damit meinte, weil sie mich dann nur für unwissend gehalten hätte.

Wir mußten den Herd in der Sommerküche gut anheizen, um das Hühnchen zu braten, deshalb erledigten wir den Rest der Arbeit in der Winterküche. Als Beilage machten wir gedünstete Zwiebeln mit Möhren; und zum Nachtisch gab es Erdbeeren mit unserer eigenen Sahne, und unseren eigenen Käse hinterher. Mr. Kinnear bewahrte den Wein im Keller auf, einen Teil in Fässern, und einen anderen Teil in Flaschen, und Nancy schickte mich hinunter, um fünf Flaschen zu holen. Sie selbst ging nicht gerne in den Keller, weil es dort, wie sie sagte, zu viele Spinnen gab.

Mitten in unserer Emsigkeit kam McDermott ganz kühl und unbekümmert hereinspaziert, und als Nancy ihn mit scharfer Stimme fragte, wo er gewesen sei, sagte er, da er die Arbeit des Vormittags getan habe, bevor er ging, habe sie das verdammt noch mal nichts anzugehen, und wenn sie es schon unbedingt wissen müsse, er habe etwas für Mr. Kinnear zu erledigen gehabt, was dieser ihm schon vor seinem Ritt nach Toronto aufgetragen habe. Nancy sagte, sie würde sich danach erkundigen, und er habe kein Recht, zu kommen und zu gehen und einfach vom Gesicht der Erde zu verschwinden, gerade wenn er am dringendsten gebraucht würde, und er sagte, woher habe er das denn wissen sollen, schließlich sei er kein Hellseher; und sie sagte, wenn doch, würde er sehen können, daß er nicht mehr viel Zeit in diesem Haus verbringen würde. Aber da sie im Augenblick zu beschäftigt sei, würde sie später mit ihm sprechen, und jetzt solle er sich gefälligst um Mr. Kinnears Pferd kümmern, das nach dem langen Ritt gestriegelt werden müsse, falls eine solche Arbeit nicht zu niedrig für Seine Königliche Hoheit sei. Und er ging mit bösem Gesicht zum Stall hinüber.

Colonel Bridgeford und Captain Boyd trafen wie angekündigt ein und benahmen sich genau so, wie Nancy es gesagt hatte; und aus dem Eßzimmer waren laute Stimmen zu hören und viel Gelächter, und ich mußte die Speisen auftragen. Nancy wollte es nicht selbst tun, sondern saß in der Küche und trank ein Glas Wein und schenkte auch eins für mich ein, und ich hatte das Gefühl, daß sie diese Herren nicht leiden konnte. Sie sagte, sie glaube nicht, daß Captain Boyd wirklich ein Captain sei, und manche von ihnen hätten diese Titel einfach angenommen, bloß weil sie es am Tag der Rebellion geschafft hätten, ihren Leib in den Sattel zu heben. Ich fragte, was denn dann mit Mr. Kinnear sei, da manche in der Nachbarschaft ihn ebenfalls Captain nannten, und sie sagte, sie wisse nichts darüber, da er sich selbst nie so bezeichne, und auf seiner Visitenkarte stehe nur ein einfaches Mr., mehr nicht. Aber wenn er ein Captain gewesen wäre, dann sicherlich auf der Regierungsseite. Und das war noch etwas, was sie zu ärgern schien.

Sie schenkte sich ein zweites Glas Wein ein und sagte, Mr. Kinnear necke sie manchmal wegen ihres Namens und nenne sie eine hitzige kleine Rebellin, weil ihr Familienname Montgomery laute, also genau wie der von John Montgomery, dem die Taverne gehört hatte, in der die Rebellen sich getroffen hatten und die jetzt eine Ruine war; und der damit geprahlt hatte, wenn seine Feinde in der Hölle schmorten, würde er wieder eine Taverne haben, aber in der Yonge Street, was sich später als wahr herausstellte, Sir, wenigstens was die Taverne anging. Aber zu jener Zeit war er noch in den Vereinigten Staaten,

· 338 ·

nachdem er tollkühn aus dem Gefängnis von Kingston ausgebrochen war. Es ist also möglich, das zu tun.

Nancy schenkte sich ein drittes Glas Wein ein und sagte, sie würde immer dicker, was solle sie bloß tun, und legte den Kopf auf die Arme. Aber für mich war es Zeit, den Kaffee hineinzutragen, also konnte ich sie nicht fragen, warum sie auf einmal so melancholisch geworden war. Im Eßzimmer waren alle sehr lustig, nachdem sie die fünf Flaschen alle ausgetrunken hatten, und verlangten nach mehr; und Captain Boyd fragte, wo Mr. Kinnear mich gefunden hätte, und ob noch mehr von meiner Sorte auf dem Baum wachsen würden, von dem ich gekommen sei, und falls ja, ob sie schon reif seien. Und Colonel Bridgeford fragte, was Tom Kinnear mit Nancy gemacht habe, hatte er sie irgendwo mit dem Rest seines türkischen Harems in einem Schrank eingesperrt? Und Captain Boyd sagte, ich solle gut auf meine schönen blauen Augen aufpassen, weil Nancy sie mir auskratzen würde, wenn der gute alte Tom mich auch nur einmal zu oft von der Seite ansehen würde, was alles im Spaß gemeint war, aber trotzdem hoffte ich, daß Nancy es nicht gehört hatte.

Am Sonntag fragte Nancy, ob ich mit ihr in die Kirche gehen würde. Ich sagte, ich hätte kein Kleid, das gut genug wäre, obwohl das nur ein Vorwand war – ich hatte keine große Lust, in die Kirche zu gehen, unter lauter fremde Leute, die mich sicher nur anstarren würden. Darauf sagte sie, sie würde mir eins von ihren Kleidern leihen, was sie auch tat, obwohl sie darauf achtete, daß es keins von ihren besten war und nicht so schön wie das, welches sie selbst anzog. Außerdem lieh sie mir eine Haube und sagte, ich sähe sehr achtbar aus; und sie gab mir auch ein Paar Handschuhe, die jedoch nicht so paßten, wie sie es sollten, da Nancy große Hände hatte. Außerdem trugen wir beide ein Sommertuch aus gemusterter Seide.

Mr. Kinnear hatte Kopfschmerzen und sagte, er würde nicht mitkommen – er war sowieso kein großer Kirchgänger –, und McDermott könne uns im Wagen hinbringen und später wie-

der abholen, da klar war, daß er nicht am Gottesdienst teilnehmen würde, weil er katholisch war, die Kirche aber presbyteria-
nisch. Es war die einzige Kirche, die es bislang im Ort gab, und
viele, die keine Presbyterianer waren, gingen trotzdem hin, da
es besser als nichts war; und sie hatte auch den einzigen Friedhof, so daß sie das Monopol über die Lebenden wie auch über
die Toten besaß.

Wir saßen sehr elegant auf dem Wagen, und der Tag war
schön und klar, und die Vögel sangen, und ich fühlte mich so
sehr im Einklang mit der Welt wie nur eh und je, was für den
Tag auch passend war. Als wir die Kirche betraten, hängte
Nancy sich bei mir ein, aus Freundschaft, wie ich glaubte. Ein
paar Köpfe drehten sich zu uns um, und ich dachte, es liege
daran, daß ich für die Leute neu war. Die Gemeinde war aus
den unterschiedlichsten Menschen zusammengesetzt, arme
Farmer und ihre Frauen, Dienstboten, Kaufleute und dazu jene,
die sich nach ihrer Kleidung und nach ihrem Platz in den vor-
dersten Reihen anscheinend für etwas Besseres hielten. Wir
selbst setzten uns auf Bänke weit hinten, wie es sich für uns ge-
ziemte.

Der Prediger mit seinem spitzen Schnabel von einer Nase
und seinem langen, knochigen Hals und dem Haarbüschel, das
oben auf seinem Kopf aufragte, sah genauso wie ein Reiher aus.
Die Predigt handelte von der göttlichen Gnade und daß wir
nur durch sie allein gerettet werden könnten und nicht durch
irgendwelche Bemühungen unsererseits oder durch irgendwelche guten Werke, die wir vielleicht verrichten mochten.
Das bedeutete nicht, daß wir aufhören konnten, uns zu bemühen oder gute Werke zu tun, aber wir konnten uns nicht
auf sie verlassen oder sicher sein, daß wir erlöst werden würden, bloß weil wir wegen unserer Bemühungen und unserer
guten Werke von der Welt respektiert wurden; denn die göttliche Gnade war ein Mysterium, und nur Gott allein wußte,
wem sie zuteil wurde; und obwohl es in der Schrift hieß, an
ihren Früchten sollt ihr sie erkennen, waren die Früchte, die
damit gemeint waren, spirituelle Früchte und für niemanden

sichtbar, nur für Gott allein; und obwohl wir um die göttliche
Gnade beten mußten und sollten, dürften wir nicht hochmütig
und anmaßend sein und glauben, daß unsere Gebete eine Wirkung hatten, weil nämlich der Mensch denkt und Gott lenkt,
und es lag nicht in der Macht unserer unbedeutenden und
sündigen und sterblichen Seelen, den Lauf der Ereignisse zu
beeinflussen. Die Ersten würden die Letzten und die Letzten
würden die Ersten sein, und manche, die sich viele Jahre lang
an irdischen Feuern gewärmt hatten, würden bald sehr zu ihrer
Empörung und Überraschung feststellen, daß sie von etwas gebraten wurden, was bedeutend heißer war, und es gebe viele
Heuchler und Scheinheilige, die in unserer Mitte wandelten,
nach außen hin schön und gut, aber innen voller Fäulnis und
Verderbnis; und wir sollten uns vor dem wilden Weib hüten,
das in der Tür seines Hauses sitzt, vor dem die Sprüche 9 uns
warnen, und vor allen, die uns in Versuchung führen wollen,
indem sie sagen, daß die gestohlenen Wasser süß sind und das
verborgene Brot wohl schmeckt, denn wie es in der Schrift
heiße, sind die Toten daselbst und ihre Gäste in der tiefen Grube.
Vor allem aber sollten wir uns vor der Selbstzufriedenheit hüten,
wie im Gleichnis von den törichten Jungfrauen, und unsere
Lampen nicht ausgehen lassen, denn niemand kenne den Tag
und die Stunde, und wir müßten in Furcht und Zittern warten.

Auf diese Weise ging es eine ganze Weile weiter, und ich ertappte mich dabei, wie ich die Hauben der anwesenden Damen
begutachtete, oder wenigstens das, was ich von hinten davon sehen konnte, und die Blumen auf ihren Tüchern; und ich sagte
zu mir selbst, wenn man die göttliche Gnade nicht erlangen
konnte, indem man darum betete, und auch auf keine andere
Weise, und auch nicht wissen konnte, ob man sie besaß oder
nicht, dann konnte man sie genausogut vergessen und sich um
seine eigenen Angelegenheiten kümmern, weil man nichts
dazu tun konnte, ob man verdammt wurde oder nicht. Es hat
keinen Zweck, über verschüttete Milch zu lamentieren, schon
gar nicht, wenn man nicht einmal weiß, ob die Milch verschüt-
tet ist oder nicht, und wenn nur Gott allein es wußte, konnte

auch nur Gott allein sie aufwischen, wenn nötig. Aber wenn ich über solche Dinge nachdenke, werde ich immer ganz müde, und der Prediger hatte eine eintönige Stimme; und ich war kurz davor, einzunicken, als wir plötzlich alle auf den Beinen waren und *Herr bleibe bei mir* sangen, was die Gemeinde nicht sehr schön machte, aber wenigstens war es Musik, was immer ein Trost ist.

Beim Hinausgehen wurden Nancy und ich von niemandem freundlich gegrüßt, sondern im Gegenteil eher gemieden; nur ein paar von den ärmeren Leuten nickten; und es wurde geflüstert, als wir vorbeigingen, was ich merkwürdig fand, weil ich selbst zwar eine Fremde war, aber Nancy den Leuten doch vertraut sein mußte. Und obwohl die besseren Leute oder die, die sich dafür hielten, sie nicht bemerken mußten, hatte sie doch keine solche Behandlung von den Farmern und ihren Frauen und von den Dienstboten verdient. Nancy trug den Kopf sehr hoch und sah weder nach rechts noch nach links, und ich dachte: Diese Leute sind kalt und stolz und keine guten Nachbarn. Sie sind Heuchler, die denken, daß die Kirche ein Käfig ist, in dem man Gott einsperren kann, damit er dort bleibt und unter der Woche nicht auf der Erde herumwandelt und seine Nase nicht in ihre Angelegenheiten steckt und nicht in die Tiefen und Dunkelheiten und Falschheiten ihrer Herzen blickt und ihren Mangel an wahrer Barmherzigkeit nicht sieht; und sie glauben, daß sie sich nur am Sonntag um ihn kümmern müssen, wenn sie ihre besten Kleider anhaben und ein feierliches Gesicht machen und ihre Hände frisch gewaschen sind, mit Handschuhen darüber, und sie sich ihre Geschichten schön ordentlich zurechtgelegt haben. Aber Gott ist überall und kann nicht eingesperrt werden wie die Menschen.

Nancy dankte mir, daß ich mit ihr in die Kirche gegangen war und sagte, sie sei über die Begleitung froh gewesen. Aber sie wollte trotzdem, daß ich ihr das Kleid und die Haube noch am selben Tag wieder zurückgab, weil sie Angst hatte, daß ich sie schmutzig machte.

Später in der Woche kam McDermott mit einem langen und mürrischen Gesicht zum Mittagessen in die Küche. Nancy hatte ihm gekündigt, und er sollte das Haus zum Monatsende verlassen. Er sagte, ihm sei es nur recht, weil er keine Lust habe, sich von einer Frau herumkommandieren zu lassen, in der Armee oder auf den Schiffen habe es das nie gegeben. Er habe sich darüber bei Mr. Kinnear beschwert, aber der habe nur gesagt, Nancy sei nun einmal die Herrin des Hauses und würde dafür bezahlt, sich um alles zu kümmern, und McDermott solle seine Anweisungen von ihr entgegennehmen, da Mr. Kinnear selbst nicht mit solchen Lappalien behelligt werden wolle. Das allein sei ja schon schlimm genug, aber noch viel schlimmer sei es, weil Nancy eine liederliche Person sei. Und es sei ihm nichts daran gelegen, noch länger mit so einer Hure unter einem Dach zu leben.

Darüber war ich sehr schockiert und dachte, es sei einfach nur McDermotts Art, so zu reden und zu übertreiben und zu lügen; und ich fragte ihn empört, was er damit meine. Und er sagte, ob ich denn nicht wisse, daß Nancy und Mr. Kinnear miteinander schliefen, ganz offen und schamlos, und insgeheim als Mann und Frau lebten, obwohl sie genausowenig verheiratet seien wie er selbst; es sei kein großes Geheimnis, die ganze Nachbarschaft wisse Bescheid. Ich war sehr überrascht, und sagte das auch; und McDermott sagte, ich sei eben ein dummes Schaf und trotz all meinem Mrs. Parkinson dies und Mr. Alderman Parkinson das und meinen ganzen Stadtallüren wisse ich nicht halb soviel, wie ich mir einbildete, und könne kaum die Nase vor meinem eigenen Gesicht erkennen. Und was Nancy und ihr Herumgehure angehe, wäre jeder bis auf so ein dummes Schaf wie ich auf der Stelle dahintergekommen, und es sei allgemein bekannt, daß Nancy ein Baby bekommen hatte, als sie noch drüben bei den Wrights beschäftigt war, und zwar von einem jungen Tagedieb, der sich aus dem Staub gemacht und sie sitzengelassen hatte, bloß daß das Baby dann gestorben war. Und Mr. Kinnear habe sie trotzdem eingestellt und zu sich genommen, was kein wirklich ehrbarer Mann je getan hätte; und es sei von Anfang an klar gewesen, was er damit bezweckt habe, weil es keinen Sinn mache, die Scheunentür zuzumachen, wenn das Pferd schon weggelaufen war, und wenn eine Frau erst einmal auf dem Rücken liege, sei sie wie eine Schildkröte und könne sich kaum wieder aufrichten und sei leichte Beute für alle.

Obwohl ich immer noch protestierte, dachte ich für mich, daß er dieses eine Mal vielleicht doch die Wahrheit sagte, und auf einmal verstand ich auch, was die abgewandten Köpfe in der Kirche zu bedeuten gehabt hatten und das Geflüster, und auch viele andere Kleinigkeiten, von denen ich bisher nicht viel Notiz genommen hatte; wie auch die feinen Kleider und die goldenen Ohrringe, die der Lohn der Sünde waren, wie man sagen konnte; und auch die Warnung, die Mrs. Watsons Köchin Sally mir hatte zukommen lassen, bevor ich die Stelle bei Mr. Kinnear annahm. Und von da an hielt ich Augen und Ohren offen und ging durch das Haus wie ein Spion und sah, daß Nancys Bett tatsächlich nie benutzt wurde, wenn Mr. Kinnear im Haus war. Und ich schämte mich für mich selbst, weil ich mich auf diese Weise hatte täuschen und hinters Licht führen lassen und weil ich so blind und töricht gewesen war.

29.

Es tut mir leid, sagen zu müssen, daß ich von diesem Augenblick an viel von dem Respekt verlor, den ich einst für Nancy empfunden hatte, wo sie doch die Ältere von uns beiden war, und dazu die Herrin des Hauses; und ich ließ mir meine Geringschätzung anmerken und gab ihr öfter schnippische Antworten, als klug war, und es kam zu Auseinandersetzungen zwischen uns und zu erhobenen Stimmen, und von ihrer Seite zur einen oder anderen Ohrfeige; denn sie hatte ein aufbrausendes Wesen und die Hand rutschte ihr leicht aus. Aber ich erinnerte mich immerhin so weit an meine Stellung, nicht zurückzuschlagen; und wenn ich meine Zunge besser gehütet hätte, hätten meine Ohren nicht so oft gebrannt, und deshalb nehme ich einen Teil der Schuld auf mich.

Mr. Kinnear schien die Mißstimmung zwischen uns nicht zu bemerken. Falls überhaupt, behandelte er mich sogar noch freundlicher als zuvor und blieb bei mir stehen, wenn ich meiner Arbeit nachging, und fragte mich, wie ich vorankam, und ich sagte immer: »Sehr gut, Sir«, weil es nichts gibt, was ein solcher Gentleman schneller loswerden will als eine unzufriedene Bedienstete – wir werden dafür bezahlt zu lächeln, und man tut gut daran, das nicht zu vergessen. Und er sagte, ich sei ein braves Mädchen und eine fleißige Arbeiterin. Und einmal, als ich einen Eimer Wasser die Treppe hinaufschleppte, für Mr. Kinnears Bad, das er in seinem Ankleidezimmer gefüllt haben wollte, fragte er, wieso McDermott diese Arbeit nicht mache, da sie zu schwer für mich sei, und ich sagte, es sei nun einmal meine Aufgabe; und da wollte er mir den Eimer abnehmen und ihn selbst hinauftragen, und legte seine Hand auf dem Griff über meine. »Oh nein, Sir«, sagte ich, »das kann ich nicht erlauben.« Und er lachte und sagte, es sei seine Sache zu entscheiden, was erlaubt sei und was nicht, denn schließlich sei er der Herr des Hauses, oder etwa nicht? Worauf ich natürlich ja sagen mußte. Und als wir so dastanden, dicht nebeneinander auf der Treppe, seine Hand auf meiner, kam Nancy in die Halle im Erdgeschoß und sah uns, was nicht dazu beitrug, ihre Freundlichkeit zu erhöhen.

Seitdem habe ich oft gedacht, daß alles anders gekommen wäre, wenn es hinten im Haus eine separate Treppe für die Dienstboten gegeben hätte, wie es üblich war, aber es gab keine. Und das bedeutete, daß wir alle gezwungen waren, viel zu eng aufeinander zu leben und uns ständig vor die Füße zu laufen, was nie wünschenswert ist, und man konnte in diesem Haus kaum husten oder lachen, ohne daß jemand anderes es hörte, vor allem aus der Diele im Erdgeschoß.

Was nun McDermott anging, so wurde er von Tag zu Tag grüblerischer und rachsüchtiger und sagte, Nancy habe die Absicht, ihn auf die Straße zu setzen, bevor der Monat um sei, und ihm seinen Lohn vorzuenthalten, und daß er sich das nicht gefallen lassen würde. Und wenn sie ihn so behandelte, würde sie mich bald auch so behandeln, und wir sollten uns zusammentun und unsere Rechte einfordern. Und wenn Mr. Kinnear weg war und Nancy ihre Freunde, die Wrights, besuchte – denn sie gehörten zu den Nachbarn, die freundlich zu ihr waren –, bediente er sich immer häufiger an Mr. Kinnears Whisky, der in kleinen Fässern geliefert wurde und also reichlich vorhanden war, so daß niemand hätte sagen können, ob welcher fehlte. Bei diesen Gelegenheiten sagte er, er hasse alle Engländer, und obwohl Kinnear ein Schotte aus dem Tiefland sei, sei es dasselbe, sie seien allesamt Diebe und Hurenböcke und Landräuber, die die Armen aussaugten, wo immer sie gingen und standen; und sowohl Mr. Kinnear als auch Nancy hätten es verdient, daß man ihnen den Schädel einschlug und sie in den Keller warf, und er sei genau der Mann, das zu tun.

Ich dachte, das sei nur seine Art zu reden, da er nun einmal ein Angeber war und ständig damit prahlte, was für großartige

Taten er verrichten würde; und mein eigener Vater hatte, wenn er betrunken war, oft gedroht, meiner Mutter genau dasselbe anzutun und hatte es in Wirklichkeit auch nie getan. Zu solchen Zeiten war es das beste, zu nicken und ihm zuzustimmen und nicht weiter auf ihn zu achten.

Dr. Jordan blickt von den Notizen auf, die er sich macht. »Du hast ihm also zu Anfang nicht geglaubt?« sagt er.

»Überhaupt nicht, Sir«, sage ich. »Und Sie hätten es auch nicht getan, wenn Sie dabeigewesen wären. Ich habe alles für leere Drohungen gehalten.«

»Bevor er gehängt wurde, sagte McDermott, du hättest ihn zu der Tat angestiftet«, sagt Dr. Jordan. »Er behauptete, du hättest die Absicht gehabt, Nancy und Mr. Kinnear zu vergiften, indem du ihnen Gift in den Haferbrei tun wolltest, und du hättest ihn mehrere Male gebeten, dir dabei zu helfen, was er dir aber fromm und gottesfürchtig abgeschlagen hätte.«

»Wer hat Ihnen denn diese Lügen erzählt?« sage ich.

»Es steht in McDermotts Geständnis«, sagt Dr. Jordan, was ich sehr wohl weiß, da ich dieses Geständnis selbst gelesen habe, im Album der Frau Direktor.

»Nur weil etwas geschrieben steht, Sir, heißt das noch lange nicht, daß es Gottes Wahrheit ist«, sage ich.

Er lacht sein bellendes Lachen, »Hah«, und sagt, damit hätte ich sehr recht. »Trotzdem, Grace«, sagt er dann. »Was sagst du dazu?«

»Nun, Sir«, sage ich. »Ich sage dazu, daß es mit das Dümmste ist, was ich je gehört habe.«

»Wieso das, Grace?« sagt er.

Ich erlaube mir ein Lächeln. »Wenn ich Gift in einen Teller mit Haferbrei tun wollte, Sir, wozu würde ich da die Hilfe von einem Burschen wie McDermott brauchen? Ich hätte es sehr leicht allein tun können, und hätte dazu noch welches in seinen Haferbrei schütten können, und es hätte mich nicht mehr Kraft gekostet, als einen Löffel Zucker unterzurühren.«

»Du scheinst das alles sehr gelassen zu sehen, Grace«, sagt Dr.

· 347 ·

Jordan. »Was meinst du, warum er diese Dinge über dich gesagt hat, wenn sie falsch waren?«

»Ich vermute, er wollte die Schuld von sich abwälzen«, sage ich langsam. »Er hatte es nie gern, wenn man ihn eines Unrechts überführte. Oder vielleicht wollte er, daß ich ihm auf seiner Reise Gesellschaft leistete. Die Straße in den Tod ist eine einsame Straße, und länger, als sie aussieht, auch wenn sie vom Galgen direkt nach unten führt, nur ein kurzes Stück Seil hinunter. Es ist eine dunkle Straße, auf der nie ein Mond scheint, um einem den Weg zu weisen.«

»Für jemanden, der noch nie dort gewesen ist, scheinst du eine Menge darüber zu wissen«, sagt er mit seinem schiefen Lächeln.

»Ich bin nie dort gewesen«, sage ich, »außer in meinen Träumen. Aber ich habe diese Straße viele Nächte lang vor mir liegen sehen. Auch ich war dazu verurteilt, gehängt zu werden, und glaubte, daß es auch so kommen würde, und nur durch Glück und durch das Geschick von Mr. MacKenzie, der dem Gericht sagte, daß ich noch so sehr jung war, blieb es mir erspart. Aber wenn man glaubt, daß man selbst bald dieselbe Straße entlanggehen wird, muß man sich darüber Gedanken machen.«

»Wie wahr«, sagt er mit nachdenklicher Stimme.

»Ich mache dem armen James McDermott daraus keinen Vorwurf«, sage ich. »Nicht daraus. Ich würde einem menschlichen Wesen nie einen Vorwurf daraus machen, daß es sich einsam fühlt.«

Der nächste Mittwoch war mein Geburtstag. Da die Stimmung zwischen Nancy und mir sehr kühl geworden war, erwartete ich nicht, daß sie ihn beachten würde, obwohl sie das Datum sehr wohl kannte, weil ich ihr mein Alter genannt hatte, als sie mich einstellte, und auch, wann ich sechzehn werden würde. Aber zu meiner Überraschung war sie sehr freundlich, als sie an diesem Morgen in die Küche kam, und wünschte mir alles Gute zum Geburtstag und ging vors Haus und pflückte einen kleinen Strauß von den Spalierrosen und stellte sie in ein Glas, damit ich sie mit auf mein Zimmer nehmen konnte. Und ich war so dankbar für ihre Freundlichkeit, die wegen all der Streitigkeiten inzwischen so selten geworden war, daß ich fast geweint hätte.

Dann sagte sie, ich könne den Nachmittag freinehmen, da doch mein Geburtstag sei, und ich bedankte mich sehr herzlich bei ihr. Aber ich sagte auch, ich wüßte nicht, was ich mit mir anfangen solle, wo ich doch keine Freunde in der Nachbarschaft hatte, die ich hätte besuchen können, und es keine wirklichen Geschäfte und auch sonst nichts gab, was man sich hätte ansehen können; und vielleicht würde ich einfach zu Hause bleiben und nähen oder das Silber putzen, wie ich es vorgehabt hatte. Und sie sagte, ich könne doch ins Dorf gehen oder einen schönen Spaziergang durch die Felder machen; und sie würde mir ihren Strohhut leihen.

Später erfuhr ich, daß Mr. Kinnear die Absicht hatte, den ganzen Nachmittag zu Hause zu bleiben, und ich vermutete, daß Nancy mich aus dem Weg haben wollte, damit sie mit ihm allein sein konnte, ohne sich darüber Gedanken machen zu müssen, ob ich vielleicht plötzlich ins Zimmer oder die Treppe heraufkommen würde oder ob Mr. Kinnear zu mir in die Küche gewandert käme, um dies oder das zu fragen, wie er es in letzter Zeit öfter getan hatte.

Aber nachdem ich das Essen für Mr. Kinnear und Nancy aufgetragen hatte, das aus kaltem Roastbeef und einem Salat bestand, da das Wetter warm war, und mit McDermott zusammen in der Winterküche mein eigenes Mittagessen eingenommen und dann das Geschirr gespült und mir selbst die Hände und das Gesicht gewaschen hatte, zog ich meine Schürze aus und hängte sie auf und setzte Nancys Strohhut auf und band mir das blauweiße Tuch um, um meinen Hals vor der Sonne zu schützen. Und McDermott, der immer noch am Tisch saß, fragte mich, wohin ich wollte. Ich sagte, ich hätte heute Geburtstag, und deshalb habe Nancy mir die Erlaubnis gegeben, einen Spaziergang zu machen. Er sagte, er würde mich begleiten, da auf den Straßen viele ungehobelte Burschen und Vagabunden unterwegs seien, vor denen ich beschützt werden müsse. Es lag mir auf der Zunge zu sagen, daß der einzige von dieser Sorte, den ich kannte, genau hier in der Küche bei mir saß, aber da McDermott sich bemüht hatte, höflich zu sein, biß ich mir auf die Zunge und dankte ihm für seine freundliche Sorge und sagte, sie sei jedoch nicht nötig.

Er sagte, er würde mich trotzdem begleiten, da ich jung und leichtsinnig sei und nicht wüßte, was gut für mich sei; und ich sagte, es sei nicht sein Geburtstag, und er habe seine Arbeit zu erledigen, und er sagte, zum Teufel mit allen Geburtstagen, er selbst gebe keinen Pfifferling darauf, seiner Meinung nach seien sie überhaupt kein Grund zum Feiern, da er seiner Mutter nicht übermäßig dankbar dafür sei, ihn in diese Welt gesetzt zu haben, und wenn er Geburtstag hätte, würde Nancy nicht im Traum daran denken, ihm deswegen freizugeben. Ich sagte, er solle mir den freien Nachmittag nicht mißgönnen, da ich nicht darum gebeten hätte und keine Sondervergünstigungen haben wolle. Und ich verließ die Küche, sobald ich konnte.

Ich hatte keine Ahnung, wohin ich mich wenden sollte. Ich wollte nicht ins eigentliche Dorf gehen, da es dort niemanden gab, den ich kannte; und dann ging mir auf einmal auf, wie einsam ich war, da ich hier keine Freunde hatte außer Nancy, falls man sie als Freundin bezeichnen konnte, wo sie doch so wetterwendisch war, heute freundlich und am nächsten Tag ganz und gar gegen mich; und außer vielleicht Jamie Walsh, aber der war nur ein Junge, und außer Charley, aber der war ein Pferd, und obwohl er ein guter Zuhörer war und ein wirklicher Trost, so war er doch keine große Hilfe, wenn ich einen Rat brauchte.

Ich wußte nicht, wo meine Familie war, und das war genauso, als hätte ich keine. Nicht daß ich den Wunsch gehabt hätte, meinen Vater je wiederzusehen, aber ich wäre froh gewesen, etwas von den Kindern zu hören. Da war Tante Pauline, und ich hätte ihr einen Brief schreiben können, wenn ich mir die Postgebühren hätte leisten können, denn dies war vor den Reformen, und einen Brief ganz über das Meer zu schicken, war sehr

· 350 ·

teuer. Wenn man die Dinge bei Licht betrachtete, war ich tatsächlich ganz allein auf der Welt, und ohne alle Aussichten, nur immer dieselbe Plackerei, die ich jetzt schon hatte, und obwohl ich jederzeit eine andere Stellung annehmen konnte, wäre es doch immer dieselbe Art von Arbeit, von morgens bis abends, und immer eine Herrin, die einen herumkommandierte.

Solche Gedanken im Kopf, ging ich mit schnellen Schritten die Auffahrt hinunter, für den Fall, daß McDermott mich beobachtete; und als ich mich einmal umdrehte, lehnte er tatsächlich in der Küchentür und sah mir nach, und wenn ich trödelte, sah er das vielleicht als Aufforderung an, mir nachzugehen. Aber als ich den Obstgarten erreichte, glaubte ich mich außer Sicht und ging langsamer. Normalerweise hatte ich meine Gefühle immer recht gut im Griff, aber ein Geburtstag hat etwas Bedrückendes für das Gemüt, vor allem, wenn man allein ist; und ich ging in den Obstgarten hinein und setzte mich mit dem Rücken an einen der großen alten Baumstümpfe, die vom ursprünglichen Wald übriggeblieben waren, als er gerodet worden war. Die Vögel sangen überall um mich herum, aber ich dachte, daß selbst diese Vögel für mich Fremde waren, da ich nicht einmal ihre Namen kannte; und das kam mir am traurigsten von allem vor, und die Tränen fingen an, mir über die Wangen zu laufen, und ich trocknete sie nicht, sondern gab mich ihnen mehrere Minuten lang hin.

Aber dann sagte ich zu mir selbst: Was nicht zu ändern ist, muß man ertragen, und ich guckte mich um und sah die weißen Gänseblümchen und die wilden Möhren und die purpurnen Blüten des Seidelbasts, die so süß rochen und von orangefarbenen Schmetterlingen umflattert wurden, und dann sah ich hinauf in die Zweige des Apfelbaums über mir, wo die kleinen grünen Äpfel bereits zu erkennen waren, und auf die Flecken des blauen Himmels, die darüber standen, und ich versuchte, mich selbst aufzuheitern, indem ich darüber nachdachte, daß nur ein wohlwollender Gott, dem unser Wohlergehen am Herzen lag, soviel Schönheit schaffen konnte, und daß die Bürden, die mir auferlegt waren, sicherlich nur Prüfungen waren, um meine Kraft und meinen Glauben auf die Probe zu stellen, wie bei den frühen Christen und bei Hiob und bei den Märtyrern. Aber wie ich schon gesagt habe, machen Gedanken über Gott mich oft müde; und so schlief ich ein.

Es ist seltsam, aber ganz gleich, wie fest ich auch schlafen mag, spüre ich doch immer, wenn jemand in meiner Nähe ist oder mich beobachtet. Es ist, als würde ein Teil von mir nie schlafen, sondern immer mit einem Auge Wache halten; und als ich jünger war, dachte ich immer, das sei mein Schutzengel. Aber vielleicht war es nur eine Gewohnheit aus meiner Kindheit, als verschlafen und nicht rechtzeitig aufstehen und mit der Arbeit im Haus anfangen immer Anlaß für Gebrüll seitens meines Vaters war, und für derbe Worte, und dafür, am Arm oder auch an den Haaren aus dem Schlaf gerissen zu werden. Jedenfalls träumte ich, ein Bär sei aus dem Wald gekommen und starre mich an. Und ich wachte mit einem Ruck auf, genauso, als hätte jemand mich gerüttelt, und tatsächlich stand da ein Mann ganz dicht vor mir, mit dem Rücken zur Sonne, so daß ich sein Gesicht nicht sehen konnte. Ich stieß einen leisen Schrei aus und fing an, mich hochzurappeln, aber dann sah ich, daß es gar kein Mann war, sondern nur Jamie Walsh, und ich blieb, wo ich war.

»Oh Jamie«, sagte ich. »Du hast mich erschreckt.«

»Das wollte ich nicht«, sagte er. Und er setzte sich neben mich an den Baum und sagte: »Was machst du hier mitten am hellichten Tag? Wird Nancy dich nicht vermissen?« Denn er war ein sehr neugieriger Junge, der immer Fragen stellte.

Ich erklärte ihm, daß heute mein Geburtstag war und Nancy mir sehr freundlich den ganzen Nachmittag freigegeben hatte. Und er wünschte mir viel Glück und sagte dann, er hätte mich weinen sehen.

Ich sagte: »Wie kommst du dazu, mir nachzuspionieren?«

Und er sagte, er komme oft in den Obstgarten, wenn Mr. Kinnear nicht aufpaßte, und gegen Ende des Sommers stehe Mr. Kinnear manchmal mit seinem Fernrohr auf der Veranda, damit die Jungen aus der Nachbarschaft den Obstgarten nicht plünderten, aber dafür seien die Äpfel und Pfirsiche noch zu grün. Und dann fragte er:»Warum bist du so traurig, Grace?« Ich hatte das Gefühl, gleich wieder weinen zu müssen, und sagte:»Weil ich hier keine Freunde habe.«

Jamie sagte:»Ich bin dein Freund.« Und nach einer Pause fügte er hinzu:»Hast du einen Schatz, Grace?« Ich sagte, ich hätte keinen, und er sagte:»Ich wär gern dein Schatz. Und in ein paar Jahren, wenn ich älter bin und genug Geld gespart habe, können wir heiraten.«

Darüber mußte ich lächeln und sagte halb im Scherz:»Aber bist du denn nicht in Nancy verliebt?« Und er sagte:»Nein, das bin ich nicht, obwohl ich sie gut leiden kann.« Und dann fügte er hinzu:»Also? Was sagst du dazu?«

»Aber Jamie«, sagte ich.»Ich bin doch viel älter als du«, und ich sagte es neckend, weil ich nicht glauben konnte, daß es ihm ernst war.

»Nur etwas über ein Jahr«, sagte er.»Ein Jahr ist nichts.«

»Trotzdem bist du nur ein Junge«, sagte ich.

»Aber ich bin größer als du«, sagte er. Was stimmte. Und ich weiß nicht, woran es liegt, aber ein Mädchen von fünfzehn oder sechzehn gilt schon als Frau, während ein Junge von fünfzehn oder sechzehn noch ein Junge ist. Aber das sagte ich nicht laut, weil ich sah, daß es ein wunder Punkt für ihn war. Und so dankte ich ihm ernsthaft für sein Angebot und sagte, ich würde darüber nachdenken, weil ich seine Gefühle nicht verletzen wollte.

»Komm«, sagte er.»Weil dein Geburtstag ist, werde ich dir ein Lied spielen.« Und er zog seine Flöte hervor und spielte sehr hübsch und mit viel Gefühl, wenn auch ein bißchen schrill bei den höheren Tönen. Und dann spielte er noch ein Lied. Und ich merkte, daß es neue Stücke sein mußten, die er geübt hatte, und daß er stolz darauf war, und deshalb sagte ich, sie seien sehr schön.

Danach sagte er, er würde mir zur Feier des Tages eine Krone aus Gänseblümchen machen, und wir fingen an, Kränze zu flechten, und waren sehr emsig und eifrig damit beschäftigt, genau wie zwei kleine Kinder; und ich glaube nicht, daß mir seit den Zeiten mit Mary Whitney irgend etwas soviel Spaß gemacht hat. Als wir fertig waren, legte er mir sehr feierlich einen Kranz um den Hut und einen anderen als Halskette um den Hals und sagte, jetzt sei ich die Maikönigin; und ich sagte, ich müsse aber die Julikönigin sein, da doch Juli sei, und darüber mußten wir lachen. Und er fragte mich, ob er mir einen Kuß auf die Wange geben könne, wozu ich ja sagte, aber nur einen; und er tat es. Und ich sagte, er habe meinen Geburtstag zu einem sehr schönen Anlaß gemacht, weil er mich von meinen Sorgen abgelenkt habe, und darüber lächelte er.

Aber die Zeit war nur so dahingeflogen und der Nachmittag schon vorüber. Als ich die Auffahrt zum Haus zurückging, sah ich Mr. Kinnear auf der Veranda stehen und mich mit seinem Fernrohr beobachten; und als ich auf die Hintertür zuging, kam er um die Hausecke herum und sagte: »Guten Tag, Grace.«

Ich erwiderte den Gruß, und er fragte: »Wer war der junge Mann, der bei dir im Obstgarten war, und was hast du mit ihm getrieben?«

Ich konnte seiner Stimme anhören, was für eine Art von Verdacht er hatte, und sagte, es sei nur der junge Jamie Walsh gewesen, und wir hätten Kränze aus Gänseblümchen gemacht, weil heute mein Geburtstag sei. Er nahm die Erklärung zwar hin, wirkte aber trotzdem nicht sehr erfreut, und als ich in die Küche kam, um mit den Vorbereitungen für das Abendessen anzufangen, sagte Nancy: »Was macht denn die welke Blume in deinen Haaren. Das sieht albern aus.«

Und tatsächlich war eins von den Gänseblümchen in meinen Haaren hängengeblieben, als ich den Kranz abgenommen hatte.

Aber diese beiden Dinge zusammen nahmen dem Tag einiges von seiner Unschuld.

Ich machte mich daran, das Abendessen vorzubereiten, und als McDermott später mit einem Armvoll Holz für den Herd hereinkam, sagte er mit höhnischer Stimme: »Du hast dich also

· 354 ·

im Gras gewälzt und dich von unserem Laufburschen küssen lassen. Dafür gehört ihm eigentlich der Schädel eingeschlagen, und ich würde es selbst machen, wenn er nicht so ein Kind wäre. Jedenfalls ist jetzt klar, daß kleine Jungen dir lieber sind als Männer, du bist ja eine Kindesverführerin.« Ich sagte, ich hätte nichts dergleichen getan, aber er glaubte mir nicht.

Ich hatte das Gefühl, als habe der Nachmittag gar nicht wirklich mir gehört und als sei es keine schöne und private Zeit gewesen, sondern von jedem einzelnen von ihnen ausspioniert worden – Mr. Kinnear eingeschlossen, obwohl ich nicht geglaubt hätte, daß er so tief sinken könnte –, ganz genau so, als hätten sie alle aufgereiht an der Tür meines Zimmers gestanden und abwechselnd durch das Schlüsselloch gesehen, was mich sehr traurig machte, und auch wütend.

30.

Nun vergingen mehrere Tage, ohne daß viel passierte. Ich war jetzt seit fast zwei Wochen bei Mr. Kinnear, aber es kam mir viel länger vor, weil die Zeit sehr schwer auf mir lastete, wie sie es oft tut, Sir, wenn man nicht glücklich ist. Mr. Kinnear war weggeritten, ich glaube hinüber nach Thornhill, und Nancy war zu Besuch bei Mrs. Wright. Jamie Walsh war in letzter Zeit nicht im Haus gewesen, und ich fragte mich, ob McDermott ihm gedroht hatte.

Ich weiß nicht, wo McDermott war. Wahrscheinlich machte er in der Scheune ein Nickerchen. Ich stand auf keinem guten Fuß mit ihm, da er an diesem Morgen wieder damit angefangen hatte, was für schöne Augen ich hätte und wie gut sie dafür geeignet wären, jungen Burschen, die noch ihre Milchzähne hätten, den Kopf zu verdrehen, und ich hatte gesagt, er solle seine Reden für sich behalten, weil er der einzige im Raum sei, der Gefallen daran finde, und er hatte gesagt, ich hätte eine Zunge wie eine Viper, und ich hatte gesagt, wenn er auf der Suche nach jemand sei, der keine Widerworte gab, solle er doch in die Scheune gehen und mit der Kuh anbändeln, was genau wie eine Bemerkung klang, die Mary Whitney gemacht haben könnte, dachte ich für mich.

Ich war im Küchengarten und pflückte Erbsen und ließ mir den ganzen Ärger durch den Kopf gehen – denn ich war immer noch zornig über das Mißtrauen und das Spionieren, das mir angetan worden war, und auch über McDermotts bitterböse Hänseleien –, als ich ein fröhliches Pfeifen hörte und einen Mann über die Auffahrt kommen sah, einen Packen auf dem Rücken, einen vom Wetter arg ramponierten Hut auf dem Kopf und einen langen Stock in der Hand.

Es war Jeremiah der Hausierer, und ich war so froh, ein Gesicht aus besseren Zeiten zu sehen, daß ich die Erbsen aus meiner Schürze einfach auf den Boden fallen ließ und winkend die Auffahrt hinunterlief, um ihn zu begrüßen. Denn er war ein alter Freund, oder wenigstens betrachtete ich ihn inzwischen als solchen, da in einem neuen Land Freunde sehr schnell zu alten Freunden werden.

»Nun, Grace«, sagte er, »ich habe dir ja gesagt, daß ich vorbeikommen würde.«

»Und ich bin sehr froh, dich zu sehen, Jeremiah«, sagte ich.

Ich führte ihn zur Hintertür und fragte: »Was hast du denn heute Schönes dabei?«, denn ich liebte es, mir den Packen von einem Hausierer anzusehen, auch wenn die meisten Sachen viel zu teuer für mich waren.

Er sagte: »Willst du mich nicht in die Küche bitten, Grace, in den Schatten, wo es kühler ist?« Und ich erinnerte mich daran, daß es bei Mrs. Parkinson so gemacht worden war, und bat ihn herein; und als er in der Küche war, sagte ich, er solle sich an den Tisch setzen, und holte ihm ein kleines Glas Bier aus der Vorratskammer und einen Becher kaltes Wasser, und schnitt ihm eine Scheibe Brot und Käse und lief geschäftig hin und her, weil ich das Gefühl hatte, er sei eine Art Gast und ich die Gastgeberin, und ich wollte mich gastfreundlich zeigen. Und ich trank selbst auch ein Glas Bier, um ihm Gesellschaft zu leisten.

»Auf deine Gesundheit, Grace«, sagte er, und ich dankte ihm und erwiderte den Trinkspruch. »Bist du hier glücklich?« fragte er dann.

»Das Haus ist sehr schön«, antwortete ich, »mit Bildern und einem Piano.« Denn ich wollte nicht schlecht über andere Leute reden, schon gar nicht über meinen Herrn und meine Herrin.

»Aber sehr still und abgelegen«, sagte er und sah mich mit seinen klaren, funkelnden Augen an. Er hatte Augen wie Brombeeren und eine Art an sich, als könne er damit mehr sehen als andere Leute; und ich wußte, daß er versuchte, in mein

Gemüt hineinzusehen, aber auf eine freundliche Art. Denn ich glaube, daß er es immer gut mit mir meinte.

»Es ist tatsächlich still«, sagte ich. »Aber Mr. Kinnear ist ein großzügiger Gentleman.«

»Mit dem Geschmack eines Gentleman«, sagte er und sah mich mit einem wissenden Blick an. »In der Nachbarschaft heißt es, daß er eine Vorliebe für die Dienstmädchen hat, vor allem für solche ganz in seiner Nähe. Ich hoffe, daß es dir nicht so ergehen wird wie Mary Whitney.«

Ich sah ihn sehr erschrocken an, weil ich gedacht hatte, ich sei die einzige, die die Wahrheit über diese Geschichte kannte, und welcher Gentleman es gewesen war, und wie sehr in der Nähe er gewesen war, und ich hatte nie einer lebenden Seele etwas davon erzählt. »Wie hast du das erraten?« sagte ich.

Er legte den Zeigefinger an die Nase, um Stillschweigen und Wissen anzudeuten, und sagte: »Für jene, die sie lesen können, liegt die Zukunft in der Gegenwart verborgen.« Und da er ohnedies soviel wußte, schüttete ich ihm mein Herz aus und erzählte ihm alles, was ich auch Ihnen erzählt habe, Sir, sogar den Teil, als ich Marys Stimme hörte und ohnmächtig wurde und ohne es zu wissen im Haus herumlief; aber nicht den Teil mit dem Doktor, weil ich dachte, Mary würde nicht wollen, daß das bekannt wurde. Aber ich glaube, Jeremiah wußte es sowieso, denn er war sehr geschickt, wenn es darum ging zu erraten, was gemeint war, auch wenn es nicht laut ausgesprochen wurde.

»Eine traurige Geschichte«, sagte Jeremiah, als ich fertig war. »Und was dich angeht, Grace, so spart ein kleiner Schritt zur rechten Zeit viele Umwege in der Zukunft. Hast du gewußt, daß Nancy vor gar nicht langer Zeit die Dienstmagd in diesem Haus war und die ganze schwere und schmutzige Arbeit machte, die du jetzt machst?«

Das war sehr direkt, und ich senkte den Blick. »Nein, das habe ich nicht gewußt«, sagte ich.

»Wenn ein Mann sich erst einmal eine Gewohnheit zugelegt hat, ist es schwer, wieder damit zu brechen«, sagte er. »Es ist wie bei einem Hund, der böse geworden ist — sobald er das erste

Schaf getötet und Blut geleckt hat, findet er Gefallen daran und muß noch eins töten.«

»Bist du viel herumgereist?« sagte ich, da dieses Reden über das Töten mir gar nicht gefiel.

»Ja«, sagte er. »Ich bin immer unterwegs. Vor kurzem war ich unten in den Staaten, wo ich meine Waren billig einkaufen und sie hier oben dann für mehr Geld wieder verkaufen kann; denn auf diese Weise verdienen wir Hausierer unser Geld. Wir werden für unsere abgelaufenen Schuhsohlen bezahlt.«

»Und wie ist es da unten?« sagte ich. »Manche sagen, daß es dort besser ist.«

»In vieler Hinsicht ist es genau wie hier«, sagte er, »und überall gibt es solche und solche. Aber die Leute dort unten verwenden andere Ausdrücke, wenn sie sich entschuldigen. Und sie reden viel über die Demokratie, so wie sie es hier mit Recht und Ordnung haben und mit der Treue zur Königin. Aber ein armer Schlucker ist überall ein armer Schlucker. Wenn man die Grenze überquert, ist es so, als würde man durch Luft gehen, man merkt überhaupt nichts davon, da die Bäume auf beiden Seiten gleich aussehen. Und normalerweise führt mein Weg mich durch die Bäume, und dazu bei Nacht, da es eine Unbequemlichkeit für mich wäre, Zollgebühren auf meine Waren zahlen zu müssen, und außerdem müßte sich dann der Preis für so gute Kundinnen wie dich erhöhen«, fügte er mit einem Lächeln hinzu.

»Aber du brichst doch nicht das Gesetz?« sagte ich. »Und was würde aus dir werden, wenn man dich erwischt?«

»Gesetze sind dazu da, gebrochen zu werden«, sagte er. »Und diese Gesetze wurden nicht von mir oder meinesgleichen gemacht, sondern von anderen Stellen, und zu ihrem eigenen Vorteil. Aber ich füge niemand einen Schaden zu, und ein Mann, der auch nur einen Funken Mumm in den Knochen hat, liebt nun einmal die Herausforderung und die Möglichkeit zu beweisen, daß er schlauer ist als andere. Und was das Erwischtwerden angeht, so bin ich ein alter Fuchs und kenne mein Handwerk seit zu vielen Jahren. Außerdem habe ich das Glück auf meiner Seite, wie man in meiner Hand sehen kann.« Und er zeigte mir ein Kreuz in der Fläche seiner rechten Hand, und auch eines in der linken, und sagte, er werde sowohl im Schlafen wie auch im Wachen beschützt, da die linke Hand die Hand der Träume sei. Und ich sah mir meine eigenen Hände an und konnte keine Kreuze in ihnen entdecken.

»Das Glück kann einen aber auch verlassen«, sagte ich. »Und deshalb hoffe ich, daß du vorsichtig sein wirst.«

»Wie, Grace? Sorgst du dich etwa um meine Sicherheit?« sagte er mit einem Lächeln, und ich sah auf den Tisch hinunter. »Tatsächlich«, fügte er ernsthafter hinzu, »habe ich schon daran gedacht, diesen Beruf aufzugeben, da die Konkurrenz jetzt größer ist als früher, und weil die Straßen immer besser werden, fahren viele Leute heutzutage in die Stadt, um ihre Einkäufe dort zu machen, statt zu Hause zu bleiben und bei mir zu kaufen.«

Ich war enttäuscht zu hören, daß er das Hausieren aufgeben wollte, da es bedeutete, daß er mit seinem Packen nicht mehr vorbeikommen würde. »Aber was willst du denn dann machen?« sagte ich.

»Ich könnte auf Jahrmärkten auftreten, als Feuerschlucker oder Hellseher, oder mich auf den Mesmerismus und den Magnetismus verlegen, was die Menschen immer anzieht. Als junger Mann habe ich einmal mit einer Frau zusammengearbeitet, die sich in diesen Dingen auskannte, da so etwas meistens zu zweit gemacht wird. Ich war der Ausrufer, und ich sammelte auch das Geld ein, und sie ließ sich einen Schleier über den Kopf legen und fiel in Trance und sprach mit hohler Stimme und sagte den Leuten, was für Krankheiten sie hatten – gegen eine Gebühr natürlich. Es ist so gut wie narrensicher, denn da die Leute nicht in ihren eigenen Körper hineinsehen können, können sie auch nicht sagen, ob man recht hat oder nicht. Aber dann hatte die Frau genug von der Sache oder von mir, und ging auf eins der Schiffe, die den Mississippi runterfahren. Oder ich könnte Prediger werden«, setzte er hinzu. »Jenseits der Grenze gibt es einen großen Bedarf an Predigern, viel mehr als hier, vor allem im Sommer, wenn das Predigen unter freiem Himmel stattfindet oder in Zelten; und die Leute dort lieben es, in Zuckungen zu verfallen und in Zungen zu reden und wenigstens einmal im Sommer gerettet zu werden oder auch öfter, falls sich die Gelegenheit bietet; und sie sind bereit, ihre Dankbarkeit dadurch zu bekunden, daß sie ihre Münzen freigebig verteilen. Es ist wirklich ein vielversprechendes Geschäft und würde sich, wenn man es geschickt anstellt, viel besser bezahlt machen als das Hausieren.«

»Ich hab gar nicht gewußt, daß du fromm bist«, sagte ich.

»Das bin ich auch nicht«, sagte er. »Und soweit ich sehe, ist das auch gar nicht erforderlich. Viele der Prediger dort unten glauben genausowenig an Gott wie ein Stein.«

Ich sagte, es sei sündhaft von ihm, so etwas zu sagen, aber er lachte nur. »Solange die Leute bekommen, was sie haben wollen, ist alles andere unwichtig«, sagte er. »Und bei mir würden sie wirklich was für ihr Geld bekommen. Ein ungläubiger Prediger, der gute Umgangsformen und eine angenehme Stimme hat, wird immer mehr Leute bekehren als ein Jammerlappen mit langem Gesicht, ganz gleich, wie gottesfürchtig er auch sein mag.« Dann nahm er eine feierliche Haltung an und intonierte: »Jene, die im Glauben fest sind, wissen, daß in den Händen des Herrn auch das schwächere Werkzeug seinen rechten Nutzen findet.«

»Wie ich sehe, hast du dich schon sehr damit beschäftigt«, sagte ich, denn er klang genau wie ein Prediger, und er lachte wieder. Aber dann machte er ein ernsteres Gesicht und beugte sich über den Tisch. »Du solltest mit mir weggehen, Grace, fort von hier«, sagte er. »Ich habe kein gutes Gefühl.«

»Weggehen?« sagte ich. »Wie meinst du das?«

»Du wärst bei mir sicherer, als du es hier bist«, sagte er.

Bei diesen Worten lief es mir kalt den Rücken herunter, weil ich etwas Ähnliches selbst schon empfunden hatte, obwohl ich es bis dahin nicht gewußt hatte. »Aber was sollte ich denn dann tun?« fragte ich.

»Du könntest mit mir reisen«, sagte er. »Du könntest Hellseherin werden. Ich würde dir alles beibringen, was du wissen mußt, und dir zeigen, was du sagen sollst, und dich in Trance versetzen. Ich kann deiner Hand ansehen, daß du das Talent dafür hast, und wenn du deine Haare offen trägst, hast du auch das richtige Aussehen. Ich verspreche dir, daß du auf diese Weise in zwei Tagen mehr Geld verdienen würdest als mit dem Schrubben von Fußböden in zwei Monaten. Natürlich müßtest du dir einen anderen Namen zulegen; einen französischen oder sonst einen ausländischen, weil es den Leuten auf dieser Seite des Ozeans schwerfällt zu glauben, daß eine Frau mit dem schlichten Namen Grace geheimnisvolle Kräfte besitzen kann. Das Unbekannte ist für sie immer wundervoller als das Bekannte und überzeugender.«

Ich fragte, ob das denn kein Betrug und kein Schwindel sei, und Jeremiah sagte, nicht mehr als im Theater. Denn wenn die Leute etwas glauben wollten und sich danach sehnten und die Bestätigung finden wollten, daß es tatsächlich wahr ist, und sich dann hinterher besser fühlten, könne es kein Betrug sein, ihnen zu ihrem eigenen Glauben zu verhelfen, indem man nur etwas so Unbedeutendes wie einen Namen veränderte. Vielmehr sei es Barmherzigkeit und menschliche Güte. Und als er es so darstellte, sah auch ich es in einem besseren Licht.

Ich sagte, ein neuer Name sei für mich kein Problem, da ich nicht sonderlich an meinem eigenen hinge, hatte er doch auch meinem Vater gehört. Und er lächelte und sagte: »Dann wollen wir uns die Hand darauf geben.«

Ich will Ihnen nicht verheimlichen, Sir, daß die Idee eine große Versuchung für mich war, denn Jeremiah war mit seinen weißen Zähnen und seinen dunklen Augen ein gutaussehender Mann, und schließlich sollte ich doch einen Mann heiraten, dessen Name mit einem J anfing. Außerdem dachte ich an das Geld, das ich verdienen würde, und an die Kleider, die ich mir damit kaufen könnte, und vielleicht noch ein Paar goldene Ohrringe dazu; und ich würde viele Orte und Städte sehen und nicht immer dieselbe harte und schmutzige Arbeit machen müssen. Aber dann dachte ich daran, was aus Mary Whitney geworden war; und obwohl Jeremiah einen freundlichen Eindruck machte, kann der Schein trügen, wie Mary zu ihrem Unglück herausfand. Was, wenn alles anders kam, als ich es mir vorstellte, und ich ganz allein an einem fremden Ort zurückgelassen wurde?

»Würden wir denn heiraten?« sagte ich.

»Was für einen Grund gäbe es dafür?« sagte er. »Die Ehe hat noch nie etwas Gutes bewirkt, soweit ich es sehen kann, denn wenn zwei entschlossen sind, beisammen zu bleiben, tun sie es, und wenn nicht, wird einer von ihnen davonlaufen, und mehr gibt es dazu nicht zu sagen.«

Das erschreckte mich. »Ich glaube, dann bleibe ich doch besser hier«, sagte ich. »Und außerdem bin ich sowieso zu jung zum Heiraten.«

»Denk darüber nach, Grace«, sagte er. »Denn ich bin dir wohlgesonnen und bereit, dir zu helfen und für dich zu sorgen. Und ich sage dir, daß du hier wahrhaft von Gefahren umgeben bist.«

In diesem Augenblick kam McDermott herein, und ich fragte mich, ob er draußen vor der Tür gelauscht hatte und wie lange, denn er wirkte sehr zornig und fragte Jeremiah, wer zum Teufel er sei und was zum Teufel er in der Küche zu suchen habe.

Ich sagte, Jeremiah sei ein Hausierer und mir von früher gut bekannt; und McDermott warf einen Blick auf den Packen − der inzwischen aufgeschlagen war, denn Jeremiah hatte ihn geöffnet, während wir uns unterhalten hatten, obwohl er seine Sachen noch nicht alle ausgebreitet hatte − und sagte, das sei ja schön und gut, aber Mr. Kinnear wäre bestimmt sehr ärgerlich, wenn er feststellte, daß ich gutes Bier und guten Käse an einen gewöhnlichen Schurken von einem Hausierer verschwendet hatte. Er sagte dies nicht, weil ihm etwas daran gelegen wäre, was Mr. Kinnear dachte, sondern nur, um Jeremiah zu beleidigen.

Ich erwiderte, Mr. Kinnear sei ein großzügiger Herr und würde einem ehrlichen Mann an einem heißen Tag sicherlich kein kaltes Getränk verweigern. Und bei diesen Worten machte McDermott ein noch mürrischeres Gesicht, denn es gefiel ihm nicht, wenn ich Mr. Kinnear lobte.

Dann sagte Jeremiah, um zwischen uns zu vermitteln und den Frieden wiederherzustellen, er habe ein paar Hemden da, die zwar gebraucht, aber noch sehr gut seien, und es sei eine wirklich günstige Gelegenheit; und sie hätten genau die richtige Größe für McDermott. Und obwohl McDermott grollte, holte Jeremiah sie hervor und pries ihre Qualität, und ich wußte, daß McDermott neue Hemden brauchte, weil er eins von seinen so zerrissen hatte, daß es nicht mehr geflickt werden konnte, und ein anderes hatte er dadurch ruiniert, daß er es schmutzig und feucht hatte herumliegen lassen, so daß es stockfleckig geworden war. Und ich sah, daß sein Interesse geweckt war und brachte ihm ohne ein Wort auch ein Glas Bier.

Die Hemden trugen die Initialen H. C., und Jeremiah sagte, sie hätten einem Soldaten gehört, einem unerschrockenen Kämpfer, aber keinem toten, denn es bringe Unglück, die Kleider von Toten zu tragen, und er nannte einen Preis für alle vier. McDermott sagte, bei diesem Preis könne er sich nur drei leisten, und nannte einen niedrigeren, und so ging es eine Weile hin und her, bis Jeremiah sagte, also gut, abgemacht, er würde McDermott die vier Hemden für den Preis von dreien überlassen, aber um keinen Penny weniger, obwohl es an Straßenräuberei grenze und er im Handumdrehen ruiniert wäre, wenn so etwas öfter vorkäme. McDermott war sehr mit sich zufrieden, weil er sich einbildete, einen guten Handel gemacht zu haben, aber am Glitzern in Jeremiahs Augen konnte ich erkennen, daß er nur so tat, als hätte er sich von McDermott übervorteilen lassen, und daß der Handel in Wirklichkeit für ihn selbst sehr günstig war.

Und das, Sir, waren genau die Hemden, von denen im Prozeß soviel die Rede war und die soviel Verwirrung stifteten. Zum einen weil McDermott sagte, er habe sie von einem Hausierer, und dann seine Geschichte änderte und sagte, von einem Soldaten. Aber in gewisser Weise war beides wahr, und ich glaube,

·364·

er veränderte seine Geschichte, da er nicht wollte, daß Jeremiah vor Gericht aussagte, weil er doch ein Freund von mir war und mir helfen und gegen McDermotts Charakter sprechen würde; zumindest muß er das gedacht haben. Und zweitens weil die Zeitungen die Zahl der Hemden ständig durcheinanderbrachten. Aber es gab vier von ihnen und nicht nur drei, wie sie schrieben; denn zwei waren in McDermotts Reisetasche, und eins wurde voller Blut hinter der Küchentür gefunden; und das war das Hemd, das McDermott angehabt hatte, als er sich Mr. Kinnears Leiche entledigte. Und das vierte befand sich an Mr. Kinnear selbst, weil James McDermott es ihm angezogen hatte. Und das macht vier und nicht drei.

Ich begleitete Jeremiah ein Stück die Auffahrt hinunter, während McDermott uns mit bösem Gesicht von der Küchentür aus nachsah; aber mir war egal, was er dachte – ich gehörte ihm schließlich nicht. Als es Zeit war, Abschied zu nehmen, sah Jeremiah mich sehr ernsthaft an und sagte, er würde bald zurückkommen, um meine Antwort zu hören, und er hoffe um meinet- wie auch um seinetwillen, daß sie ja lauten würde. Und ich dankte ihm für seine guten Wünsche. Allein zu wissen, daß ich weggehen konnte, wenn ich wollte, gab mir ein sichereres Gefühl, und auch ein glücklicheres.

Als ich ins Haus zurückkam, sagte McDermott, ein Glück, daß wir den Kerl los seien, er habe ihm überhaupt nicht gefallen mit seinem ausländischen Aussehen und allem; und wahrscheinlich würde er jetzt ständig hinter mir herschnüffeln wie hinter einer läufigen Hündin. Ich gab keine Antwort auf diese Bemerkung, da ich sie für sehr derb hielt und auch überrascht war von der Wildheit seines Gesichts. Und ich bat ihn, sich freundlichst aus der Küche zu entfernen, da es Zeit für mich sei, mich um das Abendessen zu kümmern.

Erst da erinnerte ich mich an die Erbsen, die ich im Garten fallen gelassen hatte, und ging hinaus, um sie aufzulesen.

31.

M ehrere Tage später stattete der Arzt uns einen Besuch ab. Sein Name war Dr. Reid, und er war ein älterer Herr oder machte wenigstens diesen Eindruck; aber bei Ärzten ist das schwer zu sagen, da sie immer so feierliche Gesichter machen und viele Arten von Krankheiten mit sich herumtragen, in ihren Ledertaschen, in denen sie ihre Messer aufbewahren, und das läßt sie vor der Zeit altern. Und wie bei den Krähen ist es auch bei den Ärzten so, daß man, wenn man zwei oder drei von ihnen versammelt sieht, genau weiß, daß ein Tod bevorsteht und daß sie darüber debattieren. Die Krähen überlegen sich, welche Teile sie als erstes heraushacken und damit verschwinden sollen, und bei den Ärzten ist es ganz genauso.

Ich meine nicht Sie, Sir, da Sie keine Ledertasche und auch keine Messer haben.

Als ich den Arzt in seinem einspännigen Gig die Auffahrt heraufkommen sah, fing mein Herz so heftig an zu klopfen, daß ich dachte, ich würde ohnmächtig werden; aber das tat ich nicht, da ich allein unten war und mich um alles kümmern mußte, was vielleicht gebraucht wurde. Nancy war keine Hilfe, da sie sich oben hingelegt hatte.

Am Tag vorher hatte ich ihr bei der Anprobe ihres neuen Kleides geholfen, und ich hatte eine Stunde damit zugebracht, mit dem Mund voller Nadeln auf dem Boden zu knien, während sie sich langsam um sich selbst drehte und sich im Spiegel betrachtete. Sie sagte, sie würde zu dick, und ich sagte, es sei besser, ein bißchen rundlich zu sein und überhaupt nicht gut, nur aus Haut und Knochen zu bestehen, und daß die jungen Damen sich neuerdings alle zu Tode hungerten wegen der

Mode, die vorschrieb, daß man blaß und kränklich auszusehen hatte, und ihre Mieder so fest schnürten, daß sie ohnmächtig wurden, sobald man sie nur scharf ansah. Mary Whitney hatte immer gesagt, kein Mann wolle ein Skelett im Haus haben, sie hätten lieber was zum Anfassen, und zwar vorne und hinten, und je mehr Hintern, desto besser; aber das sagte ich natürlich nicht zu Nancy. Das Kleid, an dem wir arbeiteten, war aus heller, cremefarbener amerikanischer Baumwolle mit einem Muster aus Zweigen und Knospen, und einem enganliegenden Mieder, das unterhalb der Taille in einer Spitze auslief, und einem gerüschten Rock mit drei Volants, und ich sagte ihr, es stehe ihr sehr gut.

Nancy betrachtete ihr Spiegelbild mit gerunzelter Stirn und sagte, um die Taille herum würde sie trotzdem immer dicker, und wenn es so weitergehe, würde sie ein neues Korsett brauchen und überhaupt bald aussehen wie ein fettes altes Fischweib.

Ich biß mir auf die Zunge und sagte nicht, die Gefahr dafür wäre nicht halb so groß, wenn sie die Finger von der Butter lassen würde. Vor dem Frühstück hatte sie einen halben Laib Brot verputzt, und zwar dick mit Butter bestrichen, und Pflaumenmarmelade obendrauf. Und am Tag davor hatte ich gesehen, wie sie sich in der Vorratskammer ein dickes Stück von dem Fettrand am Schinken abgeschnitten hatte.

Sie hatte mich gebeten, ihr Korsett noch ein wenig enger zu schnüren und die Taille dann noch einmal festzustecken; aber bevor ich damit fertig war, sagte sie, sie fühle sich nicht wohl, was kein Wunder war nach allem, was sie gegessen hatte, obwohl ich es auch auf das feste Schnüren zurückführte. Aber heute morgen war ihr schon wieder schwindlig gewesen, hatte sie wenigstens gesagt, und das, nachdem sie zum Frühstück kaum einen Bissen zu sich genommen hatte und überhaupt nicht fest geschnürt war. Also fing ich an, mich zu fragen, was mit ihr los sein könne und dachte, der Doktor sei vielleicht Nancys wegen gerufen worden.

Als ich ihn kommen sah, war ich draußen auf dem Hof und

pumpte einen weiteren Eimer Wasser für die Wäsche, denn es war ein schöner Vormittag und die Luft frisch und klar und strahlendheller Sonnenschein, ein guter Tag zum Trocknen. Mr. Kinnear kam heraus, um den Doktor zu begrüßen, der sein Pferd am Zaun festband, und dann gingen beide durch die Vordertür ins Haus. Ich machte mit meiner Arbeit weiter und hatte die Wäsche bald auf der Leine, eine Weißwäsche, bestehend aus Hemden und Nachthemden und Unterröcken und dergleichen, aber keine Laken; und die ganze Zeit fragte ich mich, was der Doktor wohl bei Mr. Kinnear wollte.

Die beiden waren in Mr. Kinnears kleines Arbeitszimmer gegangen und hatten die Tür zugemacht, und nachdem ich einen Augenblick nachgedacht hatte, ging ich leise in die angrenzende Bibliothek, um die Bücher abzustauben; aber ich konnte nichts aus dem Arbeitszimmer hören, nur murmelnde Stimmen.

Ich stellte mir alle möglichen Dinge vor, zum Beispiel, daß Mr. Kinnear Blut spuckte und bald seinen letzten Atemzug tun würde, und ich steigerte mich seinetwegen in einen richtigen Zustand hinein, und als ich hörte, wie der Griff der Tür zum Arbeitszimmer gedreht wurde, ging ich schnell mit meinem Staubwedel und meinem Tuch durch das Eßzimmer in den Salon, da es immer am besten ist, das Schlimmste zu wissen. Mr. Kinnear begleitete Dr. Reid zur Vordertür, und der Doktor sagte, er sei sich ganz sicher, daß Mr. Kinnear ihnen allen noch viele Jahre erhalten bleiben würde und daß Mr. Kinnear zu viele medizinische Zeitschriften gelesen habe, die ihn nur auf dumme Gedanken brachten und ihn dazu verleiteten, sich Sachen einzubilden; und daß er nichts habe, was eine gesunde Ernährung und eine regelmäßige Lebensweise nicht kurieren könnten; bloß solle er seiner Leber zuliebe nicht mehr so viel trinken. Das erleichterte mich sehr, aber ich dachte auch, daß es genau das sein könnte, was ein Arzt zu einem sterbenden Mann sagen würde, um ihm die Sorge zu ersparen.

Ich spähte vorsichtig durch das Seitenfenster des Salons nach draußen. Dr. Reid ging zu seinem Pferd und seiner Kutsche hinüber, und plötzlich stand Nancy neben ihm, ein Tuch um die

· 368 ·

Schultern geschlungen und die Haare halb aufgelöst, und sprach mit ihm. Sie mußte sich, ohne daß ich es gehört hatte, die Treppe heruntergeschlichen haben, was bedeutete, daß sie auch nicht wollte, daß Mr. Kinnear sie hörte. Ich dachte, vielleicht wolle sie herausfinden, was Mr. Kinnear fehlte, und ob ihm überhaupt etwas fehlte; aber dann kam mir der Gedanke, daß sie den Doktor vielleicht wegen ihres eigenen plötzlichen Unwohlseins befragen wollte.

Dr. Reid fuhr davon, und Nancy ging um das Haus herum nach hinten. In diesem Augenblick hörte ich, wie Mr. Kinnear aus der Bibliothek nach ihr rief, aber da sie noch draußen war und vielleicht nicht wollte, daß er erfuhr, was sie getan hatte, ging ich selbst zu ihm hinein. Mr. Kinnear sah nicht schlechter aus als sonst und las eine von den *Lancets*, eine Zeitschrift, von deren Exemplaren er einen hohen Stapel auf einem Regal aufbewahrte. Ich hatte manchmal selbst einen Blick in diese Hefte geworfen, wenn ich das Zimmer saubermachte, konnte aber einen großen Teil von dem, was darin stand, nicht verstehen und wußte nur, daß manches von körperlichen Dingen handelte, die nicht gedruckt werden sollten, nicht einmal mit all den lateinischen Ausdrücken.

»Ah, Grace«, sagte Mr. Kinnear. »Wo ist deine Herrin?«

Ich sagte, sie fühle sich nicht wohl und habe sich oben hingelegt, aber wenn er etwas wünsche, würde ich es ihm gern bringen. Er sagte, er hätte gerne einen Kaffee, wenn es nicht zuviel Mühe mache. Ich sagte, das mache es nicht, bloß könne es ein Weilchen dauern, weil ich das Feuer erst wieder schüren müsse, und er sagte, ich solle den Kaffee einfach hereinbringen, wenn er fertig sei; und er bedankte sich wie immer.

Ich ging über den Hof in die Sommerküche, und da saß Nancy am Tisch und sah müde und traurig und recht blaß aus. Ich sagte, ich hoffe, sie fühle sich besser, und sie sagte, das tue sie, und dann fragte sie mich, was ich da tue, da ich das Feuer anfachte, das fast ausgegangen war. Und ich sagte, Mr. Kinnear habe mich gebeten, ihm einen Kaffee zu machen und zu bringen.

»Aber ich bringe ihm doch immer seinen Kaffee«, sagte Nancy. »Wieso hat er dich gebeten?«

Ich sagte, bestimmt nur, weil sie selbst nicht dagewesen sei, und ich hätte ihr nur die Arbeit ersparen wollen, da ich doch wisse, daß sie krank sei.

»Ich werde ihm den Kaffee bringen«, sagte sie. »Und außerdem will ich, daß du heute nachmittag den Fußboden schrubbst. Er ist sehr schmutzig, und ich habe es satt, in einem Schweinestall zu leben.«

Ich glaubte nicht, daß der Schmutz des Fußbodens etwas damit zu tun hatte, sondern daß sie mich dafür bestrafen wollte, daß ich allein in Mr. Kinnears Arbeitszimmer gegangen war; was überaus ungerecht war, da ich doch nur versucht hatte, ihr zu helfen.

Obwohl der Tag so schön und klar angefangen hatte, war es gegen Mittag sehr drückend und dunkel geworden. Es gab keinen Windhauch, und die Luft war feucht und schwül, und der Himmel hatte sich mit Wolken von einem dumpfen, gelblichen Grau zugezogen, aber dahinter wirkte er hell, wie erhitztes Metall, und er hatte etwas Leeres und Drohendes. Bei so einem Wetter fällt einem das Atmen oft schwer. Aber am Nachmittag, wo ich mich sonst, wenn alles wie immer gewesen wäre, ein Weilchen mit meinem Nähzeug hingesetzt hätte, vielleicht draußen, um ein bißchen frische Luft zu schnappen und meinen Füßen etwas Ruhe zu gönnen, weil ich schließlich den größten Teil eines jeden Tages herumlief, rutschte ich auf den Knien herum und schrubbte den Steinboden der Sommerküche. Er hatte es tatsächlich nötig, aber ich hätte die Arbeit lieber bei kühlerem Wetter getan, denn er war heiß genug, darauf ein Ei zu braten, und der Schweiß lief an mir herunter wie Wasser an einer Ente, wenn Sie bitte entschuldigen wollen, Sir, daß ich es so ausdrücke. Außerdem machte ich mir Gedanken über das Fleisch im Fliegenschrank in der Vorratskammer, da viel mehr Fliegen als gewöhnlich herumsummten. Wenn ich an Nancys Stelle gewesen wäre, hätte ich bei diesem heißen

Wetter nie ein so großes Stück Fleisch bestellt, da es nur schlecht werden würde, was eine Verschwendung und eine Schande wäre; und außerdem hätte es in den Keller gehört, wo es kühler war. Aber ich wußte, daß es keinen Zweck hatte, ihr Vorschläge zu machen, da sie mir dann nur den Kopf waschen würde.

Der Boden war so schmutzig wie ein Stall, und ich fragte mich, wann er das letzte Mal gründlich gemacht worden war. Natürlich hatte ich ihn zuerst gefegt, und jetzt putzte ich ihn so, wie es sich gehörte, jedes Knie auf einem alten Lappen, wegen der Härte des Steins, und ohne Schuhe und Strümpfe an, denn wenn man diese Art von Arbeit ordentlich machen will, muß man sich in sie hineinknien. Ich hatte die Ärmel bis über die Ellbogen hochgekrempelt und meinen Rock und die Unterröcke zwischen meinen Beinen nach hinten durchgezogen und in das Band meiner Schürze gestopft, denn so macht man das nun einmal, Sir, um Strümpfe und Kleider zu schonen, wie jeder weiß, der schon einmal einen Fußboden geschrubbt hat. Ich hatte eine Bürste zum Schrubben und einen alten Lappen zum Aufwischen und fing in der hintersten Ecke an und arbeitete mich rückwärts zur Tür vor, denn wenn man einen Fußboden schrubbt, will man sich nicht selbst in eine Ecke schrubben, Sir.

Ich hörte, wie jemand hinter mir in die Küche kam. Ich hatte die Tür offengelassen, damit ein bißchen Luft hereinkam und der Boden schneller trocken würde, und ich dachte, es sei McDermott.

»Lauf ja nicht mit deinen dreckigen Stiefeln über meinen sauberen Boden«, sagte ich und schrubbte weiter. Er antwortete nicht, ging aber auch nicht weg, sondern blieb in der Tür stehen, und mir kam der Gedanke, daß er meine nackten Knöchel und Beine betrachtete, so schmutzig sie auch waren, und – wenn Sie bitte entschuldigen wollen, Sir – mein Hinterteil, das sich mit der Bewegung des Schrubbens hin- und herbewegte wie bei einem Hund, der mit dem Schwanz wedelt.

»Hast du nichts Besseres zu tun?« sagte ich zu ihm. »Du wirst nicht dafür bezahlt, rumzustehen und zu glotzen.« Ich wandte den Kopf, um ihn über die Schulter anzusehen, und es war gar nicht McDermott, sondern Mr. Kinnear selbst, der mit einem Grinsen auf dem Gesicht dastand, als halte er das alles für einen guten Witz. Ich sprang auf und zog meinen Rock schnell mit der einen Hand herunter, während ich in der anderen noch die Bürste hielt, so daß Schmutzwasser auf mein Kleid tropfte.

»Oh, Entschuldigung, Sir«, sagte ich. Aber für mich dachte ich, er hätte ja auch den Anstand haben können zu sagen, wer er war.

»Keine Ursache«, sagte er. »Niemand kann eine Katze daran hindern, die Königin anzusehen.« In diesem Augenblick kam Nancy zur Tür herein, das Gesicht so weiß wie eine Wand, aber grün um die Nase herum, und die Augen waren so spitz wie Nadeln.

»Was ist? Was machst du hier?« sagte sie zu mir, aber eigentlich meinte sie ihn.

»Ich putze den Fußboden«, sagte ich, »Ma'am. Wie es mir aufgetragen wurde.« Wonach sieht es denn aus, dachte ich für mich. Wie tanzen?

»Sei nicht so frech«, sagte Nancy. »Ich habe deine Unverschämtheiten allmählich satt.« Aber ich war nicht unverschämt gewesen, sondern hatte nur ihre Frage beantwortet.

Mr. Kinnear sagte, wie um sich zu entschuldigen – aber was hatte er schließlich getan? –, er sagte: »Ich wollte nur eine zweite Tasse Kaffee haben.«

»Ich werde ihn machen«, sagte Nancy. »Grace, du kannst gehen.«

»Wohin denn, Ma'am?« sagte ich. »Wo der Boden erst halb fertig ist.«

»Mir aus den Augen«, sagte Nancy, die sehr zornig auf mich war. »Und steck dir um Gottes Willen die Haare hoch«, fügte sie hinzu. »Du siehst aus wie eine gewöhnliche Schlampe.«

Mr. Kinnear sagte: »Ich bin dann in der Bibliothek«, und ging.

Nancy stocherte im Herdfeuer herum, als wolle sie es erstechen. »Mach den Mund zu«, sagte sie zu mir, »sonst kommen Fliegen rein. Und sorg dafür, daß er auch in Zukunft geschlossen bleibt, wenn du weißt, was gut für dich ist.«

Ich hatte Lust, die Bürste nach ihr zu werfen, und den Eimer gleich hinterher, samt schmutzigem Wasser und allem. Ich stellte mir vor, wie sie dann dastehen würde, die Haare über das ganze Gesicht, wie bei jemand, der gerade ertrunken ist.

Aber dann wußte ich auf einmal, was mit ihr los war. Ich hatte es schließlich oft genug gesehen. Das Essen von seltsamen Sachen zu seltsamen Zeiten, die Übelkeit und der grünliche Schimmer um den Mund herum, die Art, wie sie immer runder wurde, wie eine Rosine in heißem Wasser, und ihre Reizbarkeit und Sprunghaftigkeit. Sie war in anderen Umständen. Sie war in Schwierigkeiten.

Ich stand da und starrte sie an, als hätte mich jemand in den Bauch getreten. Oh nein, oh nein, dachte ich, und mein Herz hämmerte laut. Es darf nicht sein.

An diesem Abend blieb Mr. Kinnear zu Hause. Er und Nancy nahmen das Abendessen im Speisezimmer ein, und ich trug es auf. Ich sah mir sein Gesicht genau an und suchte dort nach einem Anzeichen dafür, daß er wußte, was mit Nancy los war: aber er wußte überhaupt nichts. Was würde er tun, wenn er es erfuhr? Würde er sie vor die Tür setzen? Würde er sie heiraten? Ich hatte keine Ahnung, und bei keiner dieser Aussichten war mir wohl zumute. Ich wünschte Nancy nichts Böses und wollte nicht, daß sie vor die Tür gesetzt wurde und heimatlos durch die Straßen irrte, als leichte Beute für jeden herumziehenden Schurken. Aber es war auch nicht gerecht, daß sie als ehrbar verheiratete Dame mit einem Ring am Finger enden sollte, und dazu auch noch reich. Das war überhaupt nicht gerecht. Mary Whitney hatte nichts anderes getan als sie und hatte dafür sterben müssen. Warum sollte die eine belohnt und die andere bestraft werden – für dieselbe Sünde?

Nachdem sie in den Salon gegangen waren, räumte ich wie üblich den Tisch ab. Inzwischen war es so heiß wie in einem

Backofen, und graue Wolken löschten alles Licht aus, obwohl die Sonne noch nicht untergegangen war. Dazu war es still wie in einem Grab, nicht ein Hauch von Wind, aber Wetterleuchten zuckte am Horizont, und ein leiser Donner war zu hören. Bei einem solchen Wetter kann man seinen eigenen Herzschlag hören; es ist, als hätte man sich versteckt und warte darauf, gefunden zu werden, bloß weiß man nicht, wer die Person ist, die einen sucht. Ich zündete eine Kerze an, damit ich etwas sehen konnte, als ich zusammen mit McDermott zu Abend aß. Es war kaltes Roastbeef, weil es mir zuviel gewesen war, auch für uns etwas Warmes zu kochen. Wir saßen in der Winterküche, und es gab Bier dazu, und Brot, das noch recht frisch und sehr gut war, und dazu ein oder zwei Scheiben Käse. Dann spülte ich das Geschirr und trocknete es ab und räumte es weg.

McDermott putzte derweil die Schuhe. Während der ganzen Mahlzeit war er mürrisch gewesen und hatte sich darüber beschwert, daß es kein vernünftiges Essen gab, wie die Steaks mit den frischen Erbsen, die die beiden anderen bekommen hatten, und ich sagte, frische Erbsen wüchsen nicht auf Bäumen, und er müsse schließlich selbst wissen, wer den Vortritt hatte, wenn es nur genug für zwei gab, und abgesehen davon sei ich Mr. Kinnears Dienerin und nicht seine. Er sagte darauf, wenn ich seine Dienerin wäre, würde ich es nicht lange bleiben, weil ich eine so schlechtgelaunte Hexe sei, und die einzige Kur für mich wäre das Ende eines Gürtels. Und ich sagte, Hunde, die bellen, beißen nicht.

Aus dem Salon konnte ich Nancys Stimme hören, und ich wußte, daß sie Mr. Kinnear vorlas. Sie liebte es, ihm vorzulesen, da sie es für vornehm hielt, tat aber immer so, als verlangte er es von ihr. Das Fenster des Salons stand weit offen, obwohl auf diese Weise die Nachtfalter hereinkamen, und deshalb konnte ich sie ganz deutlich hören.

Ich zündete noch eine Kerze an und sagte zu McDermott, ich würde jetzt ins Bett gehen, worauf er nichts sagte, sondern nur grunzte und seine eigene Kerze nahm und hinausging. Als er weg war, öffnete ich die Tür zum Gang und spähte hinaus. Das

Licht der Kugellampe fiel durch die halboffene Tür und malte ein helles Viereck auf den Fußboden, und auch Nancys Stimme drang durch die Tür heraus.

Ich schlich leise durch den Gang, nachdem ich meine Kerze auf dem Küchentisch zurückgelassen hatte, und lehnte mich an die Wand. Ich wollte die Geschichte hören, die Nancy vorlas. Es war *Das Fräulein vom See*, das Mary Whitney und ich zusammen gelesen hatten, und die Erinnerung daran machte mich traurig. Nancy las recht gut, wenn auch langsam, und manchmal stolperte sie über ein Wort.

Die arme Wahnsinnige war gerade aus Versehen erschossen worden und hauchte ihr Leben aus, wobei sie mehrere Verszeilen sprach. Ich hielt dies für eine sehr bewegende Stelle, aber Mr. Kinnear war anderer Meinung und sagte, es sei ein Wunder, daß überhaupt noch jemand in der Lage sei, in romantischen Landschaften wie denen von Schottland auch nur einen Fuß vor den anderen zu setzen, ohne von irgendwelchen verrückten Frauenzimmern belästigt zu werden, die ständig in irgendwelche Pfeile und Kugeln hineinstolperten, die nicht für sie bestimmt waren, was immerhin den Vorteil hätte, ihrem Jammern und Klagen ein Ende zu bereiten. Oder aber sie würden sich ständig ins Meer stürzen, und zwar in solchen Mengen, daß das Meer von ihren ertrunkenen Körpern bald so verstopft wäre, daß sie eine ernsthafte Gefahr für die Schiffahrt darstellten. Nancy sagte, es mangele ihm an Gefühl, und Mr. Kinnear sagte, nein, das sei nicht wahr, aber es sei allgemein bekannt, daß Mr. Walter Scott nur den Damen zuliebe so viele Leichen in seine Bücher getan hätte, weil die Damen nun einmal eine Vorliebe für Blut hätten und es nichts gebe, was sie mehr entzücke als eine blutüberströmte Leiche.

Nancy lachte und sagte, er solle still sein und sich benehmen, sonst würde sie ihn bestrafen und mit dem Lesen aufhören und statt dessen auf dem Klavier spielen; und Mr. Kinnear lachte und sagte, er könne jede Form der Folter ertragen, nur nicht diese. Dann war das Geräusch eines kleinen Klapses zu hören und das Rascheln von Stoff, und ich dachte mir, daß sie sich auf seinen Schoß gesetzt haben mußte. Eine Weile war es still, bis Mr. Kinnear Nancy fragte, ob sie ihre Zunge verschluckt habe oder warum sie so still sei.

Ich beugte mich vor, da ich dachte, jetzt würde sie ihm von ihrem Zustand erzählen, und dann würde ich wissen, wie alles weitergehen würde, aber sie tat es nicht. Statt dessen sagte sie, sie mache sich Sorgen wegen der Dienstboten.

Über wen von den Dienstboten, wollte Mr. Kinnear wissen; und Nancy sagte, über alle beide, und Mr. Kinnear lachte und sagte, eigentlich gäbe es ja drei Dienstboten im Haus, und nicht nur zwei, denn sie selbst sei schließlich auch eine Bedienstete. Darauf sagte Nancy, es sei sehr freundlich von ihm, sie daran zu erinnern, und sie müsse ihn jetzt verlassen, da sie in der Küche ihren Pflichten nachgehen müsse, und wieder war ein Rascheln zu hören, und ein Gerangel, so als versuche sie aufzustehen. Mr. Kinnear lachte noch einmal und sagte, sie solle bleiben, wo sie sei, es sei der Wunsch ihres Herrn und Gebieters, und Nancy sagte bitter, wahrscheinlich werde sie genau dafür bezahlt. Aber dann besänftigte er sie und fragte, was an den Dienstboten ihr denn solche Sorgen mache. Die wichtigste Frage sei doch, ob die Arbeit getan werde oder nicht, und es sei ihm ziemlich gleichgültig, wer seine Stiefel putze, solange sie sauber seien, da er guten Lohn zahle und erwarte, für sein Geld auch etwas zu bekommen.

Ja, sagte Nancy, die Arbeit werde getan, aber im Fall von McDermott nur, weil sie ständig mit der Peitsche hinter ihm stehe; und wenn sie ihn wegen seiner Faulheit ausschimpfe, werde er immer gleich unverschämt zu ihr, und deshalb habe sie ihm gekündigt. Mr. Kinnear sagte, er sei tatsächlich ein mürrischer, finsterer Bursche, und er selbst habe ihn nie sonderlich leiden können. Und dann sagte er: »Und was ist mit Grace?« Und ich spitzte die Ohren, um besser hören zu können, was Nancy sagte.

Sie sagte, ich sei zwar ordentlich und flink, aber in letzter Zeit sehr aufsässig geworden, und sie habe gute Lust, auch mir zu kündigen, und als ich das hörte, wurde mein Gesicht glühendheiß. Dann sagte sie, ich hätte etwas Seltsames an mir, und manchmal sei ihr ganz unbehaglich zumute, und sie frage sich, ob ich vielleicht nicht ganz richtig im Kopf sei, da sie mehrmals gehört habe, wie ich mit mir selbst redete.

Mr. Kinnear lachte und sagte, das habe gar nichts zu bedeuten – er rede auch oft mit sich selbst, da er der beste Gesprächspartner sei, den er kenne. Und ich sei ein hübsches Mädchen und hätte von Natur aus eine kultivierte Art und ein sehr reines griechisches Profil, und wenn er mich in die richtigen Kleider stecken und sagen würde, ich solle den Kopf hoch tragen und den Mund halten, könne er mich jederzeit als Dame ausgeben.

Nancy sagte, sie hoffe doch sehr, daß er mir etwas so Schmeichelhaftes nicht ins Gesicht sagen würde, da es mir nur zu Kopf steigen und mir Flausen eingeben würde, womit er mir keinen Gefallen täte. Dann sagte sie, über sie habe er so etwas Schmeichelhaftes noch nie gesagt; und er antwortete etwas, was ich nicht verstehen konnte, und dann folgte weiteres Schweigen und weiteres Geraschel. Dann sagte Mr. Kinnear, es sei Zeit, zu Bett zu gehen. Also lief ich schnell in die Küche zurück und setzte mich an den Tisch, denn es wäre schlimm für mich gewesen, wenn Nancy mich beim Lauschen ertappt hätte.

Aber ich lauschte auch danach noch, als sie nach oben gegangen waren, und hörte Mr. Kinnear sagen: »Ich weiß, daß du dich versteckst, komm sofort her, du ungezogenes Mädchen. Tu, was ich dir sage, sonst muß ich dich fangen, und wenn ich dich dann habe ...«

Und dann ein Lachen von Nancy, und dann ein leiser Schrei.

Der Donner kam näher. Ich habe Gewitter noch nie leiden können und tat es auch damals nicht. Als ich zu Bett ging, machte ich die Läden fest zu, damit der Donner nicht hereinkommen konnte, und zog mir trotz der Hitze die Decke über den Kopf und dachte, ich würde nie einschlafen können. Aber dann schlief ich doch ein und wurde in pechschwarzer Dunkelheit von einem fürchterlichen Krachen geweckt, als sei das Ende der Welt gekommen. Ein heftiges Gewitter tobte um uns herum, und es klang wie Kesselpauken und Gebrüll, und ich

war außer mir vor Angst und duckte mich in mein Bett und betete, es möge bald vorbei sein, und ich machte die Augen fest
zu, um die Blitze nicht sehen zu müssen, die durch die Ritzen
der Läden zuckten. Es regnete in Strömen, und das Haus ächzte
und stöhnte im Wind; und ich war sicher, daß es jeden Augenblick in der Mitte auseinanderbrechen würde wie ein Schiff auf
hoher See und in der Erde versinken würde. Und dann hörte
ich direkt neben meinem Ohr eine Stimme flüstern: *Es darf
nicht sein.* Sie muß mich furchtbar erschreckt haben, denn ich
verlor auf der Stelle die Besinnung.

Dann hatte ich einen sehr eigenartigen Traum. Ich träumte,
alles sei wieder still und ich kletterte im Nachthemd aus dem
Bett und entriegelte die Tür meiner Kammer und ging barfuß
durch die Winterküche und hinaus auf den Hof. Die Wolken
hatten sich verzogen, und der Mond schien hell, und die Blätter
der Bäume sahen aus wie Federn aus Silber, und die Luft war
kühler und fühlte sich an wie Samt, und die Grillen zirpten.
Ich konnte die Feuchigkeit des Gartens und den stechenden
Geruch des Hühnerstalls riechen; und ich konnte Charley leise
im Stall wiehern hören, was bedeutete, daß er wußte, daß jemand in der Nähe war. Ich blieb neben der Pumpe stehen, und
das Mondlicht fiel über mich wie Wasser, und es war, als könne
ich mich nicht bewegen.

Dann legten sich von hinten zwei Arme um mich und fingen
an, mich zu streicheln. Es waren die Arme eines Mannes, und
ich konnte den Mund dieses Mannes auf meinem Nacken und
auf meinen Wangen fühlen. Er küßte mich leidenschaftlich,
sein Körper preßte sich von hinten an mich, aber es war wie
beim Blindekuhspiel, das Kinder spielen, da ich nicht sagen
konnte, wer der Mann war, und ich konnte mich auch nicht
umdrehen und nachsehen. Er roch nach Straßenstaub und Leder, und ich dachte, es sei vielleicht Jeremiah der Hausierer.
Aber dann veränderte sich der Geruch, und ich roch Pferdemist
und dachte, es sei McDermott. Aber ich konnte mich nicht dazu
aufraffen, ihn wegzustoßen. Dann veränderte der Geruch sich

noch einmal, und jetzt roch es nach Tabak und nach Mr. Kinnears feiner Rasierseife, und ich war nicht überrascht, weil ich so etwas halb erwartet hatte. Und die ganze Zeit lag der Mund des unbekannten Mannes auf meinem Nacken, und ich konnte spüren, wie sein Atem meine Haare bewegte. Aber dann hatte ich auf einmal das Gefühl, es sei keiner von diesen drei Männern, sondern ein ganz anderer Mann, jemand, den ich gut kannte und mit dem ich seit langem vertraut war, vielleicht schon seit meiner Kindheit, den ich aber inzwischen vergessen hatte, und es war auch nicht das erste Mal, daß ich mich in dieser Situation mit ihm wiederfand. Ich fühlte, wie eine Wärme und eine matte Schläfrigkeit sich über mich legten und mich drängten, nachzugeben und es geschehen zu lassen, da dies viel einfacher wäre, als Widerstand zu leisten.

Aber dann hörte ich das Wiehern eines Pferdes, und plötzlich wußte ich, daß das Wiehern weder von Charley noch von dem Fohlen in der Scheune kam, sondern von einem ganz anderen Pferd. Und eine große Angst überkam mich, und mein Körper wurde ganz kalt, und ich war wie gelähmt vor Angst, denn auf einmal wußte ich, daß das Pferd kein irdisches war, sondern das fahle Pferd, das am Jüngsten Tag ausgeschickt wird, und sein Reiter ist der Tod. Und es war der Tod selbst, der hinter mir stand und die Arme so fest um mich gelegt hatte wie eiserne Bänder, und es war sein lippenloser Mund, der meinen Nacken küßte wie bei der Liebe. Aber neben dem Entsetzen spürte ich auch ein seltsames Sehnen.

Plötzlich kam die Sonne herauf, nicht langsam und allmählich, wie sie es tut, wenn wir wach sind, Sir, sondern auf einen Schlag, mit einem grellen Gleißen aus Licht. Wenn es ein Geräusch gewesen wäre, dann das Gellen vieler Trompeten; und die Arme, die mich hielten, schmolzen dahin. Ich war geblendet von der Helligkeit, aber als ich den Kopf hob, sah ich, daß in den Bäumen neben dem Haus und auch in den Bäumen des Obstgartens viele Vögel saßen, riesige Vögel, so weiß wie Eis. Es war ein unheilvoller und verhängnisvoller Anblick, da sie zusammengeduckt dasaßen, als würden sie sich jeden Augenblick herabstürzen und zuschlagen; und so gesehen waren sie wie eine Ansammlung von Krähen, nur weiß. Aber dann wurde mein Blick klarer, und ich sah, daß es gar keine Vögel waren, sondern daß die Wesen eine menschliche Gestalt hatten. Es waren Engel, deren weiße Gewänder mit Blut besprengt waren, wie es am Ende der Bibel heißt; und sie hielten ein stummes Gericht über Mr. Kinnears Haus und alle, die darin waren. Und dann sah ich, daß sie keine Köpfe hatten.

Im Traum verlor ich vor lauter Entsetzen die Besinnung; und als ich wieder zu mir kam, lag ich in meiner kleinen Kammer im Bett, die Decke bis über die Ohren hochgezogen. Aber als ich aufstand – denn es dämmerte schon –, merkte ich, daß der Saum meines Nachthemds naß war, und an meinen Füßen waren Spuren von Erde und Gras; und da wußte ich, daß ich draußen herumgelaufen sein mußte, ohne es zu wissen, wie es mir schon einmal passiert war, nämlich an dem Tag, als Mary Whitney starb; und das Herz wurde mir schwer.

Ich zog mich an wie üblich und schwor mir, diesen Traum für mich zu behalten, denn wem hätte ich ihn in diesem Haus schon anvertrauen können? Wenn ich ihn als Warnung erzählt hätte, wäre ich ausgelacht worden. Aber als ich hinausging, um den ersten Eimer Wasser zu pumpen, war die ganze Wäsche, die ich am Tag zuvor aufgehängt hatte, vom Sturm der Nacht in die Bäume geweht worden. Ich hatte vergessen, sie ins Haus zu holen; und es war sehr ungewöhnlich für mich, so etwas zu vergessen, vor allem, da es eine Weißwäsche war, an der ich so hart gearbeitet hatte, um die Flecken herauszubekommen. Und das war noch ein böses Vorzeichen. Und die Nachthemden und die Hemden, die in den Bäumen hingen, sahen tatsächlich aus wie Engel ohne Köpfe, und es war, als säßen unsere eigenen Kleider über uns zu Gericht.

Ich konnte das Gefühl, daß ein Fluch auf dem Haus lag und manche darin zum Sterben verurteilt waren, einfach nicht abschütteln. Und wenn ich in diesem Augenblick die Gelegenheit gehabt hätte, wäre ich mit Jeremiah dem Hausierer fortgegangen; und tatsächlich wäre ich am liebsten hinter ihm hergelau-

fen, und es wäre besser für mich gewesen, hätte ich es getan!
Aber ich wußte nicht, wohin er gegangen war.

Dr. Jordan schreibt so eifrig, daß seine Hand kaum nachkommt, und ich habe ihn noch nie so aufgeregt gesehen. Es tut
mir im Herzen gut zu wissen, daß ich ein wenig Freude in das
Leben eines anderen Menschen bringen kann; und ich frage
mich, was er wohl aus all dem machen wird.

IX.

Herzen und Mägen

Am Abend kam Jamie Walsh und hatte seine Flöte dabei, und Nancy sagte, warum sollten wir nicht auch unseren Spaß haben, wo Mr. Kinnear nicht da sei. Und zu McDermott sagte sie: »Du hast so oft mit deinen Tanzkünsten geprahlt, jetzt zeig uns mal, was du kannst«, aber er war den ganzen Abend sehr schlecht gelaunt und sagte, er wolle nicht tanzen. Gegen zehn Uhr gingen wir ins Bett. Ich schlief an diesem Abend bei Nancy, und bevor wir zu Bett gingen, sagte McDermott zu mir, er sei entschlossen, sie in dieser Nacht mit der Axt zu töten, wenn sie im Bett lag. Ich flehte ihn an, es nicht zu tun, da er vielleicht mich an ihrer Stelle treffen würde. Er sagte: »Verflucht, dann bring ich sie eben gleich morgen früh um.« An diesem Samstagmorgen stand ich früh auf, und als ich in die Küche kam, putzte McDermott die Schuhe, und das Feuer brannte schon, und er fragte mich, wo Nancy sei. Ich sagte, sie sei dabei, sich anzuziehen, und fragte, ob er sie heute morgen umbringen würde, und er sagte, das würde er. Ich sagte: »McDermott, bring sie um Gottes Willen nicht im Zimmer um, sonst wird der ganze Boden blutig.« »Also gut«, sagte er, »dann eben nicht im Zimmer, aber ich schlag sie mit der Axt nieder, sobald sie aus dem Haus kommt.«

Geständnis von Grace Marks, Star and Transcript, Toronto, November 1843

»Der Keller bot einen grausigen Anblick ... [Nancy] Montgomery war nicht tot, wie ich gedacht hatte; der Schlag hatte sie nur betäubt. Sie war teilweise wieder zu sich gekommen und hatte sich auf ein Knie aufgerichtet, als wir mit der Lampe die Stiege herunterkamen. Ich weiß nicht, ob sie uns sah, denn sie muß von dem Blut, das ihr über das Gesicht lief, wie blind gewesen sein; aber jedenfalls hörte sie uns und hob uns ihre gefalteten Hände entgegen, als wolle sie um Gnade flehen.

Ich drehte mich zu Grace um. Der Ausdruck auf ihrem aschgrauen Gesicht war noch grauenvoller als der der unglücklichen Frau. Sie stieß keinen Schrei aus, aber sie legte die Hand an die Stirn und sagte: ›Gott hat mich hierfür verdammt.‹

›Dann hast du ja nichts mehr zu fürchten‹, sagte ich. ›Gib mir das Tuch, das du um den Hals hast.‹ Sie gab es mir ohne ein Wort. Ich warf mich auf den Körper der Haushälterin, drückte ihr ein Knie auf die Brust, schlang das Tuch mit einem einfachen Knoten um ihren Hals und gab Grace das eine Ende zum Festhalten, während ich das andere festzog, um meine schreckliche Arbeit zu vollenden. Die Augen quollen ihr aus dem Kopf, und sie gab ein Ächzen von sich, und alles war vorbei. Dann zerteilte ich den Körper in vier Teile und stülpte einen großen Waschzuber darüber.«

James McDermott zu Kenneth MacKenzie, wiedergegeben von
Susanna Moodie in Life in the Clearings, 1853

... der Tod einer schönen Frau ist fraglos das poetischste Thema der Welt ...
Edgar Allan Poe, »Die Theorie der Komposition«, 1846

32.

Die Sommerhitze ist ohne jede Vorwarnung gekommen. Eben war es noch kalter Frühling mit böigen Schauern und eisigen weißen Wolken, die hoch über dem kalten Blau des Sees dahinzogen; dann plötzlich waren die Narzissen verblüht, die Tulpen öffneten sich, kehrten sich von innen nach außen, als ob sie gähnten, und warfen dann ihre Blütenblätter ab. Sickergrubendünste steigen aus Höfen und Gossen auf, Wolken von Moskitos verdichten sich um die Köpfe aller Fußgänger. Mittags schimmert die Luft wie über einem heißen Backblech, der See gleißt, seine Ufer stinken schwach nach totem Fisch und Froschlaich. Nachts wird Simons Lampe von Nachtfaltern belagert, die ihn umflattern. Die sanfte Berührung ihrer Flügel ist wie das Streifen seidiger Lippen.

Er ist wie benommen von der Veränderung. Er hat in den letzten Jahren die gemächlicheren Jahreszeiten Europas erlebt und diese brutalen Übergänge ganz vergessen. Seine Kleidung ist schwer wie ein Pelz, seine Haut ständig feucht. Er hat das unangenehme Gefühl, nach ranzigem Speck und saurer Milch zu riechen; aber vielleicht ist es auch sein Schlafzimmer, das diesen Geruch ausströmt. Es ist schon viel zu lange nicht mehr gründlich saubergemacht worden, und auch die Laken sind nicht gewechselt, denn bis jetzt hat sich noch kein Dienstmädchen finden lassen, obwohl Mrs. Humphrey ihm ihre Bemühungen jeden Morgen in allen Einzelheiten schildert. Ihr zufolge hat die entschwundene Dora in der ganzen Stadt – oder wenigstens unter allen möglichen Dienstmädchen – verbreitet, daß Mrs. Humphrey sie nicht bezahlt habe und kurz davor stehe, mit Sack und Pack auf die Straße gesetzt zu werden, weil sie kein Geld mehr hat. Sie hat ebenfalls in Umlauf gesetzt, daß der Major ihr davongelaufen sei, was noch peinlicher ist. Unter diesen Umständen, sagt sie zu Simon, ist es natürlich verständlich, daß niemand das Risiko eingehen will, in einem solchen Haushalt zu arbeiten. Und sie lächelt traurig.

Sie selbst bereitet das Frühstück zu, das sie auch weiterhin gemeinsam einnehmen – auf ihren Vorschlag hin, dem er zustimmte, da es demütigend für sie wäre, ein Tablett nach oben tragen zu müssen. Heute hört Simon ihr mit gereizter Unaufmerksamkeit zu, während er mit seinem klammen Toast und dem Ei herumspielt, das er inzwischen gebraten nimmt. Bei einem Spiegelei gibt es wenigstens keine unangenehmen Überraschungen.

Das Frühstück ist alles, was sie zuwege bringt; sie ist anfällig für nervöse Erschöpfungszustände und Kopfschmerzen, die wahrscheinlich eine Reaktion auf den Schock sind – wenigstens nimmt er das an und hat es ihr auch gesagt –, und nachmittags liegt sie ausnahmslos auf ihrem Bett, ein feuchtes Tuch auf die Stirn gepreßt, und strömt einen intensiven Geruch nach Kampfer aus. Er kann nicht zulassen, daß sie sich zu Tode hungert, und obwohl er die meisten seiner Mahlzeiten immer noch in dem elenden Gasthaus einnimmt, versucht er von Zeit zu Zeit, ihr etwas zu essen zu machen.

Gestern hat er bei einer unleidlichen alten Hexe auf dem Markt ein Hühnchen erstanden und erst zu Hause gemerkt, daß es zwar gerupft, aber nicht ausgenommen war. Der Gedanke, es selbst ausnehmen zu müssen – er hat so etwas noch nie im Leben gemacht –, war ihm so widerlich gewesen, daß er daran gedacht hatte, sich des Vogelkadavers einfach zu entledigen. Ein Spaziergang am See entlang, eine schnelle Armbewegung … Aber dann fiel ihm ein, daß das Ganze schließlich nichts anderes wäre als eine Sektion, und er hatte schon Schlimmeres seziert als ein Hühnchen. Und als er das Skalpell in der Hand hielt – er führt die Gerätschaften seines früheren Berufs immer noch in einer Ledertasche bei sich –, fühlte er sich besser und brachte einen sauberen Einschnitt zuwege. Danach wurde es schlimmer, aber er hatte es überstanden, indem er die Luft anhielt. Er bereitete das Hühnchen zu, indem er es in Stücke zerlegte, die er dann briet. Mrs. Humphrey kam an den Tisch, sagte, sie fühle sich etwas besser und aß eine beträchtliche Menge für eine so zerbrechliche Person; aber als es darum ging, den Abwasch zu erledigen, erlitt sie einen Rückfall, und Simon blieb nichts anderes übrig, als ihn allein zu machen.

Die Küche ist noch schmutziger als an dem Tag, an dem er sie das erste Mal betreten hat. Dicke Staubflocken haben sich unter dem Herd angesammelt, Spinnweben in den Ecken, Brotkrümel neben dem Ausguß, eine Sippe von Käfern hat sich in der Vorratskammer eingenistet. Es ist alarmierend, wie schnell man im Dreck versinken kann. Es muß bald etwas geschehen, ein Sklave oder Lakai muß gefunden werden. Abgesehen vom Schmutz stellt sich nämlich auch die Frage der Schicklichkeit. Er kann nicht allein mit seiner Vermieterin in diesem Haus wohnen bleiben; vor allem nicht mit einer so nervösen Vermieterin, die von ihrem Ehemann verlassen wurde. Wenn dies allgemein bekannt wird und die Leute anfangen zu reden – ganz gleich, wie unbegründet dieses Gerede wäre –, könnten sein Ruf und seine berufliche Position darunter leiden. Reverend Verringer hat ihm in aller Deutlichkeit gesagt, daß den Feinden der Reform jedes noch so niederträchtige Mittel recht ist, ihre Gegner in Verruf zu bringen, und im Falle eines Skandals würde man ihm, Simon, den Auftrag im Handumdrehen entziehen.

Er könnte natürlich etwas gegen den Zustand unternehmen, in dem das Haus sich befindet, wenn er die Energie dafür aufbrächte. Es wäre ein leichtes, die Böden und die Treppe zu fegen und wenigstens die Möbel in seinen eigenen Räumen abzustauben. Aber auch das würde die Aura des unterschwelligen Unglücks und des langsamen, mutlosen Verfalls nicht überdecken, die den schlaffen Vorhängen entströmt und in den Kissen und Holzverkleidungen nistet. Die Sommerhitze hat alles noch schlimmer gemacht. Voller Wehmut erinnert er sich an das Scheppern von Doras Kehrschaufel. Er empfindet eine neue Hochachtung vor den Doras dieser Welt, aber obwohl er sich danach sehnt, daß diese Haushaltsprobleme sich von selbst lösen, hat er keine Ahnung, wie dies bewerkstelligt werden könnte. Ein- oder zweimal hat er daran gedacht, Grace Marks um Rat zu fragen – wie man ein Dienstmädchen anheuert, wie man ein Hühnchen richtig ausnimmt –, es sich dann aber anders überlegt. Er muß in ihren Augen seine Position allwissender Autorität wahren.

Mrs. Humphrey sagt etwas. Es geht um ihre Dankbarkeit ihm gegenüber, wie so oft, wenn er seinen Toast ißt. Sie wartet, bis er den Mund voll hat und stürzt sich dann auf das Thema. Sein Blick gleitet über sie – das blasse Oval ihres Gesichts, die strähnigen, kraftlosen Haare, die knisternde schwarze Seidentaille, die abrupten weißen Spitzenbesätze. Unter ihrem steifen Kleid muß sie Brüste haben, nicht gestärkt und korsettförmig, sondern aus weichem Fleisch, mit Brustwarzen. Er ertappt sich dabei, daß er darüber nachdenkt, welche Farbe diese Brustwarzen haben, im Sonnenlicht oder im Schein einer Lampe, und wie groß sie sind. Sind es rosige, kleine Warzen, wie die Schnauzen kleiner Tiere, eines Kaninchens oder einer Maus vielleicht, haben sie das Fast-Rot reifender Beeren, oder sind sie wie das genarbte Braun der Eichelhütchen? Seine Phantasie hat, wie ihm aufgefallen ist, eine Vorliebe für die Wildnis, für Dinge, die hart oder wachsam sind. Dabei fühlt er sich nicht einmal zu dieser Frau hingezogen: diese Bilder stellen sich völlig unaufgefordert ein. Seine Augen fühlen sich an, als wollten sie hervortreten – noch ist es kein Kopfschmerz, sondern nur ein dumpfer Druck. Er fragt sich, ob er Fieber hat; heute morgen hat er seine Zunge im Spiegel auf verräterische Beläge und Flecken untersucht. Eine kranke Zunge sieht aus wie gekochtes Kalbfleisch: gräulich-weiß, mit einem schmutzigen Absud darauf.

Das Leben, das er führt, ist nicht gesund. Seine Mutter hat recht, er sollte heiraten. Besser freien denn Brunst leiden, wie der heilige Paulus sagte; oder sich des üblichen Auswegs bedienen. Natürlich gibt es auch in Kingston Häuser von schlechtem Ruf, so wie überall, aber er kann sie anders als in London oder

Paris nicht aufsuchen. Die Stadt ist zu klein, er selbst zu auffällig, seine Position zu prekär, die Frau des Direktors zu fromm, die Feinde der Reform zu allgegenwärtig. Es ist das Risiko nicht wert, und außerdem wären die hiesigen Häuser sicherlich deprimierend. Auf traurige Weise anmaßend, mit einer provinziellen Vorstellung von dem, was aufreizend und verlockend ist in ihren neckischen Polstermöbeln. Zuviel Brokat, zu viele Fransen. Aber auch unerbittlich auf den Nutzen ausgerichtet – geführt nach dem nordamerikanischen Faktoreiprinzip des schnellen Durchlaufs, gewidmet dem größtmöglichen Glück der größtmöglichen Zahl, ganz gleich, wie schäbig und minimal die Qualität dieses Glückes sein mag. Schmutzige Unterröcke, sonnenloses Hurenfleisch, bleich wie ungebackener Teig, besudelt von den derben, teerigen Fingern von Matrosen; und von den besser manikürten Händen der gelegentlich durchreisenden Regierungsbeamten, die sich einfältigerweise inkognito wähnen.

Im Grunde genommen ist es vielleicht sogar gut, daß er diese Örtlichkeiten meiden muß. Derartige Erlebnisse zehren an den geistigen Energien.

»Sind Sie krank, Dr. Jordan?« fragt Mrs. Humphrey, als sie ihm die zweite Tasse Tee reicht, die sie ihm unaufgefordert eingeschenkt hat. Ihre Augen sind starr, grün, meeresfarben, die Pupillen groß und schwarz. Er fährt mit einem Ruck hoch. War er eingeschlafen?

»Sie haben sich die Stirn gehalten«, sagt sie. »Haben Sie Schmerzen?«

Sie hat es sich angewöhnt, vor seiner Tür aufzutauchen, wenn er zu arbeiten versucht, und zu fragen, ob er etwas braucht. Sie ist um ihn bemüht, auf eine fast zärtliche Weise, und doch ist an ihr auch etwas Kriecherisches, so als warte sie auf einen Schlag, einen Tritt, eine Ohrfeige, von der sie mit düsterer Schicksalsergebenheit weiß, daß sie früher oder später kommen muß. Aber nicht von ihm, nicht von ihm, protestiert er stumm. Er ist ein sanftmütiger Mann, er hat noch nie zu Ausbrüchen, Wutanfällen, Gewaltakten geneigt. Nichts Neues vom Major. Er stellt sich ihre nackten Füße vor, zart wie Muschelschalen, entblößt und verletzlich, zusammengebunden mit – wo kommt dieses Bild her? – einem ganz gewöhnlichen Stück Schnur. Wie ein Paket. Wenn sein Unbewußtes schon in derart exotischen Posen schwelgen muß, könnte es wenigstens mit einer silbernen Kette aufwarten ...

Er trinkt seinen Tee, der sumpfig schmeckt, nach Binsenwurzeln. Verworren und dunkel. In letzter Zeit leidet er unter Verdauungsproblemen und hat sich selbst mit Laudanum behandelt. Zum Glück hat er einen ausreichenden Vorrat dabei. Er verdächtigt das Wasser im Haus; vielleicht hat sein episodisches Umgraben im Garten den Brunnen beschädigt. Aus seinem geplanten Küchengarten ist nichts geworden, obwohl er eine befriedigende Menge Erde umbrochen hat. Wenn er seine Tage damit verbracht hat, mit Schatten zu ringen, findet er eine seltsame Befriedigung darin, seine Hände mit etwas so Realem wie der Erde zu beschäftigen. Aber jetzt ist es dazu zu heiß geworden.

»Ich muß gehen«, sagt er, steht auf, schiebt seinen Stuhl zurück, wischt sich mit einer knappen Bewegung den Mund ab und tut sehr geschäftig, obwohl er in Wirklichkeit erst am Nachmittag eine Verabredung hat. Sinnlos, in seinem Zimmer zu bleiben und arbeiten zu wollen; an seinem Schreibtisch wird er nur einnicken, aber mit gespitzten Ohren, wie eine dösende Katze, eingestellt auf das Geräusch von Schritten auf der Treppe.

Er verläßt das Haus, wandert ziellos umher. Sein Körper fühlt sich so wesenlos an wie eine Luftblase, allen Willens entleert. Er läßt sich vom Ufer des Sees weiterführen, blinzelt in das intensive Licht des Morgens, kommt hier und da an einem einsamen Angler vorbei, der seinen Köder in die lauwarmen, trägen Wellen hinauswirft.

Sobald er bei Grace ist, fühlt er sich etwas besser, da es ihm gelingt, eine gewisse Selbsttäuschung zu wahren, indem er sich seine eigene Zielstrebigkeit vor Augen hält wie ein Banner.

Wenigstens verkörpert Grace einen Zweck oder eine Leistung. Aber als er heute ihrer leisen, klaren Stimme lauscht – sie erinnert ihn an die Stimme einer Kinderschwester, die eine geliebte Geschichte vorliest –, schläft er fast ein; erst das Geräusch seines Bleistifts, der auf den Boden fällt, reißt ihn wieder ins Bewußtsein zurück. Einen Augenblick lang glaubt er, er sei taub geworden oder habe einen leichten Gehirnschlag erlitten: Er kann sehen, wie ihre Lippen sich bewegen, kann die Worte jedoch nicht verstehen. Doch das ist nur ein Trick des Bewußtseins, denn er kann sich – sobald er sich darauf konzentriert – an alles erinnern, was sie gesagt hat.

Auf dem Tisch zwischen ihnen liegt eine kleine, mutlos aussehende weiße Steckrübe, die sie beide bis jetzt ignoriert haben.

Er muß seine geistigen Kräfte sammeln; er kann es sich nicht leisten, jetzt zu erlahmen, der Lethargie nachzugeben, den Faden zu verlieren, dem er im Lauf der letzten Wochen gefolgt ist, denn endlich nähern sie sich dem Zentrum von Graces Geschichte. Sie nähern sich dem unausgesprochenen Geheimnis, dem Gebiet, das ausgelöscht wurde; sie betreten den Wald der Amnesie, in dem die Dinge ihren Namen verloren haben. Anders ausgedrückt, spüren sie (Tag für Tag, Stunde für Stunde) den Ereignissen nach, die den Morden unmittelbar vorausgingen. Alles, was sie jetzt sagt, könnte ein Hinweis sein – jede Geste, jedes Zucken eines Gesichtsmuskels. Sie weiß; sie weiß. Vielleicht weiß sie nicht, daß sie weiß, aber tief in ihrem Inneren verborgen ist das Wissen da.

Das Problem aber ist, je mehr sie sich erinnert, je mehr sie erzählt, desto mehr Schwierigkeiten hat er selbst. Er scheint den einzelnen Passagen nicht mehr folgen zu können. Es ist, als entziehe sie ihm alle Energie – als benutze sie seine geistigen Kräfte, um den Figuren ihrer Geschichte Gestalt zu verleihen, wie Medien es angeblich in ihrer Trance tun. Das ist natürlich Unsinn. Er muß sich gegen diese hirnkranken Phantasien zur Wehr setzen. Trotzdem, war da nicht etwas über einen Mann? In der Nacht? Ist ihm etwas entgangen? Einer jener Männer:

McDermott, Kinnear. In sein Notizbuch hat er das Wort *Flü-stern* geschrieben und es dreimal unterstrichen. Woran wollte er sich erinnern?

Mein liebster Sohn. Ich bin sehr beunruhigt, weil ich so lange nichts von Dir gehört habe. Bist Du vielleicht krank? Wo es Dunst und Nebel gibt, wird es unweigerlich auch Infektionen geben, und soweit ich es verstanden habe, ist Kingston recht niedrig gelegen, mit vielen Sümpfen in der Nähe. Man kann in einer Garnisonsstadt nicht vorsichtig genug sein, da Soldaten und Matrosen in ihren Gewohnheiten ausschweifend sind. Ich hoffe, Du triffst die Vorkehrung, Dich während dieser intensiven Hitze soviel wie möglich im Haus aufzuhalten und nicht in die Sonne zu gehen.

Mrs. Henry Cartwright hat eine der neuen Nähmaschinen für den Hausgebrauch erstanden, damit die Dienstboten sich ihrer bedienen können. Miss Faith Cartwright war davon so angetan, daß sie sich selbst daran versucht hat, und sie war in der Lage, in sehr kurzer Zeit einen Unterrock zu säumen, den sie zuvorkommenderweise gestern vorbeibrachte, damit ich mir die Stiche ansehen konnte, da sie weiß, daß ich mich für alle modernen Erfindungen interessiere. Die Maschine funktioniert leidlich gut, obwohl Raum für Verbesserungen bleibt – der Faden verheddert sich öfter, als wünschenswert ist, und muß entweder entwirrt oder durchgeschnitten werden –, aber derartige Gerätschaften sind zu Anfang nie vollkommen; und Mrs. Cartwright sagt, daß ihr Mann der Meinung ist, daß Anteile an der Gesellschaft, welche diese Maschinen fabriziert, sich mit der Zeit als eine überaus gesunde Investition herausstellen werden. Er ist ein sehr liebevoller und treusorgender Vater und hat dem künftigen Wohlergehen seiner Tochter, die sein einziges überlebendes Kind ist, viele Überlegungen gewidmet.

Aber ich will Dich nicht mit Gerede über Geld langweilen, da ich weiß, daß Du es ermüdend findest; obwohl es die Speisekammer gefüllt hält, lieber Sohn, und auch das Mittel ist, mit dem man sich die kleinen Bequemlichkeiten sichern kann, die den Un-

· 394 ·

terschied zwischen einer nackten Existenz und einem Leben in bescheidener Behaglichkeit ausmachen; und wie Dein lieber Vater zu sagen pflegte, ist es eine Substanz, die nicht an Bäumen wächst...

Die Zeit vergeht nicht in ihrem üblichen, gleichbleibenden Tempo: sie vollführt seltsame Sprünge. Auf einmal, viel zu schnell, ist schon wieder Abend. Simon sitzt an seinem Schreibtisch, sein Notizbuch aufgeschlagen vor sich, und starrt stumpf durch das dunkler werdende Viereck des Fensters nach draußen. Der heiße Sonnenuntergang ist verblaßt und hat nur ein purpurnes Geschmier zurückgelassen; die Luft draußen vibriert vom Sirren der Insekten und vom Ruf der Amphibien. Sein ganzer Körper fühlt sich aufgedunsen an, wie Holz im Regen. Vom Rasen steigt der Duft welkenden Flieders auf – ein versengter Geruch, wie sonnenverbrannte Haut. Morgen ist Dienstag, der Tag, an dem er vor dem kleinen Salon der Frau Direktor den versprochenen Vortrag halten muß. Was soll er sagen? Er muß sich ein paar Notizen machen, eine zusammenhängende Darstellung vorbereiten. Aber es hat keinen Zweck; er bringt heute abend nichts Vernünftiges zuwege. Er kann nicht denken.

Falter flattern gegen die Lampe. Er schiebt die Frage der Dienstagsversammlung beiseite und wendet sich statt dessen seinem unvollendeten Brief zu. *Meine liebe Mutter. Ich erfreue mich nach wie vor bester Gesundheit. Vielen Dank für die Übersendung des gestickten Uhrenetuis, das Miss Cartwright für Dich angefertigt hat. Ich bin jedoch überrascht, daß Du bereit warst, Dich davon zu trennen, auch wenn es, wie Du sagst, für Deine eigene Uhr zu groß ist. Jedenfalls ist es exquisit. Ich rechne damit, recht bald mit meiner Arbeit hier fertig zu sein...*

Lügen und Ausflüchte auf seiner Seite, und auf der ihren Ränke und Intrigen. Was interessiert ihn Miss Faith Cartwright mit ihren endlosen, infernalischen Handarbeiten? Jeder Brief, den seine Mutter ihm schickt, enthält Neuigkeiten über wieder neue, elende Strick-, Stick- und Häkelarbeiten. Das

Haus der Cartwrights muß inzwischen von oben bis unten bedeckt sein – jeder Tisch, jeder Stuhl, jede Lampe und jedes Klavier – mit ganzen Morgen von Quasten und Fransen, eine üppig erblühte Wollstickereiblume in jedem Winkel. Glaubt seine Mutter tatsächlich, daß eine solche Vision seiner selbst ihn locken kann – verheiratet mit Faith Cartwright, an einen Sessel vor dem Kamin gefesselt, erstarrt in einem gelähmten Stumpfsinn, während seine geliebte Frau ihn langsam aber sicher in bunte Seidenfäden einspinnt wie in einen Kokon, oder wie eine Fliege, die sich im Netz einer Spinne verfangen hat?

Er zerknüllt die Seite, läßt sie auf den Boden fallen. Er wird einen anderen Brief schreiben. *Mein lieber Edward. Ich hoffe, Du bist gesund und wohlauf. Ich selbst befinde mich immer noch in Kingston, wo ich auch weiterhin damit beschäftigt bin …* Aber womit ist er auch weiterhin beschäftigt? Was genau macht er eigentlich? Er kann seinen üblichen unbekümmerten Tonfall nicht beibehalten. Was kann er Edward schreiben, was für eine Trophäe, was für eine Beute kann er vorweisen? Was für einen Ansatz wenigstens? Seine Hände sind leer; er hat nichts herausgefunden. Er ist blind umhergewandert – er kann nicht einmal sagen, ob wenigstens vorwärts –, ohne etwas zu entdecken. Er weiß nur, daß er nichts weiß; das Ausmaß seiner eigenen Ignoranz gleicht der jener, die vergeblich nach der Quelle des Nils suchten. Wie sie, muß auch er die Möglichkeit des Scheiterns einkalkulieren. Hoffnungslose Nachrichten, auf Rindenstückchen gekritzelt, in gespaltenen Stöcken aus dem alles verschlingenden Dschungel entsandt. *An Malaria erkrankt. Von Schlange gebissen. Schickt mehr Medizin. Die Karten stimmen nicht.* Er hat nichts Konkretes zu berichten.

Am Morgen wird er sich besser fühlen. Er wird sich zusammenreißen. Wenn es kühler ist. Jetzt geht er besser ins Bett. In seinen Ohren sirrt es wie von Insekten. Die feuchte Hitze legt sich über sein Gesicht wie eine Hand, sein Bewußtsein flackert einen Augenblick lang auf – an was hätte er sich da um ein Haar erinnert? – und erlischt.

Plötzlich fährt er auf. In seinem Zimmer ist Licht, eine Kerze, sie schwebt in der Tür. Dahinter eine undeutliche Gestalt: seine Vermieterin in einem weißen Nachthemd, ein helles Tuch um die Schultern geschlungen. Im Kerzenlicht sehen ihre langen, offen herabfallenden Haare grau aus.

Er zieht das Laken über sich; er hat kein Nachthemd an. »Was ist denn?« sagt er. Es wird ärgerlich klingen, aber in Wirklichkeit hat er Angst. Natürlich nicht vor ihr; aber was zum Teufel will sie in seinem Schlafzimmer? In Zukunft muß er die Tür absperren.

»Es tut mir so leid, Sie zu stören, Dr. Jordan«, sagt sie. »Aber ich habe ein Geräusch gehört. Als wollte jemand durch ein Fenster eindringen. Ich war beunruhigt.«

In ihrer Stimme liegt kein Zittern, kein Beben. Die Frau hat wirklich Nerven. Er sagt, daß er in einer Minute mit ihr nach unten kommen und die Riegel und Schlösser kontrollieren wird. Er bittet sie, im vorderen Zimmer zu warten. Er kämpft sich in seinen Morgenmantel, der unverzüglich an seiner feuchten Haut festklebt, und schlurft durch die Dunkelheit zur Tür.

Das hier muß aufhören, sagt er zu sich selbst. *Es kann nicht so weitergehen.* Aber nichts hat angefangen, und deshalb kann auch nichts aufhören.

33.

*E*s ist Mitternacht, aber die Zeit schreitet voran. Außerdem dreht sie sich im Kreis, wie die Sonne und der Mond auf der hohen Uhr im Salon: Bald wird der Tagesanbruch da sein. Bald wird der Tag anbrechen. Ich kann ihn nicht daran hindern, auf dieselbe Weise anzubrechen wie immer, und dann zerbrochen dazuliegen. Immer derselbe Tag, der wie ein Uhrwerk immer wieder abläuft. Es fängt mit dem Tag vor dem Tag davor an, dann kommt der Tag davor, und dann der Tag selbst. Ein Samstag. Der Tag, der alles zerbricht. Der Tag, an dem der Schlachter kommt.

Was soll ich Dr. Jordan über diesen Tag erzählen? Denn inzwischen sind wir fast dort angekommen. Ich kann mich daran erinnern, was ich gesagt habe, als ich verhaftet wurde, und ich kann mich daran erinnern, was Mr. MacKenzie, der Anwalt, sagte, was ich sagen sollte. Ich kann mich auch daran erinnern, was ich nicht einmal zu ihm sagte und was ich in der Verhandlung sagte und was ich hinterher sagte, was wieder etwas anderes war. Und was McDermott sagte, was ich gesagt hätte, und was die anderen sagten, was ich gesagt haben müsse, denn es gibt immer welche, die einem gern ihre eigenen Worte leihen und sie einem sogar noch in den Mund legen. Die sind wie die Bauchredner auf Messen und Kirmesplätzen, und man selbst ist nur ihre Holzpuppe. Genauso war es bei dem Prozeß, ich war dabei, auf der Anklagebank, aber ich hätte genausogut aus Stoff sein können und ausgestopft, mit einem Porzellankopf. Ich war im Inneren dieser Puppe eingesperrt, und meine wahre Stimme konnte nicht heraus.

Ich sagte, ich könne mich an einige Dinge erinnern, die ich getan hatte. Aber es gibt andere Dinge, von denen sie sagten, ich hätte sie getan, an die ich mich nicht erinnern konnte, und das sagte ich auch.

Sagte er: Ich habe dich nachts draußen gesehen, im Nachthemd, im Mondlicht? Sagte er: Wen hast du gesucht? War es ein Mann? Sagte er: Ich zahle guten Lohn, aber ich erwarte dafür auch gute Dienstleistungen? Sagte er: Mach dir keine Sorgen, ich werde es deiner Herrin nicht sagen, es soll unser Geheimnis bleiben? Sagte er: Du bist ein braves Mädchen?

Möglich, daß er diese Dinge sagte. Aber vielleicht schlief ich auch.

Sagte sie: Glaub ja nicht, daß ich nicht weiß, was du getan hast? Sagte sie: Am Samstag bekommst du deinen Lohn und kannst verschwinden, und dem Himmel sei Dank, daß ich dich dann endlich los bin?

Ja. Das sagte sie.

Kauerte ich hinterher hinter der Küchentür und weinte? Nahm er mich in die Arme? Ließ ich es zu? Sagte er: Grace, warum weinst du? Sagte ich: Ich wollte, sie wäre tot?

Oh nein. Gewiß habe ich das nicht gesagt. Oder nicht laut. Und ich wünschte ihr nicht wirklich den Tod. Ich wünschte sie nur woandershin, genauso, wie sie mich fortwünschte.

Stieß ich ihn weg? Sagte er: Ich werde dafür sorgen, daß du bald besser von mir denkst? Sagte er: Ich werde dir ein Geheimnis erzählen, wenn du versprichst, es nicht zu verraten? Und wenn du es doch verrätst, ist dein Leben keinen Pfifferling mehr wert?

Es könnte so gewesen sein.

Ich versuche, mich daran zu erinnern, wie Mr. Kinnear aussah, damit ich Dr. Jordan von ihm erzählen kann. Er war immer gut zu mir, werde ich sagen. Aber ich kann mich nicht richtig erinnern. Die Wahrheit ist, daß er trotz allem, was ich einst für ihn empfunden habe, verblichen ist. Er ist von Jahr zu Jahr immer mehr verblichen, wie ein Kleid, das immer und immer wieder gewaschen wird, und was ist jetzt noch von ihm übrig? Ein blasses Muster. Ein oder zwei Knöpfe. Manchmal eine Stimme, aber keine Augen, kein Mund. Wie sah er wirklich aus, als er noch lebendig war? Niemand hat es aufgeschrieben, nicht einmal die Zeitungen; sie haben alles über McDermott gesagt und auch über mich und über unser Aussehen und unsere Erscheinung, aber nicht über Mr. Kinnear, weil es wichtiger ist, eine Mörderin zu sein, als derjenige, der ermordet wurde. Wenn man eine Mörderin ist, wird man mehr angestarrt. Und jetzt ist er weg. Ich stelle mir vor, wie er in seinem Bett liegt und träumt, am Morgen, wenn ich ihm seinen Tee bringe, das Gesicht in den zerwühlten Laken vergraben. In der Dunkelheit hier kann ich andere Dinge sehen, aber ihn sehe ich überhaupt nicht.

Ich sage mir seine Sachen auf, zähle sie durch: die goldene Schnupftabaksdose, das Fernrohr, der Taschenkompaß, das Federmesser, die goldene Uhr, die silbernen Löffel, die ich poliert habe, die Kerzenständer mit dem Familienmotto. *Ich lebe für die Hoffnung.* Die Weste mit dem Schottenkaro. Ich weiß nicht, wo sie hingekommen sind.

Ich liege auf dem harten, schmalen Bett, auf der Matratze, die mit derbem Drillich bezogen ist. Sie ist mit trockenem Stroh ausgestopft, das wie Feuer knistert, wenn ich mich umdrehe, und wenn ich mich bewege, flüstert sie mir ein *pst, pst* zu. Der Raum ist stockdunkel und heiß wie ein brennendes Herz; wenn man mit offenen Augen in die Dunkelheit starrt, fängt man nach einer Weile an, Dinge zu sehen. Ich hoffe, es werden keine Blumen sein. Aber es ist die Zeit, zu der sie gerne wachsen, die roten Blumen, die glänzenden roten Pfingstrosen, die wie Satin sind, wie Farbkleckse. Der Boden, auf dem sie wachsen, ist Leere, leerer Raum und Stille. Ich flüstere: *Sprich mit mir*, weil ich lieber Worte hören würde als dieses langsame Gärtnern, das in der Stille stattfindet, während die roten seidigen Blütenblätter an der Wand herabtropfen.

Ich glaube, ich schlafe.

Ich bin im hinteren Flur, taste mich an der Wand entlang. Ich kann die Tapete kaum erkennen; früher war sie grün. Hier ist die Treppe, die nach oben führt, hier ist das Treppengeländer. Die Schlafzimmertür steht halb offen, und ich lausche. Nackte Füße auf dem Teppich mit den roten Blumen. Ich weiß, daß du dich versteckst, komm sofort her, sonst werde ich dich suchen und fangen müssen, und weiß der Himmel, was ich tun werde, wenn ich dich habe.

Ich verhalte mich sehr still hinter der Tür, ich kann mein eigenes Herz hören. Oh nein, oh nein, oh nein.

Ich komme, ich komme jetzt. Du gehorchst mir nie, nie machst du, was ich sage, du böses Mädchen. Jetzt muß ich dich bestrafen.

Es ist nicht meine Schuld. Was kann ich tun, wohin kann ich mich wenden?

Du mußt die Tür entriegeln, du mußt das Fenster öffnen, du mußt mich hereinlassen.

Oh, sieh nur, sieh nur, all die verschütteten Blüten, was hast du getan?

Ich glaube, ich schlafe.

Ich bin draußen, es ist Nacht. Da sind die Bäume, da ist der Weg, und der Jägerzaun, und der halbe Mond am Himmel, und meine nackten Füße auf dem Kies. Aber als ich um das Haus herum nach vorn komme, geht die Sonne gerade erst unter, die weißen Säulen vor dem Haus sind rosa, und die weißen Pfingstrosen glühen rot im schwindenden Licht. Meine Hände sind taub, ich kann die Spitzen meiner Finger nicht fühlen. Es riecht nach frischem Fleisch, der Geruch kommt aus der Erde und von überall, obwohl ich dem Schlachter gesagt habe, daß wir kein Fleisch brauchen.

In meiner Handfläche liegt das Unheil. Ich muß damit geboren worden sein. Ich trage es bei mir, wohin immer ich gehe. Als er mich berührte, färbte das Unglück auf ihn ab.

Ich glaube, ich schlafe.

Ich wache mit dem ersten Hahnenschrei auf und weiß, wo ich bin. Ich bin im Salon. Ich bin in der Spülküche. Ich bin im

Keller. Ich bin in meiner Zelle, unter der rauhen Gefängnisdecke, die ich vielleicht selbst gesäumt habe. Wir machen alles selbst, was wir hier tragen oder benutzen, im Wachen wie im Schlafen; also habe ich dieses Bett gemacht, und jetzt liege ich darin.

Es ist Morgen. Es ist Zeit aufzustehen. Heute muß ich mit meiner Geschichte fortfahren. Oder die Geschichte muß mit mir fortfahren, muß mich in sich tragen, über den Weg, den sie zurücklegen muß, bis zum Ende, heulend wie ein Zug, taub und einäugig und fest verschlossen; obwohl ich mich gegen die Wände werfe und schreie und weine und Gott anflehe, mich herauszulassen.

Wenn man sich mitten in einer Geschichte befindet, ist es keine Geschichte, sondern nur eine große Verwirrung; ein dunkles Brüllen, eine Blindheit, ein Durcheinander aus zerbrochenem Glas und zersplittertem Holz, wie ein Haus in einem Wirbelsturm oder wie ein Schiff, das von Eisbergen zerdrückt oder von Stromschnellen mitgerissen wird, und alle an Bord sind machtlos, etwas dagegen zu tun. Erst hinterher wird daraus so etwas wie eine Geschichte. Wenn man sie erzählt – sich selbst oder jemand anderem.

34.

Simon nimmt eine Tasse Tee aus der Hand der Frau Direktor entgegen. Er macht sich nicht viel aus Tee, hält es in diesem Land jedoch für seine gesellschaftliche Pflicht, ihn zu trinken und auf alle Witze über die Boston Tea Party, von denen es viel zu viele gibt, mit einem gleichmütigen und nachsichtigen Lächeln zu reagieren.

Sein Unwohlsein scheint sich gelegt zu haben. Jedenfalls fühlt er sich heute besser, obwohl er nicht genug geschlafen hat. Er hat seinen kleinen Vortrag vor dem Dienstagskreis überstanden und das Gefühl, sich ganz wacker geschlagen zu haben. Er hat mit einem Plädoyer für die Reform der Nervenheilanstalten angefangen, von denen zu viele auch heute noch dieselben finsteren Höhlen der Verwahrlosung und Ungerechtigkeit sind wie vor hundert Jahren. Dies fand allgemeinen Anklang. Dann folgten einige Bemerkungen über das intellektuelle Chaos auf diesem Forschungsgebiet und über die rivalisierenden Lehrmeinungen unter Nervenärzten.

Zuerst befaßte er sich mit der materiellen Schule. Ihre Anhänger vertreten die Ansicht, daß geistige Störungen organische Ursachen haben und beispielsweise auf Schädigungen der Nerven oder des Gehirns zurückzuführen sind, oder auf definierbare erbliche Anlagen wie zum Beispiel Epilepsie, oder auf ansteckende Krankheiten, darunter auch jene, die sexuell übertragen werden – an dieser Stelle faßte er sich mit Rücksicht auf die Damen kurz, aber jeder wußte, was gemeint war. Als nächstes beschrieb er die Methodik der mentalen Schule, die an Ursachen glaubt, die viel schwerer zu isolieren sind. Wie sollte man beispielsweise die Auswirkungen eines Schocks messen? Wie einen Gedächtnisverlust diagnostizieren, bei dem es keine feststellbaren körperlichen Symptome gab, oder gewisse unerklärliche und radikale Veränderungen der Persönlichkeit? Welche Rolle, so fragte er die Anwesenden, spielte der Wille, und was war mit der Seele? An dieser Stelle beugte Mrs. Quennell sich vor – nur um sich wieder zurückzulehnen, als er sagte, er wisse es nicht.

Als nächstes widmete er sich den vielen neuen Entdeckungen, die gerade gemacht wurden – Dr. Laycocks Bromidtherapie bei Epilepsie zum Beispiel, die einer Vielzahl von irrigen Annahmen und abergläubischen Vorstellungen ein Ende machen sollte; die Erforschung der Gehirnstruktur; die Verwendung von Drogen sowohl bei der Herbeiführung wie auch bei der Heilung von Halluzinationen unterschiedlichster Art. Ständig wurden weitere Pionierarbeiten geleistet – an dieser Stelle wolle er gerne den mutigen Dr. Charcot aus Paris erwähnen, der sich seit neuestem der Erforschung der Hysterie widmete. Auch die Erforschung von Träumen als Schlüssel zur Diagnose und ihre Beziehung zur Amnesie sei ein bedeutendes Gebiet, auf dem er hoffe, mit der Zeit einen eigenen bescheidenen Beitrag leisten zu können. All diese Theorien befanden sich noch in den Anfangsstadien ihrer Entwicklung, aber fraglos würde man schon bald viel von ihnen erwarten können. Wie der herausragende französische Philosoph und Wissenschaftler Maine de Biran gesagt hatte, gab es eine innere Neue Welt zu entdecken, für die man »in die unterirdischen Höhlen der Seele hinabsteigen« mußte.

Das neunzehnte Jahrhundert, sagte er abschließend, werde für die Erforschung des Geistes das sein, was das achtzehnte für die Erforschung der Materie gewesen war – ein Zeitalter der Aufklärung. Er sei stolz, Teil eines derart bedeutsamen Fortschreitens des Wissens zu sein, wenn auch nur mit einem sehr kleinen und unbedeutenden Beitrag.

Wenn es doch nur nicht so verdammt heiß und stickig gewesen wäre. Als er mit seinem Vortrag zu Ende war, stand er schweißgebadet da, und auch jetzt ist er sich eines sumpfigen Geruchs bewußt, der von seinen Händen ausgeht. Es muß vom

Umgraben kommen; er hat heute morgen, bevor die Hitze des Tages einsetzte, eine Weile damit zugebracht.

Die Dienstagsgruppe applaudierte höflich, und Reverend Verringer dankte ihm. Man könne Dr. Jordan, so sagte er, nur zu den lehrreichen Bemerkungen gratulieren, mit denen er sie heute abend beehrt habe. Er habe ihnen viel Stoff zum Nachdenken gegeben. Das Universum sei in der Tat ein geheimnisvoller Ort, aber Gott habe den Menschen mit Verstand gesegnet, damit er die Geheimnisse, die innerhalb seines Fassungsvermögens lägen, aufklären könne. Er deutete an, daß es andere Bereiche geben mochte, für die das nicht galt. Damit schienen alle einverstanden.

Hinterher bedankten die Teilnehmer sich einzeln bei ihm. Mrs. Quennell sagte, er hätte mit von Herzen kommendem Verständnis gesprochen, worauf er sich leise schuldig fühlte, da es sein Hauptanliegen gewesen war, die Sache so schnell wie möglich hinter sich zu bringen. Lydia, sehr bezaubernd in einem frischen, raschelnden Sommerensemble, war atemlos in ihrem Lob und so voller Bewunderung, wie ein Mann es sich nur wünschen konnte; aber er konnte sich auch des Eindrucks nicht erwehren, daß sie im Grunde genommen kein einziges Wort verstanden hatte.

»Hochinteressant«, sagt Jerome DuPont, der plötzlich neben Simon aufgetaucht ist, in diesem Augenblick. »Mir ist aufgefallen, daß Sie nichts über die Prostitution gesagt haben, die zusammen mit der Trunksucht fraglos eines der größten gesellschaftlichen Übel ist, unter denen unsere Zeit zu leiden hat.«

»Ich wollte sie nicht zur Sprache bringen«, sagt Simon, »da Damen anwesend waren.«

»Verständlich. Ich wäre jedoch interessiert zu erfahren, was Sie von der Meinung einiger unserer europäischen Kollegen halten, daß schon die Neigung dazu eine Form des Wahnsinns ist. Sie stellen sie auf eine Stufe mit der Hysterie und der Neurasthenie.«

»Ich weiß«, sagt Simon lächelnd. In seiner Studentenzeit hat er oft argumentiert, wenn eine Frau nur die Wahl hätte, zu verhungern, sich zu prostituieren oder sich von einer Brücke zu stürzen, müsse die Prostituierte, deren Selbsterhaltungstrieb sich als der zäheste erwiesen habe, körperlich und geistig als gesünder gelten als ihre zarter besaiteten und nicht mehr lebenden Schwestern. Man könne nicht beides gleichzeitig haben, betonte er: Wenn Frauen verführt und dann verlassen wurden, erwartete man von ihnen, daß sie verrückt wurden, aber wenn sie am Leben blieben und nun ihrerseits verführten, dann waren sie angeblich schon immer verrückt gewesen. Er hat gesagt, ihm scheine das eine sehr dubiose Argumentation zu sein; was ihm den Ruf eintrug, entweder ein Zyniker oder ein puritanischer Heuchler zu sein, je nach Publikum.

»Ich selbst«, sagt Dr. DuPont, »neige dazu, die Prostitution in dieselbe Kategorie einzuordnen wie die mörderischen und religiösen Manien. Sie alle könnten vielleicht als schauspielerischer Impuls betrachtet werden, der außer Kontrolle geraten ist. Solche Dinge sind im Theater gar nicht so selten, es gibt viele Schauspieler, die behaupten, zu den Charakteren zu werden, die sie darstellen. Opernsängerinnen sind besonders anfällig dafür. Es wird von einer Lucia berichtet, die ihren Liebhaber tatsächlich umbrachte.«

»Eine interessante Möglichkeit«, sagt Simon.

»Sie wollen sich nicht festlegen«, sagt Dr. DuPont und sieht Simon mit seinen dunklen, glänzenden Augen an. »Würden Sie wenigstens zugeben, daß Frauen allgemein nervlich weniger gefestigt und daher leichter zu beeinflussen sind?«

»Vielleicht«, sagt Simon. »Jedenfalls wird dies allgemein angenommen.«

»Es macht es beispielsweise beträchtlich leichter, sie zu hypnotisieren.«

Ah, denkt Simon. Jedem sein eigenes Steckenpferd. Jetzt kommt er zur Sache.

»Wie geht es Ihrer schönen Patientin, wenn ich sie so nennen darf? Kommen Sie voran?«

»Noch kann ich nichts Definitives sagen«, sagt Simon. »Es

gibt mehrere mögliche Untersuchungsmethoden, denen ich zu folgen hoffe.«

»Ich würde mich sehr geehrt fühlen, wenn Sie mir erlauben würden, meine eigene Methode auszuprobieren. Nur als eine Art Experiment oder Demonstration, wenn Sie so wollen.«

»Ich bin gerade an einem kritischen Punkt angelangt«, sagt Simon. Er möchte nicht unhöflich scheinen, will aber unter keinen Umständen, daß dieser Mann sich einmischt. Grace ist sein Territorium; er muß Wilderer zurückweisen. »Es könnte sie aus der Fassung bringen und Wochen sorgfältiger Vorbereitung zunichte machen.«

»Wann immer es Ihnen paßt«, sagt Dr. DuPont. »Ich werde wahrscheinlich noch mindestens einen Monat hierbleiben und würde mich freuen, behilflich sein zu können.«

»Sie wohnen bei Mrs. Quennell, soweit ich weiß?« sagt Simon.

»Eine überaus großzügige Gastgeberin. Aber betört von den Spiritisten, wie so viele Menschen dieser Tage. Ein System, das jeder Grundlage entbehrt, wie ich Ihnen versichern kann. Aber trauernde Hinterbliebene lassen sich so leicht beeinflussen.«

Simon verzichtet auf die Bemerkung, daß er da keine Versicherungen braucht. »Sie haben an einigen ihrer... ihrer Abende teilgenommen – oder sollte ich lieber Séancen sagen?«

»An einem oder zwei. Schließlich bin ich ihr Gast; und die Sinnestäuschungen, um die es dabei geht, sind für den klinischen Beobachter von beträchtlichem Interesse. Aber sie ist weit davon entfernt, sich der Wissenschaft zu verschließen, und sogar bereit, legitime Forschungen zu finanzieren.«

»Ah«, sagt Simon.

»Sie sähe es gern, wenn ich es bei Miss Marks mit einer neurohypnotischen Sitzung versuchte«, sagt DuPont sanft. »Im Interesse des Komitees. Sie hätten keine Einwände?«

Der Teufel hole sie alle, denkt Simon. Sie scheinen allmählich die Geduld mit mir zu verlieren; sie finden, daß ich zu lange brauche. Aber wenn sie sich zu sehr einmischen, werden sie alles ruinieren. Warum können sie mich nicht in Ruhe lassen?

Heute trifft sich der Dienstagskreis, und da Dr. Jordan einen Vortrag hält, habe ich ihn heute nachmittag nicht gesehen, weil er sich vorbereiten mußte. Die Frau Direktor fragte, ob ich im Gefängnis länger entbehrt werden könne, da sie nicht genug Personal hat und möchte, daß ich bei den Erfrischungen helfe, wie ich es schon oft getan habe. Natürlich war es nur der Form nach eine Bitte, da der Aufseherin nichts anderes übrigblieb, als ja zu sagen, was sie auch tat. Hinterher sollte ich mein Abendessen in der Küche bekommen, genau wie eine richtige Bedienstete, da das Abendessen im Gefängnis schon vorbei wäre, wenn ich zurückkäme. Ich habe mich darauf gefreut, da es wie in alten Zeiten wäre, als ich kommen und gehen konnte, wann ich wollte, und meine Tage mehr Abwechslung enthielten und mehr solche kleinen Freuden.

Ich wußte jedoch, daß ich mich auch auf Kränkungen gefaßt machen mußte, und böse Blicke und abfällige Bemerkungen über meinen Charakter. Nicht von Clarrie, die mir immer eine Freundin war, wenn auch eine schweigsame, und nicht von der Köchin, die inzwischen an mich gewöhnt ist. Aber eins von den Zimmermädchen kann mich nicht leiden, weil ich schon länger im Haus bin und mich dort auskenne und das Vertrauen von Miss Lydia und Miss Marianne genieße, was sie nicht tut. Gewiß wird sie Anspielungen auf Morde machen oder auf Erdrosselungen oder ähnlich unerfreuliche Dinge. Und dann ist da noch Dora, die in letzter Zeit in der Waschküche aushilft, aber nicht fest, sondern nur stundenweise. Sie ist eine große Person mit kräftigen Armen und nützlich beim Tragen der schweren Körbe mit den nassen Laken, aber man kann ihr nicht trauen, da sie ständig Geschichten über ihre frühere Herrschaft erzählt, die ihr, wie sie sagt, den Lohn schuldig geblieben sei und sich außerdem auf skandalöse Weise betragen habe. Der Hausherr soll oft so betrunken gewesen sein, daß er kaum noch bei Sinnen war, und seiner Frau mehr als einmal ein blaues Auge verpaßt haben; und sie mußte sich beim kleinsten Anlaß sofort hinlegen, und Dora wäre nicht überrascht, wenn sich herausstellte, daß auch hinter ihren Anfällen und Kopfschmerzen der Alkohol steckte.

Aber obwohl Dora all diese Dinge sagt, hat sie sich bereit erklärt, dorthin zurückzugehen und wieder das Mädchen für alles zu sein, und hat in der Tat die Arbeit schon wieder aufgenommen. Und als die Köchin fragte, warum, da es doch so übel beleumundete Leute seien, zwinkerte sie mit den Augen und sagte, Geld regiert die Welt; und der junge Doktor, der sich dort eingemietet hat, habe ihr den noch ausstehenden Lohn bezahlt und sie fast auf Knien angefleht, wieder zurückzukommen, da sie niemand sonst finden könnten. Er sei ein Mann, der seine Ruhe brauche und alles gern sauber und ordentlich habe, und er sei bereit, dafür zu zahlen. Die Vermieterin selbst sei dazu nicht in der Lage, weil ihr der Mann weggelaufen sei, so daß sie jetzt eigentlich nur eine Strohwitwe sei und dazu noch arm wie eine Kirchenmaus. Und Dora sagte, sie würde keine Befehle mehr von ihr annehmen, da sie schon immer eine nörglerische und launische Herrin gewesen sei, sondern nur noch von Dr. Jordan, da wer zahlt auch zu bestimmen habe.

Nicht daß der Gutes im Schilde führe, sagt sie, er habe etwas von einem Giftmischer an sich, wie so viele seiner Zunft mit ihren Flaschen und Tinkturen und Pillen, und sie danke dem Herrn jeden Tag, daß sie keine reiche alte Dame sei, die seiner Pflege anvertraut sei, sonst würde sie sicher nicht mehr lange auf dieser Welt wandeln. Und er habe die seltsame Angewohnheit, im Garten herumzugraben, obwohl es jetzt viel zu spät sei, noch etwas zu pflanzen, aber er stürze sich darauf wie ein Totengräber und habe schon fast den ganzen Rasen umgegraben. Und natürlich muß sie dann den Dreck wegfegen, den er ins Haus trägt, und den Schmutz aus seinen Hemden waschen und das Wasser für sein Bad heißmachen.

Ich war sehr erstaunt, als ich feststellte, daß der Dr. Jordan, von dem sie redete, mein Dr. Jordan war. Aber ich war auch neugierig, denn ich hatte all diese Dinge über seine Vermieterin nicht gewußt und überhaupt noch gar nichts von ihr gehört. Also fragte ich Dora, was sie denn für eine Art Frau sei, und

Dora sagte, nichts als Haut und Knochen und blaß wie eine Leiche, mit Haaren so gelb, daß sie fast weiß aussehen, aber trotz allem und obwohl sie die feine Dame spielt, keinen Deut besser als andere auch, obwohl Dora noch keinen Beweis dafür habe. Aber diese Mrs. Humphrey habe so wilde, rollende Augen und ein nervöses Zucken an sich, und diese beiden Dinge zusammen bedeuteten immer hitziges Treiben hinter geschlossenen Türen; und Dr. Jordan solle besser die Augen offenhalten, denn wenn sie je die Entschlossenheit gesehen hätte, einem Mann an die Hosen zu gehen, dann in den Augen von Mrs. Humphrey. Und seit neuestem frühstückten die beiden jeden Morgen zusammen, was in Doras Augen unnatürlich war. Ich fand das alles sehr grob, wenigstens den Teil mit der Hose.

Und ich denke für mich, wenn sie all diese Dinge hinter ihrem Rücken über die Leute sagt, für die sie arbeitet, was wird sie dann erst über dich sagen, Grace? Ich ertappe sie dabei, wie sie mich mit ihren kleinen rosa Augen mustert und sich ausdenkt, was für aufregende Geschichten sie ihren Freundinnen erzählen wird, falls sie welche hat; wie sie ihnen schildert, daß sie Tee mit einer berühmten Mörderin trinkt, die von Rechts wegen schon vor langer Zeit aufgeknüpft gehört hätte und anschließend von den Ärzten in Scheiben geschnitten, wie wenn ein Metzger einen Kadaver zerteilt, und das, was hinterher übrig war, hätte zusammengescharrt und zum Verfaulen in ein unehrenhaftes Grab geworfen werden müssen, auf dem nur Disteln und Nesseln wachsen.

Aber ich bin sehr dafür, Frieden zu halten, und deshalb sage ich nichts. Denn wenn ich mich auf einen Streit mit ihr einließe, wüßte ich nur zu gut, wer zum Schluß die ganze Schuld bekäme.

Wir hatten die Anweisung, darauf zu achten, wann die Versammlung zu Ende ging, was wir am Applaus merken würden, und an einer Rede, in der Dr. Jordan für seine lehrreichen Bemerkungen gedankt wurde, was sie zu jedem sagen, der bei diesen Anlässen spricht. Das war unser Zeichen, die Erfrischungen zu bringen; und deshalb mußte eins der Mädchen an der Tür lauschen. Nach einer Weile kam sie zurück und sagte, die Dankansprache habe begonnen; und wir zählten bis zwanzig und schickten dann die erste Kanne Tee und die erste Kuchenplatte nach oben. Ich blieb unten und schnitt den Pfundkuchen auf und tat ihn auf einen runden Teller, für den die Frau Direktor die Anweisung gegeben hatte, daß in der Mitte eine oder zwei Rosenblüten liegen sollten, was auch wirklich sehr schön aussah. Aber dann hieß es auf einmal, ich solle diesen Teller selbst nach oben bringen, was ich merkwürdig fand; aber ich strich mir die Haare zurück und trug den Kuchen die Treppe hinauf und trat ein, ohne mir viel dabei zu denken.

Da war unter anderem Mrs. Quennell mit einer Frisur, die wie eine Puderquaste aussah und einem Kleid aus rosa Musselin, das viel zu jung für sie war; und die Frau Direktor in Grau; und Reverend Verringer, der wie immer sehr hochnäsig dreinblickte; und Dr. Jordan, ein bißchen matt und schlaff, als habe seine Ansprache ihn sehr erschöpft; und Miss Lydia in dem Kleid, bei dem ich ihr geholfen hatte, und sie sah darin bildschön aus.

Aber dann wollte ich meinen Augen nicht trauen, denn wer stand da noch und sah mir mit einem kleinen Lächeln mitten ins Gesicht? Jeremiah der Hausierer! Die Haare und der Bart waren sehr gestutzt, und er selbst war angetan wie ein Gentleman, in einem sehr gut geschnittenen sandfarbenen Anzug mit einer goldenen Uhrkette quer über der Weste, und er hielt seine Teetasse so geziert wie ein Gentleman, so wie er damals einen solchen in der Küche von Mrs. Parkinson nachgemacht hatte; aber ich hätte ihn überall erkannt.

Ich war so überrascht, daß ich einen leisen Schrei ausstieß und stocksteif stehenblieb und nach Luft schnappte wie ein Dorsch auf dem Trockenen und den Teller fast fallen gelassen hätte; und tatsächlich rutschten mehrere Stücke Kuchen zu Boden, und auch die Rosen. Aber vorher hatte Jeremiah seine Tasse abgestellt und einen Finger an die Nase gelegt, als wolle er sich kratzen, was, wie ich glaube, von niemandem sonst bemerkt wurde, da alle mich ansahen, und da wußte ich, daß ich den Mund halten und nichts sagen und ihn nicht verraten sollte.

Also tat ich es nicht, sondern entschuldigte mich, weil ich den Kuchen fallen gelassen hatte, und stellte den Teller auf einen kleinen Tisch und kniete mich hin, um die heruntergefallenen Stücke in meine Schürze zu sammeln. Aber die Frau Direktor sagte: »Laß das für einen Augenblick, Grace, ich möchte dich jemandem vorstellen.« Und sie nahm meinen Arm und führte mich ein paar Schritte. »Das hier ist Dr. Jerome DuPont«, sagte sie, »ein allseits bekannter Arzt.« Und Jeremiah nickte mir zu und sagte: »Sehr erfreut, Sie kennenzulernen, Miss Marks.« Ich war immer noch durcheinander, schaffte es aber, die Fassung zu wahren, während die Frau Direktor zu ihm sagte: »Sie hat Angst vor Fremden und erschrickt sich leicht vor ihnen.« Und zu mir: »Dr. DuPont ist ein Freund, er wird dir nichts tun.«

Darüber hätte ich fast laut gelacht, aber ich sagte nur: »Ja, Ma'am«, und schlug die Augen nieder. Sie muß wohl eine Wiederholung jener anderen Gelegenheit gefürchtet haben, als der Doktor zum Köpfemessen kam und ich so sehr schrie, aber sie hätte sich keine Sorgen zu machen brauchen.

»Ich muß ihr in die Augen sehen«, sagte Jeremiah. »Sie sind oft ein Hinweis darauf, ob die Prozedur wirksam sein wird oder nicht.« Und er hob mein Kinn, und wir sahen einander an. »Sehr gut«, sagte er ganz feierlich und gesetzt, genauso, als wäre er tatsächlich das, was er zu sein vorgab, und ich mußte ihn bewundern. Dann sagte er: »Grace, bist du schon einmal hypnotisiert worden?« Dabei hielt er mein Kinn noch einen Augenblick fest, um mich zu stützen und mir die Gelegenheit zu geben, mich zu fassen.

»Ich will es nicht hoffen, Sir«, sagte ich mit einiger Empörung. »Ich weiß ja nicht einmal so recht, was das eigentlich ist.«

»Es ist eine durch und durch wissenschaftliche Prozedur«, sagte er. »Wärst du bereit, es zu versuchen? Wenn es deinen Freunden helfen würde, und dem Komitee? Wenn sie beschließen, daß du es versuchen solltest?« Und er zwickte mir leicht ins Kinn und bewegte die Augen von oben nach unten, um mir zu verstehen zu geben, daß ich ja sagen sollte.

»Ich werde alles tun, was in meiner Macht steht, Sir«, sagte ich. »Wenn das von mir gewünscht wird.«

»Sehr gut«, sagte er genauso pompös wie ein richtiger Arzt. »Aber damit die Prozedur Erfolg hat, mußt du mir dein Vertrauen schenken. Glaubst du, daß du das kannst, Grace?«

Reverend Verringer und Miss Lydia und Mrs. Quennell und die Frau Direktor lächelten mich alle ermutigend an. »Ich werde es versuchen, Sir«, sagte ich.

Dann trat Dr. Jordan dazu und sagte, ich hätte jetzt genug Aufregungen für einen Tag gehabt, und man müsse an meine Nerven denken, die empfindsam seien und keinen Schaden nehmen dürften, und Jeremiah sagte: »Natürlich, natürlich«, und sah sehr zufrieden aus. Und obwohl ich Dr. Jordan sehr schätze und er immer freundlich zu mir war, fand ich doch, daß er im Vergleich zu Jeremiah eine klägliche Figur abgab, wie ein Mann auf einer Kirmes, dem jemand die Taschen ausgeleert hat, bloß daß er noch nichts davon gemerkt hat.

Ich selbst hätte am liebsten laut gelacht, denn Jeremiah hatte einen Zaubertrick vollführt, genauso, als hätte er mir eine Münze aus dem Ohr gezogen oder alle glauben gemacht, er hätte eine Gabel verschluckt. Und so, wie er diese Tricks früher vorgeführt hatte, vor aller Augen, während alle zusahen, ohne ihn ertappen zu können, hatte er hier genau dasselbe gemacht. Er hatte unter ihren Augen einen Pakt mit mir geschlossen, und sie hatten keine Ahnung davon.

Doch dann erinnerte ich mich daran, daß er früher einmal als Mesmerist herumgereist und auf Jahrmärkten als Hellseher aufgetreten war und die Kunst dieser Dinge tatsächlich beherrschte und mich vielleicht tatsächlich in eine Trance versetzen würde. Und das machte mich doch wieder nachdenklich.

35.

*E*s ist nicht deine Schuld oder Unschuld, die mich in erster Linie interessiert«, sagt Simon. »Ich bin Arzt, kein Richter. Ich will einfach nur wissen, woran du selbst dich erinnern kannst.«

Endlich sind sie bei den Morden angelangt. Simon hat noch einmal alle Dokumente gelesen, die ihm zur Verfügung stehen – die Berichte über die Gerichtsverhandlung, die Kommentare der Zeitungen, die Geständnisse, selbst Mrs. Moodies überspannte Schilderung. Er ist gut vorbereitet, aber trotzdem auch nervös: Sein heutiges Vorgehen wird darüber entscheiden, ob Grace sich endlich öffnen und ihre gehorteten Schätze preisgeben wird, oder ob sie statt dessen Angst bekommen und sich verschließen wird wie eine Auster.

Heute hat er kein Gemüse mitgebracht, sondern einen silbernen Kerzenständer, den Reverend Verringer ihm zur Verfügung gestellt hat und der – wie er hofft – denen ähnlich ist, die im Haus Kinnear benutzt und dann von James McDermott gestohlen wurden. Er hat ihn noch nicht hervorgeholt; er liegt in einem Weidenkorb – einem Einkaufskorb, um genau zu sein, den er sich von Dora geborgt und unauffällig neben seinem Stuhl abgestellt hat. Er weiß noch nicht genau, was er damit machen will.

Grace näht weiter, ohne den Kopf zu heben. »Das hat bisher noch niemanden gekümmert, Sir«, sagt sie. »Alle haben mir immer nur gesagt, daß ich lüge, und sie wollten immer mehr wissen. Bis auf Mr. Kenneth MacKenzie, den Anwalt. Aber ich bin mir sicher, daß nicht einmal er mir geglaubt hat.«

»Ich werde dir glauben«, sagt Simon. Das ist, wie ihm klar wird, ein ziemlich großes Versprechen.

· 414 ·

Grace preßt die Lippen zusammen und runzelt die Stirn, sagt aber nichts. Simon macht den Anfang. »Am Donnerstag begab sich Mr. Kinnear in die Stadt?«

»Ja, Sir«, sagt Grace.

»Um drei Uhr? Zu Pferd?«

»Genau um diese Zeit, Sir. Am Samstag wollte er wieder zurückkommen. Ich war draußen und besprengte die Leinentaschentücher, die ich zum Bleichen in die Sonne gelegt hatte. McDermott holte das Pferd heraus. Mr. Kinnear wollte auf Charley reiten, da der Wagen im Dorf war, um einen frischen Anstrich zu bekommen.«

»Sagte er etwas zu dir?«

»Er sagte: ›Hier ist dein liebster Schatz, Grace. Komm und gib ihm zum Abschied einen Kuß.‹«

»Wen hat er damit gemeint? James McDermott? Aber der sollte doch nicht wegreiten, oder?« sagt Simon.

Grace sieht ihn mit einem leeren Ausdruck an, der fast an Verachtung grenzt. »Er hat das Pferd gemeint, Sir. Er wußte, daß ich Charley sehr gern hatte.«

»Und was hast du getan?«

»Ich ging hin und streichelte Charley, auf der Nase, Sir. Aber Nancy stand in der Tür der Winterküche und beobachtete uns, und sie hatte gehört, was Mr. Kinnear gesagt hatte, und es gefiel ihr nicht. Genausowenig wie McDermott. Dabei war gar nichts Schlimmes dabei. Mr. Kinnear machte nur manchmal gern ein bißchen Spaß.«

Simon holt tief Luft. »Hat Mr. Kinnear sich dir gegenüber je ungehörig verhalten, Grace?«

Sie sieht ihn wieder an, dieses Mal mit einem leisen Lächeln. »Ich weiß nicht, was Sie mit ungehörig meinen, Sir. Er hat in meiner Gegenwart nie schmutzige Ausdrücke benutzt.«

»Hat er dich je berührt? Hat er sich Freiheiten erlaubt?«

»Nur soweit es üblich war, Sir.«

»Üblich?« sagt Simon. Er ist verwirrt. Er weiß nicht, wie er sagen soll, was er meint, ohne zu deutlich zu werden. Grace kann manchmal sehr prüde sein.

· 415 ·

»Einer Bediensteten gegenüber, Sir. Er war ein freundlicher Dienstherr«, sagt Grace steif. »Und großzügig, wenn ihm der Sinn danach stand.«

Simon kann seine Ungeduld nicht mehr beherrschen. Was meint sie damit? Will sie sagen, daß sie für Gefälligkeiten bezahlt wurde? »Hat er dir unters Kleid gegriffen?« sagt er. »Hast du dabei gelegen?«

Grace springt auf. »Ich muß mir ein solches Gerede nicht anhören«, sagt sie. »Ich bin nicht verpflichtet, in diesem Zimmer zu bleiben. Sie sind genau wie die in der Anstalt und wie die Gefängniskaplane und wie Dr. Bannerling mit seinen schmutzigen Gedanken!«

Simon bleibt nichts anderes übrig, als sich bei ihr zu entschuldigen, und dazu ist er keinen Deut klüger als vorher. »Bitte, setz dich wieder«, sagt er, als sie etwas besänftigt ist. »Kehren wir zum Ablauf der Ereignisse zurück. Mr. Kinnear ritt um drei Uhr am Donnerstag davon. Was geschah dann?«

»Nancy sagte, wir müßten beide das Haus am übernächsten Tag verlassen, sie habe das Geld, uns auszuzahlen. Sie sagte, sie habe Mr. Kinnears Einverständnis.«

»Hast du das geglaubt?«

»Soweit es um McDermott ging, ja. Aber nicht, was mich betraf.«

»Nein?« sagt Simon.

»Ich glaube, sie hatte Angst, daß Mr. Kinnear mit der Zeit mehr Gefallen an mir finden könnte als an ihr. Wie schon gesagt, Sir, sie war in anderen Umständen, und bei Männern kommt so etwas nun einmal vor: Sie wechseln von einer Frau, die in diesem Zustand ist, zu einer anderen, die es nicht ist, und bei Kühen und Pferden ist es genau dasselbe. Und wenn das passierte, würde sie mitsamt ihrem Baby auf der Straße sitzen. Ich wußte, daß sie mich aus dem Weg haben wollte, bevor Mr. Kinnear wieder nach Hause kam. Und ich glaube nicht, daß er irgend etwas davon wußte.«

»Was hast du dann gemacht, Grace?«

»Ich habe geweint, Sir. In der Küche. Ich wollte nicht gehen, ich hatte keine neue Stellung, wo ich hätte hingehen können. Alles war so plötzlich gekommen, daß ich keine Zeit gehabt hatte, mich nach einer neuen Stellung umzusehen. Außerdem hatte ich Angst, daß sie mir meinen Lohn doch nicht bezahlen und mich ohne Zeugnis wegschicken würde, und was sollte ich dann tun? Und McDermott fürchtete dasselbe.«

»Und dann?« sagt Simon, als sie nicht weiterspricht.

»Da sagte McDermott, er habe ein Geheimnis, und ich versprach, es nicht zu verraten; und Sie wissen ja, Sir, daß ich daran gebunden war, wenn ich das Versprechen einmal gegeben hatte. Er sagte, er würde Nancy mit der Axt erschlagen und sie außerdem erwürgen und Mr. Kinnear erschießen, wenn er zurückkam, und sich die Wertsachen nehmen; und ich sollte ihm dabei helfen und mit ihm gehen, wenn ich wußte, was gut für mich war, weil man sonst nämlich mir die Schuld an allem geben würde. Wenn ich nicht so durcheinander gewesen wäre, hätte ich ihn ausgelacht, aber das tat ich nicht, und um die Wahrheit zu sagen, hatten wir beide das eine oder andere Glas von Mr. Kinnears Whisky getrunken, weil wir keinen Grund sahen, uns nicht zu bedienen, wo wir doch auf jeden Fall aus dem Haus gejagt wurden. Nancy war zu den Wrights hinübergegangen, und deshalb konnten wir tun und lassen, was wir wollten.«

»Hast du geglaubt, daß McDermott tun würde, was er gesagt hatte?«

»Nicht so ganz, Sir. Auf der einen Seite dachte ich, er wollte nur damit prahlen, was für ein großartiger Bursche er war und zu was er alles fähig war, denn dazu neigte er nun einmal, wenn er getrunken hatte, und mein Vater war genauso gewesen. Aber gleichzeitig schien er es auch ernst zu meinen, und ich hatte Angst vor ihm und dazu das Gefühl, alles wär vom Schicksal vorbestimmt und könnte sowieso nicht verhindert werden, egal was ich tat.«

»Du hast niemanden gewarnt? Nancy zum Beispiel, als sie von ihrem Besuch zurückkam?«

»Warum hätte sie mir glauben sollen, Sir?« sagt Grace. »Es hätte zu albern geklungen, wenn ich es laut ausgesprochen hätte. Sie hätte nur gedacht, daß ich mich dafür rächen wollte, daß sie mir gekündigt hatte, oder daß McDermott und ich uns gestritten hatten und ich ihm eins auswischen wollte. Und wenn es hart auf hart gekommen wäre, hätte mein Wort gegen seins gestanden, und er hätte alles ganz leicht abstreiten und sagen können, ich wäre nur ein hysterisches Mädchen. Aber wenn er es wirklich ernst meinte, dann hätte er uns vielleicht alle beide auf der Stelle umgebracht, und ich wollte nicht umgebracht werden. Ich konnte nur versuchen, ihn so lange aufzuhalten, bis Mr. Kinnear wieder zurück war. Zuerst sagte er, er würde es noch in derselben Nacht tun, aber ich habe ihn überredet, das nicht zu tun.«

»Wie hast du das gemacht?« sagt Simon.

»Ich habe ihm gesagt, wenn er Nancy schon am Donnerstag umbringen würde, müßte er ganze anderthalb Tage erklären, wo sie war, wenn jemand nach ihr fragte. Aber wenn er es erst später tat, würde weniger Verdacht entstehen.«

»Ich verstehe«, sagt Simon. »Sehr vernünftig.«

»Bitte, machen Sie sich nicht über mich lustig, Sir«, sagt Grace würdevoll. »Das alles ist schlimm genug für mich, und erst recht in Anbetracht dessen, an was ich mich erinnern soll.«

Simon sagt, er habe es nicht so gemeint. Es kommt ihm so vor, als entschuldigte er sich nur noch bei ihr. »Und was geschah dann?« fragt er und versucht, freundlich und nicht zu eifrig zu klingen.

»Dann kam Nancy von ihrem Besuch zurück und war guter Dinge. Wenn sie schlechte Laune gehabt hatte, war es hinterher immer ihre Art, so zu tun, als wäre nichts gewesen und als wären wir alle die besten Freunde; wenigstens wenn Mr. Kinnear nicht da war. Also benahm sie sich so, als hätte sie uns nicht auf die Straße gesetzt und als hätte es keine bösen Worte gegeben, und alles war wie immer. Wir aßen alle drei zusammen in der Küche zu Abend, kalten Schinken und Kartoffeln, zu einem Salat angerichtet, mit Schnittlauch aus dem Garten, und sie lachte und plauderte. McDermott war mürrisch und still, aber das war ja nichts Ungewöhnliches, und dann gingen Nancy und ich zusammen zu Bett, so wie immer, wenn Mr. Kinnear weg war, wegen ihrer Angst vor Einbrechern, und sie hatte überhaupt keinen Verdacht. Aber ich vergewisserte mich sehr sorgfältig, daß die Schlafzimmertür abgeschlossen war.«

»Warum?«

»Wie ich schon gesagt habe, schließe ich immer die Tür ab, wenn ich schlafengehe. Aber außerdem hatte McDermott doch die närrische Idee, nachts mit der Axt durch das Haus zu schleichen, um Nancy im Schlaf zu erschlagen. Ich hatte gesagt, das solle er nicht tun, weil er aus Versehen vielleicht mich treffen würde; aber es war schwer, ihn zu überzeugen. Er sagte, er wolle nicht, daß sie ihn anguckte, wenn er es tat.«

»Das kann ich gut verstehen«, sagt Simon trocken. »Und was geschah dann?«

»Oh, der Freitag fing ganz wie immer an, Sir, wenigstens nach außen hin. Nancy war fröhlich und guter Dinge und schimpfte überhaupt nicht oder nicht soviel wie sonst, und sogar McDermott war am Morgen nicht ganz so mürrisch, weil ich ihm gesagt hatte, wenn er mit so einem Galgenvogelgesicht herumliefe, würde Nancy ganz sicher merken, daß er nichts Gutes im Schilde führt.

Am Nachmittag kam der junge Jamie Walsh mit seiner Flöte herüber, da Nancy ihn darum gebeten hatte. Sie sagte, da Mr. Kinnear nicht da sei, würden wir zur Feier des Tages ein kleines Fest veranstalten. Was wir feiern sollten, weiß ich nicht, aber wenn Nancy guter Stimmung war, wurde sie immer sehr lebhaft und liebte Lieder und Tänze. Wir hatten ein sehr schönes Abendessen mit kaltem Huhn und Bier zum Nachspülen; und dann sagte Nancy, Jamie solle für uns spielen, und er fragte mich, ob es ein Lied gab, das ich besonders gern hören würde, und war sehr aufmerksam und freundlich zu mir, was McDermott gar nicht gefiel. Er sagte zu Jamie, er solle aufhören, mich so anzuschmachten, ihm würde ganz schlecht davon, und der arme Jamie wurde knallrot im Gesicht. Nancy sagte zu McDermott, er solle den Jungen nicht so hänseln, und ob er sich denn nicht daran erinnern könne, selbst einmal jung gewesen zu sein, und zu Jamie sagte sie, aus ihm würde einmal ein sehr gutaussehender junger Mann werden, so etwas könne sie auf den ersten Blick erkennen – viel ansehnlicher als McDermott mit seinem mürrischen und griesgrämigen Gesicht, und überhaupt sei nicht die äußerliche Schönheit das wichtigste, sondern die innere. McDermott warf ihr einen Blick zu, in dem der blanke Haß lag, aber sie tat so, als hätte sie es nicht gemerkt. Und dann schickte sie mich in den Keller, um noch etwas Whisky zu holen, weil wir die Karaffen von oben inzwischen geleert hatten.

Dann lachten und sangen wir; das heißt, Nancy lachte und sang, und ich stimmte ein. Wir sangen die *Rose von Tralee*, und ich dachte an Mary Whitney und wünschte mir sehr, sie wäre hier, da sie gewußt hätte, was zu tun war, und mir aus meinen Schwierigkeiten herausgeholfen hätte. McDermott wollte nicht singen, da er wieder in finsterer Stimmung war, und er wollte auch nicht tanzen, als Nancy ihn drängte und sagte, jetzt hätte er die Gelegenheit zu beweisen, daß er wirklich so ein guter Tänzer sei, wie er immer behauptet hatte. Sie wollte, daß wir alle als Freunde auseinandergingen, aber er ließ sich nicht darauf ein.

Nach einer Weile ließ die gute Stimmung nach, und Jamie sagte, er habe keine Lust mehr zu spielen, und Nancy sagte, es sei Zeit, ins Bett zu gehen. McDermott sagte, er würde Jamie über die Felder nach Hause begleiten, wahrscheinlich um sicherzugehen, daß er auch wirklich und wahrhaftig weg war. Aber als er zurückkkam, waren Nancy und ich schon oben in Mr. Kinnears Zimmer und hatten die Tür verriegelt.«

»In Mr. Kinnears Zimmer?« sagt Simon.

»Es war Nancys Idee«, sagt Grace. »Sie sagte, sein Bett sei größer und bei diesem heißen Wetter auch kühler, und ich hätte die Gewohnheit, im Schlaf zu treten. Mr. Kinnear würde nichts davon merken, da schließlich wir die Betten machten und nicht er, und selbst wenn er etwas merken würde, hätte er

· 420 ·

sicher nichts dagegen, sondern würde eher Gefallen an der Idee finden, daß zwei Dienstmädchen auf einmal in seinem Bett gelegen hätten. Sie hatte mehrere Gläser Whisky getrunken und redete deshalb so verwegen.

Und zu guter Letzt habe ich Nancy dann doch noch gewarnt, Sir. Als sie sich die Haare bürstete, sagte ich: ›McDermott will dich umbringen.‹ Sie lachte und sagte: ›Das kann ich mir denken. Ich hätte auch nichts dagegen, ihn umzubringen. Wir können einander nun mal nicht leiden.‹ ›Er meint es ernst‹, sagte ich. ›Er meint nie was ernst‹, sagte sie leichthin. ›Er gibt immer nur an und redet großspurig daher, aber es steckt nichts dahinter.‹

Und da wußte ich, daß ich nichts tun konnte, um sie zu retten.

Als sie im Bett lag, schlief sie sofort ein. Ich blieb noch ein bißchen sitzen und kämmte mir im Licht der Kerze die Haare, und die nackten Frauen auf den Bildern sahen mich an, die, die draußen im Freien ein Bad nahm, und auch die andere, mit den Pfauenfedern. Und beide lächelten auf eine Weise, die mir gar nicht gefiel.

In dieser Nacht erschien Mary Whitney mir im Traum. Es war nicht das erste Mal, daß sie das tat, sie war schon früher zu mir gekommen, aber da hatte sie nie etwas gesagt, sondern immer die Wäsche aufgehängt oder gelacht oder einen Apfel geschält oder sich oben auf dem Trockenboden hinter einem Laken versteckt, alles Dinge, die sie tatsächlich getan hatte, bevor ihre Schwierigkeiten anfingen. Und wenn ich auf diese Weise von ihr träumte, wachte ich immer getröstet auf, so als wäre sie noch am Leben und glücklich.

Aber das waren Szenen aus der Vergangenheit. Dieses Mal war sie bei mir im Zimmer, in dem Zimmer, in dem ich war, nämlich in Mr. Kinnears Schlafzimmer. Sie stand im Nachthemd neben dem Bett, mit offenen Haaren, so wie sie beerdigt worden war. Auf der linken Seite ihres Körpers konnte ich ihr Herz sehen, leuchtend rot durch das Weiß des Nachthemds. Aber dann sah ich, daß es gar nicht ihr Herz war, sondern das

Nadelmäppchen aus rotem Filz, das ich ihr zu Weihnachten geschenkt und dann zu ihr in den Sarg gelegt hatte, unter die Blumen und die verstreuten Blütenblätter, und ich war froh, daß sie es noch bei sich hatte und mich nicht vergessen hatte.

Sie hielt ein Glas in der Hand, und in diesem Glas war ein gefangenes Glühwürmchen, das mit einem kalten, grünlichen Feuer leuchtete. Marys Gesicht war sehr blaß, aber sie sah mich an und lächelte, und dann nahm sie die Hand vom Glas, und das Glühwürmchen kam heraus und flog im Zimmer umher, und ich wußte, daß es ihre Seele war und daß sie versuchte, einen Weg hinaus zu finden, aber das Fenster war geschlossen. Und dann konnte ich nicht mehr sehen, wo es hingeflogen war, und ich wachte auf, und Tränen der Trauer liefen mir über das Gesicht, weil Mary noch einmal für mich verloren war.

Ich lag in der Dunkelheit und hörte Nancy atmen, und ich hörte mein Herz in meinen Ohren pochen und immer weiterstolpern, wie auf einer langen, ermüdenden Straße, die ich entlangwandern mußte, ob ich wollte oder nicht, und ich wußte nicht, wann ich das Ende erreichen würde. Ich hatte Angst, wieder einzuschlafen, weil ich dachte, ich könnte noch so einen Traum haben, und meine Ängste waren nicht grundlos, weil genau das passierte.

In diesem neuen Traum befand ich mich an einem Ort, an dem ich noch nie zuvor gewesen war, mit hohen Mauern um mich herum, die aus Stein gemacht waren, grau und trostlos wie die Steine des Dorfes, in dem ich geboren bin, auf der anderen Seite des Ozeans. Der Boden war mit losem grauen Schotter bedeckt, und aus dem Kies wuchsen Pfingstrosen. Sie kamen als Knospen zum Vorschein, klein und hart wie unreife Äpfel, und dann öffneten sie sich und hatten große, dunkelrote Blüten mit glänzenden Blütenblättern, wie Satin. Und dann zerbarsten sie im Wind und fielen zu Boden.

Abgesehen davon, daß sie rot waren, waren sie wie die Pfingstrosen im Garten vor dem Haus von Mr. Kinnear, an jenem ersten Tag, als ich dorthin kam und Nancy die letzten davon schnitt. Und ich sah sie in meinem Traum genauso, wie sie damals ausgesehen hatte, in dem hellen Kleid mit den rosa Rosenknospen und dem Rock mit dem dreifachen Volant und dem Hut, der ihr Gesicht verdeckte. Sie hatte einen flachen Korb bei sich, um die Blumen hineinzutun. Und dann drehte sie sich um und hob die Hand an die Kehle, als hätte sie sich erschreckt.

Dann war ich wieder auf dem steinernen Hof und ging immer weiter, und die Spitzen meiner Schuhe kamen unter dem Saum meines Rocks, der blau und weiß gestreift war, zum Vorschein und verschwanden wieder darunter. Ich wußte, daß ich noch nie so einen Rock gehabt hatte, und bei seinem Anblick fühlte ich auf einmal eine große Schwere und Trostlosigkeit. Aber die Pfingstrosen kamen immer noch aus dem Kies hervor, und ich wußte, daß sie eigentlich nicht dort sein sollten. Ich streckte die Hand aus, um eine zu berühren, und sie fühlte sich ganz trocken an. Und da wußte ich, daß sie aus Stoff gemacht war.

Dann sah ich Nancy ein Stück vor mir auf den Knien liegen. Die Haare fielen ihr wirr ins Gesicht, und Blut lief ihr in die Augen. Um den Hals hatte sie ein weißes Baumwolltuch, das mit blauen Blumen bedruckt war, Jungfer im Grünen, und es gehörte mir. Sie streckte mir die Hände entgegen, wie um mich um Gnade zu bitten. An den Ohren trug sie die kleinen goldenen Ohrringe, um die ich sie immer beneidet hatte. Ich wollte zu ihr laufen und ihr helfen, aber ich konnte es nicht, meine Füße gingen im immer gleichen, steten Schritt weiter, als wären es gar nicht meine Füße. Und als ich fast an der Stelle angekommen war, wo Nancy kniete, lächelte sie mich an. Nur mit dem Mund, ihre Augen waren hinter dem Blut und den Haaren nicht zu sehen, und dann zerbarst sie zu farbigen Flecken, zu einem Wehen roter und weißer Stoffblüten über den Steinen.

Dann war es plötzlich dunkel, und ein Mann mit einer Kerze versperrte die Treppe, die nach oben führte, und die Kellerwände waren überall um mich herum, und ich wußte, daß ich da nie wieder herauskommen würde.«

»Das alles hast du vor dem eigentlichen Ereignis geträumt?«
sagt Simon. Er schreibt fieberhaft.

»Ja, Sir«, sagt Grace. »Und seitdem noch viele Male ...« Ihre
Stimme ist nur noch ein Flüstern. »Deshalb haben sie mich
weggeschafft.«

»Weggeschafft?« fragt Simon.

»In die Anstalt, Sir. Wegen der Träume.« Sie hat ihre Näharbeit hingelegt und sieht auf ihre Hände hinunter.

»Nur wegen der Träume?« fragt Simon sanft.

»Sie haben gesagt, es wären gar keine Träume, Sir. Sie haben
gesagt, ich wär wach. Aber ich möchte nicht mehr darüber reden.«

36.

»Am Morgen des Samstags wurde ich bei Tagesanbruch wach. Draußen im Hühnerstall krähte der Hahn; er hatte ein mißtönendes, rasselndes Krähen, als drehe ihm jetzt schon jemand den Hals um, und ich dachte, du weißt genau, daß du bald in den Topf kommst. Bald bist du tot. Und obwohl ich an den Hahn dachte, will ich nicht leugnen, daß ich auch an Nancy dachte. Es klingt kalt, und vielleicht war es das auch, aber ich fühlte mich benommen und gar nicht wie ich selbst, so als wäre ich nicht wirklich anwesend, sondern nur mein Körper.

Ich weiß, daß dies seltsame Gedanken sind, Sir, aber ich will nicht lügen oder sie verheimlichen, was ich sehr leicht tun könnte, da ich das alles noch nie jemandem erzählt habe. Aber ich möchte alles so erzählen, wie es geschehen ist, und das waren nun einmal die Gedanken, die mir durch den Kopf gingen.

Nancy schlief noch, und ich gab mir alle Mühe, sie nicht zu stören. Ich dachte, soll sie ruhig ausschlafen, denn so lange sie im Bett blieb, konnte nichts Schlimmes passieren – mit ihr oder mit mir. Als ich leise aus Mr. Kinnears Bett aufstand, stöhnte sie und drehte sich auf die andere Seite, und ich fragte mich, ob sie einen bösen Traum hatte.

Am Abend vorher hatte ich mich in meinem Zimmer neben der Winterküche ausgezogen, bevor ich mit meiner Kerze nach oben ging, und deshalb ging ich jetzt dorthin zurück und zog mich wie üblich an. Alles war wie immer und doch nicht wie immer, und als ich in die Küche ging, um mir das Gesicht zu waschen und die Haare zu richten, sah mein Gesicht im Spiegel über dem Ausguß nicht wie mein eigenes Gesicht aus. Es war runder und weißer, mit zwei großen, verschreckten, starrenden Augen, und ich wollte es nicht ansehen.

· 425 ·

Dann öffnete ich die Fensterläden. Die Gläser und Teller vom Abend vorher standen noch auf dem Tisch und sahen so einsam und verloren aus, als wäre ein großes und plötzliches Unglück über alle gekommen, die dort gegessen und getrunken hatten. Und es war, als hätte ich sie durch einen Zufall viele Jahre später gefunden, und mir war sehr traurig zumute. Ich stellte sie zusammen und trug sie in die Spülküche.

Als ich zurückkam, war die Küche von einem seltsamen Licht erfüllt, als wäre alles von einer silbrigen Schicht überzogen, wie Frost, nur glatter, eher wie Wasser, das über flache Steine strömt. Und dann wurden mir die Augen geöffnet, und ich wußte, daß es daran lag, daß Gott ins Haus gekommen war, und was ich sah, war das Silber, das den Himmel überzog. Gott war hereingekommen, weil Gott überall ist, man kann ihn nicht aussperren, er ist ein Teil von allem, was da ist, wie könnte man da je eine Wand oder vier Wände oder eine Tür oder ein geschlossenes Fenster bauen, durch das er nicht einfach hindurchgehen könnte wie durch Luft.

Ich sagte: ›Was willst du hier?‹ aber er antwortete nicht, sondern blieb einfach nur silbern, also ging ich, um die Kuh zu melken. Denn das einzige, was man bei Gott tun kann, ist, mit dem weiterzumachen, was man gerade tut, weil man ihn sowieso nicht aufhalten oder dazu bringen kann, einen Grund zu nennen. Bei Gott gibt es nur *Tu dies* oder *Tu das*, aber nie ein *Weil*.

Als ich mit den Milcheimern in die Küche zurückkam, war McDermott schon da und putzte die Schuhe. ›Wo ist Nancy?‹ fragte er.

›Sie zieht sich an‹, sagte ich. ›Willst du sie heute morgen umbringen?‹

›Ja, das werd ich, verdammt noch mal‹, sagte er. ›Ich hol jetzt die Axt und schlag ihr den Schädel ein.‹

Ich legte ihm die Hand auf den Arm und sah ihm ins Gesicht. ›Das wirst du doch nicht tun, etwas so Böses kannst du doch gar nicht tun‹, sagte ich. Aber er verstand mich falsch und dachte, ich verhöhnte ihn. Er dachte, ich würde ihn einen Feigling nennen.

›Du wirst gleich sehen, was ich tun kann‹, sagte er wütend.

›Bring sie aber um Gottes willen nicht im Zimmer um‹, sagte ich, ›sonst machst du den ganzen Boden blutig.‹ Ich weiß, es war dumm von mir, das zu sagen, aber es war das erste, was mir in den Sinn kam, und wie Sie wissen, Sir, war es meine Aufgabe, die Böden im Haus zu putzen, und in Nancys Zimmer lag ein Teppich. Ich hatte noch nie versucht, Blut aus einem Teppich herauszubekommen, aber ich hatte es aus anderen Sachen herauswaschen müssen, und das war harte Arbeit.

McDermott sah mich verächtlich an, als wäre ich nicht ganz bei Trost, und tatsächlich muß ich so geklungen haben. Dann ging er hinaus und holte die Axt, die neben dem Hackklotz lag.

Ich wußte nicht, was ich tun sollte, also ging ich in den Garten, um Schnittlauch zu schneiden, weil Nancy gesagt hatte, sie wolle zum Frühstück ein Omelett. Die Schnecken überzogen den ins Kraut geschossenen Salat mit ihren silbrigen Spuren, und ich kniete mich hin und beobachtete sie und bestaunte ihre Augen, die oben auf kleinen Stielen saßen, und dann streckte ich die Hand nach dem Schnittlauch aus, und es war, als wäre meine Hand gar nicht meine Hand, sondern nur eine Hülse oder Hülle, in der eine andere Hand wuchs.

Ich versuchte zu beten, aber die Worte wollten sich einfach nicht einstellen, und ich glaube, das lag daran, daß ich Nancy Böses gewünscht hatte. Ich hatte ihr tatsächlich den Tod gewünscht, doch in diesem Augenblick tat ich das nicht. Aber warum wollte ich eigentlich beten, dachte ich dann, wenn Gott doch genau hier war und über uns schwebte wie der Engel des Todes über den Ägyptern? Ich spürte seinen kalten Atem, ich hörte das Schlagen seiner dunklen Flügel in meinem Herzen. Gott ist überall, dachte ich, also ist Gott auch in der Küche, und Gott ist in Nancy, und Gott ist in McDermott und in McDermotts Händen und auch in der Axt. Dann hörte ich drinnen einen dumpfen Schlag, wie wenn eine schwere Tür zufällt, und danach kann ich mich für eine Weile an nichts mehr erinnern.«

»Nicht an den Keller?« sagt Simon. »Nicht daran, daß du gesehen hast, wie McDermott Nancy an den Haaren zur Falltür schleifte und die Kellertreppe hinunterwarf? So steht es in deinem Geständnis.«

Grace drückt die Hände an die Schläfen. »Sie wollten, daß ich das sage. Mr. MacKenzie sagte, ich müßte das sagen, um mein Leben zu retten.« Zum ersten Mal zittert sie. »Er sagte, es sei keine Lüge, weil es so passiert sein müsse, ob ich mich nun daran erinnerte oder nicht.«

»Hast du James McDermott das Tuch gegeben, das du um den Hals trugst?« Simon klingt mehr wie ein Anwalt vor Gericht, als ihm lieb ist, aber er macht trotzdem weiter.

»Das, womit Nancy erdrosselt wurde? Es gehörte mir, das weiß ich. Aber ich kann mich nicht daran erinnern, es ihm gegeben zu haben.«

»Auch nicht daran, daß du unten im Keller warst?« sagt Simon. »Oder daß du ihm geholfen hast, sie umzubringen? Oder daß du der Leiche die goldenen Ohrringe stehlen wolltest, wie McDermott behauptet hat?«

Grace legt für einen kurzen Moment die Hand über die Augen. »Diese ganze Zeit liegt für mich im Dunkeln, Sir«, sagt sie. »Und außerdem wurden die goldenen Ohrringe nicht gestohlen. Ich will nicht sagen, daß ich später, als wir beim Packen waren, nicht daran gedacht hätte, aber an etwas denken ist nicht dasselbe wie etwas tun. Wenn wir wegen unserer Gedanken vor Gericht müßten, würden wir alle gehängt.«

Simon kann das nicht leugnen. Er versucht es auf andere Weise. »Jefferson, der Schlachter, hat ausgesagt, daß er an dem Morgen mit dir gesprochen hat.«

»Ich weiß, daß er das gesagt hat, Sir. Aber ich kann mich nicht daran erinnern.«

»Er sagt, er sei überrascht gewesen, da normalerweise nicht du die Bestellungen aufgegeben hast, sondern Nancy. Und er war noch erstaunter, als du sagtest, daß für diese Woche kein frisches Fleisch gebraucht würde. Er fand das sehr eigentümlich.«

»Wenn es wirklich ich selbst gewesen wäre, die mit ihm

· 428 ·

sprach, Sir, und wenn ich wirklich bei klarem Verstand gewesen wäre, wäre ich schlauer gewesen und hätte das Fleisch so wie immer bestellt. Es wäre weniger verdächtig gewesen.«

Simon muß ihr recht geben. »Also dann«, sagt er. »Was ist das nächste, woran du dich erinnerst?«

»Ich stand vor dem Haus, Sir, wo die Blumen wuchsen. Mir war schwindlig, und ich hatte Kopfschmerzen. Ich dachte, ich muß ein Fenster öffnen, aber das war albern, da ich ja ohnehin draußen war. Es muß ungefähr drei Uhr gewesen sein. Mr. Kinnear kam gerade die Auffahrt herauf, in seinem leichten Wagen, der frisch gestrichen war, gelb und grün. McDermott kam um das Haus herum nach vorn, und wir halfen Mr. Kinnear bei den Paketen, und McDermott sah mich drohend an. Dann ging Mr. Kinnear ins Haus, und ich wußte, daß er Nancy suchte. Und da dachte ich plötzlich: Da wirst du sie nicht finden, du mußt schon unten im Keller nach ihr suchen, sie ist eine Leiche. Und ich bekam schreckliche Angst.

Dann sagte McDermott zu mir: ›Ich weiß, daß du alles verraten willst, aber wenn du das tust, ist dein Leben keinen Pfifferling mehr wert.‹ ›Was hast du getan?‹ sagte ich. ›Das weißt du sehr gut‹, sagte er mit einem Auflachen. Ich wußte es ganz und gar nicht, vermutete aber das Schlimmste. Und dann nahm er mir das Versprechen ab, ihm dabei zu helfen, Mr. Kinnear umzubringen, und ich sagte, ich würde es tun, weil ich seinen Augen ansehen konnte, daß er mich sonst auch ermordet hätte. Und dann brachte er das Pferd und den Wagen in den Stall.

Ich ging in die Küche und machte meine Arbeit, als wäre alles in Ordnung. Mr. Kinnear kam herein und fragte, wo ist Nancy? Und ich sagte, sie ist mit der Postkutsche in die Stadt gefahren. Er sagte, das sei seltsam, er habe die Kutsche unterwegs getroffen, aber Nancy habe er nicht gesehen. Ich fragte ihn, ob er etwas zu essen haben wolle, und er sagte ja und fragte, ob Jefferson mit dem frischen Fleisch gekommen sei, und ich sagte nein. Er sagte, das sei auch merkwürdig, und er hätte gerne etwas Tee und Toast und Eier.

Also machte ich alles zurecht und brachte es ins Eßzimmer,

wo er ein Buch las, das er aus der Stadt mitgebracht hatte. Es war das neueste Godey's Ladies' Book, das die arme Nancy so gerne gelesen hatte, wegen der Moden; und obwohl Mr. Kinnear immer so tat, als sei das alles nur alberner Weiberkram, warf er selbst oft einen Blick hinein, wenn Nancy nicht in der Nähe war, weil auch andere Sachen darin standen als nur Kleider; und er sah sich gern die neueste Unterwäsche an oder las einen Artikel darüber, wie eine Dame sich benehmen sollte, und ich ertappte ihn oft dabei, wie er leise vor sich hinlachte, wenn ausnahmsweise ich ihm den Kaffee brachte.

Ich ging in die Küche zurück, und McDermott war da. Er sagte: ›Ich glaub, ich bring ihn jetzt um.‹ Und ich sagte: ›Meine Güte, McDermott, es ist zu früh, warte, bis es dunkel ist.‹

Dann ging Mr. Kinnear nach oben und legte sich eine Weile hin, mit all seinen Kleidern an, und deshalb mußte McDermott warten, ob er wollte oder nicht. Nicht einmal er hätte es über sich gebracht, einen schlafenden Mann zu erschießen. McDermott klebte den ganzen Nachmittag an mir wie Kleister, weil er sicher war, daß ich weglaufen und ihn verraten würde. Er hatte das Gewehr schon bei sich und machte sich ständig daran zu schaffen.

Es war die alte, doppelläufige Schrotflinte, die Mr. Kinnear benutzte, um Enten zu schießen, aber sie war nicht mit Schrot geladen. McDermott sagte, er habe sie mit zwei Bleikugeln geladen, eine habe er gefunden, und die andere habe er aus einem Stück Blei selbst gegossen; und das Pulver habe er von seinem Freund John Harvey bekommen, obwohl Hannah Upton, die geizige alte Hexe − sie war die Frau, die mit Harvey zusammenlebte −, gesagt habe, er könne es nicht haben. Aber er hatte es sich einfach genommen, und der Teufel solle sie holen. Inzwischen war er sehr aufgeregt und nervös, und dazu großtuerisch und stolz auf seinen eigenen Wagemut. Er fluchte viel, aber ich sagte nichts dagegen, weil ich Angst vor ihm hatte.

Gegen sieben Uhr kam Mr. Kinnear wieder herunter und trank seinen Tee, und er war recht besorgt wegen Nancy. ›Jetzt tu ich's‹, sagte McDermott. ›Du mußt zu ihm gehen und sagen,

daß er in die Küche kommen soll, damit ich ihn auf dem Steinboden erschießen kann.‹ Aber ich sagte, das würde ich nicht
tun.

Er sagte, in diesem Fall würde er es eben selbst tun. Er würde
Mr. Kinnear dazu bringen, mit ihm zu kommen, indem er
sagte, mit seinem neuen Sattel sei etwas nicht in Ordnung, er
sei eingerissen.

Ich wollte nichts damit zu tun haben und trug das Teetablett
über den Hof in die Sommerküche, in deren Herd Feuer war,
weil ich dort den Abwasch machen wollte; und als ich das Tablett gerade abstellte, hörte ich den Schuß.

Ich lief zurück in die Winterküche und sah Mr. Kinnear tot
auf dem Boden liegen. McDermott stand über ihm, und das Gewehr lag auch auf dem Boden. Ich wollte wieder hinaus, aber
McDermott schrie mich an und fluchte und sagte, ich sollte die
Falltür zum Keller öffnen. Ich sagte, das würde ich nicht, und er
sagte, ich müßte, und da tat ich es, und McDermott warf den
Körper die Treppe hinunter.

Ich hatte solche Angst, daß ich durch die Vordertür aus dem
Haus und auf den Rasen lief und dann nach hinten und um die
Pumpe herum zur Sommerküche. Und dann kam McDermott
mit dem Gewehr aus der Tür der Winterküche und schoß auf
mich, und ich fiel ohnmächtig zu Boden. Und das ist alles,
woran ich mich erinnere, Sir, bis sehr viel später am Abend.«

»Jamie Walsh hat ausgesagt, er sei gegen acht Uhr abends auf
den Hof gekommen, also wahrscheinlich kurz nachdem du
ohnmächtig geworden warst. Er hat gesagt, McDermott habe
das Gewehr noch in der Hand gehabt und behauptet, er hätte
auf Vögel geschossen.«

»Ich weiß, Sir.«

»Er sagte, du hättest an der Pumpe gestanden. Er sagte, du
hättest gesagt, Mr. Kinnear sei noch nicht zurück und Nancy sei
zu den Wrights gegangen.«

»Ich kann mir das nicht erklären, Sir.«

»Er sagte, du seist wohlauf und guter Stimmung gewesen. Er
sagte, du seist besser gekleidet gewesen als sonst und hättest

weiße Strümpfe angehabt. Er hat angedeutet, daß es Nancys Strümpfe waren.«

»Ich war im Gerichtssaal, Sir. Ich habe gehört, was er sagte, aber das waren meine Strümpfe. Aber Jamie hatte da schon seine früheren Gefühle für mich vergessen und wollte mir nur noch schaden und mich hängen sehen, wenn möglich. Aber ich kann nichts dagegen tun, was andere Leute sagen.«

Ihr Ton ist so niedergeschlagen, daß Simon tiefes Mitleid für sie empfindet. Er hat das Bedürfnis, sie in die Arme zu nehmen, sie zu trösten, ihr über das Haar zu streichen.

»Nun, Grace«, sagt er forsch, »ich sehe, daß du müde bist. Wir werden morgen mit deiner Geschichte fortfahren.«

»Ja, Sir. Ich hoffe, daß ich die Kraft dazu habe.«

»Früher oder später werden wir der Geschichte auf den Grund kommen.«

»Ich hoffe es, Sir«, sagt sie matt. »Es wäre eine große Erleichterung für mich, endlich die ganze Wahrheit zu kennen.«

37.

Das Laub der Bäume sieht fast schon aus wie im August – glanzlos, staubig und schlaff –, obwohl noch gar nicht August ist. Simon geht langsam durch die drückende Nachmittagshitze zurück. Bei sich hat er den silbernen Kerzenständer; er hat nicht daran gedacht, ihn zu verwenden, und jetzt hängt er schwer an seinem Arm. Tatsächlich stehen seine Arme unter einer eigentümlichen Spannung, als hätte er mit aller Kraft an einem dicken Seil gezogen. Was hatte er erwartet? Die fehlende Erinnerung natürlich: jene wenigen entscheidenden Stunden. Nun, er hat sie nicht bekommen.

Er erinnert sich an einen Abend vor langer Zeit, als er noch in Harvard studierte. Er hatte mit seinem Vater, der damals noch reich und am Leben war, einen Ausflug nach New York gemacht. Sie waren in die Oper gegangen, wo Bellinis *Nachtwandlerin* gegeben wurde: ein einfaches, keusches Dorfmädchen, Amina, wird schlafend im Schlafgemach des Grafen gefunden, wohin sie, ohne selbst etwas davon zu wissen, gegangen ist. Ihr Verlobter und die anderen Dorfbewohner beschimpfen sie als Hure, trotz der Proteste des Grafen, die auf seinen überlegenen wissenschaftlichen Kenntnissen basieren. Als die Leute dann jedoch sehen, wie Amina im Schlaf über eine gefährliche Brücke geht, die hinter ihr zusammenbricht und in einen reißenden Bach stürzt, ist ihre Unschuld erwiesen, und sie erwacht zu neuem Glück.

Eine Parabel der Seele, wie sein Lateinlehrer so sentenziös ausgeführt hatte, war *Amina* doch ein primitives Anagramm für *Anima*. Aber warum, hat Simon sich damals gefragt, wurde die Seele als unbewußt dargestellt? Und, noch interessanter: wer war es, der da wandelte, während Amina schlief? Es ist eine Frage, die für ihn inzwischen Implikationen in sich birgt, die weit drängender sind.

War Grace zu der Zeit, von der sie sprach, wirklich ohne Bewußtsein, oder war sie hellwach, wie Jamie Walsh ausgesagt hat? Wieviel von ihrer Geschichte darf er glauben? Muß man sie mit Vorsicht genießen, und wenn ja, mit wieviel Vorsicht? Handelt es sich hier um einen echten Fall von Amnesie des schlafwandlerischen Typus, oder ist er das Opfer einer geschickt inszenierten Täuschung? Simon mahnt sich zur Vorsicht. Er muß sich vor Absolutismen hüten: Warum sollte er von ihr erwarten, daß sie nichts als die reine, die ganze und die unverfälschte Wahrheit sagt? Jeder Mensch in ihrer Lage würde auswählen und umordnen, um einen günstigeren Eindruck zu erwecken. Zu ihren Gunsten muß man sagen, daß ein großer Teil dessen, was sie ihm erzählt hat, mit ihrem gedruckten Geständnis übereinstimmt, aber spricht das wirklich für sie? Vielleicht ist die Übereinstimmung zu groß. Er fragt sich, ob sie vielleicht denselben Text studiert hat, den auch er selbst benutzt, um ihn besser überzeugen zu können.

Die Schwierigkeit liegt darin, daß er überzeugt werden will. Er will, daß sie Amina ist. Er will, daß ihre Ehre wiederhergestellt wird.

Er muß vorsichtig sein, mahnt er sich selbst. Er muß sich zurückhalten. Trotz ihrer unverkennbaren Angst vor dem Tag der Morde und ihrer oberflächlichen Willfährigkeit ist das, was sich zwischen ihnen abspielt, objektiv ein Machtkampf. Sie hat sich nicht geweigert, darüber zu sprechen – weit davon entfernt. Sie hat sogar sehr viel erzählt. Aber sie hat nur das erzählt, was sie ihm erzählen wollte. Er jedoch will das, was sie sich zu erzählen weigert; oder was sie vielleicht beschlossen hat, nicht zu wissen. Wissen um Schuld oder um Unschuld, beides könnte von ihr verborgen werden. Aber er wird es aus ihr herausholen. Sie hat den Haken im Maul, aber kann er sie an Land bringen? Herauf, heraus aus dem Abgrund, herauf ans Licht? Heraus aus dem tiefen blauen Meer.

Er fragt sich, wieso er das in so drastische Begriffe kleidet. Er meint es gut mit ihr, sagt er sich selbst. Er will sie doch retten, oder etwa nicht?

Aber sieht sie es auch so? Wenn sie etwas zu verbergen hat, würde sie vielleicht lieber im Wasser bleiben, in der Dunkelheit, in ihrem Element. Vielleicht hat sie Angst, daß sie woanders nicht atmen kann.

Simon mahnt sich, nicht so extrem und dramatisch zu sein. Vielleicht leidet Grace tatsächlich unter Gedächtnisschwund. Aber vielleicht ist sie auch nur störrisch. Oder schlicht und einfach schuldig.

Sie könnte natürlich auch verrückt sein, und ihr Verhalten Ausdruck der erstaunlich gerissenen Plausibilität der erfahrenen Irren. Einige ihrer Erinnerungen, vor allem jene an den Tag der Morde, könnten auf Fanatismus der religiösen Art hindeuten. Sie könnten jedoch genauso leicht als der naive Aberglaube und die naive Furcht einer schlichten Seele gedeutet werden. Was er braucht, ist Gewißheit, auf die eine oder andere Weise; und genau die enthält sie ihm vor.

Vielleicht sind seine Methoden fehlerhaft. Jedenfalls war seine Technik der Suggestion alles andere als produktiv: das Gemüse war ein kläglicher Mißerfolg. Vielleicht war er zu zögernd, zu entgegenkommend; vielleicht ist es Zeit für drastischere Maßnahmen. Vielleicht sollte er Jerome DuPonts neurohypnotisches Experiment doch befürworten und selbst dabei anwesend sein und sogar die Fragen auswählen. Natürlich hat er kein Vertrauen zu dieser Methode. Trotzdem, vielleicht käme auf diese Weise ja doch etwas Neues zutage; vielleicht ließe sich etwas entdecken, das er allein bislang nicht entdecken konnte. Es wäre zumindest den Versuch wert.

Er erreicht das Haus, kramt in seinen Taschen nach dem Schlüssel, aber Dora kommt ihm zuvor und öffnet die Tür. Er sieht sie voller Abscheu an. Eine Frau, die so sehr an ein Schwein erinnert und bei dieser Hitze derart stark schwitzt, sollte sich nicht in der Öffentlichkeit zeigen dürfen. Sie ist eine Schande für ihr ganzes Geschlecht. Er selbst hat wesentlich dazu beigetragen, sie ins Haus zurückzuholen – er hat sie praktisch bestochen, damit sie zurückkommt –, aber das bedeutet nicht, daß sie ihm sympathischer ist als früher. Er ihr auch nicht, dem giftigen Blick nach zu urteilen, den sie ihm aus ihren kleinen roten Augen zuwirft.

»Sie will Sie sprechen«, sagt sie und ruckt den Kopf in Richtung auf den hinteren Teil des Hauses. Ihr Benehmen ist so demokratisch wie eh und je.

Mrs. Humphrey hat sich sehr gegen Doras Rückkehr gewehrt und kann es kaum ertragen, mit ihr im selben Zimmer zu sein, was nicht verwunderlich ist. Aber Simon hatte sie darauf hingewiesen, daß er ohne Sauberkeit und Ordnung unmöglich arbeiten kann und daß irgend jemand die Arbeit im Haus erledigen muß, und da im Augenblick niemand sonst zu haben sei, würde Dora eben genügen müssen. Solange Dora bezahlt wurde, hatte er gesagt, würde sie immerhin fügsam sein, auch wenn man sicher keine Höflichkeit von ihr erwarten dürfe; was sich alles als richtig herausgestellt hat.

»Wo ist sie?« sagt Simon. Er hätte nicht *sie* sagen sollen, es klingt zu vertraut. *Mrs. Humphrey* wäre besser gewesen.

»Wird wohl auf dem Sofa liegen«, sagt Dora verächtlich. »So wie immer.«

Aber als Simon den Salon betritt – der ohne die meisten seiner Möbel unheimlich wirkt, obwohl einige der ursprünglichen Stücke geheimnisvollerweise wieder aufgetaucht sind –, steht Mrs. Humphrey am Kamin, einen Arm und eine Hand anmutig auf den weißen Sims gelegt. Die Hand mit dem Spitzentaschentuch. Er riecht Veilchenduft.

»Dr. Jordan«, sagt sie und wendet sich ihm zu. »Ich dachte, vielleicht hätten Sie Lust, heute abend mit mir zu speisen, als kleine Entschädigung für all die Mühe, die Sie meinetwegen hatten. Ich möchte nicht undankbar erscheinen. Dora hat ein wenig kaltes Huhn gemacht.« Sie spricht jedes Wort sehr sorgfältig aus, als sei das Ganze eine Rede, die sie auswendig gelernt hat.

Simon lehnt mit so viel Höflichkeit ab, wie er aufbringen

kann. Er bedankt sich herzlich, ist aber an diesem Abend leider schon anderweitig verabredet. Dies entspricht fast der Wahrheit: Er hat eine Einladung Miss Lydias halbwegs angenommen, sich einer Gesellschaft junger Leute anzuschließen, die im Hafen eine Ruderpartie machen wollen.

Mrs. Humphrey nimmt seine Ablehnung mit einem anmutigen Lächeln hin und sagt, daß sie es ein anderes Mal nachholen werden. Etwas in ihrer Körperhaltung – und in ihrer langsamen, bedächtigen Sprechweise – kommt ihm seltsam vor. Hat die Frau getrunken? Ihre Augen wirken starr, ihre Hände zittern leicht.

Oben öffnet er seine lederne Arzttasche. Alles scheint in Ordnung zu sein. Seine drei Fläschchen mit Laudanum sind an ihrem Platz: Keines davon ist leerer, als es sein sollte. Er entstöpselt sie, prüft den Inhalt: Eins der Fläschchen enthält praktisch nur noch Wasser. Sie hat seine Vorräte geplündert, weiß der Himmel, wie lange schon. Die nachmittäglichen Kopfschmerzen nehmen eine andere Bedeutung an. Er hätte es wissen müssen: Bei einem Mann wie dem ihren mußte man damit rechnen, daß sie sich irgendeine Krücke suchte. Wenn sie Geld hat, kauft sie sich das Mittel zweifellos selbst, denkt er, aber Geld war knapp, und er war achtlos. Er hätte sein Zimmer abschließen müssen, aber jetzt ist es zu spät, um damit anzufangen.

Natürlich ist es undenkbar, mit ihr über seine Entdeckung zu sprechen. Sie ist eine peinlich korrekte Frau. Sie des Diebstahls zu bezichtigen, wäre nicht nur brutal, sondern vulgär. Trotzdem fühlt er sich hereingelegt.

Er nimmt an der Ruderpartie teil. Die Nacht ist warm und still, der Mond scheint. Er trinkt ein wenig Champagner – es gibt nicht mehr –, sitzt mit Lydia im selben Boot und flirtet auf halbherzige Weise mit ihr. Sie wenigstens ist normal und gesund und dazu noch hübsch. Vielleicht sollte er ihr einen Antrag machen. Er glaubt, daß sie wahrscheinlich annehmen würde. Dann könnte er sie nach Hause schaffen, seine Mutter besänftigen, sie ihr übergeben und es den beiden Frauen überlassen, für sein Wohlergehen zu sorgen.

Es wäre eine Möglichkeit, seinem Schicksal eine andere Wendung zu geben oder sich selbst einen Strich durch die Rechnung zu machen oder allen Gefahren aus dem Weg zu gehen. Aber er wird es nicht tun; so faul ist er nicht, auch nicht so müde. Noch nicht.

X.

Das Fräulein vom See

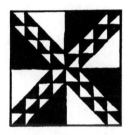

Dann fingen wir an, alle Wertsachen einzupacken, die wir finden konnten; wir gingen beide in den Keller hinunter; Mr. Kinnear lag im Weinkeller auf dem Rücken; ich hielt die Kerze; McDermott nahm die Schlüssel und etwas Geld aus seinen Taschen; über Nancy sagte er nichts; ich sah sie nicht, aber ich wußte, daß sie im Keller war, und gegen 11 Uhr schirrte McDermott das Pferd an; wir stellten die Kisten auf den Wagen und brachen nach Toronto auf; er sagte, wir würden in die Staaten gehen und er würde mich heiraten. Ich erklärte mich bereit, mit ihm zu gehen; gegen 5 Uhr trafen wir in Toronto ein und gingen ins City Hotel; weckten die Leute; frühstückten dort; ich schloß Nancys Kiste auf und zog einige ihrer Sachen an, und wir nahmen das 8-Uhr-Schiff und waren gegen 3 Uhr in Lewiston; gingen in ein Gasthaus; aßen dort am Abend am öffentlichen Tisch im Schankraum, und ich ging in einem Zimmer schlafen und McDermott in einem anderen; bevor ich zu Bett ging, sagte ich zu McDermott, ich würde in Lewiston bleiben und nicht weiter mit ihm gehen; er sagte, er würde mich zwingen, und gegen 5 Uhr morgens kam Bailiff Kingsmill und verhaftete uns und brachte uns zurück nach Toronto.

Geständnis von Grace Marks, Star and Transcript, Toronto, November 1843

Er trifft durch himmlisches Geschick
Die ihm bestimmte Maid; eine unsichtbare Hand
Enthüllt die Schönheit seinem Blick,
Die niemand außer ihm zu sehn verstand.
Die Wünsche, die in ihren Augen stehn,
Versteht nur er zu lesen,
Und um ihre frohen Schritte wehn
Die Winde aus dem Garten Eden ...

Coventry Patmore, Der Engel im Haus, 1854

38.

McDermott erzählte mir später, daß er, nachdem er mit dem Gewehr auf mich geschossen hatte und ich ohnmächtig geworden war, einen Eimer kaltes Wasser gepumpt und über mich geschüttet und mir etwas Wasser mit Pfefferminze zu trinken gegeben habe, und dann sei ich auf der Stelle wieder zu mir gekommen und so gut wie neu und recht guter Dinge gewesen, und ich hätte das Feuer angefacht und das Abendessen gemacht, das aus Schinken und Eiern bestand und Tee hinterher und einem Schluck Whisky, um unsere Nerven zu beruhigen; und wir hätten gutgelaunt gegessen und mit den Gläsern angestoßen und auf den Erfolg unserer Unternehmung getrunken. Aber ich kann mich an nichts davon erinnern. Ich hätte mich gewiß nicht so herzlos verhalten können, wo Mr. Kinnear tot im Keller lag, von Nancy gar nicht zu reden, die auch tot gewesen sein muß, obwohl ich nicht mit Sicherheit wußte, was aus ihr geworden war. Aber McDermott war ein großer Lügner.

Ich muß lange ohnmächtig gelegen haben, denn als ich aufwachte, wurde es schon dunkel. Ich lag auf dem Bett in meiner Kammer, und ich hatte meine Haube nicht auf, und meine Haare hatten sich gelöst und hingen mir wirr um die Schultern. Außerdem waren sie feucht, genau wie das Oberteil meines Kleides, und das muß von dem Wasser gekommen sein, das James über mich geschüttet hatte; also war wenigstens dieser Teil seiner Geschichte wahr. Ich lag auf dem Bett und versuchte, mich daran zu erinnern, was geschehen war, da ich nicht wußte, wie ich in das Zimmer gekommen war. James mußte mich hineingetragen haben, denn die Tür stand offen, und wenn ich selbst hineingegangen wäre, hätte ich sie abgeschlossen.

Eigentlich wollte ich aufstehen und die Tür verriegeln, aber mein Kopf schmerzte, und im Zimmer war es sehr heiß und stickig, und ich schlief wieder ein und muß mich wohl unruhig hin und her geworfen haben, denn als ich wach wurde, war das Bettzeug völlig zerwühlt, und die Decke war auf den Boden gerutscht. Dieses Mal wurde ich mit einem Ruck wach und setzte mich kerzengerade auf, und trotz der Hitze war ich in kalten Schweiß gebadet. Der Grund dafür war, daß ein Mann im Zimmer stand und auf mich herabsah. Es war James McDermott, und ich dachte, er sei gekommen, um mich im Schlaf zu erwürgen, nachdem er die anderen schon umgebracht hatte. Vor lauter Angst hatte ich einen ganz trockenen Hals und konnte kein Wort herausbringen.

Aber er erkundigte sich ganz freundlich, ob ich mich jetzt besser fühle, da ich mich eine Weile ausgeruht hätte; und ich fand meine Stimme wieder und sagte ja. Ich wußte, daß es ein Fehler gewesen wäre, zuviel Angst zu zeigen und die Fassung zu verlieren, denn dann hätte er gedacht, daß er mir nicht trauen und sich nicht darauf verlassen konnte, daß ich die Nerven behalten würde. Und er würde Angst bekommen, ich könnte zusammenbrechen und anfangen zu weinen oder zu schreien, wenn Leute in der Nähe waren, und alles verraten. Deshalb hatte er auch auf mich geschossen. Und wenn er das dachte, würde er sich meiner im Handumdrehen entledigen, statt mich als Zeugin am Leben zu lassen.

Er setzte sich auf die Bettkante und sagte, es sei jetzt Zeit, mein Versprechen einzulösen. Ich fragte, was für ein Versprechen, und er sagte, das wüßte ich ganz genau, ich hätte versprochen, mich ihm hinzugeben, wenn er dafür Nancy umbrachte.

Ich konnte mich nicht daran erinnern, etwas Derartiges gesagt zu haben, aber da ich jetzt davon überzeugt war, daß er verrückt war, dachte ich, er habe irgend etwas verdreht, was ich vielleicht tatsächlich gesagt hatte, etwas, was ganz unschuldig gemeint war, oder etwas, was jeder andere auch gesagt hätte; wie zum Beispiel, ich wollte, sie wäre tot, und daß ich alles

· *444* ·

dafür geben würde. Und Nancy war ja wirklich oft sehr grob zu mir gewesen. Trotzdem sind das alles nur Dinge, die Dienstboten ständig sagen, wenn ihre Herrschaft es nicht hören kann; denn wenn man ihnen nicht offen ins Gesicht widersprechen kann, muß man seine Gefühle eben auf andere Weise ausdrücken.

McDermott aber hatte das alles so verdreht, daß es etwas bedeutete, was ich nie beabsichtigt hatte, und jetzt wollte er, daß ich mich an eine Abmachung hielt, die ich nie getroffen hatte. Und er meinte es wirklich ernst, denn er legte eine Hand auf meine Schulter und drückte mich auf das Bett, und mit der anderen schob er meinen Rock hoch, und an seinem Geruch merkte ich, daß er wieder an Mr. Kinnears Whisky gewesen war, und zwar nicht zu sparsam.

Ich wußte, daß mir nichts anderes übrigblieb, als zu versuchen, ihn bei Laune zu halten. »Oh nein«, sagte ich lachend. »Nicht in diesem Bett, es ist zu schmal und überhaupt nicht bequem für zwei. Gehen wir lieber in ein anderes Bett.«

Zu meiner Überraschung hielt er das für eine wunderbare Idee und sagte, es würde ihm großen Spaß machen, in Mr. Kinnears Bett zu schlafen, wo Nancy so oft die Hure gespielt hätte. Und ich dachte für mich, wenn ich ihm erst einmal nachgegeben hätte, würde er mich auch für eine Hure halten, und dann wäre mein Leben in seinen Augen nicht mehr viel wert, und wahrscheinlich würde er mich mit der Axt erschlagen und in den Keller werfen, denn er hatte oft gesagt, eine Hure sei nur dazu gut, sich die schmutzigen Stiefel an ihr abzuwischen, indem man sie mit Tritten traktierte. Also plante ich, ihn so lange wie möglich hinzuhalten.

Er zog mich hoch, und wir zündeten die Kerze an, die in der Küche stand, und gingen die Treppe hinauf und in Mr. Kinnears Zimmer, das aufgeräumt war und das Bett ordentlich zugedeckt, weil ich es am Morgen selbst gemacht hatte. Und er schlug die Decke zurück und zog mich neben sich und sagte: »Kein Stroh für die Herrschaft, sondern feinste Gänsedaunen, kein Wunder, daß Nancy so gern in diesem Bett gelegen hat.«

Und einen Augenblick lang wirkte er fast ehrfürchtig, nicht wegen dem, was er getan hatte, sondern wegen der Großartigkeit des Betts, in dem er lag. Aber dann fing er an, mich zu küssen, und sagte: »Und jetzt ist es soweit, Mädchen«, und begann, mein Kleid aufzuknöpfen, und ich erinnerte mich daran, daß der Lohn der Sünde der Tod ist, und fühlte mich einer Ohnmacht nahe. Aber ich wußte, wenn ich jetzt ohnmächtig wurde, war ich bei dem Zustand, in dem er war, so gut wie tot.

Also brach ich in Tränen aus und sagte: »Nein, ich kann nicht, nicht hier, nicht im Bett eines toten Mannes, es ist nicht recht, wo er mausetot und stocksteif im Keller liegt.« Und ich begann zu schluchzen und zu weinen.

Darüber war er sehr verärgert und sagte, ich solle auf der Stelle mit dem Geheule aufhören, sonst würde er mir eine Ohrfeige geben, aber das tat er nicht. Immerhin hatte das, was ich gesagt hatte, seine Hitze abgekühlt, wie es in den Büchern immer heißt, und Mary Whitney hätte gesagt, er habe den Schürhaken verlegt. Denn in diesem Augenblick war Mr. Kinnear, tot wie er war, der steifere von den beiden Männern.

Er zog mich aus dem Bett und zerrte mich am Arm durch den Gang, und die ganze Zeit jammerte und heulte ich so laut ich konnte. »Wenn dieses Bett dir nicht gefällt«, sagte er, »mache ich es eben in dem von Nancy, weil du genauso eine Schlampe bist, wie sie es war.« Und ich sah, woher der Wind wehte, und dachte, mein letztes Stündlein hätte geschlagen, und jeden Augenblick rechnete ich damit, zu Boden geworfen und an den Haaren weitergeschleift zu werden.

Er riß die Tür auf und stieß mich ins Zimmer, das sehr unordentlich war, so wie Nancy es zurückgelassen hatte, denn ich hatte es noch nicht aufgeräumt, weil es keinen Grund und auch keine Zeit dafür gegeben hatte. Aber als er die Decke zurückschlug, war das Laken mit dunklem Blut bespritzt, und außerdem lag ein Buch im Bett, das ebenfalls blutbesudelt war. Bei diesem Anblick stieß ich einen Schrei aus; und auch McDermott hielt inne und sah auf das Bett herunter und sagte: »Das hab ich ganz vergessen.«

Ich fragte ihn, was um alles in der Welt das für ein Buch sei und was es da zu suchen habe. Und er sagte, es sei das Magazin, das Mr. Kinnear gelesen habe, und er habe es bei sich gehabt, als er in die Küche kam, wo McDermott ihn erschoß; und im Fallen habe er die Hände mit dem Buch vor die Brust geschlagen, und deshalb sei es blutig geworden. Und McDermott habe es in Nancys Bett geworfen, um es nicht mehr sehen zu müssen, aber auch, weil es dorthin gehörte, da es für sie aus der Stadt mitgebracht worden war, und auch weil Kinnears Blut auf Nancys Haupt kam, denn wenn sie keine so verdammte Hure und Hexe gewesen wäre, so wäre alles anders gekommen und Mr. Kinnear hätte nicht sterben müssen. Und deshalb sei es ein Zeichen. Und dabei bekreuzigte er sich, was das einzige Mal war, daß ich ihn etwas so Papistisches tun sah.

Ich hielt ihn inzwischen für so verrückt wie einen brünstigen Elch, wie Mary Whitney immer sagte; aber der Anblick des Buchs hatte ihn wieder nüchtern gemacht, und jeder Gedanke an das, was er hatte tun wollen, war nun vergessen. Ich hielt die Kerze tiefer und drehte das Buch mit spitzen Fingern um, und es war tatsächlich das Godey's Ladies' Book, das Mr. Kinnear vorhin mit soviel Vergnügen gelesen hatte. Und bei dieser Erinnerung wäre ich fast im Ernst in Tränen ausgebrochen.

Aber ich wußte nicht, wie lange McDermotts derzeitige Stimmung anhalten würde, deshalb sagte ich: »Es wird für Verwirrung sorgen. Wenn sie es finden, werden sie sich nicht vorstellen können, wie es hierhergekommen ist.« Und er sagte, ja, darüber würden sie sich sicher den Kopf zerbrechen; und er lachte ein hohles Lachen.

Dann sagte ich: »Wir sollten uns lieber beeilen, damit nicht jemand vorbeikommt, solange wir noch hier sind. Wir müssen uns sputen und die Sachen zusammenpacken, denn wir werden bei Nacht reisen müssen, sonst könnte uns jemand mit Mr. Kinnears Wagen auf der Straße sehen und merken, daß etwas nicht in Ordnung ist. Wir werden im Dunkeln lange brauchen, bis wir in Toronto sind. Und außerdem ist Charley sicher müde, weil er den Weg heute schon einmal gemacht hat.«

Und McDermott gab mir recht wie einer, der halb schläft; und wir fingen an, das Haus zu durchsuchen und Sachen zusammenzupacken. Ich wollte nicht viel mitnehmen, nur die leichtesten und wertvollsten Sachen wie Mr. Kinnears goldene Schnupftabaksdose und das Fernrohr und den Taschenkompaß und das goldene Federmesser und was immer wir an Geld finden würden, aber McDermott sagte, wer A sagt, muß auch B sagen, und wenn man schon gehängt wird, soll es sich wenigstens gelohnt haben; und zum Schluß plünderten wir das ganze Haus und nahmen das silberne Geschirr und die Kerzenleuchter und die Gabeln und Löffel, sogar die mit dem Familienwappen, weil McDermott sagte, man könne sie einschmelzen.

Ich warf einen Blick in Nancys Kiste und sah mir ihre Kleider an und dachte: »Kein Grund, sie verkommen zu lassen, die arme Nancy hat schließlich keine Verwendung mehr dafür.« Also nahm ich die Kiste und alles, was darin war, auch ihre Wintersachen, aber das Kleid, an dem sie genäht hatte, ließ ich liegen, weil es mich zu sehr an sie erinnerte und außerdem noch nicht fertig war, und ich hatte gehört, daß die Toten oft zurückkommen, um zu vollenden, was sie unfertig zurückgelassen haben, und ich wollte nicht, daß sie das Kleid vermißte und mir deswegen folgte. Denn inzwischen war ich mir so gut wie sicher, daß sie tot war.

Bevor wir gingen, machte ich noch Ordnung im Haus und wusch das Geschirr ab, die Teller vom Abendessen und alles; und ich machte Mr. Kinnears Bett und zog die Tagesdecke über das von Nancy, aber das Buch ließ ich darin liegen, weil ich Mr. Kinnears Blut nicht an meinen Händen haben wollte; und ich leerte Nancys Nachttopf aus, weil ich es nicht richtig fand, ihn einfach stehenzulassen, es wäre irgendwie nicht respektvoll gewesen. In der Zwischenzeit schirrte McDermott Charley an und lud die Kisten und die Reisetasche in den Wagen; aber einmal traf ich ihn dabei an, wie er draußen auf der Stufe saß und vor sich hinstarrte. Und da sagte ich, er solle sich zusammenreißen und sich wie ein Mann benehmen, denn ich wollte auf keinen Fall allein mit ihm in diesem Haus bleiben, vor allem nicht, wenn er wirklich den Verstand verloren hatte. Und als ich sagte, er solle sich wie ein Mann benehmen, hatte das Wirkung auf ihn, denn er schüttelte sich und stand auf und sagte, ich hätte recht.

Als letztes zog ich die Kleider aus, die ich an diesem Tag getragen hatte, und zog eins von Nancys Kleidern an, das helle mit dem weißen Untergrund und dem kleinen Blumenmuster, das sie an dem Tag angehabt hatte, an dem ich zu Mr. Kinnear gekommen war. Und ich zog ihren Unterrock mit dem Spitzenbesatz an, und meinen eigenen zweiten sauberen Unterrock, und Nancys Sommerschuhe aus hellem Leder, die ich so oft bewundert hatte, obwohl sie mir nicht sehr gut paßten. Dazu setzte ich ihre gute Haube auf und legte mir ihr leichtes Kaschmirtuch über den Arm, obwohl ich nicht glaubte, daß ich es brauchen würde, da die Nacht sehr warm war. Dann tupfte ich mir etwas Rosenwasser hinter die Ohren und auf die Handgelenke, aus der Flasche auf ihrem Frisiertisch; und der Duft war mir eine Art Trost.

Dann zog ich eine saubere Schürze an und schürte das Feuer im Herd der Sommerküche, in dem noch etwas Glut war, und verbrannte meine eigenen Kleider. Der Gedanke, sie je wieder tragen zu müssen, gefiel mir nicht, da sie mich an Dinge erinnern würden, die ich lieber vergessen wollte. Und vielleicht war es nur meine Einbildung, aber es stieg ein Geruch von ihnen auf wie nach verbranntem Fleisch, und es war, als würde ich meine schmutzig gewordene und abgeworfene Haut verbrennen.

Während ich noch mit diesen Dingen beschäftigt war, kam McDermott herein und sagte, er sei fertig, und ob ich endlich ausgetrödelt hätte. Ich sagte, ich könne mein großes weißes Halstuch nicht finden, das mit den blauen Blumen, und daß ich es brauchen würde, um meinen Hals vor der Sonne zu schützen, wenn wir am nächsten Tag mit der Fähre über den See fuhren. Da lachte er erstaunt auf und sagte, es sei unten im Keller und würde die Sonne von Nancys Hals fernhalten, was ich eigentlich wissen sollte, da ich es doch selbst festgezogen und

· 449 ·

den Knoten selbst gebunden hätte. Darüber war ich sehr erschrocken, wollte ihm aber nicht widersprechen, da es gefährlich ist, verrückten Leuten zu widersprechen. Und deshalb sagte ich, ich hätte es vergessen.

Es war fast elf Uhr, als wir endlich aufbrachen. Die Nacht war sehr schön, mit einem leichten Wind, der für Abkühlung sorgte, und nicht zu vielen Moskitos. Ein halber Mond stand am Himmel, und ich kann mich nicht erinnern, ob er zu- oder abnahm, und als wir zwischen den Ahornbäumen die Auffahrt hinunterfuhren, und dann am Obstgarten vorbei, sah ich mich noch einmal um und sah das Haus ganz friedlich und vom Mondlicht erhellt dastehen, als würde es leise glühen. Und ich dachte, wer würde bei diesem Anblick vermuten, was sich darin verbarg? Und dann seufzte ich und setzte mich für die lange Reise zurecht.

Wir fuhren langsam, obwohl Charley die Straße kannte, aber er wußte auch, daß McDermott nicht sein richtiger Kutscher war und daß etwas nicht stimmte, denn er blieb mehrere Male stehen und wollte nicht weitergehen und mußte mit der Peitsche dazu überredet werden. Aber als wir die ersten Meilen hinter uns gebracht hatten und an den Stellen vorbei waren, die er am besten kannte, gewöhnte er sich daran. Und so fuhren wir dahin, vorbei an Feldern, die ganz still und silbrig waren, und die Jägerzäune zogen sich daran entlang wie ein dunkler Zopf, und die Fledermäuse zuckten darüber hin, und dann kamen wir durch dunkleres Waldland, und einmal kreuzte eine Eule unseren Pfad, so fahl und weich wie ein Nachtfalter.

Zuerst hatte ich Angst, daß wir jemandem begegnen könnten, den wir kannten, und daß wir gefragt würden, wohin wir so heimlich unterwegs wären, aber wir begegneten keiner Menschenseele. Und James wurde kühner und fröhlicher und fing an, darüber zu reden, was wir alles machen würden, wenn wir erst in den Staaten waren, und daß er Mr. Kinnears Sachen verkaufen und eine kleine Farm kaufen würde, und dann wären wir unabhängig. Und wenn wir zu Anfang nicht genug

Geld hätten, könnten wir uns immer noch als Dienstboten verdingen und unseren Lohn sparen. Ich sagte dazu weder ja noch nein, da ich nicht die Absicht hatte, auch nur eine Minute länger bei ihm zu bleiben, wenn wir erst einmal sicher über den See und unter Menschen waren.

Nach einer Weile verstummte er, und nur noch das Geräusch von Charleys Hufen auf der Straße war zu hören und das Rascheln des leichten Windes. Ich dachte daran, vom Wagen zu springen und in den Wald zu laufen, aber ich wußte, daß ich nicht weit kommen würde, und selbst wenn, würde ich nur von den Bären und den Wölfen gefressen werden. Und ich dachte: Ich wandere im finsteren Tal, wie es in den Psalmen heißt, und ich versuchte, kein Unglück zu fürchten, aber das war sehr schwer, da das Unglück bei mir im Wagen war, wie eine Art Nebel. Also versuchte ich, an etwas anderes zu denken, und sah zum Himmel auf, der völlig wolkenlos und voller Sterne war; und er schien so nah zu sein, daß ich ihn hätte berühren können, und so zart, daß ich die Hand hätte hindurchstecken können, wie durch ein Spinnennetz voller Tautropfen.

Aber während ich hinsah, fing ein Teil davon an, sich zu runzeln wie die Haut auf gekochter Milch, bloß härter und spröder und kieselig wie ein dunkler Strand oder ein schwarzer Seidenkrepp. Und plötzlich war der Himmel nur noch eine dünne Fläche, wie Papier, und an einer Ecke fing er an zu schwelen, und dahinter lag eine kalte Schwärze. Und es war nicht der Himmel und auch nicht die Hölle, die ich da sah, sondern nur eine Leere, und diese Leere war beängstigender als alles, was ich mir denken konnte, und ich betete still zu Gott, mir meine Sünden zu vergeben. Aber was, wenn es gar keinen Gott gab, der mir meine Sünden vergeben konnte? Und ich dachte, was ich da sah, sei vielleicht die Finsternis, in die wir gestoßen werden, wo nur Heulen und Zähneklappern ist und es keinen Gott gibt. Und als ich das gedacht hatte, schloß der Himmel sich wieder wie Wasser, nachdem man einen Stein hineingeworfen hat, und war wieder glatt und ungebrochen und voller Sterne.

Die ganze Zeit aber sank der Mond immer tiefer, und der Wagen fuhr immer weiter, und allmählich wurde ich schläfrig, und die Nachtluft war kühl, und so zog ich Nancys Kaschmirtuch um die Schultern. Und ich muß wohl eingenickt sein und mich mit dem Kopf gegen McDermott gelehnt haben, denn das letzte, woran ich mich erinnere, ist das Gefühl, wie er das Tuch sorgsam um meine Schultern zurechtzog.

Als nächstes lag ich im Gras am Straßenrand flach auf dem Rücken, und ein schweres Gewicht drückte mich nieder, und eine Hand tastete unter meinen Unterröcken herum, und ich fing an, mich zu wehren und zu schreien. Da legte sich eine Hand über meinen Mund, und die Stimme von James sagte zornig, wieso ich so ein Geschrei machte, wollte ich vielleicht, daß wir entdeckt würden? Da wurde ich still, und er nahm seine Hand weg, und ich sagte, er solle sofort von mir herunter und mich aufstehen lassen.

Darüber war er sehr erbost, denn er behauptete, ich hätte ihn gebeten, den Wagen anzuhalten, damit ich absteigen und mich am Straßenrand erleichtern könne, und nachdem das getan war, hätte ich vor nicht zwei Minuten mein eigenes Tuch auf dem Boden ausgebreitet und ihn wie die läufige Hündin, die ich war, aufgefordert, sich zu mir zu legen, damit ich mein Versprechen einlösen könne.

Ich wußte, daß ich nichts dergleichen getan hatte, weil ich tief und fest geschlafen hatte, und ich sagte das auch. Und er sagte, er ließe sich von mir nicht länger zum Narren halten, und ich sei eine gottverdammte Schlampe und Hure, und die Hölle sei noch zu gut für mich, und ich hätte ihn angestiftet und verlockt und verleitet, seine Seele dem Untergang zu weihen. Ich fing an zu weinen, weil ich diese harten Worte nicht verdient hatte, und er sagte, meine Krokodilstränen würden mir dieses Mal nichts nützen, dafür hätte er sie schon zu oft gesehen, und er begann, an meinen Röcken zu zerren, und zog meinen Kopf an den Haaren nach unten, und da biß ich ihn so fest ich konnte ins Ohr.

Er brüllte wie ein Stier, und ich dachte, er würde mich auf

· 452 ·

der Stelle umbringen. Aber statt dessen ließ er mich los und stand auf und half mir sogar auf die Füße und sagte, ich sei doch ein gutes Mädchen, und er würde warten, bis er mich geheiratet hätte, weil es so besser sei und richtiger, und er habe mich nur auf die Probe stellen wollen. Dann sagte er, ich hätte verdammt scharfe Zähne, weil er nämlich blutete, und das schien ihm zu gefallen.

Ich war darüber sehr überrascht, sagte aber nichts, weil ich immer noch allein mit ihm auf einer leeren Straße war und noch viele Meilen vor uns lagen.

39.

*U*nd so fuhren wir weiter durch die Nacht, und endlich wurde der Himmel heller, und kurz nach fünf Uhr morgens kamen wir in Toronto an. McDermott sagte, wir würden ins City Hotel gehen und die Leute wecken und uns ein Frühstück machen lassen, da er am Verhungern sei. Ich sagte, das sei keine gute Idee, wir sollten lieber warten, bis mehr Leute auf den Straßen seien, denn wenn wir es so machten, wie er gesagt hatte, würden wir sehr auffallen, und dann würde man sich später an uns erinnern. Darauf sagte er, warum ich immer widersprechen müsse, das könne einen Mann in den Wahnsinn treiben, und er habe Geld in der Tasche, und dieses Geld sei so gut wie das von allen anderen auch, und wenn er ein Frühstück haben wolle und dafür bezahlen könne, würde er auch eines bekommen.

Es ist schon bemerkenswert, habe ich seitdem oft gedacht, sobald ein Mann ein paar Münzen in der Tasche hat, egal, wie er an sie herangekommen ist, glaubt er auf der Stelle, daß er ein Anrecht darauf hat und auf alles, was er damit kaufen kann, und er kommt sich vor wie ein König.

Also machten wir, was er gesagt hatte; nicht so sehr wegen des Frühstücks, wie ich inzwischen glaube, sondern weil er mir zeigen wollte, wer der Herr war. Wir bestellten Speck und Eier, und es war ganz erstaunlich zu sehen, wie er sich aufblies und aufplusterte und die Bedienung herumkommandierte und sagte, sein Ei sei nicht gut genug. Aber ich bekam kaum einen Bissen herunter vor lauter Sorge, weil er soviel Aufmerksamkeit auf sich zog.

Dann stellte sich heraus, daß die nächste Fähre in die Staaten erst um acht Uhr ging und wir noch gut zwei Stunden in

· 454 ·

Toronto warten mußten. Ich hielt das für sehr gefährlich, da Mr. Kinnears Pferd und Wagen einigen in der Stadt ganz bestimmt bekannt waren, wo er doch so oft hergekommen war. Also überredete ich McDermott dazu, den Wagen an der unauffälligsten Stelle stehenzulassen, die ich finden konnte, in einer kleinen Seitenstraße, obwohl er am liebsten damit herumgefahren wäre und sich wichtig gemacht hätte. Aber später stellte sich heraus, daß der Wagen trotz meiner Vorsichtsmaßnahmen bemerkt worden war.

Erst als die Sonne aufgegangen war, konnte ich mir McDermott im hellen Tageslicht richtig ansehen und merkte nun, daß er Mr. Kinnears Stiefel trug. Ich fragte ihn, ob er sie der Leiche ausgezogen hätte, als sie im Keller lag, und er sagte ja, und das Hemd sei auch von Mr. Kinnear, er hätte es aus dem Schrank in seinem Ankleidezimmer genommen, und es sei ein sehr schönes Hemd und von viel besserer Qualität als alle Hemden, die er selbst je besessen habe. Eigentlich habe er auch das Hemd nehmen wollen, das Mr. Kinnear anhatte, aber es sei voller Blut gewesen, und deshalb habe er es hinter die Tür geworfen. Ich war entsetzt und fragte ihn, wie er so etwas habe tun können, und er fragte, was ich damit sagen wolle, wo ich selbst schließlich Nancys Kleid und Nancys Haube anhätte. Ich sagte, das sei nicht dasselbe, und er sagte doch, und ich sagte, wenigstens hätte ich keiner Leiche die Stiefel weggenommen. Und er sagte, das sei überhaupt kein Unterschied, und immerhin habe er die Leiche nicht nackt herumliegen lassen wollen und ihr deshalb sein eigenes Hemd angezogen.

Ich fragte ihn, welches Hemd er Mr. Kinnear angezogen hatte, und er sagte, eins von denen, die er dem Hausierer abgekauft hatte. Ich war sehr beunruhigt und sagte: »Jetzt wird man Jeremiah die Schuld geben, weil man es zu ihm zurückverfolgen wird«, und daß mir das sehr leid tue, weil er ein Freund von mir sei.

McDermott sagte, seiner Meinung nach ein viel zu guter Freund; und ich fragte ihn, was er damit meinte. Und er sagte, Jeremiah habe mich auf eine Art angesehen, die ihm nicht ge-

· 455 ·

fallen habe, und wenn er verheiratet wäre, dürfte seine Frau auf keinen Fall mit einem jüdischen Hausierer befreundet sein und mit ihm an der Hintertür schwatzen und flirten, und wenn doch, könnte sie sich auf ein blaues Auge und auch sonst blaue Flecke gefaßt machen. Darüber war ich sehr aufgebracht und hätte fast gesagt, Jeremiah sei gar kein Jude, und selbst wenn, würde ich jederzeit lieber einen jüdischen Hausierer heiraten als ihn. Aber ich wußte, daß ein Streit für keinen von uns beiden gut gewesen wäre, vor allem dann nicht, wenn es auch zu Schlägen und Geschrei gekommen wäre. Also hielt ich den Mund, denn ich hatte den Plan, sicher und ohne Zwischenfall in die Staaten zu kommen und McDermott dann wegzulaufen und ihn ein für alle Mal loszuwerden.

Ich sagte, wir sollten uns beide umziehen, denn wenn jemand käme und sich nach uns erkundigte, würde sie das vielleicht von der Spur abbringen. Wir glaubten nicht, daß das vor Montag geschehen würde, weil wir nicht wußten, daß Mr. Kinnear für den Sonntag Freunde zum Abendessen eingeladen hatte. Und so zog ich mich im City Hotel um, und James zog eine leichte Sommerjacke von Mr. Kinnear an und sagte mit einem Feixen, ich sehe sehr elegant und genau wie eine feine Dame aus, mit meinem rosa Sonnenschirm und allem.

Dann ging er, um sich rasieren zu lassen, und dies war der Augenblick, wo ich hätte weglaufen können, um Hilfe zu holen. Aber er hatte mehrmals gesagt, wir müßten entweder zusammenhalten oder einzeln in unser Verderben gehen, und obwohl ich mich für unschuldig hielt, wußte ich, daß der Anschein gegen mich sprach. Und selbst wenn nur er gehängt würde und ich nicht, und obwohl ich nicht vorhatte, bei ihm zu bleiben, und Angst vor ihm hatte, wollte ich doch nicht diejenige sein, die ihn verriet. Ein Verrat hat immer etwas Verächtliches, und ich hatte gefühlt, wie sein Herz neben meinem schlug, und auch wenn es mir unerwünscht war, war es doch ein menschliches Herz, und ich wollte nicht dazu beitragen, es für immer zum Stillstand zu bringen, es sei denn, ich wäre dazu gezwungen. Und ich dachte auch, daß in der Bibel geschrieben

· 456 ·

steht, *Die Rache ist mein, spricht der Herr*. Deshalb hatte ich das
Gefühl, es stehe mir nicht zu, etwas so Schwerwiegendes wie
die Rache in die eigenen Hände zu nehmen, und deshalb wartete ich, bis er zurückkam.

Um acht Uhr waren wir an Bord des Dampfers *Transit*, mitsamt dem Wagen und Charley und den Kisten und allem, und
liefen aus dem Hafen aus, und ich war sehr erleichtert. Der Tag
war schön, und ein frischer Wind wehte, und die Sonne blitzte
auf den blauen Wellen. James war in einer sehr überschweng-
lichen Stimmung und sehr stolz auf sich selbst, und ich hatte
Angst, ihn aus den Augen zu lassen, weil ich fürchtete, er würde
dann herumlaufen und prahlen und mit seinen neuen Kleidern
protzen und Mr. Kinnears goldene Sachen herumzeigen. Aber
er war gleichermaßen darauf bedacht, mich nicht aus den Augen zu lassen, damit ich keinem erzählen konnte, was er getan
hatte, und klebte an mir wie ein Blutegel.

Wir fuhren auf dem Unterdeck, weil ich Charley, der sehr
nervös war, nicht allein lassen wollte. Ich vermutete, daß er
noch nie auf einem Dampfer gewesen war, und der Lärm der
Maschine und des Schaufelrads, das sich unaufhörlich drehte,
muß ihn sehr geängstigt haben. Deshalb blieb ich bei ihm und
fütterte ihn mit Salzgebäck, das er liebte. Ein junges Mädchen
und ein Pferd ziehen immer die Aufmerksamkeit von bewun-
dernden Burschen auf sich, die so tun, als würden sie sich für
das Pferd interessieren, und so war es auch jetzt, und ich
merkte, daß ich Fragen beantworten mußte.

James hatte gesagt, ich solle den Leuten erzählen, wir wären
Bruder und Schwester und unseren bösen Verwandten weggelaufen, mit denen wir uns gestritten hatten, und deshalb beschloß ich, mich Mary Whitney zu nennen, und sagte, sein
Name sei David Whitney, und wir seien auf dem Weg nach Rochester. Die jungen Burschen sahen keinen Grund, nicht mit
mir zu flirten, da James doch nur mein Bruder war, und ich
hielt es für das beste, ihre Aufmerksamkeiten freundlich aufzunehmen, obwohl das bei dem Prozeß sehr gegen mich ge-

wandt wurde und James mich damals mit ein paar finsteren Blicken bedachte. Aber ich versuchte nur, keinen Verdacht aufkommen zu lassen, weder bei ihnen noch bei ihm; und unter der Fröhlichkeit, die ich nach außen hin zeigte, war ich sehr bedrückt.

Das Schiff machte in Niagara Halt, aber nicht in der Nähe der Fälle, und deshalb bekam ich sie nicht zu sehen. James ging an Land und zwang mich, mit ihm zu kommen, und aß ein Beefsteak. Ich nahm keine Erfrischung zu mir, da ich die ganze Zeit, die wir uns dort aufhielten, sehr nervös war. Aber nichts passierte, und wir fuhren weiter.

Einer der jungen Burschen deutete auf einen Dampfer in der Ferne und sagte, das sei die *Fräulein vom See*, ein amerikanisches Schiff, das bis vor kurzem als das schnellste auf dem See gegolten hätte. Aber dann hätte es ein Wettrennen gegen das neue königliche Postschiff, die *Eclipse*, verloren, die viereinhalb Minuten schneller gewesen sei. Und ich fragte, ob er darauf nicht sehr stolz sei, und er sagte, nein, das sei er nicht, weil er einen Dollar auf die *Fräulein* gesetzt habe, und alle lachten.

Und dann wurde mir etwas klar, worüber ich mir schon öfter Gedanken gemacht hatte. Es gibt einen Quilt, der Fräulein vom See heißt, und ich hatte immer gedacht, er sei nach Mr. Scotts Gedicht benannt, obwohl ich in seinem Muster nie eine Dame finden konnte und auch keinen See. Jetzt aber sah ich, daß das Schiff nach dem Gedicht benannt war und der Quilt nach dem Schiff, weil es nämlich ein Windmühlenmuster war, das wahrscheinlich für das Schaufelrad stand. Und ich dachte, daß die Dinge tatsächlich einen Sinn ergaben, wenn man nur lange genug darüber nachdachte. Und vielleicht war es auch mit den jüngsten Ereignissen so, die mir im Augenblick so völlig sinnlos vorkamen; und vielleicht sollte die Tatsache, daß ich den Grund für das Quiltmuster herausgefunden hatte, eine Lehre für mich sein, den Glauben nicht zu verlieren.

Dann dachte ich daran, wie Mary Whitney das Gedicht mit mir gelesen hatte, und wie wir die langweilige Zeit der Werbung übersprungen hatten, um schneller zu den aufregenderen

Stellen zu kommen, und zu den Kämpfen; aber die Stelle, an die ich mich am besten erinnerte, war die mit der armen jungen Frau, die an ihrem Hochzeitstag aus der Kirche entführt wurde, geraubt zum Vergnügen eines Adelsherrn, und die deswegen den Verstand verlor und in der Gegend herumwanderte und wilde Blumen pflückte und vor sich hinsang. Und ich dachte, daß auch ich in gewisser Weise entführt worden war, wenn auch nicht an meinem Hochzeitstag, und ich fürchtete, daß ich genauso enden würde.

Inzwischen waren wir fast in Lewiston angekommen. James hatte an Bord des Schiffes versucht, das Pferd und den Wagen zu verkaufen, obwohl ich sehr dagegen gewesen war, aber er verlangte einen viel zu niedrigen Preis, was Verdacht erregte. Und weil er das Gespann zum Verkauf angeboten hatte, verlangte der Zollbeamte in Lewiston Zoll dafür, und als wir das Geld nicht hatten, ließ er es nicht passieren. Zuerst war James sehr ärgerlich darüber, aber dann tat er es als unwichtig ab und sagte, wir würden einfach einen Teil von Mr. Kinnears Wertsachen verkaufen und am nächsten Tag zurückkommen, um das Gespann zu holen. Aber ich war deswegen sehr nervös, weil es bedeutete, daß wir die Nacht in Lewiston verbringen mußten; und obwohl wir jetzt in den Vereinigten Staaten waren und uns eigentlich sicher fühlen konnten, da es doch ein anderes Land war, hatte das die Sklavenhändler aus den Staaten nie daran gehindert, umgekehrt entlaufene Sklaven zurückzuholen, von denen sie behaupteten, sie gehörten ihnen; und alles in allem waren wir für meinen Geschmack noch viel zu nah an der Grenze.

Ich versuchte, James das Versprechen abzunehmen, Charley nicht zu verkaufen, und sagte, mit dem Wagen könne er meinetwegen machen, was er wolle. Aber er sagte, zum Teufel mit dem verdammten Pferd, und ich glaube, er war eifersüchtig auf das arme Tier, weil ich es so gern hatte.

Die Landschaft in den Vereinigten Staaten war ähnlich wie die, die wir gerade verlassen hatten, aber es war trotzdem ein anderes Land, da die Flaggen anders waren. Ich erinnerte mich daran, was Jeremiah mir über Grenzen erzählt hatte, und wie einfach es war, sie zu überqueren. Der Tag, an dem er das gesagt hatte, in der Küche im Haus von Mr. Kinnear, schien sehr lange her zu sein und zu einem ganz anderen Leben zu gehören; aber in Wahrheit war seitdem nicht einmal eine Woche vergangen.

Wir gingen ins nächste Gasthaus, das keineswegs ein Hotel war, wie es später in der Zeitung hieß, sondern nur eine billige Schenke am Hafen. Dort trank James in sehr kurzer Zeit sehr viel mehr Bier und Brandy, als gut für ihn war, und dann aßen wir zu Abend, und er trank noch mehr. Als es dann Zeit war, zu Bett zu gehen, wollte er, daß wir uns als Mann und Frau ausgaben und ein gemeinsames Zimmer nahmen, weil, wie er sagte, die Kosten dann nur halb so hoch wären. Aber ich wußte genau, was er im Schilde führte, und sagte, da wir uns auf dem Boot als Bruder und Schwester ausgegeben hätten, könnten wir jetzt nicht etwas anderes sagen, falls jemand sich an uns erinnerte. Und so bekam er ein Zimmer zusammen mit einem anderen Mann, und ich bekam eins für mich allein.

Aber er versuchte, sich in mein Zimmer zu drängen, und sagte, wir würden doch ohnehin bald heiraten. Darauf sagte ich, das würden wir nicht, eher würde ich den leibhaftigen Teufel heiraten als ihn, worauf er sagte, dann würde er mich jetzt zwingen, mein Versprechen trotzdem einzulösen. Ich sagte, dann würde ich schreien, was in einem Haus voller Leute etwas völlig anderes sei als in einem Haus mit nur zwei Leichen darin, und er sagte, ich solle verdammt noch mal den Mund halten, und nannte mich eine Schlampe und eine Hure. Ich sagte, er solle sich ein paar neue Ausdrücke einfallen lassen, weil ich diese von Herzen leid sei, und er ging sehr böse davon.

Ich beschloß, sehr früh aufzustehen und mich anzuziehen und mich dann heimlich davonzustehlen. Denn wenn er mich doch zwingen sollte, ihn zu heiraten, wäre ich im Handumdrehen tot und begraben, denn wenn er mir jetzt schon nicht traute, würde er es später noch weniger tun. Und wenn er mich erst einmal in einem Farmhaus hatte, in einer fremden Umgebung und ohne Freunde oder Bekannte, wäre mein Leben keinen Pfifferling mehr wert, und ich würde einen Schlag auf den Kopf bekommen und dann sechs Fuß tief im Küchengarten vergraben werden, und ich würde mir die Kartoffeln und die Möhren viel früher, als mir lieb war, von unten besehen können.

Zum Glück war ein Riegel an der Tür, und so verriegelte ich sie. Dann zog ich mich bis auf das Unterkleid aus und faltete alle meine Sachen ordentlich über die Stuhllehne, wie ich es in dem kleinen Zimmer im Haus von Mrs. Parkinson, in dem ich mit Mary zusammen schlief, immer getan hatte. Dann blies ich die Kerze aus und kroch zwischen die Laken, die wie durch ein Wunder fast sauber waren, und machte die Augen zu.

Auf der Innenseite meiner Augenlider konnte ich Wasser sehen, das sich bewegte. Ich sah die blauen Wellenberge, als wir über den See fuhren, und das Licht, das auf ihnen spielte, bloß daß die Wellen viel größer und dunkler waren, und es waren die Wogen des Ozeans, über den ich vor drei Jahren gekommen war, obwohl es mir wie ein Jahrhundert vorkam. Ich fragte mich, was aus mir werden sollte, und tröstete mich mit dem Gedanken, daß ich in hundert Jahren tot wäre und friedlich in meinem Grab liegen würde, und dachte mir, vielleicht wäre es sogar einfacher, schon bedeutend früher darin zu liegen.

Aber die Wellen bewegten sich immer weiter, und einen Augenblick lang wurden sie vom weißen Kielwasser eines Schiffs durchzogen, und dann schloß das Wasser sich wieder. Und es war, als würden all meine Fußspuren hinter mir ausgelöscht – die, die ich als Kind auf den Stränden und Pfaden des Landes hinterlassen hatte, aus dem wir fortgegangen waren, und auch die, die ich auf dieser Seite des Ozeans gemacht hatte, seit ich hierhergekommen war. Alle Spuren, die ich je hinterlassen hatte, wurden geglättet und weggewischt, als wären sie nie gewesen, so wie man den schwarzen Belag vom Silber wegpoliert oder mit der Hand über trockenen Sand fährt.

An der Schwelle des Schlafes dachte ich: Es ist, als hätte es mich nie gegeben, weil keine Spur von mir bleibt. Ich habe keine Spuren hinterlassen, und deshalb kann niemand mir folgen.

Es ist fast dasselbe wie unschuldig sein.

Dann schlief ich.

40.

Und das träumte ich, als ich zwischen den fast sauberen Laken des Gasthauses in Lewiston schlief: Ich ging die Auffahrt zum Haus von Mr. Kinnear hinauf, zwischen den Reihen der Ahornbäume, die rechts und links davon standen. Ich sah alles zum ersten Mal, obwohl ich gleichzeitig wußte, daß ich schon einmal hier gewesen war, wie es in Träumen oft der Fall ist. Und ich dachte: Ich wüßte gern, wer in diesem Haus lebt.

Dann wußte ich, daß ich nicht allein auf der Auffahrt war. Mr. Kinnear ging hinter mir, ein Stück links von mir. Er war da, um dafür zu sorgen, daß mir nichts zustieß. Dann ging die Lampe im Fenster des Salons an, und ich wußte, daß Nancy da war und darauf wartete, mich nach meiner Reise willkommen zu heißen; denn ich war auf einer Reise gewesen, das wußte ich genau, und ich war lange fort gewesen. Bloß war es nicht Nancy, sondern Mary Whitney, die auf mich wartete; und ich war so glücklich, daß ich sie wiedersah, gesund und lachend, so wie es früher gewesen war. Ich sah, wie schön das Haus war, ganz weiß, mit den Säulen davor und den weißen Pfingstrosen, die neben der Veranda blühten und in der Dämmerung schimmerten, während das Lampenlicht das Fenster erhellte.

Und ich sehnte mich danach, dort zu sein, obwohl ich es im Traum schon war. Ich hatte Sehnsucht nach diesem Haus, weil es mein wahres Zuhause war. Und dann wurde die Lampe im Haus heruntergedreht, und das Haus wurde dunkel, und ich sah, daß die Glühwürmchen überall blinkten, und die Blumen auf den Feldern um mich herum dufteten, und die warme, feuchte Luft des Sommerabends strich zärtlich über mein Gesicht. Und eine Hand schmiegte sich in meine.

Genau da klopfte es an der Tür.

XI.

Fallende Stämme

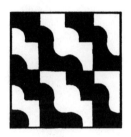

Statt Anzeichen der unterbrochenen Nachtruhe und eines schuldigen Gewissens zu zeigen, wirkt das Mädchen ganz ruhig. Ihre Augen sind so hell und klar, als hätte sie tief und ungestört geschlafen – ihre einzige Sorge scheint die zu sein, einen Teil ihrer Kleider geschickt zu bekommen, und vor allem ihre Kiste. An Kleidern besaß sie nie sehr viel – gegenwärtig trägt sie ein Gewand der ermordeten Frau, und die Kiste, nach der sie verlangt, gehört demselben unglücklichen Opfer.

Chronicle and Gazette, Kingston, 12. August 1843

»Aber obwohl ich meine Schlechtigkeit unter bitteren Tränen bereut habe, hat es Gott gefallen, mir nie wieder einen Augenblick des Friedens zu bescheiden. Seit ich Macdermot geholfen habe, [Nancy] Montgomery zu erdrosseln, haben ihr schreckliches Gesicht und ihre blutunterlaufenen Augen mir keinen Moment der Ruhe gegönnt. Sie starren mich Tag und Nacht an, und wenn ich voller Verzweiflung die Augen schließe, sehe ich, wie sie in meine Seele hineinblicken – es ist unmöglich, ihnen zu entfliehen ... Bei Nacht, in der Stille und Einsamkeit meiner Zelle, machen diese glühenden Augen mein Gefängnis taghell. Nein, nicht taghell – sie haben ein schreckliches, heißes Gleißen, das nicht von dieser Welt zu sein scheint ...«

Grace Marks, zu Kenneth MacKenzie, wiedergegeben von Susanna Moodie in
Life in the Clearings, 1853

Es war nicht Liebe, obgleich ihre üppige Schönheit ihn rasend machte, auch nicht Entsetzen, selbst wenn er glaubte, daß ihr Geist von derselben verderblichen Essenz durchsetzt sei, die auch ihren Leib zu durchdringen schien, sondern ein wilder Trieb der Liebe und des Entsetzens, der beiden entstammte und wie die eine brannte und wie das andere erschauerte ... Gesegnet seien alle einfachen Gefühle, ob sie nun dunkel oder hell sind! Die unziemliche Mischung aus beiden ist es, welche die flackernde Lohe der höllischen Regionen hervorbringt.

Nathaniel Hawthorne, »Rappaccinis Tochter«, 1844

41.

An Dr. Simon Jordan, per Adresse Major C. D. Humphrey, Lower Union Street, Kingston, Westkanada
Von Mrs. William P. Jordan, Laburnum House, Loomisville, Massachusetts, Vereinigte Staaten von Amerika.

3. August 1859

Mein liebster Sohn!

Ich bin in allergrößter Sorge, da ich seit so langer Zeit nichts von Dir gehört habe. Bitte schreib wenigstens ein paar Zeilen, um mich wissen zu lassen, daß Dir kein Unglück widerfahren ist. In diesen schlimmen Tagen, in denen ein verhängnisvoller Krieg immer näher heranrückt, geht die größte Hoffnung einer Mutter dahin, ihre Lieben, von denen Du mir als einziger geblieben bist, sicher und wohlbehalten zu wissen. Vielleicht wäre es am besten, Du bliebest in jenem Land, um das Unvermeidliche zu umgehen; aber es ist nur das schwache Herz einer Mutter, das Dich dazu drängt, obwohl es Dir nicht guten Gewissens zur Feigheit raten darf, wenn so viele andere Mütter bereit sind, sich dem zu stellen, was das Schicksal für sie bereithalten mag.

Ich sehne mich so sehr danach, Dein geliebtes Gesicht noch einmal zu sehen, lieber Sohn. Der leichte Husten, der mich seit dem Tag Deiner Geburt plagt, ist in letzter Zeit schlimmer geworden und an den Abenden recht heftig, und jeden Tag, den Du nicht bei uns bist, leide ich Qualen der Angst, daß ich plötzlich abberufen werden könnte, vielleicht in der Mitte der Nacht, ohne die Gelegenheit gehabt zu haben, mich ein letztes Mal zärtlich von Dir zu verabschieden und Dir den letzten Segen einer Mutter zuteil werden zu lassen. Sollte ein Krieg vermieden werden können, worauf wir alle hoffen müssen, wünsche ich mir nichts sehnlicher, als Dich vor diesem unvermeidlichen Datum gut versorgt zu sehen, mit einem eigenen Heim. Aber laß Dich von meinen zweifellos müßigen Ängsten und Vorstellungen nicht von Deinen Studien und Forschungen und Wahnsinnigen abbringen oder von was immer Du sonst tun magst, da dieses, wie ich gewiß bin, sehr wichtig ist.

Ich hoffe, Du nimmst nahrhafte Mahlzeiten zu Dir und achtest darauf, bei Kräften zu bleiben. Es gibt keinen größeren Segen als eine gesunde Konstitution, und wenn man diese nicht geerbt hat, muß man noch größere Sorge walten lassen. Mrs. Cartwright sagt, daß sie sehr dankbar ist, daß ihre Tochter noch keinen einzigen Tag in ihrem Leben krank war und so robust ist wie ein Pferd. Ein gesunder Geist in einem gesunden Körper wäre das beste Erbe überhaupt, das man seinen Kindern hinterlassen kann, aber Deiner armen Mutter war es leider Gottes nicht vergönnt, ihrem geliebten Jungen dieses Geschenk zu machen, obwohl es nicht am guten Willen mangelte. Doch wir alle müssen uns mit dem Schicksal zufriedengeben, das die Vorsehung uns auferlegt hat.

Maureen und Samantha, die treuen Seelen, schicken Dir ihre Grüße und ihre besten Wünsche und lassen sich Dir in Erinnerung rufen. Samantha sagt, ihre Erdbeermarmelade, die Du als Junge so geliebt hast, ist so gut wie eh und je, und daß Du schnell zurückkommen sollst, um sie noch einmal zu kosten, bevor sie selbst »über den Fluß geht«, wie sie sich ausdrückt. Meine arme Maureen, die vielleicht bald genauso gebrechlich sein wird wie Deine Mutter, sagt, sie kann keinen Löffel davon essen, ohne an Dich zu denken und sich an glücklichere Zeiten zu erinnern. Beide freuen sich sehr darauf, Dein liebes Gesicht wiederzusehen, wie auch, nur tausendfach mehr,

Deine Dich immer liebende und Dir ergebene
Mutter

42.

Simon befindet sich wieder in dem Korridor im Dachge-schoß, wo die Dienstmädchen schlafen. Er spürt, daß sie hinter ihren geschlossenen Türen warten und lauschen, während ihre Augen im Halbdunkel schimmern, aber sie geben keinen Laut von sich. Seine Füße in den klobigen Schuljungen-stiefeln hallen hohl auf den Brettern wider. Es müßte hier oben einen Teppich oder Läufer geben. So wird jeder im Haus ihn hören können.

Er öffnet eine beliebige Tür in der Hoffnung, dahinter auf Alice zu treffen, oder hieß sie Effie? Aber plötzlich ist er im Guy's Hospital. Er kann ihn riechen, fast schmecken – jenen in-tensiven, schweren Geruch nach feuchten Steinen, feuchter Wolle, schlechtem Atem und faulendem menschlichen Fleisch. Es ist der Geruch von Prüfung und Mißbilligung: Er muß sich einem Examen unterziehen. Vor ihm steht ein mit einem La-ken zugedeckter Tisch: Er muß eine Sektion vornehmen, ob-wohl er noch Student ist, er hat es noch nicht gelernt, er weiß nicht, wie das geht. Der Raum ist leer, aber er weiß, daß er beobachtet wird – von jenen, die ein Urteil über ihn fällen wer-den.

Unter dem Laken liegt eine Frau: er erkennt es an den Kon-turen. Er hofft, daß sie nicht zu alt ist, da dies aus irgendwelchen Gründen noch schlimmer wäre. Eine arme Frau, gestorben an irgendeiner Krankheit. Niemand weiß, wo sie die Leichen her-bekommen; das heißt, niemand weiß es mit Sicherheit. Sie werden bei Mondlicht aus ihren Gräbern gezerrt, lautet ein Witz unter den Studenten. Nein, nicht bei Mondlicht, du Dummkopf. Bei den Haaren!

Schritt für Schritt nähert er sich dem Tisch. Hat er seine Instrumente bereit? Ja, hier ist der Kerzenständer; aber er hat keine Schuhe an, und seine Füße sind naß. Er muß erst das Laken abheben, dann ihre Haut, wer immer sie ist oder war, Schicht für Schicht. Er muß das gummiartige Fleisch zurückschlagen, sie schälen, sie ausnehmen wie einen Dorsch. Er zittert vor Entsetzen. Sie wird kalt sein, starr, unbeweglich. Sie bewahren sie auf Eis auf.

Aber unter dem Laken befindet sich ein weiteres Laken, und darunter noch eins. Es sieht aus wie ein weißer Musselinvorhang. Dann kommt ein schwarzer Schleier, und dann – ist es möglich? – ein Unterrock. Die Frau muß irgendwo darunter sein; panisch wühlt er in den Stoffschichten herum. Aber nein. Das letzte Laken ist ein Bettlaken, und darunter ist nichts als ein Bett. Ein Bett, und der Umriß von jemand, der darauf gelegen hat. Es ist noch warm.

Er versagt kläglich, versagt in seinem Examen, und dazu noch so öffentlich. Aber das ist ihm jetzt egal. Plötzlich ist es, als hätte man ihm einen Aufschub gewährt. Alles wird in Ordnung kommen, jemand wird sich um ihn kümmern. Vor der Tür – dieselbe, durch die er hereingekommen ist – liegt ein grüner Rasen, durch den ein Bach fließt. Das Plätschern des Wassers ist sehr beruhigend. Ein schnelles Einatmen, ein Duft nach Erdbeeren, und eine Hand berührt seine Schulter.

Er wird wach, oder träumt, daß er wach wird. Aber er weiß, daß er noch schlafen muß, weil Grace Marks sich in der stickigen Dunkelheit über ihn beugt. Ihre Haare sind offen und streichen über sein Gesicht. Er ist nicht überrascht, noch fragt er, wie es ihr gelungen ist, aus der Gefängniszelle hierherzukommen. Er zieht sie zu sich herunter aufs Bett – sie trägt nur ein Nachthemd –, wirft sich auf sie und dringt mit einem Stöhnen der Lust und ohne alle Umstände in sie ein, denn in Träumen ist alles erlaubt. Sein Rückgrat läßt ihn zucken wie einen Fisch an der Angel und gibt ihn dann frei. Er schnappt nach Luft.

Erst dann erkennt er, daß er gar nicht träumt – wenigstens nicht die Frau. Sie ist wirklich und leibhaftig hier, liegt reglos neben ihm in dem plötzlich viel zu stillen Bett, die Arme an den Seiten wie ein Standbild; aber es ist nicht Grace Marks. Unmöglich, ihre Magerkeit jetzt noch zu verkennen, die Rippen, die wie die eines Vogels sind, den Geruch nach angesengtem Leinen und Kampfer und Veilchen. Den Opiumgeschmack ihres Mundes. Es ist seine dünne Vermieterin, deren Vornamen er nicht einmal kennt. Als er in sie eindrang, gab sie keinen Laut von sich, weder einen des Protests noch einen des Genusses. Atmet sie überhaupt?

Zögernd küßt er sie noch einmal und noch einmal: kleine Küsse. Es ist eine Alternative dazu, ihren Puls zu fühlen. Er arbeitet sich um sie herum, bis er die Vene in ihrem Hals findet – sie pocht. Ihre Haut ist warm, ein wenig klebrig, wie Sirup; die Haare hinter ihren Ohren riechen nach Bienenwachs.

Sie ist also nicht tot.

Oh nein, denkt er. Was jetzt? Was habe ich getan?

43.

Dr. Jordan ist nach Toronto gefahren. Ich weiß nicht, wie lange er weg sein wird, hoffentlich nicht allzu lange, da ich mich an ihn gewöhnt habe und fürchte, daß er, wenn er weggeht, was er früher oder später unweigerlich tun wird, eine traurige Leere in meinem Herzen hinterlassen wird.

Was soll ich ihm sagen, wenn er zurückkommt? Er wird alles über meine Verhaftung wissen wollen, und über den Prozeß, und was dort gesagt wurde. Ein Teil davon ist in meinem Kopf durcheinandergeraten, aber ich könnte dies oder jenes für ihn aus dem Durcheinander herauspicken, ein paar noch brauchbare Stückchen für ihn finden, es wäre so, als ob man im Flickenbeutel nach etwas kramte, was ein bißchen Farbe in den Stoff bringen soll.

Ich könnte folgendes sagen:

Nun, Sir, zuerst wurde ich verhaftet, und dann James. Er lag noch schlafend in seinem Bett, und als sie ihn weckten, versuchte er als erstes, alle Schuld auf Nancy zu schieben. »Wenn ihr Nancy findet, werdet ihr alles wissen«, hat er gesagt. »Es war ihre Schuld.« Ich fand das sehr dumm von ihm, denn obwohl sie noch nicht gefunden worden war, würden sie sie früher oder später finden, allein schon weil sie riechen würde; und tatsächlich wurde sie gleich am nächsten Tag entdeckt. James versuchte so zu tun, als wisse er nicht, wo sie war, und schon gar nicht, daß sie tot war; aber es wäre besser gewesen, er hätte ganz den Mund gehalten.

Es war noch früh am Morgen, als sie uns verhafteten, und sie hatten es sehr eilig, uns aus dem Gasthaus zu schaffen. Ich glaube, sie hatten Angst, die Männer dort könnten versuchen,

· 474 ·

sie aufzuhalten, sich ihnen in den Weg zu stellen und uns zu retten, was sie vielleicht getan hätten, wenn McDermott auf die Idee gekommen wäre zu rufen, er wäre ein Revolutionär oder ein Republikaner oder etwas Ähnliches, und er habe seine Rechte und nieder mit den Briten; denn damals gab es noch beträchtliche Gefühle für Mr. William Lyon Mackenzie und die Rebellion, und es gab sogar Leute in den Staaten, die in Kanada einmarschieren wollten. Und außerdem hatten die Männer, die uns verhafteten, gar nicht wirklich die Befugnis dazu. Aber McDermott war zu eingeschüchtert, um zu protestieren, oder es fehlte ihm die Geistesgegenwart, und als sie uns dann bis zum Zoll gebracht und gesagt hatten, wir würden des Mordes verdächtigt, durften wir passieren und ohne weitere Umstände in See stechen.

Ich war sehr niedergeschlagen, als wir über den See zurückfuhren, obwohl das Wetter schön war und die Wellen nicht besonders hoch; aber ich redete mir selbst Mut zu, indem ich mir sagte, daß die Gerechtigkeit nicht zulassen würde, daß ich für etwas gehängt wurde, was ich nicht getan hatte, und daß ich die Geschichte nur so erzählen mußte, wie sie sich zugetragen hatte, oder wenigstens den Teil davon, an den ich mich erinnern konnte. Die Chancen von McDermott schätzte ich dagegen nicht sehr hoch ein; aber er leugnete immer noch alles ab und sagte, wir hätten Mr. Kinnears Sachen nur deshalb bei uns, weil Nancy sich geweigert hätte, uns unseren Lohn zu bezahlen, und da hätten wir uns eben selbst bezahlt. Er sagte, wenn irgend jemand Kinnear umgebracht habe, dann aller Wahrscheinlichkeit nach ein Landstreicher, und überhaupt habe sich ein verdächtig aussehender Mann dort herumgetrieben und behauptet, ein Hausierer zu sein, und er habe ihm Hemden verkauft; und den sollten sie suchen und nicht einem ehrlichen Mann wie ihm selbst nachstellen, dessen einziges Verbrechen darin bestehe, daß er versucht habe, sein Los durch harte Arbeit und Auswanderung zu verbessern. Er konnte zwar lügen, aber nicht sehr gut, und niemand glaubte ihm, und deshalb hätte er genausogut den Mund halten können, und ich fand es sehr falsch von ihm, Sir, daß er versuchte, den Mord auf meinen alten Freund Jeremiah zu schieben, der, soweit ich wußte, noch nie im Leben etwas Derartiges getan hatte.

Sie brachten uns ins Gefängnis von Toronto und sperrten uns in Zellen ein wie Tiere in einen Käfig, aber nicht so nah beieinander, daß wir miteinander sprechen konnten; und dann verhörten sie uns getrennt voneinander. Sie stellten mir viele Fragen, und ich hatte große Angst und wußte nicht, was ich sagen sollte. Ich hatte damals noch keinen Anwalt, da Mr. MacKenzie erst viel später dazukam. Ich bat um meine Kiste, wegen der die Zeitungen soviel Aufhebens machten, und sie machten sich lustig über mich, weil ich sie als meine eigene bezeichnet hatte und weil ich so gut wie keine eigenen Kleider hatte. Aber obwohl es stimmte, daß die Kiste und die Kleider darin Nancy gehört hatten, gehörten sie ihr jetzt nicht mehr, weil die Toten keine Verwendung für solche Dinge haben.

Sie legten mir auch zur Last, daß ich zuerst ruhig und zuversichtlich gewesen war und meine Augen hell und klar gewirkt hatten, was sie als Gefühllosigkeit deuteten; aber wenn ich geweint und gejammert hätte, hätten sie gesagt, das sei ein Beweis für meine Schuld; denn sie hatten schon entschieden, daß ich schuldig war, und wenn die Leute erst einmal für sich beschlossen haben, daß man ein Verbrechen begangen hat, wird alles, was man tut, als Beweis dafür genommen. Ich hätte mich nicht einmal kratzen oder mir die Nase putzen können, ohne daß die Zeitungen darüber geschrieben und abfällige Bemerkungen gemacht hätten, alles in hochtrabenden Sätzen. Um diese Zeit herum fingen sie auch an, mich als McDermotts Geliebte zu bezeichnen und als seine Komplizin; und sie schrieben, ich müsse ihm geholfen haben, Nancy zu erwürgen, da dazu zwei Personen nötig gewesen wären. Zeitungsreporter glauben immer gern das Schlimmste, weil sie dann mehr Zeitungen verkaufen können, wie einer von ihnen selbst zu mir sagte; denn sogar aufrichtige und ehrbare Leute lieben es, Schlechtes über andere zu lesen.

Das nächste, Sir, war die amtliche Untersuchung der Todesursache, die sehr bald, nachdem wir zurückgebracht worden waren, abgehalten wurde. Sie sollte entscheiden, wie Nancy und Mr. Kinnear gestorben waren, ob durch Unfall oder durch Mord, und dafür mußte ich vor Gericht befragt werden. Inzwischen war ich völlig verängstigt, weil ich sehen konnte, daß alle gegen mich waren, und die Gefängniswärter machten gehässige Witze, wenn sie mir mein Essen brachten, und sagten, wenn ich gehängt würde, dann hoffentlich an einem schön hohen Galgen, weil sie meine Waden dann besser sehen könnten. Und einer von ihnen versuchte, sich meine Lage zunutze zu machen und sagte, ich solle es einfach genießen, solange ich noch Gelegenheit dazu hätte, weil ich dort, wo ich hinkäme, nie mehr einen so flotten Liebhaber wie ihn zwischen die Knie bekommen würde. Ich sagte, er solle seine dreckigen Finger gefälligst von mir lassen, aber es wäre sicher trotzdem zum Schlimmsten gekommen, wenn der andere Wärter nicht zufällig vorbeigekommen wäre und gesagt hätte, man habe mir noch nicht den Prozeß gemacht, und erst recht sei ich noch nicht verurteilt, und wenn der erste Wärter Wert auf seine Stellung lege, solle er lieber einen Bogen um mich machen. Was er dann auch größtenteils tat.

Ja, das werde ich Dr. Jordan erzählen, weil er solche Dinge am liebsten hört und sie immer aufschreibt.

Nun, Sir, ich will fortfahren – der Tag der amtlichen Untersuchung kam, und ich gab mir alle Mühe, sauber und ordentlich auszusehen, weil ich wußte, wie sehr die äußere Erscheinung zählt, denn wenn man sich um eine neue Stellung bewirbt, gucken sie sich immer zuerst die Handgelenke und die Manschetten an, um zu sehen, ob man ein reinlicher Mensch ist; und in den Zeitungen sagten sie auch tatsächlich, ich sei anständig angezogen gewesen.

Die Untersuchung fand im Rathaus statt, und viele Magistratsherren waren anwesend, und alle starrten mich mit gerunzelter Stirn an. Und eine riesige Menge Zuschauer war da und Leute von der Presse, die drängelten und schubsten, um besser sehen und hören zu können, und diese mußten mehrmals verwarnt werden, wegen Störung des Gerichts. Ich wüßte nicht, wie man noch mehr Leute in den Saal hätte bekommen sollen, der bis zum Bersten vollgestopft war, aber immer noch versuchten welche, sich hereinzudrängen.

Ich versuchte, nicht zu zittern und dem, was auf mich zukam, mit soviel Mut ins Gesicht zu sehen, wie ich aufbringen konnte, was zu dieser Zeit, um die Wahrheit zu sagen, nicht sehr viel war. McDermott war auch da und sah so mürrisch aus wie immer. Es war das erste Mal, daß ich ihn sah, seit wir verhaftet worden waren. Die Zeitungen sagten, er habe *tiefe Verstocktheit* und *verwegenen Trotz* an den Tag gelegt – so drückten sie sich aus. Aber er sah kein bißchen anders aus, als er immer am Frühstückstisch ausgesehen hatte.

Dann fingen sie an, mich wegen der Morde zu befragen, und ich wußte nicht, was ich sagen sollte. Denn wie Sie wissen, Sir, konnte ich mich an die Ereignisse dieses schrecklichen Tages nicht richtig erinnern und hatte nicht das Gefühl, überhaupt anwesend gewesen zu sein, und war lange Zeit ohnmächtig gewesen. Aber ich wußte sehr wohl, wenn ich das sagte, würde ich nur ausgelacht werden, da Jefferson, der Schlachter, bezeugt hatte, daß er mich gesehen und mit mir gesprochen und ich gesagt hatte, wir brauchten kein frisches Fleisch, worüber sie später Witze machten, wegen der Leichen im Keller. Das war in einem Gedicht, das um die Zeit, als McDermott gehängt wurde, überall auf der Straße verkauft wurde. Ich fand es sehr grob und gewöhnlich und ohne jeden Respekt vor dem Todeskampf eines anderen menschlichen Wesens.

Also sagte ich, ich hätte Nancy das letzte Mal gegen Abend gesehen, als ich aus der Küchentür sah und sie die Enten in den Stall scheuchte, und danach habe McDermott gesagt, sie sei ins Haus gegangen, worauf ich sagte, sie sei aber nicht da, worauf er sagte, ich solle mich um meine eigenen Angelegenheiten kümmern und sie sei zu Mrs. Wright gegangen. Ich sagte, ich sei mißtrauisch gewesen und hätte McDermott auf dem Weg in die Staaten mehrmals nach Nancy gefragt, und er habe immer gesagt, mit ihr sei alles in Ordnung, und ich hätte nichts Genaues über ihren Tod gewußt, bis sie am Montagmorgen gefunden wurde.

Dann erzählte ich ihnen, daß ich einen Schuß gehört und gesehen hatte, wie Mr. Kinnear auf dem Boden lag; und daß ich geschrien hatte und ganz kopflos herumgerannt war, und daß McDermott auf mich schoß und ich ohnmächtig zu Boden fiel. An diesen Teil erinnerte ich mich ja. Und tatsächlich fanden sie die Kugel aus dem Gewehr im Türrahmen der Sommerküche, was bewies, daß ich nicht gelogen hatte.

Der Richter entschied, daß wir bis zum Prozeß in Untersuchungshaft bleiben mußten, und da er erst im November stattfinden sollte, war ich drei lange Monate im Gefängnis von Toronto eingesperrt, wo es schlimmer war als in diesem Gefängnis hier, weil ich ganz allein in einer Zelle war und Leute unter dem Vorwand hereinkamen, etwas erledigen zu wollen, aber eigentlich nur, um zu starren und zu glotzen. Und mir war sehr elend zumute.

Draußen wechselte die Jahreszeit, aber alles, was ich davon mitbekam, war die Veränderung des Lichtes, das durch das kleine vergitterte Fenster fiel, das zu hoch oben in der Wand eingelassen war, als daß ich hätte hinaussehen können, und die Luft, die hereinkam, brachte die Gerüche und Düfte all der Dinge mit sich, die mir entgingen. Im August roch es nach frischgemähtem Heu, und dann kam der Duft von reifenden Trauben und Pfirsichen; und im September die Äpfel, und im Oktober die fallenden Blätter und der erste kalte Vorgeschmack von Schnee. Es gab für mich nichts zu tun, als in meiner Zelle zu sitzen und mir Sorgen darüber zu machen, was aus mir werden sollte und ob man mich tatsächlich hängen würde, wie die Wärter jeden Tag behaupteten, und ich muß sagen, daß sie jedes Wort über Tod und Unheil genossen, das aus ihren Mündern kam. Ich weiß nicht, Sir, ob es Ihnen schon einmal aufgefallen ist, aber es gibt Menschen, die ihre Freude am Unglück anderer Menschen haben, vor allem, wenn sie denken, daß dieser Mensch eine Sünde begangen hat, was ein zusätzlicher Reiz ist. Aber wer unter uns ist ohne Sünde, wie es in der Bibel heißt? Ich selbst würde mich schämen, wenn ich mich so über das Leid anderer freuen könnte.

Im Oktober gaben sie mir einen Anwalt, nämlich Mr. MacKenzie. Er war kein sehr ansehnlicher Mann und hatte eine Nase wie eine Flasche. Ich fand ihn sehr jung und unerfahren, da dies sein erster Fall war; und manchmal war sein Verhalten ein wenig zu vertraulich für meinen Geschmack, da er anscheinend gern allein mit mir in der Zelle eingeschlossen war und sich erbot, mich zu trösten und mir häufig die Hand tätschelte. Aber ich war froh, überhaupt jemanden zu haben, der sich für mich einsetzte und versuchte, die Dinge in ein möglichst gutes Licht zu rücken, und deshalb sagte ich nichts, sondern tat mein Bestes, zu lächeln und mich dankbar zu zeigen. Er wollte, daß ich meine Geschichte auf eine Weise erzählte, die er folgerichtig nannte, und beschuldigte mich oft, abzuschweifen, und wurde dann ärgerlich. Zum Schluß sagte er, das einzig Richtige sei, die Geschichte nicht so zu erzählen, wie ich sie in Erinnerung hatte, weil man von keinem Menschen erwarten könne, einen Sinn darin zu erkennen, sondern vielmehr eine Geschichte zu erzählen, die einen Zusammenhang besaß, dann hätte ich wenigstens eine kleine Chance, daß man mir glauben würde. Ich sollte die Teile auslassen, an die ich mich nicht erinnern konnte, und vor allem sollte ich die Tatsache weglassen, daß ich mich nicht an sie erinnern konnte. Und ich sollte sagen, was einem plausiblen Ermessen nach geschehen sein mußte, statt zu sagen, an was ich mich tatsächlich erinnern konnte. Also versuchte ich, das zu tun.

Ich war viel allein und verbrachte manche Stunde damit, mir Gedanken über die vor mir liegende Prüfung zu machen. Ich fragte mich, wie es wohl sein würde, gehängt zu werden, und wie lang und einsam die Straße in den Tod sich hinziehen mochte, auf die man mich vielleicht hinausschicken würde, und was mich am anderen Ende erwartete. Ich betete zu Gott, bekam aber keine Antwort und tröstete mich mit dem Gedanken, daß sein Schweigen nur wieder ein Beweis für das Mysterium der göttlichen Gnade war. Ich versuchte, an all die Dinge zu denken, die ich falsch gemacht hatte, damit ich sie bereuen konnte, wie daß ich meiner Mutter nur das zweitbeste Laken gegeben hatte und daß ich nicht wach geblieben war, als Mary Whitney starb. Und wenn ich selbst beerdigt würde, dann vielleicht nicht einmal in einem Laken, sondern in Stücke zerschnitten und in lauter Einzelteilen, was die Ärzte angeblich mit einem machten, wenn man gehängt worden war. Und das war meine schlimmste Angst.

Dann versuchte ich, mir selbst Mut zu machen, indem ich mich an frühere Zeiten erinnerte. Ich dachte an Mary Whitney und wie sie ihre Hochzeit und ihr Farmhaus geplant und sogar schon die Vorhänge ausgewählt hatte, und wie nichts daraus geworden war, und wie sie unter Schmerzen gestorben war. Und dann kam der letzte Tag im Oktober, und ich erinnerte mich an den Abend, an dem wir die Äpfel geschält hatten, und daß sie gesagt hatte, ich würde dreimal Wasser überqueren und dann einen Mann heiraten, dessen Name mit einem J anfing. Das alles kam mir jetzt wie ein kindisches Spiel vor, und ich glaubte nicht mehr daran. Oh Mary, sagte ich, wie ich mich danach sehne, wieder in unserem kleinen kalten Schlafzimmer bei Mrs. Parkinson zu sein, mit der gesprungenen Waschschüssel und dem einen Stuhl, statt hier in dieser dunklen Zelle, wo ich um mein Leben fürchten muß. Und manchmal hatte ich das Gefühl, als käme ein wenig Trost zu mir zurück; und einmal hörte ich sie lachen. Aber man bildet sich oft Sachen ein, wenn man soviel allein ist.

Um diese Zeit herum sah ich die roten Pfingstrosen zum ersten Mal wachsen.

Als ich Dr. Jordan das letzte Mal sah, fragte er mich, ob ich mich an eine Mrs. Susanna Moodie erinnern könne, die das Gefängnis besucht habe. Das müsse vor ungefähr sieben Jahren gewesen sein, kurz bevor sie mich in die Irrenanstalt steckten. Ich sagte ja, ich könne mich an sie erinnern. Er fragte mich, was ich von ihr hielte, und ich sagte, sie habe wie ein Käfer ausgesehen.

»Ein Käfer?« sagte Dr. Jordan, und ich merkte, daß er erstaunt war.

»Ja, Sir, ein Käfer«, sagte ich. »Rund und dick und ganz in Schwarz, und dazu hatte sie einen schnellen und irgendwie huschenden Gang und glänzende schwarze Augen. Ich meine das nicht als Beleidigung, Sir«, fügte ich hinzu, denn er hatte sein kurzes Lachen ausgestoßen. »Es war nur die Art, wie sie aussah. Meiner Meinung nach.«

»Und erinnerst du dich an das Gespräch, als sie dich kurz darauf in der Heilanstalt besuchte?«

»Nicht sehr gut, Sir«, sagte ich. »Wir hatten da viele Besucher.«

»Sie schreibt, daß du kreischend herumgelaufen bist. Auf der Station für die Gewalttätigen.«

»Das mag sein, Sir«, sagte ich. »Aber ich erinnere mich nicht, gegen andere gewalttätig gewesen zu sein, es sei denn, sie hätten damit angefangen.«

»Und daß du gesungen hast, wie ich mich zu erinnern glaube«, sagte er.

»Ich singe gern«, sagte ich kurz angebunden, weil mir diese Art der Befragung nicht gefiel. »Ein schönes Kirchenlied oder eine Ballade sind immer tröstlich für das Gemüt.«

»Hast du Kenneth MacKenzie erzählt, daß die Augen von Nancy Montgomery dir überallhin folgen?« sagte er.

»Ich habe gelesen, was Mrs. Moodie darüber geschrieben hat, Sir«, sagte ich. »Ich möchte niemanden der Lüge bezichtigen, aber Mr. MacKenzie hat anscheinend falsch verstanden, was ich ihm gesagt habe.«

»Und was war das?«

»Zuerst habe ich rote Flecken gesagt, Sir. Und das stimmte auch. Sie sahen aus wie rote Flecken.«

»Und dann?«

»Und dann, als er auf eine Erklärung drängte, sagte ich, was ich glaubte, was es war. Aber ich habe nicht Augen gesagt«, sagte ich.

»Ja? Sprich weiter«, sagte Dr. Jordan, der versuchte, ruhig zu wirken, aber er beugte sich vor, als warte er auf ein großes Geheimnis. Bloß war es kein großes Geheimnis. Ich hätte es ihm schon früher erzählt, wenn er mich danach gefragt hätte.

»Ich habe nicht von Augen gesprochen, Sir, ich habe von Pfingstrosen gesprochen. Aber Mr. MacKenzie hörte immer lieber sich selber reden als andere, und wahrscheinlich ist es üblicher, von Augen verfolgt zu werden. Es ist eher das, was unter den Umständen geboten ist, wenn Sie wissen, was ich meine, Sir. Wahrscheinlich hat Mr. MacKenzie mich deshalb falsch verstanden, und wahrscheinlich hat Mrs. Moodie es deshalb so aufgeschrieben. Sie wollten, daß alles seine Richtigkeit hatte. Aber es waren trotzdem Pfingstrosen, Sir. Rote Pfingstrosen. Ein Irrtum ist ausgeschlossen.«

»Ich verstehe«, sagte Dr. Jordan. Aber er sah so verständnislos aus wie immer.

Als nächstes wird er alles über den Prozeß wissen wollen. Er fing am 3. November an, und so viele Menschen drängten sich in den Gerichtssaal, daß der Boden nachgab. Als ich zur Anklagebank geführt wurde, mußte ich zuerst stehen, aber dann brachten sie mir einen Stuhl. Die Luft war sehr stickig, und es gab ein ständiges Gebrummel, wie von einem Schwarm Bienen. Unterschiedliche Leute wurden in den Zeugenstand gerufen. Manche sprachen zu meinen Gunsten und sagten, ich sei noch nie vorher in Schwierigkeiten gewesen und eine fleißige Arbeiterin und hätte einen guten Charakter; und andere sprachen gegen mich; und das war die Mehrzahl. Ich sah mich nach Jeremiah dem Hausierer um, aber er war nicht da. Er hätte meine Notlage sicherlich wenigstens zum Teil verstanden und hätte versucht, mir zu helfen, weil er doch gesagt hatte, es gebe eine Verwandtschaft zwischen uns. Wenigstens dachte ich das.

Dann führten sie Jamie Walsh herein. Ich hoffte auf ein Zeichen der Sympathie von ihm, aber er sah mich so vorwurfsvoll und so voller Kummer und Zorn an, daß ich sofort wußte, wie es um ihn stand. Er fühlte sich in seiner Liebe betrogen, weil ich mit McDermott gegangen war, und nachdem ich in seinen Augen erst ein Engel gewesen war, den man hoch in den Himmel heben konnte, war ich jetzt für ihn ein Teufel, und er würde alles in seiner Macht tun, um mich zu vernichten. Und mir wurde sehr schwer ums Herz, denn unter denen, die ich in Richmond Hill kannte, hatte ich vor allem auf ihn gezählt und gehofft, daß er ein gutes Wort für mich einlegen würde. Und er sah so jung und frisch und unverdorben und unschuldig aus, daß es mir einen Stich gab, denn seine gute Meinung lag mir am Herzen, und es war mir ein Kummer, sie zu verlieren.

Er stand auf, um seine Aussage zu machen, und wurde vereidigt, und so wie er den Eid auf die Bibel ablegte, sehr feierlich, aber mit hartem Zorn in der Stimme, ahnte ich nichts Gutes. Er erzählte von unserer kleinen Gesellschaft am Abend vorher, und wie er die Flöte gespielt hatte, und wie McDermott sich geweigert hatte zu tanzen und ihn einen Teil des Wegs nach Hause begleitet hatte, und daß Nancy noch am Leben gewesen war, als er uns verließ, und auf dem Weg nach oben und ins Bett. Und dann erzählte er, wie er am nächsten Nachmittag vorbeigekommen war und McDermott eine doppelläufige Flinte in der Hand gehabt hatte, die er angeblich benutzt hatte, um Vögel zu schießen. Er sagte, ich hätte mit gefalteten Händen an der Pumpe gestanden und weiße Baumwollstrümpfe angehabt, und als er fragte, wo Nancy sei, hätte ich neckend gelacht und gesagt, immer wolle er irgendwelche Sachen wissen, Nancy sei zu den Wrights gegangen, wo jemand krank geworden sei, ein Mann sei gekommen, um sie zu holen.

Ich erinnerte mich an nichts dergleichen, Sir, aber Jamie Walsh machte seine Aussage auf eine so offene und ehrliche Weise, daß man nur schwer daran zweifeln konnte.

Aber dann wurde er von seinen Gefühlen überwältigt und zeigte mit dem Finger auf mich und sagte: »Sie hat Nancys

Kleid an, und die Bänder an ihrer Haube gehören auch Nancy, und die Pelerine genauso, und auch der Schirm in ihrer Hand.«

Und es gab einen großen Aufschrei im Gerichtssaal, wie die lauten Stimmen am Jüngsten Tag, und ich wußte, daß ich verloren war.

Als die Reihe an mich kam, sagte ich, was Mr. MacKenzie mir aufgetragen hatte. Mein Kopf war ein einziges Durcheinander, weil ich versuchte, mich an die richtigen Antworten zu erinnern, und man drängte mich zu erklären, warum ich Nancy und Mr. Kinnear nicht gewarnt hatte, sobald ich über James McDermotts Absichten Bescheid wußte. Mr. MacKenzie sagte, es sei aus Angst um mein Leben geschehen, und trotz seiner Nase war er sehr beredt. Er sagte, ich sei kaum mehr als ein Kind, ein armes, mutterloses Kind, und allen äußeren Gegebenheiten nach eine Waise, hineingeworfen in eine Welt, in der niemand mir beigebracht hatte, was das Rechte sei. Ich hätte von jungen Jahren an hart für mein Brot arbeiten müssen und sei die Emsigkeit in Person, aber sehr unwissend und ungebildet und des Lesens und Schreibens unkundig und eigentlich kaum mehr als eine Schwachsinnige, und sehr weich und formbar und leicht zu beeinflussen.

Aber trotz allem, was er sagte, ging die Sache gegen mich aus, Sir. Die Geschworenen fanden mich des Mordes schuldig, als Mitwisserin vor und nach der Tat, und der Richter verhängte die Todesstrafe. Ich hatte aufstehen müssen, um das Urteil zu hören, aber als er »Tod« sagte, wurde ich ohnmächtig und fiel auf das Geländer, das die Anklagebank umgab und das aus spitzen Stäben gemacht war; und eine der Spitzen bohrte sich in meine Brust, dicht neben meinem Herzen.

Ich könnte ihm die Narbe zeigen.

44.

Simon hat den Vormittagszug nach Toronto genommen. Er fährt zweiter Klasse; in letzter Zeit hat er zuviel Geld ausgegeben und will nun ein wenig sparen.

Er freut sich auf sein Gespräch mit Kenneth MacKenzie. Vielleicht wird er in seinem Verlauf auf das eine oder andere Detail stoßen, etwas, das Grace bisher nicht erwähnt hat, entweder weil es sie in einem schlechten Licht zeigen könnte, oder weil sie es tatsächlich vergessen hat. Der Geist, denkt er vor sich hin, ist wie ein Haus — Gedanken, die der Besitzer nicht mehr vorzeigen möchte, oder solche, die schmerzliche Erinnerungen wachrufen, werden verbannt und auf dem Dachboden oder im Keller verstaut. Im Vergessen — wie in der Lagerung alter Möbel — ist zweifellos ein Element des Willens am Werk.

Graces Wille gehört der negativen weiblichen Spielart an — sie kann viel leichter leugnen und zurückweisen als bestätigen oder akzeptieren. Irgendwo in ihrem Inneren — er hat ihn gesehen, wenn auch nur für einen kurzen Augenblick, jenen bewußten, vielleicht sogar verschlagenen Blick in ihren Augenwinkeln — weiß sie, daß sie etwas vor ihm verbirgt. Während sie an ihrer Näherei herumstichelt, nach außen hin so ruhig wie eine Marmor-Madonna, spielt sie die ganze Zeit ihre passive, halsstarrige Kraft gegen ihn aus. Ein Gefängnis sperrt nicht nur seine Insassen ein, es sperrt auch alle anderen aus. Graces stärkstes Gefängnis ist eins, das sie um sich selbst errichtet hat.

An manchen Tagen würde er sie am liebsten schlagen. Die Versuchung ist fast überwältigend. Aber dann hätte sie ihn da, wo sie ihn haben will, dann hätte sie einen Grund, sich gegen ihn zu wehren. Sie würde ihn mit jenem Blick eines verwundeten Rehs ansehen, den alle Frauen für solche Gelegenheiten bereithalten. Sie würde weinen.

Und doch hat er nicht das Gefühl, daß die Gespräche, die sie miteinander führen, ihr mißfallen. Sie scheint sich im Gegenteil darauf zu freuen, sie sogar zu genießen, so wie man sich an jedem Spiel erfreut – solange man gewinnt, sagt er grimmig zu sich selbst. Das Gefühl, das sie ihm gegenüber am offensten zum Ausdruck bringt, ist das einer sehr zurückhaltenden Dankbarkeit.

Er beginnt allmählich, die Dankbarkeit von Frauen zu hassen. Sie ist, als würde man von Kaninchen umschwänzelt oder mit Sirup übergossen. Man wird sie nicht wieder los. Diese Dankbarkeit hemmt einen und macht einen hilflos. Jedesmal, wenn eine Frau ihm dankbar ist, möchte er ein kaltes Bad nehmen. Ihre Dankbarkeit ist nicht echt. In Wirklichkeit meinen sie, daß er ihnen dankbar sein sollte. Insgeheim verachten sie ihn. Mit einer Mischung aus Verlegenheit und hilfloser Selbstverachtung erinnert er sich an die kindische Herablassung, die er an den Tag zu legen pflegte, wenn er irgendeinem kläglichen, nicht mehr ganz frischen Straßenmädchen sein Geld gab – er erinnert sich an den flehenden Blick in ihren Augen, und wie groß und reich und gönnerhaft er sich vorkam, als gingen die nun folgenden Gefälligkeiten von ihm und nicht von ihr aus. Was für eine Verachtung sie unter ihren Dankesworten und ihrem Lächeln verborgen gehalten haben müssen!

Ein langer Pfiff; grauer Rauch weht am Fenster vorbei. Links von ihm, jenseits ebener Felder, liegt der ebene See, pockennarbig wie gehämmertes Zinn. Hier und da ist eine Blockhütte zu sehen, Wäsche flattert an einer Leine, eine dicke Mutter schimpft zweifellos über den Rauch, eine Bande starrender Kinder. Frisch gefällte Bäume, dann alte Stümpfe, ein qualmendes Feuer. Gelegentlich ein größeres Haus aus rotem Backstein oder mit weißer Holzverkleidung. Die Lokomotive hämmert wie ein eisernes Herz, der Zug bewegt sich unerbittlich weiter nach Westen.

Weg von Kingston, weg von Mrs. Humphrey. Rachel, wie er sie auf ihre Bitten nennen muß. Je mehr Meilen er zwischen sich und Rachel Humphrey legt, desto leichter und sorgloser fühlt er sich. Er ist viel zu tief in diese Geschichte verstrickt, er hat den Boden unter den Füßen verloren − Bilder von Treibsand tauchen vor seinem inneren Auge auf −, aber er weiß nicht, wie er sich da herausziehen soll, noch nicht. Eine Geliebte zu haben − denn das ist sie wohl geworden, und es hat nicht lange gedauert! − ist schlimmer, als eine Frau zu haben. Die Verantwortlichkeiten, die damit verbunden sind, sind gewichtiger − und verworrener.

Das erste Mal war ein Zufall: sie hat ihn im Schlaf überrumpelt. Die Natur hat ihn überrascht, hat sich an ihn herangeschlichen, als er schlief, ohne die Rüstung des Tages, hat seine eigenen Träume gegen ihn gewendet. Genau das behauptet aber auch Rachel von sich selbst: Sie ist schlafgewandelt, sagt sie. Sie glaubte sich irgendwo draußen, im Sonnenschein, beim Blumenpflücken, und dann fand sie sich plötzlich in seinem Zimmer wieder, in der Dunkelheit, in seinen Armen, und da war es zu spät, sie war verloren. Verloren ist ein Wort, das sie oft verwendet. Sie war schon immer so sehr empfindsam, hat sie ihm erzählt, schon als Kind ist sie schlafgewandelt. Nachts mußte man sie in ihrem Zimmer einsperren, damit sie nicht im Mondlicht draußen herumwanderte. Er glaubt diese Geschichte keinen Augenblick, aber für eine kultivierte Frau von ihrem Stand ist das, nimmt er an, die einzige Möglichkeit, das Gesicht zu wahren. Was ihr zum betreffenden Zeitpunkt in Wirklichkeit durch den Kopf ging und was sie sich jetzt vorstellt, daran wagt er kaum zu denken.

Fast jede Nacht kommt sie seitdem in sein Zimmer, im Nachthemd, einen weißen, gerüschten Morgenmantel darüber geworfen. Die Bänder am Hals gelöst, die Knöpfe geöffnet. Sie hält eine Kerze in der Hand: im Halbdunkel sieht sie jung aus. Ihre grünen Augen funkeln, ihre langen, blonden Haare liegen um ihre Schultern wie ein schimmernder Schleier.

Wenn er erst spät nach Hause kommt, weil er in der abendlichen Kühle am See entlanggewandert ist, wie er es in letzter Zeit immer öfter tut, wartet sie auf ihn. Seine erste Reaktion ist Überdruß: Ein ritueller Tanz muß aufgeführt werden, und es ist einer, der ihn langweilt. Die Begegnung beginnt mit Tränen, Zittern und Widerstreben: Sie schluchzt, sie macht sich selbst Vorwürfe, sie sieht sich ruiniert, schwelgt in Scham und Schande, sie ist eine verdammte Seele. Noch nie war sie die Geliebte eines Mannes, noch nie ist sie so tief gesunken, noch nie war sie einer derartigen Demütigung ausgesetzt. Wenn ihr Mann dahinterkommt, was soll dann aus ihr werden? Es ist immer die Frau, die alle Schuld zugewiesen bekommt.

Simon läßt sie eine Weile reden; dann tröstet er sie, versichert ihr in der unbestimmtesten Form, daß alles gut werden wird. Er sagt, daß er aufgrund dessen, was zwischen ihnen geschehen ist, keine geringere Meinung von ihr hat. Dann fügt er hinzu, daß niemand etwas davon zu erfahren braucht, vorausgesetzt, sie sind vorsichtig. Sie müssen darauf achten, sich nie vor anderen durch ein Wort oder einen Blick zu verraten – vor allem nicht vor Dora. Rachel weiß schließlich, wie Dienstboten tratschen. Es ist eine Vorsichtsmaßnahme, die nicht nur ihrem Schutz gilt, sondern auch seinem. Er kann sich nur zu gut vorstellen, was Reverend Verringer dazu zu sagen hätte; unter anderem.

Beim Gedanken an Entdeckung weint sie nur noch mehr. Sie windet sich vor Demütigung. Er glaubt nicht, daß sie das Laudanum noch nimmt, zumindest nicht mehr so viel, sonst würde sie sich nicht so aufregen. Ihr Benehmen wäre weniger verwerflich, wenn sie Witwe wäre. Wenn der Major tot wäre, würde sie ihren ehelichen Treueschwur nicht brechen, so jedoch ... Er sagt, daß der Major sie schändlich behandelt hat, daß er ein furchtbarer Mensch ist, ein Schurke, ein gemeiner Hund, und weit Schlimmeres verdient hätte. Aber er wahrt ein Mindestmaß an Vorsicht: Er hat ihr nicht versprochen, sie unverzüglich zu heiraten, sollte der Major plötzlich und unerwartet von einem Felsen stürzen und sich den Hals brechen. Insgeheim wünscht er ihm ein langes und gesundes Leben.

Er trocknet ihr die Augen mit ihrem eigenen Taschentuch –
immer sauber, immer frisch gebügelt, nach Veilchen duftend,
bequem erreichbar in ihren Ärmel gestopft. Sie schlingt die
Arme um ihn, schmiegt sich an ihn. Er fühlt, wie ihre Brüste
sich gegen ihn drücken, ihre Hüften, die ganze Länge ihres
Körpers. Sie hat eine erstaunlich schmale Taille. Ihr Mund
streift seinen Hals. Dann weicht sie zurück, entsetzt über sich
selbst, lehnt sich mit einer Geste nymphenhafter Schüchtern-
heit wie auf der Flucht vor ihm zurück. Aber jetzt ist er nicht
mehr gelangweilt.

Rachel ist anders als alle anderen Frauen, die er je gehabt hat.
Zum einen ist sie eine ehrbare Frau, seine erste, und die Ehrbarkeit einer Frau macht die Dinge sehr viel komplizierter, wie
er inzwischen weiß. Ehrbare Frauen sind von Natur aus sexuell
kalt, ohne die perversen Lüste und neurotischen Sehnsüchte,
die ihre degenerierten Schwestern in die Prostitution treiben;
so lautet zumindest die wissenschaftliche Theorie. Seine eigenen Erkundungen haben ihn zu dem Schluß kommen lassen,
daß Prostituierte nicht so sehr durch Verderbtheit motiviert
sind als vielmehr durch Armut, aber dennoch müssen sie sich
so geben, wie ihre Freier sie zu sehen wünschen. Eine Hure muß
Begierde und dann Genuß heucheln, ganz gleich, ob sie sie empfindet oder nicht, dafür wird sie bezahlt. Eine billige Hure ist
nicht deshalb billig, weil sie häßlich oder alt ist, sondern weil
sie eine schlechte Schauspielerin ist.

Bei Rachel jedoch sind die Dinge umgekehrt. Wenn sie heu-
chelt, dann heuchelt sie Abneigung – ihre Rolle besteht darin,
Abwehr zu spielen, seine, diese Abwehr zu überwinden. Sie will
verführt, überwältigt, gegen ihren Willen genommen werden.
Im Augenblick ihres Höhepunkts – den sie versucht, als
Schmerz auszugeben – sagt sie immer *nein*.

Zudem gibt sie durch ihre Furchtsamkeit, ihr Zurückwei-
chen, ihr unterwürfiges Flehen vor, daß sie ihm ihren Körper
als eine Art Bezahlung anbietet – etwas, das sie ihm als Gegenleistung für das Geld, das er für sie ausgegeben hat, schuldig ist,
genau wie in einem schwülstigen Melodrama über böse Bank-

direktoren und tugendhafte, aber mittellose junge Damen. Ihr anderes Spiel geht dahin, daß sie in eine Falle gelockt wurde und seiner Gnade ausgeliefert ist, wie in den obszönen Romanen, die in den zwielichtigeren Buchläden von Paris erhältlich sind, mit schnurrbartzwirbelnden Sultanen und unterwürfigen Sklavenmädchen. Silbrige Schleier, Fußkettchen. Brüste wie Melonen. Augen wie Gazellen. Daß derartige Konfigurationen banal sind, nimmt ihnen nichts von ihrer Macht.

Was für Idiotien hat er im Verlauf dieser nächtlichen Ausschweifungen nicht schon von sich gegeben! Er kann sich kaum erinnern. Worte der Leidenschaft und der brennenden Liebe, und daß er ihr nicht widerstehen kann, was er – seltsam genug – in diesen Augenblicken tatsächlich glaubt. Tagsüber ist Rachel eine Last, eine Bürde, und er will sie loswerden; aber nachts ist sie eine völlig andere Person, und er auch. Genau wie sie sagt er nein, wenn er ja meint. Er meint mehr, er meint weiter, er meint tiefer. Er würde gerne eine Inzision an ihr vornehmen – nur einen kleinen Schnitt –, damit er ihr Blut schmecken kann, was ihm in der schattigen Dunkelheit des Schlafzimmers wie ein ganz normaler Wunsch vorkommt. Er wird von etwas getrieben, von etwas wie unkontrollierbarer Begierde. Aber abgesehen davon – abgesehen von ihm selbst zu diesen Zeiten, wenn die Laken sich aufbauschen wie Wellen und er sich windet und herumwälzt und ächzt –, steht ein anderer Teil von ihm mit gekreuzten Armen daneben, völlig angekleidet, bloß neugierig, bloß beobachtend: Wie weit wird er gehen? Wie weit hinein?

Der Zug fährt in Toronto ein, und Simon versucht, diese Gedanken abzuschütteln. Vor dem Bahnhof nimmt er eine Mietkutsche und nennt dem Fahrer das Hotel, das er sich ausgesucht hat; nicht das beste – er möchte nicht unnötig Geld verprassen –, aber auch keine Absteige, da er nicht von Flöhen gebissen oder von Dieben ausgeraubt werden will. Als sie durch die Straßen fahren, die heiß und staubig sind, vollgestopft mit Fahrzeugen jeglicher Art, schweren Fuhrwerken, Droschken, privaten Chaisen – sieht er sich interessiert um. Alles ist neu und frisch, geschäftig und emsig, vulgär und selbstzufrieden, umgeben vom Geruch neuen Geldes und frischer Farbe. Hier sind binnen kürzester Zeit Vermögen gemacht worden, und weitere werden gerade gemacht. Es gibt die üblichen Geschäfte und Handelshäuser und eine überraschende Anzahl von Banken. Die Gasthäuser sehen nicht sehr vielversprechend aus, aber die Menschen auf den Bürgersteigen wirken größtenteils wohlhabend, ohne die Horden verzweifelter Bettler, die Schwärme rachitischer, schmutziger Kinder und die Scharen zerlumpter oder grellgekleideter Prostituierter, die so viele der europäischen Städte verunstalten. Und doch wäre er jetzt lieber in London oder Paris. Dort wäre er anonym und ohne Verantwortung. Keine Bindungen, keine Verpflichtungen. Dort könnte er sich vollständig verlieren.

XII.

Salomonstempel

»Ich sah sie voller Erstaunen an. ›Guter Gott‹, dachte ich, ›kann das eine Frau sein? Und dazu noch eine hübsche, zart aussehende Frau – fast noch ein Mädchen! Was für ein Herz muß sie haben!‹ Ich fühlte mich sehr versucht ihr zu sagen, sie sei eine Teufelin und daß ich nichts mit einer so schrecklichen Tat zu tun haben wolle; aber sie war so schön, daß ich der Versuchung erlag...«

James McDermott zu Kenneth MacKenzie, wiedergegeben von
Susanna Moodie in Life in the Clearings, 1853

... denn es ist das Los einer Frau,
Lange geduldig und still zu sein, wie ein sprachloser Geist,
Bis eine fragende Stimme den Bann der Stille hebt.
Daher ist das Innenleben so vieler leidender Frauen
Lichtlos und still und tief, wie unterirdische Flüsse,
Die durch Höhlen der Dunkelheit strömen...

Henry Wadsworth Longfellow, »Die Werbung des Miles Standish«, 1858

45.

Die Büros der Kanzlei Bradley, Porter und MacKenzie befinden sich in einem neuen und recht protzigen Gebäude aus rotem Backstein in der King Street West. Am Empfang sitzt ein hoch aufgeschossener junger Bursche mit farblosen Haaren an einem hohen Pult und kritzelt mit einer Stahlfeder vor sich hin. Als Simon eintritt, springt er auf, wobei er Tintentropfen verspritzt wie ein Hund, der sich schüttelt.

»Mr. MacKenzie erwartet Sie, Sir«, sagt er. Er umgibt den Namen mit einer ehrfürchtigen Klammer. Wie jung er ist, denkt Simon; dies muß seine erste Stellung sein. Er geleitet Simon durch einen mit Teppichen ausgelegten Flur und klopft an eine dicke Eichentür.

Kenneth MacKenzie sitzt in seinem Heiligtum. Er hat sich umgeben mit polierten Bücherregalen, kostspielig gebundenen Nachschlagewerken, drei Gemälden von Rennpferden. Auf seinem Schreibtisch steht ein Tintenfaß von byzantinischer Verschnörkelung und Pracht. Er selbst entspricht nicht so ganz dem, was Simon erwartet hat: er ist kein heroischer Perseus, kein Kreuzritter. Er ist klein und birnenförmig – schmale Schultern, ein gemütlicher kleiner Bauch, der sich unter einer Weste im Schottenkaro wölbt –, hat eine vernarbte Knollennase und, hinter einer silbergefaßten Brille, zwei kleine, aber aufmerksame Augen. Er erhebt sich aus seinem Sessel, die Hand ausgestreckt, lächelnd, und zeigt dabei zwei lange Schneidezähne, wie bei einem Biber. Simon versucht sich vorzustellen, wie er vor sechzehn Jahren ausgesehen haben mag, als er noch ein junger Mann war – jünger als Simon jetzt –, und kann es nicht. Kenneth MacKenzie muß schon mit fünf Jahren ausgesehen haben wie ein Mann mittleren Alters.

Das also ist der Mann, der das Leben von Grace Marks gerettet hat, trotz der vielen Dinge, die gegen sie sprachen – klare Indizien, eine empörte öffentliche Meinung und ihre eigene verworrene und unglaubwürdige Zeugenaussage. Simon ist neugierig, wie er das zuwege gebracht hat.

»Dr. Jordan, es ist mir ein Vergnügen.«

»Sehr freundlich von Ihnen, mir Ihre Zeit zu widmen«, sagt Simon.

»Ganz und gar nicht. Ich habe Reverend Verringers Brief vor mir liegen; er spricht in den höchsten Tönen von Ihnen und hat mir einiges über Ihre Vorgehensweise erzählt. Ich freue mich, der Wissenschaft behilflich sein zu können, und wie Sie sicherlich schon gehört haben, sind wir Anwälte immer froh über eine Gelegenheit, ein wenig prahlen zu können. Aber bevor wir zur Sache kommen ... « Eine Karaffe wird hervorgeholt, Zigarren. Der Sherry ist ausgezeichnet: Mr. MacKenzie geht offensichtlich pfleglich mit sich um.

»Sie sind nicht verwandt mit dem berühmten Rebellen?« erkundigt sich Simon als eine Art Einleitung.

»Ganz und gar nicht, obwohl ich fast froh wäre, diese Verwandtschaft in Anspruch nehmen zu können; sie ist nicht mehr der Nachteil, der sie einst war. Der alte Knabe wurde schon vor langer Zeit begnadigt und gilt jetzt als der Vater der politischen Reform. Aber damals schlugen die Gefühle gegen ihn hohe Wellen, und allein das hätte genügt, Grace Marks einen Strick zu drehen.«

»Wie das?« sagt Simon.

»Wenn Sie sich die alten Zeitungen angesehen haben, wird Ihnen aufgefallen sein, daß jene, die Mr. MacKenzie und sein Anliegen unterstützten, die einzigen waren, die ein gutes Wort für Grace einlegten. Alle anderen waren dafür, sie zu hängen, zusammen mit William Lyon Mackenzie und jedem anderen, von dem man glaubte, er hege republikanische Neigungen.«

»Aber es gab doch sicher gar keinen Zusammenhang?«

»Nicht den geringsten. Aber das ist in derartigen Fällen auch gar nicht nötig. Mr. Kinnear war ein vornehmer Tory, und William Lyon Mackenzie stand für die armen Schotten und Iren und alle eingewanderten Siedler im allgemeinen. Gleich und gleich gesellt sich gern, so dachte man damals. Ich kann Ihnen sagen, daß ich bei der Verhandlung Blut und Wasser geschwitzt habe. Wissen Sie, es war mein erster Fall, mein allererster. Ich war gerade erst als Anwalt zugelassen worden und wußte, daß dieser Fall meine große Chance oder aber mein Untergang sein würde. Und wie sich herausstellte, hat er mir tatsächlich ein gutes Stück die Leiter hinaufgeholfen.«

»Wie kam es dazu, daß Sie den Fall übernommen haben?« fragt Simon.

»Guter Mann, sie haben ihn mir angedreht! Er war eine heiße Kartoffel. Niemand wollte ihn. Die Kanzlei hatte ihn *pro bono* übernommen – natürlich hatten die beiden Beschuldigten kein Geld –, und da ich der Jüngste war, blieb er an mir hängen. Und dazu noch in letzter Minute, ich hatte kaum einen Monat Zeit, mich vorzubereiten. ›Nun, mein Junge‹, sagte der alte Bradley. ›Hier haben Sie ihn. Jeder weiß, daß Sie verlieren werden, da es keinen Zweifel an der Schuld der beiden gibt; aber was zählt, ist der *Stil*, in dem Sie verlieren. Man kann stümperhaft verlieren, und man kann elegant verlieren. Zeigen Sie uns, daß Sie so elegant wie irgend möglich verlieren können, und wir werden Ihnen alle zujubeln.‹ Der alte Knabe glaubte, mir einen Gefallen zu tun, und vielleicht tat er das auch.«

»Sie haben beide Angeklagten vertreten, glaube ich?« sagt Simon.

»Ja. Und das war falsch, im nachhinein gesehen, da ihre Interessen im Widerstreit lagen. Es gab vieles in der Verhandlung, das völlig falsch lief, aber damals war die Praxis der Jurisprudenz eine viel lockerere Angelegenheit als heute.« MacKenzie blickt stirnrunzelnd auf seine Zigarre, die ausgegangen ist. Simon vermutet, daß der Ärmste nicht wirklich gern raucht, sondern nur das Gefühl hat, es tun zu müssen, weil es zu den Bildern mit den Rennpferden paßt.

»Sie haben also Unsere Liebe Frau des Schweigens kennengelernt?« fragt MacKenzie.

»Nennen Sie sie so? Ja, ich habe recht viel Zeit mit ihr verbracht, um herauszufinden …«

»Ob sie unschuldig ist?«

»Ob sie wahnsinnig ist. Oder es zur Zeit der Morde war. Was wahrscheinlich einer Art Unschuld gleichkäme.«

»Viel Glück«, sagt MacKenzie. »Ich selbst habe darauf nie eine befriedigende Antwort finden können.«

»Sie gibt an, sich nicht an die Morde erinnern zu können. Wenigstens nicht an den an Nancy Montgomery.«

»Guter Mann«, sagt MacKenzie. »Sie würden sich wundern, wie häufig solche Gedächtnisverluste unter kriminellen Elementen vorkommen. Nur die wenigsten von ihnen können sich daran erinnern, tatsächlich etwas Böses getan zu haben. Sie schlagen einen Mann halb tot und schneiden ihn in Streifen und behaupten dann, sie hätten ihn nur ganz leicht mit dem Ende einer Flasche angetippt. Das Vergessen ist in solchen Fällen bedeutend zweckdienlicher als das Erinnern.«

»Graces Gedächtnisverlust scheint jedoch echt zu sein«, sagt Simon. »Zumindest bin ich im Lichte meiner vorherigen klinischen Erfahrungen zu dieser Überzeugung gelangt. Andererseits verfügt sie, obwohl sie sich an den Mord selbst augenscheinlich nicht erinnert, über eine erstaunlich präzise Erinnerung an alle Details, die ihn umgaben – an jedes Stück Wäsche, das sie je gewaschen hat, um nur ein Beispiel zu nennen, oder Dinge wie eine Schiffswettfahrt, die ihrer eigenen Flucht über den See vorausging. Sie erinnert sich sogar an die Namen der Schiffe.«

»Wie überprüfen Sie die Fakten, die sie Ihnen nennt? Anhand der Zeitungen, nehme ich an«, sagt MacKenzie. »Ist Ihnen schon der Gedanke gekommen, daß sie die Details, die sie zur Erhärtung ihrer Geschichte anführt, derselben Quelle entnommen haben könnte? Kriminelle lesen endlos über sich selbst, wenn sie die Gelegenheit dazu haben. In dieser Hinsicht sind sie genauso eitel wie Autoren. Als McDermott behauptete, Grace hätte ihm dabei geholfen, Nancy Montgomery zu erwürgen, könnte er die Idee sehr gut aus der Kingstoner *Chronicle and Gazette* gehabt haben, die dies schon vor der amtlichen

Feststellung der Todesursache als Tatsache verkündet hatte. Der Knoten um den Hals der toten Frau hätte, so hieß es in der Zeitung, nur von zwei Personen geknüpft werden können. Schierer Humbug! Man kann einem solchen Knoten nicht ansehen, ob er von einer oder zwei oder meinetwegen auch zwanzig Personen gemacht wurde. Natürlich habe ich diese Argumentation in der Verhandlung in Grund und Boden gestampft.«

»Aber jetzt machen Sie eine Kehrtwendung und argumentieren für die andere Seite«, sagt Simon.

»Man muß immer beide Seiten im Kopf haben. Es ist die einzige Möglichkeit, die Schritte der Gegenpartei vorauszuahnen. Nicht daß meine Gegner es in diesem Fall besonders schwer gehabt hätten. Aber ich habe getan, was ich konnte. Ein Mann kann nur sein Bestes tun, wie Walter Scott irgendwo gesagt hat. Der Gerichtssaal war voll wie die Hölle und trotz des Novemberwetters genauso heiß, und die Luft war zum Schneiden. Trotzdem habe ich einige der Zeugen über drei Stunden ins Kreuzverhör genommen. Ich muß sagen, es verlangte Ausdauer; aber ich war damals auch noch jünger.«

»Sie begannen damit, die Verhaftung der beiden als illegalen Akt zu bezeichnen, wie ich mich erinnere.«

»Ja, natürlich. Marks und McDermott waren auf amerikanischem Boden verhaftet worden, und zwar ohne Haftbefehl. Ich hielt eine wundervolle Rede über die Verletzung internationaler Grenzen und Habeas Corpus und so weiter; aber Richter Robinson wollte nichts davon hören. Dann versuchte ich aufzuzeigen, daß Mr. Kinnear eine Art schwarzes Schaf war, moralisch sehr fragwürdig, was zweifellos der Wahrheit entsprach. Außerdem war er ein Hypochonder. Nichts von alldem hatte viel mit der Tatsache zu tun, daß er ermordet worden war, aber ich tat mein Bestes, vor allem in bezug auf die Moral. Und es ist nun einmal eine Tatsache, daß diese vier Personen ständig in allen möglichen Betten herumhüpften wie in einer französischen Farce, so daß es schwer war, einen Überblick darüber zu behalten, wer wo schlief.

Dann machte ich mich daran, den Ruf der armen Nancy Montgomery zu zerpflücken. Ich hatte kein schlechtes Gewissen dabei, weil die gute Frau das alles schließlich hinter sich hatte. Sie hatte schon einmal ein Kind geboren, wie Sie wissen – es starb, wahrscheinlich an Hebammenmitleid –, und bei der Autopsie stellte sich heraus, daß sie wieder schwanger war. Der Vater war zweifellos Kinnear, aber ich tat mein möglichstes, einen schattenhaften Romeo heraufzubeschwören, der die arme Frau aus Eifersucht erwürgt hatte. Doch sosehr ich auch zog, dieses Kaninchen weigerte sich einfach, aus dem Hut herauszukommen.«

»Vielleicht weil es kein Kaninchen gab«, sagt Simon.

»Richtig. Mein nächster Versuch war ein Taschenspielertrick mit den Hemden. Wer trug welches Hemd, wann und warum? McDermott war in einem von Kinnears Hemden verhaftet worden – na und? Ich bewies, daß Nancy die Gewohnheit gehabt hatte, die abgelegten Kleidungsstücke ihres Dienstherrn an die Dienstboten zu verkaufen, ob mit oder ohne dessen Genehmigung, sei dahingestellt. Also konnte McDermott sehr gut auf ehrliche Art und Weise an sein Nessushemd gekommen sein. Zum Pech für ihn war Kinnears Leiche flegelhafterweise in eins von McDermotts Hemden geschlüpft, was in der Tat ein Stolperstein war. Ich versuchte mein Bestes, ihn zu umgehen, aber die Staatsanwaltschaft schlug mir das um die Ohren, alles, was recht ist.

Dann wies ich mit dem Finger des Verdachts auf den Hausierer, zu dem das blutige Hemd hinter der Tür zurückverfolgt werden konnte, da er versucht hatte, ebendieses Hemd schon woanders zu verhökern. Aber das brachte mich auch nicht weiter, weil feststand, daß der Hausierer das Hemd tatsächlich an McDermott verkauft hatte – gleich vier davon, um genau zu sein – und dann so wenig zuvorkommend gewesen war, sich in Luft aufzulösen. Aus irgendeinem Grund hatte er anscheinend keine Lust, vor dem Gericht zu erscheinen und das Risiko einzugehen, selbst den Hals langgezogen zu bekommen.«

»Der feige Geselle«, sagt Simon.

»Richtig«, lacht MacKenzie. »Als es dann um Grace ging, war sie leider auch keine große Hilfe. Das törichte Mädchen wollte sich einfach nicht davon abbringen lassen, in den Kleidern der ermordeten Frau aufzutreten, was von Publikum und Presse mit Entsetzen aufgenommen wurde, obwohl ich, wenn ich meinen Mutterwitz beisammengehabt hätte, eben dies als Beweis für ein unschuldiges und unbelastetes Gewissen hätte hinstellen können, oder besser noch, als Beweis dafür, daß das Mädchen verrückt war. Aber leider besaß ich damals nicht die Geistesgegenwart, daran zu denken.

Zudem hatte Grace selbst ihr Bestes getan, sich in Widersprüche zu verwickeln. Bei ihrer Verhaftung hatte sie behauptet, nicht gewußt zu haben, wo Nancy war. Bei der Voruntersuchung sagte sie dann, sie habe geglaubt, Nancy liege tot im Keller, obwohl sie nicht gesehen habe, wie sie dorthin gekommen sei. Aber in der Verhandlung selbst, und in ihrem angeblichen Geständnis – jener netten kleinen Veröffentlichung des *Star*, der damit eine hübsche Stange Geld verdiente – hieß es, sie habe gesehen, wie McDermott Nancy an den Haaren zur Falltür schleifte und die Kellertreppe hinunterwarf. Sie gab jedoch nie zu, dabei geholfen zu haben, sie zu erdrosseln.«

»Aber später hat sie es Ihnen gegenüber gestanden«, sagt Simon.

»Hat sie das? Ich erinnere mich nicht ...«

»Im Gefängnis«, sagt Simon. »Sie erzählte Ihnen, sie würde von Nancys blutunterlaufenen Augen verfolgt. Wenigstens gibt Mrs. Moodie dies als Ihre Aussage wieder.«

MacKenzie rutscht unbehaglich auf seinem Stuhl hin und her und senkt den Blick. »Grace war damals in einer sehr schlechten Gemütsverfassung«, sagt er. »Sie war verwirrt und melancholisch.«

»Aber die Augen?«

»Mrs. Moodie – für die ich die größte Hochachtung empfinde«, sagt MacKenzie, »besitzt eine recht konventionelle Phantasie, und sie neigt zu Übertreibungen. Sie hat den Personen, über die sie schrieb, ein paar wirklich sehr schöne Worte in den Mund gelegt, bei denen es höchst unwahrscheinlich ist, daß sie sie je von sich gegeben haben. McDermott war ein ungehobelter Tropf, wie er im Buche steht – sogar ich, der ihn verteidigte, fand es schwer, ein paar gute Worte für den Mann zusammenzukratzen –, und Grace war fast noch ein Kind, und ungebildet. Was nun die Augen angeht, so wird das, was der Geist erwartet, oft von ihm herbeigerufen. Im Zeugenstand kann man das tagtäglich beobachten.«

»Es gab also keine Augen?«

MacKenzie rutscht noch einmal hin und her. »Ich würde die Augen nicht unbedingt auf meinen Eid nehmen wollen«, sagt er. »Grace sagte nichts, was vor Gericht als Geständnis Bestand haben würde, obwohl sie sagte, es tue ihr leid, daß Nancy tot war. Aber das hätte jeder sagen können.«

»In der Tat«, sagt Simon. Er vermutet inzwischen, daß die Augen keineswegs auf Mrs. Moodie zurückgehen und fragt sich, welche anderen Teile ihrer Schilderung gleichfalls MacKenzies blühender Phantasie als *raconteur* zu verdanken sind. »Aber wir haben auch die Aussage, die McDermott kurz vor seiner Hinrichtung machte.«

»Ja, ja. Eine Aussage unter dem Galgen kommt immer in die Zeitungen.«

»Wieso hat er so lange damit gewartet?«

»Er hoffte bis zuletzt auf eine Strafumwandlung, da Grace auch eine bekommen hatte. Er war der Meinung, sie seien beide gleich schuldig, und daher müßten auch die Strafen gleich sein. Aber er konnte sie nicht beschuldigen, ohne sich selbst den Strick noch fester um den Hals zu legen, da er in diesem Fall ja die Axt und alles andere hätte zugeben müssen.«

»Wohingegen Grace ihn relativ ungestraft beschuldigen konnte«, sagt Simon.

»Richtig«, sagt MacKenzie. »Und das tat sie auch völlig ungerührt, als die Zeit gekommen war. Rette sich wer kann. Die Frau hatte Nerven wie Drahtseile. Als Mann hätte sie einen ausgezeichneten Anwalt abgegeben.«

»Also bekam McDermott seine Strafumwandlung nicht«, sagt Simon.

»Natürlich nicht! Es war verrückt von ihm, darauf zu hoffen, aber trotzdem war er außer sich. Er hielt auch das für Graces Schuld – in seinen Augen hatte sie alles an Nachsicht abgeschöpft, was in diesem Fall zu vergeben war –, und ich vermute, daß er sich danach einfach nur rächen wollte.«

»Einigermaßen verständlich«, sagt Simon. »Wie ich mich erinnere, behauptete er, Grace sei mit ihm im Keller gewesen und habe Nancy mit ihrem Tuch erdrosselt.«

»Nun, das Tuch wurde tatsächlich gefunden, aber alles andere stellt keinen stichhaltigen Beweis dar. Der Mann hatte bereits mehrere verschiedene Versionen erzählt und war als notorischer Lügner bekannt.«

»Aber«, sagt Simon, »nur um den Advocatus Diaboli zu spielen – bloß weil ein Mann als Lügner bekannt ist, heißt das noch lange nicht, daß er immer lügt.«

»Richtig«, sagt MacKenzie. »Jedenfalls sehe ich, daß die faszinierende Grace Ihnen ganz schön zu schaffen macht.«

»Das stimmt«, sagt Simon. »Ich muß gestehen, daß ich ziemlich verwirrt bin. Was sie sagt, klingt wahr, sie selbst wirkt offen und ehrlich, und doch kann ich mich des Verdachts nicht erwehren, daß sie mich belügt, und zwar auf eine Weise, die ich nicht genauer definieren kann.«

»Lügen«, sagt MacKenzie. »Ein schwerwiegender Vorwurf. Sie wollen wissen, ob Grace Sie belügt. Lassen Sie es mich so ausdrücken – hat Scheherazade gelogen? Nicht in ihren eigenen Augen. Die Geschichten, die sie erzählte, dürfen nicht den strengen Kategorien von Wahrheit und Lüge unterworfen werden. Sie gehören in einen völlig anderen Bereich. Vielleicht hat Grace Marks Ihnen einfach nur erzählt, was sie Ihnen erzählen muß, um das erwünschte Ziel zu erreichen.«

»Und das wäre?« fragt Simon.

»Den Sultan bei Laune zu halten«, sagt MacKenzie. »Das Ende zu verhindern. Ihre Abreise hinauszuzögern und dafür zu sorgen, daß Sie so lange wie möglich bei ihr bleiben.«

»Was um alles in der Welt hätte sie davon?« fragt Simon. »Mich bei Laune zu halten wird sie nicht aus dem Gefängnis herausholen.«

»Ich glaube nicht, daß sie wirklich damit rechnet«, sagt MacKenzie. »Aber ist es nicht offensichtlich? Das arme Ding hat sich in Sie verliebt. Ein unverheirateter Mann, mehr oder weniger jung und nicht ungestalt, taucht plötzlich bei einer Frau auf, die seit langer Zeit von jeder männlichen Gesellschaft abgeschnitten ist. Sie sind fraglos der Held ihrer Träume.«

»Gewiß nicht«, sagt Simon, der nichtsdestoweniger rot wird. Wenn Grace in ihn verliebt ist, hat sie ihr Geheimnis außerordentlich gut gewahrt.

»Aber gewiß doch, sage ich. Ich selbst habe genau dieselbe Erfahrung gemacht oder doch eine sehr ähnliche, denn ich mußte damals viele Stunden mit ihr verbringen, in ihrer Gefängniszelle in Toronto, während sie ihr Garn zu schier unglaublichen Längen ausspann. Sie war vernarrt in mich und wollte mich nicht aus den Augen lassen. Diese schmelzenden, schmachtenden Blicke! Hätte ich nur einmal die Hand auf die ihre gelegt, hätte sie sich mir in die Arme geworfen!«

Simon ist angewidert. Was für ein eingebildeter kleiner Troll, mit seiner flotten Weste und der Knollennase! »Tatsächlich?« sagt er, darum bemüht, sich seinen Ärger nicht anmerken zu lassen.

»Ja, tatsächlich«, sagt MacKenzie. »Sie glaubte schließlich, sie würde gehängt werden. Und die Angst ist ein bemerkenswertes Aphrodisiakum. Ich rate Ihnen, es gelegentlich einmal zu versuchen. Wir Anwälte werden so oft in die Rolle des Heiligen Georg versetzt, zumindest vorübergehend. Finden Sie eine holde Maid, die an einen Felsen gekettet ist und von einem Ungeheuer gefressen werden soll, retten Sie sie, und sie gehört Ihnen. So ist das nun einmal bei holden Maiden in Nöten, finden Sie nicht auch? Ich will nicht abstreiten, daß ich sehr versucht war. Grace war damals sehr jung und zart, inzwischen hat das Gefängnisleben sie zweifellos härter gemacht.«

Simon hustet, um seine Empörung zu überspielen. Wie hat

er bisher nur übersehen können, daß der Mann den Mund eines korrupten alten Wüstlings hat? Eines provinziellen Bordellbesuchers. Eines berechnenden Lüstlings. »Es gab nie auch nur eine Andeutung davon«, sagt er. »In meinem Fall.« Er war der Überzeugung gewesen, die Träume hätten sich ausschließlich auf seiner Seite abgespielt, aber jetzt beginnt er, daran zu zweifeln. Was denkt Grace wirklich über ihn, während sie näht und erzählt?

»Es war ein Glück für mich«, sagt MacKenzie, »und natürlich auch für Grace, daß der Mord an Mr. Kinnear als erstes verhandelt wurde. Es war für alle offensichtlich, daß Grace nicht dabei geholfen haben konnte, Kinnear zu erschießen, und für den Mord an Nancy gab es – übrigens gegen beide – nur Indizienbeweise. Grace wurde nicht als Haupttäterin verurteilt, sondern als Komplizin, da man ihr nur nachweisen konnte, daß sie vorher von McDermotts mörderischen Absichten gewußt und ihn nicht verraten hatte; und daß sie es gleichermaßen unterlassen hatte, die vollbrachte Tat hinterher anzuzeigen. Selbst der Vorsitzende des Obersten Gerichts in Ottawa riet zur Nachsicht, und mit Hilfe mehrerer eindringlicher Petitionen zu ihren Gunsten konnte ich ihr Leben retten. Zu diesem Zeitpunkt war die Todesstrafe bereits gegen die beiden verhängt, und die Verhandlung war als geschlossen erklärt worden, da man es für überflüssig hielt, sich mit den Einzelheiten des zweiten Mordes zu befassen. Also hat Grace nie wegen des Mordes an Nancy Montgomery vor Gericht gestanden.«

»Und wenn sie deswegen vor Gericht gestellt worden wäre?«

»Hätte ich sie nicht loseisen können. Die öffentliche Meinung wäre zu stark gewesen. Dagegen wäre ich nicht angekommen. Sie wäre gehängt worden.«

»Aber Ihrer Meinung nach war sie unschuldig«, sagt Simon.

»Im Gegenteil«, sagt MacKenzie. Er nippt an seinem Sherry, tupft sich affektiert die Lippen ab und lächelt erinnerungsselig. »Nein. Meiner Meinung nach war sie so schuldig wie die Sünde selbst.«

46.

Was macht Dr. Jordan, und wann wird er zurückkommen? Was er macht, weiß ich, das glaube ich zumindest. Er spricht in Toronto mit Leuten und versucht herauszufinden, ob ich schuldig oder nicht schuldig bin. Auf diese Weise wird er es aber nicht herausfinden. Er hat noch nicht verstanden, daß Schuld nicht von Dingen kommt, die man getan hat, sondern von Dingen, die andere einem angetan haben.

Sein Vorname ist Simon. Ich frage mich, warum seine Mutter oder auch sein Vater ihn so genannt haben. Mein eigener Vater hat sich nie damit abgegeben, Namen für uns zu finden, das blieb Mutter und Tante Pauline überlassen. Es gibt natürlich Simon Petrus, den Apostel, der von unserem Herrn zum Menschenfischer gemacht wurde. Aber es gibt auch Simon den Einfaltspinsel aus dem Kinderlied. Traf einen Zuckerbäcker, wollte seine Waren schlecken und hatte keinen Penny in der Tasche. McDermott war genauso. Er glaubte auch, er könnte sich einfach alles nehmen, ohne dafür bezahlen zu müssen. Dr. Jordan ist auch so. Nicht, daß er mir nicht leid tun würde. Er war von Anfang an dünn, und ich habe den Eindruck, daß er noch dünner geworden ist. Ich glaube, irgendein Kummer nagt an ihm.

Heute war Badetag. In letzter Zeit wird davon geredet, daß wir in Zukunft nackt baden sollen, in Gruppen, statt zu zweit in unseren Unterkleidern. Sie sagen, es ginge schneller und wäre auch sonst sparsamer, da weniger Wasser gebraucht würde, aber ich finde, es ist eine schamlose Idee, und wenn sie es wirklich versuchen, werde ich mich beschweren. Aber vielleicht auch nicht, da diese Dinge uns auferlegt werden, um uns zu prüfen, und ich sollte mich ohne Klage damit abfinden, wie ich

· 508 ·

es auch mit den anderen Dingen tue, größtenteils. Die Bäder sind so schon unangenehm genug, der Steinboden ist glitschig von schmutziger alter Seife, wie Gallert, und immer ist eine Aufseherin dabei und paßt auf, was aber vielleicht auch gut ist, da sonst sicher viel gespritzt würde. Im Winter friert man sich zu Tode, aber jetzt, in der Hitze des Sommers mit dem ganzen Schmutz und Schweiß, der doppelt so schlimm ist, wenn man in der Küche gearbeitet hat, macht das kalte Wasser mir nicht soviel aus, da es erfrischend ist.

Nachdem das Bad überstanden war, mußte ich beim Nähen helfen. Das Gefängnis ist mit der Männerkleidung im Rückstand, da immer mehr Verbrecher eingeliefert werden, vor allem in den Hundstagen des Sommers, wo die Gemüter hitziger und die Leute aufbrausender sind; und deshalb brauchen sie Aushilfe. Sie müssen ihre Aufträge und Quoten erfüllen, genau wie in einer Fabrik.

Annie Little saß neben mir auf der Bank, und sie beugte sich zu mir und flüsterte: »Grace, Grace, ist er schön, dein junger Doktor? Wird er dich aus dem Gefängnis holen? Bist du in ihn verliebt? Bestimmt bist du es.«

»Sei nicht albern«, flüsterte ich zurück. »Wie kann man bloß so einen Unsinn reden. Ich war noch nie in einen Mann verliebt und habe nicht die Absicht, jetzt damit anzufangen. Ich bin schließlich lebenslänglich hier, und in einem Gefängnis ist keine Zeit für so was und erst recht kein Platz.«

Annie ist fünfunddreißig, sie ist älter als ich, aber abgesehen davon, daß sie nicht immer ganz richtig im Kopf ist, ist sie auch nie erwachsen geworden. Das kommt im Gefängnis oft vor, manche bleiben die ganze Zeit, die sie hier sind, innerlich im selben Alter. In dem Alter, in dem sie waren, als sie hergebracht wurden.

»Komm von deinem hohen Roß runter«, sagte sie und bohrte mir den Ellbogen in die Rippen. »Du hättest sicher nichts gegen einen steifen Schwanz in einer dunklen Ecke. So was ist doch nie verkehrt, und du bist so gerissen«, flüsterte sie. »Du würdest schon die Zeit und den Ort dafür finden, wenn du wolltest.

Bertha Flood hat es mit einem Wärter im Werkzeugschuppen getrieben, bloß ist sie dabei erwischt worden, aber du würdest nie erwischt werden, du hast gute Nerven, du könntest deine eigene Großmutter im Schlaf ermorden, ohne mit der Wimper zu zucken.« Und sie lachte ein schnaubendes Lachen.

Ich fürchte, sie hat ein sehr verwerfliches Leben geführt.

»Ruhe da hinten«, sagte die Aufseherin, die Wache hatte, »sonst schreib ich eure Namen auf.« Sie sind wieder strenger geworden, weil wir eine neue Oberaufseherin haben, und wenn man zu oft aufgeschrieben wird, schneiden sie einem die Haare ab.

Nach dem Mittagessen wurde ich ins Haus des Direktors geschickt. Dora war wieder da, weil sie eine Abmachung mit Dr. Jordans Vermieterin hat, daß sie an den Tagen, an denen wir große Wäsche haben, zu uns kommen darf; und wie üblich hatte sie eine Menge zu tratschen. Sie sagte, wenn sie auch nur die Hälfte von dem erzählen würde, was sie wüßte, würde jemand Bestimmtes die Nase nicht mehr ganz so hoch tragen, und es gebe da einige, die in schwarzer Seide herumgingen und ihre Spitzentaschentücher immer bereit hätten und sich an den Nachmittagen mit Kopfschmerzen hinlegen müßten, als wären sie durch und durch ehrbar. Und andere könnten ihretwegen denken, was sie wollten, aber sie selbst würde sich keinen Sand in die Augen streuen lassen. Sie sagte, seit Dr. Jordan weg sei, würde ihre Herrin stundenlang im Haus auf und ab laufen und aus dem Fenster starren oder aber dasitzen wie betäubt; was kein Wunder wäre, weil sie bestimmt Angst hatte, er würde ihr genauso davonlaufen wie der andere auch. Und wer würde dann für ihre Launen und Grillen aufkommen, und für die ganze Rennerei und Schlepperei, die sie verlangte?

Clarrie achtet größtenteils nicht auf das, was Dora sagt. Sie interessiert sich nicht für Tratsch über die besseren Kreise; sie raucht einfach nur ihre Pfeife und sagt *Hmm*. Aber heute sagte sie, sie wüßte nicht, warum sie sich darum kümmern sollte, was diese Leute treiben, genausogut könnte man zugucken, wie die

Hennen und die Hähne sich auf dem Hof balgen, und soweit sie es sagen könnte, hätte Gott solche Leute nur auf die Erde gesetzt, um die Wäsche dreckig zu machen, denn sie könne sich um ihr Leben keinen anderen Grund dafür denken. Und Dora sagte: »Jedenfalls geben sie sich alle Mühe, wenigstens die Arbeit gut zu machen, wie ich sagen muß. Sie machen sie schneller dreckig, wie ich sie sauberkriegen kann, und zwar beide zusammen, wenn ich die Wahrheit sagen soll.«

Als sie das sagte, lief mir ein Schauer über den Rücken, und ich fragte nicht, was sie damit meinte. Ich wollte nichts Schlechtes über Dr. Jordan hören, da er im großen und ganzen gut zu mir gewesen ist, und eine beträchtliche Abwechslung in meinem eintönigen Leben.

Wenn Dr. Jordan zurückkommt, soll ich hypnotisiert werden. Es ist alles schon beschlossen. Jeremiah, das heißt Dr. DuPont – ich darf nicht vergessen, ihn jetzt immer so zu nennen –, soll das Hypnotisieren übernehmen, und die anderen werden zusehen und zuhören. Die Frau Direktor hat mir alles erklärt und gesagt, daß ich keine Angst zu haben brauche, da ich unter Freunden sein werde, die es gut mit mir meinen, und ich muß nur auf einem Stuhl sitzen und einschlafen, wenn Dr. DuPont es mir sagt. Wenn ich dann schlafe, werden sie mir Fragen stellen. Auf die Weise hoffen sie, mir die Erinnerung zurückzugeben.

Ich habe gesagt, ich sei mir gar nicht sicher, ob ich sie wirklich wiederhaben wolle, obwohl ich natürlich tun würde, was sie von mir verlangten. Und sie sagte, sie sei froh, daß ich so willig sei, und sie habe das größte Vertrauen zu mir und sei sicher, daß sich meine Unschuld herausstellen würde.

Nach dem Abendessen gab die Aufseherin uns Strickarbeiten, die wir mit in die Zellen nehmen und am Abend fertigmachen sollten, da sie auch mit den Strümpfen im Verzug sind. Im Sommer bleibt es recht lange hell, und deshalb muß nicht einmal Kerzenwachs an uns verschwendet werden.

Also stricke ich. Ich bin eine schnelle Strickerin. Ich brauche nicht einmal hinzusehen, solange es nur Socken sind und nichts Kompliziertes. Und während ich stricke, denke ich darüber nach, was ich in mein Andenken-Album kleben würde, wenn ich eins hätte. Eine Franse vom Schultertuch meiner Mutter. Einen Faden roter Wolle von den geblümten Handschuhen, die Mary Whitney für mich gemacht hat. Ein Stückchen Seide von Nancys gutem Tuch. Einen Hornknopf von Jeremiah. Ein Gänseblümchen von dem Kranz, den Jamie Walsh für mich geflochten hat.

Nichts von McDermott, weil ich mich nicht an ihn erinnern will.

Aber was sollte so ein Andenken-Album eigentlich sein? Sollte es nur die guten Dinge im Leben enthalten, oder alle Dinge? Viele Frauen kleben Bilder von Landschaften und Ereignissen hinein, die sie selbst nie gesehen haben, Herzöge zum Beispiel, oder die Niagarafälle, was in meinen Augen geschwindelt ist. Würde ich das tun? Oder wäre ich mit meinem eigenen Leben ehrlich?

Ein Stück von dem kratzigen Baumwollstoff von meinem Gefängnisnachthemd. Ein Stück von einem blutbefleckten Unterrock. Ein Streifen von einem Halstuch, weiß, mit blauen Blumen. Jungfer im Grünen.

47.

Am nächsten Morgen kurz nach Sonnenaufgang macht Simon sich auf den Weg nach Richmond Hill, auf einem Pferd aus dem Mietstall hinter seinem Hotel. Wie alle Pferde, die eine Vielzahl fremder Reiter ertragen müssen, ist es störrisch und hat ein hartes Maul und versucht zweimal, ihn an einen Zaun zu drängen. Danach gewöhnt es sich an ihn und fällt in einen langsamen, aber zäh durchgehaltenen Galopp, nur manchmal unterbrochen von einem schnellen, zockelnden Schritt. Obwohl die Straße staubig ist und gelegentlich tiefe Spurrillen hat, ist sie besser, als Simon erwartet hat, und nach mehreren Pausen an Gasthäusern am Wegesrand, wo er das Pferd ausruhen und trinken läßt, erreicht er Richmond Hill kurz nach der Mittagsstunde.

Es ist immer noch kein sonderlich bemerkenswerter Ort. Es gibt einen Kaufladen, einen Schmied, ein paar verstreute Häuser. Die Schenke muß die gleiche sein, an die Grace sich erinnert. Er geht hinein, bestellt Roastbeef und ein Bier und erkundigt sich nach Mr. Kinnears früherem Haus. Der Wirt ist nicht überrascht: Simon ist beileibe nicht der erste, der danach fragt. Damals wurden sie sogar ziemlich überrannt, sagt er, zur Zeit der Morde, und seitdem gab es ein stetes Rinnsal von Neugierigen. Der Ort ist es allmählich leid, nur wegen dieser einen Sache bekannt zu sein: man soll den Toten ihre Ruhe lassen, ist seine Meinung. Aber die Leute wollen nun einmal jede Tragödie begaffen; es ist fast unanständig. Man sollte meinen, daß sie sich von solchen Dingen fernhalten würden – aber nein, sie wollen daran teilhaben! Manche gingen sogar so weit, Sachen mitzunehmen – Kieselsteine von der Auffahrt, Blumen aus den Blumenbeeten. Der jetzige Besitzer stört sich nicht weiter daran, da nicht mehr so viele Leute kommen. Trotzdem will er keine Gaffer vor dem Haus.

Simon versichert ihm, daß seine eigene Neugier alles andere als müßig ist: er ist Arzt und arbeitet an einer Studie über Grace. Reine Zeitverschwendung, sagt der Wirt, denn Grace ist schuldig. »Sie war ein hübsches Mädchen«, fügt er hinzu, nun doch ein wenig stolz darauf, sie gekannt zu haben. »Und nach außen die reine Unschuld. Man hätte nie gedacht, was sie hinter diesem glatten Gesicht alles ausheckte.«

»Sie war damals erst fünfzehn, glaube ich«, sagt Simon.

»Hätte aber für achtzehn durchgehen können«, sagt der Wirt. »Eine Schande, so jung und schon so verdorben.« Er sagt, Mr. Kinnear sei ein netter Mann gewesen, auch wenn er es mit der Moral nicht so genau genommen habe, und die meisten Leute hätten Nancy Montgomery gern gehabt, obwohl sie in Sünde lebte. Er habe auch McDermott gekannt; ein hervorragender Athlet, sehr gewandt, und sicher wäre am Ende noch was Anständiges aus ihm geworden, wenn diese Grace nicht gewesen wäre. »Sie hat ihn angestiftet, sie hat ihm den Strick um den Hals gelegt.« Er sagt, daß die Frauen immer zu glimpflich davonkommen.

Simon erkundigt sich auch nach Jamie Walsh, aber Jamie Walsh lebt nicht mehr hier. In die Stadt gegangen, sagen einige; in die Staaten, sagen andere. Als Mr. Kinnears Haus verkauft wurde, mußten die Walshes sich was anderes suchen. Überhaupt sind nicht mehr viele von denen übrig, die schon damals hier gelebt haben, da seitdem viele Farmen die Besitzer gewechselt haben und Leute kamen und gingen. Auf der anderen Seite des Zauns ist das Gras eben immer grüner.

Simon reitet nach Norden und hat keine Schwierigkeiten, den Kinnear-Besitz zu finden. Eigentlich hatte er nicht bis ans Haus reiten wollen – er wollte es sich nur aus der Ferne ansehen –, aber die Bäume im Obstgarten, die zu Graces Zeit noch jung waren, sind inzwischen gewachsen und verstellen den Blick, und plötzlich ist er die halbe Auffahrt hinauf, und ehe er es sich versieht, bindet er sein Pferd am Zaun neben den beiden Küchen an und steht an der Haustür.

Das Haus ist kleiner und auch schäbiger, als er es sich vorgestellt hat. Die Veranda mit ihren Säulen müßte dringend gestrichen werden, und die Rosensträucher sind verwildert und tragen nur wenige, kränklich aussehende Blüten. Was hat er schon davon, wenn er sich das Haus ansieht, fragt sich Simon, abgesehen von einem vulgären Kitzel und der Befriedigung eines morbiden Interesses? Es ist wie ein Besuch auf einem Schlachtfeld: nichts ist zu sehen, außer vor dem inneren Auge. Solche Begegnungen mit der Realität sind immer eine Enttäuschung.

Trotzdem klopft er an die Tür, klopft dann noch einmal. Niemand kommt. Er wendet sich schon ab, um wieder zu gehen, als die Tür doch noch geöffnet wird. Vor ihm steht eine Frau, dünn, mit traurigem Gesicht, nicht alt, aber alternd, einfach und schlicht in einem dunkel gemusterten Kleid und einer Schürze. Simon hat das Gefühl, daß Nancy so aussehen würde, wenn sie noch am Leben wäre.

»Sie wollen sich das Haus ansehen«, sagt sie. Es ist keine Frage. »Der Herr ist nicht da, aber ich habe Anweisung, Sie herumzuführen.«

Simon schüttelt verwirrt den Kopf: woher wollen diese Leute gewußt haben, daß er kommen würde? Vielleicht kommen doch noch viele Besucher, ungeachtet dessen, was der Wirt ihm gesagt hat? Ist das Haus inzwischen zu einem schaurigen Museum geworden?

Die Haushälterin – denn das muß sie sein – tritt zur Seite, um Simon eintreten zu lassen. »Sie werden bestimmt wissen wollen, was mit dem Brunnen ist«, sagt sie. »Danach fragen alle immer als erstes.«

»Brunnen?« fragt Simon. Er hat nichts von einem Brunnen gehört. Vielleicht wird dieser Besuch sich doch noch bezahlt machen, indem er irgendwelche neuen Details über den Fall zutage fördert, die nie zuvor erwähnt wurden. »Was ist mit dem Brunnen?«

Die Frau sieht ihn eigentümlich an. »Es ist ein geschlossener Brunnen, Sir, und er hat eine neue Pumpe. Das wollen Sie doch sicher wissen, wenn Sie das Haus kaufen wollen.«

»Aber ich will es nicht kaufen«, sagt Simon verwirrt. »Ist es denn zu verkaufen?«

»Warum sollte ich es Ihnen sonst zeigen? Natürlich ist es zu verkaufen, und nicht zum ersten Mal. Die Leute, die hier leben, fühlen sich nie so ganz wohl. Nicht daß irgend etwas wäre, es gibt keine Gespenster oder so was, obwohl man meinen sollte, es gäbe welche, und obwohl ich selbst nur ungern in den Keller gehe. Aber es zieht die Gaffer an.«

Sie starrt ihn finster an: wenn er kein Käufer ist, was will er dann hier? Simon möchte nicht für einen der Gaffer gehalten werden. »Ich bin Arzt«, sagt er.

»Ah«, sagt sie und nickt ihm wissend zu, als erkläre das alles. »Dann wollen Sie sich also das *Haus* ansehen. Es kommen eine Menge Ärzte her, die es sich ansehen wollen. Mehr noch als andere, sogar mehr noch als Anwälte. Aber wo Sie nun schon mal hier sind, soll es mir recht sein. Hier ist der Salon, wo in Mr. Kinnears Zeit das Piano stand, wie ich mir habe sagen lassen, auf dem Miss Nancy Montgomery oft spielte. Sie soll ja gesungen haben wie ein Kanarienvogel. Sehr musikalisch, sagen alle.« Sie lächelt Simon an, das erste Lächeln, das sie ihm gönnt.

Der Rundgang, der Simon geboten wird, ist gründlich. Sie zeigt ihm das Eßzimmer, die Bibliothek, die Winterküche, die Sommerküche, den Stall mit dem darüberliegenden Dachboden, »wo dieser Schurke McDermott schlief«. Die Schlafzimmer im oberen Stock − »Nur der Himmel weiß, was sich hier oben alles abgespielt hat« − und Graces kleines Zimmer. Die Möbel sind natürlich nicht mehr dieselben. Sie sind ärmlicher, schäbiger. Simon versucht sich vorzustellen, wie es damals hier ausgesehen haben muß, und kann es nicht.

Mit einem feinen Gespür für Dramatik hebt die Haushälterin sich den Keller bis zum Schluß auf. Sie zündet eine Kerze an und geht als erste hinunter, wobei sie sagt, er möge aufpassen,

·516·

daß er nicht ausrutscht. Das Licht ist trübe, die Ecken voller Spinnweben. Es riecht muffig nach Erde und eingelagertem Gemüse. »Er wurde genau hier gefunden«, sagt die Haushälterin genüßlich. »Und sie war da drüben an dieser Wand versteckt. Obwohl ich nicht weiß, warum sie sich die Mühe gemacht haben, sie zu verstecken. Verbrechen wollen immer an den Tag, und an den Tag kamen sie auch. Es ist eine Schande, daß sie diese Grace nicht auch aufgehängt haben, und ich bin nicht die einzige, die das sagt.«

»Das kann ich mir denken«, sagt Simon. Er hat genug gesehen und will nur noch weg hier. An der Tür gibt er der Frau eine Münze – es scheint das richtige zu sein –, und sie nickt und steckt sie ein. »Sie können sich auch die Gräber ansehen, auf dem Friedhof im Dorf«, sagt sie. »Es stehen keine Namen darauf, aber Sie können sie nicht verfehlen. Sie sind die einzigen mit einem Zaun darum.«

Simon bedankt sich bei ihr. Er hat das Gefühl, sich nach einer obszönen Vorstellung davonzustehlen. Zu was für einer Art von Voyeur ist er geworden? Einem gründlichen, wie es aussieht, da er unverzüglich den Weg zur presbyterianischen Kirche einschlägt, die leicht zu finden ist, da es weit und breit keinen anderen Kirchturm gibt.

Hinter der Kirche liegt der Friedhof, gepflegt und grün, die Toten fest unter Kontrolle. Kein wucherndes Unkraut, keine zerfledderten Kränze, kein wildes Wachstum, keine Konfusion; nichts, was sich mit der barocken Üppigkeit Europas vergleichen ließe. Keine Engel, keine Kruzifixe, keine trauernden Madonnen, kein unnützer Zierat. Der Himmel der Presbyterianer muß einem Bankhaus ähneln, in dem jede Seele etikettiert und ordentlich beschriftet in das ihr zukommende Schließfach verfrachtet wird.

Die Gräber, die er sucht, sind nicht zu verfehlen. Beide sind von einem hölzernen Lattenzaun umgeben. Es sind die einzigen Zäune auf dem ganzen Friedhof – zweifellos wurden sie aufgestellt, um die Begrabenen an Ort und Stelle festzuhalten, da Ermordeten nachgesagt wird, daß sie umgehen. Anscheinend sind nicht einmal die Presbyterianer gegen Aberglauben gefeit.

Thomas Kinnears Zaun ist weiß gestrichen, der von Nancy Montgomery schwarz, vielleicht ein Ausdruck dessen, was der Ort von ihr hielt: ob Mordopfer oder nicht, ihre Moral ließ zu wünschen übrig. Die beiden waren nicht im selben Grab beigesetzt worden, kein Grund, den Skandal in den Tod zu verlängern. Seltsamerweise befindet sich Nancys Grab zu Füßen von Thomas Kinnear, und im rechten Winkel zu ihm; die Wirkung ist die eines Bettvorlegers. Ein großer Rosenstrauch füllt Nancys Einzäunung fast gänzlich aus – die alte Moritat hatte also etwas Prophetisches –, aber auf dem Grab von Thomas Kinnear wächst kein wilder Wein. Halb in der Absicht, sie Grace mitzubringen, pflückt Simon eine Rose von Nancys Grab, überlegt es sich dann aber anders.

Er verbringt die Nacht in einem einfachen Wirtshaus auf halbem Weg zurück nach Toronto. Die Fensterscheiben sind so schmutzig, daß er kaum hindurchsehen kann, die Decken riechen nach Schimmel, direkt unter seinem Zimmer vergnügt sich eine Schar ausgelassener Zecher bis weit nach Mitternacht. Dies sind die unangenehmen Begleiterscheinungen aller Reisen durch die Provinz. Er schiebt einen Stuhl unter die Türklinke, um unwillkommene Eindringlinge fernzuhalten.

Am Morgen steht er früh auf und inspiziert die verschiedenen Insektenstiche, die er während der Nacht bekommen hat. Er taucht den Kopf in die Schüssel mit lauwarmem Wasser, die das Zimmermädchen, das gleichzeitig auch als Spülmagd fungiert, ihm gebracht hat. Das Wasser riecht nach Zwiebeln.

Nachdem er sein Frühstück – bestehend aus einer Scheibe vorsintflutlichem Schinken und einem Ei ungewissen Alters – verzehrt hat, setzt er seinen Weg fort. Nur wenige andere Reisende sind unterwegs. Er kommt an einem Fuhrwerk vorbei, an einem Mann mit einer Axt, der auf seinem Feld einen abgestorbenen Baum fällt, einem Arbeiter, der in den Straßengraben pinkelt. Hier und da schweben Nebelfetzen über den Feldern und lösen sich im heller werdenden Sonnenschein auf wie Träume. Die Luft ist diesig, die Gräser am Straßenrand glitzern vom Tau; das Pferd rupft im Vorbeigehen immer wieder ein Maulvoll ab. Simon ruft es halbherzig zur Ordnung und läßt ihm dann seinen Willen. Er fühlt sich träge, ziel- und ehrgeizlos.

Bevor er den Nachmittagszug nimmt, hat er noch eine Sache zu erledigen. Er will das Grab Mary Whitneys aufsuchen. Er will sich vergewissern, daß es sie wirklich gibt.

Die Methodistenkirche in der Adelaide Street, hat Grace gesagt. Er hat in seinen Notizen nachgeschlagen. Auf dem Friedhof wird Marmor allmählich durch polierten Granit ersetzt, und Grabsprüche werden seltener: Der Prunk liegt heutzutage in Größe und Solidität, nicht in in irgendwelchen Verzierungen. Die Methodisten lieben monumentale, blockartige Grabsteine, unübersehbar wie jene dicken schwarzen Striche, die in den Büchern von Simons Vater unter die abgeschlossenen Konten gezogen wurden: *Voll bezahlt.*

Er wandert zwischen den Gräberreihen auf und ab und liest die Namen – die Biggs und die Stewarts, die Flukes und die Chambers, die Cooks und die Randolphs und die Stalworthys. Endlich findet er das Grab, das er sucht, in einer Ecke: ein kleiner, grauer Stein, der älter aussieht als die neunzehn Jahre, die seither vergangen sind. *Mary Whitney*; nur der Name, sonst nichts. Aber Grace hatte ja gesagt, daß der Name alles war, was sie sich leisten konnte.

Die Überzeugung lodert in ihm auf wie eine Flamme – ihre Geschichte ist also wahr –, erstirbt aber ebenso schnell. Was sind diese physischen Zeichen schon wert? Ein Zauberer zieht eine Münze aus einem Hut, und nur weil es eine echte Münze und ein echter Hut ist, glaubt das Publikum, daß auch die Illusion real sei. Aber dieser Stein ist nichts anderes als – ein Stein. Zum einen steht kein Datum darauf, und die Mary Whitney, die darunter begraben liegt, hat vielleicht überhaupt nichts mit Grace Marks zu tun. Sie könnte einfach nur ein Name sein,

ein Name auf einem Stein, den Grace hier gesehen und dann benutzt hat, um ihre Geschichte auszuspinnen. Sie könnte eine alte Frau sein, eine ehrbare Ehefrau, ein kleines Kind, irgend jemand.

Nichts ist bewiesen. Aber es ist auch nichts widerlegt.

Auf dem Rückweg nach Kingston reist Simon erster Klasse. Der Zug ist fast voll, und diesem Gedränge zu entgehen ist den Preis wert. Als er nach Osten getragen wird und Toronto hinter ihm zurückbleibt und damit auch Richmond Hill und seine Farmen und Weiden, fragt er sich, wie es wohl wäre, dort zu leben, in jener grünen, friedlichen Landschaft, beispielsweise im Haus von Thomas Kinnear – mit Grace als Haushälterin. Nicht nur als Haushälterin: als seiner heimlichen Geliebten. Er würde sie versteckt halten, unter einem anderen Namen.

Es wäre ein träges, gemächliches Leben mit seinen eigenen, ruhigen Freuden. Er stellt sich vor, wie Grace im Salon in einem Sessel sitzt und näht, während das Licht einer Lampe seitlich auf ihr Gesicht fällt. Wieso eigentlich nur seine Geliebte? Plötzlich geht ihm auf, daß Grace Marks die einzige Frau ist, die zu heiraten er sich vorstellen könnte. Es ist eine plötzliche Eingebung, aber er dreht und wendet sie hin und her und spinnt sie weiter aus. Mit einer gewissen Ironie denkt er, daß Grace auch die einzige wäre, die alle Bedingungen seiner Mutter erfüllen würde, oder doch fast alle, denn sie ist natürlich nicht reich. Aber sie besitzt Schönheit ohne Frivolität, Häuslichkeit ohne Stumpfheit, Bescheidenheit im Auftreten, Klugheit und Umsicht. Dazu ist sie eine meisterliche Handarbeiterin und könnte Miss Faith Cartwright zweifellos in Grund und Boden häkeln. Da hätte seine Mutter sicher keine Klagen.

Dann seine eigenen Erfordernisse. Grace ist sicher leidenschaftlich, dessen ist er gewiß, obwohl es nicht einfach wäre, diese Gefühle in ihr aufzuspüren. Und sie wäre ihm dankbar, wenn auch auf widerwillige Weise. Die Dankbarkeit selbst verlockt ihn nicht, aber die Vorstellung des Widerwillens gefällt ihm.

Aber da ist James McDermott. Hat sie in dieser Hinsicht die Wahrheit gesagt? Hat sie den Mann wirklich so sehr verabscheut und gefürchtet, wie sie behauptet? Er hat sie berührt, das ist gewiß; aber wie intensiv und mit wieviel Billigung ihrerseits? Solche Episoden sehen im nachhinein immer anders aus als in der Hitze des Augenblicks; niemand weiß das besser als er, und wieso sollte es bei einer Frau anders sein? Man macht Ausflüchte, man sucht Entschuldigungen für sich selbst, man mogelt sich da heraus, so gut man kann. Aber was, wenn sie eines Abends im lampenerhellten Salon mehr enthüllt, als er wissen will?

Aber er will es wissen.

Natürlich wäre es Wahnsinn, eine perverse Phantasie, eine mutmaßliche Mörderin zu heiraten. Aber was, wenn er sie vor den Morden kennengelernt hätte? Er denkt darüber nach und verwirft den Gedanken wieder. Vor den Morden wäre Grace völlig anders gewesen als die Frau, die er jetzt kennt. Ein junges Mädchen, kaum geformt; lauwarm, schal und geschmacklos. Eine reizlose Landschaft.

Mörderin, Mörderin, flüstert er vor sich hin. Das Wort besitzt etwas Verlockendes, fast einen Duft. Treibhausgardenien. Düsterrot, gespenstisch, verschlagen. Er stellt sich vor, wie er es leise haucht, wenn er Grace an sich zieht, seinen Mund auf den ihren preßt. *Mörderin.* Er drückt es ihrem Hals auf wie ein Brandmal.

XIII.

Die Büchse der Pandora

Mein Mann hatte ein sehr sinnreiches Spiritoskop erfunden ... Ich hatte mich immer geweigert, meine Hände auf dieses Brett zu legen, welches sich bei Menschen bewegte, die unter dem Einfluß aus dem Jenseits standen, und Buchstabe um Buchstabe Botschaften und Namen niederschrieb. Aber als ich allein war, legte ich die Hände auf das Brett und fragte: »Ist es ein Geist, der meine Hand bewegt?« Und das Brett rollte vor und buchstabierte »Ja« ...

Sie werden vielleicht denken, wie ich selbst es oft getan habe, daß das Ganze eine Machenschaft meines *eigenen* Geistes ist, aber dann muß mein Geist weit klüger sein als ich, seine Besitzerin, es mir auch nur vorstellen kann, wenn er Buchstabe um Buchstabe ganze Seiten zusammenhängender und oft abstruser Themen herunterschreiben kann, ohne daß ich selbst auch nur ein Wort davon weiß, denn erst wenn Mr. Moodie mir hinterher, wenn die Kommunikation beendet ist, vorliest, was da steht, weiß ich, worum es sich handelt. Meine Schwester, Mrs. Traill, ist ein sehr mächtiges Medium für diese Kommunikationen und empfängt sie sogar in fremden Sprachen. Ihre Geister schimpfen oft und bezeichnen sie mit sehr häßlichen Ausdrücken ... Halten Sie mich bitte nicht für verrückt oder für von bösen Geistern besessen. Ich würde Ihnen von Herzen wünschen, von einer solch glorreichen Verrücktheit besessen zu sein.

Susanna Moodie, Brief an Richard Bentley, 1858

Ein Schatten steht vor mir,
Nicht du, doch ähnlich dir.
Oh Gott, wär es doch möglich
Nur eine kurze Stund zu sehn
Die Seelen, die wir liebten,
Was sie sind, wohin sie gehn!

Alfred Lord Tennyson, Maud, 1855

Da ist ein Riß in meinem Verstand –
Als wär gespalten mein Gehirn –
Versucht zu schließen ihn – Naht um Naht –
Aber die Stücke paßten nicht.
Emily Dickinson, ca. 1860

48.

Sie warten in der Bibliothek von Mrs. Quennells Haus, alle
auf Stühlen mit geraden Lehnen, alle nicht zu offensichtlich der Tür zugewandt, die einen Spalt offensteht. Die Vorhänge, die aus kastanienbraunem Samt mit schwarzen Rändern
sind und schwarze Troddeln haben und Simon an episkopali-
sche Beerdigungen erinnern, sind zugezogen; eine kugelförmige
Lampe brennt. Sie steht auf dem Tisch, der oval und aus Eiche
ist. Sie alle sitzen um ihn herum, schweigend, erwartungsvoll,
sittsam und aufmerksam, wie eine Gruppe von Geschworenen
kurz vor der Verhandlung.

Mrs. Quennell indessen ist ganz entspannt, die Hände friedlich im Schoß gefaltet. Sie erwartet Wunder, wird aber sichtlich
nicht überrascht sein, egal wie sie aussehen mögen. Sie erinnert an eine professionelle Reiseleiterin, für die beispielsweise
die Niagarafälle zu etwas Alltäglichem geworden sind, die jedoch hofft, sich stellvertretend an den Verzückungen neuer Besucher zu erfreuen. Die Frau des Direktors trägt einen Ausdruck sehnsuchtsvoller Frömmigkeit zur Schau, gemäßigt
durch Resignation, wohingegen es Reverend Verringer gelingt,
gleichzeitig wohlwollend und mißbilligend auszusehen. Um
seine Augen herum glitzert es, als trüge er eine Brille, was
nicht der Fall ist. Lydia, die links neben Simon sitzt, trägt ein
Kleid aus einem wolkigen, schimmernden Material in einem
hellen Mauve, durchschossen von Weiß, tief genug ausgeschnitten, um ihre bezaubernden Schlüsselbeine zu enthüllen.
Ein feuchter Duft nach Maiglöckchen steigt von ihr auf. Sie
dreht nervös ihr Taschentuch zusammen, aber als ihr Blick dem
Simons begegnet, lächelt sie.

Was Simon selbst angeht, so spürt er, daß sein Gesicht in einem skeptischen und nicht sehr angenehmen Ausdruck höhnischer Herablassung erstarrt ist, aber das ist ein falsches Gesicht, denn darunter ist er so gespannt und eifrig wie ein Schuljunge auf dem Jahrmarkt. Er glaubt an nichts. Er erwartet Betrug und will die Betrüger entlarven, aber gleichzeitig wünscht er sich, erstaunt zu werden. Er weiß, daß dies eine gefährliche Einstellung ist: er muß sich seine Objektivität bewahren.

Es klopft an der Tür, sie schwingt auf, und Dr. Jerome DuPont kommt herein. Er führt Grace an der Hand. Sie hat keine Haube auf dem Kopf, und ihre zusammengesteckten Haare schimmern rot im Lampenlicht. Außerdem trägt sie einen weißen Kragen, was Simon noch nie an ihr gesehen hat, und sieht erstaunlich jung aus. Sie geht zögernd, als wäre sie blind, aber ihre Augen sind weit offen und fest auf DuPont gerichtet, mit der Furchtsamkeit, der Ängstlichkeit, dem blassen, stummen Flehen, die sich Simon – wie er in diesem Augenblick erkennt – vergeblich erhofft hat.

»Wie ich sehe, sind Sie alle da«, sagt Dr. DuPont. »Ich bedanke mich für Ihr Interesse, und ich hoffe, ich darf sagen, für Ihr Vertrauen. Die Lampe muß vom Tisch entfernt werden. Mrs. Quennell, dürfte ich Sie darum bitten? Und heruntergedreht. Und die Tür geschlossen.«

Mrs. Quennell steht ohne ein Wort auf und trägt die Lampe zu einem kleinen Schreibtisch in der Ecke. Reverend Verringer schließt die Tür.

»Grace wird hier sitzen«, sagt Dr. DuPont. Er plaziert sie mit dem Rücken zu den Vorhängen. »Sitzt du bequem, Grace? Gut. Du brauchst keine Angst zu haben. Niemand hier will dir etwas tun. Ich habe ihr erklärt, daß sie mir nur zuhören und dann einschlafen muß. Hast du das verstanden, Grace?«

Grace nickt. Sie sitzt steif da, die Lippen fest zusammengepreßt, die Pupillen ihrer Augen riesig im schwachen Licht. Ihre Hände umklammern die Armlehnen. Simon hat ganz ähnliche Körperhaltungen in Krankenhäusern gesehen – bei Menschen, die Schmerzen haben oder auf eine Operation warten. Eine animalische Angst.

»Was wir heute vorhaben, ist eine durch und durch wissenschaftliche Prozedur«, sagt Dr. DuPont. Er spricht jetzt nicht so sehr zu Grace als vielmehr zu den anderen Anwesenden. »Bitte vergessen Sie alles, was Sie über den Mesmerismus und andere falsche Methoden dieser Art wissen. Das Braidsche System ist durch und durch logisch und vernünftig und wurde von europäischen Experten über jeden Zweifel hinaus bewiesen. Es geht dabei um eine bewußt erzeugte Entspannung und Neuordnung der Nerven, so daß ein neurohypnotischer Schlaf herbeigeführt wird. Etwas ganz Ähnliches läßt sich bei Fischen beobachten, wenn man ihnen über die Rückenflosse streicht, und auch bei Katzen, obwohl die Vorgänge bei höheren Organismen natürlich komplexer sind. Ich muß Sie bitten, alle plötzlichen Bewegungen und lauten Geräusche zu unterlassen, da diese für die Versuchsperson erschreckend oder sogar schädigend sein können. Ich fordere Sie auf, völliges Stillschweigen zu bewahren, bis Grace eingeschlafen ist. Danach dürfen Sie mit leiser Stimme sprechen.«

Grace starrt auf die geschlossene Tür, als denke sie an Flucht. Sie ist so angespannt, daß Simon fast spüren kann, daß sie innerlich vibriert wie ein überdehntes Seil. Er hat sie noch nie so verängstigt erlebt. Was hat DuPont zu ihr gesagt, was hat er getan, bevor er sie hereinbrachte? Fast könnte man meinen, er habe ihr gedroht, aber als er sie anspricht, sieht sie vertrauensvoll zu ihm auf. Was immer sie fürchten mag, DuPont ist es nicht.

DuPont dreht die Lampe noch weiter herunter. Die Luft im Zimmer scheint sich durch ihren kaum wahrnehmbaren Rauch zu verdichten. Graces Gesicht liegt jetzt völlig im Schatten, nur das glasige Glänzen ihrer Augen ist noch wahrnehmbar.

DuPont beginnt mit seiner Prozedur. Zuerst spricht er von Schwere, von Mattigkeit. Dann sagt er Grace, daß ihre Gliedmaßen schweben, treiben, daß sie nach unten sinkt, sinkt, sinkt, wie durch Wasser. Seine Stimme hat eine sanfte Monotonie. Graces Augenlider senken sich; sie atmet ruhig und gleichmäßig.

»Schläfst du, Grace?« fragt DuPont.

»Ja«, antwortet sie mit einer Stimme, die langsam und matt klingt, aber deutlich zu verstehen ist.

»Du kannst mich hören?«

»Ja.«

»Du kannst nur mich hören? Gut. Wenn du aufwachst, wirst du dich an nichts von dem erinnern, was jetzt geschieht. Schlaf noch tiefer.« Er macht eine Pause. »Bitte heb deinen rechten Arm.«

Langsam hebt sich der Arm, wie von einer Schnur gezogen, bis er gerade ausgestreckt ist. »Dein Arm«, sagt DuPont, »ist eine Eisenstange. Niemand kann ihn biegen.« Er sieht sich unter den Anwesenden um. »Möchte jemand es probieren?« Simon ist sehr versucht, beschließt aber, es nicht zu riskieren. An diesem Punkt möchte er weder überzeugt noch enttäuscht werden. »Nein?« sagt DuPont. »Dann werde ich es selbst tun.« Er legt beide Hände auf Graces ausgestreckten Arm und lehnt sich darauf. »Ich setze meine ganze Kraft ein«, sagt er. Der Arm bewegt sich nicht. »Gut. Du kannst den Arm jetzt wieder senken.«

»Ihre Augen sind ja offen«, sagt Lydia erschrocken; und tatsächlich sind unter Graces Lidern zwei weiße Halbmonde zu erkennen.

»Das ist normal«, sagt DuPont, »und ohne Bedeutung. In diesem Zustand scheint das Subjekt selbst bei geschlossenen Augen gewisse Gegenstände erkennen zu können. Es handelt sich um eine Eigentümlichkeit des Nervensystems, wobei ein sensorisches Organ im Spiel sein muß, das bisher noch unbekannt ist. Aber fahren wir fort.«

Er beugt sich über Grace, als wolle er ihr Herz abhorchen. Dann zieht er ein Stück Stoff aus der Tasche – einen ganz gewöhnlichen Damenschleier, hellgrau – und läßt ihn sanft über ihren Kopf fallen, er wellt sich leicht und bleibt dann ruhig liegen. Jetzt ist nur noch ein Umriß zu erkennen, mit der Andeutung eines Gesichts hinter dem Schleier. Die Anspielung auf ein Leichentuch ist unmißverständlich.

· 530 ·

Das Ganze ist zu theatralisch, zu billig, denkt Simon; es riecht nach Kleinstadthallen von vor fünfzehn Jahren mit ihrem Publikum aus leichtgläubigen Verkäufern und lakonischen Farmern samt ihren farblosen Frauen und nach den glattzüngigen Scharlatanen, die sie mit transzendentalem Nonsens und medizinischen Quacksalbereien überschütteten, um ihnen die Taschen zu leeren. Er bemüht sich um eine spöttische Haltung; trotzdem stellen sich die Härchen in seinem Nacken auf.

»Sie sieht so — so seltsam aus«, flüstert Lydia.

»»Welch Hoffnung gibts, auf Antwort oder Lohn? Hinter dem Schleier, hinter dem Schleier‹«, sagt Reverend Verringer mit seiner Rezitierstimme. Simon kann nicht sagen, ob es witzig gemeint ist oder nicht.

»Wie bitte?« sagt die Frau des Direktors. »Ach ja — der gute Mr. Tennyson.«

»Der Schleier fördert die Konzentration«, sagt Dr. DuPont mit leiser Stimme. »Der innere Blick ist schärfer, wenn er der äußeren Sicht entzogen ist. Nun, Dr. Jordan, können wir gefahrlos in die Vergangenheit reisen. Was soll ich sie fragen?«

Simon überlegt, wo er anfangen soll. »Fragen Sie sie nach dem Kinnear-Anwesen«, sagt er.

»Nach welchem Teil?« sagt DuPont. »Man muß genau sein.«

»Nach der Veranda«, sagt Simon, der daran glaubt, daß man behutsam beginnen muß.

»Grace«, sagt DuPont, »du bist auf der Veranda von Mr. Kinnears Haus. Was siehst du dort?«

»Ich sehe Blumen«, sagt Grace. Ihre Stimme klingt belegt und irgendwie dumpf. »Die Sonne geht unter. Ich bin so glücklich. Ich will hier bleiben.«

»Bitten Sie sie«, sagt Simon, »aufzustehen und ins Haus zu gehen. Sagen Sie ihr, sie soll zu der Falltür in der Halle gehen, die in den Keller führt.«

»Grace«, sagt DuPont, »du mußt ...«

Plötzlich ist ein einzelner lauter Klopflaut zu hören, fast wie eine kleine Explosion. Er kam vom Tisch, oder war es die Tür? Lydia stößt einen leisen Schrei aus und greift nach Simons

· 531 ·

Hand; es wäre ungehobelt von ihm, sie wegzuziehen, also tut er es nicht, vor allem nicht, weil sie zittert wie Espenlaub.

»Pst!« sagt Mrs. Quennell mit durchdringender Flüsterstimme. »Wir haben einen Besucher!«

»William!« ruft die Frau des Direktors leise. »Ich weiß, daß es mein Liebling ist. Mein kleiner Junge!«

»Ich bitte Sie«, sagt DuPont gereizt. »Das hier ist keine Séance!«

Unter dem Schleier bewegt Grace sich unruhig. Die Frau des Direktors schnüffelt in ihr Taschentuch. Simon sieht zu Reverend Verringer hinüber. Im Halbdunkel ist es schwer, seinen Ausdruck zu deuten, aber es scheint ein gequältes Lächeln zu sein, wie bei einem Baby, das Blähungen hat.

»Ich habe Angst«, sagt Lydia. »Machen Sie mehr Licht.«

»Noch nicht«, flüstert Simon und tätschelt ihre Hand.

Drei weitere harsche Schläge sind zu hören, als hämmere jemand an eine Tür und verlange herrisch Einlaß. »Das ist unzumutbar«, sagt DuPont. »Bitte sagen Sie ihnen, daß sie weggehen müssen!«

»Ich werde es versuchen«, sagt Mrs. Quennell. »Aber heute ist Donnerstag, und sie sind es gewöhnt, donnerstags zu kommen.« Sie senkt den Kopf und faltet die Hände. Nach einer Weile ist ein kleines Stakkato von Klopftönen zu hören, wie von einer Handvoll Kieselsteine, die durch ein Regenrohr fallen. »Gut«, sagt sie. »Ich glaube, es hat gewirkt.«

Es muß einen Verbündeten geben, denkt Simon – einen Komplizen oder einen Apparat, vor der Tür, unter dem Tisch. Schließlich ist dies Mrs. Quennells Haus. Wer weiß, was sie alles eingebaut hat? Aber unter dem Tisch sind nur die Füße der Anwesenden. Wie funktioniert das alles? Allein dadurch, daß er hier sitzt, wird er ad absurdum geführt, zur ahnungslosen Marionette, zum Tölpel gemacht. Aber er kann jetzt nicht gehen.

»Vielen Dank«, sagt DuPont. »Doktor, bitte entschuldigen Sie die Unterbrechung. Fahren wir fort.«

Simon ist sich zunehmend Lydias Hand in der seinen bewußt. Es ist eine kleine und sehr warme Hand. Tatsächlich ist die Luft im ganzen Zimmer zu stickig. Er würde seine Hand gern aus ihrer lösen, aber Lydia hält sie mit eisernem Griff fest. Er hofft, daß niemand es sieht. Sein Arm kribbelt; er schlägt die Beine übereinander. Plötzlich sieht er Rachel Humphreys Beine vor sich, nackt bis auf die Strümpfe, und seine Hände auf ihnen. Er drückt sie nach unten, während sie sich wehrt. Sich absichtlich wehrt, und ihn gleichzeitig durch die Wimpern ihrer halbgeschlossenen Augen beobachtet, um zu sehen, welche Wirkung sie auf ihn hat. Sich windet wie ein Aal. Bettelt wie eine Gefangene. Glitschig vor Schweiß, seinem oder ihrem, feuchte Haare im Gesicht, in seinem Mund, jede Nacht. Gefangen. Ihre Haut glänzt da, wo er sie geleckt hat, wie Satin. Es kann nicht so weitergehen.

»Fragen Sie sie«, sagt er, »ob sie je Beziehungen zu James McDermott hatte.« Er hatte nicht die Absicht, diese Frage zu stellen, sicherlich nicht gleich zu Anfang und niemals so direkt. Aber ist es nicht – das begreift er jetzt – das, was er vor allem wissen will?

DuPont gibt die Frage mit ruhiger Stimme an Grace weiter. Eine kleine Pause; dann lacht Grace. Das heißt, jemand lacht; es hört sich nicht wie Grace an. »Beziehungen, Doktor? Was meinen Sie denn damit?« Die Stimme ist dünn, näselnd, wäßrig, aber ganz da, ganz wachsam. »Wirklich, Doktor, was sind Sie doch für ein Heuchler! Sie wollen wissen, ob ich ihn geküßt hab, ob ich mit ihm geschlafen hab. Ob ich seine Geliebte war! Das ist es doch, oder?«

»Ja«, sagt Simon. Er ist stark erschüttert, muß aber versuchen, es sich nicht anmerken zu lassen. Er hat mit einer Serie von einsilbigen Antworten gerechnet, kurzen Jas oder Neins, die man ihr entlocken müßte, ihrer Lethargie, ihrer Benommenheit, einer Reihe gepreßter, schlafwandlerischer Antworten auf seine eigenen entschlossenen Fragen. Nicht mit so derbem Hohn. Diese Stimme kann nicht Grace gehören. Aber wenn nicht, wem gehört sie dann?

»Sie wollen wissen, ob ich getan hab, was Sie gern mit der

kleinen Schlampe tun würden, die sich Ihre Hand gegriffen hat.« Ein kurzes trockenes Auflachen.

Lydia schnappt nach Luft und zieht ihre Hand zurück, als hätte sie sich verbrannt. Grace lacht noch einmal. »Sie würden es gern wissen, also werd ich es Ihnen erzählen. Ja. Ich hab ihn draußen getroffen, im Garten, im Nachthemd, im Mondlicht. Ich hab mich an ihn gedrückt, ich hab mich von ihm küssen lassen, und auch anfassen, Doktor, überall, genau an den Stellen, an denen Sie mich auch gern anfassen würden, das weiß ich genau, ich weiß genau, was Sie denken, wenn Sie mit mir in diesem stickigen kleinen Nähzimmer sitzen. Aber das war alles, Doktor. Das war alles, was ich ihm erlaubt hab. Ich hatte ihn am Bändel, genau wie Mr. Kinnear. Die zwei sind schön nach meiner Pfeife getanzt!«

»Fragen Sie sie, warum«, sagt Simon. Er versteht nicht, was hier gespielt wird, aber es könnte seine letzte Chance sein, es zu verstehen. Er muß kühlen Kopf bewahren und eine klare Linie verfolgen. Seine Stimme klingt in seinen eigenen Ohren wie ein heiseres Krächzen.

»Ich hab so geatmet«, sagt Grace und gibt ein hohes, erotisches Stöhnen von sich. »Ich hab mich geräkelt und gereckt. Danach hat er gesagt, er würde alles für mich tun.« Sie kichert. »Warum? Oh Doktor, immer fragen Sie warum. Immer stecken Sie Ihre Nase in irgendwelche Sachen, und nicht nur Ihre Nase. Sie sind so ein neugieriger Mann! Aber aus Neugier hat sich schon mancher die Finger verbrannt, das wissen Sie doch, Doktor. Sie sollten sich vor der kleinen Maus neben Ihnen hüten; und vor ihrem haarigen kleinen Mauseloch!«

Zu Simons Verblüffung kichert Reverend Verringer; oder hustet er vielleicht nur?

»Das ist ja empörend!« sagt die Frau des Direktors. »Ich werde mir diese Unflätigkeiten keinen Augenblick länger anhören! Lydia, komm mit!« Sie erhebt sich halb, ihre Röcke rascheln.

»Bitte«, sagt DuPont. »Haben Sie Geduld. Heute muß die Sittsamkeit hinter den Interessen der Wissenschaft zurückstehen.«

Simon hat das Gefühl, daß die ganze Situation außer Kontrolle gerät. Er muß die Initiative ergreifen, oder zumindest versuchen, es zu tun. Er muß Grace daran hindern, seine Gedanken zu lesen. Er hat zwar von den hellseherischen Fähigkeiten von Menschen gehört, die unter Hypnose stehen, aber bisher hat er nicht daran geglaubt. »Fragen Sie sie«, sagt er streng, »ob sie am Samstag, dem 23. Juli 1843, im Keller von Mr. Kinnears Haus war.«

»Der Keller«, sagt DuPont. »Du mußt dir den Keller vorstellen, Grace. Geh in der Zeit zurück, steig im Raum hinab...«

»Ja«, sagt Grace mit ihrer neuen, dünnen Stimme. »Durch die Halle, die Klapptür hochheben, die Kellertreppe runtergehen. Die Fässer, der Whisky, das Gemüse in den Sandkisten. Da auf dem Boden. Ja, ich war im Keller.«

»Fragen Sie, ob sie Nancy dort gesehen hat.«

»Oh ja, ich hab sie gesehen.« Eine Pause. »So deutlich, wie ich Sie sehen kann, Doktor. Durch den Schleier hindurch. Und hören kann ich Sie auch.«

DuPont sieht überrascht aus. »Ungewöhnlich«, sagt er leise, »aber nicht gänzlich unbekannt.«

»War sie noch am Leben?« fragt Simon. »War sie noch am Leben, als du sie da unten gesehen hast?«

Die Stimme kichert. »Teils am Leben, teils tot. Sie mußte« – ein hohes, zirpendes Kichern – »von ihren Qualen erlöst werden.«

Ein scharfes Atemholen von Reverend Verringer. Simon spürt, wie sein Herz hämmert. »Hast du geholfen, sie zu erdrosseln?« fragt er.

»Mein Halstuch hat sie erdrosselt.« Wieder ein Zirpen, ein Kichern. »Es hatte so ein hübsches Muster.«

»Infam«, murmelt Verringer. Wahrscheinlich denkt er an all die Gebete, die er für sie gesprochen hat, und an all die Tinte und das viele Papier. An die Briefe, die Petitionen, den Glauben.

»Es war schade, daß das Halstuch verlorenging. Ich hatte es schon so lange. Es hat meiner Mutter gehört. Ich hätte es Nancy wieder abnehmen müssen. Aber James hat es nicht erlaubt, und auch die goldenen Ohrringe durfte ich nicht nehmen. Es war Blut auf dem Tuch, aber das hätte sich rauswaschen lassen.«

»Du hast sie umgebracht«, haucht Lydia. »Ich habe es ja gewußt!« Es klingt fast bewundernd.

»Das Tuch hat sie umgebracht. Hände haben es gehalten«, sagt die Stimme. »Sie mußte sterben. Der Lohn der Sünde ist der Tod. Und dieses eine Mal starb auch der Gentleman! Was der einen recht ist, ist dem anderen billig.«

»Oh Grace«, stöhnt die Frau des Direktors auf. »Das hätte ich wirklich nicht von dir gedacht. All die Jahre hast du uns getäuscht!«

Die Stimme trieft vor Hohn. »Red keinen Quatsch!« sagt sie. »Ihr täuscht euch. Ich bin nicht Grace! Grace hat nichts davon gewußt.«

Niemand im Zimmer sagt etwas. Die Stimme summt jetzt vor sich hin, ein hoher, dünner Ton, wie eine Biene. »Wer mißt dem Winde seinen Lauf? Wer heißt die Himmel regnen ...«

»Du bist nicht Grace?« sagt Simon. Trotz der Wärme des Zimmers ist ihm plötzlich kalt. »Aber wenn du nicht Grace bist, wer bist du dann?«

»Seinen Lauf? Wer heißt die Himmel ...«

»Antworte«, sagt DuPont. »Ich befehle es dir!«

Wieder das Klopfen, schwer, rhythmisch, als tanzte jemand in Holzschuhen auf dem Tisch. Dann ein Flüstern. »Du kannst nicht befehlen. Du mußt raten!«

»Ich weiß, daß du ein Geist bist«, sagt Mrs. Quennell. »Sie können in Trance durch andere sprechen. Sie bedienen sich unserer Organe. Dieser spricht durch Grace. Aber manchmal lügen sie auch.«

»Ich lüge nicht«, sagt die Stimme. »Ich hab das Lügen hinter mir. Ich brauch nicht mehr zu lügen!«

»Man kann ihnen nicht immer glauben«, fährt Mrs. Quennell fort, als spreche sie über ein Kind oder einen Dienstboten. »Vielleicht ist es James McDermott, der gekommen ist, um

· 536 ·

Graces guten Ruf in den Schmutz zu ziehen und sie zu beschuldigen. Es war das letzte, was er zu seinen Lebzeiten getan hat, und jene, die mit Rachegefühlen im Herzen sterben, bleiben oft auf dieser irdischen Ebene gefangen.«

»Bitte, Mrs. Quennell«, sagt Dr. DuPont. »Es ist kein Geist. Was wir hier erleben, muß ein natürliches Phänomen sein.« Er klingt ein wenig verzweifelt.

»Nicht James«, sagt die Stimme, »du alte Schwindlerin.«

»Dann Nancy«, sagt Mrs. Quennell, die über die Beleidigung kein bißchen gekränkt scheint. »Sie sind oft grob zu uns«, sagt sie zu den anderen. »Sie benutzen Schimpfnamen. Manche von ihnen sind zornig – jene erdgebundenen Geister, die es nicht ertragen können, daß sie tot sind.«

»Nancy doch nicht, du blöde Kuh! Nancy kann nichts sagen, sie kann kein Wort sagen, nicht mit so einem Hals. Dabei war es mal so ein hübscher Hals. Aber Nancy ist nicht mehr böse, es macht ihr nichts mehr aus, Nancy ist meine Freundin. Sie versteht jetzt, sie ist jetzt bereit, mit uns zu teilen. Kommen Sie, Doktor«, sagt die Stimme, die jetzt schmeichelnd klingt. »Sie haben Rätsel doch so gern. Sie kennen die Antwort. Ich hab Ihnen schließlich gesagt, daß es *mein* Halstuch war, das Tuch, das ich Grace geschenkt hab, als ich, als ich ...« Sie fängt wieder an zu singen: »Da liebte ich sie, die schöne Marie ...«

»Nicht Mary«, sagt Simon. »Nicht Mary Whitney!«

Ein helles Klatschen, das von der Decke zu kommen scheint. »Ich hab James gesagt, daß er es tun soll. Ich hab ihn dazu getrieben. Ich war die ganze Zeit da!«

»Da?« sagt DuPont.

»Hier! Bei Grace, wo ich jetzt bin. Es war so kalt auf dem Fußboden, und ich war ganz allein, ich mußte mich irgendwie wärmen. Aber Grace weiß es nicht. Sie hat es nie gewußt!« Die Stimme ist nicht mehr neckend. »Sie hätten sie fast aufgehängt, aber das wär ungerecht gewesen. Sie hat nichts gewußt. Ich hab mir nur für eine Weile ihr Kleid geborgt.«

»Ihr Kleid?« sagt Simon.

»Ihre irdische Hülle. Ihr Gewand aus Fleisch. Sie hat vergessen, das Fenster zu öffnen, deshalb konnte ich nicht raus. Aber ich will ihr nicht weh tun. Sie dürfen es ihr nicht verraten!« Die dünne Stimme klingt jetzt flehend.

»Warum nicht?« fragt Simon.

»Das wissen Sie doch, Dr. Jordan. Oder wollen Sie, daß sie wieder in die Anstalt kommt? Am Anfang hat es mir dort gut gefallen, weil ich da laut reden konnte. Ich konnte lachen. Ich konnte sagen, was passiert war. Aber niemand hat mir zugehört.« Ein kleines, dünnes Schluchzen. »Niemand hat mich gehört.«

»Grace«, sagt Simon, »hör auf mit diesen Tricks!«

»Ich bin nicht Grace«, sagt die Stimme, die jetzt zögernder klingt.

»Bist du es wirklich?« fragt Simon. »Sagst du die Wahrheit? Du brauchst keine Angst zu haben.«

»Sehen Sie?« jammert die Stimme. »Sie sind genauso. Sie wollen mir nicht zuhören, Sie glauben mir nicht, Sie wollen, daß alles so ist, wie Sie es sich vorstellen, Sie wollen nicht hören . . .« Die Stimme verliert sich, Stille tritt ein.

»Sie ist fort«, sagt Mrs. Quennell. »Man kann immer sagen, wann sie in ihr eigenes Reich zurückgehen. Man fühlt es in der Luft, es ist die Elektrizität.«

Einen langen Augenblick sagt niemand etwas. Dann macht Dr. DuPont eine Bewegung. »Grace«, sagt er und beugt sich über sie. »Grace Marks, kannst du mich hören?« Er legt ihr die Hand auf die Schulter.

Eine weitere lange Pause, in der sie Grace atmen hören, unregelmäßig jetzt, als schlafe sie unruhig. »Ja«, sagt sie schließlich. Es ist ihre normale Stimme.

»Ich werde dich jetzt zurückholen«, sagt DuPont. Sanft hebt er den Schleier von ihrem Kopf und legt ihn beiseite. Graces Gesicht ist ruhig und entspannt. »Du schwebst nach oben, nach oben. Aus der Tiefe empor. Du wirst dich an nichts erinnern, was hier geschehen ist. Wenn ich mit den Fingern schnippe, wirst du aufwachen.« Er geht zur Lampe, dreht sie höher, kommt zurück und hält die Hand dicht neben Graces Kopf. Er schnippt mit den Fingern.

Grace regt sich, schlägt die Augen auf, sieht sich verwundert um, lächelt sie an. Es ist ein ruhiges Lächeln, nicht mehr angespannt und ängstlich. Das Lächeln eines braven Kindes. »Ich muß eingeschlafen sein«, sagt sie.

»Erinnerst du dich an etwas?« fragt Dr. DuPont nervös. »Erinnerst du dich an das, was eben geschehen ist?«

»Nein«, sagt Grace. »Ich habe geschlafen. Ich habe geträumt. Ich habe von meiner Mutter geträumt. Sie trieb im Meer. Sie war ganz friedlich.«

Simon ist erleichtert; DuPont ebenfalls, seinem Ausdruck nach zu urteilen. Er nimmt Graces Hand, hilft ihr beim Aufstehen. »Vielleicht fühlst du dich ein bißchen schwindlig«, sagt er sanft. »Das kommt häufig vor. Mrs. Quennell, würden Sie bitte dafür sorgen, daß sie sich eine Weile hinlegen kann?«

Mrs. Quennell führt Grace am Arm aus dem Zimmer, als wäre sie eine Invalide. Aber sie geht ganz leichtfüßig und wirkt fast glücklich.

49.

D ie Männer bleiben in der Bibliothek. Simon ist froh, daß er sitzen kann; nichts wäre ihm im Augenblick lieber als ein anständiges Glas Brandy, um seine Nerven zu beruhigen, aber in dieser Gesellschaft besteht darauf nicht viel Hoffnung. Ihm ist schwindlig, und er fragt sich, ob er wieder Fieber bekommt.

»Gentlemen«, fängt DuPont an. »Ich bin völlig ratlos. So etwas wie heute habe ich noch nie erlebt. Dieses Ergebnis kommt für mich völlig unerwartet. In der Regel bleibt das Subjekt unter der Kontrolle des Hypnotiseurs.« Er klingt ziemlich erschüttert.

»Vor zweihundert Jahren wäre man nicht ratlos gewesen«, sagt Reverend Verringer. »Es wäre ein klarer Fall von Besessenheit gewesen. Man hätte festgestellt, daß Mary Whitney sich den Körper von Grace Marks angeeignet hat und daß sie daher für die Anstiftung des Verbrechens verantwortlich war und dabei geholfen hat, Nancy Montgomery zu erwürgen. Und dann hätte man einen Exorzismus durchgeführt.«

»Aber wir schreiben das neunzehnte Jahrhundert«, sagt Simon. »Was wir erlebt haben, könnte ein neurologischer Befund sein.« Er würde gern *muß* sagen, möchte Verringer aber nicht zu offen widersprechen. Außerdem ist er immer noch ziemlich fassungslos und sich des intellektuellen Bodens unter seinen Füßen keineswegs sicher.

»Es gab andere Fälle dieser Art«, sagt DuPont. »Schon 1816 gab es den Fall Mary Reynolds in New York, deren bizarre Verhaltensschwankungen von Dr. S. L. Mitchill aus New York beschrieben wurden. Sind Sie mit dem Fall vertraut, Dr. Jordan? Nein? Seit damals hat Wakley im *Lancet* ausführlich über dieses

Phänomen geschrieben. Er nennt es *doppeltes Bewußtsein*, obwohl er die Möglichkeit, die sogenannte sekundäre Persönlichkeit mit Hilfe einer Hypnose zu erreichen, entschieden von sich weist, da seiner Meinung nach die Gefahr, daß die Versuchsperson durch den Hypnotiseur beeinflußt wird, zu groß ist. Er war immer ein großer Feind des Mesmerismus und verwandter Methoden und ist in dieser Hinsicht sehr konservativ.«

»Wenn ich mich recht erinnere, beschreibt Puysegeur etwas ganz Ähnliches«, sagt Simon. »Es könnte sich hier um einen Fall von sogenanntem *dédoublement* handeln – wobei das Subjekt in der somnambulen Trance eine völlig andere Persönlichkeit an den Tag legt als im wachen Zustand, ohne daß die beiden Hälften etwas voneinander wissen.«

»Gentlemen, das Ganze ist überaus schwer zu glauben«, sagt Verringer, »aber es sind schon seltsamere Dinge vorgekommen.«

»Die Natur setzt manchmal zwei Köpfe auf einen Körper«, sagt DuPont. »Warum also nicht zwei Personen in ein Gehirn? Es könnte Beispiele nicht nur für alternierende Zustände des Bewußtseins geben, wie Puysegeur behauptet, sondern für zwei unterschiedliche Persönlichkeiten, die zwar im selben Körper koexistieren, aber dennoch völlig unterschiedliche Erinnerungen besitzen und allem praktischen Anschein nach zwei verschiedene Individuen sind. Das heißt, wenn man akzeptiert – und das ist ein strittiger Punkt –, daß wir das sind, woran wir uns erinnern.«

»Vielleicht«, sagt Simon, »sind wir auch – und zwar vorwiegend – das, was wir vergessen.«

»Wenn Sie recht haben«, sagt Reverend Verringer, »was wird dann aus der Seele? Wir können doch nicht nur Flickwerk sein! Es wäre ein entsetzlicher Gedanke, und dazu einer, der, wäre er wahr, allen Vorstellungen moralischer Verantwortung Hohn sprechen würde, ja sogar der Moral selbst, wie wir sie derzeit definieren.«

»Die andere Stimme, wem immer sie auch gehörte«, sagt Simon, »war auffallend grob.«

»Aber nicht ohne eine gewisse Logik«, sagt Verringer trocken. »Und sie hatte die Fähigkeit, im Dunkeln zu sehen.«

Simon denkt an Lydias warme Hand und spürt, daß er rot wird. In diesem Augenblick wünscht er Verringer auf den Grund des Meeres.

»Wenn zwei Personen, warum dann nicht auch zwei Seelen?« fährt DuPont fort. »Das heißt, wenn die Seele überhaupt ins Spiel gebracht werden muß. Oder auch drei Seelen und drei Personen. Denken Sie an die Dreifaltigkeit.«

»Dr. Jordan«, sagt Reverend Verringer, ohne auf diese theologische Herausforderung einzugehen. »Was werden Sie in Ihrem Bericht über diese Angelegenheit sagen? Die Ereignisse des Abends sind doch vom medizinischen Standpunkt aus betrachtet gewiß alles andere als orthodox.«

»Ich werde sehr sorgfältig über meine Position nachdenken müssen«, sagt Simon. »Aber wenn man Dr. DuPonts Prämisse akzeptiert, wäre Grace Marks auf jeden Fall entlastet.«

»Eine solche Möglichkeit einzugestehen, würde eine beträchtliche Glaubensbereitschaft verlangen«, sagt Reverend Verringer. »Ich werde darum beten, daß mir die Kraft dafür gegeben wird, da ich immer geglaubt oder vielmehr gehofft habe, daß Grace unschuldig ist. Obwohl ich gestehen muß, daß mich das, was wir heute erlebt haben, ziemlich erschüttert hat. Aber wenn es ein natürliches Phänomen ist, wer sind wir, es in Frage zu stellen? Die Ursache aller Phänomene ist Gott, und er hat seine Gründe, so undurchschaubar sie dem menschlichen Auge auch sein mögen.«

Simon geht allein zum Haus zurück. Der Abend ist klar und warm, mit einem fast vollen Mond, der von einem dunstigen Hof umgeben ist. Die Luft riecht nach gemähtem Gras und Pferdedung, und ein wenig nach Hund.

Den ganzen Abend lang ist es ihm gelungen, wenigstens nach außen hin die Fassung zu wahren, aber jetzt ist es, als stünde sein Hirn in Flammen. Ein lautloses Heulen hallt in seinem Inneren wider; in seinem Kopf herrscht konfuse, panische

Bewegung, ein Huschen, ein verzweifeltes Hin und Her. Was ist in der Bibliothek geschehen? War Grace wirklich in Trance, oder hat sie geschauspielert und lacht sich jetzt ins Fäustchen? Er weiß, was er gesehen und gehört hat, aber vielleicht war es nur eine geschickt inszenierte Illusion, die er nicht durchschaut.

Aber wenn er in seinem Bericht wahrheitsgemäß schildert, was sich heute abend zugetragen hat, und dieser Bericht einer Petition zugunsten von Grace Marks beigefügt wird, wird sie, das weiß er genau, nicht die geringste Chance haben. Derartige Petitionen werden von Justizministern und ihresgleichen gelesen, alles nüchterne, praktisch denkende Männer, die solide Beweise verlangen. Wenn Simons Bericht publik würde, allgemein bekannt und zu den Akten genommen, würde er ihn zum Gespött der Leute machen, vor allem zum Gespött der etablierten Mitglieder des medizinischen Standes. Das wäre das Ende all seiner Pläne für eine Heilanstalt, denn wer würde sich schon finanziell an einer Anstalt beteiligen, die von einem Spinner geleitet wird, der an mystische Stimmen glaubt?

Es gibt keine Möglichkeit, den von Verringer gewünschten Bericht zu schreiben, ohne sich selbst zu schaden. Das Sicherste wäre, überhaupt nichts zu schreiben, aber Verringer wird ihn sicher nicht so leicht davonkommen lassen. Tatsache ist jedoch, daß er nichts mit Gewißheit konstatieren und gleichzeitig die Wahrheit sagen kann, weil die Wahrheit sich ihm immer noch entzieht. Oder vielmehr ist es Grace selbst, die sich ihm entzieht. Sie schwebt vor ihm her, knapp außerhalb seiner Reichweite, und sieht sich immer wieder um, um sich zu vergewissern, ob er ihr noch folgt.

Abrupt schiebt er jeden Gedanken an sie beiseite und denkt statt dessen an Rachel. Sie zumindest ist etwas, womit er sich befassen, das er fassen kann. Sie wird ihm nicht durch die Finger gleiten.

Das Haus ist dunkel. Rachel scheint schon zu schlafen. Er will sie nicht sehen, er empfindet heute abend kein Verlangen nach ihr – ganz im Gegenteil. Der Gedanke an sie, an ihren angespannten, knochenbleichen Körper, ihren Duft nach Kampfer und welken Veilchen, erfüllt ihn mit einem leisen Ekel, aber er weiß, daß sich das ändern wird, sobald er die Schwelle überschritten hat. Er wird auf Zehenspitzen die Treppe hinaufschleichen, um ihr aus dem Weg zu gehen. Dann wird er sich umdrehen, in ihr Zimmer gehen, sie grob wachrütteln. Heute nacht wird er sie schlagen, worum sie ihn angebettelt hat; er hat so etwas noch nie getan, es ist etwas Neues. Er will sie für seine Sucht nach ihr bestrafen. Er will sie zum Weinen bringen, aber nicht zu laut, sonst wird Dora sie hören und den Skandal überall herumposaunen. Es ist sowieso ein Wunder, daß sie sie nicht längst gehört hat; sie sind immer unvorsichtiger geworden.

Er weiß, daß er sich dem Ende des Repertoires nähert, dem Ende dessen, was Rachel ihm bieten kann, dem Ende der Geschichte mit ihr. Aber was wird vor dem Ende kommen? Und das Ende selbst – welche Form wird es annehmen? Es muß einen Abschluß geben, ein Finale. Er kann nicht denken. Vielleicht sollte er es heute abend lieber lassen.

Er schließt die Tür mit seinem Schlüssel auf, öffnet sie, so leise er kann. Sie ist da, direkt dahinter, wartet in der Diele, in der Dunkelheit, in ihrem gerüschten Morgenmantel, der im Mondlicht fahl schimmert. Sie schlingt die Arme um ihn, zieht ihn herein, drückt sich an ihn. Sie zittert am ganzen Leib. Er hat das Bedürfnis, sie wegzuschlagen, als wäre sie ein Spinngewebe, das sein Gesicht berührt, oder eine alles umschließende, gallertartige Masse. Statt dessen küßt er sie. Ihr Gesicht ist naß. Sie hat geweint. Sie weint auch jetzt.

»Schsch«, macht er und streicht ihr über das Haar. »Schsch, Rachel.« Genau das hat er sich von Grace gewünscht – dieses Beben und Anklammern. Er hat sich die Szene oft genug vorgestellt, wenn auch, wie er jetzt sieht, auf verdächtig theatralische Art und Weise. In seiner Phantasie waren jene Szenen im-

mer geschickt ausgeleuchtet, die Gesten – seine eigenen eingeschlossen – schmachtend und anmutig, mit jenem genüßlichen
Beben der Bewegung, wie in den Sterbeszenen eines Balletts.
Die Seelenqual ist jedoch bedeutend weniger attraktiv, als er
sich jetzt aus der Nähe und im Fleische damit auseinanderset-
zen muß. Die großen Rehaugen abzutupfen ist eine Sache, die
triefende Rehnase abzuwischen schon etwas anderes. Er sucht
nach seinem Taschentuch.

»Er kommt zurück«, sagt Rachel mit durchdringender Flü-
sterstimme. »Ich habe einen Brief von ihm bekommen.« Einen
Augenblick lang hat Simon keine Ahnung, von wem sie spricht.
Aber natürlich meint sie den Major. Simon hat ihn in seiner
Phantasie zuerst in endlose Ausschweifungen geschickt und
dann vergessen.

»Oh, was soll aus uns werden?« seufzt sie. Das Melodrama des
Ausdrucks tut dem Gefühl keinen Abbruch, wenigstens nicht
in ihren Augen.

»Wann?« flüstert Simon zurück.

»Er hat mir geschrieben«, schluchzt sie. »Er sagt, daß ich ihm
verzeihen muß. Er sagt, daß er sich geändert hat – daß er ein
neues Leben anfangen will –, das sagt er immer. Und jetzt soll
ich dich verlieren – es ist unerträglich!« Ihre Schultern beben,
die Arme, die ihn umschlingen, krampfen sich noch fester um
ihn.

»Wann kommt er?« fragt Simon noch einmal. Die Szene, die
er sich so oft vorgestellt hat, untermalt von einem angenehmen
Prickeln der Angst – er selbst in Rachel versunken, der Major
plötzlich in der Tür, wutschäumend, mit gezogenem Degen –,
taucht mit neuer Lebhaftigkeit vor seinem inneren Auge auf.

»In zwei Tagen«, sagt Rachel mit erstickter Stimme. »Über-
morgen, am Abend. Mit dem Zug.«

»Komm«, sagt Simon und führt sie durch den Gang in ihr
Schlafzimmer. Jetzt, wo er weiß, daß er ihr nicht nur entkommen kann, sondern entkommen muß, empfindet er ein intensi-
ves Verlangen nach ihr. Sie hat eine Kerze angezündet, sie
kennt seine Vorlieben. Die Stunden, die ihnen noch bleiben,

sind gezählt; Entdeckung droht; Panik und Angst sollen, wie es heißt, den Herzschlag beschleunigen und die Lust erhöhen. Er macht sich im Geist eine Notiz – *es stimmt* –, als er sie zum vielleicht letzten Mal auf das Bett stößt und sich schwer auf sie fallen läßt, während er sich durch die Stoffschichten wühlt.

»Verlaß mich nicht«, stöhnt sie. »Laß mich nicht mit ihm allein! Du weißt nicht, was er mir antun wird!« Dieses Mal ist ihr verzweifeltes Gezappel echt. »Ich hasse ihn! Wäre er doch tot!«

»Still!« flüstert Simon. »Dora könnte dich hören.« Fast hofft er, daß sie es tut. In diesem Augenblick empfindet er ein großes Bedürfnis nach Publikum und versammelt eine schattenhafte Zuschauergruppe um das Bett: nicht nur den Major, sondern auch Reverend Verringer und Jerome DuPont, und Lydia. Und vor allem Grace Marks. Er will sie eifersüchtig machen.

Rachel hört auf, sich zu bewegen. Die grünen Augen weit geöffnet, sieht sie Simon an. »Er muß nicht zurückkommen«, sagt sie. Die Iris ihrer Augen ist riesig, die Pupillen sind winzig wie Stecknadelköpfe; ist sie wieder an seinem Laudanum gewesen? »Er könnte einen Unfall haben. Wenn niemand zusieht. Er könnte hier im Haus einen Unfall haben; du könntest ihn im Garten vergraben.«

Was sie sagt, ist kein plötzlicher Einfall. Sie muß sich das alles vorher überlegt haben. »Wir könnten natürlich nicht hier bleiben, er könnte gefunden werden. Aber wir könnten in die Staaten gehen, mit dem Zug. Dann wären wir zusammen. Sie würden uns nie finden.«

Simon verschließt ihr die Lippen mit einem Kuß. Sie mißversteht die Geste als Zustimmung. »Oh Simon«, seufzt sie. »Ich wußte ja, daß du mich nie verlassen würdest! Ich liebe dich mehr als mein Leben.« Sie bedeckt sein Gesicht mit Küssen, ihre Bewegungen werden epileptisch.

Auch das ist eines ihrer Szenarien, um die Leidenschaft zu beschwören, in erster Linie in ihr. Als Simon wenig später neben ihr liegt, versucht er sich vorzustellen, was in ihrem Kopf abgelaufen sein könnte. Etwas aus einem drittklassigen Schauerroman, Ainsworth und Bulwer-Lytton in ihrer blutrünstigsten und banalsten Ader: Der Major kommt betrunken die Treppe heraufgeschlingert, allein, in der Dämmerung. Er betritt das Haus. Rachel steht vor ihm. Er schlägt sie und packt ihren bebenden Körper mit wüster Lust. Sie schreit auf, fleht ihn an, er lacht hämisch. Aber die Rettung naht: ein heftiger Schlag mit dem Spaten auf den Hinterkopf. Der Major fällt mit einem dumpfen Poltern zu Boden und wird an den Füßen durch den Gang in die Küche geschleift, wo Simons Ledertasche bereitsteht. Ein schneller Schnitt mit dem Skalpell durch die Halsschlagader, Blut gurgelt in einen Eimer, alles ist vorbei. Ein bißchen Graben im Mondlicht, und schon verschwindet er im Kohlbeet, während Rachel in einem kleidsamen Schal danebensteht, die verdunkelte Laterne hält und schwört, daß sie nach dem, was er für sie gewagt hat, für immer ihm gehören wird.

Aber Dora hat alles von der Küchentür aus beobachtet. Sie darf nicht entkommen. Simon jagt sie durch das ganze Haus, erwischt sie in der Spülküche und sticht sie ab wie ein Schwein, während Rachel zittert und einer Ohnmacht nahe ist. Aber dann reißt sie sich zusammen wie eine wahre Heldin und eilt ihm zu Hilfe. Noch einmal muß gegraben werden, Dora verlangt ein tieferes Loch, und anschließend folgt eine orgiastische Szene auf dem Küchenboden.

Soviel zu dieser mitternächtlichen Burleske. Und dann? Dann wäre er ein Mörder und Rachel die einzige Zeugin. Er würde sie heiraten müssen, wäre an sie gekettet, unlöslich mit ihr verbunden, was genau das ist, was sie sich wünscht. Er würde nie mehr frei sein. Aber jetzt kommt der Teil, den sie sich gewiß nicht vorgestellt hat. Wenn sie erst einmal in den Staaten sind, wird sie völlig anonym sein. Sie wird keinen Namen haben. Sie wird eine der vielen unbekannten Frauen sein, die so oft in Kanälen oder anderen Gewässern treibend gefunden werden. *Unbekannte Frau in Kanal gefunden.* Wer würde ihn verdächtigen?

Welche Methode wird er anwenden? Wird er es im Bett tun, im Augenblick des Deliriums, wenn ihre Haare sich um ihren

Hals schlingen, schon ein ganz leichter Druck würde genügen. Die Szene besitzt einen entschiedenen Reiz und wäre des Genres würdig.

Morgen früh wird sie das alles vergessen haben. Er wendet sich ihr wieder zu, legt sie sich zurecht, streichelt ihren Hals.

Sonnenlicht weckt ihn. Er liegt noch neben ihr, in ihrem Bett. Er hat gestern nacht vergessen, in sein Zimmer zu gehen. Kein Wunder, er war völlig erschöpft. In der Küche kann er Dora scheppern und poltern hören. Rachel liegt auf der Seite, auf einen Arm aufgestützt, und beobachtet ihn. Sie ist nackt, hat jedoch das Laken um sich gewickelt. Am Oberarm hat sie einen blauen Fleck. War er das?

Er setzt sich auf. »Ich muß gehen«, flüstert er. »Dora wird mich hören.«

»Das ist mir egal«, sagt sie.

»Aber dein Ruf ...«

»Es spielt keine Rolle mehr«, sagt sie. »Wir werden nur noch zwei Tage hier sein.« Ihre Stimme klingt sachlich. Sie hält alles für abgemacht, wie eine geschäftliche Vereinbarung. Ihm kommt der Gedanke – wieso eigentlich erst jetzt? –, daß sie verrückt ist, oder kurz davor steht, es zu werden. Oder moralisch verkommen ist, das zumindest.

Simon schleicht die Treppe hinauf, die Schuhe und das Jackett in der Hand wie ein Student, der von einem nächtlichen Abenteuer zurückkommt. Ihn fröstelt. Was für ihn nur ein Spiel war, hat sie ernst genommen. Sie glaubt tatsächlich, daß er, Simon, ihren Mann ermorden wird, und zwar aus Liebe zu ihr! Was wird sie tun, wenn er sich weigert? In seinem Kopf schwirrt es; der Boden unter seinen Füßen fühlt sich unwirklich an, als würde er sich gleich auflösen.

Vor dem Frühstück geht er zu ihr. Sie ist im Salon, sitzt auf dem Sofa; sie erhebt sich, begrüßt ihn mit einem leidenschaftlichen Kuß. Simon löst sich von ihr und sagt, daß er krank ist; es handelt sich um ein periodisch wiederkehrendes Malariafieber, das er sich in Paris zugezogen hat. Wenn sie ihre Absichten in die

Tat umsetzen wollen – so drückt er es aus, um ihr den Wind aus den Segeln zu nehmen –, muß er die richtige Medizin haben, und zwar sofort, sonst kann er für die Folgen nicht einstehen.

Sie befühlt seine Stirn, die er in weiser Voraussicht mit einem Schwamm angefeuchtet hat. Sie ist gebührend beunruhigt, aber darunter mischt sich auch ein Anflug von Hochgefühl; sie stellt sich darauf ein, ihn zu pflegen, sich in eine weitere Rolle zu stürzen. Er kann sehen, was sich in ihrem Kopf abspielt: sie wird ihm Hühnerbrühe kochen, sie wird ihn in Decken und Senfumschläge packen, sie wird jeden Teil von ihm, der irgendwo vorragt oder sonstwie geeignet aussieht, mit Bandagen umwickeln. Er wird geschwächt, entkräftet, hilflos sein, er wird ihr ganz und gar gehören: das ist ihr Ziel. Er muß sich vor ihr retten, solange er noch kann.

Er küßt ihre Fingerspitzen. Sie muß ihm helfen, sagt er zärtlich. Sein Leben hängt von ihr ab. Er drückt ihr eine Notiz in die Hand, gerichtet an die Frau des Gefängnisdirektors: darin erbittet er den Namen eines Arztes, da er selbst hier keinen kennt. Wenn Rachel diesen Namen hat, muß sie zu dem betreffenden Arzt eilen und die Medizin holen. Er hat das Rezept aufgeschrieben, ein unleserliches Gekritzel. Er gibt ihr das Geld dafür. Dora kann man nicht schicken, sagt er, weil man sich nicht darauf verlassen kann, daß sie sich beeilen wird. Der Zeitfaktor ist entscheidend: seine Behandlung muß unverzüglich beginnen. Sie nickt, sie versteht: sie wird alles tun, versichert sie ihm inbrünstig.

Bleich und zitternd, aber mit einem entschlossenen Zug um den Mund, setzt sie ihre Haube auf und eilt davon. Sobald sie außer Sicht ist, trocknet Simon sich das Gesicht und fängt an zu packen. Er besticht Dora mit einem großzügigen Trinkgeld und schickt sie nach einer Mietdroschke. Während er auf ihre Rückkehr wartet, setzt er einen Brief an Rachel auf, in dem er sich höflich von ihr verabschiedet und den Gesundheitszustand seiner Mutter als Grund für seine Abreise anführt. Er spricht sie nicht mit Vornamen an. Er steckt mehrere Geldscheine in den Umschlag, enthält sich aber aller Liebesbeteuerungen. Er ist ein Mann von Welt und wird sich nicht auf diese Weise in die Falle locken oder erpressen lassen: Sie wird kein gebrochenes Heiratsversprechen einklagen können, sollte ihr Mann das Zeitliche segnen. Vielleicht wird sie den Major selbst umbringen, fähig wäre sie dazu.

Er denkt daran, auch Lydia einen Brief zu schreiben, überlegt es sich dann aber anders. Gut, daß er ihr nie einen förmlichen Antrag gemacht hat.

Die Droschke kommt – mehr ein Karren –, und er wirft seine beiden Koffer hinein. »Zum Bahnhof«, sagt er. Sobald er in Sicherheit ist, wird er Verringer schreiben, ihm einen Bericht versprechen, Zeit schinden. Vielleicht gelingt es ihm ja doch, etwas zu Papier zu bringen, das ihn nicht völlig in Verruf bringt. Vor allem aber muß er dieses katastrophale Intermezzo ein für alle Mal hinter sich lassen. Nach einem kurzen Besuch bei seiner Mutter und einer Umstrukturierung seiner Finanzen wird er nach Europa gehen. Wenn seine Mutter mit weniger zurechtkommen kann – und das kann sie –, wird er es sich gerade so leisten können.

Er fühlt sich erst sicher, als er in seinem Abteil sitzt und die Türen fest geschlossen sind. Die Anwesenheit des uniformierten Schaffners wirkt beruhigend auf ihn. Eine gewisse Ordnung stellt sich allmählich wieder ein.

In Europa wird er seine Forschungsarbeit fortsetzen. Er wird sich über die wichtigsten Lehrmeinungen informieren, aber keine neue Theorie dazu beitragen; noch nicht. Er ist bis an die Schwelle des Unbewußten vorgedrungen und hat darüber hinweggeblickt. Oder besser, er hat hinuntergeblickt. Er hätte fallen können. Er hätte hineinfallen können. Er hätte ertrinken können.

Vielleicht wäre es überhaupt besser, die Theorien aufzugeben und sich auf die praktischen Schritte zu konzentrieren. Wenn er nach Amerika zurückkehrt, wird er genau das tun. Er wird Vorträge halten, er wird Förderer werben. Er wird eine vorbildliche Anstalt errichten auf einem gepflegten Gelände, und er wird für die besten hygienischen und sanitären Bedingungen sorgen. Wenn es etwas gibt, was Amerikaner an jeder Art von Institution lieben, dann den Komfort. Eine Anstalt mit großen, komfortablen Zimmern, Möglichkeiten für Hydrotherapien und einer ausreichenden Zahl neuer Apparate könnte durchaus Geld einbringen. Es müßte kleine Räder geben, die sich surrend drehen, Saugnäpfe aus Gummi, Drähte, die sich am Schädel befestigen lassen, Meßgeräte. Er wird das Wort »elektrisch« in seinen Prospekt aufnehmen. Das wichtigste ist, die Patienten sauber und ruhig zu halten – Drogen werden dabei helfen –, und dafür zu sorgen, daß ihre Verwandten voll der Bewunderung und von Grund auf zufrieden sind. Wie bei Schulen sind jene, die beeindruckt werden müssen, nicht die Schulkinder, sondern jene, die die Rechnungen zahlen.

Das alles wird ein Kompromiß sein. Aber er hat jetzt – sehr abrupt, wie es scheint – das richtige Alter dafür erreicht.

Der Zug verläßt den Bahnhof. Eine Wolke aus schwarzem Rauch, dann ein langes, klagendes Heulen, das ihm wie ein ratloses Gespenst über die Gleise folgt.

Erst als er auf halbem Wege nach Cornwall ist, erlaubt er sich, an Grace zu denken. Wird sie denken, daß er sie im Stich gelassen hat? Daß er vielleicht den Glauben an sie verloren hat? Wenn sie tatsächlich nichts von den Ereignissen des gestrigen Abends weiß, wird sie jedes Recht haben, das zu denken. Er wird sie so verwirren, wie sie ihn verwirrt hat.

Noch kann sie nicht wissen, daß er die Stadt verlassen hat. Er stellt sich vor, wie sie auf ihrem üblichen Stuhl sitzt und an ihrem Quilt näht. Vielleicht singt sie leise vor sich hin, während sie darauf wartet, seine Schritte vor der Tür zu hören.

Draußen hat es angefangen zu nieseln. Nach einer Weile lullt das Schaukeln des Zuges ihn ein. Er sinkt gegen die Wand. Grace kommt im hellen Sonnenschein über eine weite Rasenfläche auf ihn zu, ganz in Weiß gekleidet, in den Armen einen Strauß roter Blumen. Er sieht sie so deutlich, daß er sogar die Tautropfen auf ihnen erkennen kann. Graces Haare sind gelöst, ihre Füße nackt, sie lächelt. Dann sieht er, daß das, worauf sie geht, keineswegs ein Rasen ist, sondern Wasser, und als er die Arme ausstreckt, um sie zu umarmen, löst sie sich auf wie Nebel.

Er wacht auf. Er sitzt immer noch im Zug, der graue Rauch weht immer noch am Fenster vorbei. Er drückt den Mund an das Glas.

XIV.

Der Buchstabe X

1. April 1863. Der Häftling Grace Marks hat sich eines Doppel- oder, wie ich sagen möchte, biblischen Mordes schuldig gemacht. Ihre Dreistigkeit läßt nicht darauf schließen, daß sie eine empfindsame Person ist, und ihr Mangel an Dankbarkeit ist ein überzeugender Beweis für ihre unglückselige Veranlagung.

1. August 1863. Die unglückselige Frau ist zu einer gefährlichen Kreatur geworden, und ich fürchte sehr, daß sie uns noch zeigen wird, zu welchen Taten sie fähig ist. Unglücklicherweise gibt es Menschen, die sie unterstützen. Sie würde es nicht wagen, so zu lügen, wie sie es tut, könnte sie nicht auf die Hilfe von Menschen in ihrer Umgebung zählen.

Tagebuch des Oberaufsehers, Provinzgefängnis Kingston, Westkanada, 1863

... ihr mustergültiges Verhalten während der ganzen dreißigjährigen Zeit ihrer Haft, deren letzten Teil sie als vertraute Bedienstete im Haus des Direktors verbrachte, und die Tatsache, daß eine so große Zahl einflußreicher Personen in Kingston der Überzeugung waren, sie verdiene eine Begnadigung, lassen ernste Zweifel daran aufkommen, daß sie tatsächlich der personifizierte weibliche Dämon war, als den McDermott sie der Öffentlichkeit darzustellen suchte.

William Harrison, »Erinnerungen an die Kinnear-Tragödie«,
geschrieben für die Newmarket Era, 1908

Briefe, nun mein! Tot, bleich und lautlos dauernd!
Und doch wie meine Hand sie bebend heut
am Abend aufband: wunderlich erschauernd
und wie belebt in meinen Schoß gestreut.

Elizabeth Barrett Browning, Sonette aus dem Portugiesischen, 1850

50.

Von Dr. Simon Jordan, Kingston, Westkanada
An Mrs. C. D. Humphrey.

15. August 1859

Sehr verehrte Mrs. Humphrey!
Ich schreibe in Eile, da ich in einer überaus dringenden Familienangelegenheit, um die ich mich unverzüglich kümmern muß, nach Hause zurückgerufen wurde. Der immer schon prekäre Gesundheitszustand meiner armen Mutter hat sich plötzlich und unerwartet so verschlechtert, daß sie an der Schwelle des Todes steht. Ich kann nur beten, rechtzeitig bei ihr einzutreffen, um ihr in ihren letzten Augenblicken zur Seite zu stehen.

Ich bedaure es sehr, nicht lange genug bleiben zu können, um mich persönlich von Ihnen zu verabschieden und Ihnen für Ihre Freundlichkeit während meiner Zeit als Mieter in Ihrem Haus zu danken. Ich bin jedoch sicher, daß Sie mit dem Herzen und dem Verständnis einer Frau die Notwendigkeit meiner unverzüglichen Abreise einsehen werden. Ich weiß nicht, wie lange ich wegbleiben oder ob ich überhaupt je in der Lage sein werde, nach Kingston zurückzukehren. Sollte meine Mutter uns verlassen, werde ich mich um die Familienangelegenheiten kümmern müssen; und sollte sie uns noch eine Weile erhalten bleiben, ist mein Platz natürlich an ihrer Seite. Wer dem eigenen Sohn so viele Opfer gebracht hat, darf gewiß auch von ihm ein nicht unbeträchtliches Opfer verlangen.

Meine Rückkehr in Ihre Stadt ist also höchst unwahrscheinlich. Jedoch werde ich die Erinnerung an meine Tage in Kingston – eine Erinnerung, in der Ihnen ein geschätzter Teil zukommt – immer in Ehren halten. Sie wissen, wie sehr ich Ihren Mut angesichts aller Widrigkeiten bewundere und wie sehr ich Sie respektiere, und ich hoffe, Sie werden in Ihrem Herzen den Platz finden, gleiches zu empfinden für

Ihren sehr ergebenen
Simon Jordan

P.S. Beiliegend finden Sie eine Geldsumme, von der ich annehme, daß Sie jeden kleinen Betrag abdecken wird, der vielleicht noch zwischen uns offen ist.
P.P.S. Ich vertraue darauf, daß Ihr Mann bald gesund zu Ihnen zurückkehren wird.

– S.

***

Von Mrs. William P. Jordan, Laburnum House, Loomisville, Massachusetts, Vereinigte Staaten von Amerika
An Mrs. C.D. Humphrey, Lower Union Street, Kingston, Westkanada.

29. September 1859

Sehr geehrte Mrs. Humphrey!
Ich erlaube mir, Ihnen die sieben Briefe zurückzuschicken, die Sie an meinen geliebten Sohn gerichtet und die sich während seiner Abwesenheit hier angesammelt haben; das Mädchen hat sie aus Versehen geöffnet, was der Grund dafür ist, daß sich mein Siegel, statt des Ihren, auf ihnen befindet.

Mein Sohn befindet sich zur Zeit auf einer Reise zu den privaten Nervenheilanstalten und Nervenkliniken Europas, eine Unternehmung, die von großer Wichtigkeit ist für die Arbeit, der er sich verschrieben hat und die wiederum selbst von äußerster Bedeutung ist, da sie viel menschliches Leid lindern wird. Aus diesem Grund darf er nicht durch geringere Belange gestört werden, ganz gleich wie drängend diese Belange anderen vorkommen mögen, die die Bedeutung seiner Mission nicht verstehen. Da er ständig unterwegs ist, war ich nicht in der Lage, Ihre Briefe an ihn weiterzuleiten, und sende sie hiermit an Sie zurück, da Sie vielleicht gerne den Grund für die ausbleibenden Antworten wissen möchten, obwohl Sie bitte bedenken wollen, daß auch keine Antwort eine Antwort ist.

Mein Sohn hatte erwähnt, daß Sie vielleicht den Versuch unternehmen würden, Ihre Bekanntschaft mit ihm zu erneuern, und obwohl er dem Gebot der Diskretion folgend keine Einzelheiten nannte, bin ich doch weder so krank noch so weltfremd, daß ich unfähig gewesen wäre, zwischen den Zeilen zu lesen. Wenn Sie einen offenen, aber wohlmeinenden Rat von einer alten Frau annehmen wollen, so lassen Sie mich bitte sagen, daß in dauerhaften Verbindungen zwischen den Geschlechtern Unterschiede des Alters und Vermögensstandes immer von Nachteil sind, und dies muß erst recht für Unterschiede in der sittlichen Haltung gelten. Ein überstürztes und unbesonnenes Verhalten mag bei einer Frau in Ihrer Lage vielleicht verständlich sein – ich verstehe sehr wohl, wie unerfreulich es sein muß, nicht zu wissen, wo der eigene Ehemann sich aufhält. Aber Sie müssen sich auch bewußt sein, daß im Fall des Ablebens eines solchen Ehemannes kein Mann von Prinzipien je eine Frau heiraten würde, die solch ein Ereignis bereits vorweggenommen hat. Die Natur und die Vorsehung haben den Männern gewisse Freiheiten eingeräumt; für eine Frau jedoch ist die getreuliche Einhaltung des Ehegelöbnisses sicherlich die wichtigste Lebenspflicht.

In der ersten Zeit meiner Witwenschaft empfand ich das tägliche Lesen der Bibel als tröstlich für den Geist; und auch leichte Nadelarbeiten können wohltuend ablenken. Zusätzlich zu diesen kleinen Hilfen haben Sie vielleicht eine ehrbare Freundin, die Sie in Ihrem Kummer trösten kann, ohne den Grund dafür wissen zu wollen. Was die Gesellschaft glaubt, entspricht natürlich beileibe nicht immer dem, was wahr ist; wenn es jedoch um den Ruf einer Frau geht, so läuft es auf dasselbe hinaus. Es empfiehlt sich, alle Schritte zu ergreifen, um diesen Ruf zu wahren, beispielsweise indem man seinen Kummer nicht überall dort verbreitet, wo er vielleicht zum Thema boshaften Klatsches werden könnte. In diesem Sinn ist es auch keineswegs ratsam, derartige Gefühle in Briefen zu äußern, die den Spießrutenlauf durch die öffentliche Post antreten müssen und vielleicht in die Hände von Personen fallen könnten, die versucht sein mögen, sie ohne Wissen des Absenders zu lesen.

Ich bitte Sie, Mrs. Humphrey, die Gefühle, denen ich hier Ausdruck verliehen habe, als die ehrlich empfundene Sorge um Ihr zukünftiges Wohlergehen zu akzeptieren, als die sie gedacht sind.

Mit vorzüglicher Hochachtung
Ihre Mrs. Constance Jordan

***

Von Grace Marks, Provinzgefängnis Kingston, Kingston, Westkanada
An Dr. Simon Jordan.

19. Dezember 1859

Sehr geehrter Dr. Jordan!
Ich schreibe Ihnen mit der Hilfe Clarries, die mir immer eine Freundin war und dieses Papier für mich besorgte und den Brief auf die Post tragen wird, sobald ich soweit bin, wenn ich ihr dafür zusätzlich bei den Spitzen und Flecken zur Hand gehe. Bloß weiß ich nicht, wohin ich ihn schicken soll, da mir unbekannt ist, wo Sie hingefahren sind. Aber wenn ich es herausfinde, werde ich ihn absenden. Ich hoffe, Sie können meine Schrift lesen, da ich nicht sehr an das Schreiben gewöhnt bin und jeden Tag nur kurze Zeit darauf verwenden kann.

Als ich hörte, daß Sie die Stadt so plötzlich verlassen hatten, ohne auch nur ein Wort an mich, war ich sehr bekümmert, da ich dachte, Sie müßten krank geworden sein. Ich konnte nicht verstehen, daß Sie ohne ein Wort des Abschieds gehen konnten, nachdem wir so viel miteinander geredet hatten, und wurde auf der Stelle im oberen Flur ohnmächtig, und das Zimmermädchen geriet in Panik und stülpte mir eine Blumenvase über, Wasser, Vase und alles, was mich schnell wieder zu mir brachte, bloß war die Vase zu Bruch gegangen. Sie dachte, ich hätte einen Anfall und würde wieder verrückt werden; aber das war nicht der Fall, und ich riß mich sehr zusammen, und es war nur der Schock, es auf diese plötzliche Weise zu hören, und das Herzrasen, unter dem ich gelegentlich leide. Die Vase hinterließ einen Schnitt an meiner Stirn, und es ist erstaunlich, wieviel Blut aus einer Wunde am Kopf herauskommt, auch wenn es keine tiefe ist.

Ich war über Ihr Weggehen unglücklich, da ich unsere Gespräche sehr genossen habe. Aber außerdem hatten alle gesagt, daß Sie für mich einen Brief an die Regierung schreiben würden, mit der Bitte, mich freizulassen, und ich hatte Angst, daß Sie das jetzt nicht mehr tun würden. Es gibt nichts so Entmutigendes wie Hoffnungen, die erst geweckt und dann wieder zerstört werden, es ist fast schlimmer, als wären die Hoffnungen gar nicht erst geweckt worden.

Ich hoffe sehr, daß Sie in der Lage sein werden, den Brief zu meinen Gunsten zu schreiben, wofür ich Ihnen sehr dankbar wäre, und hoffe, daß es Ihnen gutgeht.

Ihre

Grace Marks

***

Von Dr. Simon P. Jordan, per Adresse Dr. Binswanger, Bellevue, Kreuzlingen, Schweiz
An Dr. Edward Murchie, Dorchester, Massachusetts, Vereinigte Staaten von Amerika.

12. Januar 1860

Mein lieber Ed!
Vergib mir, daß ich so lange nicht geschrieben habe, um Dir meine neue Adresse zukommen zu lassen. Aber leider war es so,

daß die Dinge um mich herum eine recht chaotische Wendung genommen hatten, und es hat eine Weile gedauert, bis ich mich wieder gefaßt hatte. Wie der gute Burns kann ich nur sagen: »Was Mäus' und Menschen fein gesponnen, geht scheitern oft«, und so war ich gezwungen, übereilt aus Kingston zu fliehen, da ich mich plötzlich in einer sehr komplizierten Situation wiederfand, die nicht nur mir selbst, sondern auch meinen beruflichen Aussichten sehr hätte schaden können. Eines Tages werde ich Dir vielleicht bei einem Glas Sherry die ganze Geschichte erzählen; obwohl sie mir im Augenblick weniger wie eine Geschichte vorkommt als vielmehr wie ein böser Traum.

Zu ihren Elementen gehört die Tatsache, daß meine Beschäftigung mit Grace Marks zum Schluß eine so beunruhigende Wendung nahm, daß ich selbst jetzt kaum sagen kann, ob ich träumte oder wachte. Wenn ich bedenke, mit welch hochfliegenden Hoffnungen ich diese Unternehmung in Angriff nahm – entschlossen, wie Du versichert sein darfst, große Entdeckungen zu machen, die eine bewundernde Welt in Erstaunen versetzen würden –, habe ich fast Grund zur Verzweiflung. Aber waren es wirklich hochfliegende Hoffnungen oder nur selbstsüchtige Ambitionen? Aus meinem derzeitigen Blickwinkel betrachtet, bin ich mir nicht völlig sicher; aber falls es nur letzteres war, ist es mir mit gleicher Münze heimgezahlt worden, da die ganze Angelegenheit vielleicht von Anfang an ein sinnloses Unterfangen und ein fruchtloses Schattenboxen war und ich in meinen eifrigen Versuchen, den Geist eines anderen Menschen zu erforschen, meinen eigenen fast in Gefahr gebracht hätte. Wie mein Namensvetter der Apostel habe ich meine Netze ausgeworfen; aber anders als er habe ich vielleicht eine Meerjungfrau zutage gefördert, nicht Fisch noch Fleisch, sondern beides zugleich, deren Lied lieblich, aber gefährlich ist.

Ich weiß nicht, ob ich mich selbst für einen armen, ahnungslosen Gefoppten halten soll, oder, was schlimmer wäre, für einen der Selbsttäuschung erlegenen Narren; aber vielleicht sind selbst diese Zweifel eine Illusion, und ich hatte es die ganze Zeit mit einer Frau zu tun, die so offenkundig unschuldig ist, daß ich in meiner übertriebenen Spitzfindigkeit nicht den Verstand besaß, dies zu erkennen. Ich muß gestehen – aber nur Dir gegenüber –, daß die ganze Angelegenheit mich an den Rand einer nervösen Erschöpfung getrieben hat. *Nicht zu wissen* – nach allen möglichen Hinweisen und Zeichen zu greifen, nach Andeutungen, nach quälenden Munkeleien – ist genauso schlimm, wie von Gespenstern verfolgt zu werden. Manchmal schwebt ihr Gesicht nachts in der Dunkelheit vor mir wie eine schöne und rätselhafte Fata Morgana ...

Aber entschuldige mein hilfloses Gerede. Ich ahne immer noch eine gewaltige Entdeckung, wenn ich meinen Weg nur klar und deutlich vor mir sehen könnte; aber noch tappe ich im Dunkeln, geleitet nur von Irrlichtern.

Zu positiveren Dingen: Die Klinik hier wird nach sehr sauberen und effizienten Richtlinien geführt und befaßt sich mit den unterschiedlichsten Behandlungsmethoden, darunter auch der Wassertherapie, und sie könnte als Modell für mein eigenes Projekt dienen, sollte dieses je verwirklicht werden. Dr. Binswanger war mehr als gastfreundlich und hat mir Zugang zu einigen der interessanteren Fälle ermöglicht. Sehr zu meiner Erleichterung gibt es darunter keine berühmten Mörderinnen, sondern nur das, was der ehrenwerte Dr. Workman aus Toronto als »die unschuldigen Irren« bezeichnet. Dazu kommen die üblichen Opfer nervöser Beschwerden, und natürlich die Trunksüchtigen und Syphilitischen; obwohl man in den wohlhabenderen Kreisen natürlich nicht dieselben Auswirkungen findet wie unter den Armen.

Ich höre voller Freude, daß Du die Welt bald mit einem Miniaturexemplar Deiner selbst beglücken wirst, wie wunderbar für Dich und Deine geschätzte Frau – der Du bitte meine ehrerbietigen Grüße ausrichten willst. Wie beruhigend es sein muß, ein geregeltes Familienleben zu haben und eine verläßliche Frau, die es dir bereitet. Die Ruhe ist etwas, das von Männern gar zu sehr unterschätzt wird, außer von denen, denen es daran mangelt. Ich beneide Dich!

Was mich selbst betrifft, so fürchte ich, daß ich dazu verdammt bin, allein über das Antlitz der Erde zu wandern wie einer von Byrons schwermütigen und kummervollen Ausgestoßenen; obwohl es meinem Herzen wohltun würde, lieber Freund, aufs neue Deine Freundeshand zu ergreifen. Diese Gelegenheit wird sich vielleicht bald bieten, da die Aussichten auf eine friedliche Lösung der derzeitigen Differenzen zwischen Norden und Süden anscheinend wenig hoffnungsvoll sind und die Südstaaten ernstlich von einer Sezession sprechen. Im Fall des Ausbruchs von Feindseligkeiten ist meine Pflicht meinem Land gegenüber klar. Wie Tennyson es in seiner übertrieben botanischen Art ausdrückt, ist es an der Zeit, »die blutrote Blüte des Krieges« zu pflücken. Angesichts meiner derzeitigen wirren und morbiden geistigen Verfassung wird es fast eine Erleichterung sein, irgendeine Pflicht auferlegt zu bekommen, egal wie bedauerlich der Anlaß sein mag.

Dein gedankenschwerer und müder, aber liebevoller Freund

Simon

***

Von Grace Marks, Provinzgefängnis Kingston, Kingston
An Signor Geraldo Ponti, Magister des Neuro-Hypnotismus,
Bauchredner und Gedankenleser Extraordinaire, per Adresse
Prince of Wales Theatre, Queen Street, Toronto, Westkanada.

25. September 1861

Lieber Jeremiah!

Deine Vorstellung war auf einem Plakat angekündigt, das Dora irgendwie in die Finger bekam und an der Wand der Waschküche aufhängte, um sie etwas bunter zu machen; und ich wußte sofort, daß Du es bist, obwohl Du jetzt einen anderen Namen hast und Dein Bart sehr wild geworden ist. Einer der Herren, die Miss Marianne Aufmerksamkeiten erweisen, hat die Vorstellung gesehen, als sie in Kingston war, und sagt, *Die Zukunft in*

Feurigen Buchstaben sei eine vorzügliche Darbietung und allein schon das Eintrittsgeld wert, da zwei Damen ohnmächtig wurden; er sagte auch, Dein Bart sei leuchtendrot. Also wirst Du ihn vermutlich gefärbt haben, es sei denn, es ist ein falscher.

Ich habe nicht versucht, mit Dir Kontakt aufzunehmen, als Du in Kingston warst, da dies, wenn es herausgekommen wäre, vielleicht zu Schwierigkeiten geführt hätte. Aber ich habe gesehen, wo die Vorstellung als nächstes aufgeführt werden soll, und schicke dies deshalb an das Theater in Toronto, in der Hoffnung, daß es Dich dort finden wird. Es muß ein neues Theater sein, da es keines dieses Namens gab, als ich das letzte Mal dort war; aber das ist jetzt zwanzig Jahre her, obwohl es mir wie hundert vorkommt.

Ich würde Dich so gern wiedersehen und mit Dir über die alten Zeiten in der Küche von Mrs. Parkinson sprechen, als wir alle soviel Spaß hatten, bevor Mary Whitney starb und das Unglück mich einholte! Aber um die Musterung hier zu bestehen, müßtest Du Dich noch mehr verkleiden, da ein roter Bart aus der Nähe gesehen nicht ausreichen würde. Und wenn sie Dich erkennen würden, würden sie denken, Du hättest sie betrogen, da etwas, was auf der Bühne gemacht wird, nicht so akzeptabel ist, wie wenn dasselbe in einer Bibliothek gemacht wird; und sie würden wissen wollen, warum Du nicht mehr Dr. Jerome DuPont bist. Aber ich nehme an, mit dieser neuen Sache kannst Du mehr verdienen.

Seit der Hypnose scheint man mich hier besser und mit mehr Wertschätzung zu behandeln, aber vielleicht liegt es auch nur daran, daß sie mehr Angst vor mir haben; manchmal ist es schwer, den Unterschied zu erkennen. Sie wollen nicht über das reden, was damals gesagt wurde, da sie denken, es könnte meinen Geist aus dem Gleichgewicht bringen, was ich selbst aber nicht glaube. Aber obwohl ich mich im Haus wieder frei bewegen kann und die Zimmer aufräume und den Tee serviere wie früher, hat dies keine Auswirkung auf meine Freilassung.

Ich habe oft darüber nachgedacht, warum Dr. Jordan gleich hinterher so plötzlich abgereist ist, aber da auch Du selbst kurz darauf fortgingst, wirst Du die Antwort wohl nicht wissen. Miss Lydia war fassungslos über Dr. Jordans Abreise und kam eine ganze Woche lang nicht zum Essen herunter, sondern ließ es sich auf einem Tablett nach oben bringen und lag im Bett, wie wenn sie krank wäre, was es sehr schwierig machte, ihr Zimmer aufzuräumen, mit einem ganz blassen Gesicht und dunklen Ringen unter den Augen, und benahm sich wie eine tragische Heldin. Aber junge Damen haben das Recht, sich auf diese Weise aufzuführen.

Danach fing sie an, mit mehr jungen Männern als je zuvor zu immer mehr Bällen zu gehen, vor allem mit einem ganz bestimmten Captain, woraus aber nichts wurde; und sie geriet bei den Herren vom Militär in den Ruf der Liederlichkeit; und es gab Auseinandersetzungen mit ihrer Mutter, und als ein weiterer Monat vergangen war, wurde bekanntgegeben, daß sie mit Reverend Verringer verlobt ist; was eine Überraschung war, da sie sich hinter seinem Rücken immer über ihn lustig gemacht und gesagt hatte, er sehe aus wie ein Frosch.

Das Hochzeitsdatum wurde bedeutend früher angesetzt, als es sonst üblich ist, und ich hatte von morgens bis abends alle Hände voll mit Nähen zu tun. Miss Lydias Reisekleid bestand aus blauer Seide, mit ebenso bezogenen Knöpfen, und hatte einen Rock mit zwei Lagen, und ich dachte, ich würde vom Umsäumen noch blind werden. Sie verbrachten die Flitterwochen an den Niagarafällen, was, wie alle sagen, ein Erlebnis ist, das man nicht missen möchte, aber ich habe nur Bilder davon gesehen, und als sie zurückkamen, war sie völlig verändert, sehr niedergeschlagen und blaß und überhaupt nicht mehr fröhlich und ausgelassen. Es ist keine gute Idee, einen Mann zu heiraten, den man nicht liebt, aber viele tun es und gewöhnen sich mit der Zeit daran. Und andere heiraten aus Liebe und bereuen es später, wie es heißt.

Eine Weile hatte ich gedacht, sie hätte eine Zuneigung zu Dr. Jordan gefaßt, aber sie wäre mit ihm nicht glücklich geworden, und er auch nicht mit ihr, da sie sein Interesse an den Wahnsinnigen nicht verstanden hätte und auch nicht seine Neugier und die seltsamen Fragen über alle Arten von Gemüse, die er stellte. Deshalb war es wahrscheinlich besser so.

Was nun die Hilfe angeht, die Dr. Jordan mir versprochen hat, so habe ich nichts davon gehört und auch nicht von ihm selbst, außer daß er in den Krieg im Süden gezogen ist, was ich durch Reverend Verringer erfahren habe; aber ob er lebt oder tot ist, weiß ich nicht. Es waren seinerzeit viele Gerüchte über ihn und seine Vermieterin im Umlauf, die eine Art Witwe war; und nachdem er von hier fortgegangen war, konnte man oft sehen, wie sie in einem sehr aufgewühlten Zustand am Ufer des Sees entlangwanderte, in einem schwarzen Kleid und einem schwarzem Umhang und einem schwarzen Schleier, der im Wind wehte, und manche sagten, sie hätte die Absicht, sich hineinzustürzen. Darüber wurde viel geredet, vor allem in Küche und Waschküche; und Dora, die als Bedienstete in jenem Haus gearbeitet hatte, lag uns ständig damit in den Ohren. Du würdest es nicht glauben, lieber Jeremiah, was sie alles über zwei nach außen hin so ehrbare Personen zu sagen wußte. Sie erzählte von Schreien und Stöhnen und gräßlichem Treiben in der Nacht, so schlimm wie in einem Haus, in dem es spukt, und das Bettzeug jeden Morgen völlig zerwühlt und in einem Zustand, daß sie bei seinem Anblick rot wurde. Dora sagte auch, es sei ein Wunder, daß er die Dame nicht umgebracht und dann im Garten hinter dem Haus vergraben hätte, da sie selbst gesehen hätte, wie der Spaten dafür schon bereitstand und das Grab schon gegraben war, was ihr das Blut in den Adern gefrieren ließ, und daß er zu der Sorte Männer gehört, die eine Frau nach der anderen ins Unglück stürzen und ihrer dann müde werden und sie ermorden, nur um sie los zu sein, und jedes Mal, wenn er die verwitwete Dame anguckte, hätte in seinen Augen ein fürchterliches Glühen gelegen, wie bei einem Tiger, so als würde er sie jeden Augenblick anspringen und die Zähne in sie schlagen. Und bei Dora selbst war es genau dasselbe, und vielleicht wäre sie die Nächste gewesen, die seinen blutrünstigen Phantasien zum Opfer gefallen wäre? Sie fand in der Küche ein williges Publikum, da es viele gibt, die sich gern eine schockierende Geschichte anhören, und ich muß sagen, daß sie die Geschichte tatsächlich gut erzählte, obwohl ich persönlich glaube, daß sie etwas übertrieb.

Ungefähr um diese Zeit rief die Frau Direktor mich in den Salon und fragte mich sehr ernst, ob Dr. Jordan mir je ungebührliche Avancen gemacht habe, und ich sagte, das habe er nicht, und überhaupt sei die Tür des Nähzimmers immer offen gewesen. Dann sagte sie, sie sei über seinen Charakter getäuscht worden und habe eine Viper am Busen ihrer Familie genährt; und als nächstes sagte sie, er habe sich an der armen Dame in Schwarz vergangen, die doch allein und ohne Dienstmädchen mit ihm im Haus gewesen sei, ich solle jedoch nicht darüber sprechen, da dies nur noch mehr Schaden anrichten würde, und obwohl diese Dame eine verheiratete Dame sei und ihr Mann sie schändlich behandelt habe und es daher nicht ganz so schlimm sei, wie wenn es ein junges Mädchen gewesen wäre, hätte Dr. Jordan sich dennoch höchst ungebührlich verhalten, und es sei ein Segen, daß es mit Miss Lydia nie zu einer Verlobung gekommen war.

Ich glaube nicht, daß Dr. Jordan an so etwas je auch nur gedacht hat; noch glaube ich alles, was über ihn gesagt wird, weil ich weiß, wie es ist, wenn über eine Person Lügen erzählt werden und man sich nicht verteidigen kann. Und Witwen sind immer auf irgendwelche Tricks aus, bis sie zu alt dafür werden.

Aber das alles ist nur müßiges Gerede. Dies aber möchte ich Dich sehr gern fragen: Konntest Du wirklich in die Zukunft sehen, als Du Dir damals meine Hand angesehen und Fünf zum Glück gesagt hast, was ich so verstanden habe, daß am Ende alles gut werden würde? Oder hast Du nur versucht, mich zu trösten? Ich würde das wirklich sehr gern wissen, weil die Zeit sich manchmal so lang hinzieht, daß ich es kaum noch aushalte. Ich habe Angst, wegen meines vergeudeten Lebens in hoffnungslose Verzweiflung zu verfallen, und ich weiß immer noch nicht richtig, wie es dazu kommen konnte. Reverend Verringer betet oft mit mir, das heißt, er betet, und ich höre zu, aber das hilft auch nicht viel, weil es mich nur müde macht. Er sagt, daß er eine weitere Petition aufsetzen wird, aber ich fürchte, daß sie auch nicht mehr Erfolg haben wird als die anderen, und er könnte sich das Papier genausogut sparen.

Als zweites würde ich gerne wissen, wieso Du mir helfen wolltest? War es, weil Du etwas beweisen wolltest? Wolltest Du nur zeigen, daß Du schlauer sein kannst als die anderen, so wie früher, als Du Deine Waren geschmuggelt hast? Oder war es aus Zuneigung und Mitgefühl? Du hast einmal gesagt, ich sei eine von euch, und darüber habe ich oft nachgedacht.

Ich hoffe, daß diese Zeilen Dich erreichen werden, aber selbst wenn sie es tun, weiß ich nicht, wie Du mir eine Antwort zukommen lassen könntest, da jeder Brief, den ich bekomme, geöffnet wird. Ich glaube jedoch, daß Du mir schon einmal eine Nachricht geschickt hast, da ich vor mehreren Monaten einen Hornknopf erhielt, der an mich adressiert war, wenn auch ohne Unterschrift, und die Aufseherin sagte: »Grace, warum sollte jemand dir einen einzelnen Knopf schicken wollen?« Ich sagte, ich wüßte es nicht, aber da er dasselbe Muster hatte wie der, den Du mir in der Küche von Mrs. Parkinson geschenkt hast, hatte ich das Gefühl, er müsse von Dir kommen, um mich wissen zu lassen, daß ich nicht völlig vergessen bin. Vielleicht steckte auch noch eine weitere Nachricht dahinter, da ein Knopf dafür da ist, Dinge geschlossen zu halten, oder aber sie zu öffnen, und vielleicht wolltest Du mir sagen, daß ich über gewisse Dinge, über die wir beide Bescheid wissen, Stillschweigen bewahren soll. Dr. Jordan glaubte, daß selbst ganz gewöhnliche und nicht weiter beachtete Dinge eine Bedeutung haben oder aber vergessene Dinge in die Erinnerung zurückrufen könnten; und vielleicht wolltest Du mich nur an Dich erinnern, was jedoch nicht nötig gewesen wäre, da ich Dich und Deine Freundlichkeit nie vergessen habe und nie vergessen werde.

Ich hoffe, daß Du bei guter Gesundheit bist, lieber Jeremiah, und daß Deine Zaubervorführung ein großer Erfolg ist,

Deine alte Freundin,
Grace Marks

Von Mrs. William P. Jordan, Laburnum House, Loomisville,
Massachusetts, Vereinigte Staaten von Amerika
An Mrs. C. D. Humphrey, Lower Union Street, Kingston, Westka-
nada.

15. Mai 1862

Sehr geehrte Mrs. Humphrey!

Ihr Schreiben an meinen geliebten Sohn traf heute morgen
ein. Ich öffne neuerdings seine gesamte Post aus Gründen, die
ich in Kürze erklären werde. Doch erlauben Sie mir erst die Bemerkung, daß es mir lieber gewesen wäre, Sie hätten sich auf
eine weniger extravagante Weise ausgedrückt. Die Drohung,
sich selbst ein Leid anzutun, indem Sie von einer Brücke oder
sonst einer Erhöhung herunterspringen wollen, mag vielleicht
bei einem leicht beeindruckbaren und weichherzigen jungen
Mann ein gewisses Gewicht besitzen, nicht jedoch bei seiner
erfahreneren Mutter.

Ihre Hoffnung auf ein Gespräch mit ihm muß ich jedoch in
jedem Fall enttäuschen. Bei Ausbruch des derzeitigen bekla-
genswerten Krieges trat mein Sohn in die Unionsarmee ein,
um in der Kapazität eines Feldarztes für sein Land zu kämpfen,
und er wurde sofort in einem Lazarett in der Nähe der Front
eingesetzt. Der Postdienst war leider zusammengebrochen,
und die Truppen wurden dank der Eisenbahnen so schnell hin
und her versetzt, daß ich mehrere Monate kein Wort von ihm
hörte, was gar nicht seiner Art entsprach, war er doch immer
ein regelmäßiger und verläßlicher Korrespondent gewesen,
und ich fürchtete das Schlimmste.

Während dieser Zeit tat ich in meinem eigenen kleinen Bereich, was ich konnte. Dieser unglückselige Krieg hatte bereits
viele getötet und verwundet, und wir sahen die Folgen jeden
Tag, da immer mehr Männer und Jungen in unsere improvi-
sierten Hospitäler gebracht wurden, verstümmelt und blind
oder von ansteckenden Fiebern um den Verstand gebracht; und
jeder einzelne von ihnen ein heißgeliebter Sohn. Die Damen
unserer Stadt waren sehr damit beschäftigt, sie zu besuchen

und mit den wenigen kleinen häuslichen Bequemlichkeiten zu versorgen, die wir noch zu unserer Verfügung hatten. Ich selbst half dabei trotz meiner eigenen angegriffenen Gesundheit, so gut ich konnte, da ich hoffte, daß eine andere Mutter dasselbe tun würde, sollte mein eigener Sohn anderen Ortes krank und leidend daniederliegen.

Endlich berichtete ein genesender Soldat aus unserer Stadt, er habe das Gerücht gehört, mein lieber Sohn sei von einem Splitter am Kopf getroffen worden und schwebe seiner letzten Kenntnis nach zwischen dieser und der nächsten Welt. Natürlich starb ich fast vor Sorge und setzte Himmel und Erde in Bewegung, um seinen Aufenthaltsort in Erfahrung zu bringen, bis er, sehr zu meiner Freude, zu uns zurückgeschickt wurde, zwar lebend, aber geistig und körperlich auf das traurigste geschwächt. Infolge seiner Verwundung hat er einen Teil seines Gedächtnisses verloren; denn obwohl er sich an seine liebende Mutter und an Ereignisse aus seiner Kindheit erinnert, wurden seine neueren Erlebnisse fast vollständig aus seinem Geist gelöscht, darunter auch sein Interesse an Nervenheilanstalten und die Zeit, die er in Kingston verbrachte, einschließlich der wie auch immer gearteten Beziehungen, die er zu Ihnen unterhalten oder nicht unterhalten haben mag.

Ich schreibe Ihnen dies alles, damit Sie die Dinge vielleicht in einer weiteren und, wie ich hinzufügen möchte, weniger selbstsüchtigen Perspektive betrachten. Die eigenen persönlichen Belange wirken in der Tat klein angesichts der gewaltigen Verwerfungen der Geschichte, von denen wir nur hoffen können, daß sie einem höheren Ziel dienen werden.

An dieser Stelle muß ich Sie zu der Tatsache beglückwünschen, daß Ihr Ehemann endlich aufgefunden wurde, obwohl ich Ihnen auch mein Mitgefühl über die unglücklichen Umstände ausdrücken muß, unter denen dies geschah. Zu erfahren, daß der eigene Ehegefährte aufgrund einer langanhaltenden Trunksucht und des daraus resultierenden Deliriums verschieden ist, kann nicht sehr erfreulich gewesen sein. Ich bin jedoch froh zu hören, daß er seine Mittel nicht gänzlich aufgebraucht hat, und würde Ihnen als praktischen Rat eine verläßliche Annuität vorschlagen, oder – was mir in meiner eigenen leidvollen Situation recht gut gedient hat – eine bescheidene Investition in Eisenbahnaktien, sofern es sich um eine solide Gesellschaft handelt, oder aber in Nähmaschinen, die in Zukunft gewiß großen Anklang finden werden.

Der Vorschlag jedoch, den Sie meinem Sohn unterbreiten, ist weder wünschenswert noch praktikabel, selbst wenn er in der Verfassung wäre, ihn zu bedenken. Mein Sohn war weder mit Ihnen verlobt, noch ist er Ihnen sonst in irgendeiner Weise verpflichtet. Was Sie selbst vielleicht verstanden haben, stellt keine Vereinbarung dar. Es ist auch meine Pflicht, Sie darüber zu informieren, daß mein Sohn sich vor seiner Abreise so gut wie verlobt hatte, und zwar mit Miss Faith Cartwright, einer jungen Dame aus gutem Haus und von tadellosem moralischen Charakter. Das einzige Hindernis, das einer Eheschließung entgegenstand, war seine Ehre, die ihn daran hinderte, Miss Cartwright zu bitten, sich an einen Mann zu binden, dessen Leben so bald gefährdet sein könnte. Trotz seines derzeit so herabgesetzten und gelegentlich deliranten Zustands ist Miss Cartwright entschlossen, die Wünsche der beiden Familien wie auch die ihres eigenen Herzens zu respektieren, und hilft mir zur Zeit mit treuer Ergebenheit, ihn zu pflegen.

Er erinnert sich noch nicht auf persönliche Weise an sie, sondern beharrt darauf, sie Grace zu nennen – eine verständliche Verwirrung, da Faith einen sehr ähnlichen Klang besitzt; aber wir lassen in unseren Bemühungen nicht nach und zeigen ihm täglich verschiedene häusliche Gegenstände, die ihm einst lieb waren, und spazieren mit ihm zu Stellen von natürlicher Schönheit und haben zunehmend die Hoffnung, daß seine Erinnerung bald vollständig wiederhergestellt sein wird, oder doch wenigstens soviel davon, wie nötig ist, und daß er bald gesund genug sein wird, die Ehe einzugehen. Es ist Miss Cartwrights höchstes Anliegen, wie es auch das aller sein sollte, die meinen Sohn uneigennützig lieben, um seine baldige Genesung und die volle Wiederherstellung seiner geistigen Fähigkeiten zu beten.

Lassen Sie mich abschließend hinzufügen, daß ich hoffe, daß die Zukunft Ihnen mehr Glück bringen wird als die jüngste Vergangenheit; und daß der Abend Ihres Lebens die innere Heiterkeit mit sich bringen wird, die durch die eitlen und stürmischen Leidenschaften der Jugend so oft auf bedauerliche, wenn nicht gar katastrophale Weise zunichte gemacht wird.

Mit vorzüglicher Hochachtung,
Mrs. Constance P. Jordan

P. S. Jede weitere Korrespondenz Ihrerseits wird ungelesen vernichtet werden.

***

Von Reverend Enoch Verringer, Vorsitzender des Komitees für die Begnadigung von Grace Marks, Methodistische Kirche Sydenham Street, Kingston, Ontario, Dominion of Canada
An Dr. Samuel Bannerling, The Maples, Front Street, Toronto, Ontario, Dominion of Canada.

Kingston, den 15. Oktober 1867

Sehr geehrter Dr. Bannerling!
Ich erlaube mir, Ihnen im Namen des Komitees, dessen Vorsitzender ich bin, in einer ehrenwerten Mission zu schreiben, die Ihnen nicht ganz unbekannt sein dürfte. Mir ist bekannt, daß Sie als der ehemalige medizinische Betreuer von Grace Marks zu der Zeit, als sie sich vor fast fünfzehn Jahren in der Nervenheilanstalt von Toronto aufhielt, von den Vertretern mehrerer früherer Komitees angesprochen wurden, die es sich zur Aufgabe gemacht hatten, im Namen dieser unglücklichen und nach Meinung vieler zu Unrecht verurteilten Frau Petitionen an die Regierung zu verfassen. Meine Vorgänger hofften, daß Sie diese Petitionen ebenfalls unterzeichnen würden, was, wie Sie sicher wissen, bei den Staatsbehörden beträchtlichen Eindruck gemacht hätte, da diese dazu neigen, anerkannte medizinische Autoritäten mit Respekt zu betrachten.

Unser Komitee besteht aus einer Reihe von Damen, unter

ihnen meine eigene Ehefrau, mehreren Herren von Rang und Stand und Geistlichen dreier Konfessionen, darunter auch dem Gefängniskaplan. Die Namen all dieser Personen finden Sie in der Anlage. Den erwähnten Petitionen war in der Vergangenheit leider kein Erfolg beschieden, unser Komitee erwartet und hofft jedoch, daß angesichts der jüngsten politischen Veränderungen, insbesondere der Einrichtung eines repräsentativen Parlaments unter der Führung von John A. Macdonald, unsere derzeitige Petition die günstige Aufnahme finden wird, die ihren Vorgängerinnen versagt blieb.

Hinzu kommen die Weiterentwicklung der modernen Wissenschaft und die Fortschritte, die in der Erforschung der Krankheiten und Störungen des Geistes gemacht wurden – Fortschritte, die sicherlich zu Gunsten von Grace Marks sprechen müssen. Vor mehreren Jahren engagierte unser Komitee einen Spezialisten auf dem Gebiet der nervösen Leiden, Dr. Simon Jordan, der uns sehr empfohlen worden war. Er verbrachte mehrere Monate in dieser Stadt und beschäftigte sich eingehend mit Grace Marks, unter besonderer Beachtung ihrer Erinnerungslücken bezüglich der Morde. In dem Versuch, ihre Erinnerung wiederherzustellen, unterzog er sie einer hypnotischen Sitzung. Dazu bediente er sich der Hilfe eines erfahrenen Fachmannes auf dem Gebiet dieser Wissenschaft – die, nachdem sie längere Zeit in der Versenkung verschwunden war, nun wieder eine günstigere Betrachtung zu finden scheint, sowohl als diagnostische wie auch als Heilmethode, obwohl sie sich bislang eher in Frankreich als in dieser Hemisphäre einen Ruf erworben hat.

In der Folge dieser Sitzung und der erstaunlichen Enthüllungen, die dabei zutage kamen, äußerte Dr. Jordan die Überzeugung, daß der Gedächtnisverlust von Grace Marks echt und nicht vorgetäuscht sei und daß sie am fraglichen Tag unter den Auswirkungen eines hysterischen Anfalls litt, der durch Angst ausgelöst wurde und in einem *autohypnotischen Somnambulismus* resultierte, einem Zustand, der vor fünfundzwanzig Jahren noch nicht erforscht war, inzwischen aber gut dokumentiert ist, und daß diese Tatsache ihre darauffolgende Amnesie erklärt. Im Verlauf der hypnotischen Trance, die von mehreren Mitgliedern unseres Komitees bezeugt werden kann, legte Grace Marks nicht nur eine voll wiederhergestellte Erinnerung an jene längst vergangenen Ereignisse an den Tag, sondern auch deutliche Beweise für ein somnambules *Doppel-Bewußtsein*, das sich durch eine distinktive zweite Persönlichkeit auszeichnet, die in der Lage ist, ohne das Wissen der ersten zu handeln. Angesichts der Beweise gelangte Dr. Jordan zu der Schlußfolgerung, daß die Frau, die uns als »Grace Marks« bekannt ist, zur Zeit des Mordes an Nancy Montgomery nicht bei Bewußtsein war und daher auch nicht für die Tat verantwortlich sein kann, und daß die Erinnerung an die Tat nur von ihrem zweiten, verborgenen Ich bewahrt wurde. Dr. Jordan war zudem der Meinung, daß dieses andere Ich in der Zeit von Grace Marks' geistiger Verwirrung im Jahre 1852 seine fortdauernde Existenz manifestierte, wofür auch die Augenzeugenberichte von Mrs. Moodie und anderen als Hinweis dienen könnten.

Ich hatte gehofft, Ihnen einen schriftlichen Bericht vorlegen zu können, und unser Komitee hat die Vorlage seiner Petition in Erwartung dieses Berichts von Jahr zu Jahr verschoben. Dr. Jordan war durchaus bereit, diesen Bericht zu schreiben, wurde jedoch durch einen Krankheitsfall in der Familie plötzlich fortgerufen, gefolgt von dringenden Geschäften auf dem Kontinent, wonach der Ausbruch des Bürgerkrieges, in dem er als Feldarzt diente, eine ernstliche Behinderung seiner Bemühungen darstellte. Soviel ich weiß, wurde er im Verlauf der Feindseligkeiten verwundet, und obwohl er sich inzwischen, der Vorsehung sei Dank, auf dem Wege der Besserung befindet, hat er noch nicht wieder die Kraft zurückerlangt, seine Aufgabe vollenden zu können. Anderenfalls würde er unsere ernsthaften und von Herzen kommenden Bitten gewiß unterstützt haben.

Ich selbst war bei der erwähnten neurohypnotischen Sitzung zugegen, wie auch die Dame, die sich seitdem bereit erklärt hat, meine Frau zu werden. Wir waren beide zutiefst erschüttert von dem, was wir sahen und hörten. Es bewegt mich zu Tränen, wenn ich daran denke, welches Unglück dieser armen Frau durch unzureichendes wissenschaftliches Verständnis zugefügt wurde. Die menschliche Seele ist ein großes und ehrfurchtgebietendes Mysterium, dessen Tiefen erst jetzt allmählich ausgelotet werden. Der heilige Paulus sagte zu Recht: »Wir sehen jetzt durch einen Spiegel in einem dunklen Wort; dann aber von Angesicht zu Angesicht.« Man kann nur vermuten, welche Absichten unser Schöpfer verfolgte, als er die Humanität zu einem so komplexen und gordischen Knoten machte.

Aber was immer Sie von Dr. Jordans professioneller Meinung halten mögen – und ich bin mir sehr wohl bewußt, daß seine Schlußfolgerungen möglicherweise schwer zu glauben sind, wenn jemand mit der Praxis der Neuro-Hypnose nicht vertraut ist und bei den Ereignissen, von denen ich gesprochen habe, nicht zugegen war –, befindet sich Grace Marks nun seit sehr vielen Jahren in Haft, mehr als genug, um für ihre Missetaten zu büßen. Sie hat ungezählte geistige wie auch körperliche Qualen durchlitten und hat bitterlich jeden Anteil bereut, den sie vielleicht an jenem schrecklichen Verbrechen hatte, ob sie sich dieses Anteils nun bewußt war oder nicht. Sie ist keine junge Frau mehr und nicht bei bester Gesundheit. Wenn sie frei wäre, könnte sicherlich vieles für ihr weltliches wie auch für ihr geistiges Wohl getan werden, und sie hätte die Gelegenheit, über die Vergangenheit nachzudenken und sich auf ein zukünftiges Leben vorzubereiten.

Im Namen der Barmherzigkeit – können Sie sich immer noch weigern, Ihren Namen unter die Petition für ihre Freilassung zu setzen, und durch diese Weigerung vielleicht die Tore des Paradieses für immer vor einer reuigen Sünderin zuschlagen? Gewiß nicht!

Ich bitte Sie – ich bitte Sie inständig –, uns in diesem lobenswerten Unterfangen zu unterstützen.

Mit vorzüglicher Hochachtung,
Ihr
Enoch Verringer,
Magister Artium, Doktor der Theologie

Von Dr. Samuel Bannerling, The Maples, Front Street, Toronto
An Reverend Enoch Verringer, Methodistenkirche Sydenham
Street, Kingston, Ontario.

1. November 1867

Geehrter Herr!

Ich bestätige den Empfang Ihres Schreibens vom fünfzehnten Oktober mit den darin enthaltenen Schilderungen Ihrer kindischen Possen hinsichtlich der Person Grace Marks und muß sagen, daß ich von Dr. Jordan sehr enttäuscht bin. Ich hatte derzeit mit ihm korrespondiert und ihn ausdrücklich vor dieser gerissenen Frau gewarnt. Es heißt, daß es keinen schlimmeren Narren gibt als einen alten Narren, aber ich muß sagen, es gibt keinen schlimmeren als einen jungen; und ich bin sehr erstaunt, daß ein Mensch, der über einen medizinischen Grad verfügt, auf eine so augenfällige Scharlatanerie und einen so ausgemachten Unfug wie die »neurohypnotische Trance« hereinfallen kann, die an Dümmlichkeit nur hinter dem Spiritismus, dem Frauenwahlrecht und ähnlichem Humbug zurücksteht. Dieser blödsinnige »Hypnotismus«, wie schön er sich auch mit neuen Terminologien schmücken mag, ist nichts anderes als der Mesmerismus oder Tierische Magnetismus im neuen Gewand; und jener kränkliche Unsinn wurde schon vor langer Zeit als pompöse Fassade diskreditiert, mit deren Hilfe Männer von fraglicher Herkunft und lüsterner Natur versuchen, Macht über junge Frauen zu gewinnen, indem sie ihnen impertinente und beleidigende Fragen stellen und ihnen befehlen, schamlose Dinge zu tun, ohne daß letztere ihre Billigung dazu zu geben scheinen.

Ich fürchte also, daß Ihr Dr. Jordan entweder von einer infantilen Leichtgläubigkeit oder aber selbst ein Betrüger ist, und hätte er seinen selbsternannten »Bericht« verfaßt, wäre dieser das Papier nicht wert gewesen, auf dem er geschrieben wurde. Ich vermute, daß er sich die Verwundung, von der Sie sprechen, nicht auf dem Schlachtfeld, sondern schon bedeutend früher zugezogen hat, und daß sie aus einem heftigen Schlag auf den

Kopf bestand, was der einzige Grund wäre, der eine solche Idiotie erklären könnte. Wenn Dr. Jordan mit dieser wirren Denkweise fortfährt, wird er selbst bald in die private Anstalt für Geisteskranke eingewiesen werden, die er, wenn ich mich recht erinnere, dereinst einrichten wollte.

Ich habe den sogenannten »Augenzeugenbericht« von Mrs. Moodie wie auch einige ihrer sonstigen Kritzeleien gelesen und gleich anschließend dem Feuer übergeben, wo sie hingehören und wo sie ausnahmsweise ein wenig Licht spendeten, was sie ansonsten nie getan hätten. Wie der ganze Rest ihres Geschlechts neigt auch Mrs. Moodie zu weitschweifigen Phantastereien und zum Zusammenspinnen von Märchen ganz nach Lust und Laune, und im Sinne der Wahrheitsfindung könnte man sich genausogut auf den »Augenzeugenbericht« einer Gans verlassen.

Was nun die Tore des Paradieses angeht, die Sie erwähnen, so habe ich keinerlei Kontrolle über sie, und sollte Grace Marks würdig sein, sie zu durchschreiten, wird sie zweifellos ohne jede Einmischung meinerseits eingelassen werden. Die Tore des Gefängnisses jedoch werden sich für sie niemals durch einen Akt meinerseits öffnen. Ich habe sie sorgfältig untersucht und kenne ihren Charakter und ihre Veranlagung besser, als Sie sie kennen können. Sie ist eine Person, der jede Moral fehlt und in der die Neigung zu morden stark ausgebildet ist. Es wäre gefährlich, ihr die gewöhnlichen Privilegien unserer Gesellschaft zuzubilligen, und würde man ihr die Freiheit zurückgeben, bestünde die Gefahr, daß ihr früher oder später weitere Leben zum Opfer fallen würden.

Lassen Sie mich zum Schluß bemerken, Sir, daß es Ihnen als einem Mann von geistlichem Stand schlecht ansteht, Ihre Ergüsse mit Anspielungen auf die moderne Wissenschaft zu würzen. Ein wenig Wissen ist eine gefährliche Sache, wie Pope, so glaube ich, einst bemerkte. Kümmern Sie sich um die Pflege des Gewissens und um die Verbreitung erbaulicher Predigten zur Verbesserung des öffentlichen Lebens und der privaten Moral, was das Land weiß Gott bitter nötig hat, und überlassen

Sie die Hirne der Degenerierten denen, die sich darauf spezia-
lisiert haben. Vor allem aber wollen Sie es in Zukunft unterlassen, mit diesen aufdringlichen und lächerlichen Bitten zu belästigen

Ihren bescheidenen und gehorsamen Diener
Dr. Samuel Bannerling

XV.

Paradiesbaum

Zum Schluß aber wurde Beharrlichkeit belohnt. Eine Petition nach der anderen ging an die Regierung, und zweifellos kamen auch andere Einflüsse zum Tragen, bis dieser fast einzigartigen Übeltäterin Gnade gewährt und sie selbst nach New York gebracht wurde, wo sie ihren Namen änderte und kurz darauf heiratete. Nach allem, was der Verfasser dieser Zeilen weiß, ist sie heute noch am Leben. Ob ihre Mordgelüste sich in der Zwischenzeit je wieder bemerkbar machten, ist nicht bekannt, da sie ihre Identität wahrscheinlich durch mehr als nur ein Alias hütet.

Autor unbekannt, Geschichte von Toronto und dem County York, Ontario, 1885

2. August 1872. Ich besuchte die Stadt von zwölf bis zwei Uhr, um mit dem Justizminister über Grace Marks zu sprechen, deren Begnadigung ich am selbigen Morgen erhalten hatte. Sir John äußerte den Wunsch, ich und eine meiner Töchter möchten die Frau zu dem neuen Heim begleiten, das in New York für sie bereitgestellt worden war.

7. August 1872. Untersuchte und entließ Grace Marks, die nach einer Haft von 28 Jahren und zehn Monaten, die sie in diesem Gefängnis verbrachte, begnadigt worden ist. Brach mit ihr und meiner Tochter auf Anweisung des Justizministers um ein Uhr nach New York auf ...

Tagebuch des Oberaufsehers, Provinzgefängnis Kingston,
Westkanada.

So ists mit diesem irdischen Paradies,
Wenn ihrs recht lest, ihr all, die süchtig Weh
Stets die glückseligen Inseln suchen ließ
Im wilden Wellenschlag der stählernen See,
Die jedes Herz umherwirft je und je.
William Morris, Das irdische Paradies, 1868

Das Unvollkommene ist unser Paradies.
Wallace Stevens, Die Gedichte unseres Klimas, 1938

51.

Ich habe oft daran gedacht, Ihnen zu schreiben und Sie über die glückliche Wendung in Kenntnis zu setzen, die mir widerfahren ist, und habe im Kopf schon viele Briefe an Sie verfaßt, und wenn ich die richtige Art und Weise gefunden habe, die Dinge zu sagen, werde ich Feder und Papier zur Hand nehmen, und auf diese Weise werden Sie von mir hören, falls Sie noch unter den Lebenden weilen, und falls nicht, werden Sie all dies ohnehin wissen.

Vielleicht haben Sie von meiner Begnadigung gehört, vielleicht aber auch nicht. Ich habe in keiner der Zeitungen etwas darüber gesehen, was nicht weiter verwunderlich ist, denn als ich endlich freigelassen wurde, war das alles eine alte, abgestandene Geschichte, und niemand konnte den Wunsch haben, etwas darüber zu lesen. Was zweifellos auch gut so war. Als ich selbst davon erfuhr, wußte ich mit Sicherheit, daß Sie den Brief an die Regierung schließlich doch noch geschrieben haben mußten, weil er zusammen mit all den Petitionen endlich das gewünschte Ergebnis erbracht hatte; obwohl ich sagen muß, daß die Regierung sich viel Zeit dafür ließ und nichts von einem Brief von Ihnen erwähnt wurde, sondern nur, daß es eine allgemeine Amnestie sei.

Zuerst hörte ich von meiner Begnadigung von der ältesten Tochter des Oberaufsehers, deren Name Janet ist. Es ist dies kein Oberaufseher, den Sie kennen, Sir, da es viele Veränderungen gab, seit Sie weggingen, und ein neuer Oberaufseher war eine davon, und es hatte auch zwei oder drei neue Direktoren gegeben, und so viele neue Wärter und Aufseher und Aufseherinnen, daß ich sie mir kaum merken konnte. Ich saß im Nähzimmer, wo Sie und ich unsere Nachmittagsgespräche geführt haben, und stopfte Strümpfe – denn ich diente auch unter den neuen Direktoren im Haushalt weiter, so wie immer –, als Janet hereinkam. Sie hatte ein freundliches Wesen und anders als manche andere immer ein Lächeln für mich übrig, und obwohl sie nie eine Schönheit war, gelang es ihr doch, sich mit einem anständigen jungen Farmer zu verloben, wofür ich ihr von Herzen Glück wünschte. Es gibt Männer, vor allem von der schlichteren Art, denen es lieber ist, wenn ihre Frauen häßlich statt schön sind, da diese sich eher an die Arbeit machen und sich weniger beklagen und keine so große Gefahr besteht, daß sie mit anderen Männern davonlaufen, denn welcher andere Mann würde sich schon die Mühe machen, sie zu stehlen?

An diesem Tag kam Janet ins Zimmer gestürzt und war sehr aufgeregt. »Grace«, sagte sie, »ich habe gerade eine ganz erstaunliche Neuigkeit gehört.«

Ich unterbrach meine Näharbeit nicht einen Augenblick, denn wenn die Leute mir sagen, sie hätten ganz erstaunliche Neuigkeiten gehört, betreffen sie immer jemand anderen. Ich war natürlich gerne bereit, sie mir anzuhören, jedoch nicht bereit, deswegen auch nur einen Stich auszulassen, wenn Sie verstehen, was ich meine, Sir. »Ja?« sagte ich.

»Deine Begnadigung ist gekommen«, sagte sie. »Von Sir John Macdonald und vom Justizminister in Ottawa. Ist das nicht wundervoll?« Und sie schlug die Hände zusammen und sah in diesem Augenblick aus wie ein Kind, wenn auch ein großes und häßliches, das ein wunderschönes Geschenk bestaunt. Sie gehörte zu denen, die nie an meine Schuld geglaubt haben, da sie weichherzig und von sentimentaler Natur ist.

Bei dieser Neuigkeit legte ich meine Näharbeit doch hin, denn plötzlich war mir sehr kalt zumute, als würde ich gleich ohnmächtig werden, was ich schon lange nicht mehr getan hatte, nicht, seit Sie weggegangen sind, Sir. »Kann das wirklich wahr sein?« sagte ich. Und wenn es eine andere Person gewesen wäre, hätte ich gedacht, sie spiele mir vielleicht einen grausamen Streich, aber Janet machte sich nichts aus Streichen gleich welcher Art.

»Ja«, sagte sie, »es ist wirklich wahr. Du bist begnadigt! Ich freue mich so für dich!«

Ich konnte sehen, daß sie das Gefühl hatte, dies sei ein Augenblick für Tränen, und so vergoß ich mehrere.

An jenem Abend und obwohl ihr Vater, der Oberaufseher, das eigentliche Papier noch nicht in der Hand hatte, sondern nur einen entsprechenden Brief, bestanden sie doch tatsächlich darauf, daß ich aus meiner Gefängniszelle herausgeholt und im Gästeschlafzimmer im Haus untergebracht wurde. Es geschah auf Betreiben Janets, der guten Seele, aber sie hatte auch die Unterstützung ihrer Mutter, da meine Begnadigung in der Tat ein ungewöhnliches Ereignis in der langweiligen Routine des Gefängnisses war und Menschen nun einmal gern Kontakt mit Ereignissen dieser Art haben, damit sie ihren Freunden hinterher davon erzählen können; und so wurde viel Aufhebens um mich gemacht.

Nachdem ich meine Kerze ausgeblasen hatte, lag ich im besten Bett, in einem von Janets Baumwollnachthemden anstelle meines rauhen, gelben Gefängnisnachthemds, und starrte an die dunkle Decke. Ich wälzte mich hin und her, konnte aber keine bequeme Lage finden. Wahrscheinlich ist Bequemlichkeit das, woran man gewöhnt ist, und inzwischen war ich mehr an mein schmales Gefängnisbett gewöhnt als an ein Gästezimmer mit sauberen Laken. Das Zimmer war so groß, daß es mich fast ängstigte, und ich zog mir die Decke über den Kopf, um es dunkler zu machen. Und dann hatte ich plötzlich ein Gefühl, als löste mein Gesicht sich auf und verwandelte sich in das Gesicht einer anderen Person, und ich erinnerte mich an meine arme Mutter in ihrem Leichentuch, und wie sie ins Meer geworfen worden war, und wie ich damals gedacht hatte, sie hätte sich in ihrem Laken verändert und sei eine andere Frau, und jetzt passierte genau dasselbe mit mir. Natürlich starb ich nicht, aber in gewisser Weise war es ähnlich.

Am nächsten Tag beim Frühstück strahlte die ganze Familie des Oberaufsehers mich mit feuchten Augen an, als wäre ich etwas Seltenes und Kostbares, wie ein aus einem Fluß gerettetes Baby; und der Oberaufseher selbst sagte, wir sollten Gott für das eine verlorene Lamm danken, das errettet worden war, und alle sagten ein inbrünstiges Amen.

So ist das also, dachte ich. Ich wurde errettet und muß mich jetzt benehmen wie jemand, der errettet wurde, und ich gab mir alle Mühe. Es war seltsam, jetzt keine berühmte Mörderin mehr zu sein, sondern vielleicht als eine unschuldige Frau zu gelten, die fälschlicherweise beschuldigt und zu Unrecht ins Gefängnis gesteckt worden war, oder wenigstens für eine zu lange Zeit, und ein Gegenstand des Mitleids und nicht des Entsetzens und der Angst zu sein. Es dauerte ein paar Tage, mich an diesen Gedanken zu gewöhnen, und um ehrlich zu sein, habe ich mich bis heute nicht richtig daran gewöhnt. Man muß dafür ein völlig anderes Gesicht aufsetzen; aber wahrscheinlich wird mir das mit der Zeit leichter fallen.

Natürlich werde ich für jene, die meine Geschichte nicht kennen, überhaupt nichts Besonderes sein.

Nach dem Frühstück an jenem Tag fühlte ich mich seltsam bedrückt. Janet bemerkte es und fragte mich nach dem Grund, und ich sagte: »Ich war jetzt seit über achtundzwanzig Jahren im Gefängnis, ich habe keine Freunde und keine Familie. Wo soll ich hingehen, und was soll aus mir werden? Ich habe kein Geld und keine Möglichkeit, mir welches zu verdienen, und dazu nichts anzuziehen, und bestimmt werde ich hier in der Nähe keine Stellung finden, weil meine Geschichte zu bekannt ist – denn trotz der Begnadigung, die ja schön und gut ist, wird keine Herrin bei klarem Verstand mich im Haus haben wollen, weil sie um die Sicherheit ihrer Lieben fürchten würde, und an ihrer Stelle würde ich es genauso halten.«

Ich sagte nicht, daß ich außerdem zu alt sei, um mir mein Geld auf der Straße zu verdienen, weil ich Janet nicht schockieren wollte, wo sie doch so wohlerzogen war und dazu eine Methodistin, obwohl ich Ihnen sagen muß, Sir, daß der Gedanke mir durchaus durch den Kopf ging. Aber was für eine Chance hätte ich schon gehabt, in meinem Alter und bei der vielen Konkurrenz? Es hätte einen Penny pro Mal mit betrunkenen Matrosen von der schlimmsten Sorte bedeutet, in irgendeiner Seitengasse, und ich wäre sicher binnen eines Jahres an irgendeiner Krankheit gestorben; und es wurde mir schwer ums Herz, wenn ich nur daran dachte.

Also kam die Begnadigung mir in diesem Augenblick nicht wie ein Passierschein in die Freiheit vor, sondern wie ein Todesurteil. Ich würde auf die Straße gesetzt werden, allein und ohne Freunde, um in irgendeiner dunklen Ecke zu verhungern oder zu erfrieren, mit nichts als den Kleidern, die ich am Leib trug, die, mit denen ich ins Gefängnis gekommen war, und vielleicht würde ich nicht einmal diese haben, da ich keine Ahnung hatte, was aus ihnen geworden war, und sie vielleicht schon lange verkauft oder weggegeben worden waren.

»Oh nein, liebe Grace«, sagte Janet. »Es ist an alles gedacht. Ich wollte dir nicht alles auf einmal erzählen, weil wir fürchteten, der Schock von soviel Glück nach soviel Unglück könnte zuviel für dich sein, denn manchmal hat großes Glück diese Wirkung. Aber es wurde ein gutes neues Heim für dich gefunden, und zwar in den Vereinigten Staaten, und wenn du erst einmal dort bist, kannst du die traurige Vergangenheit hinter dir lassen, weil niemand dort je etwas darüber erfahren muß, und du wirst ein ganz neues Leben anfangen können.«

Dies waren nicht ihre genauen Worte, aber sie hatten etwa diesen Inhalt.

»Aber was soll ich denn bloß anziehen?« sagte ich, immer noch verzweifelt, und vielleicht war ich wirklich nicht ganz bei Sinnen, weil jemand, der seinen Verstand beisammengehabt hätte, als erstes nach dem guten neuen Heim gefragt hätte, das angeblich gefunden worden war, und wo es lag und was ich dort tun sollte. Später dachte ich dann über die Art nach, wie Janet es ausgedrückt hatte: ein gutes neues Heim war für mich gefunden worden. Genau das sagt man von einem Hund oder einem Pferd, das zu alt ist, um noch arbeiten zu können, und das man nicht selbst behalten, aber auch nicht töten lassen will.

»Daran habe ich auch schon gedacht«, sagte Janet, die wirklich eine sehr hilfreiche Person war. »Ich habe im Lager nachgesehen, und wie durch ein Wunder war die Kiste, die du damals hattest, immer noch da, mit deinem Namen auf einem Zettel, wahrscheinlich wegen der vielen Petitionen, die nach dem Prozeß zu deinen Gunsten eingereicht wurden. Vielleicht haben sie deine Sachen zu Anfang aufbewahrt, weil sie dachten, du würdest bald wieder freikommen, und dann müssen sie sie einfach vergessen haben. Ich werde sie auf dein Zimmer bringen lassen, und dann werden wir sie öffnen, ja?«

Ich fühlte mich ein wenig getröstet, obwohl mir gleichzeitig nichts Gutes schwante, und ich hatte recht damit, denn als wir die Kiste öffneten, waren die Motten darin gewesen und hatten die ganzen Wollsachen gefressen, darunter auch das dicke Wintertuch meiner Mutter, und manche der anderen Sachen waren ganz verfärbt und rochen muffig, weil sie so lange so eng zusammengepackt an einem feuchten Ort gelegen hatten, und wieder andere waren fast ganz verrottet, so daß man einfach mit der Hand hätte hindurchfahren können. Jede Art von Kleidungsstück muß gelegentlich gut gelüftet werden, und bei diesen war das seit fast neunundzwanzig Jahren nicht geschehen.

Wir holten die Sachen heraus und breiteten sie im Zimmer aus, um zu sehen, was sich vielleicht noch retten ließe. Da waren Nancys Kleider, die damals, als sie neu waren, so hübsch gewesen waren, aber jetzt waren sie zum größten Teil ruiniert. Und dann die Sachen, die ich von Mary Whitney hatte; sie waren mir damals so lieb gewesen, und jetzt sahen sie nur noch schäbig und altmodisch aus. Da war das Kleid, das ich mir bei Mrs. Parkinson genäht hatte, mit den Hornknöpfen von Jeremiah, aber nichts davon war zu retten, bis auf die Knöpfe. Ich fand auch die Strähne von Marys Haaren, mit einem Faden zusammengebunden und in ein Taschentuch eingeschlagen, so wie ich sie in die Kiste hineingetan hatte, aber die Motten waren auch daran gewesen, weil sie auch Haare fressen, wenn sich nichts Besseres finden läßt und sie nicht in Zedernholz verwahrt werden.

Die Gefühle, die mich in diesem Augenblick überkamen, waren heftig und schmerzlich. Das Zimmer um mich herum schien plötzlich dunkel zu werden, und ich konnte fast sehen, wie Nancy und Mary in ihren Kleidern Gestalt annahmen, bloß daß es keine schöne Vorstellung war, weil die beiden sich inzwischen in einem ähnlich traurigen Zustand befinden mußten wie die Kleider. Ich war einer Ohnmacht nahe und mußte mich hinsetzen und um ein Glas Wasser bitten und darum, daß das Fenster geöffnet wurde.

Auch Janet war tief erschüttert. Sie war zu jung, um sich vorstellen zu können, was neunundzwanzig Jahre des Eingesperrtseins in einer Kiste bewirken können, obwohl sie versuchte, das Beste daraus zu machen. Sie sagte, die Kleider seien inzwischen ohnehin ganz aus der Mode, und wir könnten nicht zulassen, daß ich ein neues Leben anfing und dabei aussah wie eine Vogelscheuche, aber ein paar der Sachen könnten noch verwendet werden, zum Beispiel der rote Flanellunterrock, und auch ein paar von den weißen. Wir könnten sie in Essig waschen, um den Schimmelgeruch herauszubekommen, und dann zum Bleichen in die Sonne legen, und sie würden wieder so weiß werden wie früher. Das war nicht ganz der Fall, denn als wir fertig waren, waren sie tatsächlich heller in der Farbe, aber beileibe nicht das, was man weiß nennen würde.

Was die anderen Sachen anging, würden wir uns etwas einfallen lassen müssen, sagte sie, denn ich würde nun einmal eine Garderobe brauchen. Ich weiß nicht, wie sie es anstellte – ich vermute, daß sie ein Kleid von ihrer Mutter erbettelte und dann bei ihren anderen Bekannten herumging und dies oder das von ihnen erbat, und ich glaube, der Direktor gab Geld für die Strümpfe und die Schuhe –, aber am Ende hatte sie einen ganzen Packen Kleidungsstücke zusammen. Ich fand die Farben viel zu grell, so zum Beispiel einen grünen Druck und auch einen Wollstoff mit magentafarbenen Streifen auf einem Himmelblau, und das lag an den chemischen Farbstoffen, die neuerdings verwendet werden. Die Farben standen mir nicht so recht, aber Bettler können nun einmal nicht wählerisch sein, wie ich bei manch einer Gelegenheit erfahren konnte.

Janet und ich setzten uns zusammen und änderten die Sachen für mich um, und es war, als wären wir Mutter und Tochter, die an der Aussteuer arbeiteten, und alles war sehr freundlich und gemütlich, und nach einer Weile wurde ich wieder fröhlicher. Das einzige, was ich wirklich bedauerte, waren die Krinolinen. Sie waren in der Zwischenzeit aus der Mode gekommen, und jetzt gab es nur noch Drahttournüren und große Stoffknäuel, die hinten zusammengezogen wurden, mit Rüschen und Fransen, was in meinen Augen mehr wie ein Sofa aussah, und so würde ich nie die Gelegenheit haben, eine Krinoline zu tragen. Aber man kann im Leben nun einmal nicht alles haben.

Auch die Hauben waren aus der Mode gekommen, und es gab nur noch Hüte, die unter dem Kinn gebunden wurden und ganz flach waren und schräg nach vorne geneigt getragen wurden, wie ein Segelschiff auf dem Kopf, mit Schleiern, die nach hinten strömten wie Kielwasser. Janet besorgte einen für mich, und als ich ihn das erste Mal aufsetzte und mich im Spiegel betrachtete, kam ich mir sehr seltsam vor. Er konnte die grauen Strähnen in meinen Haaren nicht verdecken, obwohl Janet sagte, ich sähe zehn Jahre jünger aus, als ich in Wirklichkeit sei, fast wie ein junges Mädchen, und es stimmt, daß ich meine Figur behalten habe und die meisten Zähne. Sie sagte, ich sähe wie eine wirkliche Lady aus, was gut möglich ist, da es heutzutage in den Kleidern weniger Unterschiede zwischen Dienstmädchen und Herrin gibt als früher und die Mode sich leichter nachmachen läßt. Wir hatten viel Spaß, als wir den Hut mit seidenen Blüten und Schleifen verzierten, obwohl ich mehrmals in Tränen ausbrach, weil ich so aufgeregt war. Eine Schicksalswendung hat oft diese Wirkung, vom Schlechten zum Guten genauso wie umgekehrt, wie Sie in Ihrem Leben sicher auch schon festgestellt haben, Sir.

Während wir packten und zusammenlegten, schnitt ich ein paar Stücke Stoff aus den Kleidern heraus, die ich vor so langer

Zeit getragen hatte und die jetzt weggeworfen wurden; und ich fragte, ob ich vielleicht ein Gefängnisnachthemd von der Sorte haben könnte, an die ich gewöhnt war – zur Erinnerung. Janet sagte, das sei eine seltsame Erinnerung, gab die Bitte aber trotzdem weiter, und sie wurde gewährt. Verstehen Sie, Sir, ich mußte einfach etwas eigenes haben, was ich mit mir nehmen konnte.

Als alles fertig war, dankte ich Janet von ganzem Herzen. Ich hatte immer noch Angst vor dem, was kommen würde, aber wenigstens würde ich wie eine normale Person aussehen und nicht ständig angestarrt werden, und das allein ist schon viel wert. Janet schenkte mir ein Paar Sommerhandschuhe, die fast neu waren, ich weiß nicht, wo sie sie herhatte. Und dann fing sie an zu weinen, und als ich sie nach dem Grund fragte, sagte sie, weil alles für mich ein so glückliches Ende genommen habe, genau wie in einem Buch; und ich fragte mich, was für Bücher sie gelesen hatte.

52.

*D*er 7. August des Jahres 1872 war der Tag meiner Abreise,
und ich werde ihn nie vergessen, solange ich lebe.

Nach dem Frühstück mit der Familie des Oberaufsehers, bei
dem ich kaum etwas zu mir nehmen konnte, weil ich so aufgeregt war, zog ich das Kleid an, das ich auf der Reise tragen
wollte, das grüne, und dazu den Strohhut, den wir passend dazu
bebändert hatten, und die Handschuhe, die Janet mir geschenkt hatte. Meine Kiste war schon gepackt; es war nicht
Nancys Kiste, weil die zu sehr nach Schimmel roch, sondern ein
Koffer, den das Gefängnis mir gegeben hatte, aus Leder und
nicht sehr abgenutzt. Wahrscheinlich hatte er einer armen
Seele gehört, die dort gestorben war, aber ich hatte es schon
lange aufgegeben, einem geschenkten Gaul ins Maul zu
schauen.

Ich wurde ins Gefängnis geführt, um den Oberaufseher zu
treffen, es war eine Formalität, und er hatte nicht viel zu sagen,
außer daß er mich zu meiner Entlassung beglückwünschte,
denn schließlich sollten er und Janet mich auf besonderen
Wunsch von Sir John Macdonald persönlich in das für mich be-
reitgestellte Heim begleiten, da man sichergehen wollte, daß
ich wohlbehalten dort ankam, und sie wußten sehr gut, daß ich
nicht an die moderne Form des Reisens gewöhnt war, wo ich
doch so lange eingesperrt gewesen war. Außerdem war viel un-
gehobeltes Volk unterwegs, entlassene Soldaten aus dem Bür-
gerkrieg, manche davon verkrüppelt und ohne eine Möglichkeit, sich ihren Lebensunterhalt zu verdienen, und sie hätten
eine Gefahr für mich sein können. Und deshalb war ich sehr
froh über die Begleitung.

Ich ging zum allerletzten Mal durch die Gefängnistore, als die Uhr zwölf schlug, und der Klang hallte in meinem Kopf wider wie tausend Glocken. Bis zu diesem Augenblick hatte ich meinen Sinnen nicht so recht getraut. Während ich mich für die Reise ankleidete, hatte ich mich vor allem benommen gefühlt, und die Gegenstände um mich herum hatten flach und farblos gewirkt, aber jetzt auf einmal wurde alles lebendig. Die Sonne schien, und jeder Stein der Mauer wirkte so klar wie Glas und so hell erleuchtet wie von einer Lampe, es war, als träte ich durch die Tore der Hölle hinaus und ins Paradies hinein – übrigens glaube ich, daß die beiden näher beieinander liegen, als die meisten Leute denken.

Vor den Toren stand ein Kastanienbaum, und jedes Blatt daran schien von Flammen umlodert, und auf dem Baum selbst saßen drei weiße Tauben, die wie die Engel des Pfingstfestes leuchteten, und in diesem Augenblick wußte ich, daß ich wahrhaftig frei war. Zu Zeiten mehr als gewöhnlicher Helligkeit oder Dunkelheit war ich früher oft ohnmächtig geworden, aber an diesem Tag bat ich Janet um ihr Riechsalz und schaffte es auf diese Weise, mich auf den Beinen zu halten, obwohl ich mich auf ihren Arm stützen mußte, und sie sagte, es wäre nicht natürlich gewesen, wenn ich in einem so bedeutsamen Augenblick ungerührt geblieben wäre.

Ich hätte mich gerne umgedreht und noch einmal zurückgesehen, erinnerte mich aber an Lots Frau und die Salzsäule und tat es nicht. Zurückzublicken hätte bedeutet, daß ich meine Abreise bedauerte und den Wunsch hatte, zurückzukehren, und das war gewiß nicht der Fall, wie Sie sich sicher vorstellen können, Sir. Aber Sie werden nicht überrascht sein, wenn ich sage, daß ich tatsächlich eine Art Bedauern empfand. Denn obwohl das Gefängnis nicht direkt ein heimeliger Ort war, war es doch das einzige Heim, das ich fast dreißig Jahre lang gekannt hatte, und das ist eine lange Zeit, länger als viele Menschen auf dieser Erde verbringen, und obwohl es abschreckend wirkte und ein Ort der Buße und der Bestrafung war, kannte ich mich dort doch zumindest aus. Und von einem vertrauten Ort, so wenig wünschenswert er auch sein mag, ins Unbekannte zu gehen, ist immer Anlaß für Befürchtungen, und ich nehme an, deshalb haben so viele Menschen Angst vor dem Sterben.

Dann war der Augenblick vorbei, und ich stand wieder im normalen Tageslicht, wenn auch etwas schwindlig im Kopf. Es war ein heißer, schwüler Tag, wie das Klima an den Seen sie im August oft mit sich bringt, aber da ein leichter Wind vom Wasser her wehte, war das Wetter nicht allzu drückend. Es waren ein paar Wolken zu sehen, aber nur solche von der weißen Sorte, die keinen Regen oder Donner ankündigen. Janet hatte einen Sonnenschirm, den sie über uns beide hielt, als wir weitergingen. Ein Sonnenschirm gehörte zu den Dingen, die mir fehlten, da die Seide von Nancys rosafarbenem völlig verschlissen gewesen war.

Wir fuhren in einer leichten Kutsche, die von einem Bediensteten des Oberaufsehers gelenkt wurde, zur Eisenbahnstation. Der Zug sollte erst um halb zwei fahren, aber ich hatte Angst, zu spät zu kommen, und als wir am Bahnhof waren, konnte ich nicht still im Wartesaal für Damen sitzen, sondern mußte draußen auf dem Bahnsteig auf und ab gehen, da ich sehr aufgeregt war. Endlich kam der Zug angefahren – ein großes, glänzendes Ungeheuer aus Eisen, das Rauch ausstieß. Ich hatte einen solchen Zug noch nie aus so großer Nähe gesehen, und obwohl Janet mir versicherte, daß es nicht gefährlich sei, mußte ich mir die Treppe hinaufhelfen lassen.

Wir fuhren mit dem Zug bis nach Cornwall, aber obwohl es eine recht kurze Fahrt war, hatte ich das Gefühl, sie nicht überleben zu können. Der Lärm war so groß und die Bewegung so schnell, daß ich dachte, ich würde taub werden, und die Lokomotive stieß eine Menge schwarzen Rauch aus, und ihr Pfeifen erschreckte mich jedesmal fast zu Tode, obwohl ich mich sehr beherrschte und nicht ein einziges Mal aufschrie.

Ich fühlte mich erst wieder besser, als wir am Bahnhof von Cornwall ausstiegen und mit einer Ponykutsche zum Hafen fuhren und die Fähre über den See nahmen, da diese Art des Reisens mir vertrauter war und ich frische Luft atmen konnte.

Zuerst empfand ich die Bewegung des Sonnenlichts auf den Wellen als verwirrend, aber diese Wirkung hörte schnell auf, als ich nicht mehr hinsah. Janet reichte Erfrischungen herum, die sie in einem Korb mitgebracht hatte, und es gelang mir, etwas kaltes Huhn und ein wenig lauwarmen Tee zu mir zu nehmen. Ich vertrieb mir die Zeit damit, die Kleider der Damen an Bord anzusehen, die sehr unterschiedlich und sehr bunt waren. Wenn ich mich hinsetzte oder aufstand, hatte ich einige Schwierigkeiten, mit meiner Tournüre zurechtzukommen, da dies Übung verlangt, und ich fürchte, ich machte keinen sehr anmutigen Eindruck. Es war, als hätte man mir ein zweites Hinterteil auf mein normales gepackt, und als folgten die beiden mir wie ein Eimer, den man einem Schwein angebunden hat, obwohl ich mir diese unfeine Bemerkung Janet gegenüber natürlich versagte.

Auf der anderen Seite des Sees mußten wir durch das Zollhaus der Vereinigten Staaten gehen, und der Oberaufseher sagte, wir hätten nichts zu verzollen. Dann nahmen wir einen weiteren Zug, und ich war froh, daß der Oberaufseher mitgekommen war, da ich sonst nicht gewußt hätte, was ich mit den Trägern und dem Gepäck hätte tun sollen. Während wir in diesem neuen Zug saßen, der weniger ratterte als der vorherige, fragte ich Janet nach meinem Bestimmungsort. Wir fuhren nach Ithaca im Staate New York – das hatte man mir bereits gesagt –, aber was würde mich dort erwarten? Was war das für ein Heim, das für mich gefunden worden war, sollte ich dort eine Bedienstete sein? Und falls ja, was hatte man den Leuten dort über mich gesagt? Wissen Sie, Sir, ich wollte nicht in einem falschen Licht dastehen oder die Wahrheit über meine Vergangenheit verbergen müssen.

Janet sagte, es warte eine Überraschung auf mich, und da es ein Geheimnis sei, könne sie mir nicht mehr darüber sagen, es sei jedoch eine schöne Überraschung, zumindest hoffe sie das. Sie ging soweit, mir zu sagen, es handele sich um einen Mann, einen Gentleman, wie sie sagte; aber da sie die Angewohnheit hatte, dieses Wort auf jedes Wesen in Hosen anzuwenden, das nicht gerade ein Kellner war, war ich immer noch nicht klüger.

Als ich fragte: »Was für ein Gentleman?«, sagte sie, sie könne es mir nicht sagen, aber er sei ein alter Freund von mir, das zumindest habe sie gehört. Und sie tat sehr verschmitzt, und ich konnte kein weiteres Wort aus ihr herausbekommen.

Ich dachte an alle Männer zurück, die in Frage kommen könnten. Ich hatte ja nicht viele gekannt, da ich nicht viel Gelegenheit zu solchen Dingen gehabt hatte, wie man sagen könnte; und die zwei, die ich vielleicht am besten gekannt hatte, wenn auch nicht am längsten, waren tot, womit ich Mr. Kinnear und James McDermott meine. Da war zwar noch Jeremiah der Hausierer, aber ich konnte mir nicht vorstellen, daß er sich darauf verlegt haben könnte, gute Heime bereitzustellen, da er nie ein häuslicher Typ gewesen war. Dann waren da noch meine früheren Arbeitgeber, beispielsweise Mr. Coates und Mr. Haraghy, aber sie mußten inzwischen selbst tot sein, oder doch zumindest sehr alt. Der einzige andere, der mir einfallen wollte, waren Sie selbst, Sir, und ich muß gestehen, daß der Gedanke mir kam.

Und so stieg ich schließlich recht ängstlich, aber auch voller Erwartung in Ithàca aus dem Zug. Eine große Menschenmenge wartete schon auf den Zug, und alle redeten auf einmal; und das Gedränge der Träger und die vielen Kisten und Koffer, die entweder getragen oder auf Karren herumgeschoben wurden, machten es gefährlich, dort stehenzubleiben. Ich hielt mich gut an Janet fest, während der Oberaufseher sich um das Gepäck kümmerte, und dann führte er uns zur anderen Seite des Bahnhofsgebäudes, die weiter von den Zügen entfernt war, und fing an, sich umzusehen. Er runzelte die Stirn, als er nicht fand, was er erwartet hatte, sah auf seine Uhr und dann auf die Bahnhofsuhr; und dann befragte er einen Brief, den er aus seiner Tasche zog, und das Herz wurde mir schwer. Aber dann hob er den Kopf und lächelte und sagte: »Da ist ja unser Mann«, und tatsächlich kam ein Mann auf uns zugeeilt.

Er war überdurchschnittlich groß und dazu kräftig, aber

gleichzeitig auch schlaksig, womit ich meine, daß seine Arme und Beine sehr lang waren, aber um die Mitte herum war er fester und runder. Er hatte rote Haare und einen buschigen roten Bart und trug einen schwarzen Anzug von der guten Sonntagssorte, wie die meisten Männer sie jetzt haben, wenn es auf der Welt auch nur einigermaßen gut um sie bestellt ist, mit einem weißen Hemd und einem dunklen Tuch, und dazu einen hohen Hut, den er abgenommen hatte und vor sich hielt wie einen Schild, woran ich erkennen konnte, daß auch er nervös war. Ich hatte ihn noch nie im Leben gesehen, aber sobald er uns erreicht hatte, sah er mich eindringlich an, fiel vor mir auf die Knie, packte meine Hand mit Handschuh und allem und sagte: »Grace, Grace, kannst du mir je verzeihen?« Tatsächlich schrie er es fast, als hätte er es seit einiger Zeit geübt.

Ich versuchte, ihm meine Hand zu entziehen, da ich dachte, er müsse verrückt sein, aber als ich mich hilfesuchend zu Janet umdrehte, war sie von sentimentalen Tränen überströmt, und der Oberaufseher strahlte über das ganze Gesicht, als hätte er sich nichts Besseres erhoffen können; und ich sah, daß ich die einzige war, die völlig im Dunkeln tappte.

Der Mann ließ meine Hand los und stand auf. »Sie erkennt mich nicht«, sagte er traurig. »Grace, kennst du mich denn wirklich nicht? Ich hätte dich überall erkannt.«

Ich sah ihn an, und tatsächlich hatte er jetzt etwas, was mir vertraut vorkam, aber ich wußte immer noch nicht, wer er war. Und dann sagte er: »Ich bin Jamie Walsh.« Und ich sah, daß er es tatsächlich war.

Wir gingen in ein neues Hotel in der Nähe des Bahnhofs, wo der Oberaufseher Zimmer für uns bestellt hatte, und nahmen gemeinsam eine Erfrischung zu uns. Wie Sie sich vorstellen können, Sir, waren jetzt viele Erklärungen angezeigt, denn ich hatte Jamie Walsh zuletzt bei meinem Mordprozeß gesehen, als seine Aussage den Richter und die Geschworenen so sehr gegen mich aufbrachte, weil ich die Kleider einer toten Frau getragen hatte.

Mr. Walsh – denn so werde ich ihn von jetzt an nennen – erzählte mir, er habe mich damals für schuldig gehalten, obwohl er das eigentlich nicht hatte glauben wollen, da er mich immer gern gehabt hatte, was der Wahrheit entsprach. Aber als er älter wurde und mehr über die Angelegenheit nachdachte, war er zur gegenteiligen Überzeugung gelangt und von da an von Schuldgefühlen geplagt worden, weil er zu meiner Verurteilung beigetragen hatte, obwohl er damals nur ein Junge gewesen war und leichtes Spiel für die Anwälte, die ihn dazu gebracht hatten, Dinge zu sagen, deren Wirkung er erst später begriff. Und ich tröstete ihn und sagte, das hätte jedem passieren können.

Nach Mr. Kinnears Tod waren er und sein Vater gezwungen gewesen, das Anwesen zu verlassen, da die neuen Besitzer keine Verwendung für sie hatten; und er nahm eine Stellung in Toronto an, die er erhielt, weil er bei dem Prozeß den Eindruck gemacht hatte, ein heller und aufgeweckter Bursche zu sein, wie die Zeitungen geschrieben hatten. Und deshalb könnte man sagen, daß ich ihm zu einem guten Start im Leben verholfen hatte. Mehrere Jahre lang sparte er seinen Lohn und ging dann in die Staaten, weil er gehört hatte, daß es dort mehr Möglichkeiten gab, es zu etwas zu bringen – denn dort war man das, was man hatte, und nicht das, woher man gekommen war, und niemand stellte Fragen. Er arbeitete erst bei der Eisenbahn und dann draußen im Westen und sparte die ganze Zeit und besaß jetzt eine eigene Farm mit zwei eigenen Pferden. Die Pferde erwähnte er so früh es ging, weil er wußte, wie gern ich Charley einst gehabt hatte.

Er hatte geheiratet, war aber jetzt Witwer, ohne Kinder, und er hatte nie aufgehört, sich damit zu quälen, was durch seine Schuld aus mir geworden war, und er hatte mehrere Male an das Gefängnis geschrieben, um zu hören, wie es mir ging; hatte aber nicht an mich direkt geschrieben, um mich nicht aufzuregen. Auf diese Weise hatte er von meiner Begnadigung gehört und alles andere mit dem Oberaufseher arrangiert.

Schließlich bat er mich noch einmal, ihm zu verzeihen, was ich bereitwillig tat. Ich hatte nicht das Gefühl, einen Groll gegen ihn hegen zu können, und sagte ihm, ich wäre gewiß auch dann ins Gefängnis gesteckt worden, wenn er Nancys Kleid nicht erwähnt hätte. Und als wir das alles durchgesprochen hatten, wobei er die ganze Zeit meine Hand drückte, bat er mich, ihn zu heiraten. Er sagte, er sei zwar kein Millionär, könne mir aber ein gutes Heim bieten, mit allem, was erforderlich sei, da er etwas Geld auf der Bank habe.

Ich gab mich ein wenig zögerlich, obwohl ich in Wahrheit nicht viele andere Möglichkeiten hatte, und es wäre sehr undankbar von mir gewesen, nein zu sagen, da alle Beteiligten solche Mühen auf sich genommen hatten. Ich sagte, ich wolle nicht, daß er mich nur aus Pflichtgefühl und Schuldgefühlen heirate, und er bestritt, daß dies seine Gründe seien, und sagte, er habe immer sehr herzliche Gefühle für mich gehegt, und ich hätte mich kaum verändert, seit ich ein junges Mädchen gewesen sei – ich sähe immer noch prachtvoll aus, so drückte er es aus. Und ich erinnerte mich an die Gänseblümchen in Mr. Kinnears Obstgarten mit den Baumstümpfen und wußte, daß er es ehrlich meinte.

Das schwerste war, ihn als einen erwachsenen Mann zu sehen, da ich ihn nur als den schlaksigen Jungen gekannt hatte, der in der Nacht, bevor Nancy starb, die Flöte gespielt und am ersten Tag, an dem ich zu Mr. Kinnear kam, auf dem Zaun gesessen hatte.

Schließlich sagte ich ja. Er hatte den Ring schon bereit, in einem Kästchen in seiner Westentasche, und er war so von seinen Gefühlen überwältigt, daß er ihn zweimal auf das Tischtuch fallen ließ, bevor er ihn mir an den Finger steckte, wofür ich meinen Handschuh ablegen mußte.

Die Vorbereitungen für die Hochzeit wurden so schnell wie möglich getroffen, und wir blieben solange im Hotel, und jeden Morgen bekamen wir heißes Wasser aufs Zimmer gebracht, und Janet blieb bei mir, weil es mehr dem Anstand entsprach. Mr. Walsh bezahlte für alles. Es war eine einfache Zeremonie vor einem Friedensrichter, und ich dachte daran, daß Tante

Pauline vor so vielen Jahren gesagt hatte, daß ich sicher unter meinem Stand heiraten würde, und fragte mich, was sie jetzt wohl denken würde; und Janet war die Brautjungfer und weinte.

Mr. Walshs Bart war sehr buschig und rot, aber ich sagte mir, daß sich das mit der Zeit ändern ließe.

53.

Es ist fast auf den Tag genau dreißig Jahre her, seit ich im Alter von nicht einmal sechzehn Jahren das erste Mal die lange Auffahrt zu Mr. Kinnears Haus hinauffuhr. Das war auch im Juni gewesen. Jetzt sitze ich auf meiner eigenen Veranda, in meinem eigenen Schaukelstuhl. Es ist später Nachmittag, und alles, was ich vor mir sehe, ist so friedlich, daß man meinen könnte, es wäre ein Bild. Die Rosen vor dem Haus stehen in voller Blüte – es sind Lady Hamiltons, und sie sind sehr schön, wenn auch anfällig für Blattläuse. Das beste Mittel dagegen, sagen alle, ist, sie mit Arsen einzustäuben, aber ich möchte etwas so Gefährliches nicht im Haus haben.

Die letzten Pfingstrosen blühen ebenfalls, es sind eine rosa und eine weiße Sorte, mit sehr vollen Blüten. Ihren Namen weiß ich nicht, da ich sie nicht selbst gepflanzt habe, aber ihr Duft erinnert mich an die Seife, die Mr. Kinnear immer zum Rasieren benutzte. Die Vorderseite unseres Hauses blickt nach Südwesten, und das Sonnenlicht ist warm und golden, obwohl ich nicht direkt in der Sonne sitze, da dies schlecht für den Teint ist. An Tagen wie diesem komme ich mir vor wie im Himmel, obwohl der Himmel fürwahr kein Ort war, von dem ich je gedacht hätte, daß ich dorthin kommen würde.

Ich bin jetzt fast ein Jahr mit Mr. Walsh verheiratet, und obwohl es nicht das ist, was die meisten Mädchen sich vorstellen, wenn sie jung sind, ist es vielleicht besser so, da wir beide wenigstens wissen, auf was für einen Handel wir uns eingelassen haben. Wenn Leute jung heiraten, ändern sie sich oft, wenn sie älter werden, aber da wir beide bereits älter geworden sind, wird es keine großen Enttäuschungen geben. Ein älterer Mann hat einen Charakter, der schon geformt ist, und er wird nicht so leicht der Trunksucht oder anderen Lastern verfallen, denn wenn er einen Hang dazu hätte, hätte er ihm schon längst nachgegeben; wenigstens ist das meine Meinung, und ich hoffe, daß die Zeit mir recht geben wird. Ich habe Mr. Walsh dazu überredet, seinen Bart etwas zu stutzen und seine Pfeife nur draußen vor der Tür zu rauchen, und mit der Zeit werden diese beiden Dinge, der Bart und die Pfeife, vielleicht ganz verschwinden, aber es ist nie eine gute Idee, an einem Mann herumzunörgeln und ihn zu drängen, da sie dann nur noch störrischer werden. Immerhin kaut Mr. Walsh keinen Tabak und spuckt keinen Tabaksaft, wie manche es tun, und ich bin wie immer dankbar auch für kleine Vergünstigungen.

Unser Haus ist ein ganz gewöhnliches Farmhaus, weiß in der Farbe, mit grün gestrichenen Fensterläden, aber geräumig genug für uns. Es hat eine Eingangsdiele mit einer Reihe von Kleiderhaken für die Mäntel im Winter, obwohl wir meistens die Küchentür benutzen, und eine Treppe mit einem einfachen Geländer. Am oberen Absatz der Treppe steht eine Zedernholztruhe zum Aufbewahren von Quilts und Decken. Es gibt vier Zimmer im oberen Stock – ein kleines, das als Kinderzimmer gedacht war, unser Schlafzimmer, ein weiteres für Gäste, obwohl wir weder welche erwarten noch welche wünschen, und ein viertes, das zur Zeit leer steht. Die beiden möblierten Schlafzimmer enthalten jedes einen Waschständer, und jedes hat einen ovalen geflochtenen Läufer, da ich keine schweren Teppiche haben wollte. Es ist zu mühselig, sie im Frühjahr die Treppe hinunterzuschleppen und auszuklopfen, was mir mit zunehmendem Alter immer schwerer fallen würde.

Über jedem Bett hängt eine Kreuzstichstickerei, die ich selbst gemacht habe, Blumen in einer Vase im besten Zimmer, und Früchte in einer Schale in unserem. Der Quilt im besten Zimmer ist ein Glücksrad, in unserem haben wir eine Blockhütte. Ich habe sie bei einer Versteigerung gekauft, von Leuten, die ihre Farm aufgeben mußten und nach Westen ziehen wollten; aber die Frau tat mir leid, und deshalb zahlte ich mehr dafür, als ich gemußt hätte. Es gab im Haus vieles, worum ich mich kümmern mußte, bevor alles behaglich war, da Mr. Walsh nach dem Tod seiner ersten Frau die Gewohnheiten eines Junggesellen angenommen hatte und manches in keinem sehr appetitlichen Zustand mehr war. Ich mußte Unmengen von Spinnweben und Staubflusen unter den Betten und aus den Ecken herausfegen, und endlos wischen und schrubben.

Die Sommervorhänge in beiden Schlafzimmern sind weiß. Ich mag weiße Vorhänge.

Unten haben wir ein Wohnzimmer mit einem Ofen, das nach vorne herausgeht, und eine Küche mit einer Vorratskammer und einer Spüle, und die Pumpe befindet sich im Haus, was im Winter ein großer Vorteil ist. Außerdem gibt es ein Eßzimmer, aber da wir nicht oft diese Art von Gesellschaft haben, essen wir größtenteils am Küchentisch; wir haben zwei Petroleumlampen, und es ist dort sehr gemütlich. Den Tisch im Eßzimmer benutze ich zum Nähen, was besonders bequem ist, wenn ich Sachen zuschneiden muß. Ich habe jetzt auch eine Nähmaschine, die mit einem Handrad betätigt wird und ein wahres Wunderwerk ist. Ich bin wirklich sehr froh, sie zu haben, da sie einem sehr viel Arbeit erspart, vor allem bei einfachen Sachen wie dem Nähen von Vorhängen und dem Umsäumen von Bettlaken. Die feineren Arbeiten mache ich aber immer noch am liebsten mit der Hand, obwohl meine Augen nicht mehr das sind, was sie einmal waren.

Zusätzlich zu dem, was ich schon beschrieben habe, haben wir das Übliche – einen Küchengarten mit Kräutern und Kohl und verschiedenen Wurzelgemüsen, und Erbsen im Frühling; und Hühner, Enten, Kuh und Scheune, und einen Buggy und zwei Pferde, Charley und Nell, die mir eine große Freude und gute Gesellschaft sind, wenn Mr. Walsh einmal nicht hier ist. Aber Charley muß zu schwer arbeiten, da er ein Ackergaul ist. Es heißt, daß es bald Maschinen geben wird, die all diese Arten von Arbeit machen werden, und falls ja, kann der arme Charley für sein Gnadenbrot auf die Weide kommen. Ich würde nie zulassen, daß er verkauft und zu Kleister und Hundefutter verarbeitet wird, wie manche es tun.

Wir haben einen Tagelöhner, der auf der Farm hilft, aber nicht bei uns wohnt. Mr. Walsh wollte auch ein Mädchen einstellen, aber ich sagte, ich würde die Arbeit im Haus lieber selbst machen. Ich möchte niemanden im Haus wohnen haben, da Dienstboten zuviel spionieren und an Türen lauschen. Außerdem ist es für mich leichter, eine Arbeit gleich beim ersten Mal richtig zu machen, statt daß jemand anderes sie falsch macht und ich sie dann doch selbst machen muß.

Unsere Katze heißt Tabby; sie hat eine ganz gewöhnliche Farbe, wie man sie von einer Katze erwartet, und ist eine gute Mäusefängerin. Unser Hund heißt Rex, er ist ein Setter und nicht sehr schlau, aber gutmütig, und hat eine wunderschöne rotbraune Farbe, wie eine polierte Kastanie. Es sind keine sehr originellen Namen, aber wir wollen in der Nachbarschaft nicht in den Ruf kommen, zu originell zu sein. Wir besuchen die Methodistenkirche, und der Prediger ist recht lebhaft und beschwört am Sonntag gern ein bißchen Höllenfeuer herauf; aber ich glaube nicht, daß er eine Vorstellung davon hat, wie die Hölle in Wirklichkeit aussieht, genausowenig wie der Rest der Gemeinde. Sie sind alle ehrbare Seelen, wenn auch etwas engstirnig. Wir hielten es für das beste, nicht zuviel über unsere Vergangenheit zu sagen, weder zu ihnen noch zu sonst jemand, da dies nur zu Neugier und Gerede führen würde, und von da zu falschen Gerüchten. Wir haben allen gesagt, daß Mr. Walsh meine Jugendliebe war und daß ich dann einen anderen heiratete und vor kurzem Witwe wurde; und daß wir uns, nachdem Mr. Walshs Frau gestorben war, wiedergetroffen und dann geheiratet haben. Es ist eine Geschichte, die sofort geglaubt wird, und sie hat den Vorteil, romantisch zu sein und keinem zu schaden.

Unsere kleine Kirche ist sehr altmodisch, aber in Ithaca selbst sind die Leute moderner, und es gibt dort auch eine beträchtliche Anzahl von Spiritisten, und berühmte Medien kommen und wohnen in den besten Häusern. Ich selbst will mit diesen Dingen nichts zu tun haben, weil man nie weiß, was dabei herauskommen kann; und wenn ich mit den Toten sprechen will, kann ich das sehr gut für mich allein tun; und außerdem fürchte ich, daß damit sehr viel Betrug und Täuschung verbunden ist.

Im April habe ich gesehen, daß eins von den berühmten Medien angekündigt wurde, ein Mann, und sein Bild war abgedruckt, und obwohl es sehr dunkel war, dachte ich, das muß Jeremiah der Hausierer sein, und tatsächlich war er es, da Mr. Walsh und ich Gelegenheit hatten, für einige Erledigungen und Einkäufe in die Stadt zu fahren, und ich ihm auf der Straße begegnete. Er war eleganter gekleidet denn je, und seine Haare waren wieder schwarz, und sein Bart auf militärische Weise gestutzt, was wohl vertrauenerweckend wirken soll, und sein Name lautet jetzt Mr. Gerald Bridges. Er machte vollkommen den Eindruck eines Mannes, der vornehm ist und sich in der Welt auskennt, dessen Geist aber auf die höheren Wahrheiten gerichtet ist, und er sah mich ebenfalls und erkannte mich und tippte höflich an den Hut, aber sehr leicht, so daß niemand es bemerkte, und blinzelte mir außerdem zu; und ich hob grüßend die Hand, nur ein kleines bißchen, mit dem Handschuh, da ich in der Stadt immer Handschuhe trage. Zum Glück bemerkte Mr. Walsh nichts von all dem, da es ihn nur beunruhigt hätte.

Ich würde nicht wollen, daß jemand hier meinen wahren Namen erfährt, aber ich weiß, daß meine Geheimnisse bei Jeremiah gut aufgehoben sind, so wie seine bei mir. Und ich erinnerte mich an die Zeit, als ich fast mit ihm weggelaufen wäre, um eine Zigeunerin oder eine Hellseherin zu werden, wozu ich sehr versucht war, und in diesem Fall wäre mein Schicksal sicher ganz anders verlaufen. Aber nur Gott allein weiß, ob es besser oder schlechter gewesen wäre; und inzwischen habe ich alles Weglaufen in diesem Leben hinter mir.

Im großen und ganzen verstehen Mr. Walsh und ich uns gut und kommen gut miteinander aus. Aber es gibt etwas, was mir Sorgen macht, Sir; und da ich keine gute Freundin habe, der ich mich anvertrauen kann, will ich Ihnen davon erzählen, und ich weiß, daß Sie es vertraulich behandeln werden.

Es handelt sich um folgendes: Gelegentlich wird Mr. Walsh sehr traurig. Er nimmt dann meine Hand und sieht mich mit Tränen in den Augen an und sagt: »Wenn ich daran denke, wieviel Leid ich dir zugefügt habe.«

Ich sage ihm, daß er mir kein Leid zugefügt hat – sondern daß es andere waren, die das taten, und daß ich dazu einfach Pech hatte und ein schlechtes Urteilsvermögen –, aber er denkt gern, daß er die Ursache von allem war, und ich glaube, am liebsten würde er auch den Tod meiner armen Mutter auf seine Kappe nehmen, wenn ihm eine Möglichkeit einfallen würde, dies zu bewerkstelligen. Er stellt sich auch gerne vor, wie sehr ich gelitten habe, und dann bleibt mir nichts anderes übrig, als ihm irgendeine Geschichte darüber zu erzählen, wie es mir im Gefängnis oder auch in der Irrenanstalt von Toronto ergangen ist. Je dünner ich die Suppe mache und je ranziger den Käse, und je schlimmer das derbe Gerede und die Handgreiflichkeiten der Wärter, desto besser gefällt es ihm. Er hört sich alles an, wie ein Kind einem Märchen lauscht, als wäre es etwas Wundervolles, und dann fleht er mich an, ihm noch mehr zu erzählen. Wenn ich die Frostbeulen und das nächtliche Zittern unter der dünnen Decke hinzufüge und das Auspeitschen, wenn man sich beklagte, gerät er schier in Verzückung; und wenn ich dann noch vom ungebührlichen Verhalten von Dr. Bannerling spreche und von den kalten Bädern, nackt und nur in ein Laken gewickelt, und von der Zwangsjacke in der Dunkelzelle, ist er fast in Ekstase. Aber seine Lieblingsgeschichte ist die, wie der arme James McDermott mich bei Mr. Kinnear durch das ganze Haus zerrte und nach einem Bett suchte, das für seine schlimmen Absichten geeignet war, während Nancy und Mr. Kinnear tot im Keller lagen und ich vor lauter Angst fast den Verstand verloren hätte. Und er gibt sich selbst die Schuld, weil er nicht da war, mich zu retten.

Ich selbst würde diesen Teil meines Lebens lieber vergessen, statt auf diese traurige Weise immer wieder davon zu erzählen. Es stimmt, daß die Zeit, als Sie in Kingston waren, mir gut gefallen hat, Sir, weil es eine Unterbrechung meiner Tage war, die damals größtenteils eintönig waren. Aber wenn ich jetzt darüber nachdenke, waren Sie genauso eifrig wie Mr. Walsh darauf versessen, alles über meine Leiden und die Härten meines Lebens zu hören; und nicht nur das, Sie haben sie sogar aufgeschrieben. Ich konnte immer merken, wann Ihr Interesse nachließ, da Ihr Blick dann anfing, umherzuschweifen, und ich war jedes Mal froh, wenn mir etwas einfiel, was Sie interessierte. Ihre Wangen röteten sich dann, und Sie lächelten wie die Sonne auf der Uhr im Salon, und wenn Sie Hundeohren gehabt hätten, hätten Sie sie gespitzt, und Ihre Augen hätten geglänzt, und Ihre Zunge wäre herausgehangen, als hätten Sie im Gebüsch ein Rebhuhn aufgespürt. Es gab mir das Gefühl, auf dieser Welt doch einen Nutzen zu haben, obwohl ich nie richtig verstanden habe, worauf Sie mit all diesen Dingen hinauswollten.

Was nun Mr. Walsh angeht, so nimmt er mich, wenn ich ihm die Geschichten der Qual und des Elends erzählt habe, in die Arme und streichelt mein Haar und fängt an, mein Nachthemd aufzuknöpfen, da diese Szenen oft nachts stattfinden, und er sagt: »Wirst du mir je verzeihen?«

Zuerst ging mir das sehr gegen den Strich, obwohl ich es nicht sagte, denn die Wahrheit ist, daß nur die wenigsten Leute das Verzeihen wirklich verstehen. Es sind nämlich nicht die Missetäter, denen verziehen werden muß, vielmehr sind es die Opfer, weil sie diejenigen sind, die den ganzen Ärger verursachen. Wenn sie weniger schwach und achtlos wären und mehr Voraussicht hätten und sich davor hüteten, ständig in Schwierigkeiten hineinzustolpern, wieviel Kummer der Welt dann erspart bliebe!

Viele Jahre lang war mein Herz voller Zorn gegen Mary Whitney und vor allem gegen Nancy Montgomery; gegen alle beide, weil sie zugelassen hatten, daß sie auf diese Weise zu Tode gebracht wurden, und mich mit dem ganzen Gewicht dieser Last zurückgelassen hatten. Lange Zeit fand ich in mir nicht die Kraft, ihnen zu vergeben. Es wäre viel besser, wenn Mr. Walsh mir vergeben würde, statt so störrisch zu sein und zu wollen, daß es andersherum ist; aber vielleicht wird er mit der Zeit lernen, die Dinge in einem klareren Licht zu sehen.

Als er zuerst damit anfing, sagte ich immer, ich hätte ihm nichts zu verzeihen und er solle sich nicht den Kopf darüber zerbrechen, aber das war nicht die Antwort, die er hören wollte. Er beharrt darauf, daß ihm verziehen werden muß, anscheinend kann er ohne das nicht leben, und wer bin ich, ihm eine derart einfache Sache zu verweigern?

Und deshalb sage ich jetzt jedes Mal, wenn dies passiert, daß ich ihm verzeihe. Ich lege die Hände auf seinen Kopf, wie in einem Buch, und schlage die Augen auf und mache ein feierliches Gesicht, und dann küsse ich ihn und weine ein wenig; und wenn ich ihm auf diese Weise vergeben habe, ist er am nächsten Tag wieder ganz wie immer und spielt auf seiner Flöte, als wäre er wieder ein Junge und ich wieder fünfzehn Jahre alt, und als wären wir draußen im Obstgarten von Mr. Kinnear und würden Kränze aus Gänseblümchen flechten.

Es kommt mir nicht richtig vor, ihm auf diese Weise zu verzeihen, weil ich mir bewußt bin, daß es eine Lüge ist. Aber es ist schließlich nicht die erste Lüge, die ich von mir gebe; und wie Mary Whitney immer sagte, ist eine kleine Notlüge, wie selbst Engel sie manchmal erzählen, ein geringer Preis für Ruhe und Frieden.

Ich denke dieser Tage häufig an Mary Whitney und an die Zeit, als wir die Apfelschalen über die Schulter warfen, und in gewisser Weise ist alles wahr geworden. Genau wie sie gesagt hat, habe ich einen Mann geheiratet, dessen Name mit J anfängt, und wie sie auch gesagt hat, mußte ich erst dreimal über Wasser fahren, zweimal auf der Fähre nach Lewiston und zurück, und dann noch einmal auf dem Weg hierher.

Manchmal träume ich, daß ich wieder in meinem kleinen Zimmer im Haus von Mr. Kinnear bin, bevor all der Schrecken und die Tragödie passierten; und ich fühle mich dort so sicher, weil ich nicht weiß, was noch alles kommen wird. Und manchmal träume ich, daß ich noch im Gefängnis bin und daß ich aufwachen und merken werde, daß ich noch in meiner Zelle eingesperrt bin und an einem kalten Wintermorgen auf meiner Strohmatratze zittere, während die Wärter draußen auf dem Hof lachen.

Aber ich bin wirklich hier, in meinem eigenen Haus, und sitze auf meinem eigenen Stuhl auf meiner eigenen Veranda, und ich mache die Augen auf und zu und zwicke mich selbst, und es ist immer noch wahr.

Hier ist noch etwas, was ich noch keinem erzählt habe.

Ich hatte gerade meinen fünfundvierzigsten Geburtstag hinter mir, als ich aus dem Gefängnis entlassen wurde, und in weniger als einem Monat werde ich sechsundvierzig sein, und eigentlich hatte ich gedacht, die Zeit zum Kinderkriegen läge längst hinter mir. Aber wenn ich mich nicht sehr irre, bin ich jetzt drei Monate über die Zeit; entweder das, oder es ist der Wechsel. Es ist schwer zu glauben, aber es hat in meinem Leben schon einmal ein Wunder gegeben, warum sollte ich also überrascht sein, wenn sich noch eins ereignen würde? In der Bibel steht auch von solchen Dingen geschrieben, und vielleicht hat Gott es sich in den Kopf gesetzt, mich ein wenig für alles zu entschädigen, was ich in jungen Jahren erleben mußte. Aber es könnte auch ein Tumor sein, so wie der, der meine Mutter tötete; denn obwohl ich eine Schwere spüre, leide ich nicht unter morgendlicher Übelkeit. Es ist seltsam zu wissen, daß man in sich entweder ein Leben oder einen Tod trägt, ohne zu wissen, was von beiden. Und obwohl das alles sich leicht feststellen ließe, wenn ich einen Arzt aufsuchte, zögere ich, diesen Schritt zu tun; deshalb wird wohl die Zeit es zeigen müssen.

Während ich an den Nachmittagen auf der Veranda sitze, nähe ich an einem Quilt. Obwohl ich in all den Jahren viele Quilts genäht habe, ist dies der erste, den ich für mich selbst mache. Es ist ein Paradiesbaum; aber ich ändere das Muster ein wenig, damit es meinen Vorstellungen mehr entspricht.

Ich habe viel über Sie und Ihren Apfel nachgedacht, Sir, und über das Rätsel, das Sie mir aufgegeben haben, als wir uns das erste Mal sahen. Ich verstand Sie damals nicht, aber wahrscheinlich haben Sie versucht, mich etwas zu lehren, und vielleicht habe ich es jetzt erraten. So wie ich die Dinge verstehe, wurde die Bibel vielleicht von Gott erdacht, aber von Männern aufgeschrieben. Und wie bei allem, was Männer schreiben, wie meinetwegen die Zeitungen, haben sie die eigentliche Geschichte richtig verstanden, sich aber bei manchen der Einzelheiten geirrt.

Das Muster dieses Quilts heißt Paradiesbaum, und wer immer die Frau war, die dem Muster den Namen gab, sie drückte es besser aus, als sie selbst es wußte. Es heißt zwar in der Bibel, daß es zwei verschiedene Bäume gab, den Baum des Lebens und den Baum der Erkenntnis, aber ich glaube, daß es nur einen gab, und daß die Frucht des Lebens und die Frucht des Guten und des Bösen ein und dasselbe waren. Und wenn man davon aß, mußte man sterben, aber wenn man nicht davon aß, mußte man auch sterben; bloß war man, wenn man davon aß, weniger strohdumm, wenn es schließlich ans Sterben ging.

Das scheint mir mehr der Art zu entsprechen, wie das Leben ist.

Ich erzähle das niemandem außer Ihnen, da ich mir bewußt bin, daß es nicht die anerkannte Lesart ist.

Meinem Paradiesbaum werde ich eine Einfassung aus ineinander verschlungenen Schlangen geben; sie werden für andere wie Reben aussehen, oder wie ein Zopfmuster, da ich die Augen sehr klein machen werde, aber für mich werden es Schlangen sein, da ohne die eine oder andere Schlange der wichtigste Teil der Geschichte fehlen würde. Manche, die dieses Muster verwenden, machen mehrere Bäume, vier oder mehr in einem Quadrat oder einem Kreis, aber ich mache nur einen großen Baum, auf einem weißen Grund. Der Baum selbst besteht aus Dreiecken in zwei Farben, dunkel für die Blätter und eine hellere Farbe für die Früchte; ich benutze Purpur für die Blätter und rot für die Früchte. Es gibt heutzutage viele leuchtende Farben, wegen der chemischen Farb-

· *612* ·

stoffe, die man jetzt bekommt, und ich glaube, der Quilt wird sehr hübsch werden.

Aber drei der Dreiecke in meinem Baum werden anders sein. Eins wird weiß sein, aus dem Unterrock, den ich noch habe, und der früher Mary Whitney gehörte; eins wird ein verblichenes Gelb sein, von dem Gefängnisnachthemd, das ich mir zur Erinnerung erbeten habe, als ich dort wegging. Und das dritte wird aus einem hellen Baumwollstoff sein, mit einem rosa und weißen Blumenmuster, ausgeschnitten aus dem Kleid, das Nancy an dem Tag anhatte, als ich zu Mr. Kinnear kam, und das ich auf der Fähre nach Lewiston trug, als ich weglief.

Ich werde alle drei mit roten Federstichen umsticken, damit sie sich schöner in den Rest des Musters einpassen.

Und auf die Weise werden wir alle zusammen sein.

Nachwort der Autorin

A lias Grace ist eine fiktive Geschichte, obwohl sie auf der Realität basiert. Ihre Hauptgestalt, Grace Marks, war eine der berüchtigtsten kanadischen Frauen der 1840er Jahre – sie war im Alter von sechzehn Jahren wegen Mordes verurteilt worden.

Die Kinnear-Montgomery-Morde ereigneten sich am 23. Juli 1843 und wurden nicht nur in kanadischen Zeitungen, sondern auch in den Vereinigten Staaten und in Großbritannien ausführlich behandelt. Die Details des Falls waren sensationell: Grace Marks war ungewöhnlich attraktiv und dazu extrem jung; Thomas Kinnears Haushälterin, Nancy Montgomery, hatte bereits ein uneheliches Kind zur Welt gebracht, war seine Geliebte und, wie sich bei der Autopsie herausstellte, wieder schwanger. Grace und der zweite Bedienstete im Haus, James McDermott, waren gemeinsam in die Vereinigten Staaten geflohen und galten in den Augen der Presse als Liebespaar. Die Mischung aus Sex, Gewalt und dem Aufbegehren der unteren Klassen war für die Journalisten der damaligen Zeit hochinteressant.

Der Prozeß fand Anfang November statt, aber nur der Mord an Thomas Kinnear wurde verhandelt. Da beide Angeklagte zum Tode verurteilt wurden, hielt man es nicht mehr für notwendig, auch den Mord an Nancy Montgomery vor Gericht zu bringen. McDermott wurde im Beisein einer riesigen Menschenmenge am 21. November gehängt. Über Grace jedoch gingen die Meinungen von Anfang an auseinander, und dank der Bemühungen ihres Anwalts, Kenneth MacKenzie, und einer Gruppe angesehener Gentlemen, die ihre Jugend, die »Labilität ihres Geschlechts« und ihre angebliche Einfältigkeit an-

· 614 ·

führten, wurde ihre Strafe in lebenslängliche Haft umgewandelt. Am 19. November 1843 wurde sie in das Gefängnis von Kingston gebracht.

Im Laufe des Jahrhunderts wurde immer wieder über sie geschrieben, und sie polarisierte weiterhin die Meinungen. Die Haltung ihr gegenüber spiegelte die damalige Zwiespältigkeit im Verhältnis zur weiblichen Natur überhaupt wider: War Grace eine Teufelin und Versucherin, die Anstifterin des Verbrechens und die wahre Mörderin von Nancy Montgomery oder war sie ein willenloses Opfer, dazu gezwungen, Stillschweigen zu bewahren, weil McDermott sie bedrohte und sie um ihr eigenes Leben fürchtete? Es war keine große Hilfe, daß sie selbst drei unterschiedliche Versionen des Montgomery-Mordes lieferte, während James McDermott zwei zum besten gab.

Ich begegnete dem Fall Grace Marks durch Susanna Moodies *Life in the Clearings* (1853). Moodie war bereits als Autorin von *Roughing It in the Bush* bekannt, einer entmutigenden Schilderung des Pionierlebens in dem Teil des Landes, der damals Oberkanada hieß und heute Ontario ist. Die Fortsetzung, *Life in the Clearings*, sollte die zivilisiertere Seite von »Westkanada« zeigen, wie es inzwischen hieß, und enthielt bewundernde Beschreibungen sowohl des Provinzgefängnisses in Kingston als auch der Nervenheilanstalt in Toronto. Derartige öffentliche Einrichtungen wurden seinerzeit besichtigt wie Zoos, und in beiden bat Moodie darum, die Hauptattraktion, Grace Marks, sehen zu dürfen.

Moodies Schilderung der Morde ist eine Beschreibung aus dritter Hand. Sie identifiziert Grace darin als die Hauptantriebskraft für die Morde und behauptet, sie hätte, motiviert durch ihre Liebe zu Thomas Kinnear und ihre Eifersucht auf Nancy, McDermott durch das Versprechen sexueller Gefälligkeiten dazu gebracht, die Morde zu begehen. McDermott wird als ein Mann dargestellt, der von ihr wie besessen war und daher leicht zu manipulieren. Moodie kann an dieser Stelle dem melodramatischen Potential des Stoffes nicht widerstehen, und das Zerstückeln von Nancys Leiche in vier Teile ist nicht nur reine Erfindung, sondern auch reinster Harrison Ainsworth. Der Einfluß von Dickens' *Oliver Twist* – einem der Lieblingsbücher Moodies – macht sich in der Geschichte von den blutunterlaufenen Augen bemerkbar, von denen Grace Marks angeblich verfolgt wurde.

Kurz nachdem Moodie Grace im Gefängnis gesehen hatte, begegnete sie ihr noch einmal in der Nervenheilanstalt von Toronto, wo sie in die Station für gewalttätige Geisteskranke eingewiesen worden war. Moodies Beobachtungen aus erster Hand sind im allgemeinen zutreffend und glaubwürdig, und wenn sie eine kreischende, herumrennende Grace schildert, ist das zweifellos, was sie tatsächlich sah. Bald nach der Veröffentlichung von Moodies Buch – und kurz nach der Ernennung des mitfühlenden Joseph Workman zum medizinischen Leiter der Anstalt – hielt man Grace jedoch für gesund genug, um ins Gefängnis zurückgeschickt zu werden, wo, wie die Archive zeigen, der Verdacht aufkam, sie sei während ihrer Abwesenheit schwanger geworden. Dies war falscher Alarm, aber wer in der Anstalt hätte der mutmaßliche Täter sein können? Die Stationen der Anstalt waren nach Geschlechtern getrennt, die Männer, die den leichtesten Zugang zu weiblichen Patienten hatten, waren die Ärzte.

Im Lauf der nächsten zwei Jahrzehnte taucht Grace gelegentlich in den Gefängnisdokumenten auf. Sie konnte unzweifelhaft lesen und schreiben, da das Tagebuch des Oberaufsehers verzeichnet, daß sie Briefe schrieb. Grace machte einen derart guten Eindruck auf eine große Zahl einflußreicher Personen – darunter Geistliche –, daß sie sich unermüdlich für sie einsetzten und zahlreiche Petitionen einreichten, in denen um ihre Freilassung ersucht wurde. Sie holten sogar medizinischen Rat ein, um ihr Anliegen zu untermauern. Zwei Berichterstatter schreiben, daß sie viele Jahre lang als vertrauenswürdige Bedienstete im Haus des »Direktors« arbeitete – wahrscheinlich ist der Direktor des Gefängnisses gemeint –, obwohl die zugegeben unvollständigen Gefängnisarchive selbst nichts darüber aussagen. Es war jedoch im Nordamerika von damals durchaus üblich, Häftlinge als Tagelöhner auszuleihen.

1872 wurde Grace Marks schließlich begnadigt; in den Archiven ist verzeichnet, daß sie vom Oberaufseher und seiner Tochter in den Staat New York gebracht wurde, in ein »dort gefundenes Heim«. Spätere Berichterstatter behaupten, daß sie dort heiratete, obwohl hierfür keine Beweise zu finden sind. Nach diesem Datum verliert sich jede Spur von ihr. Ob Grace Marks tatsächlich die Mörderin von Nancy Montgomery und die Geliebte von James McDermott war, ist alles andere als klar. Genausowenig ist erwiesen, ob sie tatsächlich »wahnsinnig« war oder den Wahnsinn nur vorspiegelte – wie viele andere auch –, um sich bessere Haftbedingungen zu sichern. Der wahre Charakter der historischen Grace Marks bleibt ein Rätsel.

Thomas Kinnear scheint aus einer im schottischen Tiefland, nämlich in Kinloch in der Nähe von Cupar in Fife, ansässigen Familie zu stammen und der jüngere Halbbruder des Erben des Anwesens gewesen zu sein, obwohl seltsamerweise eine vom Ende des 19. Jahrhunderts datierende Ausgabe von *Burk's Peerage* angibt, er sei ungefähr um die Zeit herum gestorben, in der er in Westkanada auftauchte. Das Kinnear-Haus in Richmond Hill blieb bis Ende des Jahrhunderts erhalten und war ein Anziehungspunkt für Neugierige. Simon Jordans Besuch dort beruht auf einem solchen Augenzeugenbericht. Die Gräber von Thomas Kinnear und Nancy Montgomery befinden sich auf dem presbyterianischen Friedhof in Richmond Hill, sind allerdings nicht markiert. William Harrison, der 1908 schrieb, berichtet, daß die hölzernen Lattenzäune um die Gräber herum gegen Ende des Jahrhunderts entfernt wurden, einer Zeit, zu der alle hölzernen Grabmarkierungen abgeschafft wurden. Nancys Rosenstrauch ist ebenfalls verschwunden.

Ein paar weitere Anmerkungen: Details des Gefängnis- und Anstaltslebens habe ich verfügbaren Unterlagen entnommen.

Große Teile der Briefe von Dr. Workman sind authentisch. »Dr. Bannerling« drückt Meinungen aus, die Dr. Workman nach seinem Tod zugeschrieben wurden, die aber in meinen Augen unmöglich von ihm stammen können.

Der Grundriß des Parkinson-Hauses besitzt große Ähnlichkeit mit dem von Dundern Castle in Hamilton, Ontario. Lot Street war der frühere Name eines Teils der Queen Street in Toronto. Die Wirtschaftsgeschichte von Loomisville und die Behandlung der Fabrikarbeiterinnen dort ist eine ungefähre Widerspiegelung der Verhältnisse in Lowell, Massachusetts. Das Schicksal von Mary Whitney hat eine Parallele in den medizinischen Akten von Dr. Langstaff aus Richmond Hill. Die Porträts von Grace Marks und James McDermott finden sich auf Seite 10 ihrer Geständnisse, die vom Torontoer *Star and Transcript* veröffentlicht wurden.

Die spiritistische Mode in Nordamerika fing im Norden des Staates New York gegen Ende der vierziger Jahre mit den »Klopfsitzungen« der Fox-Schwestern an, die ursprünglich aus Belleville stammten – wo Susanna Moodie, die bald eine überzeugte Anhängerin wurde, zu der Zeit lebte. Obwohl die Bewegung bald eine Reihe von Scharlatanen anlockte, breitete sie sich schnell aus, erreichte in den späten fünfziger Jahren ihren Höhepunkt und war besonders stark im Staat New York und in der Kingston-Belleville-Gegend verankert. Der Spiritismus war die einzige quasi-religiöse Aktivität der damaligen Zeit, in der Frauen eine gewisse Form der Macht zugestanden wurde – wenn auch eine zweifelhafte, da sie selbst nur als »Leiter« für den Willen der Geister betrachtet wurden.

Der Mesmerismus war zu Anfang des Jahrhunderts als wissenschaftliche Methode diskreditiert worden und wurde in den vierziger Jahren des Jahrhunderts häufig von dubiosen Schaustellern praktiziert. Als James Braids »Neuro-Hypnotismus«, der mit der Vorstellung von einer magnetischen Flüssigkeit aufräumte, wurde er dann wieder respektabel und fand in den fünfziger Jahren eine gewisse Gefolgschaft unter europäischen

Ärzten, wenn auch noch nicht die breite Akzeptanz als psychiatrische Technik, die er in den letzten Jahrzehnten des Jahrhunderts erreichen sollte.

Das schnelle Entstehen neuer Theorien über das Wesen der Geisteskrankheiten war ein Charakteristikum der Mitte des neunzehnten Jahrhunderts, wie auch die Einrichtung von Nervenkliniken und Anstalten sowohl öffentlicher als auch privater Art. Mit großer Neugier wandte man sich Phänomenen wie Gedächtnis und Amnesie, Somnambulismus, der »Hysterie«, Trancezuständen, »nervösen Erkrankungen« und der Bedeutung von Träumen zu. Sowohl Wissenschaftler als auch Schriftsteller befaßten sich mit diesen Themen. Das medizinische Interesse an Träumen war so weit verbreitet, daß selbst ein Landarzt wie Dr. James Langstaff die Träume seiner Patienten aufzeichnete. Die Persönlichkeitsspaltung, auch *dédoublement*, war schon zu Anfang des Jahrhunderts beschrieben worden; sie wurde in den vierziger Jahren ernsthaft debattiert, erreichte aber erst in den letzten drei Jahrzehnten des Jahrhunderts eine größere Anerkennung. Ich habe versucht, Dr. Simon Jordans Spekulationen auf den zeitgenössischen Ideen basieren zu lassen, die ihm zur damaligen Zeit zur Verfügung gestanden haben können.

Natürlich habe ich die historischen Ereignisse fiktionalisiert (wie viele Kommentatoren des Falls, die behaupteten, Geschichtsschreibung zu betreiben). Ich habe keine bekannten Fakten verändert, obwohl die verfügbaren Unterlagen so widersprüchlich sind, daß nur wenige Fakten eindeutig als »bekannt« gelten können. Hat Grace die Kuh gemolken oder Schnittlauch geschnitten, als Nancy mit der Axt niedergeschlagen wurde? Wieso trug Kinnears Leiche McDermotts Hemd, und wo hatte McDermott dieses Hemd her – von einem Hausierer oder von einem Freund aus der Armee? Wie kam das blutbesudelte Buch oder Magazin in Nancys Bett? Welcher von mehreren möglichen Kenneth MacKenzies war der Anwalt, der die Angeklagten vertrat? Im Zweifelsfall habe ich versucht, mich für die wahrscheinlichste Möglichkeit zu entscheiden, während ich, so oft es ging, alle Möglichkeiten berücksichtigt habe. Wo in den Unterlagen nur Andeutungen oder gar Lücken zu finden waren, habe ich mir die Freiheit genommen, zu erfinden.

Dank

*I*ch möchte den folgenden Archivaren und Bibliothekaren herzlich danken, die mir halfen, wichtiges Material zu finden, und ohne deren professionellen Sachverstand dieser Roman nie möglich gewesen wäre:

Dave St. Onge, Kurator und Archivar, Correctional Service of Canada Museum, Kingston, Ontario; Mary Lloyd, Bibliothekarin für Lokalgeschichte und Genealogie, Richmond Hill Public Library, Richmond Hill, Ontario; Karen Bergsteinsson, Referenz-Archivarin, Archives of Ontario, Toronto; Heather J. Macmillan, Archivarin, Government Archives Division, National Archives of Canada, Ottawa; Betty Jo Moore, Archivarin, Archives on the History of Canadian Psychiatry and Mental Health Services, Queen Street Mental Health Centre, Toronto; Ann-Marie Langlois und Gabrielle Earnshaw, Archivarinnen, Upper Canadian Law Society Archives, Osgoode Hall, Toronto; Karen Teeple, Chefarchivarin, und Glenda Williams, Empfang, City of Toronto Archives; Ken Wilson, United Church Archives, Victoria University, Toronto; und Neil Semple, der eine Geschichte des Methodismus in Kanada schreibt.

Ich möchte auch Aileen Christianson von der University of Edinburgh, Schottland, und Ali Lumsden danken, die mir halfen, die Herkunft Thomas Kinnears aufzuspüren.

Zusätzlich zu Materialien aus den oben aufgeführten Archiven habe ich die Zeitungen der damaligen Zeit konsultiert, darunter vor allem *Star and Transcript*, Toronto, *Chronicle and Gazette*, Kingston, *The Caledonian Mercury*, Edinburgh, *The Times*, London, *British Colonist*, Toronto, *The Examiner*, Toronto, *Toronto Mirror* und *The Rochester Democrat*.

Ich fand viele Bücher hilfreich, vor allem jedoch: Susanna Moodie, *Life in the Clearings*, (1853, nachgedruckt von Macmillan, 1959); und *Letters of a Lifetime*, herausgegeben von Ballstadt, Hopkins and Peterman, University of Toronto Press, 1985; Kapitel IV, Anonym, in *History of Toronto and County of York, Ontario*, Band 1, Toronto: C. Blackett Robinson, 1885; *Beeton's Book of Household Management*, 1859-61, nachgedruckt von Chancellor Press, 1994; Jacalyn Duffin, *Langstaff: A Nineteenth-Century Medical Life*, University of Toronto Press, 1993; Ruth McKendry, *Quilts and Other Bed Coverings in the Canadian Tradition*, Key Porter Books, 1979; Mary Conway, *300 Years of Canadian Quilts*, Griffin House, 1976; Marilyn L. Walker, *Ontario's Heritage Quilts*, Stoddart, 1992; Osborne und Swainson, *Kingston: Building on the Past*, Butternut Press, 1988; K.B. Brett, *Women's Costume in Early Ontario*, Royal Ontario Museum/University of Toronto, 1966; *Essays in the History of Canadian Medicine*, hrsg. von Mitchinson und McGinnis, McClelland & Stewart, 1988; Jeanne Minhinnick, *At Home in Upper Canada*, Clarke, Irwin, 1970; Marion Macrae und Anthony Adamson, *The Ancestral Roof*, Clarke, Irwin, 1963; *The City and the Asylum*, Museum of Mental Health Services, Toronto, 1993; Henri F. Ellenberger, *The Discovery of the Unconscious*, Harper Collins, 1970; Ian Hacking, *Rewriting the Soul*, Princeton University Press, 1995; Adam Crabtree, *From Mesmer to Freud: Magnetic Sleep and the Roots of Psychological Healing*, Yale University Press, 1993; und Ruth Brandon, *The Passion for the Occult in the Nineteenth and Twentieth Centuries*, Knopf, 1983.

Die Geschichte der Kinnear-Morde wurde bereits zweimal in fiktiver Form aufgearbeitet: in *A Master Killing* von Ronald Hambleton (1978), das sich hauptsächlich mit der Verfolgung der Verdächtigen befaßt; und von Margaret Atwood im CBC-Fernsehspiel *The Servant Girl* (1974, Regie George Jonas), das sich ausschließlich auf die Moodie-Version bezog und jetzt nicht mehr als definitiv angesehen werden kann.

Zum Schluß würde ich gerne meiner wichtigsten Rechercheurin, Ruth Atwood, und Erica Heron danken, die die Quiltmuster kopierte; meiner unschätzbaren Assistentin, Sarah Cooper; Ramsay Cook, Eleanor Cook und Rosalie Abella, die das Manuskript lasen und wertvolle Vorschläge machten; meinen Agentinnen Phoebe Larmore und Vivienne Schuster, und meinen Lektorinnen Ellen Seligman, Nan A. Talese und Liz Calder; Marly Russoff, Becky Shaw, Jeanette Kong, Tania Charzewski und Heather Sangster; Jay Macpherson und Jerome H. Buckley, die mich die Literatur des 19. Jahrhunderts schätzen lehrten; Michael Bradley, Alison Parker, Arthur Gelgoot und Gene Goldberg und Bob Clark; Dr. George Poulakakis, John und Christiane O'Keeffe, Joseph Wetmore, dem Black Creek Pioneer Village und Annex Books; und Rose Tornato.

Anmerkung zur Übersetzung

*B*ei Zitaten aus anderen Werken stützt sich der Text auf die folgenden Übersetzungen ins Deutsche:

Emily Dickinson: *Guten Morgen Mitternacht, Gedichte und Briefe*, ausgewählt und übertragen von Lola Gruental, Berlin, 1992.

Nathaniel Hawthorne: »Rappacinis Tochter«, in *Des Pfarrers schwarzer Schleier*, deutsch von Siegfried Schmitz, München, 1988.

Robert Burns: »An eine Maus, die er mit dem Neste aufgepflügt hatte«, in *Liebe und Freiheit*, hg. von Rudi Camerer, deutsch von Ferdinand Freiligrath, Heidelberg, 1988.

Elizabeth Barrett-Browning: *Sonette aus dem Portugiesischen*, übertragen von Rainer Maria Rilke, Frankfurt a. M., 1959.

Christina Rosetti: »Ausgewählte Gedichte«, deutsch von Wolfgang Breitwieser, in *Gedichte und Balladen*, Heidelberg, 1960.

William Morris: »Das irdische Paradies«, nachgedichtet von Alexander von Bernus, in Hermann Zapf: *William Morris. Sein Leben und Werk in der Geschichte der Buch- und Schriftkunst*, Scharbeutz, 1949.

Die Bezeichnungen der Quilts, die zugleich die Kapitelüberschriften bilden, stammen aus Mary Conway: *300 Years of Canadian Quilts*, Toronto, 1976.

Wie im Original des Buches ist die Sprache von Grace Marks, was die Grammatik angeht, nicht immer korrekt. Die Kommasetzung folgt dem Rhythmus der Sprache, nicht unbedingt dem Duden.